GOLDMAN

Buch

»Wenn sie nicht in der Küche ist, sitzt sie im Wohnzimmer vor der Glotze.« Carlo Druze weiß, wo er sein Opfer findet. Kein Problem für ihn, in Stephanie Bekkers Wohnung zu kommen, und er hat die Worte ihres Mannes im Ohr: »Nimm dir ihre Augen vor. Die Augen, hörst du? Sieh zu, daß du sie da erwischst.« Nur eines hat er nicht mit einberechnet: Stephanies Lover, der ihm nur entkommt, weil Druze im Blut seines Opfers ausrutscht. Die Fratze des Killers wird Loverboy nie vergessen. Trotzdem – er hat gute Gründe, sich nicht bei der Polizei zu melden.

Lucas Davenport, ausgebrannt, aggressiv und abgeklärt, soll den Fall übernehmen, obwohl er sonst mit Mord nicht viel am Hut hat. Obwohl er kaum Anhaltspunkte hat, kristallisiert sich immer deutlicher heraus, wer sein Gegner ist: der hochintelligente, drogensüchtige und paranoide Pathologe Michael Bekker, der zwar ein lückenloses Alibi vorweisen kann, aber von vornherein auf Davenports Verdächtigenliste steht. Seine Obsession: die brechenden Blicke von Sterbenden, das letzte Flackern des Augenlichts, der Moment des Erlöschens, für jetzt und für immer.

In seinem dritten Roman um den Polizisten Lucas Davenport verbindet John Sandford die psychologische Raffinesse von Patricia Highsmiths »Der Fremde im Zug« mit der atemberaubenden Rasanz der Psychopathenthriller eines Thomas Harris.

Autor

Schneller und härter als John Sandford schreibt kaum ein zeitgenössischer Thriller-Autor. Seine Romane um den Polizisten Lucas Davenport finden sich regelmäßig auf den amerikanischen Bestsellerlisten. »Ein großes Buch, schockierend und packend von der ersten bis zur letzten Seite«, schrieb Stephen King über sein Debüt *Die Schule des Todes*, und der *Boston Globe* befand zu *Der indianische Schatten*: »Sandfords Stil ist sparsam, bitter und hart, das Tempo gnadenlos. Ein heute schon klassisches Beispiel des Genres.« Der mit dem Pulitzerpreis ausgezeichnete Journalist lebt in Minneapolis.

John Sandford im Goldmann Verlag:

Die Schule des Todes. Roman (41031)
Die Spur des Narren. Roman (41515)
Der indianische Schatten. Roman (41504)

John Sandford

BLINDE SPIEGEL

Roman

Aus dem Amerikanischen
von Klaus Fröba

GOLDMANN VERLAG

Deutsche Erstveröffentlichung

Die Originalausgabe erschien 1991 unter dem Titel
»Eyes of Prey«
bei G. P. Putnam's Sons, New York

Umwelthinweis:
Alle bedruckten Materialien
dieses Taschenbuches
sind chlorfrei und umweltschonend.
Das Papier enthält bereits Recycling-Anteile.

Der Goldmann Verlag
ist ein Unternehmen der Verlagsgruppe Bertelsmann

Made in Germany · 2. Auflage · 5/93

Umschlaggestaltung: Design Team München
Umschlagillustration: Loh Productions, Heidelberg
Satz: IBV Satz- und Datentechnik GmbH, Berlin
Druck: Elsnerdruck, Berlin
Verlagsnummer: 41352
Lektorat: Sky Nonhoff
Redaktion: Andreas Helweg
Herstellung: Peter Papenbrok/sc
ISBN 3-442-41352-4

1

Carlo Druze war ein eiskalter Mörder. Nichts entging seinen angespannten Sinnen, während er den Bürgersteig hinunterschlenderte, unter ihm die alten, abgetretenen Pflastersteine und knirschender Sand, über ihm das kahle Geäst der Eichenbäume. Vorhin, hinter der letzten Straßenecke, nicht weit von seinem Wagen, hatte Zigarrengeruch in der kalten Nachtluft gehangen. Dreißig Schritte weiter wehte ihn süßlicher Duft an, Deodorant oder billiges Parfüm. Jetzt hallte aus einem Zimmer im zweiten Stock ein Mötley-Crüe-Song. Großer Gott, wenn's sogar hier unten auf der Straße so dröhnte, mußte der Lärm da oben ohrenbetäubend sein.

Zwei Häuserblocks weiter, auf der rechten Seite, tauchte ein cremefarbener Schatten am hell erleuchteten Fenster auf. Er behielt das gelbe Viereck im Auge, aber da rührte sich nichts mehr. Eine verirrte Schneeflocke wirbelte vorbei, dann noch eine.

Druze empfand nichts, wenn er mordete. Was aber nicht hieß, daß er dumm gewesen wäre. Er war auf der Hut. Er würde sein Leben nicht hinter Gefängnismauern verbringen. Und so bummelte er, die Hände in den Taschen vergraben, die Straße hinunter: einer, der spätabends noch frische Luft schnappen will. Aber er hielt Augen und Ohren offen. War innerlich auf dem Sprung. Der schwarze Skianorak reichte ihm bis zu den Ohren, vorn hatte er ihn bis unter die Nase gezogen. Die Schirmmütze war tief in die Stirn gedrückt. Falls ihm jemand begegnete, jemand, der seinen Hund ausführte, oder ein später Jogger: mehr als Druzes Augenpartie bekam er nicht zu sehen.

Als er das Ende der Baumreihe erreicht hatte, lag das Haus vor ihm, sein Ziel, dahinter die Garage. Die Straße war menschenleer, nichts rührte sich. Ein paar Abfalleimer standen wie riesige Pilzröhren aus Plastik herum. Im Erdgeschoß brannte hinter vier Fenstern Licht, oben hinter zweien, die Garage lag im Dunkeln.

Druze drehte sich nicht um, das hätte nicht zu seiner Rolle gepaßt. Kaum anzunehmen, daß irgendein Nachbar ihn beobachtete, aber man wußte ja nie. Ein einsamer alter Mann, der – eine Wolldecke um die hageren Schultern gelegt – am Fenster lehnte und in die Dunkelheit starrte... Druze sah ihn im Geiste irgendwo dort oben stehen. Also Vorsicht. Wer hier wohnte, hatte Geld. Und Druze war ein Fremder in der Nacht. Was hier nicht hergehörte, machte die Leute argwöhnisch. Die Cops konnten im Nu da sein.

Mit einem schnellen Schritt, als hätte er nur gerade einen Augenblick verschnaufen wollen, trat Druze in den Schatten der Bäume und ging auf die Garage zu. Sie war durch einen verglasten Windfang mit dem Haus verbunden. Und die Tür zwischen der Garage und diesem Glastunnel wurde nie abgeschlossen, das wußte er.

»Wenn sie nicht in der Küche ist, sitzt sie im Wohnzimmer vor der Glotze«, hatte Bekker gesagt. Sichtlich erregt, die Vorfreude spiegelte sich auf seinem Gesicht wider. An der krakeligen Wellenlinie auf der Skizze konnte man noch sehen, wie sehr ihm die Hand gezittert hatte, während er den Grundriß auf ein Blatt aus dem Notizblock zeichnete und mit Bleistift den Weg über den Flur markierte. »Mein Gott, wenn ich doch bloß dabeisein und alles mit ansehen könnte.«

Druze zog die Kordel mit dem Schlüssel aus der Tasche und band sie sich, damit er den Schlüssel auf keinen Fall drinnen im Haus verlieren konnte, an die Gürtelschnalle. Mit seiner behandschuhten Linken versuchte er, den Türknauf zu drehen. Abgeschlossen. Na gut, dafür hatte er ja den Schlüssel. Er zog die Tür hinter sich zu, stand im Dunkeln, lauschte. Ein Rascheln? Eine

Maus? Nur der Wind, der über die Dachziegel strich. Er wartete, horchte in die Nacht.

Druze war ein Gnom. Weil er als Kind schwere Verbrennungen erlitten hatte. In manchen Alptraumnächten rumorten die Erinnerungen in ihm. Dann lag er halb schlafend, halb wachend da, krümmte sich vor Angst und verhedderte sich in den Laken, als ahnte er, daß der Spuk sich nun wiederholte. Genauso grauenhaft wie damals, als er – schon vom Feuer eingehüllt – in seinem Kinderbettchen aufgewacht war. Überall lodernde Flammen, Feuerzungen, die ihm über die Hände liefen, übers Gesicht, in die Nasenlöcher hinein. Die verzweifelten Schreie seiner Mutter, während sie Wasser und Milch über ihm auskippte. Und sein Vater, der wild mit den Armen ruderte und herumbrüllte. Was alles nichts half.

Ins Krankenhaus hatten sie ihn erst am nächsten Morgen gebracht. Seine Mutter hoffte, sie könnten sich die Kosten sparen. So hatte sie ihn, weil er die ganze Nacht über schrie und weinte, mit Schweinefett eingerieben. Aber dann hatten sie morgens, als es hell wurde, seine Nase gesehen und ihn doch weggebracht.

Vier Wochen im Bezirkskrankenhaus. Vier Wochen, in denen er vor Schmerzen gewimmert hatte. Jedesmal, wenn die Schwestern ihn aus dem Verbandszeug wickelten und badeten. Und bei jeder Hauttransplantation. Sie hatten ihm Haut von den Hüften ins Gesicht verpflanzt. Ein Ausdruck, den er nie vergessen konnte. Egal, wie lange es schon her war, er hatte sich ihm ins Hirn gegraben. *Verpflanzt* hatten sie die Haut.

Als sie fertig waren, sah er besser aus. Aber nicht gut. Ein zusammengestoppeltes Gesicht, eine Maske, wie von einem unsichtbaren Nylonstrumpf überzogen. Und mit der Haut war es nicht viel anders: ledernes Flickwerk, rauh und ausgebleicht wie ein alter Fußball. Die Nase hatten die Ärzte ihm gerichtet, so gut sie's konnten. Aber sie war zu kurz, die Nasenlöcher ragten nach vorn wie tote Scheinwerfer. Die Lippen waren dünn und hart, sie fühlten sich ständig trocken an. Daher kam Druzes Angewohnheit, dauernd daran herumzulecken. Er merkte gar nicht mehr, daß seine Zunge alle paar Sekunden nach vorn schnellte, wie bei einer Eidechse.

Ein ganz neues Gesicht hatten die Ärzte ihm gegeben, nur die Augen waren noch seine Augen.

Mattschwarz und ohne Glanz – wie die verwitterte Farbe in den Augen des Indianers, der auf den Werbeplakaten für Zigarren zu sehen war. Manchmal glaubten die Leute, wenn sie ihm zum ersten Mal begegneten, er sei blind. Aber daran lag es nicht. Die Augen waren nur der Spiegel seiner Seele. Jener Seele, die Druze damals in der Brandnacht für immer verloren hatte.

Stille. Kein lautes Wort, kein Telefonläuten drang in die Garage. Druze stopfte den Schlüssel in die Hosentasche und zog eine Röhre aus mattiertem Aluminium aus der Jacke: eine knapp zehn Zentimeter lange Stablampe. Er stellte den Lichtstrahl so ein, daß er kaum streute, und zwängte sich am Auto und all dem abgestellten und aufgereihten Gartenplunder vorbei. Bekker hatte ihn vorsorglich darauf hingewiesen, daß sie Hobbygärtnerin war. Die halbe Garage war vollgestopft mit Spaten, Rechen, Hacken, Pflanzstäben, Blumentöpfen und Tonscherben, Säcken mit Dünger und Torfballen. Ordentlich nebeneinander aufgereiht ein Rasenmäher, ein Vertikutiergerät und eine Schneefräse. Es roch nach Erde und Benzin, ein saures, moderiges Gemisch, das ihn an seine Kindertage erinnerte. Er war auf einer Farm aufgewachsen, im Wohnwagen, dessen einzige Energiequelle Propangas war und den sie nicht da aufstellen durften, wo der Farmer mit seiner Familie lebte, sondern ganz weit hinten, beim Hühnerstall. Ihm brauchte keiner was zu erzählen über Gemüsegärten, öltropfende alte Landmaschinen und den Gestank von Mist und Dung.

Die Tür, die von der Garage in den Windfang führte, war zu, aber nicht abgeschlossen. Der verglaste Gang war nicht ganz zwei Meter breit und genauso vollgestopft wie die Garage. »Sie benutzt den Windfang als Gewächshaus«, hatte Bekker gesagt. »Paß vor allem auf die Tomaten auf, das Zeug steht da überall rum. Ohne Lampe kommst du nicht durch. Aber von der Küche oder vom Wohnzimmer aus kann sie den Lichtschein nicht sehen. Nur das Fenster auf der linken Seite mußt du im Auge behalten, das ist das Arbeitszimmer. Obwohl sie da bestimmt nicht ist. Da treibt sie sich nie rum. Du wirst keine Schwierigkeiten haben.«

Bekker war einer von denen, die alles genau planen und sich an ihrer eigenen Pingeligkeit berauschen. Ganz plötzlich, während er Druze anhand der Grundrißskizze den Weg erklärte, hatte er mit der Bleistiftspitze irgendwo halt gemacht und angefangen zu lachen. Ein Lachen, das viel über ihn verriet. Rauh und krächzend. Wie das Quaken einer Kröte in Todesangst, wenn sie den Flügelschlag der Eule spürt.

Druze hatte keine Schwierigkeiten mit dem Glastunnel; der Lichtschimmer hinter dem Fenster am gegenüberliegenden Ende wies ihm den Weg. Und er war zwar kräftig gebaut, aber nicht dick. Präzise gesagt: Er war ein Athlet. Er verstand sich aufs Jonglieren, aufs Tanzen, er konnte über ein Seil balancieren oder einen Salto drehen, und zwar so, daß er in der Luft die Hacken zusammenschlug und anschließend so leichtfüßig aufsetzte, daß jeder geschworen hätte, außer dem Hackenknallen wäre nichts, aber auch gar nichts zu hören gewesen. Als er ungefähr in der Mitte des Windfangs angekommen war, hörte er eine Stimme und blieb stehen.

Ein Singsang. Niedlich und einfältig, wie von einer Halbwüchsigen im High-School-Chor. Eindeutig eine Frauenstimme. Den Text konnte er nicht verstehen. Die Melodie kam ihm bekannt vor, aber der Titel fiel ihm nicht ein. Irgendwas aus den Sechzigern. Vielleicht ein Lied von Joan Baez.

Er spürte, wie die Anspannung in ihm wuchs. Wie er sich konzentrierte. Keine Frage, daß er mit ihr fertigwurde. Stephanie Bekker umzubringen, war kein Problem. Nicht schwieriger, als einem Huhn den Kopf abzuhacken oder einem Ferkel die Kehle durchzuschneiden. Nur ein Schweinchen, sagte er sich. Und Fleisch ist Fleisch...

Da war dieser andere Mord gewesen, vor ein paar Jahren. Er hatte Bekker, als sie beim Bier zusammensaßen, davon erzählt. Nicht so, wie man zugibt, schon mal jemanden umgebracht zu haben. Einfach so, wie man irgendeine Geschichte erzählt. Zumal ihm das Ganze jetzt, nachdem ein paar Jahre ins Land gegangen waren, sowieso nicht mehr wie ein richtiger Mord, sondern eher wie ein belangloses Ereignis vorkam. Es hätte auch eine halb vergessene Szene aus einem Film sein können, den er, wie ihm plötzlich wieder einfiel, irgendwann im Autokino gesehen hatte. Und er wußte nicht mal, wie der Film ausgegangen war.

Ein Mädchen in einer Absteige in New York. Vielleicht eine gewerbsmäßige Nutte. Jedenfalls eine Drogensüchtige. Sie hatte ihm was von ihrem Shit abgegeben. Und weil's nicht drauf ankam, hatte er sie umgebracht. Nur so. Fast, als wär's ein Experiment. Um zu sehen, ob es irgendwelche Empfindungen bei ihm auslöste. Nein, es hatte nichts ausgelöst.

Wie sie hieß, wußte er nicht. Wahrscheinlich hätte er nicht mal die Absteige wiedergefunden, falls es die noch gab. Nachträglich hätte er auch nicht genau sagen können, wann es gewesen war. Irgendwann im Sommer, an einem heißen Tag, an dem Gestank in der Luft lag. Er erinnerte sich an den Müll auf den Bürgersteigen und an den Geruch von verfaultem Gemüse.

»Hat mir weiter nichts ausgemacht«, hatte er gesagt, weil Bekker ihm keine Ruhe ließ und dauernd Fragen stellte. »War nicht so, als ob ich... Ach, Scheiße, es war gar nichts. Mal abgesehen davon, daß dem kleinen Miststück die Luft weggeblieben ist.«

»Hast du sie auch geschlagen?« hatte Bekker wissen wollen. Und ihn angestarrt wie einer, der sich auskennt. »Hast du sie ins Gesicht geschlagen?«

Und in dem Augenblick, schätzte Druze, waren sie Freunde geworden. Er erinnerte sich daran, als wäre es gestern gewesen. Die Bar, der Zigarettenqualm, die Collegemädchen am anderen Ende des Tresens, vier junge Dinger, die Pizza aßen und dauernd was zu kichern hatten... Bekker im apricotfarbenen Mohairsweater. Stand ihm gut, das Ding, betonte sein Gesicht.

»Ich hab' ihr ein paar reingehauen und sie dann gegen die Wand geschleudert.« Er hatte das nur gesagt, um Eindruck zu schinden. Was auch ein ganz neues Gefühl für ihn war. »Als sie am Boden lag, hab' ich sie von hinten gepackt, ihr den Arm um den Hals gehebelt und... krrrks... das war's dann. Hat ihr das Genick gebrochen. Hört sich an, wie wenn man in ein Stück Knorpel beißt. Dann hab' ich mir die Hosen hochgezogen und gesehen, daß ich zur Tür rauskam.«

»Weil du Schiß gehabt hast.«

»Nein. Jedenfalls nicht, nachdem ich draußen war. So was ist ganz einfach. Was wollen die Cops schon machen? Du schiebst ab, und wenn du erst mal um die nächste Ecke bist, haben sie keine Chance mehr. In so einer Gegend kann's zwei Tage dauern, bis jemand gefunden wird. Und dann auch nur, weil er die Luft verpestet. Nee, Schiß hab' ich nicht gehabt. Ich bin nur – na ja, ich bin nur ein bißchen schneller gegangen.«

»Mann, das ist 'n Ding.« Bekkers Begeisterung hatte ihm wie Applaus in den Ohren geklungen. Ein schönes Gefühl. Applaus, der nur ihm galt. Beifall für den Solisten. Irgendwie war's ihm so vorgekommen, als hätte Bekker auch was auf der Pfanne gehabt, auch so eine Art Geständnis, aber er war nicht damit rausgerückt. Hatte nur gefragt: »Hast du's irgendwann noch mal gemacht?«

»Nein. Es ist ja nicht... Es macht eben Spaß.«

Und Bekker hatte dagesessen, ihn eine Weile stumm angestarrt und dann lächelnd gesagt: »Eine verdammt gute Story, Carlo. Verdammt gut.«

Viel empfunden hatte er nicht dabei, damals, bei dem Mädchen. So wie er jetzt nicht viel dabei empfand, als er durch den dunklen Windfang schlich und ihr mit jedem Schritt näherkam. Angespannte Konzentration, so was wie Lampenfieber. Aber nichts, was ihn davon abhielt, seinen Job zu erledigen.

Am Ende des Ganges war wieder eine Tür, aus Holz, mit einem Glaseinsatz in Augenhöhe. Falls sie am Tisch zu tun hatte, drehte sie ihm den Rücken zu, hatte Bekker gesagt. Wenn sie sich am Spülbecken, am Herd oder am Kühlschrank aufhielt, konnte sie ihn überhaupt nicht sehen. Die Tür ließ sich so gut wie lautlos öffnen. Aber anschließend durfte er keine Zeit verlieren, weil sie bestimmt den kalten Luftzug spürte.

Was war das für ein Lied? Die melodiöse Stimme hüllte ihn ein, ein faszinierendes Raunen in der Nacht. Langsam näherte er sich dem Glaseinsatz, schielte nach innen. Am Tisch war sie nicht, da sah er nur die beiden Holzstühle. Er packte den Türknauf, schob den rechten Fuß nach vorn, wischte die Gummisohle am linken Hosenbein ab, dann wiederholte er das Ganze mit dem linken Fuß. Falls Kies an den Sohlen der Turnschuhe klebte, hätte das leise Knirschen auf den Fliesen ihn verraten. Die Idee stammte von Bekker, und Druze war der letzte, der gute Tips in den Wind schlug. Der Türknauf drehte sich millimeterweise, von Druzes Fingerhandschuh geführt. Sobald er drin war, würde der Schließmechanismus die Tür hinter ihm zuziehen. Und sie sang: *Tam-ta, Angelina, tam-ta.* Good-bye, Angelina, good-bye? Ein schöner Sopran, glockenhell.

Bekker hatte recht gehabt, die Tür bewegte sich geräuschlos. Warmer Hauch schlug ihm entgegen. Spülwasser plätscherte.

Druze schlich sich näher heran. Kein Knirschen auf den Fliesen. Die Tür glitt hinter ihm zu. Vor ihm lag der Frühstückstresen. Weiß gesprenkelte Keramik, eine Kugelvase mit einer kurzstieligen Rose, ein Kaffeegedeck, am anderen Ende eine grüne Flasche. Ein Souvenir aus Mexiko, hatte Bekker gesagt, mundgeblasen, schwer wie Stein und mit einem griffigen, robusten Hals.

Druze ging schneller, ein huschender schwarzer Schatten. Und plötzlich sah er sie, links drüben, an der Spüle. Sie wandte ihm den Rücken zu, sang weiter ihr kleines Lied. Ihr schwarzes Haar fiel locker auf die Schultern, der Morgenrock aus blauer Seide schmiegte sich weich um ihre Hüften. Im letzten Augenblick spürte sie ihn kommen und fuhr herum. Vielleicht hatte sie den Luftzug wahrgenommen oder ein Rascheln gehört.

Irgend etwas stimmte nicht. Ausweichen konnte er nicht mehr, seine Bewegung trug ihn direkt auf Bekkers Frau zu. Und dennoch wußte Druze, daß irgend etwas nicht stimmte.

Ein Mann im Haus. Unter der Dusche. Schon unterwegs nach unten.

Stephanie Bekker fühlte sich kuschelig warm, noch ein wenig feucht, weil sie auch unter der Dusche gewesen war. Zwischen den Schulterblättern hatte sich das Wasser zu einer winzigen Lache gesammelt, grub sich ein Rinnsal am Rückgrat entlang... Ihre Brustwarzen waren ein bißchen wund, nicht weiter schlimm, aber er hätte sich besser noch mal rasieren sollen... Sie lächelte vor sich hin. Bist wohl als Baby nicht lange genug gestillt worden, du Nimmersatt?

Sie spürte den Luftzug hinter ihrem Rücken. Ihr Liebster. Sie wollte sich lächelnd zu ihm umdrehen. Aber es war nicht ihr Liebster, der hinter ihr stand. Es war der Tod. »Wer... wer...«, stammelte sie. Und glasklar wirbelten Bilder aus der Vergangenheit durch ihren Kopf. All die hoffnungsfrohen Zukunftsträume. Die schönen alten Zeiten an verträumten Seeufern. Der Cocker-

spaniel, ihr bester Freund in Kindertagen. Das schmerzverzerrte Gesicht ihres Vaters nach der Herzattacke. Der Augenblick, als sie erfahren hatte, daß sie nie Kinder bekommen würde...

Und ihr Zuhause. Die Fliesen in der Küche. Die alten Orientteppiche, ihr ganzer Stolz. Die handgeschmiedeten Blumenständer. Die Rose in der fein geschwungenen Vase, rot wie Blut...

Alles vorbei.

Irgend etwas stimmte nicht.

»Wer...?« Nur das eine, gestammelte Wort. Während sie sich – die Augen fragend aufgerissen, das Lächeln wie festgefroren um die Lippen – halb umdrehte. Über ihr wirbelte die Flasche, ein schwerer Louisville-Kolben aus grünem Glas. Ihre Hand zuckte nach oben. Zu spät. Zu zierlich. Zu schwach.

Die Flasche zerschmetterte ihr die Schläfe. Ein Knacken, nein, fast nur ein feuchtes Knistern. Wie das Geräusch einer zerknüllten, vom Regen triefenden Zeitung, die sich an der Hauswand verfangen hat. Ihr Kopf knickte nach hinten, sie sackte in sich zusammen, als hätten sich ihre Knochen in Luft aufgelöst. Mit dem Hinterkopf schlug sie gegen die Arbeitsplatte. Der heftige Aufprall schleuderte sie nach vorn, riß sie vollends herum. Und so stürzte sie rücklings zu Boden.

Druze warf sich über sie, drückte sie mit seinem Gewicht nieder, stemmte ihr die Hände gegen die Brust, fühlte die Brustwarzen in seinen Handflächen.

Und schlug mit der Flasche zu. Schlug sie ihr ins Gesicht. Ins Gesicht. Immer wieder ins Gesicht...

Schlug zu, bis das grüne Glas zersplitterte. Hielt kurz inne, sog keuchend die Luft ein, warf den Kopf zurück. Seine Miene verzerrte sich, seine Hand packte den Flaschenhals wie einen Messergriff. Und so stieß er von oben zu und bohrte ihr den Zackenrand in die Augenhöhlen.

»Besorg's ihr richtig«, hatte Bekker verlangt. Wie ein Trainer, der über Drei-Vierer-Reihen oder rückwärts gestaffelte Verteidigung redet, mit ausholenden Gesten, als wolle er gleich in Begeisterungsschreie ausbrechen. »Nimm sie ran wie ein dreckiger Junkie. O Gott, ich wünschte wirklich, ich könnte dabeisein. Und nimm dir ihre Augen vor. Die Augen, hörst du? Sieh zu, daß du sie da erwischst.«

»Weiß schon, was ich machen muß«, hatte Druze nur gesagt.

Aber Bekker hatte nicht aufgehört zu drängen. »Vor allem die Augen darfst du nicht auslassen.« Halb vertrockneten Speichel im Mundwinkel. Wie immer, wenn ihn die Erregung mitriß. »Nimm dir ihre Augen vor, mir zuliebe.«

Irgend etwas stimmte nicht.

Ein Geräusch, nur ganz kurz, dann war es verstummt. Schon während er auf sie einschlug und ihr die scharfen Splitter der zerbrochenen Flasche in die Augen trieb, war ihm das mit dem Negligé durch den Kopf gegangen. Den dünnen Seidenfetzen hätte sie in einer kalten, windigen Aprilnacht nicht getragen, wenn sie allein im Haus gewesen wäre. Frauen haben ein angeborenes Rollenbewußtsein, ein sicheres Gespür für den Balanceakt zwischen dem, was bequem ist, und dem, was die jeweils gegebene Situation erfordert. So wäre sie, ganz allein im Haus, nicht herumgelaufen.

Er schlug zu, hörte das dumpfe Poltern auf der Treppe und stemmte sich ein Stück hoch. Halb saß er, halb stand er, den Kopf seitwärts gedreht, die Flasche mit der Hand umklammert – der kauernde Golem. Am Fuß der Treppe kam der Mann um die Ecke, ein Badehandtuch um die Hüften geschlungen. Auffallend groß, nicht gerade dick, aber ein bißchen hatte er schon angesetzt. Schütteres blondes Haar, ungekämmt, an den Schläfen noch naß, auf der Brust schon ergraut. Blasse Haut – ein Sonnenanbeter war er nicht, die gerötete Schulterpartie kam vom heißen Duschwasser.

Einen Wimpernschlag lang erstarrte er, murmelte »Oh, mein

Gott« und machte blitzschnell kehrt. Druze kam hoch, wollte hinter ihm her, merkte aber, wie es ihm plötzlich die Füße wegzog. Das Blut auf dem Küchenboden war kaum zu sehen, rot auf Rot. Die Beine rutschten ihm weg, er landete rücklings auf Stephanie Bekkers Kopf. Ihre zermalmten Gesichtszüge drückten blutige Spuren auf seine schwarze Jacke. Der andere, ihr Liebhaber, war schon wieder oben. Wenn er sich im Schlafzimmer einschloß... Es war ein altes Haus mit soliden Eichentüren, da kam Druze nicht so schnell durch. Und vielleicht wählte er jetzt schon die Telefonnummer, die neun-eins-eins...

Druze ließ die Flasche fallen, rappelte sich hoch, trabte auf die Tür zu. Er war mitten im Windfang, als hinter ihm die Tür zuschlug. Wie ein Schuß. Er zuckte zusammen. *Türenknall*, hämmerte es beruhigend in seinem Hirn. Trotzdem fing er unwillkürlich zu rennen an. Stampfte durch Tomatenpflanzen. Die Stablampe fand er erst, als der Glastunnel schon hinter ihm lag. Wenigstens rechtzeitig für die dunkle Garage. Sekunden später war er draußen unter den Straßenbäumen. Er zwang sich, langsam auszuschreiten. *Geh ganz normal. Ganz normal.*

Zehn Sekunden bis zum Bürgersteig. Kragen hoch, dick vermummt. Und er kam zum Wagen, ohne daß er jemanden gesehen hätte, kein Aas. Eine Minute, nachdem er Stephanie Bekker verlassen hatte, rollte der Wagen los.

Halt dich da raus, Mann.

Nicht nachdenken. Alles war bis ins letzte ausgefeilt, alles lief sehr gut. Keine Extratouren, halt dich genau an den Plan. Rund um den See, raus zur France Avenue, Richtung Highway 12, zurück zum Kreisel, auf die I-94 und dann runter nach St. Paul.

So, jetzt konnte er nachdenken.

Er hat mein Gesicht gesehen. Was war das überhaupt für ein Arsch? Rosig und rund. Und so erschrocken, daß er sich bald in die Hose gemacht hätte. Druze klatschte vor Ärger die flache

Hand aufs Lenkrad. *Wie konnte das passieren? Bekker ist so ein ausgekochter Hund, und trotzdem…*

Allein fand er nie raus, wer der Kerl mit dem Badehandtuch gewesen war. Aber Bekker wußte es vielleicht. Oder konnte sich's wenigstens vorstellen. Druze warf einen Blick auf die Autouhr: 10:40. Noch zehn Minuten bis zum vereinbarten Anruf.

Er nahm die nächste Ausfahrt, hielt am Super-America-Store und griff nach dem Beutel mit den Vierteldollarmünzen, den er vor dem Beifahrersitz abgelegt hatte. Damit die Dinger ihm nicht lose in der Tasche rumklimperten, während er durchs Haus schlich. An der Frontseite war ein öffentliches Telefon angebracht. Druze bohrte sich den Zeigefinger ins Ohr, um es gegen den Straßenlärm abzuschirmen, und wählte eine Nummer in San Francisco, auch ein Münztelefon. Die Stimme vom Band forderte ihn auf, Quarters einzuwerfen. Druze fütterte den Schlitz. Es läutete durch. Und drüben an der Westküste meldete sich Bekker.

»Ja?«

Druze sollte eigentlich auch nur ja sagen. Oder nein, je nachdem. So war es vereinbart. Statt dessen sagte er: »Da war auf einmal ein Kerl da.«

»Was?« So verdutzt hatte er Bekker noch nie gehört.

»Sie hatte mit einem rumgefickt. Ich war gerade mit ihr fertig, da kam der Knilch die Treppe runter. Hatte nur 'n Handtuch um.«

»Was?« Nein, nicht nur verdutzt. Sprachlos war er.

»Komm zu dir, zur Hölle noch mal! Und frag nicht dauernd so dämlich ›was?‹. Wir haben ein Problem am Hals.«

»Was ist… mit der Frau?« Na also. Er beruhigte sich allmählich. Dachte sogar daran, keine Namen zu nennen.

»Was die betrifft: ja. Kannste groß schreiben. Aber der Arsch hat mich gesehen. Nur 'ne Sekunde. Und ich hatte den Anorak an und die Mütze auf. Aber bei meinem Gesicht… Keine Ahnung, wieviel er erkennen konnte.«

Schweigen, einen langen Atemzug lang. Dann sagte Bekker: »Darüber können wir jetzt nicht reden. Ich ruf' dich an. Heute nacht noch oder morgen, je nachdem wie sich das weiter entwikkelt. Das mit der Frau – da bist du ganz sicher?«

»Ja doch. Positiv.«

»Dann ist das wenigstens erledigt.« Bekker hörte sich zufrieden an. »Über die andere Sache denke ich nach.«

Und weg war er.

Als er wieder losfuhr, summte Druze verbissen die ersten Takte vor sich hin: *Tam-ta, Angelina, good-bye, Angelina...* Nein, ganz falsch. Die verdammte Melodie ging ihm bestimmt nicht mehr aus dem Sinn, bis er sie drauf hatte. *Tamta-ta, Angelina.* Vielleicht am besten, wenn er beim Sender anrief und bat, daß sie das Lied für ihn spielten. Machte einen ja wahnsinnig, dauernd daran rumzupusseln.

Er lenkte den Wagen auf die Interstate 94, nahm die Abzweigung zum Highway 280, weiter auf die I-35-West, zur I-694. Und hielt sich Richtung Westen. Fuhr schnell, zu schnell. Hin und wieder brauchte er das, um sich innerlich abzukühlen. Es gefiel ihm, wenn der Wind durch einen Spalt im Seitenfenster pfiff. Und im Radio die Oldie-Goldies dudelten. *Tam-ta...*

Auf der Rückseite des Anoraks trocknete Stephanie Bekkers blutige Totenmaske. Praktisch nichts mehr zu sehen. Und Druze wußte sowieso nichts von den verräterischen Spuren.

Stephanie Bekkers Liebhaber hatte, als er sich vor der Dusche abtrocknete, ein seltsames Plumpsen gehört. Es klang nicht normal, irgendwie arhythmisch, nach Gewalt. Aber an die Möglichkeit, daß sie das Opfer eines Überfalls sein und in diesem Augenblick auf dem Küchenfußboden sterben könnte, hatte er nicht den Bruchteil einer Sekunde gedacht. Vielleicht rückte sie einen von ihren schweren antiken Lehnstühlen in eine andere Ecke. Oder eine Schublade klemmte, und sie hämmerte mit der Faust auf die Arbeitsplatte. Weiß Gott, was ihm im ersten Augenblick durch den Kopf gegangen war.

Er band sich ein Handtuch um und ging nach unten, um nach dem rechten zu sehen. Und platzte in einen wahr gewordenen Alptraum hinein. Ein Mann mit der Fratze einer Mißgeburt kauerte über Stephanie, hielt den Flaschenhals wie einen Dolch, die Zacken an der Bruchstelle waren voller Blut. Und ihr Gesicht... Was hatte er vorhin im Bett zu ihr gesagt, vor kaum einer Stunde? Du bist wunderschön, hatte er gesagt. Oder vielmehr gemurmelt, ein bißchen verlegen. Und ihr zärtlich mit den Fingerspitzen die Lippen gestreichelt. So verführerisch schön...

Und nun hatte er sie auf dem Boden liegen sehen. Hatte auf dem Absatz kehrtgemacht und war nach oben gerannt. *Was hätte ich denn sonst machen sollen?* Das war's, was die eine Stimme in ihm sagte. Aber da gab es noch eine zweite Stimme, die versteckt in seinem Hinterkopf nistete und hartnäckig wiederholte: *Du feiger Hund.*

Zitternd vor Angst rannte er die Stufen hinauf und konnte die Schlafzimmertür gar nicht schnell genug hinter sich zuschlagen und verriegeln. Sich abriegeln gegen den Horror dort unten. Als er hörte, wie der Kerl durch den Windfang rannte, griff er zum Telefon und drückte die ersten Tasten, die Neun und eine Eins. Doch dann fiel es ihm wie Schuppen von den Augen. Er zog den Finger weg. Lauschte. Keine Nachbarn, niemand schrie durch die Nacht. Keine Polizeisirene. Nichts. Er starrte das Telefon an, legte den Hörer auf. Denn vielleicht...

Er zog die Hose an.

Schlug mit der Faust gegen die Türfüllung. Wartete darauf, daß draußen einer die Schulter gegen die Tür rammte. Nichts. Er stieg die Treppe hinunter, barfuß, lautlos. Nichts. Ging zögernd in die Küche. Da lag sie, Stephanie, rücklings hingestreckt, mit gespreizten Gliedern. Keiner konnte ihr mehr helfen. Ihr Gesicht war zermalmt, ihr Kopf nur noch eine unförmige Masse, ringsum auf den Fliesen eine Blutlache. Der Mörder war hineingetreten, hatte eine Spur hinterlassen, die Spur von einem Turnschuh, Absatz und Ballen. Eine Spur, die zur Tür führte.

Stephanie Bekkers Liebhaber bückte sich. Er wollte ihr den Finger auf die Halsschlagader legen, den Puls fühlen. Aber im letzten Augenblick zuckte er zurück. Stephanie war tot. Und er sah im Geiste die Cops draußen vor dem Haus, sah sie näherkommen, sah sie schon nach der Tür langen. Sie würden ihn hier finden, über die Leiche gebeugt wie der große Unbekannte in einem Perry-Mason-Film. Und ihn am Schlafittchen packen, weil sie ihn für den Mörder hielten.

Er drehte sich um. Starrte auf die Haustür. Nichts. Da draußen rührte sich nichts.

Er eilte die Stufen hoch, seine Gedanken überschlugen sich. Stephanie hatte niemandem etwas über ihre Affäre erzählt, das hatte sie ihm hoch und heilig versichert. Die Leute, mit denen sie befreundet war, kamen aus Universitätskreisen, aus der Kunstszene, wohnten in der Nachbarschaft. Wenn man da auch nur ein Sterbenswörtchen über eine Beziehung verlauten ließ, schlug der Klatsch bald hohe Wellen. Das wußten sie beide. Und sie wußten, daß es das gesellschaftliche Aus für sie gewesen wäre.

Der Skandal hätte ihn die Stellung gekostet. Und bei Stephanie war es vor allem die Angst vor ihrem Mann. Weiß der Himmel, wie der reagiert hätte. Das Ganze war eine Riesendummheit. Aber nachdem sie sich einmal darauf eingelassen hatten, wollten und konnten sie nicht mehr Schluß machen. Seine Ehe siechte sowieso nur noch dahin. Und ihre war schon lange tot.

Er schluchzte. Nahm sich zusammen. Schluchzte wieder. Richtig geweint hatte er zum letzten Mal als Kind, und nun konnte er nicht mehr weinen. Nur trockenes Keuchen schüttelte seine Brust. Kummer, Wut, Angst. *Reiß dich zusammen.* Er begann sich anzuziehen, war gerade bei den Hemdknöpfen, als sein Magen rebellierte. Er stürzte ins Bad, mußte sich übergeben.

Kniete minutenlang vor der Toilette und würgte, bis ihm die Tränen kamen. Als der Krampf endlich vorbei war, stemmte er sich hoch und zog sich weiter an. Bis auf die Schuhe, weil ihm einfiel, daß er möglichst jedes Geräusch vermeiden mußte.

Er überzeugte sich, daß er auch wirklich nichts vergessen hatte. Brieftasche, Schlüsselbund, Taschentuch, Kleingeld, Krawatte, Jackett, Mantel und Handschuhe. Er setzte sich aufs Bett, zwang sich, gründlich nachzudenken, wo er überall gewesen war. Was er angefaßt hatte. Den Knauf an der Haustür. Den Küchentisch. Den Teller und den Löffel, als er den Kirschauflauf gegessen hatte. Den Türgriff im Schlafzimmer und im Bad. Die Wasserhähne. Den Klodeckel.

Er nahm einen von Stephanies Baumwollschlüpfern aus der Kommode, ging nach unten, fing mit der Haustür an, arbeitete sich systematisch weiter durchs Haus. In der Küche vermied er krampfhaft, dahin zu schauen, wo sie lag. Aber aus den Augenwinkeln nahm er doch immer irgend etwas wahr, ein Bein, einen Arm… Weil er ja nicht ganz wegschauen konnte, sondern einen Bogen um die Blutlache schlagen mußte.

Schlafzimmer und Bad. Als er die Dusche auswischte, fiel ihm der Abfluß ein. Körperhaare. Er lauschte. Alles ruhig. *Soviel Zeit muß sein.* Der Stöpsel war festgeschraubt. Er löste die Schraube mit einer Münze, langte mit einem Bausch Toilettenpapier so tief wie möglich in den Abfluß, hielt anschließend den Strahl der Dusche darüber. Das Papier warf er ins Klo, zog zweimal die Spülung. Körperhaar… das Bett. Auf dem Weg ins Schlafzimmer merkte er, daß es ihn schon wieder schüttelte. Pure Verzweiflung. Bestimmt vergaß er irgendwas. Er zog die Laken ab, warf sie auf den Boden, suchte frische Bettwäsche. Fünf Minuten brauchte er, bis beide Betten frisch bezogen waren und die Kissen und Bettdecken ordentlich aufgeschüttelt dalagen. Er wischte über den Nachttisch und die Buchablage am Kopfende, stand da, sah sich um.

Genug.

Er rollte den Schlüpfer in die abgezogenen Laken, zog sich die Schuhe an und ging, das Bündel Bettwäsche unter dem Arm, nach unten. Schnell noch ein Blick in die Diele, ins Wohnzimmer, in die Küche. Seine Augen huschten über Stephanie.

Fertig, es gab nichts mehr zu tun. Er zog den Mantel über und stopfte sich das Bündel Bettlaken vor den Bauch. Normalerweise zeichnete sich da nur der übliche Hüftspeck ab, jetzt sah er aus wie einer, der einen Kugelbauch vor sich herschiebt. Gar nicht schlecht, falls ihn jemand sah.

Er zog die Haustür hinter sich zu, überquerte den Vorplatz, trat auf die Straße und ging an der Häuserzeile entlang. Vorbei an vielen Häusern bis dahin, wo sein Wagen stand. Sie hatten immer auf Diskretion geachtet, vielleicht zahlte sich das jetzt aus. Die Nacht war kalt. Schneegestöber. Und keine Menschenseele begegnete ihm.

Er fuhr den Hügel hinunter, rund um den See, bog in die Hennepin Avenue ab und entdeckte ein Münztelefon. Er hielt an. Streifte sich den Baumwollschlüpfer über die Finger, bevor er den Quarter anfaßte. Und kam sich ein wenig wie ein heimlichtuerischer Narr vor, als er den Schlüpfer um die Sprechmuschel wickelte, ehe er sagte, was er zu sagen hatte.

»Eine Frau ist ermordet worden...«

Er sagte noch, daß sie Stephanie Bekker hieß, und nannte die Adresse. Und als der Mann in der Einsatzzentrale ihn bat, er solle dranbleiben, hängte er ein, wischte sorgfältig den Hörer ab und ging zum Wagen zurück. Nein. Er ging nicht, er schlich. Verstohlen wie eine Ratte. Weil sie ihm ja doch nicht geglaubt hätten. Er legte die Stirn aufs Lenkrad, schloß die Augen. Und obwohl er sich innerlich dagegen wehrte, fing er an, seine Chancen durchzurechnen.

Der Mörder hatte ihn gesehen. Und er war bestimmt kein Junkie gewesen. Oder einer von den Scheißkerlen, die sich ein

Zufallsopfer suchten, irgendwann zwischen Mitternacht und Morgengrauen. Er hatte kräftig ausgesehen, gut im Futter. Und wie einer, der genau weiß, was er tut. Einer, dem durchaus zuzutrauen war, daß er ihn nicht so ohne weiteres laufen ließ.

Ihm wurde klar, daß es ein Fehler gewesen war, der Polizei nicht mehr zu sagen. Jetzt konzentrierten sie sich womöglich auf ihn, Stephanies Liebhaber. Er hätte sie auf die Spur des Mörders führen müssen. Daß Stephanie Geschlechtsverkehr gehabt hatte, würden sie bald herausfinden. Der amtliche Leichenbeschauer stellte das schnell fest.

Mein Gott, hatte sie sich gewaschen? Ja, natürlich. Aber auch gründlich genug? Oder fanden sie noch genug Samenspuren für eine DNA-Bestimmung?

Da war nun auch nichts mehr zu machen. Aber er konnte der Polizei Hinweise geben, die ihnen vielleicht halfen, den Mörder zu finden. Eine schriftliche Erklärung, die er so lange fotokopieren mußte, mal heller, mal dunkler eingestellt, bis sämtliche Merkmale, die Rückschlüsse auf den Schreibmaschinentyp zuließen, ausreichend verwischt waren.

Aus der Nacht tauchte Stephanies Gesicht vor ihm auf.

Eben hatte er noch gegrübelt, und plötzlich sah er sie vor sich. Den Kopf zur Seite gedreht, die Augen geschlossen, friedlich im Schlaf. Und er verrannte sich in den Gedanken, er müsse nur zurückgehen, um sie in der Tür stehen zu sehen und zu wissen, daß alles nur ein schrecklicher Traum gewesen war.

Wieder schüttelte ihn trockenes Schluchzen.

Und wie er so dasaß, fiel ihm, Stephanies Liebhaber, ein Name ein. Bekker? Hatte er ihr das angetan? Er ließ den Motor an.

Bekker.

Kein menschliches Wesen, das da über den Küchenfußboden kroch. Leere Höhlen, wo die Augen gewesen waren. Die Hirnschale eingeschlagen. Alles voller Blut. Kein menschliches

Wesen. Nur ein Lebewesen. Und es hatte ein Ziel: das Telefon. Denn es gab nichts anderes mehr. Nicht den Mann, der über sie hergefallen war. Nicht ihren Liebsten. Nicht mal Zeit blieb ihr. Es gab nur den Schmerz und die glatten Fliesen und irgendwo das Telefon.

Das Lebewesen schleppte sich bis zur Wand, an der das Telefon hing. Reckte sich. Reckte sich höher… und schaffte es nicht. Als die Männer vom Rettungsdienst kamen, als Glas splitterte und die Feuerwehrleute ins Haus eindrangen, starb das Wesen.

Das Bündel geschundenes Fleisch, das einst Stephanie Bekker gewesen war, hörte noch jemanden »Gott im Himmel« sagen, dann existierte es nicht mehr. Der blutige Abdruck einer Hand, fünfzehn Zentimeter unter dem Wandtelefon, war alles, was von ihm blieb.

2

Del war ziemlich groß, ziemlich knorrig und ziemlich ungehobelt. Er lümmelte die Beine auf die halbrunde Bank in der Sitznische und zeigte, als ihm die Jeans über die Knöchel rutschten, seine braunen Lederschuhe. Ausgelatscht, drekkig, mit altmodischen Hakenösen. Schuhe wie die eines hergelaufenen Bauernburschen, fand Lucas.

Er trank den Rest Cola-light und schielte zur Tür. Nichts.

»Die Pißnelke läßt sich Zeit«, meinte Del. Die Farbe seines Gesichts wechselte von Gelb zu Rot, im Rhythmus der Budweiser-Leuchtreklame im Fenster.

»Der wird schon kommen.« Lucas warf dem Barmann einen Blick zu, deutete auf seine Cola-Dose. Der nickte, bückte sich, griff in den Kühlschrank. Ein Fettwanst mit einer senffarbenen

Schürze vor dem Bauch. Kam angewatschelt wie eine schwangere Ente.

»Macht 'nen Buck«, grunzte er, und Lucas gab ihm eine Dollarnote. Der Dicke musterte die beiden Männer, sah im ersten Augenblick aus, als hätte er eine Frage auf den Lippen, im zweiten, als hätte er sie runtergeschluckt, und steuerte wieder seinen Platz hinter dem Tresen an.

Es lag, wie Lucas die Situation beurteilte, nicht etwa daran, daß sie nicht hierher gepaßt hätten. Was den Barkeeper an Del und ihm stutzig machte, war wohl eher die uralte Frage, ob und wie Topf und Deckel zusammenpassen.

Del war in Jeansblau, oben und unten, dazu ein mausgraues Sweatshirt, bei dem hinten der Einnäher rausguckte, ein Stirnband in verschlungenen Farben, offenbar ein zweckentfremdeter Schlips, und die derben braunen Treter. Lucas trug einen ledernen Fliegerblouson über einem Kaschmirsweater, khakifarbene Freizeithosen und Cowboystiefel. Sein dunkles Haar fiel locker nach vorn, sein Gesicht war kantig, hart geschnitten und – jetzt, nach den langen Wintermonaten – auffallend blaß. Fast so blaß wie die Narbe, die sich von der Augenbraue bis zur Wange zog und besonders gut zu sehen war, wenn er mit den Zähnen mahlte. Dann wurde sie zu einem weißen Strich.

Ihre Sitznische lag am Fenster, das mit einer Silberfolie überzogen war, so daß man von drinnen nach draußen sehen konnte, aber nicht umgekehrt. Wo immer die Gitter der Klimaanlage Platz ließen, standen Blumenkästen mit Plastikpetunien auf der Fensterbank. Daß es so aussah, als wäre die falsche Blütenpracht in ein merkwürdiges, irgendwie an Katzenstreu erinnerndes Granulat gebettet, lag an Del. Er schob sich alle paar Minuten einen Kaugummi zwischen die Zähne und deponierte das ausgekaute Gummi unter den Plastikblumen. Und das immerhin schon seit einer geschlagenen Stunde.

»Der kommt bestimmt«, wiederholte Lucas, hörte sich aber

nicht so an, als wäre er sicher. »Bleibt ihm gar nichts anderes übrig.«

Donnerstagabend, prasselnde Regenschauer, in der Bar war so gut wie nichts los. Drei Huren, zwei schwarze und eine weiße, saßen dichtgedrängt auf ihren Barhockern, tranken Bier und blätterten gemeinsam ein *Mirabella*-Magazin durch. Die bonbonfarbenen Regenmäntel aus durchsichtigem Vinyl hatten sie sich wie Sitzkissen untergeschoben. Nutten sind immer auf dem Sprung und trennen sich nicht gern von ihrem Regenschutz.

Hinten am Tresen saß eine Weiße, ganz allein. Sie hatte blondes gekräuseltes Haar, wäßrig grüne Augen und einen Mund wie ein breiter dünner Strich, der ununterbrochen zuckte und zitterte. Die Schultern hielt sie nach vorn gebeugt, als erwarte sie jeden Augenblick einen Schlag ins Genick. Auch eine Hure. Eine, die den Gin in sich reinkippte wie ein Kesselflickerweib.

Die Männer, die in der Bar herumlungerten, interessierten sich nicht für die Nutten. Zwei Typen – an ihren tarnfarbenen Hüten, mehr noch an der ledernen Klappmesserscheide, die dem einen am Gürtel baumelte, leicht als Shitdealer auszumachen – spielten Tischbowling. Zwei andere, die aussahen, als wären sie in der Nachbarschaft zu Hause, unterhielten sich am Tresen mit dem Barkeeper. Und dann saß da noch ein verdrossener Alter herum, vor sich ein Glas Roggenwhisky und eine Schüssel mit Erdnüssen. Er futterte die Dinger weg, als sollten sie ihn für den Rest seines Lebens satt machen. Dabei hatte er eine feste Prozedur entwickelt: ein Schluck Whisky, ein Häufchen Erdnüsse, danach ein paar Sekunden wütendes Gebrabbel unter den Aufschlägen seines Überziehers. Die restliche Kundschaft, ein halbes Dutzend Männer und eine Frau, saßen – locker im Gewirr aus altersschwachen Stühlen und Tischen mit Brandflecken verteilt und halb von dicken Schwaden aus Zigarettenqualm eingehüllt – im offenen Nebenraum hinter dem Tresen und verfolgten ein Baseball-Endspiel im Fernsehen.

»Viel Gescheites haben die in letzter Zeit im Fernsehen nicht gebracht«, sagte Lucas. Eigentlich nur, damit ihre Unterhaltung in Gang kam. Denn Del druckste offensichtlich schon den ganzen Abend an irgend etwas herum, war aber bis jetzt noch nicht damit rausgerückt.

»Das reißt sowieso keinen mehr vom Hocker«, sagte Del. »Heutzutage sind alle auf anderes Zeug aus. Soll, hab' ich gehört, Schnee heißen und von der Westküste kommen.«

»Verdammter Schnee«, murmelte Lucas kopfschüttelnd.

Sein Blick fiel aufs Fenster, hakte sich am eigenen Spiegelbild fest. Gar nicht so schlecht, fand er. Weil man da weder die grauen Strähnen sah, die sich ins dunkle Haar mogelten, noch die tiefen Ringe unter den Augen oder die Furchen, die sich allmählich links und rechts der Nase bis runter zu den Mundwinkeln gruben. Vielleicht sollte er sich so ein Stück Glas mit Silberfolie als Rasierspiegel anschaffen.

Del deutete mit dem Kopf auf die betrunkene Nutte am Ende des Tresens. »Wenn er uns noch länger warten läßt, mußt du, glaub' ich, der Mieze was nachschieben.« Lucas hatte ihr einen Zwanziger zugesteckt, mehr als ein Häufchen Kleingeld war davon nicht mehr übrig.

»Er kommt«, behauptete Lucas stur. »Der Nacktarsch hält sich doch für den Größten.«

Del grinste. »Randy? Davon kann er lange träumen.«

Lucas blieb dabei. »Wirst schon sehen. Der läßt sie nicht ungeschoren hier rumsitzen.«

Die Nutte war der Lockvogel. Del hatte sie vor zwei Tagen in ihrem Revier im Südteil von St. Paul aufgestöbert und ihr eine uralte Geschichte unter die Nase gerieben, Ladendiebstahl in Minneapolis oder so was. Und Lucas hatte das Gerücht ausgestreut, daß Randy mit gepanschtem Koks dealte und daß sie ihn verpfiffen hätte. Tatsächlich steckte eine ganz andere Geschichte dahinter. Einer von Lucas' Flüstertüten war das Gesicht zerfetzt worden. Randy hatte es getan, und die Nutte hatte ihn dabei beobachtet.

»Schreibst du eigentlich immer noch Gedichte?« fragte Del nach einer Weile.

»Gelegentlich wäre schon zuviel gesagt«, antwortete Lucas.

Del zog eine Grimasse. »Hättest weitermachen sollen.«

Lucas starrte auf die Plastikblumen. »Werd' allmählich zu alt dazu.« Es klang wehmütig. »Wer Gedichte schreiben will, muß jung genug sein. Oder einfältig genug.«

»Na, hör mal, du bist drei, vier Jahre jünger als ich.«

»Trotzdem, der Lack ist ab!« sagte Lucas. Der spaßige Unterton, der ihm eigentlich vorgeschwebt hatte, gelang ihm nicht so recht.

Del nickte grimmig. »Alles klar.« Er wußte selber am besten, warum er so ausgemergelt aussah. Er kam nun mal ohne Speed nicht mehr aus, hin und wieder mußte es auch eine Portion Charly sein. Berufskrankheit. Und wer einmal genascht hat, kommt nie wieder ganz los. Bloß, bei Del... Wenn es irgendwas gab, was sein Gesicht prägte, dann waren es die Tränensäcke. Auch an den Haaren sah man's: borstig, schmuddelig. Weil er sich gehenließ. Wie eine räudige Straßenkatze, die instinktiv spürt, daß sie's nicht mehr lange macht. »Steckt an, wenn man dauernd mit solchen Arschlöchern zu tun hat.«

»Wie oft hatten wir das Thema schon am Wickel?«

»So um die hundert Mal«, sagte Del, aber ehe er weiterreden konnte, brandete hinten im Fernsehraum begeisterter Jubel auf, und eine Männerstimme dröhnte: »Habt ihr gesehen, wie's den Nigger umgehauen hat?« Eine von den schwarzen Nutten am Tresen sah hoch, ihre Augen verengten sich, doch dann schluckte sie ihren Kommentar herunter und vertiefte sich wieder in ihr Magazin.

Del machte dem Barkeeper ein Zeichen. »Zwei Bier. Leinies, wenn's geht.«

Der Dicke nickte, und Lucas vermutete: »Du glaubst nicht mehr dran, daß Randy kommt?«

»Wenn, dann dauert's«, meinte Del. »Und noch so 'n Coke, und ich brauch' 'ne Blasentransplantation.«

Das Bier kam. Del fing ganz beiläufig an. »Hast du von dem Mord oben auf dem Hügel gehört? Gestern. Die Frau, die einer in ihrer Küche totgeschlagen hat?«

Lucas nickte. Das war's also, was Del schon die ganze Zeit loswerden wollte. »Mhm. Hab's in den Nachrichten gesehen. Und in der Dienststelle wurde auch darüber geredet.«

»Sie war meine Kusine.« Del schloß die Augen. Ließ den Kopf in den Nacken fallen. Sah auf einmal leergebrannt aus. »Wir sind zusammen aufgewachsen. Haben uns immer unten am Fluß rumgetrieben. Bei ihr hab' ich zum ersten Mal nackte Titten gesehen, in natura, mein' ich.«

Lucas musterte ihn. »Deine Kusine?« Cops machten gewöhnlich ihre Witzchen über den Tod. Je grausamer der Tod, desto rüder die Scherze. So was wie ein innerer Blitzableiter. Man mußte sich gehörig am Riemen reißen, wenn es Verwandte betraf.

»Haben Karpfen geangelt – Mann, kannst du dir das vorstellen?« Del schwang herum, lehnte den Kopf an die Fensterbank. *Verklärte Vergangenheit.* Sein bärtiges Gesicht floß in die Länge. Es hatte, fand Lucas, Ähnlichkeit mit einem der alten Fotos: James Longstreet nach der Schlacht bei Gettysburg. »Drüben am Ford-Damm, nicht weit von deiner Ecke. Zweige als Angelruten, Nylonfäden dran und Mehlklößchen als Köder. Sie klettert auf den Felsen rum, rutscht auf nassem Moos aus, landet im Wasser…«

»Geht schnell, wenn man nicht aufpaßt.«

»Sie war – na, so fünfzehn. Hat 'n T-Shirt angehabt, nichts drunter«, erzählte Del. »Und wie sie wieder rauskommt, klebt ihr das Ding auf der Haut. Du, sag' ich, ich kann sowieso alles sehen, kannst den Fummel auch ausziehen. War nicht ernst gemeint, aber sie hat's gemacht. Mann, sie hatte Nippel... Wie Buschröschen, dasselbe zarte Pink. Ich bin wochenlang mit 'nem Steifen rumgelaufen, sag' ich dir. Stephanie hieß sie.«

Lucas sagte lange nichts, studierte nur Dels Gesicht. Schließlich fragte er: »Bist du für den Fall eingeteilt?«

Del hob mit einer hilflosen Bewegung die Hände. »Nee. Sowas liegt mir nicht, hab' keine Spürnase. Ich war heute den ganzen Tag bei meiner Tante und meinem Onkel. Die sind fix und fertig. Können einfach nicht kapieren, daß ich auch nichts machen kann.«

Lucas fragte: »Was denn machen? Was erwarten sie denn?«

»Daß ich ihren Mann festnehme. Er ist Arzt an der Uni-Klinik, Pathologe.« Del nahm einen Schluck Bier. »Michael Bekker.«

»Stephanie Bekker?« Lucas runzelte die Stirn. »Kommt mir irgendwie bekannt vor.«

»Ja, sie war in der Politik aktiv. War vor 'n paar Jahren in der Arbeitsgruppe für Bürgerrechtsfragen, da hast du vielleicht mal von ihr gehört. Aber der springende Punkt ist, daß ihr Alter zur Tatzeit in San Francisco war.«

»Und damit aus allem raus ist«, sagte Lucas.

»Dahinterstecken kann er trotzdem.« Del beugte sich vor. »Mir ist das Alibi zu glatt. Und wenn du mich fragst, der hat irgendwo 'n Sprung in der Schüssel.«

»Was willst du damit sagen?«

»Bekker hat 'n Knacks weg. Ich sag' ja nicht, daß er's war, der sie umgebracht hat. Aber er hätt's gut sein können.« Am Tresen schob einer dem Keeper eine Handvoll Scheine hin, murmelte was von »Wir rechnen später ab«. Und verschwand mit drei Gläsern Bier nach hinten, wo der Fernseher lief.

»Hätte er denn ein Motiv gehabt?« wollte Lucas wissen.

Del zuckte die Achseln. »Das übliche. Geld. Er hält sich für 'n As und kann nicht kapieren, warum er's zu nichts bringt.«

»Zu nichts bringt? Ich denke, er ist Arzt?«

»Du weißt, was ich meine. Arzt – da müßte er im Geld schwimmen. Aber er ist bei der Uni angestellt. Siebzig-, achtzigtausend im Jahr. Pathologen sind nicht so gefragt.«

»Mhm.«

Draußen vor dem Einwegfenster blieb ein Pärchen stehen, eng unter dem Regenschirm aneinandergekuschelt. Glaubten sich unbeobachtet und steckten sich einen Joint an. An der Ecke machten sie noch mal halt, diesmal offenbar, weil er sich für den Wagen interessierte, der dort parkte. Lucas' Porsche.

»Braucht eben jeder seine Vitamine«, meinte Del.

Lucas wandte ihm den Kopf zu. »In der Dienststelle hieß es... Da soll ein Kerl bei deiner Cousine gewesen sein?«

Del legte die Stirn in Falten. »Ja, hat uns auch überrascht. Es war einer da. Sie haben gebumst, sagt der Polizeiarzt. Eine Vergewaltigung war's nicht. Und dann hat auch noch einer nachts angerufen und den Mord gemeldet.«

»Streit nach einem Schäferstündchen?«

»Glaub' ich nicht. Der Mörder kam anscheinend durch die Hintertür und ist, nachdem er sie umgebracht hat, auf demselben Weg wieder verschwunden. Sie hat an der Spüle gestanden. Die Jungens haben Spuren von Spülmittel gefunden, im Becken und an ihren Händen. Kein Hinweis, daß sie sich gewehrt hat. Hatte wahrscheinlich gar keine Gelegenheit dazu. Sie spült Geschirr ab – und *bong.*«

»Hört sich nicht nach Streit mit ihrem Macker an.«

»Nein. Und einer von der Mordkommission fand's komisch, daß der Mörder... Ich meine, wenn wir mal davon ausgehen, daß es nicht ihr Loverboy war, wie kann der Kerl dann so dicht rankommen, ohne daß sie was hört? Hat sich rausgestellt, daß die Türangeln ziemlich frisch geölt waren. Muß vor 'n paar Wochen passiert sein.«

»Aha. Bekker.«

»Ja. Aber viel gibt das natürlich nicht her.«

Lucas ging alles noch mal in Gedanken durch. Ein plötzlicher Regenschauer trommelte gegen die Scheibe. Doch so schnell, wie der Spuk begonnen hatte, war er auch wieder vorbei. Eine Frau mit einem roten Schirm stemmte sich gegen den Wind.

»Hör zu«, sagte Del, »ich erzähl' dir den ganzen Scheiß nicht zum Spaß. Ich hab' gehofft, du kümmerst dich drum.«

»Ach, Mann... Mit Mord hab' ich nicht viel am Hut. Und...« Eine fahrige, verlegene Handbewegung. »Und besonders erfolgreich war ich in letzter Zeit auch nicht gerade.«

»Das ist was anderes. Du brauchst einen interessanten Fall, daran liegt's.« Dels ausgestreckter Zeigefinger zielte auf Lucas' Gesicht. »Du bist verdammt beschissen drauf, weißt du das? Beschissener als ich. Und das will was heißen.«

»Danke«, murmelte Lucas. Und als er gerade zu einer Frage ansetzen wollte, tauchten draußen vor dem Fenster zwei Gestalten auf. Eine junge Kaffeebraune im lohfarbenen Trenchcoat, mit einem farblich abgestimmten, breitkrempigen Hut. Neben ihr ein Weißer, so ein blasses Bürschchen mit einem Tirolerhut.

Lucas fuhr hoch. »Randy.«

Del guckte raus, packte Lucas am Arm. »Bleib ganz ruhig, ja?«

Lucas hatte auf einmal Kies auf den Stimmbändern. »Sie war meine beste Informantin. Fast so was wie 'ne Freundin.«

»Hühnerkacke. Behalt die Nerven.«

»Warte, bis er drin ist. Dann gehst du auf ihn zu. Ich halt' mich hinter dir, mich erkennt er auf Anhieb.«

Randy kam als erster herein, die Hände tief in den Manteltaschen. Einen Augenblick blieb er stehen, posierte wie ein Gokkel. Aber keiner beachtete ihn. Zwölf Sekunden vor Spielende. Die Celtics lagen um einen Punkt zurück, hatten den Ball. Alle starrten auf den Bildschirm, außer der Nutte, die zuviel Gin in sich reingekippt hatte, und dem alten Knotterer, der seine Erdnüsse futterte und Gott weiß was in den Überzieher brabbelte.

Die Kaffeebraune kam nach, schloß die Tür hinter sich.

Lucas drückte sich hinter Del aus der Sitznische, sah ihm über die Schulter. *Sagenhaft, die Kleine*, dachte er, bevor der den Kopf einzog. *Warum hängt die sich bloß an so ein Stück Scheiße?*

Randy Whitcomb war siebzehn und ein eingebildeter Typ. Hatte immer eine Kanone und ein Messer dabei. Und manchmal sah man ihn mit einem Gehstock aus Schlehenholz herumflanieren, die Hand auf den Goldknauf gestützt. Längliches Gesicht, mit Sommersprossen gepflastert. Rotes, borstiges Haar. Die beiden mittleren Schneidezähne gespreizt wie bei einem Biber. Er schüttelte sich wie ein Köter, sein Tweedmantel – für den er zu jung, zu mickrig und zu dämlich war – sprühte Tropfen nach allen Seiten. Ging zur Bar, auf die betrunkene Nutte zu, baute sich auf, wartete, daß sie hochsah. Tat sie aber nicht. Seine Hand kam mit einem Dosenöffner aus der Manteltasche, den ließ er über den Tresen schlittern, mitten in den Stapel Münzen, der vor ihr lag.

»Marie…« Wie leises Locken. Aber mit einem Unterton, der den Barkeeper aufhorchen ließ. Del und Lucas rückten näher. Randy sah gar nicht hin, fixierte nur die Hure. Und flötete zukkersüß: »Marie-Baby, ich höre, du hast den Bullen was gesungen…«

Marie machte Anstalten, vom Hocker zu klettern. Mit huschenden Augen, die Lucas suchten. Der Barhocker kippte nach hinten, sie wollte sich am Tresen festhalten, wippte sekundenlang wie auf einer Schaukel. Und Randy schlenderte mit wiegenden Schritten auf sie zu. Ahnte nicht, daß Lucas hinter ihm war. Bis ihn ein Faustschlag in den Rücken traf und hart gegen den Tresen prallen ließ.

»He, he«, machte der Barkeeper. Und im selben Moment, als Glas splitterte und Marie endgültig nach hinten kippte, hatte Del die Dienstmarke in der Hand.

»Polizei«, rief er, »jeder bleibt, wo er ist.« Er zog einen kurzläufigen schwarzen Revolver aus dem Hüftholster, brachte ihn vor sich in Anschlag, hoch genug, daß jeder ihn sehen konnte.

»Deine Freunde, die Bullen, Randy Ernest Whitcomb...« Lucas hakte dem Jungen den linken Fuß unter den Knöchel. Hielt ihn, halb über die Bar gedrückt, mit einer Hand fest, langte nach den Handschellen. »Du bist festgenommen wegen...«

»Nein«, schrie Randy, knickte wie ein Taschenmesser zusammen, trat nach hinten aus und traf Lucas an der Wange. Nur flüchtig, kein gezielter Tritt. Aber weh tat's trotzdem, Lucas taumelte.

Randy rollte sich über den Tresen, krabbelte auf allen vieren bis zum Ende der Theke und hatte, als er wieder auftauchte, eine Wodkaflasche in der Hand. Die im nächsten Augenblick auf Dels Schädel landete. Dann rannte er auf den Hinterausgang zu. Lucas wußte zwar, daß die Tür abgeschlossen war, blieb ihm aber dicht auf den Fersen. Randy rammte die Schulter dagegen und wirbelte, als auch der zweite Versuch erfolglos geblieben war, mit wilden Augen herum. Das Ding in seiner Hand blitzte gefährlich. Ein Schlitzmesser, der neueste Hit in der Szene. Sah harmlos aus, wie ein Kugelschreiber, solange so ein Fuzzy das Röhrchen in der Brusttasche stecken hatte. Wenn er's aufspringen ließ, kam ein fünfzehn Zentimeter langes, tückisch scharfes Skalpell zum Vorschein.

»Komm, du Scheißbulle«, johlte Randy mit überschnappender Stimme, speichelsprühend und mit weit aufgerissenen Augen. »Komm, du Arschgesicht, ich schlitz' dich auf.«

»Wirf das verdammte Messer weg«, schrie Del. Lucas warf rasch einen Blick nach hinten, sah Del mit dem Revolver auf Randys Kopf zielen und hatte das beruhigende Gefühl, daß die Welt wieder im Lot war. Der Dicke hinter der Bar preßte die Hände auf die Ohren. Weiß der Henker, wann er die Erfahrung gemacht hatte, daß ihm schon nichts passieren würde, solange er nichts hörte. Marie hatte sich hochgerappelt, starrte auf ihre Hände und fing jämmerlich an zu krakeelen, als sie sah, daß sie bluteten. Die beiden Shitdealer standen auf einmal nicht mehr am Tischbowling, und der eine, der mit dem hüpfenden Adamsapfel, fummelte am Gürtel herum, genau da, wo die lederne Messerscheide hing.

Randy brüllte weiter, tänzelte nervös. »Los, du Arsch, schieß doch. Ich bin nämlich noch 'n Heranwachsender, ihr blöden Säue.«

»Wirf das verdammte Messer weg«, schrie Del noch einmal und schielte zu Lucas hinüber. »He, Mann, was nu?«

»Laß ihn mir«, sagte Lucas. Deutete mit einer schnellen Kopfbewegung zur Seite. »Paß auf den Shitdealer auf, der hat auch 'n Messer.« Und dann fixierte er, während Del herumschnellte, den rothaarigen Jungen. »Du ziehst gern 'ne große Nummer ab, Randy?«

»Ich schieb' auch gern 'ne Nummer«, gröhlte Randy. Streckte obszön die zusammengerollte Zunge raus. »Biste scharf auf mich? Mußt's nur sagen, Mann.«

»Tja, Jungchen, dann mußt du in Zukunft von deinen Erinnerungen leben«, sagte Lucas. »Weil ich dir nämlich gleich dein eigenes Schlitzmesser durch die Eier bohre. Du hast Betty einen Dosenöffner durchs Gesicht gezogen. Und ich hab' sie zufällig gemocht. Darum bin ich hinter dir her.«

»Okay, Davonport, und jetzt hast du mich, wie?« brüllte Randy. »Komm her, hol mich.« Er mimte den braven Jungen, Hände schön nach unten, wie sie's ihm in der Besserungsanstalt beigebracht hatten, aber die Hand mit dem Schlitzmesser lauerte.

Daumenregel für Bullen: Laß keinen mit einem Messer näher als drei Schritte an dich ran, sonst kriegst du's verpaßt. Sogar 'ne Kanone hilft da nichts. Nicht mal, wenn du abdrückst.

»Ganz ruhig, Mann, ganz ruhig.« Del. Er war mit dem Shitdealer beschäftigt.

»Wo ist das Mädchen?« rief Lucas ihm zu, ohne Randy aus den Augen zu lassen. Die Arme halb oben, wie ein Boxer.

»Steht an der Tür.«

»Hol sie.«

»He, Mann...«

»Hol sie. Ich hab' die Arschgeige im Griff.«

Und dann ging er direkt auf Randy los. Täuschte mit der Rechten einen Schwinger an, lockte Randys Linke hoch. Und als dessen rechte Hand hochschnellte, packte er den Jungen blitzschnell am Kragen, stieß ihn zurück und schlug mit der Rechten zu. Randy wurde gegen die Wand geschleudert. Er brachte zwar noch mal das Messer hoch, aber inzwischen traktierte Lucas seinen Kopf schon wie einen Punchingball.

»Lucas...« hörte er Del von hinten schreien.

Musik in der Luft. Himmelblau. Harfen und Pauken. Der Kopf des Jungen hämmerte gegen die Wand. Lucas' Arme arbeiteten wie Kolben. Ellbogen in Brusthöhe. Eine lange, wunderschöne Kombination. Die kein Ende mehr nahm. Eins-zwei, eins-zwei-drei, eins-zwei... Das Messer flog auf den Boden, rutschte weg.

Lucas wich zurück. Das heißt, er hatte es vor. Kam aber nicht weit. Dels Arm umklammerte seinen Hals. Riß ihn nach hinten.

Die Harfen und Pauken verstummten, die Welt drehte sich wieder normal. Die Leute in der Bar waren aufgesprungen, starrten auf Lucas und Del. Aufgereihte Gesichter. Nebeneinander geklebt wie Briefmarken. Hinten lief das Baseball-Spiel weiter. Die Anfeuerungsrufe in der Übertragung hörten sich auf einmal kläglich an, wie ein halbverschlucktes Echo.

»Mein Gott.« Dels Atem ging keuchend. Und was dann kam, sagte er eine Spur zu laut, zu betont. »Ich dachte schon, er hat dich erwischt. Keiner rührt das Scheißmesser an, sonst bucht' ich ihn ein. Wir brauchen die Fingerabdrücke.«

Er hielt Lucas immer noch fest. Bis der schließlich murmelte: »Ist ja gut, Mann, alles in Ordnung.«

Del sah ihn an. »Dir ist nichts passiert?« Und bewegte lautlos die Lippen. *Zeugenaussagen.* Fragte laut: »Oder hat er dich doch mit dem Messer erwischt?«

»Ich glaube, ich bin okay.«

»Noch mal Schwein gehabt«, sagte Del. Und wieder betont laut: »Der Junge war übergeschnappt. Habt ihr gesehen, wie der mit dem Messer auf ihn losgegangen ist? Wie ein Irrer. Hab' noch nie erlebt, daß einer so durchdreht...« *Den Zeugen in den Mund legen, was sie aussagen sollen.*

Lucas drehte sich nach Randy um. Der saß auf dem Boden, den Kopf an die Wand gelehnt, das Gesicht blutig.

»Wo ist seine Freundin abgeblieben?« fragte Lucas.

»Vergiß das Flittchen«, sagte Del. Er ging auf Lucas zu, zog ihm die Hände nach vorn. »Ich dachte schon, du bist hinüber, du blöder Hund.«

Eine der Nutten hängte sich den erdbeerroten Vinylmantel um die Schultern, wandte sich zur Tür, blieb stehen, warf einen Blick auf Randy. Und sagte mit breitem Kansas-City-Akzent in die Stille: »Ihr solltet 'n Rettungswagen rufen. Der kleine Arsch hat ganz schön was abgekriegt.«

3

Bekker hatte zwei Gesichter.

Es gab den Alltags-Bekker, den Wissenschaftler im weißen Laborkittel an der Hochgeschwindigkeitszentrifuge oder mit dem Skalpell in der Hand.

Und es gab das Super-Ego.

Super-Ego hieß: ganz oben sein. Da, wo heller Glanz war. Wo alles tanzte.

Super-Ego, das waren die Dextroamphetamine, die orange eingefärbten, herzförmigen Tabletten und die zweifarbigen Kapseln, eine Hälfte schwarz, die andere durchsichtig. Super-Ego, das waren Weckmittel-Hydrochlorid-Kombinationen, die schwarzen, metallisch glänzenden Amphetamin-Dragees und die schwarz-grünen Kautabletten mit Phendimetrazin-Tartare. Gab's alles zu kaufen, ganz legal.

Super-Ego, das war vor allem der illegale Stoff, die namenlosen weißen Tabletten aus MDMA, auch Ekstase genannt, und die perforierten Calciumcarbonat-Riegel mit eingeprägtem Zodiak-Signum und dem unsichtbaren, segensreichen Quentchen LSD. Und Kokain, nicht zu vergessen.

Super-Ego, das waren die biologisch wichtigen organischen Verbindungen und die synthetischen Wachstumshormone, mit denen man den Kampf gegen die Jahre aufnehmen konnte.

Der Alltags-Bekker war verbraucht.

Bekker, der richtige Bekker, das waren die blutroten Kodeinkapseln, die gefäßerweiternden Mittel. Einfache Benzodiazephine, Xanax und Librium, Valium, Paxipam, Ativan und wie sie alle hießen, halfen gegen die Ängste. Die anderen, die auf Molidonbasis, wirkten sogar aufmunternd. Alles legal.

Und dann die, die man sich unter der Hand beschaffen mußte.

Die weißen Metaqualontabletten, das Zeug, das aus Europa kam. Und besonders Phencyclidin. PCP. Der Schuß Starkstrom.

Früher hatte Bekker seine Muntermacher in einem eleganten goldenen Pillendöschen mit sich herumgetragen, aber das reichte nun nicht mehr. In einem Antiquitätenladen in Minneapolis hatte er ein kupfergetriebenes Zigarettenetui erstanden und mit Samt ausgeschlagen. Da brachte er gut hundert Tabletten unter. Genug für beide, den Alltags-Bekker und das Super-Ego.

Super-Ego starrte ins Zigarettenetui und ließ den Vormittag Revue passieren. Alltags-Bekker war ins Bestattungsinstitut gegangen und hatte verlangt, seine Frau zu sehen.

»Mr. Bekker, ich glaube wirklich, der Zustand, in dem...« Der Mann in Schwarz war nervös. Sein Mienenspiel wechselte von einstudiertem Mitgefühl zu echtem Kummer, ein Schweißfilm überzog seine Stirn. Mrs. Bekker war nicht das Beste, was er je hingekriegt hatte. Und daß ihm ihr Mann womöglich den Teppich vollkotzte, fehlte gerade noch.

»Verdammt, ich will sie sehen«, schnauzte Bekker ihn an.

»Sir, ich muß Sie eindringlich warnen...« Dem Mann in Schwarz flatterten die Hände.

Bekker starrte ihn kalt an. Mit Frettchen-Augen. »Ich bin Pathologe. Ich weiß, worauf ich gefaßt sein muß.«

»Nun, dann... Ich vermute...« Der Mann in Schwarz formte mit den Lippen ein I. Langgezogen, wie bei igittigitt.

Sie lag im bronzebeschlagenen Sarg, auf gerüschte rosa Seide gebettet. Lächelte, wenn auch kaum merklich. Rosenroten Hauch auf den Wangen. Der obere Teil des Gesichts, von der Nasenwurzel aufwärts, sah aus wie auf einer Fotomontage. Wachs, Modelliermasse, Make-up und Farbe. Von den Augen war kaum etwas übrig. Sie hatten ihr Bestes getan. Aber wenn man bedachte, wie sie gestorben war, konnte auch nicht viel dabei rauskommen.

»Mein Gott«, sagte Bekker und streckte die Hand nach dem Sarg aus. Lautloser Jubel schüttelte ihn. Er war sie los.

So lange hatte er den Haß mit sich herumgeschleppt. Und ihrem Getue zusehen müssen. Mit all den Möbeln und Teppichen, mit alten Gemälden in prunkvoll verschnörkelten Rahmen, antiken Tintenfässern, Essigfläschchen, Kompottschälchen und Quimper-Fayence, mit krummbauchigen Flaschen, die irgend jemand in einer Gott weiß wie vergammelten Kate aufgetrieben hatte. Und sie dann immer... Fuhr mit den Fingerspitzen über den Plunder, streichelte den Krempel, wienerte daran herum, rückte ein Stück dahin, das andere dorthin, bis sie's schließlich doch verscherbelte. Und das endlose Geseire mit ihren Freunden, die – genauso in das antike Zeug vernarrt wie sie – auf altersschwachen Stühlen saßen, Tee schlürften und ständig über den alten Trödel redeten…

Mahagoni auf Rundstabfüßchen, mit Goldlitze gerahmter Lederbezug, aber es ist nicht zu fassen, mit was für scharfen Putzmitteln diese Leute die Politur malträtiert haben. Entweder wußten sie nicht, was sie da für ein Kleinod im Haus haben, oder es war ihnen egal… Hach, hört bloß auf mit dem Georgianischen Teetisch, von dem sie so geschwärmt hat. Ich hab' ihn mir angesehen, einfach schäbig, um mal Tacheles zu reden…

Und nun war sie tot.

Er runzelte die Stirn. Kaum zu glauben, daß sie einen Liebhaber gehabt hatte. Einen von diesen weißhäutigen Hängebauchtypen, die kein anderes Gesprächsthema als Teeservices und Ohrensessel kannten? Was hatten sie denn im Bett getrieben? Über Antiquitäten gequatscht?

»Sir, ich würde sagen…« Der Mann in Schwarz legte ihm stützend die Hand an den Ellbogen. Ein ahnungsloser Engel.

»Es geht schon«, sagte Bekker und akzeptierte stillschweigend die Hand. Eine Geste, die ihn amüsierte. Ansonsten war der Mann vom Bestattungsinstitut Luft für ihn. Er blieb noch eine Weile vor dem Sarg stehen. Ein Anblick, den er sich unvergeßlich einprägen wollte.

Michael Bekker war ein Bild von einem Mann. Ein ovales Gesicht, volles blondes Haar, stufig geschnitten, mit locker fallenden Tuffs über den schmalen, makellos geformten Ohren. Eine breite Stirn, ohne Fältchen, sanft geschwungene Augenbrauen, helle, fast weiße Rundbogen über hinreißend tiefblauen Augen. Ein Gesicht ohne Runzeln und Runen, abgesehen von winzigen Krähenfüßen, die freilich einen unaufdringlich maskulinen Zug beisteuerten und so den Eindruck harmonischer Schönheit eher noch betonten.

Schmaler Nasenrücken, fein geschnittene, fast zierliche Nasenlöcher. Kantiges Kinn mit markanten Grübchen. Volle Lippen, regelmäßige Zähne. Die Haut womöglich eine Spur zu blaß, dennoch nicht ungesund. Ein perfektes, ein Filmgesicht.

Nicht ganz so reich hatte ihn die Natur beschenkt, was den Körperbau betraf. Guter Durchschnitt, mehr nicht. Die Schultern hätten ein wenig breiter, die Hüften weniger ausladend sein dürfen. Und die Beine waren vielleicht etwas zu kurz geraten.

Mängel, gegen die er unermüdlich zu Felde zog. Wenn man dem Idealbild so nahe ist... Vier Abende in der Woche trieb er Sport, eine halbe Stunde am Nautilus-Trainer, noch mal eine halbe mit Hanteln. Einen Abend Beine und Rumpf, den anderen Arme und Schultern. Nach zwei Abenden ein Ruhetag, nach den nächsten beiden dann zwei Tage zum Ausruhen, das Wochenende.

Und natürlich die Pillen, seine anabolischen Krücken. Es ging ihm nicht um Kraft, die kam allenfalls als Bonus dazu. Was Bekker interessierte, war sein äußeres Erscheinungsbild. Breitere Schultern, ein Brustkasten, der was hermachte. Gegen die ausladenden Hüften war leider kein Kraut gewachsen, aber wenn er mit breiten Schultern daherkam, fielen sie nicht so auf.

Tja, die Beine... Beine kann man nicht strecken. Aber er hatte in New York, nicht weit von der Madison Avenue, in einer der Siebziger-Straßen, einen kleinen Laden entdeckt, der hinreißend schöne, maßgeschneiderte Halbstiefel anbot. Aus Kalbsleder, so flaumweich, daß er das Obermaterial manchmal an der Wange entlangstreifen ließ, bevor er die Schuhe anzog.

Schuhe mit einer unauffälligen Höhenregulierung. Zweieinhalb Zentimeter näher dem Idealbild, das Gott vorgeschwebt haben mußte, als er den Typ des nordischen Mannes schuf.

Bekker seufzte und kam zurück in die reale Welt. In die Welt, zu der die kalten sechseckigen Bodenfliesen unter seinen nackten

Füßen gehörten. Und der Badezimmerspiegel, vor dem er stand und sein wunderschönes Gesicht anstarrte.

Er war wieder mal weg gewesen. Wie lange? In einem Anflug von Panik sah er auf die Uhr. Fünfzehn Minuten waren vergangen. Er mußte das in den Griff kriegen. Die Barbiturate. Er hatte ein paar geschluckt, um sich ruhigzustellen, und irgendwie hatten die Dinger ihn wegdriften lassen. Was eigentlich nicht passieren durfte. Aber in letzter Zeit immer häufiger vorkam.

Er gab sich einen Ruck. Ging unter die Dusche. Drehte das kalte Wasser auf. Fluchte unter dem eisigen Strahl. Schloß die Augen, beugte sich vor, seifte sich ein, spülte den Schaum ab und trat aus der Glaskabine.

War noch Zeit? Selbstverständlich. Dafür immer. Er rieb sich Tagescreme ins Gesicht, tupfte After-shave an Kinn und Wangen, Eau-de-toilette auf die Brust, hinter die Ohren und an den Hodensack, stäubte sich Körperpuder unter die Arme und in die Gesäßfurche.

Fertig. Noch ein Blick in den Spiegel. Mit der Nase war er noch nicht zufrieden. Ein bißchen Make-up? Nein, lieber nicht. Bloß nicht zu gepflegt aussehen. Immerhin ging's darum, Stephanie das letzte Geleit zu geben. Und mit Sicherheit war die Polizei da. Die Typen von der Mordkommission. Mit Argusaugen. Weil ihnen Stephanies Vater und ihr gottverdammter Cousin, der Bulle, weiß der Himmel was ins Ohr geblasen hatten.

Wegen der Ermittlungen zerbrach er sich nicht den Kopf. Er hatte Stephanie nicht ausstehen können, ein paar von ihren Freunden wußten das. Aber er war ja in San Francisco gewesen.

Er lächelte in den Spiegel. Fand das Lächeln mißglückt, ließ es weghuschen. Probierte ein halbes Dutzend Variationen, die für eine Beerdigung angemessener schienen. So düster er auch dreinblicken mochte, seiner Schönheit tat das keinen Abbruch.

Er reckte das Kinn, versuchte es noch einmal mit dem Lächeln. Alles erledigt? Noch nicht ganz. Er benutzte das Haarspray mit dem dezenten Fliederduft, lockerte das Ganze mit ein paar Bürstenstrichen auf. Zufrieden wandte er sich dem Schrank zu, sah die Anzüge durch. Den blauen, entschied er.

Quentin Daniel sah aus wie ein Metzger im Sonntagsstaat. Ein braver deutscher Metzger bei einer Erstkommunionsfeier. Rotgeädertes Gesicht, ein schwammiges Kinn, Hautfalten über dem engen weißen Kragen und Speckfalten im Nacken. Bestimmt hätte er sich gut hinter einer chromblitzenden Fleischerwaage gemacht, einen Daumen auf der Ladentheke, einen auf den Lammkoteletts.

Bis man ihm in die Augen sah.

Augen wie ein irischer Jesuit. Blaßblau, zwingend. Er war... ein Bulle, wenn man's so nennen wollte. Schreibtischtäter. Eine Pistole hatte er seit Jahren nicht mehr getragen, dafür ließ er sich die Anzüge jetzt vom Schneider machen. Und bewaffnete sich mit Sehhilfen. Einer schlicht-gestylten, durchgeschliffenen Brille für Besprechungen und ähnliche Anlässe, einer in Schildpatt gefaßten Lesebrille für den Computerschirm und einem Satz blaugetönter Kontaktlinsen für Fernsehinterviews.

Sonst trug er keine Waffen, nie.

Lucas schob sich durch den Türrahmen aus massiver Eiche und schlenderte lässig in Daniels Büro. Im Fliegerblouson von gestern abend, jetzt mit einem quergestreiften Hemd, sandfarbenen Bundhosen und Mokassins, sogar rasiert hatte er sich.

»Sie haben mich rufen lassen?«

Daniel hatte die Computerbrille auf, sah hoch, blinzelte halb blind vor sich hin, nahm das Schildpattgestell ab und griff nach der durchgeschliffenen Brille. Er deutete auf den Besucherstuhl. Eine Spur mehr Farbe im Gesicht als sonst, fiel Lucas auf.

»Kennen Sie Marty McKenzie?« fragte Daniel. Ganz ruhig, die Hände flach auf der grünen Schreibunterlage.

»Mhm.« Lucas nickte, nahm Platz, schlug die Beine übereinander. »Hat sein Büro im Claymore Building. Ziemliche Null.«

»Eine Null«, bestätigte Daniel. Faltete die Hände über dem Bauch und richtete den Blick auf die Decke. »Gleich heute morgen kam die Null hier reinspaziert. Und ich hatte das Vergnügen, mir eine halbe Stunde lang einen Vortrag von ihm anzuhören. Was meinen Sie, worum's ging?«

»Randy.«

»Die Null hat nämlich einen Mandanten, der heute nacht im Sicherheitstrakt des Hennepin General eingeliefert wurde. Nachdem ihn einer von meinen Cops grün und blau geschlagen hatte. Als die Null weg war, hab' ich im Krankenhaus angerufen und mich mit dem Arzt unterhalten.« Daniel zog eine Schublade auf, nahm einen Ordner heraus. »Ein paar gebrochene Rippen. Nasenbein eingedrückt. Einige Zähne fehlen. Verdacht auf Brustbeinfraktur. Wegen des Schocktraumas wollen sie sich noch nicht festlegen, weil noch ein paar Untersuchungsergebnisse ausstehen.« Er klatschte den Ordner auf die Schreibtischplatte. »Himmel noch mal, Davenport...«

»Der Kerl hat mich mit 'm Messer bedroht«, sagte Lucas. »Wollte mich aufschlitzen. Sehen Sie selbst.« Er klappte das Revers um, zeigte den Schlitz im Leder.

»Erzählen Sie keinen Unsinn.« Daniel sah gar nicht hin. »Die Zivilstreifen wissen seit einer Woche, daß Sie hinter ihm her waren. Seit das mit der Nutte passiert ist. Und heute nacht haben Sie ihn erwischt und zusammengeschlagen.«

»Ich glaube nicht, daß man...«

»Halten Sie den Mund«, raunzte Daniel ihn an. »Sparen Sie sich Ihre Erklärungen. Sie wissen Bescheid, und ich weiß Bescheid.«

Lucas zuckte die Achseln. »Auch gut.«

»Die Polizei ist keine Bande von Straßengangstern. Sie können hier nicht so eine Scheißnummer abziehen. Das gibt Ärger. Und kann böse ausgehen.«

»Wieso?«

»McKenzie hat Dienstaufsichtsbeschwerde eingelegt, bevor er zu mir kam. Also haben jetzt andere die Finger drin. Ich muß eine schriftliche Stellungnahme vorlegen. Egal, was für ein Arschloch dieses Früchtchen Randy ist, er gilt noch als Heranwachsender. Sie hätten mal erleben sollen, was seine Sozialarbeiterin für eine Show abgezogen hat. Der kann ich nicht mit Angriff auf einen Polizeibeamten kommen...«

»Vielleicht tun's ein paar Fotos von dem Mädchen, das er in der Mangel hatte.«

»Okay. Schicken wir ihr die. Kann sein, daß sie dann anders darüber denkt. Und wir haben ja noch Ihre Lederjacke mit den Schnittspuren. Und Zeugenaussagen. Aber ich weiß nicht... Wenn die Jacke nicht wär', müßte ich Sie auf der Stelle suspendieren.« Daniel fuhr sich mit dem Handrücken über die Stirn, als müsse er sich den Schweiß abwischen, schwang den Stuhl herum, drehte Lucas den Rücken zu und starrte aus dem Fenster. »Ich mach' mir Sorgen um Sie, Davenport. Alle Ihre Freunde machen sich Sorgen. Vorhin war Sloan hier. Er hat das Blaue vom Himmel gelogen, um Sie zu decken. Bis ich ihm angedroht habe, daß ich alles auf Band nehme. Danach haben wir uns 'ne Weile unterhalten.«

»Ach, Scheiß-Sloan«, knurrte Lucas gereizt. »Ich hab' nicht von ihm verlangt, daß er...«

»Lucas...« Daniel schwang den Stuhl zurück. Statt Verärgerung Besorgnis in der Stimme. »Er ist Ihr Freund. Und das sollten Sie zu schätzen wissen. Allzu viele Freunde haben Sie nämlich nicht. Waren Sie inzwischen mal bei einem Seelenklempner?«

»Nein.«

»Die haben heute Pillen gegen alles. Ich sag' nicht, daß sie alles hinkriegen, aber sie machen's einem leichter. Glauben Sie's ruhig. Ich hab's selbst hinter mir. Vor sechs Jahren. Und ich hab' Angst vor dem Tag, an dem ich wieder hin muß.«

»Ich wußte gar nicht, daß Sie...«

»Wenn man ein öffentliches Amt bekleidet, redet man nicht gern über solche Dinge. Wer will schon, daß die Leute glauben, ihr Polizeichef hätte eine Macke? Wie auch immer, was Sie haben, nennt man eine monopolare Depression, und...«

»Ich hab' drüber gelesen«, fiel ihm Lucas ins Wort. »Mich bringen keine zehn Pferde zu einem von den Brüdern.«

Er stand auf, wanderte durchs Büro, blickte gut einem Dutzend Politiker in die Augen, deren gerahmte Konterfeis die Wand schmückten. Presseaufnahmen, der Polizeichef hatte um einen Abzug gebeten. Schnappschüsse, lauter lächelnde Gesichter, alles in Schwarzweiß. Es gab nur zwei Farbflecke auf der Wand. Der eine war ein Teppich, in einen Rahmen gefaßt und mit einer Widmung: »Quentin Daniel – von seinen Hmong-Freunden – 1989«. Der andere war ein Kalender mit einem Stilleben, Blumen in einer Vase, in leuchtenden Farben, vom Stil her ein wenig verwirrend, weil man nicht recht wußte, ob man das Bild unter Impressionismus oder Naiver Kunst einordnen sollte. Lucas blieb vor dem Kalender stehen und sah ihn sich aufmerksam an.

Daniel beobachtete ihn eine Weile, dann seufzte er und sagte: »Ich bestehe ja nicht drauf, daß Sie zum Psychiater gehen. Die sind nun mal nicht jedermanns Sache. Aber als Freund sage ich Ihnen: Sie sind ziemlich am Ende. Mir ist das früher schon aufgefallen, aber jetzt sieht man's Ihnen ganz deutlich an. Sie sind ausgebrannt. Sloan sagt das auch. Und Del. Wenn Sie nicht bald was dagegen unternehmen, wird's schlimm für Sie. Oder für jemand anderen.«

Lucas drehte sich zum Schreibtisch um. Setzte alles auf eine Karte. »Ich könnte den Dienst quittieren. Oder Urlaub nehmen.«

Daniel schüttelte den Kopf. »Keine gute Idee. Leute in Ihrer Verfassung sollten Freunde um sich haben. Ich mach' Ihnen einen Vorschlag, und sagen Sie einfach, wenn's Ihnen nicht paßt.«

»Ja, gut.«

»Ich möchte, daß Sie sich um den Fall Bekker kümmern. Sie müssen deswegen Ihr Netz nicht vernachlässigen, aber die Mordsache hat Vorrang. Sie brauchen Leute um sich, Teamwork. Und ich brauche einen, bei dem der Fall in guten Händen ist. Die Familie gibt keine Ruhe, und die Presse spielt die Sache hoch.«

Lucas blickte nachdenklich auf den Boden. »Del hat gestern abend auch schon davon angefangen. Ich hab' ihm versprochen, mich ein bißchen umzuhören.«

»Dann tun Sie's«, sagte Daniel, setzte sich die Computerbrille auf und wandte sich den bernsteinbraunen Zahlen auf dem Bildschirm zu.

»Wie lange ist es her, daß Sie zuletzt im Außendienst waren?« fragte Lucas.

Daniel sah ihn an, ließ die Augen zur Decke wandern, rechnete in Gedanken und sagte: »Einundzwanzig Jahre.«

Lucas nickte. »Inzwischen ist alles anders geworden. Gut und Böse sagt den Leuten nichts mehr. Wenn uns einer damit kommt, wissen wir gleich, daß er ein Spinner ist. Geld, Einfluß, gutes Feeling, Kokain – das sagt denen was. Für die Leute sind wir tatsächlich eine Bande von Straßengangstern. Und sie akzeptieren das sogar. Aber die kleinste Schwäche, und sie würden über uns herfallen wie die Ratten.«

»Gott im Himmel...«

»He, hören Sie mir zu«, sagte Lucas, »ich bin nicht total verblödet. Ich behaupte nicht mal, daß es nur recht und billig wäre, wenn ich mit der Sache von heute nacht ungeschoren davonkäme. Das ist die Drecksarbeit, und irgend jemand muß sie ja tun. Zu unserm Rechtssystem gehören gewiefte Richter und mit allen Wassern gewaschene Strafverteidiger. Nur, mit Gerechtigkeit hat das nichts zu tun. Gerechtigkeit üben – das war das, was ich getan habe. Die auf der Straße kapieren das. Ich hab' nicht zuviel und nicht zuwenig getan, sondern genau das, was nötig war.«

Daniel sah ihn lange an, bevor er sagte: »Kein Widerspruch.« Nüchtern und leidenschaftslos. »Aber lassen Sie so was um Himmels willen keinem zu Ohren kommen.«

Unten im Erdgeschoß lümmelte Sloan an der Stahlblechtür, blätterte in einer weggeworfenen Zeitung und rauchte eine Camel. Hageres Fuchsgesicht, nikotinverfärbte Zähne. Der braune Hut saß ihm tief in der Stirn.

»Du hast wieder mal 'n Haufen Scheiß verzapft«, fauchte Lucas ihn an, noch ehe er an der Tür war. In seinem Schädel knisterte es, als wäre er mit gerupfter Baumwolle wattiert.

Sloan machte Platz, damit Lucas aufschließen konnte. »Daniel ist kein Trottel. Und was ich gesagt habe, war kein Scheiß. Hast du ja gesagt? Ich meine... den Fall Bekker?«

»Ich überleg's mir noch«, sagte Lucas.

»Die Frau wird heute nachmittag beerdigt, solltest hingehen. Und noch was. Ich hab' ihn mal ein bißchen unter die Lupe genommen, den Bekker. 'n waschechter Schneemann.«

»Tatsächlich?« Lucas stieß die Tür auf und betrat das Büro. Ehemals eine Pförtnerloge. Zwei Stühle, der Holzschreibtisch, zwei Schubfachkommoden, ein Papierkorb aus Blech, eine Wandgarderobe von anno Tobak, ein IBM-Computer und ein Telefon. Dazu auf einem ausgedienten Schreibmaschinentisch der Anrufbeantworter mit einem Drucker, der bei ankommenden Gesprächen automatisch die Nummern auswarf. Nicht zu vergessen der Wasserfleck in der Ecke, dessen Ursache und Herkunft bislang im dunkeln lag. Del vermutete allerdings hartnäkkig einen Zusammenhang mit der Damentoilette im ersten Stock.

»Ja, tatsächlich.« Sloan ließ sich auf den Besucherstuhl fallen und pflanzte die Stiefelabsätze auf die Schreibtischplatte. »Ich hab' mir 'n paar Akten angesehen. Steht drin, daß Bekker im Vietnamkrieg zur Criminal Investigation Division in Saigon abkommandiert war. Oh, hab' ich gedacht, CID – so 'ne Art Bulle, und hab' Anderson scharf gemacht. Er hat 'n paar Kumpel in Washington angerufen, und die haben ihm was aus seinen Militärakten geflüstert. Kein Bulle, Pathologe bei der Gerichtsmedizin. War zuständig für die Opfer von Kapitalverbrechen, in die GIs verwickelt waren. Ich hab' telefonisch seinen ehemaligen Kommandeur aufgetrieben, einen gewissen Wilson. Konnte sich gut an Bekker erinnern. Und weißt du, was er gesagt hat? Was ist passiert, hat er gefragt, hat der Mistkerl einen umgebracht?«

»Weil du's ihm wahrscheinlich in den Mund gelegt hast«, vermutete Lucas.

»Hab' ich nicht, kam ganz spontan. Wilson sagt, sie hätten Bekker den ›Leichendoc‹ genannt. Scheint so, daß er vernarrt war in seine Arbeit. Und in die kleinen Nutten. War dafür bekannt, daß er sie gern verprügelt hat, sagt Wilson.«

»Nur so – oder richtig zusammengeschlagen?«

Sloan schüttelte den Kopf. »Keine Ahnung. Ist eben so erzählt worden. Wilson behauptet, daß zu Bekkers Zeit ein paar Huren umgebracht wurden. Aber mit ihm hat das keiner in Zusammenhang gebracht. Die Militärpolizei war hinter einem Unteroffizier aus der Army her. Die haben es nie rausgekriegt. Waren aber wohl auch nicht so erpicht drauf, die Sache aufzuklären. Damals hat's dort von Fahnenflüchtigen und eigenmächtig Abwesenden gewimmelt, sagt Wilson, dazwischen Jungens, die Urlaub hatten oder mit 'm Marschbefehl unterwegs waren. Die Ermittlungen waren wie Rumstochern im Nebel, sagt er. Erinnert sich aber, daß 'ne Menge Gerüchte im Umlauf waren und daß Bekker... na ja, er war den Jungens irgendwie nicht geheuer. Er war ja immer für die Autopsie zuständig, wenn der Fall was mit einem GI zu tun hatte. Er allein oder zusammen mit einem vietnamesischen Arzt, an den Namen erinnert sich Wilson nicht mehr. Und wenn er fertig war, wirkte er jedesmal so komisch aufgedreht. Wie einer, der aus dem Puffviertel nach Hause kommt.«

»Puh...« Der Drucker spuckte eine Nummer aus. Lucas warf

kurz einen Blick darauf, wandte sich wieder Sloan zu. »Hat Bekker Stephanie umgebracht? Den Auftrag dazu gegeben?«

Sloan zog den Blechkorb näher, drückte sorgfältig die Zigarette aus. »Stark anzunehmen. Ganz schön cool, wenn er's war. Wir haben uns die Versicherungsunterlagen angesehen...«

Lucas hob die Augenbrauen. »Zehn Millionen Dollar?«

»Ganz im Gegenteil. Stephanie wollte gerade in ein neues Geschäft einsteigen. Antiquitäten, die gefragt sind, wenn jemand ein altes Haus restaurieren will. Butzenglasfenster, alte Türgriffe und so. Ein Bekannter hat ihr gesagt, es käme sie billiger, wenn sie ihre Versicherungen über die Firma laufen ließe. Da hat sie sich ihre alten Lebensversicherungen auszahlen lassen und übers Geschäftskonto einen neuen Vertrag abgeschlossen. Laut Police ist vereinbart, daß die Versicherung während der ersten beiden Jahre der Laufzeit nur bei natürlichem Tod oder Unfall zahlt, nicht bei Mord oder Selbstmord.«

»Also...«

»Also war sie gar nicht versichert«, sagte Sloan. »Bekker bekommt nichts. Einen Monat vorher hätte er nach der alten Police noch hunderttausend abgesahnt.«

Lucas kniff die Augen zusammen. »Wenn ein Strafverteidiger das vor Gericht ausführt...«

»Mhm«, machte Sloan. »Haut ein Riesenloch in die schönste Indizienkette.«

»Zumal er ein Alibi hat.«

»Wasserdicht. Er war in San Francisco.«

»O Gott, langsam kommt er mir vor wie ein Unschuldslamm.«

»Deshalb brauchen wir dich ja. Wenn er dahintersteckt, muß er den decken, der's getan hat. Nur, von der Sorte, die man für so was anheuern kann, gibt's 'ne Menge. Die meisten kennst du wahrscheinlich. Den Rest kennen deine Leute. Da muß einer plötzlich verdammt viel Geld kassiert haben. Könnte sein, daß sich was rumgesprochen hat.«

Lucas nickte. »Ich hör' mich mal um. Was ist mit dem Kerl, der mit Bekkers Lady im Bett war? Ihr Loverboy?«

»Den suchen wir noch. Ohne Erfolg, bis jetzt. Ich hab' mich mit Stephanies bester Freundin unterhalten. Sie weiß nur, daß da was gelaufen ist. Aber nicht genau, mit wem. Schließlich hat sie mir dann doch was ins Öhrchen geflüstert...«

Lucas grinste. Hörte sich aus Sloans Mund komisch an. »Okay, flüster's mal weiter.«

Sloan hob die Schultern. »Keine Ahnung, ob's was wert ist. Sie glaubt, daß Stephanie mit einem Psychofuzzy aus der Nachbarschaft gebumst hat. Sie hat die beiden auf 'ner Party beobachtet. Hatten sich 'ne Menge zu erzählen, sagt sie. Aber immer, wenn ein anderer dazukam, war plötzlich Sendepause.«

»Na schön.« Lucas reckte sich, gähnte. »Von meinen Leuten ist im Augenblick kaum einer greifbar. Aber ich laß' das abchekken.«

»Und ich kopier' dir die Akte.«

»Damit kannst du dir Zeit lassen. Ich weiß noch nicht, ob ich einsteige.«

Sloan war schon auf dem Weg zur Tür. Lucas langte hinter sich, drückte den Abfrageknopf des Anrufbeantworters. Das Band lief zurück, und nach dem Pfeifton hörte man: *»Hier ist Dave. Unten am Zentralkreisel. Da treiben sich ein paar harte Burschen in der Stadt rum. Hab' mir gerade mal ihre Bikes vorgenommen. Könnte mir vorstellen, daß du mehr darüber hören willst. Wie du mich erreichen kannst, weißt du ja.«*

Sloan grinste breit. »Ich werd' dir die Kopie doch machen. Für alle Fälle.«

Sloan war gegangen, Lucas hatte die Füße auf den Schreibtisch gelegt, eine gelbe Aktenmappe wartete auf seinem Schoß. Der Anrufbeantworter lief. Lucas hörte das Band ab. Und lauschte in sich hinein.

Irgendwas in seinem Kopf funktionierte nicht richtig. Und das schon seit Monaten. Aber jetzt, dachte er, wird's allmählich anders. Keine grundsätzliche Veränderung. Nur so, als hätte sich der Sturm ein bißchen gelegt.

Die Frau verloren und die Tochter. Sie hatten ihn verlassen. So einfach war das. Und so kompliziert. Er konnte sich nicht damit abfinden. Mußte es aber. Er badete in Selbstmitleid. Und kam sich dabei zum Kotzen vor. Er merkte, daß seine Freunde sich um ihn Sorgen machten. Und hätte sie am liebsten alle zum Teufel gejagt.

Egal, wie oft er versuchte, der Tretmühle seiner Grübelei zu entfliehen, indem er sich zwei, drei Tage lang bis zur Erschöpfung in Arbeit vergrub, am Schluß krochen ihm wieder dieselben Gedanken durchs Hirn. Hätte ich's so und so gemacht, dann hätte sie so und so reagiert, und wir hätten gemeinsam... Unzählige Möglichkeiten. Er spielte in Gedanken alle durch. Und nichts kam dabei raus. Er hatte sich wer weiß wie oft gesagt, daß er einen Strich unter alles ziehen müsse. Aber er hatte ihn nicht gezogen. Und schaffte es immer noch nicht. Konnte sich selbst nicht mehr ausstehen. Jeden Tag ein bißchen weniger.

Und jetzt die Sache mit Bekker. Ein erster Kitzel. Interesse. Es juckte ein bißchen, das ließ sich nicht leugnen. Bekker. Er fuhr sich durchs Haar. Horchte in sich hinein. Nichts mehr, alles tot. Und dann rumorte es wieder. Er schrieb auf den Aktendeckel:

1. Elle

2. Beerdigung

Na also. Wenn man noch zweierlei zu erledigen hat, kann man nicht so tun, als gäb's keine Zukunft mehr. Auch wenn einem ... wie hieß das gleich? ...eine monopolare Depression durch die Eier kriecht. Zwei Nummern kriegt man allemal hin...

Mit einer fing er gleich an. Per Telefon. Die Nummer eines Nonnenklosters.

Schwester Mary Joseph unterhielt sich gerade mit einer Schülerin, als Lucas kam. Die Tür stand zwei Handbreit offen, von seinem Stuhl im Vorzimmer konnte er ihr zernarbtes Gesicht sehen. Elle Kruger war das hübscheste Mädchen der Klasse gewesen. Später, als Lucas schon auf dem Gymnasium war, hatte sie Akne bekommen. Das ganze Gesicht verhunzt. Er erinnerte sich noch an den Schock, als sie sich nach Jahren wieder begegnet waren, bei einem Hockey-Turnier des Schulbezirks. Sie hatte vorn an der Bande gesessen, ihm zugeschaut wie er übers Eis wirbelte, das Erschrecken in seinen Augen gelesen und auf einmal unsäglich traurig ausgesehen. Die schöne blonde Elle aus den Träumen seiner Pubertätsjahre – für immer dahin. Am selben Abend hatte sie ihm erzählt, sie fühle sich zum Dienst in der Kirche berufen, aber er hatte ihr das nie ganz geglaubt. Eine innere Berufung? Ja, hatte sie beteuert. Aber in ihren Augen... Und nun saß sie da drin im traditionellen Habit mit Flügelhäubchen... Irgendwie immer noch seine Elle.

Die Schülerin lachte, stand auf. Knallbunter Flitter hinter dem Milchglas der Tür, ihr Sweater. Dann erhob sich auch Elle, das Mädchen drückte sich an ihm vorbei, musterte ihn mit unverhohlener Neugier. Lucas wartete, bis sie auf dem Flur war, dann ging er in Elles Büro, setzte sich ihr gegenüber an den Schreibtisch und schlug die Beine übereinander.

Elle sah ihn durchdringend an, als könnte sie in seiner Seele lesen. Dann fragte sie: »Wie geht's dir?«

»Nicht so übel.« Er zuckte die Achseln, grinste. »Ich hab' gehofft, du könntest mir vielleicht weiterhelfen. Ich brauche einen Arzt in der Uni-Klinik. Einen, der sich mit den Jungens in der Pathologischen auskennt. Für ein Gespräch unter vier Augen. Es muß einer sein, der den Mund halten kann.«

»Webster Prentice.« Wie aus der Pistole geschossen. »Er ist zwar Psychologe, arbeitet aber mit der Uni-Klinik zusammen und ist dauernd mit den Kollegen zusammen. Willst du seine Nummer haben?«

Ja, wollte er. Während sie blätterte, fragte sie: »Und wie geht's dir wirklich?«

Wieder ein Achselzucken. »Ungefähr wie immer.«

»Besuchst du manchmal deine Tochter?«

»Jeden zweiten Samstag. Macht aber wenig Spaß. Jen will mich nicht dahaben, und Sarah ist alt genug, um's zu spüren. Wahrscheinlich laß' ich's mal 'ne Weile ganz.«

»Nicht die letzten Fäden kappen, Lucas, jedenfalls nicht von dir aus«, sagte Elle scharf. »Es bringt dich um, wenn du jede Nacht dasitzt und grübelst.«

Er nickte. »Ja ja.«

»Gibt's sonst jemanden, mit dem du dich triffst?«

»Zur Zeit nicht.«

»Dann unternimm was«, sagte sie, »such Kontakt zu anderen. Wie wär's, wenn du wieder in unsere Theatergruppe kommst?«

»Ich weiß nicht recht... Was probt ihr denn gerade?«

»Stalingrad. Wir brauchen noch ein paar Nazis.«

»Mal sehen.« Reichlich vage.

»Und was ist das, was du mit Webster Prentice zu besprechen hast? Hat es was mit deiner Arbeit zu tun?«

»Eine Frau ist ermordet worden. Regelrecht totgeschlagen. Ich versuche, ein paar Dinge aufzuklären.«

Elle nickte. »Über den Fall habe ich gelesen. Ich bin froh, daß du das übernommen hast. Du brauchst so was.«

Lucas hob die Schultern. Und sagte wieder nur: »Mal sehen.«

Sie schrieb ihm die Telefonnummer auf eine Karteikarte.

»Danke.« Er wollte aufstehen.

»Sitzenbleiben«, sagte sie. »So einfach kommst du hier nicht raus. Wie sieht's aus, schläfst du gut?«

»Ja, so lala.«

»Aber du mußt vorher dafür sorgen, daß du zum Umfallen müde bist?«

»Mhm.«

»Alkohol?«

»Selten. Manchmal einen Scotch. Aber auch nur, wenn ich so knochenmüde bin, daß ich mich nicht mehr rühren kann und trotzdem noch nicht einschlafe.«

»Und fühlst du dich am nächsten Morgen besser?«

»Vom Kinn abwärts, ja.«

»Die Sache mit den Crows hat dich ziemlich mitgenommen«, meinte Elle. Die Crows waren Indianer. Patrioten, sagten die einen, die anderen nannten sie Terroristen. Lucas hatte zu denen gehört, die sie zur Strecke bringen mußten. Das Fernsehen hatte ihn groß rausgebracht. Aber die Frau, mit der er zusammenlebte, hatte ihm deswegen den Rücken gekehrt, samt ihrer gemeinsamen Tochter. »Du merkst allmählich, daß alles seinen Preis hat. Auch das Leben, das du führst. Und es ist dir klargeworden, wie nahe man dem Tod ist. Ständig. Jeder. Auch deine Tochter.«

»Das hab' ich immer gewußt«, sagte Lucas.

»Dein Verstand hat's gewußt. Aber solange es nicht auch dein Herz weiß, glaubst du's nicht.«

»Vorm Sterben habe ich keine Angst. Das mit Jennifer und Sarah, das setzt mir wirklich zu.«

»Vielleicht kommen sie zu dir zurück. Jennifer hat nicht gesagt, daß es für immer ist.«

»Hat sich aber so angehört.«

»Sie braucht eben auch Zeit«, sagte Elle. »Ich mach' hier keine Therapie mit dir. Ich könnte nicht objektiv sein. Dafür haben wir zu viele gemeinsame Erlebnisse. Aber du solltest dir jemanden suchen, mit dem du über alles reden kannst. Ich kann dir ein paar gute Leute nennen.«

»Du weißt, was ich von Seelenmasseuren halte.«

»Mich ausgenommen«, stellte sie fest.

»Wie du selber gesagt hast: zu viele gemeinsame Erlebnisse. Aber ich will keinen Psychiater. Ich hab' keine innere Einstellung zu den Brüdern. Vielleicht ein paar Tabletten oder so.«

»Tabletten helfen in deinem Fall gar nichts. Da hilft nur Zeit oder eine Therapie.«

»Dann entscheide ich mich für die Zeit.«

Sie warf die Arme hoch, kapitulierte. Lächelte wie ein junges Mädchen. Mit vollen Lippen und weißen Zähnen. »Wenn du mit dem Rücken an der Wand stehst, ruf mich an. Ich kenne einen Arzt, der verschreibt dir was, ohne durch eine Therapie deine Gefühle für männliche Würde zu verletzen.«

Sie brachte ihn zur Klosterpforte und sah ihm nach, wie er in der kalten Frühjahrssonne über den Rasen auf seinen Wagen zuging. Der Wind schlug ihm ins Gesicht, brachte schon einen Hauch Wärme mit, eine Ahnung des nahen Sommers.

Hinter ihm, jenseits der Klosterpforte, küßte Schwester Mary Joseph ihr Ordenskreuz und fing an, den Rosenkranz zu beten.

4

Der Garderobe widmete Bekker die gleiche Sorgfalt wie der Körperpflege: marineblauer Anzug, blaues Hemd mit City-Kragen, dunkle Krawatte mit dezenter burgunderroter Musterung, schwarze, höhenregulierte Slipper. Die Sonnenbrille verstaute er fürs erste in der Brusttasche. Machte sich gut, den Kummer hinter dunkel getöntem Glas zu verbergen. Und konnte überdies nützlich sein, falls ihn jemand aus der Trauergemeinde allzu aufdringlich musterte.

Im Grunde war die Beerdigung reine Zeitverschwendung. Trotzdem, er mußte hingehen. Seufzend setzte er die Sonnenbrille auf und begutachtete sein Spiegelbild. Nicht schlecht. Er fegte einen Fussel von der Schulter, lächelte sich zu.

Nein, wirklich nicht schlecht.

Als er fertig war, fischte er eine der Contac-Kapseln aus dem Zigarettenetui und zog sie auf, um das Pulver auf die gläserne Nachttischplatte zu schütten. Die Contac-Typen hätten sich vor Entsetzen in die Hose gepinkelt. Reines medizinisches Kokain. Er sog das weiße Pulver durch die Nase auf, ließ den ersten Schock abklingen, straffte sich und ging zum Wagen.

Bis zum Bestattungsinstitut war es nicht weit. Sozusagen sein Lieblingsinstitut. Dort kannte er sich bestens aus. Er ertappte sich bei einem Kichern, unterdrückte es aber hastig, denn das durfte er sich jetzt nicht erlauben. Das nicht. *Sonderurlaub wegen eines Trauerfalles* ging ihm durch den Kopf. Und um ein Haar hätte er wieder gekichert. Wegen eines Trauerfalles, so hieß das an der Universität. Mein Gott, wenn das nicht zum Lachen war. Durfte er aber nicht.

Phenobarbital? Exakt das Richtige für eine Beerdigung. Das Zeug verhalf ihm zum passenden Aussehen. Er fingerte das Etui aus der Jackettasche, ließ es – nur mit einem Auge beim Straßenverkehr – aufschnappen und schob sich eine Tablette in den Mund. Überlegte einen Augenblick, nahm noch eine. *Na, na, du bist heute wieder ein ganz Schlimmer.* Vielleicht noch ein Quentchen PCP? Sicher doch Aus Erfahrung wußte er, der Knüller beim PCP war, daß es einem zu diesem getragenen, ein wenig hölzernen Gang verhalf. Paßte ausgezeichnet zur Rolle des trauernden Witwers. Aber nicht übertreiben. Er nahm die PCP-Tablette zwischen die Zähne, biß sie durch, spuckte die eine Hälfte zurück ins Etui, die andere schluckte er. So, fertig.

Er parkte einen Häuserblock vom Institut entfernt und ging rasch, wenn auch – schon das PCP? – etwas steifbeinig. Typisch für das launische Wetter in Minnesota: über Nacht lag auf einmal der Frühling in der Luft. Konnte morgen wieder vorbei sein. Im

Augenblick war's jedenfalls wunderbar. Die Sonne verwöhnte ihn mit warmen Strahlen, Rotkehlchen hüpften auf der Suche nach Würmern durch die Gärten, prallvolle Knospen hingen an den Bäumen, der Geruch von feuchtem Gras... Und von innen wärmte ihn das Phenobarbital. Er blieb vor dem Bestattungsinstitut stehen, pumpte sich die Lungen voll.

Mein Gott, welche Lust zu leben. Ohne Stephanie.

Das Gebäude war braun geklinkert. Manche Architekten schienen das für ein probates Mittel zu halten, Beerdigungsunternehmen einen britisch anmutenden Touch zu verleihen. Innen war's schlichtweg kalt. Um die hundert Leute hatten sich versammelt, Typen aus der Antiquitätenbranche und Eierköpfe von der Uni. Die Frauen, alle in dunklen Farben, verschlangen ihn mit Blikken, das spürte er. So sind die Weiber. Obwohl Stephanie noch nicht mal unter der Erde lag.

Er nahm Platz, blockte innerlich die Lautsprecherberieselung mit Orgelmusik ab und fing an, die Aktivposten zusammenzuzählen. Gar nicht einfach mit dem Barbiturat im Blut, aber er ließ nicht locker. Das Haus war mindestens eine halbe Million wert. Die Möbel noch mal zweihunderttausend, was ihre beschissene Verwandtschaft zum Glück nicht ahnte. Stephanie hatte den Krempel mit Kennerblick zusammengekauft, oft weit unter Preis, und hinterher restauriert. Am Haus war Bekker selber nicht interessiert, aber er wußte, daß viele es für ein Schmuckstückchen hielten. Ihm persönlich schwebte eher ein modernes Apartment vor, weiße Wände, Birkenholztäfelung, ein paar schöne Stücke aus der Mayakultur. Nun konnte er seinen Traum realisieren und trotzdem noch eine halbe Million in Investmentfonds anlegen. Was ihm, wenn er dabei das richtige Händchen bewies, im Jahr gut und gern fündundsiebzigtausend einbrachte. Zusätzlich zu seinem Gehalt.

Der Gedanke daran hätte ihn fast zu einem Lächeln verleitet. Er erstickte es im Keim und sah sich unauffällig um.

Ein paar fremde Gesichter, aber meist in der Nähe von Leuten, die er kannte, so daß er sie ohne Schwierigkeiten einer bestimmten Gruppe zuordnen konnte. Die Welt der Antiquare und Restaurateure, Stephanies Welt. Dann ihre Familie, ihr Vater, ihre Geschwister und ihr Cousin, der Bulle. Der Vater fixierte ihn starr, Bekker nickte ihm kurz zu, konzentrierte sich auf die hinteren Bankreihen.

Ganz hinten fiel ihm ein muskulöser, mediterran wirkender Typ im grauen Anzug auf. Sah gut aus, hätte glatt Boxer sein können. Und er schien sich seinerseits für Bekker zu interessieren. Hatte ihn schon vorhin ungeniert gemustert. Mit den Augen verfolgt, als er nach vorn ging und auf dem für den Witwer reservierten Stuhl Platz genommen hatte. Den hatten sie ihm schräg hingestellt. Praktisch. So hatte Bekker den Sarg im Blick und, ohne daß er den Kopf drehen mußte, die Trauergemeinde.

Er nahm, durch die dunklen Gläser der Sonnenbrille getarnt, den Mann im grauen Anzug ins Visier. Sekundenlang irritierte ihn die absurde Idee, der Muskelprotz könne Stephanies Liebhaber gewesen sein. Was natürlich Blödsinn war. So einer flog doch nicht auf den Trampel Stephanie.

Dann kam Swanson herein, der Cop, der ihn vernommen hatte, als er aus San Francisco zurückgekommen war. Kam rein, sah sich um, setzte sich neben den Fremden. Sie steckten die Köpfe zusammen und hatten was zu tuscheln. Das Muskelpaket behielt dabei Bekker im Auge. Aha, auch ein Bulle. Na schön. Bekker strafte ihn mit Nichtachtung.

Philip George kam rein, brachte seine Frau Annette mit, beide setzten sich hinter die Cops. Bekker nahm Philip flüchtig aufs Korn.

Der Liebhaber. Wer war der Liebhaber?

Die Trauerfeier dehnte sich erbarmungslos. Zwölf Reden. Stephanie war so ein guter Mensch gewesen. So liebenswert. So aufs Gemeinwohl bedacht.

Ein elendes Miststück war sie gewesen.

Und ob ich schon wanderte im finstern Tal, fürchte ich kein Unglück; denn du bist bei mir, dein Stecken und Stab trösten mich...

Bekkers Gedanken drifteten davon.

Als er wieder zu sich kam, waren die Trauergäste aufgestanden, alle sahen zu ihm rüber. Die Show war gelaufen, wie? Ja. Sie erwarteten von ihm, daß auch er sich erhob, noch einmal die Hand über den Sarg gleiten ließ, nach draußen ging.

Später, auf dem Friedhof, lag wieder ein einsamer Weg vor ihm, der Rückweg zum Wagen. Und er spürte, wie alle ihn ansahen. Die Blicke der Frauen. Er korrigierte seine Miene. Tiefes Leid mußte sie ausdrücken. Eine Leichenbittermiene. Als ihm das Wortspiel aufging, schüttelte ihn lautloses Lachen.

Er wandte sich ab, zwang sich, den Lachreiz zu unterdrücken. Ja, schon gut, er wußte, daß ihn alle beobachteten. Besonders der Kerl im grauen Anzug, der sich auf einer Anhöhe postiert hatte.

Bekker brauchte was, um sich innerlich aufzumöbeln. Tastete nach dem Zigarettenetui. Zwei von den Contacs hatte er noch und ein halbes Dutzend Methamphetamine. Genau der richtige Schuß nach den Barbituraten.

Eine Prise Ekstase zum Nachtisch?

Na, immer...

Die Andachtshalle war fast bis auf den letzten Platz voll. Lucas saß neben Swanson, der die Ermittlungen leitete. Del hatte vorn Platz genommen, bei den Familienangehörigen.

Swanson rempelte Lucas mit dem Ellbogen an. »Bekker«, murmelte er. Lucas drehte sich um, sah Bekker vorbeigehen. Gut aussehende Erscheinung. Fast ein bißchen zu schön. Als wäre Bekkers Gesicht aus den schönsten Details verschiedener Filmstargesichter zusammengebastelt. Wie bei den Fabelwesen aus alten

Sagen, in denen sich die Kraft des Löwen mit der Geschmeidigkeit der Schlange und der Schnelligkeit des Adlers vereint.

»Hat er was am Bein?« flüsterte Lucas. Bekkers Gang wirkte unbeholfen, er zog die Füße nach.

»Nicht, daß ich wüßte«, flüsterte Swanson zurück.

Steifbeinig und hölzern ging Bekker nach vorn, zögerte kurz, nahm dann auf dem reservierten Stuhl Platz. Kein Blick auf den Sarg. Er saß nur stumm da, aufrecht und ungebeugt, die Augen hinter einer dunklen Sonnenbrille versteckt. Und rührte sich während der ganzen Trauerfeier nicht, drehte den Kopf weder nach links noch nach rechts. Von Zeit zu Zeit bewegten sich seine Lippen, als murmele er etwas vor sich hin. Oder betete er? Offensichtlich zog er keine Show ab. Die hölzerne Erstarrung wirkte echt.

Unmittelbar vor dem letzten Gebet schürzte Bekker die Lippen und machte eine fahrige Handbewegung, als wolle er eine Vision wegwischen. Seltsam...

Als er die Andachtshalle verließ, bewegte er sich wieder genauso steifbeinig. Ging die Treppenstufen hinunter zum Wagen, drehte sich um, sah Lucas starr an. Lucas blieb stehen, fühlte, wie die unsichtbaren Augen sich an ihm festklammerten. Dann stieg Bekker ein und fuhr los.

Lucas beeilte sich, zum Friedhof zu kommen. Bekker machte ihn neugierig. Was ging in dem Mann vor? War es Kummer? Verzweiflung? Doch bloß Schauspielerei?

Von einer Anhöhe aus sah er zu, wie Stephanies Sarg sich in die Erde senkte. Bekkers schönes Gesicht blieb unbewegt wie eine Maske.

»Was halten Sie von ihm?« fragte Swanson, als Bekker gegangen war.

»Ein schwammiger Bruder«, antwortete Lucas. »Genauer kann ich ihn noch nicht einordnen.«

Den Rest des Nachmittags und den frühen Abend beschäftigte sich Lucas damit, seine Spitzelorganisation in Gang zu bringen. Ein Netz aus Nutten, Buchmachern, Friseuren, Postboten, Gelegenheitsdieben, Spielern, Cops im Außendienst und kleinen Marihuana-Dealern, die sich gefällig erweisen wollten. *Irgendwas im Umlauf? Spaziert einer rum und hat plötzlich die Taschen voll Geld?*

Kurz nach sechs erreichte ihn ein Funkruf, er fuhr zurück in die Innenstadt, zur Polizeizentrale, die in der City Hall untergebracht war, der häßlichen roten Backsteinwanze im Zentrum von Minneapolis.

Sloan wartete im Flur vor Daniels Büro. »Schon gehört?«

»Was?« fragte Lucas zurück.

»Wir haben einen Brief gekriegt. Von einem, der behauptet, daß er da war, als Stephanie ermordet wurde. Unser Loverboy.«

»Keine Fingerabdrücke oder so?«

»Nein. Aber es steht 'ne Menge interessantes Zeugs drin.«

Das Vorzimmer war leer. Daniel saß am Schreibtisch, rollte eine Zigarre zwischen den Fingern und hörte zu, was ihm der Leiter der Mordkommission zu erzählen hatte. Swanson. Sloan klopfte an die offene Tür, Daniel sah hoch.

»Kommen Sie rein, Sloan. Davenport – wie geht's? Swanson trägt mir die Details vor.«

Lucas und Sloan zogen sich Stühle neben den grünen Ledersessel, den Swanson mit Beschlag belegt hatte, und Lucas fragte: »Was ist nun mit dem Brief?«

Swanson gab ihm eine Kopie. »Wir gehen gerade die Möglichkeiten durch. Könnte getürkt sein. Irgendein Fixer, der Angst vor dem geheimnisvollen Liebhaber hat. Oder der hat den Brief selber geschrieben.«

»Halten Sie das für wahrscheinlich?«

Swanson schüttelte den Kopf. »Nein. Kommt eindeutig aus der Szene. Sie haben ja Bekker gesehen.«

»An dem läßt keiner ein gutes Haar«, warf Sloan ein.

»Außer in beruflicher Hinsicht«, sagte Swanson. »Die Kollegen an der Uni schätzen ihn sehr. Ich hab' mich in seiner Abteilung umgehört. Einhelliges Urteil: einsame Spitze, der Mann.«

Lucas wiegte den Kopf. »Wissen Sie, was mir auffällt? Unser Briefschreiber sagt, sie hätte in ihrem Blut auf dem Rücken gelegen. Auf den Fotos lag sie bäuchlings vor der Wand. Ich glaube, sie war noch am Leben, als der Macker die Kurve gekratzt hat.«

Swanson nickte. »War sie. Der Tod ist ungefähr zu der Zeit eingetreten, als die Männer vom Rettungsdienst kamen. Sie haben ihr noch so was wie 'ne Herzspritze gegeben, dachten, daß sie's noch mal schafft. War nichts mehr. Aber sie kann noch nicht lange tot gewesen sein, zwanzig Minuten vielleicht. Am Kopf war das Blut frisch, dagegen fing es dort, wo sie vorher gelegen hatte, schon an zu gerinnen. Ihr Gehirn war übel zugerichtet, viel hätte sie uns wahrscheinlich sowieso nicht mehr erzählen können. Aber wenn ihr Liebhaber die Neun-eins-eins gewählt hätte, könnte es sein, daß sie durchgekommen wäre.«

»Scheißkerl«, murmelte Sloan. »Hat er sich dadurch nicht mitschuldig gemacht?«

Swanson zuckte die Achseln. »Da müssen Sie schon einen von den Rechtsverdrehern fragen.«

Lucas fiel ein: »Was ist mit dem Psychoanalytiker? Mit dem sie sich so angeregt auf irgendeiner Party unterhalten hat?«

»Wird überprüft«, sagte Daniel.

Lucas fragte Sloan: »Hast du das übernommen?«

»Nein, Andy Shearson.«

»Verdammt, ausgerechnet der? Der findet doch kaum seinen eigenen Arsch. Sogar, wenn er beide Hände nimmt.«

»Er ist der einzige, der frei war. Und so schlecht ist er gar nicht«, sagte Daniel. Er steckte sich die Zigarre zwischen die Zähne, biß die Spitze ab, klaubte die Krümel aus den Lippen und schnippte sie in den Papierkorb. »Das Fernsehen bauscht das

Ganze auf. Mord durch Amokläufer und so 'n Blödsinn. Gefällt mir gar nicht, daß die Sache immer höhere Wellen schlägt.«

»In einer Woche ist alles vergessen«, behauptete Sloan. »Noch schneller, falls sich rausstellt, daß es nur eine Abrechnung in der Dope-Szene war.«

»Da bin ich nicht so sicher«, widersprach Daniel. »Stephanie Bekker war eine Weiße, obere Mittelklasse. Für die Presse 'n gefundenes Fressen. Kann sein, daß sie noch 'ne Weile auf der Sache rumreiten.«

»Okay, wir machen Druck«, versprach Swanson. »Nehmen uns Bekker noch mal gründlich vor. Klappern die Nachbarn ab. Checken die Parkautomaten in der Gegend. Das wichtigste ist, ihren Liebhaber ausfindig zu machen. Wenn er nicht selber der Mörder ist, war er mindestens Augenzeuge.«

Lucas überflog den Brief. »Hier steht, daß der Mörder aussah wie ein Gnom. Was soll das heißen?«

»Extrem häßlich«, erklärte ihm Daniel, »aber ziemlich stämmig.«

»Wissen wir genau, daß dieser Gnom nicht Bekker war?« fragte Lucas. »Ich meine, war Bekker wirklich in San Francisco?«

»Ja«, bestätigte Swanson. »Wir haben ein Foto hingefaxt, und die Cops in San Francisco haben es dem Hotelportier und seinen Leuten unter die Nase gehalten. Kein Zweifel, er war dort.«

»Mhm«, machte Lucas ärgerlich. Stand auf, vergrub die Hände in den Taschen und wanderte an Daniels Fotogalerie entlang. Jimmy Carter sah ihn milde lächelnd an. »Das mit den Medien haben wir falsch angepackt. Falls Bekker den Mörder angeheuert hat, ist der einzige Augenzeuge unser bester Ansatzpunkt...«

»Du meinst Loverboy?« fragte Sloan.

Lucas nickte. »Genau, Loverboy. Er hat ein schlechtes Gewissen, sonst hätte er nicht angerufen und den Brief geschrieben. Er hätte ja auch einfach untertauchen können, dann wären wir vermutlich nie hinter ihm her gewesen.«

»Doch«, behauptete Swanson. »Der Arzt hat festgestellt, daß sie Verkehr hatte, und zwar nicht lange vor dem Mord. Und er hat das Haus verlassen, ohne sich um sie zu kümmern.«

»Vielleicht hat er geglaubt, sie sei schon tot«, gab Lucas zu bedenken. »Wie auch immer, irgendwie hat er Gewissensbisse. Wir sollten öffentlich an ihn appellieren, durchs Fernsehen und in den Zeitungen. Entweder locken wir ihn dadurch aus der Dekkung, oder der Mörder oder Bekker kriegen das große Flattern und meinen, sie müßten irgendwas unternehmen.«

»Fernsehen und Presse – anders geht's nicht?« fragte Daniel.

Lucas schüttelte den Kopf. »Ich würde sagen, so wie's jetzt steht, sind unsere Chancen, Bekker zu einem Geständnis zu bewegen, gleich null. Aber wir kriegen ihn, wenn der Zeuge den Mörder identifiziert und der Mörder versucht, mit uns einen Handel zu machen, bei dem er uns Bekker gegen mildernde Umstände ans Messer liefert. Die Alternative ist, daß wir keinen Schritt weiter kommen.«

»Das ist keine Alternative, das ist ein Alptraum«, sagte Daniel. »Unsere Aufklärungsrate ist sowieso nicht die beste.«

»Also müssen die Jungens vom Fernsehen ran«, drängte Lucas.

Daniel zögerte. »Warten wir noch vierundzwanzig Stunden. Morgen abend sehen wir weiter.«

Lucas schüttelte den Kopf. »Nein, bis morgen früh muß das entschieden sein. Wenn wir auf die Karte setzen wollen, müssen wir's schnell tun. Am besten morgen, und zwar früh genug, daß sie's in den Abendnachrichten bringen können. Bevor jemand den einzigen Augenzeugen aus dem Weg räumen kann. Sie sollen sagen, daß er nicht unter Mordverdacht steht. Daß wir lediglich an seiner Mithilfe interessiert sind. Ihm – vorausgesetzt, der Staatsanwalt spielt mit – jeden nur denkbaren Schutz garantieren. Und wenn er nicht persönlich herkommen will, soll er wenigstens Kontakt mit uns aufnehmen. Uns noch einen Brief schicken, mit mehr Informationen. Er könnte Zeitungsfotos ausschneiden von Leuten, die dem Mörder irgendwie ähnlich sehen. Eine Skizze zeichnen, wenn er das kann. Vielleicht kriegen wir die Presse dazu, daß sie Phantombilder abdruckt, und er sagt dann, welches dem Mörder am ähnlichsten sieht und was noch verändert werden muß.«

»Ich werde darüber nachdenken.«

»Und wir behalten so lange Bekker im Auge«, fuhr Lucas fort. »Wenn das mit dem Appell an den unbekannten Liebhaber hinhaut und Bekker tatsächlich der Auftraggeber für den Mord war, wird er vielleicht nervös und macht einen Fehler.«

»Gut, ich laß' mir das durch den Kopf gehen. Wir sehen uns morgen«, entschied Daniel.

Lucas drehte sich zur Wand und schien in den Anblick von Jimmy Carters Tweedjacke vertieft, als er murmelte: »Wenn Bekker dahintersteckt und Sloan recht hat mit dem Verdacht, daß er ein Schneemann ist...«

Daniel, der an seiner Zigarre herumfummelte, sah kurz hoch. »Was dann?«

»Dann sollten wir zusehen, daß wir Loverboy finden, bevor Bekker ihn aufspürt.«

5

Das Karmesinrot verblaßte, und auch dem Ultramarinblau, mit dem der Abendhimmel sich schmückte, war nur eine kleine Weile vergönnt, dann verschwammen alle Farben in eintönigem Grau. In der Innenstadt, wo Lucas wohnte, wurde der Himmel nie richtig dunkel. Auf der anderen Straßenseite trabten Jogger die Flußpromenade entlang. In ihren phosphoreszierenden Freizeitanzügen schienen sie grün und pinkfarben sprühende Lichtschlangen hinter sich herzuziehen. Jenseits des Mississippis nickten Natriumdampflampen wie winzige, an einer Schnur aufgereihte Blinklämpchen vor sich hin, aus den Fenstern im Hintergrund schimmerte es blau.

Lucas zog das Rollo herunter und wandte sich wieder seinem Spiel zu. Er arbeitete mit verbissener Konzentration, aber viel Gescheites fiel ihm heute nicht ein, als er versuchte, den Fortgang der Geschichte für den Programmierer aufzugliedern. Seine Hände warfen bizarre Schatten auf den langen Computerauszug, auf dem er mit einer Flußdiagramm-Schablone und einem 2B-Stift die Stationen der Druidenjagd markierte. Früher hatte er mit dem Gedanken gespielt, selber zu programmieren. Er hatte sogar einen Abendkurs in Pascal belegt und mit ›Befriedigend‹ abgeschnitten. Aber Programmieren langweilte ihn, darum hatte er einen Teenager ausfindig gemacht, der das für ihn erledigte. Lucas dachte sich die Geschichte und die unzähligen Verzweigungen im Programmablauf aus, und der Junge übersetzte es in Computersprache.

Er behauptete, er habe sich das selber beigebracht, hatte nichts bei sich als einen Umschlag mit ein paar Bogen Papier und legte los. Ein Computer-Freak, aber angesehen hätte man's ihm nicht. Keiner, der seine Macke zur Schau trug. Ein ganz normaler junger Bursche, der an zwei Fingern Klimmzüge machen konnte. Ach ja ... und eine Freundin hatte er auch. Die brachte er manchmal mit. Weil sie ihm helfen sollte. Sagte er.

Lucas hatte die Augen zusammengekniffen. *Helfen – wobei?* lag ihm auf der Zunge. Aber er hatte die Frage runtergeschluckt. Die beiden besuchten ein in der Nähe gelegenes katholisches College und brauchten eine sturmfreie Bude. Also richtete Lucas es nach Möglichkeit so ein, daß sie allein waren. Womöglich half sie ihm wirklich. Jedenfalls ging die Arbeit gut voran.

Lucas schrieb Spiele. Simulationen historischer Ereignisse,

die man zu Hause auf dem Schirm nachspielen konnte, damit hatte es begonnen. Dann hatte er angefangen, kniffelige Denksportaufgaben zu entwickeln, und Geld damit verdient.

Eine der Simulationen, eine Gettysburg-Schlacht, war so kompliziert geworden, daß er sich einen IBM-Computer kaufen mußte, um die Wechselbeziehungen von Zeit, Spielerentscheidung und Auswirkung auf das Geschehen zu berechnen. Er war verblüfft, wie flexibel er auf einmal durch dieses System wurde. Er konnte zum Beispiel Verbände aus angenommenen Verfügungsräumen abrufen lassen oder operative Fehlentscheidungen bewerten – lauter Verfeinerungen, an denen er, nur auf Bleistift und Papier angewiesen, gescheitert wäre.

Mit Hilfe des Jungen brachte er das Spiel auf den Rechner, und wenig später bekam eine Firma in Missouri, die Computerspiele gegen Gebühr vertrieb, Wind davon und nahm Lucas unter Vertrag. So konnten nun ein paar Dutzend geschichtsbewußter Amerikaner Abend für Abend am Bildschirm Bürgerkrieg spielen. Ein Vergnügen, das sie pro Stunde acht Dollar kostete, zwei davon bekam Lucas.

Druidenjagd war etwas anderes, ein computergestütztes Rollenspiel, bei dem der Computer als Schiedsrichter fungierte. Bloß, das Ganze wurde immer verzwickter...

Lucas schaltete die CD – Tom Waits' *Big Time* – aus, ließ dafür David Fanshawes *African Sanctus* laufen und lehnte sich zurück. Schließlich legte er die Schablone ganz weg und starrte auf die Wand hinter dem Schreibtisch, die er eigens zu diesem Zweck leer gelassen hatte.

Interessant, dieser Bekker. Ein Gedanke, der ihm nicht zum ersten Mal kam. Er beobachtete sein wachsendes Interesse wie ein Gärtner die sprießenden Setzlinge. Traute sich aber noch nicht, allzu viele Hoffnungen damit zu verbinden. Depressionen hatte er schon bei anderen Cops erlebt. Und war immer skeptisch gewesen. Jetzt nicht mehr. Er spürte die Depression – ein Begriff, der höchst unzulänglich beschrieb, was sich in ihm abspielte – so deutlich, daß er unwillkürlich das Bild eines lauernden Raubtieres vor Augen hatte, einer Bestie, die ihn jeden Augenblick aus dem Dunkel anspringen konnte.

Lucas saß da, starrte auf das rechteckige Stück Wand, hatte den süßlichen Blumenduft von Stephanies Beerdigung und den Modergeruch der Andachtshalle in der Nase und hörte sie vorn am Sarg ihre salbungsvollen Reden schwingen... *Wir alle, die wir dieser Frau, unserer lieben Stephanie, so innig verbunden waren...*

»Verdammt.« Er sollte sich auf sein Spiel konzentrieren, aber er schaffte es nicht. Er stand auf, ging im Zimmer hin und her, die Sanctus-Gesänge hallten in seinem Kopf wider. Auf dem Schreibtisch lag die Mappe mit den Unterlagen, die Sloan für ihn kopiert hatte. Er griff danach, blätterte sie durch. Endlos ausgewalzte Details. Weil kein Aas voraussagen konnte, was wichtig oder unwichtig war, wurde eben alles festgehalten. Eine Weile kämpfte er sich durch den Wust Papier, und als er gerade aufgeben und den Deckel zuknallen wollte, fiel sein Blick auf eine Zeile aus dem Laborbericht.

»Das Abflußrohr wurde offensichtlich einer gründlichen Reinigung unterzogen...«

Im Schlafzimmer und im Bad daneben waren alle Fingerabdrücke abgewischt worden. Loverboy hatte ganze Arbeit geleistet, was erstaunliche Kaltblütigkeit bewies. Aber der Abfluß in der Dusche? Lucas blätterte noch einmal den Bericht durch, fand aber keine Feststellungen über Spuren im Bettzeug. Ein gewisser Kjellstrom hatte den Laborbericht unterschrieben.

Lucas kramte im Schreibtisch, fand das interne Telefonverzeichnis der Minneapolis-Polizei und darin Kjellstroms Privatnummer. Kjellstrom mußte aus dem Bett geholt werden.

»Ich finde in Ihrem Bericht nichts über Haare im Bett.«

»Weil keine da waren«, sagte Kjellstrom.

»Überhaupt keine?«

»Rein gar nichts. Die Laken waren blitzsauber. Wie frisch aus der Wäsche.«

»In der Akte steht aber, daß Stephanie kurz vor dem Mord Verkehr hatte.«

»Nicht auf diesen Bettlaken«, behauptete Kjellstrom.

Lucas legte die Mappe endgültig weg und sah auf die Uhr. Zehn. Er ging ins Schlafzimmer, tauschte Tennis-Shirt, bequeme Freizeithosen und Mokassins gegen Flanellhemd, Jeans und Boots, legte das Schulterholster mit der neuen 45er Smith & Wesson an und zog eine doppelt gefütterte Jacke darüber.

Tagsüber war es schön gewesen, aber die Nacht war ungemütlich, der Winter langte noch einmal zu. Er ließ den Porsche aus der Garage rollen, wartete in der Zufahrt, bis das Tor sich ganz hinter ihm geschlossen hatte, und bog in den Mississippi River Boulevard ein, Richtung Norden – über die Summit Avenue, die Cretin, weiter nach Norden auf die Interstate 94. Das Zentrum von St. Paul ließ er rechts liegen und bog erst am Ortsrand auf der Stadttangente ab. Vor einem Supermarkt waren drei St. Paul-Streifenwagen geparkt. Lucas stellte den Porsche daneben und ging auf den hinteren Anbau zu, in dem ein Restaurant untergebracht war.

Der älteste Cop, ein stämmiger Endvierziger mit einem buschigen, graumelierten Schnauzbart und einer Goldrandbrille, bemerkte ihn als erster. »Gott im Himmel, guckt mal, wer da reingeschneit kommt.« Drei Polizisten teilten sich die Sitznische mit ihm, zwei andere hockten mit Kaffeebechern in der daneben.

»Hab' mir gedacht, ihr Jungens braucht einen, der euch zeigt, wo's langgeht«, sagte Lucas, »deshalb bin ich vorbeigekommen.«

Die Sitznischen waren entlang der Wände gruppiert, rund um die kreisförmige Bar in der Mitte des Lokals. Lucas setzte sich auf einen Barhocker, den Rücken zum Tresen.

Der Schnauzbart grinste. »Was ich immer sage: ohne dich wären wir glatt aufgeschmissen.«

Zwei von denen, die neben ihm saßen, waren ungefähr in seinem Alter und genauso kräftig gebaut wie er. Der vierte in der Runde, ein schlankes Bürschchen in den Zwanzigern, schob sich Arme Ritter mit Vanillesoße rein, fuhr plötzlich hoch und starrte – die Gabel vor dem Mund – auf die Beule unter Lucas' Jackett.

»He, ist das einer von uns? Der hat 'ne Kanone.«

»Gut, daß wir dich haben, Sherlock«, flachste einer von den älteren. Und indem er mit dem Kopf auf Lucas deutete: »Lucas Davenport, Detective Lieutenant bei der Minneapolis-Polizei.«

»Fährt 'n Porsche«, ergänzte ein anderer. »Jagt in der Rushhour mit sechzig die Cretin Avenue runter.«

»Quatsch«, wehrte sich Lucas, »bei euch in St. Paul halte ich mich streng an die Geschwindigkeitsbegrenzung.«

Der von der Verkehrsstreife grinste. »Okay, ich will's mir ja nicht mit dir verderben. Wird wohl 'n anderer Porsche gewesen sein, den ich Freitag um halb sechs auf dem Radar hatte.«

Lucas grinste zurück. »Kann höchstens sein, daß ich bei deinem Anblick vor Schreck das Gas durchgetreten habe.«

»Einigen wir uns darauf. Bist du dienstlich hier?«

»Ich suche Poppy White.«

»Poppy?« Die drei älteren Cops sahen sich an, schließlich sagte einer: »Hab' seinen Wagen gestern abend vor Broobecks Kneipe stehen sehen. Da treibt er sich in letzter Zeit häufig rum. So 'n roter Olds, ziemlich neues Modell. Falls er heute nicht dort ist, weiß Broobeck vielleicht, wo er steckt.«

Lucas plauderte noch ein paar Minuten, dann schwang er sich vom Barhocker. »Danke für den Tip wegen Poppy.«

»He, Davenport«, rief ihm einer von den Cops nach, »falls du vorhast, dem Mistkerl eins überzubrennen, tu uns den Gefallen und warte bis zum Schichtwechsel.«

Unter Broobecks Neon-Bowlingkegel stand ein roter Oldsmobile. Lucas ging in die Bowlingbar, sah sich um. Nur auf zwei Bahnen wurde gespielt, ein paar junge Leute. Drei Gäste am Tresen. Von Poppy keine Spur. Der Bursche hinter der Bar hatte sich einen Papphut aufgestülpt, kaute auf einem Zahnstocher herum, nickte kurz, als Lucas auf ihn zukam. »Ich suche Poppy.«

»Muß hier irgendwo sein. Vielleicht hinten auf 'm Scheißhaus.«

Lucas ging zur Herrentoilette, steckte den Kopf durch die Tür. Unter einer der Schwingtüren guckte ein Paar Wellington-Stiefel hervor. »Poppy?«

»Was ist?«

»Lucas Davenport. Ich warte an der Bar auf dich.«

»Nimm lieber 'n Tisch.«

Lucas holte sich ein Bier, setzte sich an einen Tisch. Poppy ließ nicht lange auf sich warten. Er reckte dem Mann am Tresen vorwurfsvoll die nassen Hände hin und beschwerte sich: »Wär' ganz schön, wenn 'n paar Handtücher da hinten lägen.« Der schob ihm Papierservietten hin. Poppy trocknete sich die Hände ab, kam mit einem Bier zu Lucas. Mitte fünfzig, Jeans, schwarzes T-Shirt, Lederjacke, zuviel Fett auf den Rippen, graues, kurz geschorenes Haar. Ein As, wenn's darum ging, einen gestohlenen Porsche in höchstens einer Stunde in seine Einzelteile zu zerlegen.

»Was liegt an? Brauchst du 'ne neue Lichtmaschine?«

»Nein. Ich such' einen, der ganz plötzlich zu Geld gekommen ist. Einen, der was mit dem Mord an der Frau drüben in Minneapolis zu tun haben könnte. Vor zwei Nächten.«

Poppy schüttelte den Kopf. »Weiß, was du meinst. Aber ich hab' rein gar nichts gehört. Die Fixer sind ganz schön ins Schwitzen geraten, weil in der Zeitung steht, daß es einer von ihnen gewesen ist. Warten drauf, daß einer eingebuchtet wird.«

»Keiner erzählt sich was?«

»Nee, Mann, überhaupt nichts. Wenn da einer kassiert hat, dann keiner von uns. Bist du sicher, daß es 'n Weißer war? Zu den Farbigen hab' ich nämlich keinen Draht.«

Ja, es mußte ein Weißer sein. Immer das gleiche: Weiße heuerten Weiße an, Schwarze suchten sich einen unter ihren Leuten. Fanatisch rassenbewußt, noch wenn's um Mord ging. Gab natürlich auch handfeste Gründe. Ein Schwarzer fiel in der Gegend auf wie ein bunter Hund.

Aus Poppy war nicht mehr rauszuholen. Lucas fuhr zurück Richtung Minneapolis, schaute kurz in einer Schwulenbar an der Hennepin Avenue rein, checkte noch zwei andere Treffs in der Lake Street und war nicht schlauer als vorher. Schließlich trommelte er unten in Wayzate einen Hehler aus dem Bett.

»Keine Ahnung, Davenport«, beteuerte der, »war vielleicht nur irgend so 'n Irrer. Sie wissen schon: macht die Frau alle, haut ab nach Utah und kauft sich 'ne Ranch.«

Sie saßen auf der verglasten Veranda vor dem Haus, hatten einen hübschen Blick auf einen kleinen Teich, auf dem eine Schar Enten dümpelte. Der Hehler, im Schlafanzug, rutschte unruhig auf der Couch hin und her und zog hektisch an seiner Zigarette. Seine Frau, die im Bademantel und mit pinkfarbenen Lockenwicklern neben ihm saß, sah wie das leibhaftige schlechte Gewissen aus. Aber alles, womit der Hehler schließlich herausrückte, war: »Wenn ich Sie wär', würd' ich mich mal mit Orville Proud unterhalten.«

»Orville? Ich dachte, der sitzt? Drüben in Arizona oder so?«

»Ist wieder raus.« Der Hehler pickte sich einen Tabakkrümel von der Zunge. »Jedenfalls spaziert er seit 'n paar Wochen hier rum.«

Lucas horchte auf. So was erfuhr er ganz nebenbei? »Wieder im Geschäft?« Seit Wochen in der Stadt... Verdammt, das hätte er längst mitkriegen müssen.

»Ja, glaub' schon. Alles wie früher. Versucht erst mal, Startkapital aufzutreiben. Sie wissen ja, mit was für Gesocks der sich rumtreibt. Verrückte Biker, Schlägertypen, Neonazis – scheißegal, Hauptsache, die Kerle haben was los. Hör mal, hab' ich zu ihm gesagt, das soll 'ne geplante Sache gewesen sein, der Alte soll dahinterstecken. Aber er hat gesagt: Komm Frank, laß das Thema, da wollen wir lieber nicht drüber reden, sagt er. Na ja, hab' ich's eben gelassen.«

»O Mann. Weißt du, wo er steckt?«

»Von mir haben Sie's nicht, klar? Orville kann da nämlich ganz schön link werden...«

»Er erfährt nichts«, versprach Lucas.

Der Hehler warf einen Blick auf die Uhr. »Sie können's mal im Loin versuchen, Zimmer zwo-einundzwanzig. Da wird gespielt.«

Das Loin war das Richard Coer de Lion Lounge & Motel an der Schnellstraße zwischen Minneapolis und St. Paul International. War anfangs gut gelaufen, dann aber in die roten Zahlen gerutscht und von einem neuen Management aus Miami aufgekauft worden. Seitdem hieß es – weiß der Henker, warum – allgemein nur das Loin. In der Bar traf man, bevor sie zu späterer Stunde in die Motelzimmer verschwanden, Spieler der gehobenen Kategorie, aalglatte Koksdealer, bildhübsche Huren und Footballspieler von Viking, soweit sie sich einigermaßen auf so einem Parkett zu bewegen wußten.

Die Bar war in rotem Samt mit dunkler Holztäfelung und ovalen Spiegeln gehalten. Im Foyer thronten, links und rechts von einer miserablen Reproduktion von *The Blue Boy*, auf urigen Treibholzstücken zwei ausgestopfte Füchse. Die Zimmer oben waren mit Wasserbetten ausgestattet, Pornos gab's per Hausvideo ohne Aufpreis.

Lucas marschierte durch die Lobby, nickte dem Mädchen an

der Rezeption zu, das zurücklächelte, als wäre er ein alter Kunde, und stieg die Treppe zum ersten Stock hinauf. Zimmer 221 lag auf der linken Flurseite, ganz am Ende. Er blieb einen Augenblick vor der Tür stehen und horchte, dann zog er die 45er aus dem Holster und steckte sie hinten in den Gürtel. Er klopfte und trat einen Schritt zurück, damit man ihn von drin durch den Türspion sehen konnte. Das Glasauge verdunkelte sich, eine Stimme fragte: »Wer ist da?«

»Lucas Davenport. Ich möchte Orville sprechen.«

»Hier ist kein Orville.«

»Sagen Sie ihm, daß ich warte.«

Der Schatten hinter dem Türspion verschwand. Dann verdunkelte sich das Glasauge wieder. Eine andere Stimme: »Bist du allein?«

»Ja. Hier läuft nichts.« Orville Proud öffnete die Tür und sah den Flur hinunter. »Ich hab' was mit dir zu besprechen.«

Lucas sah an Orville vorbei. Zimmer 221 war eine Suite ohne Betten. Sieben Männer an einem achteckigen Tisch lauerten wie Vögel, die im nächsten Augenblick hacken wollen. Auf dem Tisch lagen Spielkarten, aber keine Chips. Aschenbecher, Mineralwasserflaschen. Im Hintergrund lümmelte ein Kerl in einem hüftlangen Ledermantel auf der Heizung. Spitzbart, zierliche Goldrandbrille. Ralph Nathan. Sah aus wie Lenin und wußte es. Lucas legte die Hand auf die Hüfte. Zwei Handbreiten bis zur 45er.

»Eines Tages schießt dir mal einer den Arsch weg.« Aus Orvilles Mund hörte sich das wie eine beiläufige Bemerkung an. Er zog die Tür hinter sich zu. »Was willst du?«

»Ich will rauskriegen, was an Gerüchten über den Mord an der Frau in Minneapolis in Umlauf ist. Ist brutal totgeschlagen worden, und ein paar Leute glauben, daß ihr Mann das angezettelt hat. Wird 'ne Menge Stunk deswegen geben.«

Orville runzelte die Stirn, von Stunk wollte er nichts hören.

»Wird viel drüber geredet, aber nichts Konkretes. Ich meine, wenn's was gäbe, hätt' ich's gehört. Ich lauf' mir den ganzen Tag die Hacken ab, um Geld zusammenzukriegen. Will wieder ins alte Geschäft einsteigen. Telefonier' mit Gott und der Welt, aber da macht nichts Spezielles die Runde.«

»Keiner, der sich plötzlich 'n neuen Schlitten gekauft hat?«

Orville Proud schüttelte den Kopf. »Terry Meller hat 'ne Ladung Panasonic Farbfernseher auf den Markt gebracht, das Zeug ist in St. Paul aus 'm Zug gefallen. Aber sonst tut sich nichts.«

»Da bist du ganz sicher?«

»Mann, ich renn' seit drei Wochen kreuz und quer durch die Stadt, quatsch' jeden an, der mir über 'n Weg läuft. Ich sag' dir doch, da ist nichts.«

»Okay«, sagte Lucas enttäuscht. »Wie war's in Arizona?«

Proud winkte ab. »New Mexico. Oh, Mann, da möcht' ich nicht mal begraben sein. Ist irgendwie... beschissen primitiv.«

»Tut mir leid, das zu hören. Du meldest dich, wenn was ist, ja? Meine Nummer hast du?«

Proud nickte, kramte in der Jackentasche und brachte eine Visitenkarte zum Vorschein, auf der lediglich neun Ziffern standen, eine Dreier-, eine Zweier- und eine Vierergruppe, wie eine Nummer der Sozialversicherung. »Wähl die letzten sieben Ziffern in umgekehrter Reihenfolge. Laß es lange genug durchläuten. Aber komm ja nicht wieder auf die Scheißidee, irgendwo an 'ne Tür zu klopfen.«

»Okay«, sagte Lucas und sah ihm in die Augen. »Und ich geb' dir noch 'nen guten Rat, Orville: mach einen Bogen um Ralph. Dauert nicht lange, und er hat einen Mordprozeß am Hals. Wenn du dich mit dem einläßt, wandert ihr zusammen nach Stillwater, Brief und Siegel drauf.«

»Verstehe«, sagte Proud, aber seine Miene strafte ihn Lügen.

Als er auf dem Parkplatz ankam, lehnte Lucas sich gegen seinen Wagen, dachte über alles nach. Die Sache steckte in der Sackgasse.

Es gab keine andere Lösung, Daniel mußte sich die Jungens vom Fernsehen holen.

6

Super-Ego tanzte.

Drehte sich zu Musik, die nur in seinem Kopf erklang, über den weichen, warmen Perserteppich. Hüpfte von einem Fuß auf den anderen. Flatterte mit angewinkelten Armen wie ein aufgeregtes Huhn. Und der Penis schlackerte zwischen seinen Beinen wie ein bleicher, blinder Höhlenwurm.

Super-Ego drehte sich und tanzte, verfolgte sein Spiel im Spiegel, kullerte vor Vergnügen herum und kreiselte und lachte.

Bis er plötzlich etwas Feuchtes auf der Brust spürte und nach unten blickte. Rote Regentropfen fielen. Er tastete nach der Masse, betrachtete seine Finger. Klebrig rot. Blut. Es rann ihm über die Lippen, tropfte vom Kinn auf die blasse, unbehaarte Brust, lief in kleinen Bahnen tiefer, verfing sich im Haarbüschel zwischen den Leisten. Die Musik in seinem Hirn verebbte.

»Blut«, stöhnte er auf, »mein Gott, du blutest…«

Sein Herz pochte, Bekker ging auf die Knie, zerrte den Aktenkoffer unter dem Schreibtisch hervor. Vorsorglich, weil er ahnte, daß irgendwann die Polizei auftauchen könnte, hatte er seine Medikamente ein paar Tage lang im Büro aufbewahrt. Und noch nicht wieder ins Medizinschränkchen zurückgeräumt. Er fummelte am Kombinationsschloß herum, bis der Koffer endlich aufsprang. Dutzende perlfarbener Pillenfläschchen mit weißen Schraubverschlüssen, ein einziges Durcheinander. Die meisten verschreibungspflichtig, nur ein paar konnte man ohne Rezept kaufen. Und während das Blut immer weiter tropfte, fing er in wilder Hast zu wühlen an.

Amobarbital. Dextroamphetamin. Loxapin. Secobarbiturat. Ethotoin. Chlordiazepoxid. Amilorid. Nein, nein, nein... Er hätte sie nach Farben sortieren sollen, fiel ihm ein. Wenn er das Zeug erst wieder im Medizinschrank stehen hatte, war alles einfacher. Oben die Aufputscher, unten die Mittelchen zum Ruhigstellen, dazwischen der Stoff, aus dem die Träume sind, und die Vitamine und Aufbaupräparate. Haloperidol. Diazepam. Chlorpromazin. Nein. Wo war das Zeug bloß? Er wußte genau, daß... Ach, hier. Vitamin K. Wie viele? Darauf kam's in diesem Fall nicht an. Viel hilft viel. Er stopfte sich fünf Kapseln in den Mund, machte ein angewidertes Gesicht, schluckte.

Gut so. Die Blutung ließ ohnehin nach, aber der Schuß K konnte nichts schaden. Er zerrte ein paar Tücher aus der Kleenexbox im Schreibtisch, preßte sich den Bausch gegen die Nase. Dieses Nasenbluten... das war ihm schon mehrmals passiert. Aber diesmal hatte er doch nur zwei Methamphetamine geschluckt. Er hatte sie genommen, weil... Ja, warum eigentlich? Aus irgendeinem ganz bestimmten Grund...

Er schielte aufs Schreibtischeck, wo das Zigarettenetui lag. Aufgeklappt. Wie eine stumme Einladung. Drei Tabletten in schwarzem Schutzfilm. Methamphetamin. Zusammen mit Phenobarbital, den Butalbarbituraten und der einzigen blauen LSD-Tablette, die er noch hatte, daneben vier Tabletten Phencyclidin, durchaus nicht so harmlos, wie die weiße Farbe vermuten ließ, und drei von den Contac-Kapseln.

Was denn, nur noch drei Methamphetamine? Normalerweise lagen sieben im Etui. Sollte er aus Versehen vier geschluckt haben? Er konnte sich nicht erinnern. Aber er war ziemlich aufgedreht. Hatte getanzt. Wie lange? Sicher ganz schön lange. Und dabei wär's eindeutig besser gewesen, wenn er...

Er gönnte sich ein Phenobarbital, fürs innere Gleichgewicht. Davon fing die Nase jedenfalls nicht wieder zu bluten an. Vielleicht sollte er... Ja, er schluckte noch eine. Dann nahm er das Etui, seine Eiserne Ration, kauerte sich vor den Aktenkoffer, sein Depot, und füllte die Fächer im Zigarettenetui sorgfältig auf.

Blutete es noch? Bekker prüfte den Kleenexbausch. Nein, hatte aufgehört. Er kam hoch, stelzte durch die Kleidungs- und Wäschehäufchen, die überall verstreut lagen. Noch genau dort, wo er sie sich vom Leib gerissen hatte. Vorhin, als das Amphetamin über ihn gekommen war.

Warum hatte er das Zeug geschluckt? *Denk nach, Junge.*

Das Arbeitszimmer war geschmackvoll eingerichtet. Antiker Schreibtisch, der Stil passend zu dem Ecktischchen, auf dem die elektrische IBM stand. Eine Wand mit Büchern, Fachjournalen, Magazinen. An der Stirnwand ein Foto: er neben einem Jaguar Typ-E. Ein wunderschöner Wagen, leider nicht seiner. Im Silberrahmen, genau wie das Foto von Stephanie – in Reithosen, weil sie... Ja, wieso eigentlich? *Keine Ahnung. Mußt du aber wissen.* Stephanie? Der Liebhaber. Wer war der Liebhaber?

Das war die entscheidende Frage. Er hatte gehofft, die Amphetamine würden ihm auf die Sprünge helfen. Wenn's so war, hatte er's wieder vergessen.

Er setzte sich mitten im Zimmer mit gespreizten Beinen auf den Teppich. *Denk nach, Junge, denk nach...*

Bekker seufzte. schob die Zunge vor, spürte den Salzgeschmack. Sah an sich herunter, überall verkrustetes Blut. Er stemmte sich hoch, schleppte sich, beide Hände am Handlauf, die Treppe hinauf, wankte ins Bad. Drehte den Hahn auf und schüttete sich, übers Waschbecken gebeugt, kaltes Wasser ins Gesicht. Starrte in den Spiegel.

Sein Gesicht bekam wieder die rosige Farbe, aber auf der Brust klebte noch dunkelrote Kruste. Ich seh' aus wie der Leibhaftige, dachte er. Ein naheliegender Vergleich, denn Bekker kannte sich mit dem Teufel aus. Seine tiefgläubigen Eltern hatten es ihm eingetrichtert und ihn mit alten, verstaubten Zitaten von Jonathan Edwards traktiert...

Von so teuflischen Gedanken sind die Seelen sündhafter Männer beherrscht, daß die Frevler allsogleich qualvoll im Höllenfeuer schmoren müßten, wäre da nicht das Erbarmen des Herrn.

Eines Sonntags hatte Bekker dem Prediger gesagt, er habe noch nie das Erbarmen des Herrn verspürt, und war dafür verprügelt worden, daß er glaubte, die Tortur nicht zu überleben. Tatsächlich war er eine Woche lang nicht in der Lage gewesen, zur Schule zu gehen. Und in den Augen seiner Eltern war keine Spur von Mitleid zu sehen gewesen.

Während er die Blutkruste aufweichte, sah Bekker in den Spiegel und murmelte vor sich hin, was sich ihm ins Gedächtnis gegraben hatte: *»Und so bewahrt dich Gottes Hand vor dem Schlund der Hölle, wie jemand eine Spinne oder ein nutzloses Insekt davor bewahren mag, ins Feuer zu fallen, und dennoch bist du Ihm verhaßt, denn du hast Seinen Zorn gereizt.«* Gequirlte Scheiße.

Oder war doch was dran? Fand die Seele nach dem Tode irgendwo Ruhe? Gab es Gnade? Er hatte Kinder sterben sehen, erinnerte sich, wie ihre Mienen sich im letzten Augenblick entspannten. So etwas wie Verzückung? Weil sie erkannten, was danach kommt?

Bekker hatte auch die Nazifilme aus den Todeslagern gesehen. Hatte in die Gesichter derer gestarrt, die nach medizinischen Experimenten starben. Filme, für deren sorgfältige Archivierung gewisse Nazigrößen gesorgt hatten. Weil es eben doch ein Jenseits gab?

Der nüchterne Verstand des Wissenschaftlers sagte nein. Wir sind belebte Materie, sonst nichts. Ein Klumpen vernunftbegabter Dreck. Wobei die Vernunft lediglich ein Bonus auf der Basis chemischer Prozesse ist. *Gedenke, daß du von Staub genommen bist und zu Staub zurückkehren wirst.* Das war's doch, woran die Katholiken glaubten, oder? Seltsam genug als Bekenntnis einer Kirche, die zugleich politischer Machtfaktor sein wollte.

Aber was immer sein Verstand sagte, irgendwo tief in ihm gab es eine vom Instinkt geleitete Stimme, die nicht wahrhaben wollte, daß es eine Welt ohne Super-Ego geben könne. Unvorstellbar, daß sein Ich einfach verlöschen sollte.

Er warf einen Blick auf die Uhr. Noch genug Zeit. Mit Hilfe der richtigen Medikamente... Und unten auf dem Schreibtisch lag ja das bronzegetriebene Zigarettenetui.

Michael Bekker schlenderte von einer Prise Kokain und einem Quentchen Phencyclidin beflügelt, durch die Flure der Universitätsklinik. Eine Schwester kam ihm entgegen. »Hallo, Dr. Bekker...« ›Doktor‹ hatte sie gesagt. Das wärmte ihm das Herz. Oder war's das PCP? Mitunter schwer zu unterscheiden.

Die Lichter im Flur waren gedämpft. Nur im Schwesternzimmer, wo drei junge Frauen in Weiß saßen und in Unterlagen blätterten, brannte helles Licht. Ein halbes Dutzend Monitore mit den Überwachungsdaten für die Patienten auf der Intensivstation blinkte wie eine überdimensionierte Stereoanlage.

Bekker kontrollierte sein Klemmbrett für die Abendvisite. Hart, Sybil, Zimmer 565. Er schlenderte weiter. Kam am Zimmer einer Privatpatientin vorbei, die so laut schnarchte, daß man's bis auf den Flur hörte. Ein schneller Blick über die Schulter: niemand zu sehen. Bekker schlüpfte ins Zimmer.

Einen gesunden Schlaf hatte sie, sägte – Kopf im Nacken, Mund halb offen – laut vor sich hin. Bekker ging zum Nachttisch, zog die Schublade auf. Drei hellbraune Pillenfläschchen. Im ersten Penicillamin, zur Vorbeugung gegen Nierensteine. Konnte er nicht gebrauchen, er stellte das Fläschchen weg. Paramethason, auch was für die Nieren. Auf dem dritten stand

›Chlordiazepoxid hydrochlorid 25 mg‹. Er öffnete den Schraubdeckel, sah sich die grün-weißen Kapseln genauer an. Oh, Librium. Dafür hatte er immer Verwendung. Er schüttete sich die Hälfte in die Hand, steckte die Kapseln ein, schraubte den Deckel wieder zu und stellte das Fläschchen in die Schublade zurück.

An der Tür blieb er stehen und lauschte. Man konnte nicht vorsichtig genug sein. Schwestern huschten gewöhnlich gespenstisch lautlos auf Gummisohlen durch die Flure. Aber wenn man wußte, worauf man achten mußte, konnte man das verräterische *squak-squak* vernehmen, womit die Sohlen auf dem Fliesenboden abrollten.

Nichts zu hören, er schlüpfte hinaus. Starrte, falls doch jemand kam, vorsichtshalber irritiert auf sein Klemmbrett, als hätte er sich in der Tür geirrt. Und steuerte Sybil Harts Tür an.

Sybil Hart hatte rabenschwarzes Haar und dunkle Augen, die wie ertrunken aussahen... Ganz still lag sie da, einen kleinen Kopfhörer im Ohr, und starrte auf den Fernsehschirm in der Ecke. Der Blödsinn, den sie manchmal im Abendprogramm verzapften, war zum Schreien. Aber Sybil Hart schrie nie.

Sie konnte nicht schreien.

Darum lag sie ja, halb aufgerichtet, so reglos da. Eigentlich gehörte sie gar nicht auf die Intensivstation. Aber es war praktisch, weil die Schwestern alle halbe Stunde nach ihr schauen konnten. Eine Todgeweihte. Drei, vier Wochen noch, wenn's hochkam. Lateralsklerose, die Gehringsche Krankheit.

Mit Taubheit in den Beinen und ersten Anzeichen von Fallsucht hatte es angefangen. Sie wehrte sich, aber die Krankheit war stärker. Erst verlor sie die Kontrolle über die Beine, dann über Harn und Stuhlgang, danach über die Arme und schließlich über die Stimme. Jetzt konnte sie, was ihr Schicksal am grausamsten machte, auch die Gesichtsmuskulatur nicht mehr kontrollieren, nicht einmal die Augenlider und die Augenbrauen.

Als die krankhafte Verhärtung der Seitenstränge ihres Rückenmarks weiter fortschritt, hatte man ihr einen computergesteuerten Wordprocessor hingestellt. Da sie nicht mehr reden, aber noch die Finger bewegen konnte, mußte sie die Verständigung mit ihrer Umwelt durch Botschaften aufrechterhalten, die, von ihr mit zwei Fingern in eine spezielle Tastatur eingetippt, auf dem Bildschirm sichtbar wurden. Dann gehorchten ihr auch die Finger nicht mehr, aber der behandelnde Arzt bewahrte ihr durch einen mit dem Mund zu bedienenden Impulsgeber die Fähigkeit, sich verständlich zu machen. Als ihr selbst das nicht mehr möglich war, hatte man sie mit einer noch komplizierteren Apparatur ausgestattet, bei der die Impulse durch Bewegung ihrer Augenbrauen ausgelöst wurden.

Nun war ihr – bis auf seltene Augenblicke, in denen sie ihre letzten Kräfte mobilisierte – auch diese Möglichkeit der Kommunikation genommen. Sybil Hart dämmerte stumm dahin und wartete darauf, daß die Krankheit sie endgültig auffraß. In ein, zwei Wochen...

Ihr Gehirn arbeitete noch einwandfrei, und sie konnte die Augen bewegen. So wie jetzt, als der Moderator von CNN sich endlos über die Aushebung illegaler Drogenlabors durch Einsatztrupps der DEA ausließ.

Bekker kam herein, Sybils Augen erfaßten ihn.

»Wie geht es Ihnen, Sybil?« fragte er ruhig und freundlich.

Dreimal hatte er sie schon aufgesucht. Was ihn so faszinierte, war das Phänomen lebendiger geistiger Kraft in einem zu völliger Hilflosigkeit verurteilten Körper. Er hatte miterlebt, wie sie von einem Besuch zum anderen immer mehr verfiel. Das letzte Mal war sie kaum noch imstande gewesen, den Wordprocessor zu bedienen. Jetzt, hatte ihm eine Schwester vor wenigen Tagen erzählt, konnte sie es gar nicht mehr.

»Wollen wir uns unterhalten?« fragte er. »Können Sie mir über den Bildschirm antworten?«

Er schaute auf den Fernseher. Unverändert CNN.

»Können Sie umschalten?« Bekker trat näher an ihr Bett, sah, daß ihre Augen ihm folgten. Er beugte sich über sie. »Wenn Sie umschalten können, bewegen Sie die Augen auf und nieder, als ob Sie nicken wollten. Wenn nicht, bewegen Sie sie von links nach rechts, wie beim Kopfschütteln.«

Ihre Augen bewegten sich langsam von links nach rechts.

»Sie wollen mir also sagen, daß Sie nicht umschalten können?«

Ihre Augen bewegten sich auf und nieder.

»Ausgezeichnet. Also können wir uns noch unterhalten. Nun... Augenblickchen...« Bekker ging zur Tür, schaute den Flur hinunter. Nur der vorderste Winkel der Schwesternstation lag in seinem Blickfeld, gut dreißig Meter entfernt. Ein Schwesternhäubchen. Die gute Seele arbeitete fleißig, tief über den Schreibtisch gebeugt. Sonst weit und breit niemand. Er ging wieder zum Bett, rückte sich einen Stuhl so zurecht, daß Sybil ihn bequem sehen konnte. »Ich möchte Sie mit meinem Spezialgebiet vertraut machen«, sagte er. »Ich betreibe Studien über den Tod. Und Sie werden ein wundervolles Studienobjekt sein.«

Sybils Augen klammerten sich an ihm fest.

Eine Viertelstunde später, als er ging, richtete sie den Blick auf den Bildschirm und raffte all ihre kümmerliche Kraft zusammen. Wenn sie es... Wenn sie es nur dieses eine Mal... Zwanzig Minuten brauchte sie. Die Anstrengung brachte sie an den Rand der Erschöpfung. Dann plötzlich ein leises Klicken, der Wordprocessor war eingeschaltet. Ja – jetzt... Sie brauchte ein B...

Als die Schwester eine halbe Stunde später kam, starrte Sybil unverwandt auf den Bildschirm, auf dem einsam das B flimmerte.

»Oh, was ist denn da los?« wunderte sich die Schwester.

Schließlich wußten ja alle, daß Sybil gar nicht mehr in der Lage war, die Anlage zu bedienen. Sie hatten ihr den Impulsgeber nur gelassen, weil ihr Mann darauf bestand. Als moralisches

Korsett, sozusagen. »Wir haben wohl ein bißchen gezuckt, wie?« Die Schwester tätschelte ihr das taube Knie. »Na, ich schalt' mal zurück ins Fernsehen.«

Und Sybil Hart verfolgte in stummer Verzweiflung, wie das B verschwand und das sonnengebräunte Gesicht des CNN-Moderators auftauchte.

Vier Stockwerke tiefer ging Bekker, ein tonloses Pfeifen auf den Lippen und in unausgegorene Grübeleien vertieft, in seinem Labor auf und ab. Schön kühl und vertraut hier. Er dachte an Sybil, die oben dahinstarb. Wenn er sie doch nur ein bißchen früher bekommen könnte, wenigstens fünf Minuten früher! Wenn es ihm doch ein einziges Mal vergönnt wäre, jemanden aufzuschneiden, bevor er den letzten Atemzug getan hatte! Um zu beobachten, was da in den letzten Sekunden ablief...

Bekker stopfte sich zwei MDMAs in den Mund. Und wieder drehte sich Super-Ego im Tanze.

7 Licht.

Lucas drehte den Kopf, blinzelte mit einem Auge. Durch die Jalousettenschlitze flutete Helligkeit übers Bett. Tageslicht? Er setzte sich auf, gähnte, schielte auf den Wecker. Zwei Uhr. Und das Telefon läutete.

»Großer Gott...« Neun Stunden im Bett, so lange hatte er seit Monaten nicht mehr geschlafen. Der Apparat im Schlafzimmer war ausgestöpselt, weil Lucas keine Lust gehabt hatte, sich – falls er überhaupt Schlaf finden sollte – vom Telefon wachklingeln zu lassen. Er rollte sich aus dem Bett und tapste gähnend und sich rekelnd zum Telefon in der Küche.

»Ja – Davenport.« In der Küche hatte er die Jalousetten nicht heruntergezogen. Drüben, direkt in seinem Blickfeld, kam eine Frau mit ihrem Setter um die Ecke spaziert.

»Lucas? Hier Daniel. Wir haben alles besprochen. Wir machen das mit dem Fernsehen.«

»Großartig. Um wieviel Uhr ist die Pressekonferenz?« Die Frau war nähergekommen. Während er, wie ihm jetzt erst bewußt wurde, splitternackt vor dem tiefgezogenen Küchenfenster stand.

»Die findet erst morgen statt.«

»Morgen?« Lucas zog mißmutig die Augenbrauen hoch. »Sie hätten sie für heute ansetzen sollen.«

»Ausgeschlossen, dafür war's zu spät. Wir haben die Entscheidung erst vor einer halben Stunde getroffen. Denen von der Mordkommission paßt das Ganze sowieso nicht in den Kram.«

»Weil die Jungens Schiß haben, sie könnten schlecht dastehen.« Herrgott, das Weibsbild war schon bei den Parknischen. Lucas ging in die Hocke.

»Kann sein. Jedenfalls brauche ich den heutigen Tag, um mir alle Unterlagen zusammenzustellen. Und ich will die Rechtslage sondieren, hab' mich schon mit dem Staatsanwalt verabredet. Mal abklopfen, ob wir irgendwo anecken, wenn wir Bekker rund um die Uhr beschatten, und so weiter. Wir sind gerade dabei, das alles auseinanderzudröseln. Ich hab' Ihnen ein paar Papiere auf den Schreibtisch gelegt, aber da Sie die ganze Zeit nicht aufgetaucht sind, hab' ich gedacht, Sie wären irgendwo unterwegs.«

»Mhm, war ich auch.« Lucas ließ den Blick durch die Küche wandern. In der Spüle stapelte sich ungewaschenes Geschirr. Der Plastikeimer proppenvoll mit Kartons von Fertiggerichten. Auf dem Tisch lag Geld herum, Bücher, Zeitschriften, Kataloge. Es sah aus wie im Schweinestall. »Bin gerade zur Tür reingekommen.«

»Tja, also morgen. Mittags um zwei, ist geplant. Sie nehmen

natürlich teil. Schnallen Sie das Schulterholster um, das macht auf die Fernsehfritzen Eindruck. Lassen Sie sich heute irgendwann hier blicken?«

»Vielleicht später. Ich will mich noch mit jemandem von der Uni treffen. Mit einem, der Bekker gut kennt.«

Als Daniel aufgelegt hatte, kam Lucas vorsichtig aus der Dekkung und schielte zum Fenster. Da stand sie. Puterrot im Gesicht, starrte sie ungeniert zu ihm herein. Und tat so, als merke sie gar nicht, daß ihr Köter inzwischen sein Häufchen in Lucas' Vorgarten setzte.

»Himmelarsch...« Er krabbelte auf allen vieren ins Schlafzimmer, suchte nach dem Notizbuch, setzte sich aufs Bett und stöpselte das Telefon ein, um Webster Prentice in der Universität von Minnesota anzurufen. Die Sekretärin stellte ihn durch.

»Glauben Sie, daß Bekker sie umgebracht hat?« fragte Prentice, gleich nachdem Lucas gesagt hatte, wer er war.

»Hab' ich den Namen Bekker erwähnt?«

»Warum sollte ein Cop sonst bei mir anrufen?« Joviale Stimme, die nach dickbäuchiger Gemütlichkeit klang. »Hören Sie, ich würde Ihnen gern helfen, aber ich bin nicht der richtige Mann für Sie. Am besten rufen Sie Dr. Larry Merriam an.«

Merriams Büro lag in einem Gebäude, das von außen wie eine riesige, skurril verwinkelte und völlig willkürlich zusammengeschraubte Maschine aussah. Innen ging es genauso verwirrend weiter: ein Geflecht aus Röhrengängen und schwindelerregenden Verbindungsfluren zu den Nachbargebäuden, keine Hinweisschilder – man wußte überhaupt nicht, ob man oben, unten, links oder rechts war. Obwohl er zweimal nach dem Weg fragte, irrte Lucas zehn Minuten durch das Labyrinth, bevor er die Fahrstühle fand, die ihn dann tatsächlich in den sechsten Stock trugen, sogar in den richtigen Seitenflügel.

Merriams Sekretärin war ein kurzbeiniges Pummelchen mit

Dackelfalten. Sie wieselte los wie eine von Disneys Kirchenmäusen und trieb ihren Chef schließlich in irgendeinem Labor auf.

Ein Schädel auf dem besten Weg zum Kahlkopf, darunter ein Kindergesicht mit großen dunklen Augen, sehr zaghafter Händedruck. Merriam bat Lucas in sein Büro, und als er erfahren hatte, worum es ging, legte er erschrocken den Finger auf den Mund und hauchte: »Meine Güte. Aber das muß streng vertraulich behandelt werden, ja?«

»Natürlich«, versicherte ihm Lucas, »das bleibt alles unter uns.« Und um die Sache ein bißchen aufzulockern, fügte er lächelnd hinzu: »Es sei denn, Sie legen ein Geständnis ab, Mrs. Bekker umgebracht zu haben.«

Vom Schreibtisch aus signalisierten Merriams Lippen lautlos: *Tür zu.* Lucas langte hinter sich, gab der Tür einen Schubs. Sobald sie ins Schloß gefallen war, faltete Merriam sichtlich entspannt die Hände über der Brust.

»Clarisse ist eine ausgezeichnete Sekretärin, aber es fällt ihr ziemlich schwer, irgendwas für sich zu behalten.« Merriam stand auf, vergrub die Hände in den Taschen und drehte sich zur Glasfront hinter seinem Schreibtisch um. Aus den Fenstern fiel der Blick auf ein Parkhaus. Auf dem obersten Deck spazierte ein Mann in einer roten Jacke mit einer Art Doktortasche an den abgestellten Wagen entlang. »Tja – und Bekker«, fuhr Merriam fort, »Bekker ist ein Thema, mit dem man sich Ärger einhandeln kann.«

Lucas meinte: »Sieht so aus, als hätten in letzter Zeit einige Leute Ärger wegen Bekker gehabt. Uns fehlt noch der richtige Ansatzpunkt, um ihn...« Er suchte nach einer passenden Formulierung.

Merriam sah über die Schulter zurück. »Wie auch immer. Sie suchen den Haken, an dem Sie Ihre Ermittlungen festknüpfen können.«

»Stimmt. Nur, im Fall Bekker...«

»Was macht der Mann da?« fiel ihm Merriam ins Wort. Er starrte aufs oberste Parkdeck. Der Kerl in der roten Jacke stand neben einem mitternachtsblauen BMW, sah sich verstohlen um, schob ein hell glänzendes Stück Stahl zwischen Glas und Gummidichtung des Seitenfensters und fing an, nach unten zu hebeln. »Ich glaube – oh… Will der etwa den Wagen klauen?«

»Was?« Lucas war mit einem Satz neben ihm. Der Kerl in der roten Jacke legte eine Pause ein und sah zu ihnen herüber, als ahnte er, daß er beobachtet wurde. Sehen konnte er Lucas und Merriam durch die getönten Scheiben allerdings nicht.

Lucas mußte sich ein Grinsen verkneifen. »Ja, genau das hat er vor. Ich muß schnell mal telefonieren.« Er tippte die Durchwahl zur Einsatzzentrale in die Tastatur. »Shirl? Hier Lucas. Ich seh' gerade durchs Fenster zu, wie unser alter Freund E. Thomas Little einen BMW aufbricht.« Er beschrieb ihr genau, wo er war, und legte auf.

Merriam schien fassungslos zu sein. »Meine Güte«, murmelte er, weil der Mann im Parkhaus inzwischen auf den Fahrersitz gerutscht war, »der klaut das Auto wirklich.«

Lucas grinste. »Ja, aber besonders geschickt stellt er sich nicht an. Erst mal muß er die Lenkradsicherung aufbrechen…«

»Ob die Polizei rechtzeitig da ist?«

»Wollen's hoffen«, sagte Lucas, »sonst kriegen wir wenigstens tausend Dollar Schaden zusammen.«

Sie sahen stumm und gespannt zu, wie Little an der Lenksäule herumfummelte. Sechzig Sekunden später startete er den BMW, stieß zurück und lenkte den Wagen auf die Ausfahrt zu. Als er gerade in die erste Kurve der Ausfahrtrampe einbiegen wollte, kam von unten ein Streifenwagen angeprescht, bremste erst unmittelbar vor dem BMW scharf ab. Little riß den Wagen herum, aber der Streifenwagen hängte sich dran. Noch mal eine Minute, dann war alles gelaufen. Einer der Cops legte Little Handschellen an.

»Sehr merkwürdig«, fand Merriam. Der Streifenpolizist winkte zu ihnen herauf. Merriam hob schon die Hand, um zurückzuwinken, dann fiel ihm ein, daß man ihn durch die getönten Scheiben nicht sehen konnte. Er wandte sich wieder Lucas zu. »Sie wollten mit mir über Michael Bekker sprechen. Er ist hier bei uns als... Oder fangen wir mal andersrum an: Wissen Sie, auf welchem Fachgebiet ich tätig bin?«

Lucas nickte. »Kinderheilkunde. Sie sind Onkologe. Behandeln Kinder, die an Krebs leiden.«

»Richtig. Eines Tages äußerte Bekker den Wunsch, unsere Arbeit zu Studienzwecken beobachten zu dürfen. Nun ja, er genießt als Pathologe einiges Ansehen, und etliche Soziologen und Anthropologen sind beeindruckt von seinen Arbeiten über das, was er als ›soziale Aspekte beim Vorgang des Sterbens‹ bezeichnet. Um dieses Thema ging es ihm auch bei der Zusammenarbeit mit uns. Er interessierte sich auch dafür, welche Medikamente wir in welcher Dosierung verabreichen, aber vor allem wollte er das Ereignis menschlichen Sterbens beobachten. Wie wir das handhaben, und welche Routineabläufe sich beim Umgang mit Patienten herausgebildet haben.«

»Haben Sie zugestimmt?«

Merriam nickte. »Sicher. Eine Universitätsklinik dient der Lehre und Forschung, hier laufen ständig alle möglichen Studienprojekte. Und, wie gesagt. Bekker ist ein angesehener Kollege, wir haben uns von seinen Studien einiges versprochen. Tatsächlich haben seine Ergebnisse dazu geführt, daß verschiedene Verfahrensabläufe geändert wurden.«

»Was, zum Beispiel?«

Merriam nahm die Brille ab, rieb sich die Augen. Müde sieht er aus, dachte Lucas. Nicht wie nach einer schlaflosen Nacht, eher wie nach vielen schlaflosen Jahren.

»Es ging hauptsächlich um Dinge, die so zur Routine geworden sind, daß man gar nicht mehr darauf achtet. Man weiß, der oder jener wird nun bald sterben. Gut, da sind eben gewisse Maßnahmen erforderlich. Das Zimmer muß desinfiziert werden, es werden Vorbereitungen getroffen, um den Leichnam in die Pathologie zu bringen, und so weiter. Nun sind aber einige Patienten bis zum Exodus geistig hellwach. Stellen Sie sich mal vor, wie es auf die wirken muß, wenn die Putzfrau da schon mit einem Haufen Desinfektionsmittel auftaucht. Sozusagen, um nachzusehen, ob der Kranke schon so weit ist. Dem Patienten ist doch sofort klar, daß wir ihr gesagt haben: der wird heute im Laufe des Tages sterben.«

Lucas zuckte zusammen. »Puh...«

»Ja. Und Bekker hat sich auch um subtilere Probleme gekümmert. Eins davon ist, daß manche unserer Mitarbeiter der permanenten Begegnung mit dem Tod seelisch nicht gewachsen sind. Bei uns liegen Kinder im fortgeschrittenen Krebsstadium und solche, die an einem relativ selten auftretenden Karzinom leiden, also letzten Endes nur unheilbar Kranke. Und wenn Sie nun immer wieder miterleben, wie die Kinder sterben und was die Eltern mitmachen... Erschreckend, wie viele Schwestern, Pfleger und sogar Ärzte unter dieser Belastung zusammenbrechen. Und genauso erschreckend ist es, daß sich chronische, in der Alltagsroutine verdrängte Depressionen einstellen. Und zwar oft über Jahre. Eben so lange, bis das Pflegepersonal in eine andere Station wechselt. Nun, wie auch immer, wir haben gehofft, daß Bekker uns aufgrund seiner Beobachtungen Hinweise geben könnte, wie wir dem Problem beikommen oder ihm wenigstens gegensteuern können.«

»Klingt einleuchtend«, sagte Lucas. »Aber so, wie Sie das erzählen... Ist irgendwas schiefgegangen?«

»Keine Ahnung.« Merriam wandte sich ab, starrte in den Himmel. »Ich weiß es ganz einfach nicht. Aber auf einmal – er war gerade so ein, zwei Wochen hier – lagen meine Leute mir dauernd in den Ohren. Er machte sie nervös. Es schien ihm im

Grunde gar nicht um die Prozeduren des Todes zu gehen – Formalitäten, Routineabläufe, Organisationsprobleme, wie immer Sie's nennen wollen... Nein, er wollte wohl eher die Sterbenden beobachten. Und es schien ihm sogar irgendwie Freude zu machen. Die Leute hier in meiner Abteilung haben ihn ›Doktor Tod‹ genannt.«

»Meine Güte«, sagte Lucas. Drüben in Vietnam hatte er ›Leichendoc‹ geheißen. »Wollen Sie damit sagen, daß es ihm Freude gemacht hat?«

»Ja...« Merriam wandte sich um und beugte sich, die Finger auf die Schreibtischkante gelegt, weit vor. »Die, die näher mit ihm zu tun hatten, haben gesagt, daß er... daß er regelrecht erregt wurde, wenn der Augenblick des Sterbens kam. In gewisser Weise ist das ganz normal. Man hat so ein Kind in seiner Nähe, erlebt, wie es um sein Leben kämpft, kämpft selbst die ganze Zeit mit, und dann stirbt es. Das geht sogar an Mitarbeitern, die schon viele Jahre bei uns sind, nicht spurlos vorüber. Nur, bei Bekker war es eine andere Erregung. Bewußter, mehr vom Kopf her.«

»Aber keine sexuelle Erregung?«

»Das kann ich nicht beurteilen. Der Art nach hätte es durchaus so etwas sein können. Jedenfalls hatten meine Leute den Eindruck, daß es ihm Freude macht, ein Kind sterben zu sehen. Daß es ihn irgendwie befriedigt.« Merriam stand auf, kam um seinen Schreibtischsessel herum und blieb stehen, um einen Blick auf das Parkhaus zu werfen. Dort hatte einer der Streifenpolizisten den BMW auf den Stellplatz zurückgefahren, er war gerade dabei, eine Notiz für den Eigentümer zu schreiben. »Ich hätte Ihnen das alles vielleicht gar nicht erzählen sollen. Kann sein, daß ich mir eine Menge Ärger einhandle.«

Lucas versicherte ihm noch einmal: »Das bleibt alles unter uns.«

Merriam drehte ihm weiter den Rücken zu. Bestimmt nicht, weil ihn das Parkhaus so fasziniert hätte. Er wollte Lucas, der stumm abwartete, nicht in die Augen sehen. Als Merriam nach einer Weile fortfuhr, schien er sorgfältig jedes Wort abzuwägen. »Auf Krebsstationen verläuft der Todeskampf in Schüben. Da mag ein Kind allen Anzeichen nach dem Tod ganz nahe sein, und dennoch ahnt man, daß es nicht sterben wird. Man spürt, daß es durchkommt. Und tatsächlich, es erholt sich. Es sitzt wieder aufrecht im Bett, es plappert, guckt Fernsehen. Und sechs Wochen später ist es tot.«

Lucas nickte. »Vorübergehendes Abklingen der Symptome.«

»Ja. Bekker hat drei Monate lang seine Studien bei uns betrieben. Anfangs kam und ging er, wann er wollte, tagsüber oder während der Nachtschicht. Nachts gibt es natürlich nicht viel zu beobachten, aber er wollte sich wohl einen vollständigen Überblick verschaffen. Wie gesagt, sein ausgezeichneter Ruf... Und wir waren ja selbst sehr interessiert an seinen Ergebnissen. Aber daß ein Fremder ganz nach Belieben durch die Station spaziert, wollten wir dann doch nicht. Also habe ich ihn gebeten, sich, wenn er kommt oder geht, ins Kontrollbuch einzutragen. Kein Problem, das könne er gut verstehen, hat er gesagt. Nun, worauf ich hinaus will: Während Bekkers Zeit ist eins der Kinder gestorben. Anton Bremer, elf Jahre. Hoffnungslos, schon im Stadium extrem hoher Medikation...«

»Also praktisch unter Drogen?«

»Ja. Sterbenskrank, der Junge, und trotzdem kam sein Tod dann für uns alle überraschend. Erinnern Sie sich, was ich über die Schübe des Todeskampfes gesagt habe? Wenn man lange genug hier arbeitet, bekommt man ein Gespür dafür. Antons Tod kam völlig unerwartet. Andererseits kommt es natürlich immer wieder mal vor, daß ein Kind in dem Augenblick stirbt, in dem man am wenigsten damit rechnet. Darum habe ich damals nicht weiter darüber nachgedacht. Einer von vielen Todesfällen in unserer Station.«

»Hatte Bekker etwas damit zu tun?«

»Das kann ich nicht behaupten. Im Grunde darf ich es nicht einmal vermuten. Aber zu der Zeit war sein Verhalten für meine Mitarbeiter schon ein ziemliches Ärgernis geworden. Nicht, weil er irgendwie komische Bemerkungen gemacht hätte oder so, nein, es ging nur um die Art, wie er sich benahm. Damit hat er meine Leute ganz einfach wahnsinnig gemacht. Als die vereinbarte Zeit von drei Monaten abgelaufen war, habe ich die Abmachung zwischen uns nicht verlängert. So etwas kann ich ohne nähere Begründung entscheiden. Stationsinterne Interessen – so ähnlich habe ich's formuliert.«

»Und? Hat er wütend reagiert?«

»Er hat sich nichts anmerken lassen. War sehr höflich, hat gesagt – na ja, was man eben so sagt. Und zwei, drei Wochen später kam eine der Schwestern zu mir und erzählte... Sie ist jetzt nicht mehr bei uns, sie war völlig mit den Nerven fertig. Ja – also, sie hat mir erzählt, daß sie dauernd über die Sache mit Anton nachdenken müsse. Der Gedanke, daß Bekker ihn getötet hätte, ging ihr nicht mehr aus dem Kopf. Sie war fest davon überzeugt, daß das Kind die Krise überwunden hatte und auf dem Wege einer gewissen Stabilisierung war. Und als sie dann nachmittags anfing – sie gehörte zur zweiten Schicht, von drei bis Mitternacht –, erfuhr sie, daß Anton in den frühen Morgenstunden gestorben war. An Bekker hat sie zunächst gar nicht gedacht. Erst später wurde sie stutzig und hat im Kontrollbuch geblättert. Und siehe da, Bekker war am fraglichen Tag nicht eingetragen. Aber sie war sich ganz sicher, daß er während ihrer Schicht ein paarmal bei Anton gewesen war. Übrigens auch um Mitternacht, als ihre Schicht endete.«

»Demnach hat sie vermutet, daß er seine Eintragungen im Kontrollbuch nachträglich wieder gelöscht hat? Um alle Spuren zu verwischen, falls irgendwann Nachforschungen angestellt würden?«

»Genau das hat sie vermutet. Ich versprach, der Sache nachzugehen, und habe andere Schwestern und Pfleger befragt. Nach anfänglicher Unsicherheit waren schließlich alle der Meinung, er sei zur fraglichen Zeit dagewesen. Nun, ich habe Bekker unter dem Vorwand angerufen, daß wir Ärger mit kleinen Materialdiebstählen hätten, und gefragt, ob er irgendwann mal irgendwas Verdächtiges beobachtet hätte, und dann habe ich ganz nebenbei die Frage einfließen lassen, ob er sich regelmäßig ins Kontrollbuch eingetragen habe. Ja, hat er gesagt, er dächte schon, aber es könne natürlich mal vorgekommen sein, daß er's vergessen hätte.«

»So daß Sie ihm nicht mal vorwerfen können, er hätte Sie belogen.«

»Richtig.«

»Gab es noch andere merkwürdige Todesfälle? Wie bei Anton?«

»Einen. Während der dritten Woche seines Studienprojekts. Ein kleines Mädchen mit Knochenmarkkrebs. Das ist mir erst später wieder eingefallen, aber ich weiß nicht...«

»Und es hat eine Obduktion gegeben?«

»Natürlich. Eine besonders gründliche.«

»Durch Bekker?«

»Nein, wir haben da einen anderen Spezialisten.«

»Hat er was Ungewöhnliches festgestellt?«

»Nein. Das Mädchen war allerdings durch die lange Krankheit so abgemagert, daß er schon bei dem Versuch, die Schläuche für die Sauerstoffbeatmung zu lösen... Nun, ich will das nicht weiter ausführen. Eigentlich kommen wir bei solchen Obduktionen nie zu zweifelsfreien Feststellungen. Denken Sie nur mal daran, mit wieviel Drogen und Kontrastmitteln die armen Dinger im letzten Stadium vollgepumpt werden. Man kann sie kaum noch wiedererkennen, wenn wir sie in die Pathologie bringen.«

»Aber Sie halten es durchaus für möglich, daß er die Kinder getötet hat.«

Merriam fuhr herum. »So weit würde ich nicht gehen. Wenn ich das tatsächlich geglaubt hätte, hätte ich die Polizei verständigt. Bei einer medizinischen Indikation oder einem gezielten Verdacht aufgrund einer konkreten Beobachtung hätte ich sofort etwas unternommen. Aber da war nichts Konkretes. Es gab nur unbestimmte Ahnungen. Und so was kann auf einer unbewußten Aversion gegen jemanden wie Bekker beruhen. Genau das, was er als ›Ritualien des Todes‹ bezeichnet hat.«

»Hat er darüber etwas veröffentlicht?«

»Ja, ich kann Ihnen die Artikel raussuchen. Das heißt, einfach ist es, wenn Sie Clarisse danach fragen.«

»Das wäre schön«, sagte Lucas. »Und nun zu der anderen Sache. Wissen Sie, worum es geht?«

»Bekkers Frau wurde ermordet.«

»Ja, an der Sache sind wir gerade dran. Unter uns: Einige Leute glauben, daß Bekker die Finger dabei im Spiel hatte.«

»Ich weiß nicht«, murmelte Merriam, »dessen würde ich mir nicht so sicher sein.«

»Hört sich immerhin so an, als würden Sie's ihm im Grunde zutrauen.«

»Ich bezweifle es deshalb, weil Bekker, wenn er gewußt hätte, daß seine Frau stirbt, alles darangesetzt hätte, dabeizusein.« Schon im nächsten Augenblick murmelte Merriam verlegen: »Womit ich nicht sagen will, daß er's nicht war.«

Lucas sah ihn nachdenklich an. »Er ist nach wie vor hier an der Klinik tätig. Und er kommt auch mit lebenden Patienten in Berührung.«

»Ja. Nicht hier auf meiner Station, aber auf anderen. Ich hab' ihn ein paarmal im OP gesehen und auf der Schwerkrankenstation.«

»Und Sie haben niemandem gegenüber erwähnt, daß Sie...«

Einen Augenblick lang verhärtete sich Merriams Miene. »Hören Sie, ich *weiß* nichts«, fuhr er Lucas an. »Das ist ja mein

Problem. Wenn ich behaupten würde, daß er ein Mörder ist… Wenn ich auch nur die Möglichkeit andeuten würde… Mein Gott, so was kann ich doch nicht tun.«

»Nun, auch nicht unter dem Siegel der Verschwiegenheit…«

»Hier in der Klinik? Das Siegel wäre dreißig Sekunden später gebrochen.« Merriam fuhr sich mit beiden Händen durchs schüttere Haar. »Ich will Ihnen was sagen: Wenn Sie was über die Abgründe des menschlichen Charakters lernen wollen, müssen Sie nur mal eine Zeitlang in einer Uni-Klinik arbeiten. Hier sind mindestens zehn Leute felsenfest davon überzeugt, daß sie längst auf der Vorschlagsliste für den Nobelpreis stünden, wenn ihnen nicht der Liebling vom Chefarzt die Tour vermasselt hätte. Wenn ich irgendeine Vermutung über Bekker äußern würde, wäre das innerhalb von fünf Minuten überall rum. Noch mal fünf Minuten, und er wüßte es auch, und die lieben Kollegen würden mit dem Finger auf mich zeigen. Ich kann nichts für Sie tun.«

Lucas nickte, stand auf und griff nach dem Mantel. »Ja, gut. Die Kopien bekomme ich von Clarisse?«

»Natürlich. Und wenn ich sonst noch was für Sie tun kann, rufen Sie mich einfach an. Aber in diesem Fall… Sie verstehen, daß ich einfach in der Klemme stecke.«

»Ja, kein Problem.« Lucas wandte sich der Tür zu. Aber Merriam hielt ihn mit einem Wink zurück.

»Ich will versuchen, Ihnen Bekkers Beziehung zum Tod ein wenig verständlicher zu machen. Haben Sie von diesen Fanatikern gelesen, die mit unvorstellbarem Eifer zu einer Art Kreuzzug gegen Pornoläden aufrufen? Das ist genauso abartig, als wenn einer zweitausend Pornohefte sammelt, um zu beweisen, daß das alles nur Dreck ist. So ähnlich verhält es sich mit Bekker. Einerseits zeigt er natürlich Anteilnahme, wenn ein Kind stirbt. Aber gleichzeitig wird man das Gefühl nicht los, daß unterschwellig eine gewisse klammheimliche Freude mitschwingt. Als ob er sich innerlich die Finger lecken würde.«

»Er ist ein Monster für Sie, nicht?« fragte Lucas.

»Ich bin Onkologe. Ich habe gelernt, an Monster zu glauben.«

Lucas wanderte in Gedanken versunken, die Hände in den Manteltaschen, durch die langen Flure der Klinik. Eine hübsche Schwester lächelte ihm zu, er lächelte automatisch zurück. Aber sein Gehirn lächelte nicht mit.

Hatte Bekker Kinder getötet?

Der amtliche Leichenbeschauer war ein feister, schwermütig wirkender Mann. Beim Anblick seiner rosig glänzenden Wangen drängte sich unwillkürlich der Verdacht auf, er habe aus Versehen ins Schminkkästchen eines Bestattungsunternehmens gelangt.

»Wenn Sie meine Meinung hören wollen«, sagte er, während er Lucas einen Ordner in die Hand drückte, »der Kerl, der das getan hat, war entweder geistesgestört oder hat's drauf angelegt, daß es so aussieht. Ihr Kopf war zertrümmert wie ein eingedrücktes Ei. Die Flasche, mit der er zugeschlagen hat, war eins dieser großen, dickbäuchigen Souvenirs, die sich die Leute vom Ausflug nach Mexiko mitbringen. Sie wissen schon, grün-blau, fast daumendickes Glas, mehr wie 'ne Vase. Als sie zerbrochen war, hat er sie als Stichwaffe benutzt. Hat ihr die Zacken regelrecht in die Augenhöhlen gebohrt. Sehen Sie sich die Fotos an, ihr Gesicht ist völlig verstümmelt. Nur, das Komische daran ist...«

»Ja – was?«

»Am Körper hatte sie keine Verletzungen. Er hat also nicht blindlings zugeschlagen, gerade wie er sie erwischt hat. Sehen Sie, ein Verrückter oder Drogensüchtiger drischt einfach drauflos. Wenn Sie sich hinter einen Wagen ducken, geht er in seiner Wut auf die Karosserie los. Wenn er Sie nicht ins Gesicht schlagen kann, schlägt er Sie in den Bauch oder in den Rücken. Und er kratzt und beißt und macht sonst was. Aber der hier, der ist fast wie nach einem Plan vorgegangen. Entweder ein Verrückter, oder er hat's aus irgendeinem Grund mit dem Gesicht und mit den Augen. Oder er macht das absichtlich, um uns auf eine falsche Fährte zu locken.«

»Danke für den Tip.« Lucas setzte sich an einen Schreibtisch, schlug den Ordner auf und sah sich die Fotos an.

Ein Irrer, dachte er.

Die Akte las sich wie ein Fachwörterbuch. Körpertemperatur und Stadium der beginnenden Todesstarre ließen darauf schließen, daß Stephanie Bekker kurz vor dem Eintreffen des Rettungsdienstes gestorben war. Offensichtlich hatte sie, obwohl sie eine kräftige Frau gewesen war, zu keinem Zeitpunkt eine Chance zur Gegenwehr gehabt. Nicht mal unter ihren langen Fingernägeln fanden sich Blut- oder Hautspuren, es gab keine Schürfwunden auf den Händen. Etwa eine Stunde vor ihrem Tod hatte sie Geschlechtsverkehr gehabt. Offenbar freiwillig, ihr Körper wies weder blaue Flecken noch Quetschungen auf, es gab keine Verletzungen an der Vagina. Sie hatte sich danach gewaschen, die Samenproben ließen kaum eine beweiskräftige DNA-Analyse erwarten, der entsprechende Laborbericht lag allerdings noch nicht vor.

Der Gerichtsmediziner wies in der Akte darauf hin, daß im Haus keine Verwüstungen oder sonstige Anzeichen für einen Kampf festgestellt wurden. Weder die Haustür noch die Türen vom Windfang zur Küche und zur Garage waren verschlossen gewesen, der Täter hatte also von der Straße aus ins Haus gelangen können. Spuren von blutbefleckten Schuhen führten bis in die Garage. Eine Blutlache da, wo der Unbekannte über Stephanie hergefallen war, und ihr blutiger Handabdruck an der Küchenwand. Nach Ansicht des Leichenbeschauers waren etwa zwanzig bis dreißig Minuten vom Überfall bis zum Eintritt des Todes vergangen.

Lucas klappte den Aktendeckel zu und blieb einen Augenblick sitzen – den Blick starr auf die Schreibtischplatte gerichtet.

Ihr Liebhaber konnte es gewesen sein. Nach allem, was die spärlichen Fakten hergaben, hätte Lucas sogar darauf gewettet. Andererseits kam es unmittelbar nach einer sexuellen Vereinigung selten zu einem Akt von so roher Gewalt. Da hätte es schon Anzeichen für einen vorangegangenen Streit geben müssen, zum Beispiel Scherben auf dem Fußboden.

Und dann war da noch Bekker. Über den keiner etwas Positives zu sagen wußte.

Der feiste Leichenbeschauer wusch sich die Hände, als Lucas sich verabschiedete. »Irgendwas gefunden?« fragte er.

»Ein Irrer«, sagte Lucas.

»Ganz schön schwierig für Sie.«

»Falls es kein Irrer war...«

»Dann«, unterbrach ihn der Dicke und schüttelte das Wasser von den rosigen Wurstfingern, »dann wird's sogar verdammt schwierig für Sie.«

Die Tage wurden schon länger. Im Winter setzte die Dämmerung kurz nach vier ein, doch als Lucas heute – immerhin schon nach sechs – an der City Hall ankam, war der Himmel noch voll Licht.

Sloan war schon weg, aber im Drogendezernat saß Del und blätterte in Akten.

»Gibt's was Erfreuliches?« fragte Lucas.

»Für mich nicht.« Del knallte den Ordner in eine Schublade. »Den ganzen Tag Besprechungen. Die auf der Teppichetage konnten sich nicht einig werden, wer was macht. Ich glaub' übrigens kaum, daß du dein Observationsteam kriegst.«

»Warum nicht?«

Del zuckte die Achseln. »Weil die Obermacker nicht wollen. Die bleiben stur dabei, daß gegen Bekker nichts vorliegt. Das wär' nur so 'n Furz, den ein paar Drogencops im Hirn hätten. Womit sie speziell mich meinen. Du weißt ja, was die von mir halten.«

»Mhm.« Lucas mußte grinsen. Ein paar von denen ganz oben

hätten Del allzu gern im Streifendienst gesehen, den Block für die Strafzettel in der Hand. »Bleibt's bei der Pressekonferenz?«

»Morgen um zwei. Hast du dich bei deinen Leuten umgehört?«

»Hab' ich. Ist nichts dabei rausgekommen. Aber ich hab' mich mit einem Arzt in der Uni-Klinik unterhalten. Er glaubt, daß Bekker auf seiner Station ein Kind getötet hat. Vielleicht zwei.«

»Kinder?«

»Ja. Auf der Krebsstation. Ich heb' mir das auf für Daniel, wenn ich mit ihm über das Beschattungsteam rede.«

»Sehr gut«, meinte Del, »geht nichts über 'n hübsches kleines As im Ärmel.«

Auf dem Anrufbeantworter waren ein paar Mitteilungen, aber nichts über Bekker dabei. Lucas rief bei zwei Leuten zurück, checkte kurz die im Drucker gespeicherten Nummern und schloß sein Büro ab. In der City Hall waren fast alle Lichter gelöscht, dumpf hallten Lucas' Schritte im leeren Flur wider.

»Davenport...«

Lucas drehte sich um. Karl Barlow, Sergeant bei der Inneren Revision, kam mit einem Wust Papier auf ihn zu. Klein, die Schultern genauso kantig wie das Gesicht, mit Muskeln bepackt wie ein Turner. Seine Frisur hatte was von einem Schimpansenlook, aber sonst sah er in seinem kurzärmligen weißen Hemd und den scharfgebügelten Hosen betont ordentlich aus. Wozu auch das Plastikmäppchen mit Kugelschreibern in seiner Brusttasche paßte. Und die Tatsache, daß er bei jeder Gelegenheit von sich behauptete, ein guter Christ zu sein.

Mochte ja stimmen. Aber im Streifendienst war er ein Versager gewesen. Kam einfach mit schrägen Vögeln nicht klar.

»Wir brauchen Ihre schriftliche Darstellung der Schlägerei neulich nachts in der Bar. Ich hab' schon ein paarmal...«

»Das war keine Schlägerei, das war die Festnahme eines einschlägig bekannten Zuhälters und Drogendealers nach vorangegangenem bewaffnetem körperlichen Angriff gegen mich«, stellte Lucas richtig.

»Ein Heranwachsender, alles klar. Ich hab' schon ein paarmal versucht, Sie im Büro zu erreichen, aber Leute wie Sie sind ja nie da.«

»Ich arbeite am Mordfall Bekker, das hat Vorrang«, fertigte Lucas ihn ab.

Barlow stemmte die Hand in die Hüfte. »Tut mir leid, ich muß meine Sachen auch erledigen. Also, wann kriege ich den Bericht?«

»In den nächsten Wochen.«

»So lange kann ich nicht warten.«

»Na gut, so schnell wie möglich.« Lucas wurde ungeduldig, er wollte los und drehte sich abrupt um. »Das hat doch keine Eile? Kann ja sein, daß ich mich erst noch mit einem Anwalt beraten will.«

»Das ist Ihr Recht.« Barlow kam auf Tuchfühlung heran, und Lucas mußte an das Gerücht denken, daß er als Trainer einer Jugendmannschaft kürzlich bei einer Diskussion über Fair play im Football erheblichen Ärger mit einigen Eltern bekommen hatte. »Ich will die Sache vom Tisch haben, und zwar bald. Ich hoffe, ich hab' mich deutlich genug ausgedrückt.«

»Durchaus.« Lucas fuhr herum, und da sie sich nun Brust an Brust gegenüberstanden, mußte Barlow einen halben Schritt zurücktreten, sonst hätte er, den Kopf im Nacken, steil nach oben starren müssen. »Sobald ich dazu komme, werd' ich Sie's wissen lassen.«

Und wenn du mir noch mal mit deinem Scheiß kommst, schmeiß' ich dich zum Fenster raus. Aber das fügte er nur in Gedanken hinzu, während er schon auf dem Weg zur Treppe war.

»Bald«, hörte er Barlow hinterherrufen und murmelte: »Ja ja.«

Draußen vor der City Hall schüttelte er sich wie ein Gaul, der eine lästige Fliege loswerden will. Wieder mal ein Tag, der die widersprüchlichsten Gefühle in ihm weckte. Er spürte, daß er innerlich auf etwas wartete. Aber er wußte nicht, worauf.

Er ging quer über die Straße auf das Parkhaus zu.

8

Hochdruck. Er öffnete die Faust, leckte an der Tablette und spürte auf der Zunge das saure LSD-Aroma, vermischt mit dem salzigen Geschmack des eigenen Schweißes. War es zuviel? Er mußte vorsichtig sein. Heute durfte nichts bluten. Nicht, wenn er hinter dem Steuer saß. Aber dann kam das Speed über ihn, und er hörte auf, sich Gedanken zu machen.

Von einem Münztelefon aus rief er Druze an.

»Wir müssen das Risiko eingehen«, sagte er. »Wenn ich diese Armistead-Sache heute abend erledige, flippen die Bullen aus. Danach könnte es mit einem Treffen schwierig werden.«

»Schnüffeln die Cops immer noch um dich rum?« Druze klang nicht besorgt, nur interessiert. Die Skala seiner Empfindungen reichte vielleicht gar nicht so weit, daß ihn etwas wirklich beunruhigen konnte. »Ich meine, das mit der Armistead ziehst du trotzdem durch, ja?«

»Ja. Die Bullen tauchen zwar immer wieder mal auf, sie sind hinter mir her, haben aber nichts in der Hand. Und die Sache mit der Armistead wird sie vollends auf die falsche Fährte locken.«

»Sie hätten was in der Hand, wenn sie den Kerl mit dem Badetuch finden würden«, murmelte Druze mürrisch.

»Deswegen müssen wir uns ja bald treffen.«

»Um eins?«

»Ja.«

Stephanie hatte ihre Fotos in allen möglichen Winkeln und Ecken aufgehoben. Schuhkartons im Wäscheschrank – vollgestopft damit. Ein paar steckten in Bastkörbchen in der Küche. Ganze Stapel lagen offen auf ihrem Schreibtisch, andere mußte er mühsam aus irgendwelchen Schubladen zusammensuchen. Drei Lederalben fand er im Bücherregal, da waren sogar noch Fotos aus ihrer frühen Kindheit eingeklebt.

Bekker, splitternackt, hastete durch das Sammelsurium aus Antiquitäten und grapschte zusammen, was er finden konnte. Nur gelegentlich gönnte er sich einen kurzen Moment vor einem der vielen Spiegel, um sich am eigenen Anblick zu erfreuen. Und dann fand er in einer Schublade das Pessar. In einem Plastikbeutel. Auf den ersten Blick war ihm gar nicht klar, was er da in der Hand hielt. Kopfschüttelnd legte er es wieder in die Kommode.

Als er sicher war, alle Fotos zusammengesucht zu haben, legte er Carl Orffs *Carmina Burana* auf und ging in Gedanken noch einmal die Beerdigungsfeier durch.

Der eine Cop, dieser harte Typ... irgendwie war an dem was dran. Schwer zu sagen, was, aber eindeutig eine Klasse besser als Swanson, sagte ihm sein Gefühl. Andererseits... Und dann wußte Bekker, was ihn an dem Boxertyp irritiert hatte: er war für einen Cop zu gut gekleidet.

Während er dasaß und kaute, erhaschte er aus den Augenwinkeln eine flüchtige Bewegung in der Ecke des Zimmers. Er drehte den Kopf. Auch so was wie ein Spiegel: eine der geschliffenen Glasplatten in der Jugendstillampe. Er stand auf, ging hin, betrachtete sich. Eins der spiegelnden Kristalle warf das Bild seiner Augen zurück. Schwarz wie leere Höhlen. Was wohl an der Entfernung liegen mußte. In einer anderen Glasplatte entdeckte er das Spiegelbild seiner Genitalien. Spaßig, fand er, fing an zu lachen und sagte laut: »Ein Symbol. Ich weiß bloß nicht, wofür.« Er hörte gar nicht mehr auf zu lachen, und als das MDMA ihn packte, wiegte er sich torkelnd im Tanze.

Um die Mittagszeit zog er sich an, streifte sich einen Sweater über, packte die Fotos in eine Einkaufstasche und ging durch den Windfang zur Garage. Konnte es sein, daß die Polizei ihn beobachtete? Er bezweifelte es. Stephanie war tot, und warum sollten sie annehmen, daß er noch etwas vorhätte? Aber er wollte kein Risiko eingehen.

Er fuhr den Wagen aus der Garage und kreuzte eine Weile durch das Gewirr der Nebenstraßen, ehe er den Weg zum Einkaufszentrum einschlug. Keine Verfolger. Er hängte ein paar Minuten dran, wanderte durch die Verkaufsbereiche, erstand Toilettenpapier, eine Rolle Küchentücher, Zahnpasta, ein Deodorant und eine Packung Aspirin. Auf dem Rückweg schlängelte er sich wieder durch das Gewirr der Nebenstraßen. Nichts. Er hielt bei einem Gemischtwarenladen und benutzte die Telefonnische vor dem Geschäft.

»Ich bin unterwegs.«

»Gut. Ich bin allein.«

Druze wohnte in einem Apartmentblock in der Nähe des Theaterviertels an der West Bank. Bekker, weiter auf der Hut, fuhr zweimal um den Block, bevor er den Wagen auf der Straße abstellte, quer über den Parkplatz auf das Haus zuging und den Klingelknopf mit dem Namen Druze drückte.

»Ich bin's«, sagte er in die Sprechanlage. Die Tür schnappte auf, er durchquerte die Lobby, nahm die Treppe. Druze ließ ihn herein, schaltete mit der Fernbedienung die Unterwasser-Show aus, die er im Fernsehen verfolgt hatte, und deutete auf Bekkers Einkaufstasche. »Sind da die Fotos drin?«

»Ja. Ich hab' alles mitgebracht, was ich finden konnte.«

»'n Bier?« fragte Druze verlegen. Da er nie Besuch bekam, war er kein geübter Gastgeber. Und einen richtigen Freund hatte er bis jetzt nicht gehabt.

»Gern.« Bekker machte sich nichts aus Bier. Aber es amüsierte ihn, Druze diese herzliche Verbundenheit vorzuspielen.

Druze holte eine Flasche Budweiser Light aus dem Kühlschrank. Als er zurückkam, kniete Bekker auf dem Boden, hatte die Einkaufstasche ausgeräumt und kippte gerade einen Schwung Fotos aus einem Schuhkarton auf den Teppich.

»Hoffentlich ist er dabei«, sagte Druze.

»Wir finden ihn schon.«

»Groß. So 'n flaches, skandinavisches Gesicht. 'n Kopf wie 'n Milchtopf. Blaß und ziemlich rund. Und um den Bauch rum ganz schön was zum Anfassen.«

»Von der Sorte gibt's ein halbes Dutzend unter unseren Bekannten.« Bekker nahm einen Schluck Bier und verzog das Gesicht zu einer Grimasse. »Wahrscheinlich einer von den Antiquitätenheinis. Dann könnte es schwierig werden, weil ich die nicht alle kenne. Aber vielleicht ist es auch jemand von der Universität. Keine Ahnung. Hab' dem Luder alles mögliche zugetraut, nur nicht, daß sie einen Liebhaber hat.«

»Das Schlimme ist, daß die Kerle, die sich für Antiquitäten interessieren, gelegentlich ins Theater gehen. Die haben's nun mal mit der Kunst. Könnte sein, daß er mich schon mal gesehen hat.«

»Auf der Bühne und mit dem Make-up siehst du doch ganz anders aus«, meinte Bekker.

»Ja, aber nach der Vorstellung, wenn wir raus in die Lobby gehen und uns unters Publikum mischen, kann er mich aus der Nähe gesehen haben. Und wenn's so war...«

»Wir werden ihn finden«, fiel ihm Bekker ins Wort und breitete die restlichen Fotos auf dem Teppich aus. »Ich sortiere, du guckst dir alles genau an.«

Hunderte Fotos, das Ganze dauerte wesentlich länger, als Bekker sich vorgestellt hatte. Stephanie mit Freunden, auf Waldspaziergängen, beim Einkaufen, mit Verwandten... Kein Bild von Bekker dabei.

Als er sich durch den halben Wust gearbeitet hatte, kam Druze hoch, rülpste und sagte: »Sortier sie weiter aus, ich muß mal pinkeln.«

Bekker nickte. »Mhm.« Wartete, bis Druze die Badezimmertür hinter sich geschlossen hatte. Schnellte hoch, eilte in die Küche und zog die Schublade unter dem Spülbecken auf. Karten, bezahlte Rechnungen, ein Satz Schraubenzieher, Streichholzhefte... Er kramte in dem Durcheinander, bis er den Schlüssel fand, ließ ihn in seiner Tasche verschwinden, schob die Lade zu und war schon auf dem Rückweg, als er die Wasserspülung hörte. Die paar Male, die er hier gewesen war, hatte er jedesmal auf eine Chance gelauert, an den Schlüssel zu kommen. Endlich hatte er ihn.

»Noch einer, der in Frage kommt?« fragte Druze, als er aus dem Bad kam.

Bekker kniete wieder zwischen den Fotos und sah hoch. »Sogar ein paar. Komm schon, wir sind spät dran.«

Auf den Bildern waren etliche großgewachsene blonde Männer zu sehen, kein Wunder in Minnesota. Zweimal glaubte Druze, er habe den richtigen gefunden, aber bei genauerem Hinsehen unter der Leselampe schüttelte er dann doch den Kopf.

»Vielleicht mußt du sie dir persönlich ansehen«, schlug Bekker vor. »Heimlich, natürlich.«

Druze blieb beim Kopfschütteln. »Von denen ist keiner der, den wir suchen.«

»Da bist du sicher?«

»So gut wie. Ich hab' ihn nicht gerade unter idealen Bedingungen zu sehen bekommen. Ich war unten am Boden, er stand an der Treppe. Aber er war schwerer gebaut als die hier. Ziemlich fett, würd' ich sagen.« Er griff nach einem Foto: Stephanie und ein blonder Mann. Aber dann schüttelte er bloß wieder den Kopf und warf das Bild zu den anderen.

»Himmel noch mal!« Bekker war enttäuscht. »Ich hätte geschworen, daß er dabei sein muß.« Die Fotos lagen herum wie welkes, nutzloses Herbstlaub. Er packte eine Handvoll und warf sie in einen der Kartons. »Dieses Miststück hat Gott weiß wen gekannt und von jedem Fotos gemacht. Warum sollte ausgerechnet er nicht dabei sein? Er muß dabei sein.«

»Vielleicht kennt sie ihn noch nicht lange. Oder sie hat die Fotos von ihm woanders aufbewahrt. Hast du alles abgesucht?«

»Hab' den halben Vormittag nichts anderes getan. Sie hatte übrigens auch ein Pessar, kannst du dir das vorstellen? Die Cops haben kein Wort davon gesagt. Aber – nein, sonst ist da nichts. Keine Fotos mehr.«

Druze kämmte die Bilder mit gespreizten Fingern zusammen und warf sie in die Schachteln. »Also, was machen wir? Bleibt's dabei? Mit der Armistead?«

Bekker zögerte. »Da gibt's ein Risiko. Wenn wir ihn nicht finden und die Armistead trotzdem erledigen, könnte er auf die Idee kommen, doch die Polizei einzuschalten. Erst recht, wenn er für die Tatzeit im Fall Armistead ein Alibi hat. Schätze, er traut sich bis jetzt nicht aus der Deckung, weil er Angst hat, die Bullen könnten ihn für Stephanies Mörder halten.«

Druze sagte mit belegter Stimme: »Wenn das mit der Armistead nicht bald passiert, drängt sie mich raus. Whiteface, das Stück, das wir jetzt spielen, ist ein Flop und läuft nicht mehr lange. Und die haßt mich wie die Pest. Wenn sie wen entläßt, bin ich der erste.«

Bekker ließ den Blick nachdenklich über den Teppich wandern. »Hör zu... Wenn dieser Kerl, Stephanies Freund, sich selbst der Polizei stellt, werd' ich's irgendwie erfahren. Würde mich nicht mal wundern, wenn sie ihn mir auf den Hals hetzen würden, damit er mich aus der Nähe ansehen kann. Die wollen natürlich sicher sein, daß ich mit meinem Alibi in San Francisco nicht getrickst habe und daß ein anderer der Mörder war. Jedenfalls, wenn ich rausfinde, wer er ist, bevor er dich zu Gesicht bekommt, können wir uns den Kerl vornehmen. Also müssen wir die Armistead erledigen, während du... na ja, am besten, während du auf der Bühne bist...«

»Und hinterher bleib' ich noch 'ne Weile in der Maske...«

»Genau.«

»Ja, so muß das laufen. Vielleicht können wir den Nacktarsch auf die Weise wirklich ausräuchern.«

»Früher oder später kriege ich raus, wer er ist«, versicherte ihm Bekker, »alles nur eine Frage der Zeit.«

»Aber wie bleiben wir in Verbindung, solange die Cops hinter dir her sind?«

»Da hab' ich mir schon was einfallen lassen.«

Bekkers Zimmernachbar in der pathologischen Abteilung hatte vorübergehend eine Stelle in England angenommen. Kurz vor seiner Abreise hatten er und Bekker über ein paar Dinge geplaudert, die mit ihrer Arbeit zusammenhingen, und bei der Gelegenheit hatte Bekker einen Blick in die unterste Schreibtischschublade des Kollegen werfen können und den Anrufbeantworter entdeckt. Daß die Bedienungsanleitung zudem in der Schublade lag – eine Ecke guckte unter dem Gerät vor –, war besonders praktisch. Spätabends, als alle weg waren, hatte Bekker sich über das altmodische Schloß am Nachbarzimmer hergemacht, den Anrufbeantworter eingeschaltet und mit Hilfe der Bedienungsanleitung eine neue Codezahl für die Fernabfrage eingegeben.

»Das ist der ganze Witz dabei«, erklärte er Druze, »du mußt lediglich ein Telefon benutzen, das eine Codetaste hat, um eine Nachricht für mich zu hinterlassen oder festzustellen, ob ich was für dich auf Band gesprochen habe. Es wäre gut, wenn du das alle paar Stunden abcheckst.«

»In Ordnung«, sagte Druze, »aber vergiß nicht, hinterher das Band zu löschen.«

Bekker nickte. »Das kannst du sogar selber machen, auch per Fernabfrage.«

Druze notierte sich die Codeziffern. »Dann haben wir ja alles geregelt«, stellte er fest.

»Ja, aber trotzdem, wir sollten uns eine Weile nicht sehen.«

»Klar. Und mit der Armistead läuft alles wie geplant?«

Bekker musterte den Gnom. Das Lächeln, das dabei über sein Gesicht huschte, hielt Druze sicherlich für Vorfreude. »Ja, wie geplant. Wir nehmen sie uns vor. Noch heute abend.«

Die Buntglasfenster in Bekkers Salon stammten aus der Kirche einer lutheranischen Gemeinde in North Dakota, deren Mitglieder den Verlockungen einer Region mit wärmerem Klima und besseren Jobs erlegen und kurzerhand weggezogen waren. Stephanie hatte die Fenster von den Verwaltern des Kirchenvermögens gekauft und an ihnen die Technik der Bleiverglasung studiert. Nun hing das restaurierte bunte Glas im Nachtdunkel über ihm, aber Bekker schenkte ihm keine Beachtung. Er mußte sich ganz auf die Rebellion in seinem Inneren konzentrieren: eine düstere Heiterkeit, deren Epizentrum in der Magengegend lag.

Was denn – so schnell? Das war doch viel zu früh...

Er unterdrückte die Regung. Setzte sich – den feuchten Splitthammer in der einen Hand, einen Stapel Papiertücher in der anderen – auf den weinrot und safrangelb gemusterten Orientteppich. Den Hammer hatte er vor ein paar Monaten gekauft, aber noch nie benutzt, sondern im Keller aufbewahrt. Bekker konnte die Möglichkeiten kriminaltechnischer Laborarbeit beurteilen und fürchtete, bei einer chemischen Analyse könne irgend etwas für dieses Haus Typische zutage kommen: die Putzmittel zum Beispiel, die Stephanie benutzt hatte, oder spezielle Staub- und Bleipartikel in der Luft. Ein Risiko einzugehen, kam nicht in Frage. Darum hatte er den Hammer sorgfältig mit Spülmittel abgewaschen. Nun saß er auf dem Teppich, trocknete Stiel und Kopf mit Papierhandtüchern ab und wickelte ihn gut ein. Von jetzt an würde er ihn nur noch mit Handschuhen anfassen.

Noch jede Menge Zeit, stellte er fest. Er sah sich um, entdeckte über einer Stuhllehne sein Sportjackett. Zog das Zigarettenetui aus der Brusttasche, ließ es aufklappen und fing zu rechnen an. Kein Super-Ego heute abend, nein. Kühle Beherrschung der Kräfte war angesagt. Er schob sich eine Tablette PCP auf die Zunge, zwang sich, kräftig zuzubeißen, und schluckte. Und ein Methamphetamin, für den richtigen Drive. Normalerweise waren es gerade die Amphetamine, die Super-Ego kreierten, aber nicht, wenn er mit PCP die richtige Grundlage schuf…

Elizabeth Armistead war Schauspielerin und Mitglied des Direktoriums am Lost River Theater. Irgendwann früher war sie mal am Broadway aufgetreten.

»Das Miststück gönnt mir nie eine Rolle.« Damals, an dem Abend vor sechs Monaten, war Druze betrunken gewesen. »Genau wie bei dem Film – wie hieß er doch gleich? Irgendwas mit Eisenbahn oder so. Die will mich loswerden. Hat's nur mit den Schönlingen. Wenn einer mit so einem Gesicht rumläuft wie ich…« Damals war Bekker die Idee für das Geschäft auf Gegenseitigkeit gekommen.

»Erzähl mal. Was ist denn passiert?«

»Sie haben beschlossen, daß wir *Cyrano* aufführen. Und wer kriegt die Hauptrolle? Gerrold. Der schöne Gerrold. Sie schminken ihn häßlich, und ich lauf' in den Kampfszenen mit einem Spieß rum. Bevor die blöde Tussi bei uns aufgetaucht ist… Angeblich hat sie mal am Broadway gespielt, war 'ne große Nummer. Darum haben sie die ja genommen, spielen kann sie nämlich nicht. Bevor die kam, war ich wer. Und jetzt lauf' ich mit so 'm verdammten Spieß rum.«

»Und was willst du unternehmen?«

Druze hatte kopfschüttelnd gesagt: »Weiß nicht. Gar nicht so einfach, 'n Job zu finden. Oben auf der Bühne, im Scheinwerferlicht, geschminkt – da ist das Gesicht okay. Aber wenn du dich sonst irgendwo vorstellst, stöhnen gleich alle: Uah, ist der häßlich. Die haben nichts übrig für einen, der häßlich ist. Schön sein, das ist bei denen alles.«

»Und wenn nun Elizabeth Armistead verschwinden würde?«

»Wie meinst du das?«

Aber Bekker hatte das kurze, wilde Aufleuchten in Druzes Augen gesehen und gewußt, daß die Idee von nun an in seinem Hinterkopf festgehakt war. Wenn die Armistead verschwinden würde, wäre alles anders. Und damals, vor sechs Monaten, hatte er gedacht: Genau wie bei mir, wenn Stephanie verschwände...

Den blauen Monteur-Overall hatte Bekker vor drei Monaten gekauft und seither in einer Kommode aufbewahrt. Er zog ihn über Jeans und Sweatshirt, suchte eine passende Mütze aus dem Schrank und stülpte sie sich auf den Kopf. Druze, der was von Kostümierung verstand, hatte das Ganze ausgeheckt. Overall und Mütze signalisierten *Montagedienst.* Niemand würde sich die Mühe machen, zweimal hinzugucken.

Bekker warf einen Blick auf die Uhr. Und zum ersten Mal geriet alles räumlich aus dem Lot. Verzerrte sich, verzog sich in die Länge. Bestürzend. Eine Dali-Uhr, die auf Bekkers Handgelenk zerfloß wie Brei. Wunderbar. Er spürte die Energie. Die Kraft, die alles um ihn herum in düstere Farben tauchte, nahe dem Ultraviolett am Ende der Skala. Er fingerte nach dem Zigarettenetui. Schluckte einen von den Wachmachern.

Ah, großartig... Er stakte storchbeinig durchs Zimmer, fühlte durch die Adern Kräfte wallen, die alles möglich machten. Wie nach einem Nikotinstoß. Nein, zweihundertmal so stark. Er drängte die Energie zurück in eine Ecke, hielt sie dort gefangen, genoß die Spannung, die sie ausstrahlte.

Allmählich mußte er auf die Zeit achten. Er eilte die Treppe hinunter. Warf einen Blick aus dem Fenster, um zu sehen, wie dunkel es inzwischen draußen war. Hob vorsichtig den Hammer auf, ließ ihn in die rechte Seitentasche gleiten. Was er sonst noch brauchte, lag schon auf Stephanies Schreibtisch bereit.

Das Clipboard mit verschiedenen festgeklemmten Zetteln. Paßte gut zu seiner Rolle als Monteur. Genau wie das altmodische Manometer mit der großen Analoganzeige. Das Ding war eigentlich dazu da, Magnetfelder in der Umgebung von Stromleitungen aufzuspüren. Druze hatte es für ein Butterbrot und ein Ei bei einem Altwarenhändler erstanden. Dann noch die Ausweiskarte. Bekkers frühere Kennkarte aus dem Krankenhaus. Er hatte sie mit Plastikfolie überzogen und ein Loch hineingeknipst, damit er sie an einem Gummiband um den Hals tragen konnte.

Er atmete tief durch, checkte in Gedanken noch einmal alles ab, ging zur Garage und ließ vom Wagen aus mit der Fernbedienung das Garagentor aufschwingen. Er fuhr die Allee hinunter, bog in die nächste baumgesäumte Straße ab, behielt den Rückspiegel im Auge. Niemand hinter ihm.

Für den Weg zu Elizabeth Armisteads Haus benutzte er fast nur Seitenstraßen. Er brauchte etwas mehr als acht Minuten. Was er sich genau merkten mußte. Falls Druze mißtrauisch wurde, mußte er ihm sagen können, wann er angekommen war. Wobei zu hoffen blieb, daß sie überhaupt noch da war.

»Erst meditiert sie eine halbe Stunde und dann trinkt sie einen Kräutertee, bevor sie ins Theater kommt«, hatte Druze ihm erzählt. »Das ist so 'n Tick von ihr. Einmal hat sie die Meditation sausen lassen, und prompt hat sie während der ganzen Vorstellung ihre Einsätze verpaßt.«

Druze... Ursprünglich hatten sie das anders vereinbart. Bekker sollte, bevor er losfuhr, Druze anrufen. Damit Druze vom Regieraum aus bei der Theaterkasse anrufen und mit verstellter Stimme und kalifornischem Akzent seinen vorbereiteten Sermon loswerden konnte. *Mein Name ist Donaldson Whitney. Elizabeth Armistead hat mir angeboten, für mich zwei Gästekarten reservieren zu lassen. Ich bin zufällig kurz in der Stadt und hätte*

Zeit, mir die Vorstellung anzusehen. Würden Sie bitte bei ihr zurückrufen und sich die Reservierung bestätigen lassen?

Natürlich würden sie zurückrufen, das war so üblich. Zu viele Nassauer versuchten, auf die Tour kostenlos an Karten zu kommen. Aber Donaldson Whitney war ein bekannter Theaterkritiker aus Los Angeles. Kein Zweifel, daß die Armistead vor Freude ganz aus dem Häuschen wäre. Und daß die Leute an der Theaterkasse sich später an den Vorfall erinnerten. Und genau darum ging es. Wenn die Armistead tot war, sollte es jemanden geben, der als letzter mit ihr telefoniert hatte. Und zwar zu einer Zeit, als Druze schon fertig geschminkt auf der Bühne stand und daher ein sicheres Alibi hatte. Druzes Idee. Gegen die es, fand Bekker, keinen vernünftigen Einwand gab.

Nur, er konnte ja einfach ein bißchen früher losfahren. Ohne es Druze auf die Nase zu binden. Die Bullen würden es allerdings später herausfinden...

Das mit dem Anruf bei Druze hatte Zeit, bis die Armistead erledigt war. Er würde so tun, als führe er jetzt gerade erst los. Und Druze zog dann seine Donaldson-Whitney-Nummer ab. Mein Gott, wenn die von der Theaterkasse bei der Armistead anriefen und sie meldete sich nicht – tja, dann war sie eben nicht zu Hause. Dafür konnte ja Bekker nichts.

Während der letzten paar Minuten ließ Bekker es gemächlich angehen. Er hatte sich das Haus schon vorher gründlich angesehen, da gab es keine nennenswerten Risiken. Die Häuser standen dicht beieinander. Aber in der Gegend war immer viel Betrieb, ob da einer mehr oder weniger kam oder ging, fiel gar nicht auf. In Armisteads Haus brannte Licht, in einem der nach hinten gelegenen Zimmer. Ihr silberfarbener Dodge Omni stand wie gewöhnlich in der Kurve. Bekker parkte seitwärts vom Haus, unter einem Baum in voller Frühlingsblüte. Er kramte seine Ausrüstung zusammen, lehnte sich auf dem Fahrersitz zurück, schloß die Augen.

Wie ein Countdown: fünf-vier-drei-zwo-eins... Schön langsam und gelassen. Er gab ein bißchen von der eingefangenen Energie frei, nur ganz wenig. Na? Ja, wirkte schon. Das Lenkrad verzog sich ins Ovale. Ein leichtes Lächeln spielte um seinen Mund. Er gönnte sich den Luxus, die Glut in seinen Adern noch einmal zu spüren, wieder nur einen winzigen Augenblick lang. Dann stieg er aus, knipste das Lächeln weg, setzte statt dessen eine gehetzte Miene auf und eilte zur Haustür. Klingelte. Drückte den Klingelknopf gleich noch einmal.

Armistead. Größer, als er gedacht hatte. Im Hausmantel. Blasses ovales Gesicht. Das dunkle Haar in einer kunstvollen Rolle nach hinten geschlungen und mit einer Holznadel festgesteckt. Die Gesichtszüge schlaff, als hätte sie gerade geschlafen.

Die Haustür war mit einer Kette gesichert. Armistead musterte ihn mit großen dunklen Augen. Augen, die sich im Rampenlicht auf der Bühne bestimmt phantastisch machten. »Ja?«

»Gaswerke. Haben Sie im Haus irgendeinen verdächtigen Geruch wahrgenommen?«

»Nein.«

Bekker tat so, als zöge er einen der Zettel auf dem Clippboard zu Rate. »Sie haben Gasgeräte im Haus. Waschmaschine, Trockner und Warmwasserboiler.« Druze hatte das festgestellt, als er bei der Armistead zu einer Party eingeladen war.

»Ja, unten im Keller«, bestätigte sie. Wenn er so genau Bescheid wußte, gab es keinen Zweifel an seiner amtlichen Funktion.

»Wir haben ein Leck in der Hauptleitung, deswegen ist, wie wir festgestellt haben, hier in der Straße der Druck unregelmäßig. Ich habe ein Spürgerät dabei...« Bekker klappte die schwarze Plastikhülle auf, ließ das Manometer ein Stück herausgucken. »Ich würde gern bei Ihnen im Keller ein paar Messungen vornehmen, nur vorsichtshalber. Nicht, daß sich plötzlich Gas entzündet. In einem Häuserblock ein Stück weiter die Straße runter ist vorhin schon Feuer ausgebrochen. Sie haben die Feuerwehrautos wahrscheinlich gehört.«

»Ach ja? Nein, ich war mitten in meiner Meditation...« Immerhin, sie hakte schon die Kette auf. »Ich bin schrecklich in Eile, ich muß gleich los...«

»Nur ein, zwei Minuten«, versicherte ihr Bekker. Und war drin. Er ließ die Hand in die Seitentasche rutschen, umklammerte den Hammerstiel. Wartete, bis er hörte, wie die Tür ins Schloß gedrückt wurde.

»Durch die Küche, dann die Treppe runter.« Eine hohe, klare Stimme. Mit einem leicht ungeduldigen Unterton.

»Die Küche?« Bekker sah sich suchend um. Die Vorhänge waren zugezogen. Es roch nach Feldblumen. Und nach Gewürz. Der Kräutertee, vermutete er. Die Kraft, die er in sich gefangen hielt, ganz hinten unter der Schädeldecke, brach sich Bahn. Auf einmal war vor Bekkers Augen alles in tiefes Blau getaucht.

»Hier. Ich zeig's Ihnen«, sagte die Armistead. Jetzt schon deutlich gereizt. Sie drehte ihm den Rücken zu, ging vor ihm her. »Also, ich hab' bis jetzt nichts gerochen.«

Bekker schloß dicht auf, zog den Hammer aus der Tasche. Und plötzlich schoß ihm Blut aus der Nase. Er ließ das Manometer fallen, fing das Blut mit der hohlen Hand auf. Und sah, wie die Armistead sich umdrehte. Ihn anstarrte. Den Mund aufriß. Zu einem Schrei?

»Nein, nein«, sagte er rasch. Ihr Mund entspannte sich. Auf einmal kam ihm alles, was er sah, seltsam verzögert vor, wie ein Film im Zeitlupentempo. »Oh, passiert mir heute schon zum zweiten Mal... Ich hab' als Kind einen Schlag auf die Nase bekommen, war gerade erst fünf... Hach, ich kann's gar nicht fassen. Haben Sie vielleicht Papiertaschentücher für mich?«

»Ja«, hauchte sie mit aufgerissenen, erschrocken auf das tropfende Blut fixierten Augen.

Sie standen noch im Flur, und Elizabeth Armistead wandte

ihm, als sie die Taschentücher holen wollte, erneut den Rücken zu. In seinem Drogenrausch kamen Bekker ihre Bewegungen unendlich langsam vor. Einen Kampf durfte es nicht geben, auch keine Gegenwehr, keine Chance zur Flucht. Und auf keinen Fall durfte sie ihn kratzen oder ihm mit einem Schlag eine Prellung beibringen.

»Hier«, sagte sie, »in der Küche...« Und drehte sich halb zu ihm um. Bekker, eine Hand vor der Nase, riß den Hammer aus der Seitentasche, schwang ihn wie einen Tennisschläger.

Der schwere eiserne Hammer traf sie hart, dann federte er zurück, schlug zum zweiten Mal zu. Die Wucht riß Elizabeth Armistead herum. Sie war nicht tot. Ihre Augen weiteten sich, sie sprühte Speichel, über ihre Hüften lief ein krampfartiges Zukken, dann erst stürzte sie zu Boden. Daß sie dem Tod nicht mehr entrinnen konnte, begriff sie noch nicht. Sie wehrte sich, stemmte die Hände nach oben, riß den Mund auf. Und Bekker warf sich rittlings auf sie, drückte sie nieder, hielt mit einer Hand ihre Kehle umklammert. Achtete darauf, daß sie ihn nicht mit den Fingernägeln erwischte. Und schlug ihr das stumpfe Hammerende auf die Stirn. Einmal, zweimal... Dann war es vorbei.

Sein Atem ging keuchend, Blut rann ihm übers Kinn. *Man darf mein Blut nicht auf ihr finden.* Er preßte sich den Ärmel vor die Nase. Schielte über den blauen Stoff nach unten. Ihre Augen waren halb offen.

Ihre Augen...

Bekker, plötzlich von eisigem Entsetzen gepackt, drehte den Hammer. Er mußte die andere Seite nehmen, die Klaue...

9 Der Abend schleppte sich dahin. Lucas wurde das Gefühl nicht los, daß er auf etwas Unbestimmtes wartete.

Er überlegte, ob er Jennifer anrufen sollte. Um zu fragen, ob sie einverstanden wäre, wenn er das Kind außer der Reihe besuchte. Zweimal streckte er die Hand nach dem Hörer aus, rief dann aber doch nicht an. Natürlich ging es auch um Sarah. Hauptsächlich ging es aber darum, mit Jennifer wieder ins reine zu kommen. Und das, dachte er, ließ sich nicht durch einen Telefonanruf einfädeln. Nicht bei Jennifer.

Statt zu telefonieren, starrte er auf den Fernseher. Ein mieser Krimi. Als es zu schlimm wurde, schaltete er um. Was sich da auf dem Bildschirm tummelte, waren keine Figuren aus Fleisch und Blut, weder die Cops noch die Gangster. Es war ihm schnurzegal, wie der Film ausging. Er sah sich noch die Spätnachrichten an, dann ging er ins Arbeitszimmer und beschäftigte sich mit dem Computerspiel. Ohne große Lust. Und ohne mit den Gedanken bei der Sache zu sein.

Bekker steckte ihm im Hinterkopf. Die Untersuchung schlief allmählich ein. Lucas konnte es riechen, wie sich das Interesse an dem Fall bei den anderen verlor. Weil sie genau wußten, wo der Hase im Pfeffer lag. Ohne Augenzeugen und ohne einen Tatverdächtigen, der nicht nur ein Motiv, sondern auch die Gelegenheit zum Mord gehabt hätte, gab es kaum eine Chance für eine Festnahme. Geschweige denn für eine Anklage.

Lucas wußte von zwei Fällen, in denen Männer ihre Frauen umgebracht hatten und ohne Anklage davongekommen waren. Von einem dritten Fall, der genauso ausgegangen war, nur, daß da eine Frau ihren Liebhaber ermordet hatte. Und in allen drei Fällen hatte es keine skurrilen Besonderheiten gegeben. Keine ausgefallenen Mordwaffen, keine ausgeklügelten Alibis, keine gedungenen Mörder. Die Männer hatten ihre Frauen erschlagen, der eine mit dem Gewehrkolben, der andere mit dem Kamerastativ. Die Frau hatte ein gewöhnliches Küchenmesser benutzt, beste Wertarbeit aus Chicago.

Als ich nach Hause kam, lag sie so da. Die Polizisten hatten den Ehemännern ihre Rechte vorgelesen. *Ich sag's Ihnen doch. Ich komm' nach Hause und finde ihn mit dem Messer im Bauch.* Und die Frau hatte, genau wie die Männer, nach ihrem Anwalt verlangt. Danach verlief alles im Sande. Die abgedroschene und trotzdem immer noch wirksame Masche vom großen Unbekannten, der es getan haben mußte.

Lucas starrte auf die leere Wand hinter dem Schreibtisch. *Ich brauche diesen gottverdammten Fall.* Wenn er mit der Untersuchung nicht weiterkam, wenn sogar der kümmerliche Funken Interesse verlosch, der jetzt noch glomm, dann, so fürchtete er – dann würde er sich wohl wieder in die dunkle Höhle seiner Depressionen verkriechen, genau wie im Winter. Bevor er diese Erfahrung gemacht hatte, waren Gemütskranke für ihn willensschwache oder unglücklich veranlagte Menschen gewesen. Er hatte dazugelernt. Eine Depression war eine latent lauernde Gefahr für jeden. Wie ein Tiger, der auf der Jagd nach Beute durch den Dschungel streift, und sobald man sorglos die Waffe sinken läßt...

Bekkers schönes Gesicht tauchte vor seinem geistigen Auge auf. Klar und deutlich, wie von einem Diaprojektor auf die Leinwand geworfen.

Zwanzig nach elf klingelte das Telefon. Lucas starrte auf den Apparat. Fühlte die innere Spannung. Jennifer? Er nahm den Hörer ab.

»Lucas?« Daniel war drin. Heiser, bedrückt.

»Was ist passiert?«

»Der Schweinehund hat wieder zugeschlagen«, krächzte Daniel. »Der Kerl, der Bekkers Frau umgebracht hat. Lassen Sie sich von der Zentrale die Adresse geben und setzen Sie Ihren Hintern in Bewegung.«

Ein Hauch, der die Glut anfachte? Oder sogar das Gefühl innerer Erleichterung?

Lucas jagte den Porsche durch die Nacht, über den Mississippi, auf die Seen im Westen zu. Es war nicht schwierig, das richtige Haus zu finden. Alle Lichter brannten, die Türen standen weit offen. Nachbarn drängten sich in Grüppchen auf dem Bürgersteig, alle starrten in dieselbe Richtung. Wenn von Zeit zu Zeit einer von einer Gruppe zur nächsten wechselte, dann wohl nur, um ein gerade aufgeschnapptes Gerücht brühwarm weiterzugeben.

Elizabeth Armistead lag rücklings auf dem Wohnzimmerteppich, der Hinterkopf war von einer Blutlache umrahmt. Wie ein grausiger Glorienschein. Ein Arm lag verrenkt unter dem Rükken, der andere war ausgestreckt, die Handfläche nach oben, die Finger leicht gekrümmt. Ihr Gesicht war von der Nase aufwärts zermalmt. Da, wo ihre Augen gewesen sein mußten, gähnten Höhlen voller Blut und zerfetztem Fleisch. Eine andere Verletzung hatte ihr die Oberlippe aufgerissen, das Weiß gebrochener Zähne lag offen. Ihr Hausmantel war so weit hochgerutscht, daß man ihre Unterwäsche sehen konnte. Keine Anzeichen für den Versuch einer gewaltsamen Entkleidung. Das Zimmer roch nach frischem Blut. Ein seltsamer Geruch, wie der von einem nassen Penny.

Lucas starrte auf die Tote. »Derselbe Kerl?«

»Muß wohl so sein.« Der Polizeiarzt warf Lucas einen kurzen Blick aus hellen, wachen Augen zu. »Ich hab' auch den anderen Fall untersucht. Und hier sieht's verdammt ähnlich aus.«

»Irgendwelche Anhaltspunkte?« Lucas sah sich um. Keine Spur von Verwüstungen im Haus.

»Nein. Nichts unter den Fingernägeln, keiner abgebrochen. Sieht nicht nach einem Kampf aus. Zweifellos ist sie genau hier ermordet worden. Da drüben auf dem Tischchen sieht man noch die Blutspritzer. Es gibt auch, wie ich höre, keine Anzeichen für einen Einbruch. Keine eingedrückten Fenster, keine beschädigten Türen.«

»Und nach Vergewaltigung sieht es auch nicht aus.«

»Nein. Keine Samenspuren auf der Haut.«

Ein Beamter von der Mordkommission kam auf Lucas zu. »Wollen Sie sich mal die Mordwaffe ansehen?«

»Hab' ich schon beim Reinkommen gesehen. Der Hammer?«

»Ja. Aber Jack hat gerade was entdeckt.«

Sie gingen in die Diele zu dem Polizisten, der die in eine Plastiktüte gehüllte Tatwaffe wie eine kleine Kostbarkeit mit spitzen Fingern hielt.

»Worum geht's?« wollte Lucas wissen.

»Sehen Sie sich den Hammerkopf an. Ich meine nicht das Blut, einfach nur das Metall.«

Lucas konnte nichts Auffälliges entdecken. »Ja – und?«

»Tja, das ist wie mit dem verdammten Köter, der nicht bellt.« Der Polizist hielt den Hammer ins Licht. »Wenn Sie so 'n Ding das erste Mal benutzen, ganz egal, ob Sie was einschlagen oder 'n Nagel aus 'm Brett ziehen – immer bleiben Spuren auf dem Metall zurück. Aber nun gucken Sie sich mal diesen Hammer an: glatt wie 'n Babyarsch. Ich wette, der Kerl hat ihn extra mitgebracht, um die Frau damit zu erschlagen.«

»Sind Sie sicher, daß es seiner wahr? Nicht ihrer?«

Der Polizist zuckte die Achseln. »Sie hatte kaum Werkzeug. Ein paar Schraubenzieher, eine Beißzange und einen Hammer. Ein Päckchen Nägel und 'n paar Bilderhaken. Das Zeug liegt in der Küche in einer Schublade. Sie war kein ausgesprochener Do-it-yourself-Typ. Warum hätte sie zwei Hammer haben sollen? Und auch noch so 'n großen schweren wie den hier? Und wenn's ihrer gewesen wäre, wie wär' der Kerl so schnell drangekommen?«

Ein greller Lichtstrahl huschte über die Vorderfront des Hauses. Lucas drehte sich halb um.

»Die vom Fernsehen sind da.« Der Beamte von der Mordkommission ging zur Haustür.

»Schärfen Sie allen ein, daß sie den Mund halten«, verlangte Lucas. »Daniel wird morgen früh eine Presseerklärung abgeben.« Er wandte sich wieder dem Polizisten mit dem Hammer zu.

»Also hat er ihn mitgebracht.«

Der Polizist nickte. »Würd' ich sagen.«

Lucas dachte kurz darüber nach, runzelte die Stirn, klopfte dem Mann auf die Schulter. »Ich weiß nicht, was es uns bringt, aber auf alle Fälle war es eine gute Beobachtung. Wenn der Hammer wirklich neu ist, können wir vielleicht feststellen, wo diese Marke verkauft wird.«

»Wird morgen gleich erledigt.«

Lucas deutete mit dem Daumen zum Wohnzimmer. »Tja – und was wissen wir sonst noch über sie?«

Der Polizist berichtete ihm, daß die Armistead Schauspielerin gewesen war. Als sie zur Vorstellung nicht erschienen war, hatte eine Freundin nach dem rechten sehen wollen, sie tot vorgefunden und die Polizei angerufen. Der Körpertemperatur nach war sie, als der Polizeiarzt kurz nach elf eintraf, seit ungefähr vier Stunden tot. Irgendwelche Anzeichen für einen Einbruch gab es nicht.

»Wo ist die Freundin jetzt?«

»Im Schlafzimmer. Swanson ist bei ihr.« Der Polizist deutete mit dem Kopf nach hinten.

Auf dem Weg ins Schlafzimmer versuchte Lucas sich ein Bild von Elizabeth Armisteads Lebensweise zu machen. Das Haus war geschmackvoll eingerichtet, fand er, viel Geld hatte sie allerdings nicht dafür aufwenden können. An den Wänden hingen Originale, aber keins der Bilder war besonders wertvoll. Wahrscheinlich Geschenke von befreundeten Malern. Die Teppiche hatten Orientmuster. Lucas erinnerte sich an die Orientteppiche in Bekkers Haus. Die hier fingen sofort zu rutschen an, als er mit dem Schuh hin und her schabte. Maschinenware aus synthetischem Material, mit sehr dünnem Flor…

Die Schlafzimmertür stand offen, Lucas steckte den Kopf hinein. Swanson saß seitlich auf einem Stuhl und putzte seine Brille. Eine Frau lag, einen Schuh auf dem Boden, rückwärts auf dem Bett ausgestreckt. Mit dem anderen Schuh hatte sie – anscheinend, ohne es zu merken – das gelbe Bettzeug beschmutzt. Lucas klopfte kurz und war, als Swanson hochsah, schon drin.

»Ah, Davenport«, murmelte Swanson. Er setzte die Brille auf, brauchte einen Augenblick, um sie zurechtzurücken. Dann seufzte er. »Das ist vielleicht ein Scheißkerl.«

»Wieder derselbe.«

»Ja. Oder glauben Sie nicht?«

»Doch. Sieht so aus.« Lucas wandte sich an die Frau. »Sie haben die Tote gefunden?«

Sie war Mitte dreißig, rothaarig. Und sonst, dachte Lucas, sicher sehr hübsch. Im Augenblick sah sie eher verhärmt aus, mit verheulten Augen und geröteter Nase. Sie blieb liegen, strich sich nur eine Locke aus den Augen. Aus dunklen, fast schwarzen Augen. »Ja. Ich bin nach der Vorstellung hergekommen.«

»Warum?«

»Weil…« Sie zog die Nase hoch. »Weil wir uns alle Sorgen gemacht haben. Elizabeth hätte sogar mit gebrochenem Bein weitergespielt. Als sie sich nicht blicken ließ und auch nicht anrief, haben wir befürchtet, daß sie vielleicht einen Unfall gehabt hätte oder so. Ich hab' gedacht: Wenn sie nicht zu Hause ist, werd' ich die Krankenhäuser abklappern. Ich drück' also die Klingel, und dann guck' ich durchs Türfenster und seh' sie da drin liegen. Die Tür war verschlossen. Da bin ich zu den Nachbarn gerannt und hab' die Polizei angerufen.« Ein kleines Stirnrunzeln, dann reckte sie das Kinn vor und fragte: »Sind Sie nicht der Cop, der die Schießerei mit den Indianern hatte?«

»Mhm.«

»Wie geht's Ihrer Tochter? Ich hab' im Fernsehen gehört...«

»Mein Gott, das war vielleicht was.« Die Frau richtete sich auf. Sie war offenbar körperlich durchtrainiert, denn sie kam ohne sichtliche Anstrengung hoch. Einer der Schneidezähne saß ein bißchen schief, fiel Lucas auf. »Sind Sie für den Fall zuständig? Ich meine, sind Sie's, der den Mörder jagt?«

»Ich versuche, mich ein bißchen dabei nützlich zu machen.«

»Hauptsache, Sie erwischen ihn.« Ihre Augen schienen Feuer zu sprühen, sie schob die Lippen zurück, als wolle sie die Zähne blecken. Ihre Wangenknochen waren hoch angesetzt, ihre Nase wirkte ein wenig knochig. Ein keltischer Typ, straff und zäh.

»Wär' mir recht, ihn zu kriegen. Wann hat jemand zum letzten Mal Elizabeth Armistead lebend gesehen?«

»Heute nachmittag. Bei der Probe. Ungefähr um drei.« Sie strich sich, den Blick starr aufs Bett gerichtet, gedankenverloren über die Wange. »Danach ist sie nach Hause gefahren. Eins der Mädchen, die an der Kasse arbeiten, hat später versucht, sie anzurufen. Das muß so ungefähr eine Stunde vor der Vorstellung gewesen sein. Aber es hat niemand abgenommen. Ob später noch was war, weiß ich nicht.«

»Warum hat jemand aus dem Theater angerufen? War sie um die Zeit schon spät dran?«

»Nein. Da wollte einer Gästekarten, und sie mußte das bestätigen. Aber sie war nicht zu erreichen.«

»Bucky und Karl machen drüben im Theater Befragungen«, warf Swanson ein.

Lucas fragte: »Haben Sie sich auch um Bekker gekümmert?«

»Nein. Das nehme ich mir für morgen vor, wenn wir hier durch sind. Er wird mir minutiös aufzählen müssen, wo er sich diese Nacht aufgehalten hat.«

»Bekker?« mischte die Frau sich ein. »Hieß nicht die Frau so, die vor kurzem ermordet wurde?«

»Ihr Mann«, sagte Lucas kurz. »Übrigens, wie ist Ihr Name?«

»Lasch. Cassie.«

»Sind Sie auch Schauspielerin?«

Sie nickte. »Ja.«

»Hauptberuflich?«

Sie ließ ihr rotes Haar schwingen. »Ich krieg' zwar nur ganz kleine Rollen, aber es ist mein Beruf.« Sie sah Lucas groß an. »Sagen Sie, was hat dieser Bekker mit der Sache zu tun? Steht er unter Verdacht?«

»Grundsätzlich ja. Wenn eine Frau ermordet wird, nehmen wir den Ehemann immer unter die Lupe.«

»Aber im Grunde halten Sie ihn nicht für den Mörder?«

»Er war in San Francisco, als seine Frau umgebracht wurde«, antwortete Lucas. »Und was den Fall Armistead betrifft... Die Tatumstände sind so verblüffend ähnlich, daß es eigentlich nur derselbe Täter gewesen sein kann.«

»Oh«, machte sie. Es klang enttäuscht. Sie nagte an der Unterlippe. Und bei Lucas verstärkte sich der Eindruck, daß sie den Mörder haben wollte. Um jeden Preis. Am liebsten tot.

»Falls Ihnen noch was einfällt, rufen Sie mich an, ja?«

Wieder heftete sie kurz den Blick auf ihn. Schätzte ihn ab, wie er sie abgeschätzt hatte. Sie nahm die Karte, die er ihr hinstreckte. »Ja, mach' ich.« Und als Lucas auf dem Weg ins Wohnzimmer einen Blick zurückwarf, sah er, daß ihre Augen ihm folgten.

Der Polizist mit dem Hammer unterhielt sich mit einem uniformierten Kollegen, der eine Frau um die Vierzig in einem gelben Hausmantel im Schlepptau hatte. Sie reckte sich, hätte wohl allzu gern einen Blick ins Wohnzimmer geworfen, scheiterte aber an dem Uniformierten, der ihr die Sicht versperrte. »Also«, verlangte er, »beschreiben Sie mal, wie er aussah.«

»Wie ich schon gesagt habe, er sah aus wie 'n Klempner. Hatte so ’ne Werkzeugtasche dabei oder so was. Ich sag’ noch zu Ray... Das ist mein Gatte, wissen Sie?... Hoppla, sag’ ich, sieht aus, als hätt’ die Gnädigste ’n Rohrbruch. Hoffentlich ist es nicht wieder die Hauptleitung, sag’ ich. Die von der Stadt haben nämlich, seit wir hier wohnen, schon zweimal das Hauptrohr aufgegraben. Zweimal innerhalb von ’n paar Jahren, aber die kriegen das anscheinend nie richtig in die Reihe.« Sie verrenkte sich weiter, in der Hoffnung, doch noch einen Blick ins Wohnzimmer zu erhaschen.

Lucas kam näher. »Offenbar mochten Sie Miss Armistead nicht besonders?« fragte er.

Die Frau wich einen halben Schritt zurück, stolperte fast über die eigenen Füße. Sie sah verunsichert aus. Denn die Frage kannte sie aus *L. A. LAW*, der Fernsehserie über Gerichtsfälle in Los Angeles. Da hatte der Richter das genauso formuliert, kurz bevor der Angeklagte endgültig überführt wurde.

»Wie kommen Sie denn darauf?« Angst und Abwehr in der Stimme.

»Sie haben sie ›die Gnädigste‹ genannt...«

»Na ja, sie hat immer erzählt, sie wär’ Schauspielerin, und ich hab’ zu Ray gesagt...«

»Ihrem Gatten...«

»Ganz recht. Ray, sag’ ich, mir sieht die nicht nach Schauspielerin aus. Ich meine, man weiß doch, wie Schauspieler aussehen, oder? Aber die hat nicht so ausgesehen. Mir kam die eher vor – na ja, eher ganz normal.« Sie setzte ihr listiges Zwinkern ein. »Schauspielerin ist sie, sag’ ich zu Ray. Behauptet sie jedenfalls. Aber ich wüßte gern, was sie wirklich treibt.« Und dann fiel ihr Blick auf den Hammer im Plastikbeutel. »Ach Gottchen, ist das etwa die Mordwaffe?«

Lucas wurde ungeduldig. »Bevor wir noch weiter abschweifen: Dieser Mann, den Sie beobachtet haben... Wieso sah der aus wie ein Klempner?«

»Na, weil er so angezogen war.« Sie konnte den Blick nicht vom Hammer reißen, bis der Polizist die Plastiktüte schließlich hinter seinem Rücken versteckte. »Ich hab' ihn ja nicht so genau gesehen, aber er hat 'n dunklen Overall angehabt. Und 'ne Mütze, auf der vorn was draufstand. Wie das bei Klempnern so ist.«

»Sein Gesicht konnten Sie nicht erkennen?«

»Nee. Wie ich den gesehen hab; da war er ja schon auf der Veranda vor 'm Haus. Stand mit 'm Rücken zu mir. Also, ich hab' nur den Rücken und die Mütze gesehen.«

»Und seinen Lieferwagen?«

Sie runzelte die Stirn. »Nee, jetzt, wo Sie's sagen... Ich weiß gar nicht, wo der hergekommen ist. Da hat kein Auto rumgestanden, nur Miz Armisteads Omni. Der fällt mir natürlich immer gleich auf, weil – mein Ray hat fast genau denselben gehabt, als er seine erste Frau geheiratet hat. Auch silbern. Bloß, seiner war 'n Plymouth Horizon.«

»Haben Sie gesehen, wie er wieder aus dem Haus gekommen ist?«

»Nee. Da hab' ich Geschirr abgewaschen.«

»Gut, danke«, sagte Lucas. Nichts. Wahrscheinlich hatte sie den Mörder gesehen, aber das half ihnen auch nicht weiter. Es sei denn...

»Eine Frage noch: Haben Sie gesehen, ob er Handwerkszeug dabei hatte? Irgendwas, was Klempner brauchen? Oder hatten Sie nur den Eindruck, daß er Klempner wäre?«

»Na ja...« Sie verstand die Frage nicht. »Er hat eben so ausgesehen. So einen sieht man und denkt: Aha, 'n Klempner.«

Also war es vielleicht wirklich ein Klempner gewesen. Oder ein Schauspieler.

Lucas drehte sich um, ging ins Wohnzimmer zurück. Einer von der technischen Abteilung war gerade dabei, die Lage der Leiche auf Video festzuhalten. Im Scheinwerferlicht sah Elizabeth Armisteads ohnehin bleiches Gesicht fast weiß aus. Lucas sah dem Mann mit der Kamera einen Augenblick zu, dann ging er vors Haus. Das Grundstück war mit Markierband abgesperrt, auf der Straße lauerte ein halbes Dutzend Fernsehkameras. Einer aus der Reportermeute rief seinen Namen, und schon schwenkten, noch ehe er die letzte Treppenstufe der Veranda hinuntergestiegen war, sämtliche Scheinwerfer auf ihn.

»Davenport...«

Wie gierige Haie, dachte Lucas kopfschüttelnd. Er wedelte die Reporter weg. »Leute, ich kann euch nichts sagen.«

»Erzählen Sie uns wenigstens, warum Sie hier sind«, rief ihm eine Reporterin zu. Sie mochte Anfang vierzig sein, was in ihrer Zunft schon als betagtes Alter galt. Lange würde sie sich in der Glitzerwelt des Fernsehens nicht mehr behaupten können. »Ging's um Glücksspiel? Drogen? Sagen Sie schon.«

»Nein, Katie«, rief er zurück, »ich möchte das wirklich lieber den Jungens von der Mordkommission überlassen.«

»Waffenhandel? Steckt so was dahinter?«

Lucas kämpfte sich grinsend zu seinem Wagen durch. Wenn er sich auf ein Gespräch eingelassen hätte, wäre einem der cleveren Burschen früher oder später eingefallen, daß er ja auch an dem Fall Bekker arbeitete. Dann dauerte es nicht mehr lange, bis einer zwei und zwei zusammenzählte.

Was er selbst auch versuchte, während er losfuhr. Angenommen, im ersten Mordfall hätte der Mörder in Bekkers Auftrag gehandelt, was steckte dann hinter diesem zweiten Mord? Beide Fälle mußten etwas miteinander zu tun haben, zu viele Details waren identisch. Trotzdem fiel es schwer zu glauben, daß Bekker seine Finger im Spiel hatte. Swanson und seine Leute hatten ihn im Visier. Wenn es irgendeine Verbindung zwischen Bekker und der Ermordeten gab oder früher gegeben hatte, wäre er kaum so leichtsinnig gewesen, sie ausgerechnet jetzt umzubringen. Es sei denn, er wäre nicht nur verrückt, sondern total verblödet. Und gerade das behauptete niemand von ihm.

An einer roten Ampel mußte er halten, einen Fuß auf der Kupplung, der andere spielte mit dem Gas. Soweit es um den ersten Mord ging, wäre es denkbar gewesen, daß sich alles nur aus einer plötzlich außer Kontrolle geratenen Situation ergeben hatte: Ein Fixer dringt ins Haus ein, sucht irgendwas, was er verscherbeln kann, um neues Crack zu kaufen. Unversehens trifft er auf die Frau, gerät in Panik, tötet sie. Vielleicht wäre das sehr schnell zur offiziellen Theorie geworden, und man hätte den Mord längst als typischen Fall aus der Drogenszene zu den Akten gelegt. Aber da war Bekkers gespanntes Verhältnis zur Verwandtschaft seiner Frau... Und da waren die Auskünfte, die Sloan bei Bekkers früherem Kommandeur eingeholt hatte...

Der neue Fall sah eindeutig nach geplantem Mord aus. Der Hammer – neu und dann am Tatort zurückgelassen. Im Haus war nichts verschwunden. Ein Fixer hätte irgendwas mitgenommen. Obwohl, in Bekkers Haus hatte auch nichts gefehlt...

Lucas fluchte leise. Die Ampel hatte schon lange Grün gezeigt, jetzt sprang sie wieder auf Gelb um. Er war gerade drauf und dran, trotzdem loszupreschen, als von hinten ein schwarzer Nissan herangeschossen kam, rechts an ihm vorbeizog, einscherte und sich vor den Porsche setzte. Lucas mußte so scharf in die Bremse treten, daß er den Motor abwürgte.

»Vollidiot!« Er hatte die Hand schon am Türgriff. Aber der Verkehrsrowdy war noch schneller. Als Lucas seine Wagentür aufschwingen ließ, kreuzte die schlanke Blondine aus dem Nissan das Scheinwerferlicht des Porsche. Mit strahlendem Lächeln um die Lippen.

TV 3. Schon seit Jahren. Lucas kannte sie aus dem Fall mit den Crows.

»Verdammt noch mal, Carly...«

»Schluck's runter, Lucas«, sagte sie. »Mit Jennifer und ein paar anderen hast du seinerzeit ganz schön gekungelt. Jetzt bin ich dran, ich möchte auch in deinen Klub. Was war da unten los?«

»He, he…«

»Hör zu, mein Scheißvertrag läuft in zwei Monaten aus, und der Sender und ich verhandeln gerade. Aber die Kerle lassen mich zappeln. Ich brauch' was zum Vorzeigen, einen Erfolg. Und du wirst mir's liefern, okay?« Sie stellte sich in Pose, den linken Fuß über dem rechten gekreuzt, eine Hand in die Hüfte gestemmt.

»Und was springt für mich dabei raus?« fragte Lucas.

»Versuchst du nicht schon lange, jemanden bei TV 3 auf deiner Liste zu haben? Okay, du bist am Ziel.«

Lucas musterte sie, dann nickte er. »Ich versuch's. Aber wenn du mich reinlegst, hast du deine letzte Chance gehabt.«

»Gut, gilt umgekehrt genauso.« Sie standen sich mitten auf der Straße gegenüber. Ein schwarzer TransAm fuhr langsam vorbei, aus dem Rückfenster starrte neugierig ein Halbwüchsiger zu ihnen herüber. Die blonde Reporterin starrte zurück, dann wandte sie sich wieder Lucas zu. »Also, was war los?«

»Du weißt über den Bekker-Mord Bescheid?«

»Natürlich.«

»Der Fall hier ist identisch. Eine gewisse Elizabeth Armistead vom Lost River Theater. Schauspielerin…«

»Ach du Scheiße, die kenn' ich. Ich meine, ich hab' sie mal gesehen.« Sie schob einen rotlackierten Fingernagel zwischen die Lippen, fing an zu knabbern. »Derselbe Kerl? Kein Zweifel?«

»Kaum.«

»Wie wurde sie ermordet?«

»Mit einem Splitthammer. Erst hat er ihr den Schädel eingeschlagen und dann die Augen zerfetzt. Genau wie bei Stephanie Bekker.« Die Ampel hatte schon wer weiß wie oft gewechselt, Carlys blondes Haar glänzte eine Weile mit grünem Schimmer, jetzt, in der Gelb-Phase, sah es aus wie in Gold getaucht.

»Gott im Himmel… Kann's sein, daß die anderen Sender das in den Morgennachrichten bringen?«

Lucas sagte: »Nicht, wenn unsere Jungens sich an meine Anweisungen halten. Normalerweise müßtest du's exklusiv haben.«

»Da unten hat keiner den Mund aufgemacht. Okay, Lucas, ich revanchier' mich gern. Wenn du mal was brauchst, verfüg einfach über mich.«

»Darf ich das wörtlich nehmen?« fragte Lucas grinsend. Und als sie, während die Ampel wieder auf Rot sprang, nur stumm zurückgrinste, sagte er: »Viel mehr gibt's noch nicht zu erzählen.«

»Mehr brauch' ich auch nicht. Gute Stories soll man nicht durch unnötig viele Details verderben.« Sie ließ Lucas stehen und stieg in ihren Wagen. Preschte über die rote Ampel, wendete den Nissan mitten auf der Straße und jagte, immer noch bei Rot, an Lucas vorbei. Er lachte, stieg in den Porsche.

Endlich lief wieder was. Zum ersten Mal seit Monaten suchte er lose Fäden auf und knüpfte sie zusammen.

Ein Nachahmungstäter? grübelte er. Die Idee lag nahe. Aber die Handlungsweise bei beiden Morden war zu ähnlich. Und so viele Details, daß ein anderer den Mord an Stephanie so exakt nachahmen konnte, hatten gar nicht in den Zeitungen gestanden. Es mußte derselbe Mörder gewesen sein. Der Kerl im Overall. Den hatte er offensichtlich getragen, um leichter ins Haus zu kommen.

So viel schien festzustehen: sie hatten es mit einem psychisch Gestörten zu tun. Aber wenn das stimmte, warum hatte er im Fall Armistead die Mordwaffe schon bei sich gehabt, im Fall Stephanie Bekker dagegen nach einer Flasche gegriffen, die zufällig in ihrer Küche herumstand? Die Sache mit der Bekker paßte zum Bild einer Affekthandlung. Bei der Armistead sah es nach kaltblütiger Planung aus. Trotzdem, es mußte derselbe Täter gewesen sein.

Und in beiden Fällen kein Sexualdelikt. Was ungewöhnlich war, wenn sie es mit einem Serientäter zu tun hatten.

Falls Bekker im Fall seiner Frau den Mörder gedungen hatte… War es denkbar, daß er an einen abartig Veranlagten geraten war, der jetzt auf eigene Faust weitermachte?

Nein, das machte keinen Sinn.

Zweimal hatte Lucas schon an der Aufklärung von Mordserien mitgearbeitet. In beiden Fällen hatten die Medien lang und breit die Frage diskutiert, ob womöglich gerade durch das öffentliche Interesse an den Morden andere dazu verleitet würden, auch zum Mörder zu werden und so in die Schlagzeilen zu kommen. Machten brutale Action-Filme und Pornographie aus sensiblen Menschen Verbrecher? Lucas glaubte das nicht. Serienmörder handelten aus innerem Zwang. Weiß Gott, was da viele Jahre in einem Menschen vorgegangen sein mochte, bis es so weit war. Äußere Einflüsse wie das Fernsehen konnten nicht allein das auslösende Moment sein. Weil eben ein Mensch kein Feuerwerkskörper ist, der hochgeht, wenn jemand ein Streichholz an die Lunte legt.

Ein vielschichtiges Problem. Spannend…

Ohne sich dessen bewußt zu werden, begann Lucas leise, fast lautlos vor sich hin zu pfeifen.

10

Der Besprechungsraum stank nach Zigarettenqualm, Achselschweiß und aufgeheizter Elektronik. Vorn drängten sich ungefähr zwanzig Reporter, hinten hing ein Dutzend Cops herum, darunter auch Lucas. Die Pressekonferenz hatte kurz nach zehn begonnen, und an der von Anfang an knisternden Atmosphäre war hauptsächlich Carly Bancrofts Exklusivbericht in den Morgennachrichten ihres Senders schuld.

»Ihre Fragen, bitte.« Frank Lester, der stellvertretende Polizeichef, legte die vorbereitete Erklärung weg, fuhr sich über die schweißglänzende Stirn und sah verdrossen in die Runde.

»Lester in der Löwengrube«, murmelte Sloan. Er schob sich eine Camel in den Mundwinkel, fragte Lucas: »Hast du Feuer?«

Lucas riß ein Streichholz an, hielt es Sloan hin. »Mal angenommen, du wärst unser Loverboy... Würdest du herkommen?«

Sloan atmete den blauen Rauch aus. »Verdammt, nein. Andererseits, ich bin eben ein Bulle und weiß nur zu gut, was für heimtückische Arschlöcher wir sind. Manchmal denke ich, es wär' besser gewesen, gar nicht so viel von Loverboy zu reden.«

Ein Reporter wollte von Lester wissen: »Was Mrs. Bekkers... Freund betrifft: haben Sie versucht, seine Stimme auf dem neun-eins-einser-Band zu analysieren?«

»Nun, wir konnten nichts herausfinden, was zur Identifizierung des – äh...«

»Wie ich höre, nennen Sie ihn intern Loverboy?«

»Ich persönlich nicht«, sagte Lester grimmig, »aber ich hab' den Ausdruck schon gehört.«

»Könnte es sein, daß der Mörder auf Frauen aus der Kunstszene fixiert ist?« meldete sich eine Rundfunkreporterin zu Wort. Ihr Mikrofon, das aussah wie eine 22er Ruger Government Präzisionspistole, zielte genau auf Lesters Nasenwurzel.

»Das wissen wir nicht. Und Mrs. Bekker hat ja im engeren Sinn nicht der Kunstszene angehört, würde ich sagen. Aber ausgeschlossen ist im Grunde gar nichts, wir haben lediglich noch keine Anhaltspunkte dafür. Wie ich schon sagte: wir können nicht einmal mit Sicherheit davon ausgehen, daß es sich um ein und denselben Gewalttäter...«

»Aber Sie haben gesagt...«

»Ich sagte: wahrscheinlich.«

Ein Zeitungsreporter in der ersten Reihe war dran: »Wie viele Serienmorde kommen denn jetzt so zusammen? Mal nur die letzten fünf Jahre gerechnet?«

»Einer pro Jahr? Ich weiß es nicht genau.«

»Einer? Allein bei den Crows waren's doch schon sechs.«

»Ich meinte, eine Mordserie pro Jahr.«

»Ach, so zählen Sie das?«

»Ja, wie zählen Sie's denn?« blaffte Lester zurück.

»Nach Mordserien«, rief ein anderer Pressereporter dazwischen.

»Blödsinn«, widersprach einer vom Fernsehen, »nach Tätern.«

Ein Radioreporter, der weiter hinten saß, reckte sein überdimensionales Tape-Deck hoch. »Wann wird er Ihrer Meinung nach das nächste Mal zuschlagen?«

»Woher soll ich denn das wissen?« In Lesters Stimme schwang ein gequälter Unterton mit. »Im übrigen ist jetzt wohl alles gesagt, was es zu sagen gibt.«

Einer aus der Pressemeute nahm Lesters gereizten Tonfall auf. »Ich dachte, Sie leiten die Untersuchung?«

»So ist es auch. Und wenn Sie je in einem Beruf tätig gewesen wären, in dem das Arbeitsfeld größer ist als eine Telefonzelle, könnten Sie selber beurteilen, daß man solche Verbrecher nicht über Nacht fängt, schon gar nicht in einer Großstadt.«

Dürres Gelächter. Sloan meinte trocken: »Er ist dabei, die Schlacht zu verlieren.«

Lester deutete auf eine Frau, deren Brillengläser ungefähr die Ausmaße einer CD hatten. »Ja, Sie?«

»Welche besonderen Vorkehrungen sollten wir Frauen hier treffen?« Sie sprach mit weicher Stimme, aber bei den O's schien sie jedesmal Anlauf nehmen zu wollen.

Lester wand sich. »Lassen Sie niemanden ins Haus, den Sie nicht genau kennen. Halten Sie die Fenster geschlossen...«

Von weiter hinten rief ein Reporter: »Was mich mal interessieren würde: von wem hatte TV 3 den brandheißen Tip?«

Carly Bancroft gähnte und kratzte sich gemächlich den Rükken. Viel Mühe, ihr Grinsen zu verbergen, gab sie sich nicht.

Als Daniel die Pressekonferenz angesetzt hatte, lagen die Dinge so, daß er mit den Polizeireportern der Tageszeitungen und der zweiten Garnitur vom Fernsehen rechnete. Jetzt, nach dem Mord an Elizabeth Armistead, war alles anders geworden. Er hatte die Leitung der Pressekonferenz Lester übertragen, angeblich, um die Bedeutung herunterzuspielen. Was aber nichts gebracht hatte, auf der Straße standen die Übertragungswagen in zwei Reihen.

Das Büropersonal in der City Hall ließ alles stehen und liegen und verfolgte mit andächtigem Staunen, wie die TV-Größen zum letzten Mal Haarspray nachsprühten, und von TV 3 war sogar der Chef persönlich erschienen – dezentes Grau an den Schläfen, den Anzug farblich darauf abgestimmt, um vor Beginn der Pressekonferenz noch durch Interviews vor laufender Kamera Volkes Stimme zu ergründen. Sein Sender hatte die Nase vorn. Und wenn das auch nicht sein Verdienst war, so sonnte er sich eben doch im Ruhm des Augenblicks und tat alles, um ihn durch seine Anwesenheit zusätzlich aufzuwerten.

Vom ersten Augenblick an hatte knisternde Spannung in der Luft gelegen. Inzwischen war Lester zur Zielscheibe des allgemeinen Reporterzorns geworden. Am Schluß stand eine Reporterin von Kanal Acht auf ihrem Stuhl und brüllte den stellvertretenden Polizeichef an. Was sämtliche Cops in ihrer Nähe veranlaßte, sich schleunigst zu setzen. Ihr schwarzer Lederrock hätte keinen Zentimeter kürzer sein dürfen.

»Man muß auch mit kleinen Freuden zufrieden sein«, sagte Sloan lachend, während er mit Lucas und Harmon Anderson den Flur zu den Büros der Mordkommission hinunterging.

»Die sind doch alle pervers«, meinte Anderson. »Wenn du den richtigen Stuhl erwischt hattest, konntest du ihr genau zwischen die Arschbacken sehen.«

Lucas stimmte in Sloans Gelächter ein. »Mann, Harmon, du bist ja sexuell abartig veranlagt.«

»Wißt ihr übrigens, warum die Fernsehfritzen alle so laut reden können?« versuchte Anderson das Thema zu wechseln. »Weil sie da, wo bei anderen das Gehirn sitzt, 'n riesigen Hohlraum haben.«

Swanson kam ihnen entgegen, schwergewichtig und in schaukelndem Seemannsgang. Die Gläser seiner Goldrandbrille schienen sie anzufunkeln. »Hab' ich was verpaßt?«

Sloan nickte. »Haben Sie. Anderson hat zum ersten Mal seit zwanzig Jahren 'n Weiberarsch gesehen.«

Lucas winkte ab. »Wie steht's mit Bekker?« fragte er.

»Nichts. Wir haben ihn vorgeladen. Wollen Sie einen Anwalt, hab' ich gefragt, und er hat gesagt: nein, er würde's mir schon sagen, wenn er einen wollte. Also gut, hab' ich gefragt, was haben Sie zur fraglichen Zeit gemacht? Angeblich hatte er zu Hause zu tun, später will er vor'm Fernseher gesessen haben. Er konnte uns auch sagen, was er gesehen hat: so 'ne Art Spielshow über Börsenkurse, anschließend die Nachrichten. Später, so um neun, war er unterwegs, um irgendwo 'ne Kleinigkeit zu essen. Stimmt, wir haben das überprüft.«

»Telefonate?«

»Eins. Mit jemandem aus der Klinik. Aber das war später, lange nach dem Mord.«

»Wer hat wen angerufen?«

»Der andere hat Bekker angerufen«, sagte Swanson.

»Vielleicht hat er die Spielshow aufgenommen?« warf Anderson ein.

Swanson zuckte die Achseln. »Er hat einen Videorecorder. Ob er was aufgenommen hat, weiß ich nicht. Wir mußten ihm abnehmen, was er gesagt hat. Er will die Armistead nicht gekannt haben. Kann sich auch nicht erinnern, sie je auf der Bühne gesehen zu haben. Er hat... Tja, da war überhaupt nichts zu holen bei ihm. Wir haben ihn wieder nach Hause geschickt.«

»Glauben Sie ihm?« fragte Lucas.

Swanson runzelte die Stirn. »Weiß ich selber nicht. Wenn man einem vorher schon so auf den Fersen war wie wir ihm, die Nachbarschaft abgeklappert und überall Fragen gestellt hat und weiß Gott was alles... Und dann passiert was, was ihn ans Messer liefern könnte... Na ja, da erwartet man doch, daß er sich einen abbricht, um zu beweisen, daß er's nicht war. Aber so war das bei ihm nicht. Er hat ganz gelassen reagiert. Seine Antworten kamen so prompt, als würde er sie ablesen.«

»Halten Sie ihn weiter unter Druck«, bat Lucas.

Swanson schüttelte den Kopf. »Die Mühe lohnt sich nicht. Ich hab' allmählich den Eindruck... Er mag ja 'n ausgemachter Arsch sein, aber das schließt nicht aus, daß er unschuldig ist.«

Während sie sich unterhielten, kam Jennifer Carey um die Flurecke. »Lucas...« Eine frauliche Stimme, aber im Ton geschäftsmäßig kühl.

Lucas fuhr herum. Auch Sloan, Anderson und Swanson drehten sich um. Danach hatten sie es plötzlich eilig, warfen aber, während sie den Flur hinuntergingen, verstohlene Blicke zurück. Lucas ging auf Jennifer zu.

»Daniel hat uns versprochen, daß du noch für ein Interview zur Verfügung stehst«, sagte sie.

Schlank, blond, gepflegtes Gesicht, nur ein paar Fältchen verrieten, daß ihr dreißigster Geburtstag bereits zurücklag. Pinkfarbene Bluse, grauer Rock. Lucas spürte, wie sein Herzschlag ins Stolpern geriet. Bis zum Standesamt hatten sie es nie geschafft, obwohl ihre Tochter inzwischen schon zwei Jahre alt war. Im Gegenteil, sie waren einander, seit Sarah bei einem Schußwechsel verletzt worden war, immer fremder geworden.

»Ja. Ich hab' dich gar nicht bei der Pressekonferenz gesehen?«

»Ich bin gerade erst angekommen. Wo gibst du das Interview? Im Besprechungsraum?« Sachlich, kurz, unpersönlich. »Oder draußen, auf den Stufen?«

»Ja, draußen«, sagte Lucas. »Wie geht's dir?«

Sie zuckte die Achseln, wandte sich um, schon auf dem Weg nach draußen. »Wie's eben so geht. Hast du vor, Samstagnachmittag vorbeizukommen?«

»Ich... ich glaub' nicht.« Er trottete, die Hände in den Hosentaschen vergraben, neben ihr her.

»Ja, gut«, sagte sie nur.

»Wann haben wir mal Zeit für ein Gespräch?«

»Ich weiß nicht«, antwortete sie über die Schulter.

»Bald mal?«

»Das glaube ich weniger.« Wieder nur so hingeworfen.

»He, Augenblick mal.« Er faßte sie am Arm, riß sie herum.

»Laß das«, fauchte sie ihn an, »ich mag das nicht.« Und riß ärgerlich den Arm los.

Irgendwas mußte er falsch machen. Frauen fürchteten sich immer vor ihm. Fanden ihn grob, auch wenn er es gar nicht so meinte. Dabei war es ja nur, weil ihm ihr Tonfall weh tat. Er drückte ihr seine Hand gegen das Brustbein, schob sie an die Wand. »Hör auf, so mit mir zu reden«, schnauzte er sie an.

»Du Arsch...«

Er dachte schon, sie wolle zuschlagen. Erst als er zurückwich, begriff er, daß sie den Arm nur hochgerissen hatte, um sich gegen seinen Schlag zu schützen. Er streckte beruhigend die Hände aus, die offenen Handflächen ihr zugewandt.

»Hör mir wenigstens zu.« Seine Stimme klang heiser, war fast zu einem Flüstern gesenkt. »Ich hab' den Scheiß satt. Mehr als satt. Ich kann's einfach nicht mehr ertragen. In den letzten paar Tagen hat sich viel in mir verändert. Um ehrlich zu sein, ich bin so weit, daß ich alles hinschmeißen will. Aufhören. Seit Monaten weichst du mir aus, schubst mich herum. Ich mach' das nicht länger mit, ich will's einfach nicht. Noch bin ich nicht weg. Aber ich sag' dir was: Wenn du doch noch mit mir reden willst, tu's bald, sonst könnte es sein, daß ich nicht mehr da bin.«

Sie schüttelte den Kopf. Tränen traten ihr in die Augen. Zornige Tränen. Er drehte sich um, ging den Flur hinunter. Ein Produzent von RV 3 kam ihm entgegen, sah Jennifer an, die immer noch an der Wand lehnte, warf Lucas einen fragenden Blick zu und wandte sich besorgt an Jennifer: »Jen, ist alles in Ordnung? Ist was passiert?«

Lucas war schon auf der Treppe, ging auf die Kameras zu, als er Jennifer antworten hörte: »Nichts. Gar nichts ist passiert.«

Alle fünf Sender wollten ihn kurz vor Mikrofon und Kamera haben. Die ersten vier Interviews brachte Lucas auf der Freitreppe vor der City Hall hinter sich. Anfangs nagte noch der Ärger über Jennifer in ihm, allmählich verrauchte er, was zurückblieb, war ein eisiges Gefühl der Leere. Das fünfte Interview gab er, lässig gegen den Porsche gelehnt, auf der Straße. Als der Kameramann fertig war, suchte Lucas verstohlen nach Jennifer. Halb hoffte er, sie wäre da, halb, sie ließe sich nicht blicken. Eine innere Stimme sagte ihm, daß sie nicht käme. Und behielt, verdammt noch mal, recht.

Statt dessen kam ein Reporter vom *Star Tribune* hinter ihm her, bärtig, dunkelhaarig, mit etlichen Kilos zuviel auf den Rippen. Wie immer schleppte er einen Beutel mit Möhren mit sich herum, in handliche Streifen geschnitten. »Ein paar Hintergrundinformationen, ganz unter uns«, bat er und bot Lucas einen Möhrenstreifen an. »Von mir aus ohne Angabe der Quelle. Sind Sie scharf drauf, den Burschen zu fassen?«

Lucas dachte einen Augenblick nach, vergewisserte sich, daß der letzte Fernsehreporter außer Hörweite war, und nickte. »Ja, bin ich. Sonst war ja in letzter Zeit nicht viel los.«

»Tja, nachdem Sie die Crows erledigt hatten, muß alles andere Kinderkram für Sie gewesen sein.« Der dicke Reporter schluckte einen Möhrenstreifen mit zwei Kaubewegungen weg.

»Nein, so würde ich das nicht sagen. Aber das hier ist schon aufregender. Immerhin haben wir zwei Tote.«

»Werden Sie ihn kriegen?«

Lucas nickte. »Wenn wir in Kontakt mit Stephanie Bekkers Liebhaber kämen, wär's leichter. Er weiß mehr, als er ahnt.«

»Augenblick mal.« Der Reporter zog ein schmales Notizbuch aus der Brusttasche seines Sportjacketts. »Darf ich mich in dem Punkt auf Sie berufen?«

»Ja, gut. Aber nur in diesem einen Punkt. Mrs. Bekkers Freund – zitieren Sie mich mit der Formulierung ›Freund‹ – hat den Mörder gesehen. Er nimmt wahrscheinlich an, mit dem Anruf bei uns und dem kurzen Brief hätte er uns alles mitgeteilt, was er weiß. Aber das stimmt nicht. Ein gutes Anhörungsteam könnte seinem Erinnerungsvermögen auf die Sprünge helfen und Sachen ausgraben, von denen er gar nicht weiß, daß sie in seinem Hirn schlummern. Ich spiele nicht auf scharfe Verhörmethoden an. Aber zehn Minuten am Telefon mit mir oder mit Sloan ... Ich glaube, unsere Chancen, den Fall zu lösen, würden um hundert Prozent steigen.«

Der Reporter schrieb eifrig mit. »Sie wollen also, daß er mit Ihnen Verbindung aufnimmt?«

»Was immer er uns bieten kann, er hilft uns.« Lucas schloß den Wagen auf, öffnete die Tür. »Wieder vertraulich?«

»Ja, sicher.«

»Loverboy ist unser einziger Ansatzpunkt, darum brauchen wir ihn so dringend. Irgendwas stimmt nicht bei der Sache. Und irgendwas ist auch mit ihm nicht ganz koscher. Ich wüßte gern, was. Aber ich weiß nicht, wie ich's rausfinden soll.«

Als er durch die Stadt fuhr, kam der Ärger über Jennifer wieder hoch. In Gedanken erlebte er die Szene im Flur noch einmal. Sie verstand was von Szenen, dramatischen Höhepunkten und psychologischen Effekten. Niemand hatte sie gezwungen, daß ausgerechnet sie ihn wegen des Interviews ansprach. Sie schubste ihn herum, und es gelang ihr ausgezeichnet. Die optimistische Grundhaltung, die ihn während der letzten paar Tage beflügelt hatte, war dahin.

Auf der Sechzigsten ordnete er sich für die Ausfahrt zur Interstate 94 ein. Mach, daß du nach Hause kommst, dachte er, ins Bett mit dir. Denk noch mal alles durch. Aber dann erhaschte er aus den Augenwinkeln das Hinweisschild *Riverside* und bog – ohne daß er in der Lage gewesen wäre, einen vernünftigen Grund dafür zu nennen – zum West Bank Theaterbezirk ab.

Cassie Lasch, in Jeans und einem T-Shirt in Altrosa, kauerte in der Lobby des Lost River Theaters auf dem Boden und wühlte in einem grauen Abfallbeutel. Lucas stürmte mit Schwung durch die Drehtür. Sie blickte hoch, er blieb abrupt stehen.

»Die Schauspielerin«, erinnerte er sich. Und während seine Augen sich allmählich an das Halbdunkel gewöhnten, fiel ihm noch mehr ein. »Lasch. Cathy.«

»Cassie«, korrigierte sie. »Wie geht's Ihnen, Davenport? Wollen Sie mir helfen? Ich suche was Bestimmtes. Etwas, was uns weiterbringen könnte.«

Er hockte sich neben sie. Für ein T-Shirt war es eigentlich um die Jahreszeit zu kühl, aber das schien ihr nichts auszumachen. Sie hatte kräftige Arme, muskulös bis hoch zu den Schultern. Und für eine Rothaarige war ihre Haut erstaunlich braun. Sie trainiert mit Hanteln, dachte er, hält sich in Form. Und fragte: »Was uns weiterbringen könnte? Was denn?«

»Die Cops waren den ganzen Vormittag da, aber ich hab' vergessen, ihnen das zu sagen...« Sie unterbrach die raschelnde Suche im Papiermüll einen Augenblick und strich sich das Haar aus den Augen. »Komisch, daß keiner nach dem Mann gefragt hat, der gestern abend angerufen und um Gästekarten gebeten hat. Sie erinnern sich doch? Ich hab' Ihnen erzählt, daß das Mädchen an der Kasse versucht hat, Elizabeth anzurufen. Aber sie hat nicht abgenommen.«

Lucas nickte. »Ja, ich erinnere mich daran.« Ein Schnipsel Papier klebte an ihrer Wange. Er löste es ab, zeigte ihr, was es war, warf es weg.

»Oh – danke.« Sie lächelte zu ihm hoch, ihr schiefer Schneidezahn schien sich auf der Unterlippe auszuruhen. Hellwach sah sie aus. Und ein wenig verschlagen, listig. Vielleicht wegen der winzigen Sommersprossen auf der Nase? Was sie ihm erzählen wollte, hatte sie wohl völlig vergessen.

»Die Gästekarten«, erinnerte Lucas.

»Ach ja... Also, er hat gesagt, er wäre – na ja, ein ziemlich bekannter Theaterkritiker und mit Elizabeth gut bekannt. Ich hab' mich heute morgen erkundigt, es sind überhaupt keine Freikarten ausgegeben worden. Der Anrufer hat sich also hier nicht blicken lassen. Und das, dachte ich, könnte uns doch irgendwie weiterbringen.« Sie redete ernsthaft und eindringlich auf Lucas ein. Miss Marple, dachte er. Allerdings mit sagenhaftem Busen.

»Und wieso könnte uns das weiterhelfen?«

»Weil... Na ja, vielleicht hat er Elizabeth wirklich gut gekannt und ist zu ihr nach Hause gefahren. Ich weiß ja nicht... Hier ist er jedenfalls nicht aufgetaucht.«

Lucas sah sie nachdenklich an, dann nickte er. »Ja, Sie haben recht. Und der Zettel mit der Notiz ist im Papierkorb gelandet?«

»Ja, er muß irgendwo hier drin sein. So ein kleines Blatt von einem braunen Notizblock. Wahrscheinlich zerknüllt.«

»Kippen wir das Ganze doch einfach aus.« Er faßte den Abfallbeutel an den unteren Zipfeln und schüttete den Inhalt auf den Teppichboden. Hauptsächlich Papier. Leider ziemlich feucht. Und ein Filter mit Kaffeesatz rutschte auch mit heraus.

»Uah... Das war nicht ganz so schlau!« Cassie starrte mit gerümpfter Nase auf das Durcheinander.

»Ach, zum Teufel, wir brauchen den Zettel.«

Fünf Minuten wühlten sie gemeinsam, Schulter an Schulter, in dem von Cola und 7-Up getränkten Papiermüll. Nicht unangenehm, fand Lucas. Er hatte schon Tuchfühlung mit Mädchen gehabt, die nicht so gut gebaut waren. Sie fühlte sich straff und fest an. Ausgenommen die Stellen, an denen es sich weich anfühlen mußte. Und wenn sie sich nach vorn beugte, wölbten sich ihre Brüste im dünnen T-Shirt...

Gott im Himmel, Davenport, du bist reif für die Peepshow...

Er mußte über sich selbst grinsen. Ein weggeworfener Kaffeebecher fiel ihm in die Finger. Mit einem zerknüllten Stück Papier darin, nicht viel größer als eine Glasmurmel. Er strich den Zettel glatt. Auf die Rückseite hatte jemand *Gäste* gekritzelt. Und darunter: *Donaldson Whitney, LA Times.*

»Ist er das?«

Cassie nahm den Zettel. »Ja, das ist er. Kelly, das Mädchen an der Kasse, hat mir erzählt, daß es jemand aus LA war.«

Lucas drückte sich hoch, in seinen Knien knackte es. »Kann ich hier irgendwo ungestört telefonieren?«

»Im Büro ist ein Telefon, aber da wären Sie nicht allein. Nehmen Sie lieber den Apparat im Regieraum. Was machen wir jetzt mit dem Papiermüll?« Der Kaffeesatz hatte sich in einen matschigen dunkelbraunen Fleck verwandelt, weil Lucas auf die Filtertüte getreten war.

Er tat so, als sähe er jetzt erst, was er angerichtet hatte, legte die Stirn in Falten und sagte: »Mir egal. Was Sie wollen.«

»Na schön. Ich war's ja nicht, verdammt noch mal.« Cassie warf mit Schwung das Haar zurück und winkte ihn hinter sich her. »Kommen Sie, ich zeig' Ihnen den Regieraum.«

Sie führte ihn durch den Zuschauerraum, der einem, wenn man ihn bei Tage sah, jegliche Illusion rauben konnte. Schwarz getünchte Betonwände, fleckige Stuhlpolster, an der Decke ein Gewirr aus Drähten, Scheinwerfern, offenen Klappen und Seilzugvorrichtungen. Abends, im abgedunkelten Licht, fiel das alles nicht auf.

Hinter dem Zuschauerraum, zwei Stufen hoch, lag der Regieraum. Eigentlich nur eine Holzkabine, von außen schwarz angestrichen. Innen sah es aus, als wäre der Raum noch nicht fertig. Ein Regiepult, davor ein Schreibtischsessel und ein Barhocker. Stromleitungen und Computerkabel liefen – provisorisch mit Klebeband befestigt – über die Wände. Links vom Regiepult hing ein Telefon an der Wand.

Cassie bemerkte seinen erstaunten Blick. »Tja, für Luxus ist kein Geld da«, sagte sie.

»Ich war noch nie in einem Regieraum.«

Sie zuckte die Achseln. »So sieht's in den meisten aus. Außer in staatlich subventionierten Theatern.«

Lucas benutzte seine Telefonkarte für den Anruf nach Los Angeles. Cassie lehnte, die Arme hinter dem Rücken verschränkt, am Regiepult und ließ sich kein Wort entgehen. Whitney sei nicht im Büro, erfuhr Lucas. Er ließ nicht locker, bis er weiter vermittelt wurde, und landete schließlich in der Kulturredaktion – bei einem Bildredakteur, der so leichtsinnig gewesen war, das klingelnde Telefon nicht zu ignorieren. Von ihm erfuhr Lucas, daß Whitney in Urlaub sei.

»In Minneapolis?« wollte Lucas wissen.

»Was, zum Teufel, sollte er denn bei so einem beschissenen Aprilwetter in Minneapolis treiben?« blaffte der Redakteur zurück. »Er ist in Mikronesien. Sporttauchen.«

»Na?« fragte Cassie, als Lucas aufgehängt hatte.

»Na – was?«

»War er's? Gestern abend, meine ich?«

»Tja... Ich weiß Ihre Hilfe zu schätzen, Miss Lasch. Aber hier geht's um polizeiliche Ermittlungen.«

»Was denn? Sie wollen's mir nicht sagen?« Sie schien es nicht zu fassen, packte ihn am Revers. »Na, kommen Sie schon.«

»Nein.«

»Das ist nicht fair.« Sie ließ das Kinn sinken, lächelte ihn an. »Wenn du's mir verrätst, zeig' ich dir meine Titten.«

»Was?« Er guckte verblüfft und amüsiert.

»Draußen in der Lobby hast du mich doch fast mit den Augen aufgefressen. Also – sag's mir, und ich zeig' sie dir.«

Lucas schluckte. Und schließlich murmelte er: »Das ist ein bißchen peinlich.«

»Mir ist so schnell nichts peinlich.«

»Mag sein. Aber mir.«

»Dir?« Sie hob die Augenbrauen. »Das zeigt nur, daß irgendwas tief verborgen in dir schlummert. Spielst du Klavier?«

Sie ging ihm zu scharf ran. »Äh – nein.«

»Los, Davenport, entscheide dich.« Mit Haut und Haaren lokkendes Weibchen.

Lucas wollte ihr eins auswischen. »Du hast wohl neben der Schauspielerei noch einen Nebenberuf? Ich meine, große Rollen kriegst du ja nicht, hast du gesagt.«

»Ich bin eine von denen, ohne die die Welt ein Jammertal wär'. Kellnerin. Hab' ich in New York gelernt, in Theaterrestaurants.«

»Mhm.«

»Also, was ist?«

»Aber du mußt den Mund halten«, schärfte er ihr ein.

»Na klar. Verschwiegen bis ins Grab.«

»Darauf wette ich... Gut: der Kerl von der Times ist zum Sporttauchen in Mikronesien. Und das liegt mitten im Pazifischen Ozean.«

»Ich weiß, wo's liegt, ich war selber schon dort«, sagte sie. »Dann kann er also unmöglich gestern abend hier gewesen sein.«

»Nein.« Lucas sah sich um. Niemand im Zuschauerraum, sie waren völlig ungestört. »Also?«

Sie verschränkte die Arme vor der Brust. »Falls Sie damit die Sache mit meinen Titten meinen – vergessen Sie's.«

»Aha«, sagte er grimmig. »Erst tolle Angebote machen und dann bescheißen, wie?«

»Natürlich. Wenn man was rauskriegen will, probiert man's erst auf die krumme Tour. Das hätte in diesem Fall nichts gebracht. Also hab' ich's gleich mit Sex versucht.« Sie redete ruhig und gelassen. »Damit kommt man meistens ans Ziel. Ich kenn' das vom Umgang mit Theateragenten.«

»Verdammte Weiber«, sagte Lucas. »Bringen's fertig und brechen einem Mann kalt lächelnd das Herz.«

»Ja. Sie sehen auch aus wie am Boden zerstört.«

Lucas ging einen Schritt auf sie zu. Was er damit bezweckte, war ihm selber nicht klar. Sie wich keinen Zentimeter zurück. Aber im gleichen Augenblick tauchte drüben auf der Bühne ein Mann auf. Lucas blieb stehen. Der andere hatte offensichtlich keine Ahnung, daß jemand im Regieraum war. Er schaltete die Beleuchtung ein, stellte sich ins Rampenlicht und begann zu jonglieren. Geschmeidig, scheinbar mühelos, ließ er ein halbes Dutzend faustgroßer Bälle in einem regelmäßigen Kreis rotieren. Und legte dazu, ohne sein konzentriertes Spiel zu unterbrechen, einen Steptanz auf die Bretter. Und zwar keine gewöhnliche Schrittfolge, sondern eine fast barock anmutende Komposition anmutiger Bewegungen.

Der Mann war als Neger geschminkt, aber sein Gesicht... Lag es an der Verfremdung durch die Maske, am verschmierten Weiß um seine Lippen, an der seltsam plattgedrückten Nase?

Cassie bemerkte Lucas' Faszination, trat hinter ihn und flüsterte ihm zu: »Carlo Druze, einer aus unserem Ensemble. Das da übt er fast täglich.«

Druze begann zu singen, ahmte mit seinem Bariton die volltönende Stimme schwarzer Volkssänger nach: »Fern von hier am Swanee River, fern, so unerreichbar fern...«

»Wir spielen zur Zeit ein Stück mit dem Titel Whiteface, eine Satire auf Rassenvorurteile.« Sie flüsterte immer noch, aber Druze hatte offenbar etwas gehört. Er pflückte die Bälle aus dem Kreis, in dem sie sich drehten.

»Habe ich etwa Publikum?« rief er zum Regieraum hinauf.

Lucas applaudierte, und Cassie rief zurück: »Wir sind's nur, Cassie und ein Cop.«

»Oh...«

Jähes Erschrecken? Lucas war nicht sicher. Und hätte immer noch nicht sagen können, was ihn an Druzes Gesicht irritierte.

»Das war großartig, Carlo«, rief Cassie hinüber.

Druze machte eine tiefe Verbeugung.

»Wenn nur Miz Cassie die Chefin sein tät'«, spielte er seine Rolle als Schwarzer weiter.

»Wir stören dich nicht länger.« Cassie führte Lucas durch den Zuschauerraum auf die Exit-Leuchtschrift zu.

Im Flur, auf dem Weg zurück in die Lobby, fragte Lucas: »War der... – wie hieß er noch? – gestern abend hier?«

»Carlo? Ja. Jedenfalls die meiste Zeit. Er hat bei der Dekoration mitgeholfen. Das hat er hier von allen am besten drauf. Genauso wie das Stimmen imitieren. Er kann alles mögliche nachahmen. Nur, ein bißchen rauh ist er manchmal. Grob wie sein Gesicht.«

»Aber er war gestern hier?«

»Na ja, also, eine Anwesenheitsliste führen wir nicht. Aber er ist bestimmt da gewesen. Irgendwo hier.«

»Gut.« Lucas ging hinter ihr her durch den Flur, betrachtete im schummerigen Licht ihre Schultern und ihren Rücken. Sie sah grazil aus, wie die meisten schlanken Rothaarigen, aber nicht zierlich. »Sie arbeiten mit Hanteln, nicht?«

Sie wandte sich halb um. »Ja, ein bißchen. Aber nur zum Vergnügen. Sie auch?«

»Na ja, so was Ähnliches. Ich hab' im Keller Gewichthanteln, für den Frühsport. Auch nur zum Vergnügen.«

Cassie schlug sich mit der flachen Hand auf den Bauch. »Man muß eben was für die Figur tun.« Und dann, als die Lobby vor ihnen lag, griff sie plötzlich nach seinem Arm. »Oh, nein«, stöhnte sie.

»Was ist?«

»Scheiße«, sagte sie nur.

Da stand ein Typ vor dem ausgebreiteten Müll. Schwarz von den kniehohen Stiefeln bis zur Baskenmütze, unter der schulterlanges kastanienbraunes Haar hervorwallte, im Nacken zu einem borstigen Pferdeschwanz gebunden. Er hatte die Hände in die Hüften gestemmt und wippte verärgert mit dem Fuß. Als Cassie auf ihn zueilte, sah er hoch.

»Cassie!« Er hatte auffallend weiße Zähne, aber vielleicht lag das auch nur am Kontrast zum kastanienbraunen Spitzbart. »Haben Sie das angestellt? Eins von den Mädchen an der Kasse hat mir erzählt, daß Sie im Papierkorb herumwühlen.«

»Ja – also...«

»Ich war das«, sagte Lucas barsch. Cassie warf ihm einen dankbaren Blick zu. »Polizeiliche Ermittlungen im Zusammenhang mit dem Armistead-Mord.«

Der Schwarzgekleidete stupste die Stiefelspitze gegen ein feuchtes Papierknäuel. »So? Und haben Sie vor, das auch wieder wegzumachen?«

Lucas kam näher. »Wer sind Sie?«

Cassie mischte sich rasch ein. »Oh, das ist Davis Westfall.« Nervosität in der Stimme. »Er hat... er hatte zusammen mit Elizabeth die künstlerische Leitung bei uns. Und das ist Lieutenant Davenport von der Polizei Minneapolis. Ich hab' ihn gerade herumgeführt.«

»Sie war mir sehr behilflich«, sagte Lucas. »Mr. Westfall... Nach Miss Armisteads Tod leiten Sie das Theater allein, nicht wahr? In gewisser Weise sind Sie also... sozusagen Nutznießer der Tat?«

»Na ja, das – äh – hängt davon ab, was die Mehrheit beschließt«, stotterte Westfall. Er suchte aus den Augenwinkeln Cassies Unterstützung, sie nickte ihm zu. »Ich nehme an, daß eine der Damen aus dem Ensemble nachrücken wird.«

»Mhm.« Lucas musterte ihn skeptisch. »Schwerwiegende Meinungsverschiedenheiten mit ihr gab es nicht?« Sein Blick schien Westfall immer noch festzunageln.

»Nein«, stammelte Westfall verunsichert, »überhaupt nicht.«

»Falls ich noch Fragen habe: Kann ich Sie hier erreichen?«

»Ja, natürlich.«

»Gut. Und rühren Sie bitte vorläufig den Papiermüll nicht an. Es könnte sein, daß unsere Leute vom Labor sich noch dafür interessieren. Wenn bis...« Er warf einen Blick auf die Uhr. »...bis sechs Uhr niemand hier war, können Sie das wegräumen lassen.«

Westfall war völlig aus dem Konzept gebracht. »Falls wir sonst irgendwas tun können, was Ihnen weiterhilft...«

Lucas nickte zum Gruß, wandte sich um. Und Cassie sagte: »Ich bringe ihn zur Tür. Und schließ' dann auch gleich ab.«

Am Ausgang flüsterte sie Lucas zu: »Danke. Davis kann ekelhaft werden. Und ich bin hier nur ein kleines Würstchen.«

Lucas grinste. »Schon gut. Und schönen Dank auch für den Tip mit den Gästekarten. Vielleicht hilft uns das wirklich weiter.«

»Werde ich noch vernommen?« wollte sie wissen.

Er sah sie verblüfft an. »Kann sein. Warum?«

»Na ja, wenn Sie's vorhaben, lassen Sie mich nicht zu lange zappeln. Ich kann Ungewißheit nicht ertragen.«

Lucas lachte. »Gut, ich merk's mir.«

Als er auf dem Bürgersteig war, fiel die Tür ins Schloß. Und kurz bevor er nach der Wagentür griff, hörte er, daß jemand hinter ihm an die Glasscheibe klopfte. Er drehte sich um.

Cassie zog ihr T-Shirt hoch. Nur einen Wimpernschlag lang. Eine Momentaufnahme, mehr nicht.

Immerhin genug Zeit, um festzustellen, wie hübsch die Dinger aussahen. Die Haut hell, die Warzen rosa.

Und weg war sie.

11

Bekker umrundete das Rokokosofa, zog seine Kreise auf dem Heriz-Teppich und verfolgte dabei im Fernsehen die Nachmittagsnachrichten mit Ausschnitten aus der Pressekonferenz. Das meiste war ausgemachter Blödsinn. Die Polizei hatte nichts gegen ihn in der Hand, nicht mal das Schwarze unterm Fingernagel. Nur dieser Appell an Stephanies Liebhaber... Das konnte ihm gefährlich werden.

»Wir gehen davon aus, daß der unbekannte Anrufer die Wahrheit sagt«, schwadronierte der Bulle, ein gewisser Lester, ins Mikrofon. Schwitzte im Scheinwerferlicht und tupfte sich mit einem sorgfältig gefalteten weißen Taschentuch über die Stirn. »Im übrigen gehen wir, besonders mit Blick auf den neuerlichen Mordfall, auch davon aus, daß er den Mord an Mrs. Bekker nicht begangen hat. Nach eingehender Erörterung sind wir mit der Staatsanwaltschaft überein gekommen, daß seitens der Anklagebehörde des Hennepin County in Erwägung gezogen wird, Mrs. Bekkers Freund, wenn er sich zu weiteren Aussagen zur Verfügung stellt, von der Pflicht zu erneuter persönlicher Aussage in einem späteren Prozeß zu entbinden. Selbstverständlich nur unter der Voraussetzung, daß er tatsächlich nicht am Verbrechen beteiligt war.«

Lester redete weiter. Aber Bekker hörte nicht mehr hin, sondern setzte, gedankenverloren an den Fingernägeln kauend, seinen Rundkurs auf dem Teppich fort.

Die Polizei schnüffelte in der Nachbarschaft herum. Gab sich nicht mal Mühe, das diskret abzuwickeln. Im Gegenteil, die Kerle legten es darauf an, ihn zu provozieren. Dieser vertrottelte Drogenbulle, Stephanies Cousin, klapperte auf der Suche nach Spuren sämtliche Haustüren ab. Verdammt ärgerlich. Aber Bekker hob sich die Wut für später auf, jetzt hatte er andere Probleme.

›Loverboy‹ nannten sie ihn im Fernsehen. Die Frage war bloß, wer war der Kerl? Es mußte jemand aus ihrem Bekanntenkreis sein. So einer hatte es leicht gehabt, sich an Stephanie heranzumachen. Bekker fiel einfach kein Name ein, obwohl er bis zur Erschöpfung darüber nachgegrübelt hatte.

Druze, die Pißnelke, konnte ihn auf den Fotos nicht wiedererkennen. Dabei mußte er auf irgendeinem drauf sein. Stephanie hatte alles geknipst, schonungslos jedem die gottverdammte Kamera vor die Nase gehalten, um an einen Schnappschuß zu kommen. Kartons, Schachteln, ganze Körbe voll Fotos hatte sie. Lauter blonde skandinavische Typen, alle schon ein bißchen füllig.

Konnte es sein, daß Druze sich irrte? Möglich ist alles. Aber, mußte er sich eingestehen, wahrscheinlich war es nicht. Er schien sich ziemlich sicher zu sein. Machte keine Ausflüchte. Guckte auf die Fotos, sah sie sich genau an und sagte nein.

»Du Hure!« Weil Stephanie nicht mehr da war, brüllte er ihre Wände an. »Mit wem hast du rumgefickt?«

Ein Blick auf den Fernseher. Lester quasselte immer noch vor laufenden Kameras. Kalte Wut packte ihn. Das Ganze war unfair. Die hatten zwanzig Männer, hundert sogar, und er hatte nur sich und Druze. Und Druze hatte nicht mal richtig hingucken können, weil er, wenn der andere ihn allzu deutlich gesehen hätte…

Hure. Die Wut fraß ihn fast auf. Er stiefelte mit schwerem Schritt durch die Diele, die Treppe hoch, ins Schlafzimmer. Das Zigarettenetui lag im Kleiderschrank, zusammen mit dem

Schlüsselbund und einem Stapel Kleingeld. Er ließ es aufschnappen, schluckte zwei Amphetamine und ein LSD-Eckchen. Schloß die Augen. Wartete auf Super-Ego.

Ging schon los. Das Bett drehte sich, die Konturen verschwammen. Die offenen Schranktüren bleckten ihn an wie ein weit aufgerissener Rachen. Eine dunkle Höhle, die Wärme und Zuflucht versprach. In der er sich verkriechen konnte. Die Anzüge fingen an zu schwingen, schlugen mit den Ärmeln auf ihn ein. In jäher Angst wehrte er den Angriff ab. Er kannte das. Hemden hatten sich ihm bei früheren Gelegenheiten wie eine Würgeschlinge um den Hals gelegt, Wollstoffe die Arme aufgerauht wie Sandpapier... Er unterdrückte die Angst. Zerrte sich das Hemd vom Leib. Ließ die Hose nach unten rutschen. Schlüpfte aus den Schuhen. Streifte die Unterwäsche ab. Warf alles irgendwo auf den Boden. Und ging auf die Knie und kroch in den Schrank, der sich so gastfreundlich für ihn öffnete. Warm und sicher war es da drin, mit dem dumpfen Geruch nach Schuhleder, heimelig und vertraut.

Die Minuten verstrichen, aus einer wurden fünf, der Flash rann durch seine Adern und der Kick durchs Hirn. Feuer, dachte er. Feuer, genau das, was er brauchte. Denn plötzlich jagte ihm das Halbdunkel Angst ein. Er kroch auf Händen und Knien aus seiner Höhle, auf den Herrendiener zu. Reckte sich, suchte die Taschen ab, fand die Streichholzschachtel und krabbelte in den Schrank zurück. Riß das erste Streichholz an und starrte in die Flamme.

Geborgenheit. Durch die Flamme. Seine Wut wuchs, wucherte rabenschwarz. *Hure.* Die Flamme erfaßte ihr Gesicht, es schmolz dahin. Schmerz an den Fingerspitzen. Dunkelheit. Keine Flamme mehr.

Er zündete ein neues Streichholz an. *Hure.* Ein Bett. Nicht ihres. Ganz andere Tapeten, mit dem Lilienwappen geschmückt. Wo war das gewesen? In dem Hotel in New York. Und während das LSD in ihm sang, sah Bekker sich – nackt, ein Handtuch in der Hand – aus dem Bad kommen. Stephanie saß am Telefon...

Wieder der Schmerz in den Fingerspitzen. Dunkelheit. Er ließ das abgebrannte Streichholz fallen. Zündete das dritte an. *Hure.* Du gehst ins Bad, unter die Dusche, und wenn du rauskommst, hängt sie immer noch am Telefon. Quatscht mit dem Kerl, der die alten Möbel abbeizen soll. Oder mit weiß Gott wem.

Sein Hirn dehnte sich, schrumpfte. Wurde riesig. Und wieder winzig klein. Eiskalt. So kalt, daß ihn unter der Kopfhaut fröstelte. Und wieder Dunkelheit. Noch ein Streichholz. Er wischte sich Spucke vom Kinn, starrte in die züngelnde kleine Flamme. Schmerz. Dunkelheit. Er kroch aus dem Schrank. Der Kick ließ nach. Zurück blieb Eiseskälte. Erstarrte Wucht eines Gletschers.

Und dann wußte er es. Damals in New York, im Lustrausch nach dem LSD. *Mein Gott, war ich denn total vernagelt?*

Er kam hoch. Ging – ohne darauf zu achten, daß er immer noch nackt war – hinunter in ihr Arbeitszimmer, setzte sich an den eichenen Schreibtisch, zog eine Schublade auf, nahm einen grauen Plastikbehälter heraus. ›Quittungen / offene Rechnungen‹, hatte sie auf den Aufkleber geschrieben.

›New York, Januar‹... Er zog den Stapel heraus, wühlte ihn durch. Und fand, was er suchte. »Aha, hier...«

Die Telefonrechnung. Er hatte niemanden angerufen, aber auf der Rechnung standen sechs Telefonate. Alle von New York nach Minneapolis. Vier davon mit jemandem in der Universität. Die Durchwahlnummer sagte ihm nichts.

Sein Hirn arbeitete eiskalt. Ritt auf dem Kamm der Speedwoge. Er tippte die Nummer in den Apparat. Eine Frauenstimme meldete sich. »Sekretariat Professor George. Ja, bitte?«

Bekker legte auf. Siedend heiß flutete es durch seinen Kopf, das Eis schmolz. »Philip George«, krächzte er.

Er mußte etwas unternehmen. Aber die Drogen hatten ihn wieder im Griff. Eine halbe Stunde saß er nur da und wippte im Schreibtischsessel. Zeit zählt nicht im LSD-Rausch.

Schmerz. Er starrte auf seine Hand. Eine dicke Brandblase am Zeigefinger. Und die Daumenkuppe – rot versengtes Fleisch. Wie war das möglich? Hatte es im Haus gebrannt?

Er ging in die Küche, stach die Brandblase mit einer Nadel auf, tupfte Desinfektionsmittel auf Daumen und Zeigefinger, klebte Pflaster über die Brandwunden. Ein Rätsel…

Und Philip George.

Er stöberte die Buchreihen durch. Nein, hier nicht. Wo konnte sie es haben? In der Truhe? In ihrer Kramecke? Aha, da war es: ›Universität von Minnesota – Lehrpersonal und Mitarbeiter‹.

Er fing an zu blättern. Auf einmal tauchte Georges Gesicht vor seinem geistigen Auge auf. Danach sein eigenes Gesicht, der Maßstab, an dem alles sich messen lassen mußte. Auch George.

George? Ein sanftes Gesicht. Ein bißchen dämlich, fand Bekker. Typische Amtsmiene. Groß. Blond. Füllig. Gott im Himmel, wie war sie bloß auf den gekommen?

»Carlo?«

»Verdammt, ich dachte, wir hätten ausgemacht…«

»Tut mir leid, das ist eine Ausnahmesituation.«

»Hast du's im Fernsehen gesehen?« wollte Druze wissen.

»Ja. Aber hinter dir sind sie ja nicht her. Noch nicht. Das ist der Grund, warum ich anrufe. Ich habe unseren Mann gefunden.«

»Wer ist es?« fragte Druze hastig.

»Ein Juraprofessor namens Philip George. Wir müssen uns ranhalten. Du hast's ja selber im Fernsehen gesehen.«

»Ja, ja«, sagte Druze ungehalten. »Wo bist du? Alles okay bei dir?«

»Ich bin bei dir um die Ecke, im VGA-Supermarkt.« Bekker stand in der Telefonnische hinter den Zeitschriften. Nicht ganz ungestört. Eine Frau mit einem Einkaufszettel wartete drängelnd darauf, daß er endlich aufhängte. »Ich hab' aufgepaßt, mir ist niemand gefolgt. Da bin ich absolut sicher. Ich geh' jetzt hinten raus und die Seitenstraße runter. Sobald ich aufgehängt habe, noch eine Minute, länger brauch' ich nicht bis zu dir. Drück auf den Türöffner, hörst du?«

»Mann, wenn dich jemand beobachtet...«

»Ja, ich weiß. Aber ich hab' den Jackettkragen hochgeschlagen und 'n Hut auf und 'n Sonnenbrille. Ich komm' erst rein, wenn ich sicher bin, daß sich niemand in der Lobby rumtreibt. Und ich nehm' nicht den Fahrstuhl, ich komm' die Treppe hoch.«

»Na schön, wenn du meinst...«

»Es geht nicht anders. Du mußt dir das Foto ansehen. Ich will wissen, ob er's ist.«

Bekker hängte den Hörer auf und sah sich um. War da jemand, der ihn beobachtete? Anscheinend nicht. Aber ganz sicher konnte man nie sein. Die Frau mit dem Einkaufszettel stand in der Telefonnische, kümmerte sich nicht um ihn. Dann war da noch ein älterer Mann, der gerade eine Dose Kaffee gekauft hatte. Und ein paar Leute vom Verkaufspersonal standen herum.

Er war, bevor er telefoniert hatte, durch den Supermarkt geschlendert. Hinten an der Kühltheke mit den Molkereiprodukten hatte er ein Exit-Schild entdeckt.

Er nahm sich einen Einkaufswagen, schob ihn durch den Laden. Sah sich die anderen Kunden genau an. Man weiß ja nie... In der Nähe der Theke mit Käse, Milch und Joghurt wartete er so lange, bis niemand in der Nähe war. Dann ließ er den Einkaufswagen stehen und verschwand durch die Drehtür unter dem Exit-Schild. Der Raum, in dem er gelandet war, mußte eine Lagerhalle sein. Fauliger Gestank. Ein Stück weiter vorn metallene Schwingtüren. Er stieß sie auf, kam ins Freie, eilte die Rampe entlang, bis zu den Steinstufen, die zur Straße führten. Ein mißtrauischer Blick zurück auf die Schwingtüren. Niemand folgte ihm, niemand streckte neugierig den Kopf heraus.

Sekunden später war er auf der Straße, die an der Rückfront des Supermarkts vorbeiführte. Er legte einen Schritt zu, bog um die nächste Ecke. Noch dreißig, vierzig Meter bis zu dem Apartmentblock, in dem Druze wohnte. Er drückte den Klingelknopf über dem Briefkastenschlitz mit Druzes Namen. Der Türöffner summte, Bekker stieß die Tür auf, war in der Lobby. Geradeaus der Fahrstuhl, die Tür rechts daneben führte zur Treppe.

Er nahm mit jedem Schritt zwei Stufen, überzeugte sich, daß niemand auf dem Flur war, hastete den Gang entlang, auf Druzes Apartment zu. Die Tür war angelehnt, er huschte hinein.

»Verdammt noch mal, Mike...« Gewöhnlich war Druzes Miene ausdruckslos wie ein Napfkuchen. Aber jetzt sah er gestreßt aus, tiefe Sorgenfalten furchten die zusammengeflickte Haut. Er trug einen maismehlfarbenen Sweater und scharfgebügelte Hosen. Die Hände hatte er in den Taschen vergraben.

»Ist er das?« Bekker hielt ihm das Foto von Philip George unter die Nase.

Druze sah es sich an, nahm es mit ins Licht, guckte genauer hin, schob die Unterlippe vor. »Puh.«

»Er muß es sein«, drängte Bekker. »Es stimmt alles. Er ist blond, ziemlich massig gebaut... In Wirklichkeit ist er sogar noch fülliger als auf dem Foto. Das muß vier oder fünf Jahre alt sein. Und auf den anderen Fotos, die ich dir gezeigt habe, war er nicht drauf. Und noch was: Stephanie hat heimlich von New York aus mit ihm telefoniert.«

Nach langem Zögern entschloß sich Druze zu einem Nicken. »Er könnte es sein. Eine Ähnlichkeit ist da. Aber dieser Kerl, der damals... ich meine, ich hab' ihn ja nur...« Druze schnippte mit den Fingern. »So viel hab' ich von ihm gesehen, mehr nicht.«

»Er muß es sein«, wiederholte Bekker.

»Ja, ja. Ich glaub' schon. Wenn man ihn sich ein paar Jahre älter vorstellt... Ja.«

»Verdammt, Carlo!«

Freude verklärte Bekkers schönes Gesicht. Er schlang Druze den Arm um den Nacken, fing übermütig zu rangeln an, tat so, als wolle er ihn in den Schwitzkasten nehmen. Und überwältigt von Bekkers kumpelhafter Herzlichkeit, spürte Druze heiße Wellen aus der Magengegend nach oben schwappen. Denn einen Freund, einen wirklichen Freund hatte er nie gehabt.

»Verdammt, Carlo, wir haben die Bullen abgehängt.«

»Tja, und nun?« Druze merkte, wie es um seine Lippen kribbelte. Wie sie zuckten. Ein ganz ungewohntes Gefühl. Ein Lächeln, ein richtiges Lächeln.

Bekker ließ ihn los. »Ich muß irgendwo allein sein und nachdenken. Einen Plan machen. Komm heute abend nach der Vorstellung zu mir ins Büro. Egal, wie scharf die Bullen auf mich sind, in der Uni treibt sich keiner von denen rum. Ruf mich an, bevor du losfährst. Ich sorg' dafür, daß der Seiteneingang offen ist. Und wenn du da bist, hantierst du mit deinem Schlüssel. Tust so, als wolltest du aufschließen. Das sieht dann, falls doch einer dort rumstreicht, ganz unverdächtig aus.«

Philip George. Auf dem Rückweg zur Klinik konnte er an nichts anderes denken. Sie mußten ihn sich bald vornehmen.

Er ging ins Sekretariat. »Lucy, haben wir einen Lehrplan?«

»Oh, da müßte eigentlich...« Die Sekretärin schob den Aktenschrank auf, fing zu kramen an, förderte schließlich aus irgendeinem Winkel ein gelbes Heft zutage. »Könnten Sie's mir zurückgeben? Es ist das einzige Exemplar, das wir haben.«

»Natürlich«, murmelte er zerstreut, während er schon blätterte. Wenn bloß die Hand nicht so höllisch weh getan hätte! Da gehörte ein Verband drauf...

Er machte kehrt, kam zum Schreibtisch der Sekretärin zurück. »Lucy? Haben wir hier zufällig eine Brandbinde? Ich hab' mir den Daumen verbrannt.«

»Oh, da müßte eigentlich...« Die Sekretärin fing in Schubladen zu wühlen an und fand tatsächlich einen Kasten mit Verbandmaterial. »Lassen Sie mal sehen... Oh, mein Gott, Dr. Bekker, wie ist denn das passiert?«

Er ließ sie machen, dann nahm er das Heft mit in sein Büro, setzte sich an den Schreibtisch. Juristische Fakultät, George... Ja, da stand's ja: ›George, Schadenersatzrecht, MWF 1:10 – 3:00‹. Er sah auf die Uhr. Halb zwei. George war also im Hörsaal.

Bekker rief im Sekretariat der juristischen Fakultät an, bekam die Auskunft, mit der er gerechnet hatte und mimte tiefe Enttäuschung. »Ach, er hat gerade Vorlesung? Ich – äh – bin gut mit ihm befreundet. Ich rufe aus Hamline an, kurz vor der Abreise, bin schrecklich in Eile. Philip und ich, wir wollen uns irgendwann abends treffen, und ich muß jetzt meine Zeitplanung unter Dach und Fach bringen. Wissen Sie, ob er diese Woche tagsüber Vorlesungen hat oder Abendseminare?... Nein, ich kann nicht später noch mal anrufen. Ich hab' gleich noch ein Seminar, und dann muß ich sehen, daß ich mein Flugzeug kriege. Ich hab' schon versucht, Phils Frau anzurufen, aber da meldet sich niemand... Ja, ich bleib' dran...«

Die Sekretärin legte den Hörer weg, trippelnde Schritte. Eine Minute, noch eine. Dann war sie wieder dran: »Ja, morgen abend, von sieben bis zehn, leitet er ein Seminar über strittige Rechtsfälle. Danach ist er für den Rest der Woche abends frei.«

»Danke, sehr freundlich, daß Sie sich die Mühe gemacht haben. Verraten Sie mir Ihren Namen? Aha. Vielen Dank, Nancy. Ach, übrigens... Wo findet das Seminar statt? Aha, dort. Also, noch einmal herzlichen Dank.«

Er legte auf. Lehnte sich im Schreibtischsessel zurück. Formte mit den Fingern ein Kirchendach. George hatte morgen abend ein Seminar. Was ein durchaus nützlicher Zufall sein konnte. Was für ein Auto fuhr er gleich? War das nicht so ein roter Geländewagen, irgendwas mit Allradantrieb? Ja, genau, ein Jeep.

Wenn er es so einrichtete, daß er nach dem Seminar bei

Georges Haus aufkreuzte... Im Prospect Park war das. Möglicherweise ließ George den Wagen über Nacht draußen stehen...

Druze war sicher, daß Bekker irgendwelche Sachen schluckte, er war nur noch nicht dahintergekommen, was. Mit Kokain kannte er sich aus, die ganze Theaterszene schwamm auf der Welle. Aber ein Kokser war Bekker nicht. Zumindest nahm er noch was anderes. Weil er manchmal irgendwo weit oben schwebte, auf einer Wolke aus Glücksgefühl und innerer Freiheit. An anderen Tagen ganz unten war, in irgendwelchen finsteren Tiefen, Wurm, Schlange oder Echse.

Was immer er nahm, es jagte ihn durch Wechselbäder zwischen Glückseligkeit und Bedrückung. Als Druze in der Klinik angekommen war, hatte er gerade auf Wolken geschwebt. Jetzt war er ein Eisklotz.

»Morgen abend ist er unterwegs«, sagte Bekker. »Ich weiß, das geht ziemlich schnell. Er fährt einen Jeep Cherokee, feuerrot. Den stellt er während der Vorlesung auf dem Parkplatz hinter dem Gebäude ab.«

Druze schüttelte, während Bekker seinen Plan erläuterte, immer heftiger den Kopf. »Ein glücklicher Zufall? Was soll der Scheiß?«

Bekker blieb ruhig und beherrscht. »Eine bessere Gelegenheit bietet sich so schnell nicht. Wenn wir versuchen würden, ihn aus dem Haus zu locken, könnte ihn das mißtrauisch machen. Ich kann ja nicht einfach bei ihm anrufen und vorschlagen, das wir uns an der nächsten Straßenecke treffen. Er wird schon ziemlichen Bammel haben, daß ihm die Bullen auf die Sprünge kommen. Oder daß Stephanies Mörder hinter ihm her ist.«

»Trotzdem«, nörgelte Druze, »anders wär's mir lieber.« Er sah sich um. Das Zimmer mußte etwas mit Bekkers Arbeit zu tun haben, so eine Art Sezierraum. Stahlschränke an den Wänden, eine Transportbahre, tiefgezogene Deckenlampen. Kalt und ungemütlich. Jedes Wort hallte von den Wänden wider. »Es kommt mir alles so... so unsicher vor.«

»Ach was. Wenn's nach einer Affekthandlung aussieht, tappen die Bullen völlig um dunkeln. So wie damals bei dir – die Sache mit der Nutte in New York. Wo sollen sie da ein Motiv suchen? Irgendeine Verbindung zwischen Täter und Opfer wittern? Bei einem geplanten Mord gibt's immer Spuren. Aber wenn du einfach da auftauchst, wo er gerade ist...«

»Und er ist auf jeden Fall dort?« unterbrach ihn Druze.

»Ja, er leitet ein Seminar. Die Studenten spielen Gerichtsverhandlung. Er hat den Part des Richters. Also muß er da sein.«

Druze fuhr sich mit gespreizten Fingern durchs Haar. »Scheint so, als ginge es nicht anders. Aber, Himmel noch mal, ehrlich gesagt, die Tour paßt mir gar nicht. Ich hab's gern, wenn ich alles sauber vorbereiten kann. Das mit deiner Frau, das war 'ne klare Sache. Aber das hier...«

»Glaub mir, besser geht's nicht«, redete Bekker auf ihn ein. »Such dir sein Auto. Wie gesagt, es müßte auf dem Parkplatz hinter dem Gebäude stehen. Ich hab' mich umgesehen, ringsum ist alles mit dichten Büschen bewachsen. Laß ihm einfach die Luft aus den Reifen. Dann hat er 'ne Weile zu tun, und wenn die Studenten weg sind, nimmst du ihn dir vor.«

»Nicht schlecht«, gab Druze zu. »Aber irgendwie, Michael... Irgendwie hab' ich das Gefühl, daß wir in einem Teufelskreis stecken. Mit deiner Frau hat's angefangen, und damit uns da keiner draufkommt, müssen wir jetzt immer weitermachen.«

»Nein, nach der Sache ist Schluß. Aber das müssen wir noch erledigen, siehst du doch selber ein, oder? Es ist ja in deinem Interesse. Also, mach Schluß mit ihm und schaff ihn weg.«

»Wegschaffen? Reicht's denn nicht, wenn ich ihn umbringe? Ich meine, wenn ich ihn anschließend... Mein Gott, stell dir mal vor, ich komm' in 'ne Verkehrskontrolle, und die durchsuchen mir den Kofferraum nach geklauten Sachen...«

Bekker fixierte Druze scharf. »Wenn wir ihn tot liegen lassen, sehen sie, daß er Stephanies Liebhaber gewesen sein muß. Das ist denen doch sofort klar, wenn die Augen wieder kaputt sind. Und dann fragen sie sich, wie der Mörder auf George gekommen ist. Die haben mich sowieso schon im Verdacht, und wenn sie die Leiche auf dem Parkplatz finden, kriegen sie mich am Arsch.«

»Sollen wir das mit den Augen nicht lieber lassen?«

»Nein.« Bekker packte ihn so hart am Ellbogen, daß Druze, erschrocken über den kalten Glanz in Bekkers Blick, einen halben Schritt zurückwich. »Die Augen nimmst du dir auf jeden Fall vor, klar?«

Druze riß sich los. »Ja doch, ist ja schon gut.«

Bekkers Blick hielt ihn fest. »Wenn wir ihn verscharren – und ich wüßte einen idealen Platz dafür –, wird ihn kein Aas finden. Sollen die Bullen ruhig vermuten, daß er Stephanies Liebhaber war. Hauptsache, sie wissen nicht, wo er abgeblieben ist. Könnte sein, daß er's mit der Angst gekriegt hat und untergetaucht ist. Vielleicht, weil er doch der Mörder war. Oder er ist umgebracht worden, alles drin. Bloß, sie werden's nie rauskriegen.«

Druze verließ die Klinik auf dem Weg, auf dem er gekommen war, durch den Seiteneingang. Bekker ging in sein Büro, rieb sich das Kinn, grübelte vor sich hin. Druze paßte das Ganze offenbar nicht in den Kram. Er maulte nicht, aber er stellte sich bockig an. Ein Punkt, den Bekker auf lange Sicht ins Kalkül ziehen mußte.

Im Fahrstuhl warf er einen Blick auf die Armbanduhr. Ja, er hatte Zeit genug.

»Sybil…«

Schlief sie? Bekker beugte sich über das Bett und zog ihre Augenlider hoch. Sie sah ihn aus dunklen, ertrunkenen Augen an, aber als er die Lider losließ, fielen sie sofort zu. Also gut. Sie wollte nicht. Aber wach war sie.

»Ich muß dir in die Augen sehen, wenn es mit dir zu Ende geht,

Sybil.« Er merkte, wie sich sein Atem beschleunigte. Das war bei seinen Experimenten immer so. Die Erregung...

»So, nun geht's los.« Er drückte das Klebeband über ihren Lippen fest, legte ihr die andere Hand auf die Stirn, zog mit gespreizten Fingern ihre Lider hoch. Ein halber Schritt zur Seite, dann stand er genau in ihrer Blicklinie. »Ich hab' dir den Mund zugeklebt, damit du nicht atmen kannst. Und nun drück' ich dir die Nase zu, bis du erstickst. Verstehst du? Du wirst keine großen Schmerzen haben. Worum's mir geht... Gib mir irgendein Zeichen, wenn du was spürst, ja? Ich meine, beweg die Augen auf und ab oder so. Sobald du merkst, daß du drüben ankommst. Du weißt doch, was ich meine? Im Jenseits, falls es so was gibt.«

Er redete ganz ruhig auf sie ein. Mit Überzeugungskraft, fand er. »Bist du so weit? Gut, dann fangen wir an.« Er zwickte ihr mit den Fingern die Nase zu. Fühlen konnte sie es ja nicht, aber sie sollte wenigstens sehen, was er tat. Und er stellte verblüfft fest, daß sie sogar zu Reaktionen fähig war. Wenn sie sich auch nicht bewegen konnte, so gab es doch immerhin Muskelreflexe. Wie kleine Schauer, die durch ihren Körper liefen. Er spürte das Zukken bis in seine Fingerspitzen.

Ihre Augen kippten weg. Er neigte den Mund an ihr Ohr. »Siehst du schon was? Sybil, kannst du was sehen?«

Sie war ohnmächtig geworden. Er gab die Nasenflügel frei. Legte ihr die Hand auf den Brustkorb, drückte, zog die Hand zurück, drückte wieder. Sie war noch nicht so dicht dran gewesen, wie sie gedacht hatte. Sie hatte mit dem Tod gerechnet. Und war ja dem Tod auch ausgeliefert gewesen. Wäre bestimmt gestorben, hätte er die Hand nicht weggezogen.

Aber sie mußte ihm das Zeichen geben. Das verlangte er von ihr. Sie war es ihm schuldig.

»Sybil, bist du bei Bewußtsein? Komm schon, ich weiß, daß du wieder da bist.«

Um zwei kam Bekker zu Hause an. Kleine Flammen im Hirn, das MDMA. Aber er hatte das unter Kontrolle.

Sybil... Heute war er nicht ans Ziel gekommen. Eine Schwester war den Flur heruntergekommen, in irgendeinem Krankenzimmer verschwunden, ganz in der Nähe. Und weil er es für besser hielt, daß man ihn nicht in Sybils Zimmer sah, war er gegangen. Hatte sich in sein Büro zurückgezogen und – in der Hoffnung, daß es ihm ein wenig über seine Enttäuschung hinweghelfen würde – das MDMA geschluckt. Und dann war er nach Hause gefahren.

Er bog in den Seitenweg ein und sah im Vorbeifahren einen Fremden auf dem Bürgersteig stehen. Einen Mann, der ihm nachsah. Ihn beobachtete.

Kannte er den nicht irgendwoher?

Bekker bremste ab, hielt, ließ das Fenster herunter. »Kann ich Ihnen irgendwie behilflich sein?«

Langes Schweigen, dann kam der Fremde herübergeschlendert. Lederne Fliegerjacke, Stiefel.

»Wie geht's Ihnen, Mr. Bekker?«

»Sind Sie von der Polizei?« fragte Bekker zurück.

»Lucas Davenport, Polizeidepartment Minneapolis.«

Richtig. Der Cop von der Beerdigung. Nicht irgendein Straßengangster. Oder womöglich ein zorniger Racheengel aus Stephanies Verwandtschaft. »Ach? Hat die Minneapolis-Polizei neuerdings ihr Nachtlager vor meinem Haus aufgeschlagen?« Bekker hatte Oberwasser, quetschte eine Portion Spott in die Stimme, wie man Senf aus der Tube auf eine Bockwurst drückt.

»Nicht das ganze Department, nur ich.«

»Stehe ich unter Beobachtung?«

»Nein. Ich mache nur, wenn es um ein Kapitalverbrechen geht, von Zeit zu Zeit einen kleinen Spaziergang in der Nähe des Tatorts. Man bekommt dann ein besseres Gespür für das, was geschehen ist. Es hilft einem, die Gedanken zu ordnen.«

Davenport. Da klingelte es doch? »Sind Sie nicht der, der mal die Leute gleich reihenweise umgelegt hat? Ein FBI-Agent hat Sie, wenn ich mich recht erinnere, als Revolverhelden bezeichnet.«

Das Licht der Straßenlaterne fiel nur schwach auf Davenports Gesicht. Aber Bekker sah trotzdem, wie es zwischen den Lippen des Cops weiß aufblitzte. Der Kerl grinste. Lächelte breit und zeigte ihm die Zähne.

»Die vom FBI mögen mich nicht besonders.«

»Und Sie? Haben Sie's gemocht? Ich meine, als Sie diese Burschen umgelegt haben?« Bekker war selbst überrascht, daß ihm die Frage herausrutschte. Aber es interessierte ihn eben wirklich.

Der Cop schien einen Augenblick nachzudenken. Legte den Kopf in den Nacken, starrte in den Sternenhimmel. Ihr Atem hing in dünnen weißen Schwaden zwischen ihnen, schwebte in der kalten Nachtluft davon.

»Bei einigen schon«, sagte der Cop schließlich. Er wippte auf den Schuhsohlen, sein Blick verlor sich wieder am Himmel. »Ja. Bei dem einen oder anderen war's ein Gefühl, das ich durchaus gemocht habe.«

Schade nur, daß ich seine Augen nicht sehen kann, dachte Bekker. So, wie er den Kopf hält, sind sie hinter den Wangenknochen versteckt.

Er konnte seine Neugier kaum noch bezähmen. Und hörte sich fragen: »Hätten Sie nicht Lust, auf eine Tasse Kaffee mit reinzukommen? Ich muß nur gerade noch den Wagen in die Garage fahren.«

12

Lucas wartete vor der Haustür, bis Bekker den Wagen in der Garage abgestellt hatte, durchs Haus kam, die Außenleuchte einschaltete und ihn hereinließ. Im bleichen Lichtschein sah sein Gesicht aus wie mit Pergament überzogen, es erinnerte Lucas an einen Totenschädel. Die Vision war verflogen, sobald sie ins Haus traten. Da hatte er wieder den Bekker vor sich, den er kannte, nicht einfach einen gut aussehenden, sondern einen Mann von makelloser Schönheit.

Ein eindrucksvolles Haus. Eichenparkett in der Diele. Links ein schöner Schrank, rechts eine englische Landschaft in Öl, im Vordergrund ein riedgedecktes Dach, Segelboote auf dem Fluß im Hintergrund. Die Treppe rechts vor ihnen war mit burgunderrotem Teppichboden ausgelegt. Hinter Glastüren die Bibliothek, über den Buchreihen lief die Treppe in einer Galerie aus. Links der Salon, Orientteppiche, Dutzende antiker Spiegel, ein Kamin aus Naturstein. Anheimelnd, aber schrecklich heiß. An die vierzig Grad, schätzte Lucas, während er den Reißverschluß seiner Lederjacke öffnete und leicht in die Knie ging, um die Fingerspitzen prüfend auf einen der Teppiche zu legen.

»Wundervoll«, sagte er. Der Flor war flaumweich, gut und gern zwei bis drei Zentimeter tief und so kunstvoll verschlungen wie die Intrigen und Wendungen in arabischen Märchen.

Bekker reagierte nur mit einem Grunzen, Lucas' Bewunderung für das Haus schien ihn nicht zu beeindrucken. »Setzen wir uns drüben in die Küche«, schlug er vor und ging voran. Eine Küche im Landhausstil, mit rechteckigen Bodenfliesen. Die Küche, in der Stephanie Bekker ermordet worden war, ging Lucas durch den Kopf. Ein Umstand, der Bekker offenbar nicht berührte. Er nahm zwei Keramikbecher aus einem der eichenen Wandboards und löffelte Kaffeepulver hinein.

»Ich hoffe, es muß kein koffeinfreier sein.« Mit ruhiger Stimme, in der nicht die leiseste Aufregung mitschwang. Als wäre es die natürlichste Sache der Welt, einen Cop, der ihn des Mordes verdächtigte, zum Kaffee einzuladen.

»Nein, schon in Ordnung.« Lucas sah sich um, während Bekker die Becher mit Leitungswasser auffüllte und in die Mikrowelle stellte. Stephanies Küche war geschmackvoll und mit Liebe zum Detail ausgestaltet. Tapeten mit ländlichen Motiven, Szenen aus der Zeit um die Jahrhundertwende, farblich perfekt auf die Möbel abgestimmt. Eine Küche, die gemütlich wirkte und zum Wohnen einlud. Nicht so wie das übrige Haus, das auf Lucas eher übertrieben repräsentativ wirkte.

»Sie verkraften den Tod Ihrer Frau ganz gut, oder?« sagte Lucas. Er blieb vor einem kleinen gerahmten Foto stehen. Eine nostalgische Aufnahme. Vier Frauen in langen schwarzen Kleidern mit weißem Kragen an einem Butterfaß. »Ein Familienfoto?«

»Stephanies Großmutter mit Bekannten. Nehmen Sie doch Platz, Mr. Davenport.« Bekker deutete mit dem Kopf auf die Hokker an der Frühstücksbar. Er nahm die dampfenden Becher heraus, als der Mikrowellenherd summte, stellte sie auf den Tisch und setzte sich Lucas gegenüber. »Was meinten Sie gerade?«

»Daß Sie den Tod Ihrer Frau...«

»Sie fehlt mir. Aber, um ehrlich zu sein, man kann nicht sagen, daß ich sie überschwenglich geliebt hätte. Nicht, daß ich ihr je etwas angetan hätte. Ich weiß, was die Polizei denkt, besonders Stephanies vertrottelter Cousin. Tatsächlich war es eher so, daß wir einander wenig bedeutet haben. Ich habe schon immer geahnt, daß sie eine Affäre hatte, aber es hat mir nicht viel ausgemacht. Ich meine, ich hatte auch andere Frauen...« Er sah hoch, suchte in Lucas' Miene nach einer Reaktion. Nichts. Offenbar gehörte Untreue zur Routineerfahrung eines Polizisten.

Lucas nippte am Kaffee. »Und das hat wiederum ihr nicht viel ausgemacht?« Eine verkochte Labberbrühe.

»Ich glaube nicht. Sie wußte es natürlich. Aber sie hat mich nie darauf angesprochen. Was sie, wenn es sie gestört hätte, bestimmt getan hätte.« Bekker, im Tweedjackett und groben Cordhosen durch und durch englisch gestylt, pustete in seinen Kaffeebecher.

»Warum haben Sie sich nicht scheiden lassen?«

»Warum sollten wir? Wir kamen ganz gut zurecht. Und wir hatten das hier...« Seine Geste schien das ganze Haus einzuschließen. »Bei einer Güterteilung hätten wir es nicht halten können. Ganz abgesehen von den Vorteilen, die es sonst noch mit sich bringt, wenn zwei Menschen zusammenleben. Man teilt sich die tägliche Arbeit und die Besorgungen, einer ist immer zu Hause, wenn der andere unterwegs ist. Keine Leidenschaft, aber Gewohnheit. An einer Wiederheirat wäre ich in meinem Alter nicht interessiert gewesen. Mir genügt meine Arbeit. Kinder konnte sie nicht bekommen, die Eileiter waren hoffnungslos verklebt. Ich selbst wollte keine Kinder, und als sie allmählich in die Wechseljahre kam, war das Ganze sowieso kein Thema mehr.« Er nahm einen Schluck Kaffee, schien in Gedanken Resümee zu ziehen. »Ich nehme an, anderen wäre unsere Art zu leben unverständlich gewesen. Aber wir fanden es angemessen und bequem.«

»Mhm.« Lucas musterte Bekker über den Rand des Kaffeebechers. Daß der seinen Blick seelenruhig, ohne auch nur mit der Wimper zu zucken erwiderte, machte ihn sicher: So unschuldig guckte niemand von Natur aus. Bekkers Gerede war Schwindel, mindestens teilweise. »Der Staatsanwalt könnte daraus den Schluß ziehen, daß Ihnen ihr Tod... Nun, da sie Ihnen ja gleichgültig war und die Frage, ob sie lebte oder nicht, für Sie keinen großen Unterschied machte, kam Ihnen ihr Tod immerhin gelegen. Statt der Hälfte...«, er ahmte Bekkers allumfassende Geste nach, »...haben Sie nun alles.«

Bekker deutete mit spärlich geöffneten Lippen ein Lächeln an. »Könnte er. Wenn er besonders dämlich oder besonders bösartig wäre. Ich habe Sie hereingebeten, Mr. Davenport, weil Sie ja selbst Leute getötet haben. Ich dachte, Sie verstünden was von Mord und Tod. Aus wissenschaftlicher Sicht mein bevorzugtes Studienobjekt. Das Phänomen Mord beschäftigt mich sowohl von den Opfern als auch von den Tätern her. Drüben in Stillwater sitzen unter den Lebenslänglichen etliche, die mich in aller Einfalt für einen guten Freund halten. Jedenfalls haben meine Studien mich zu zwei Schlußfolgerungen geführt. Erstens, daß Mord eine Dummheit ist. Wenn jemand einen Mord plant und so dumm ist, einen anderen als Helfershelfer mit hineinzuziehen, bringt das früher oder später einen Konflikt mit sich, weil die Beteiligten versuchen werden, sich gegenseitig auszuspielen. Ich weiß, wie so was läuft. Nein, Mord ist dumm, und die Verabredung zum gemeinsamen Mord ist sogar idiotisch. Verglichen damit ist eine Scheidung nur ein ärgerlicher Zwischenfall. Mitunter mit tragischen Aspekten, das sehe ich auch. Aber wenn zwei Menschen sich wirklich nicht mehr lieben, läuft das Ganze im Grunde nur auf die Abwicklung eines Rechtsverfahrens hinaus.«

Lucas stutzte. Bekker – wie er sich mit einem abschließenden Achselzucken vorbeugte und über dem Kaffeebecher die schön geschwungenen Lippen öffnete – erinnerte ihn unwillkürlich an einen Blutegel. »Sie sprechen von zwei Schlußfolgerungen«, sagte er. »Welches ist die zweite?«

Bekker lächelte. »Ach ja...« Es schmeichelte ihm sichtlich, daß Lucas so genau zugehört hatte. »Einen Mord zu planen und dann kaltblütig auszuführen – nun, das machen nur Irre. Ein normal reagierender Mensch bringt das nicht fertig. Massenmörder, Totschläger, Männer, die ihre Frauen umbringen... Das sind alles Verrückte.«

Lucas nickte. »Ganz Ihrer Meinung.«

»Schön, daß Sie das sagen. Ich bin nämlich nicht verrückt.«

»Und nur deshalb haben Sie mich hereingebeten?« fragte Lucas. »Nur, um mir zu sagen, daß Sie nicht geistesgestört sind?«

Bekker nickte zerknirscht. »Ja, ich glaube schon. In der Hoffnung, daß Sie den Zusammenhang verstehen. Sehen Sie, selbst wenn ich vorgehabt hätte, Stephanie zu töten – ich hätte es nicht getan. Weil ich einfach zu klug dafür bin und zu rational reagiere.« Er legte Lucas die Hand auf den Arm. Und Lucas dachte: *Du Wichser willst mich einwickeln. Mich dazu bringen, daß ich dich mag*... »Ihre Kollegen haben überall in der Nachbarschaft versucht, Stimmung gegen mich zu machen. Ich spüre das an der Reaktion der Leute. Ich bin sicher, daß Stephanies Cousin, dieser verrückte Drogenfanatiker, Ihnen weismachen wollte, ich hätte sie umgebracht, damit ich das Haus kriege. Aber hören Sie sich bei Stephanies Freunden um. Die werden Ihnen bestätigen, daß ich nie sonderlich daran interessiert war. Das Haus und die alten Möbel...«

»Sie könnten alles verkaufen«, warf Lucas ein.

»Darauf wollte ich gerade zu sprechen kommen.« Bekker machte eine ärgerliche Handbewegung, als wolle er eine lästige Mücke wegscheuchen. »Nie sonderlich interessiert, sagte ich. Aber das heißt natürlich nicht, daß ich das Haus und die Einrichtung nicht zu schätzen wüßte. Es läßt sich sehr angenehm leben hier. Der Erfolg einer akademischen Karriere hängt weitgehend von Beziehungen ab. Nun, in ein Haus wie dieses kann man die richtigen Leute einladen und sich genau das Image geben, das Eindruck auf sie macht. Aus dem Grunde würde ich das Haus sogar behalten, aber ich fürchte, Stephanies verrückter Cousin wird weiter versuchen, Gott und die Welt gegen mich aufzuhetzen. Und wenn er die Nachbarn so weit bringt, daß sie mich für den Mörder halten, kann ich hier unmöglich leben. Sagen Sie das Del ruhig, wenn Sie ihn treffen: Wenn ich mich zum Verkauf entschließe, ist das seine Schuld.«

Lucas nickte. »Mach' ich. Und falls Sie sonst irgendwie Ärger mit einem unserer Beamten haben... Ich habe einigen Einfluß im Präsidium, ich kann die Leute zurückpfeifen.«

»Wirklich?« fragte Bekker verdutzt. »Das würden Sie tun?«

»Sicher. Ich weiß nicht, ob Sie etwas mit dem Tod Ihrer Frau zu tun haben, aber selbst wenn, hätte niemand das Recht, Sie mit solchen Methoden unter Druck zu setzen. Ich werde mich darum kümmern.«

»Das wäre großartig.« Bekkers Stimme triefte vor Dankbarkeit, aber das Glitzern in seinen Augen verriet seine wirklichen Gefühle. »Ich bin froh, daß ich Sie hereingebeten habe. Ich hatte gleich so eine Ahnung, daß Sie mich verstehen würden.«

Sie saßen sich einen Augenblick schweigend gegenüber, bis Lucas – scheinbar beiläufig – sagte: »Hier in der Küche ist Ihre Frau ermordet worden, nicht wahr?«

»Oh – ja, ich glaube, das war hier.« Bekkers Blick irrte kurz durch den Raum.

Falsch reagiert, du Arsch. Bekker wußte genau, wo sie ermordet worden war. Er hätte auf die Stelle blicken müssen, wo man sie gefunden hatte. Jeder hätte so reagiert, ob er nun schuldig oder unschuldig, verrückt oder völlig normal war. *Und dann das alberne Gerede, daß eine Scheidung lediglich ein ärgerlicher Zwischenfall ist... Wenn du das wirklich glaubst, bist du noch verblödeter, als ich dachte.*

Lucas wartete gespannt, ob noch mehr käme. Aber Bekker schob nur den Hocker zurück, ging zum Spülbecken und kippte den Rest seines Kaffees aus. Und fragte beiläufig: »Diese Männer, die Sie getötet haben... Glauben Sie, Davenport, daß es für sie irgendwie weiterging?«

»Was meinen Sie damit? So etwas wie den Himmel?« fragte Lucas zurück.

»Oder die Hölle.« Bekker wandte sich um, sah ihn an. Die gespielte Leichtigkeit seines Tonfalls war dahin.

»Nein.« Lucas schüttelte den Kopf. »An irgendeine Bestimmung glaube ich nicht. Ich war mal katholisch, aber im Laufe der Jahre bei der Polizei sind mir Zweifel an meinem Glauben gekommen. Ich habe so viele Menschen sterben oder tot daliegen sehen – ohne daß man einen Sinn dahinter erkennen konnte... Ertrunkene Kinder, Menschen, die bei einem Autounfall ums Leben kamen oder nach einer Herzattacke, einmal einen Fernmeldearbeiter, der auf einem Mast bei lebendigem Leibe verbrannt ist. Ich hab' sie sterben sehen, manchmal weinend und jammernd und manchmal stumm, aber einen Blick ins Jenseits hab' ich bei keinem gesehen. Ich glaube, daß Menschen einfach verlöschen – wie die Schrift auf dem Bildschirm, wenn man den Computer ausschaltet. Eben waren sie noch existent, vielleicht sogar bedeutend, Menschen, die etwas Großartiges leisteten, und im nächsten Augenblick sind sie... verschwunden.«

»Verschwunden«, wiederholte Bekker. Seine weißen Augenbrauen wölbten sich. »Ohne daß etwas zurückbleibt?«

»Nichts, außer der leeren Hülle. Und die vermodert.«

»Pah.« Bekker wandte sich sichtlich erschüttert ab. »Bedrükkend, so etwas. Tja, für mich wird's Zeit, daß ich ins Bett komme. Ich muß morgen früh raus.«

Lucas stand auf, trank seinen Kaffee aus. »Obwohl ich annehme, daß meine Kollegen hier schon alles abgesucht haben... Dürfte ich wohl einen Blick in das Zimmer werfen, in dem Stephanie und ihr Freund... sich aufgehalten haben?«

»Sie meinen das Schlafzimmer«, stellte Bekker ungerührt fest. »Warum nicht? Die anderen haben mir zwar schon die Teppiche abgewetzt... Was kein Vorwurf sein soll.« Er führte Lucas die Treppe hinauf, ging auf eine Tür zu, stieß sie auf und schaltete das Licht an. »Hier ist es.«

Ein altmodisches Doppelbett mit schwerem handgeschnitztem Rahmen. Die Bettwäsche lag unordentlich zusammengeknäult am Fußende, ein paar Zipfel hingen über einer antiken Wäschekommode, auf der sich Zeitschriften stapelten. Ein zierliches Telefon auf dem Beistelltisch neben dem Bett, ein Wecker, noch ein paar Zeitschriften und ein Taschenbuch.

Links eine Tür, Lucas zog sie auf, steckte den Kopf hinein. Das Badezimmer. Kosmetiktisch, Toilette, Dusche, Wanne. Überall war noch der weiße Puderstaub zu sehen, mit dem der Erkennungsdienst nach Fingerabdrücken gesucht hatte. Zwei Haken, an einem hing ein rubinrotes Badetuch. Als er ins Schlafzimmer zurückkam, sah er das zweite Badetuch auf dem roten Orientteppich liegen.

»Alles noch wie damals«, sagte Bekker. »Die Männer von der Mordkommission hatten mir versprochen, daß sie anrufen und mir Bescheid geben, wann ich aufräumen kann. Wissen Sie vielleicht, wann das endlich so weit ist?«

»Haben die das alles fotografiert?«

»Ich glaube schon.«

»Ich werd' mal danach fragen«, sagte Lucas. Er sah Bekker an, fixierte seine Augen und fragte: »Haben Sie es getan?«

Bekker erwiderte den Blick unbeirrt, ohne das leiseste Zucken. »Nein.«

»Gut«, sagte Lucas. »War nett, Sie kennenzulernen.«

Draußen war es kälter geworden, Frost lag in der Nachtluft. Nach der langen Zeit in den überhitzten Räumen ein angenehmes Gefühl.

Lucas schlenderte den Bürgersteig hinunter, tat so, als wolle er nach rechts abbiegen, sah sich um, machte kehrt und näherte sich Bekkers Haus von der anderen Seite. Auf demselben Weg, den der Mörder vermutlich genommen hatte.

In einem Zimmer an der Seitenfront des Hauses ging das Licht an, ein schmaler heller Streifen fiel durch einen Spalt zwischen den Vorhängen. Einer plötzlichen Eingebung folgend, wollte Lucas das Tor im Zaun zum hinteren Gartenbereich aufstoßen. Abgeschlossen. Er sah sich nach einem anderen Durchlaß um, entschied sich für den kürzesten Weg und setzte mit einer Flanke über den Zaun. Im dunklen Garten tastete er sich schrittweise voran, überall konnte etwas herumliegen oder eine Pflanzschnur gespannt sein. Und dann hatte er endlich das Fenster erreicht. Er stand mit dem Rücken zur Hauswand und drehte den Kopf, bis er durch den Spalt nach innen schauen konnte.

Bekker hielt sich im Arbeitszimmer auf. Taumelte nackt und mit hektisch mahlenden Kaubewegungen von einer Wand zur anderen. Sein Gesicht war verzerrt. Schmerzverzerrt – vielleicht in panischer Angst, möglicherweise auch in religiöser Verzükkung. Die Augen hatte er so bizarr nach oben verdreht, daß nur noch das Weiß der Augäpfel sichtbar war. Ein Zittern schüttelte ihn, er verkrampfte sich, warf die Arme hoch und brach schließlich, den Mund halb aufgerissen, in einem Ledersessel zusammen. Eine Minute verging, die zweite brach an, er bewegte sich immer noch nicht. Lucas befürchtete schon, er habe eine Herzattacke oder einen Schlaganfall erlitten. Aber dann bewegte er sich auf einmal wieder, breitete die Arme aus, reckte theatralisch die Hände nach oben und... Tatsächlich, er fing zu lachen an. Ein kaltes, blechernes ›ha-ha-ha‹, das wie heiseres Keuchen tief aus seiner Kehle aufzusteigen schien.

Und dabei waren Bekkers Augen noch immer nach innen gewandt. Sein Blick suchte Gott.

Das Gesicht verfolgte ihn bis in seine Träume. Da mußten Drogen im Spiel sein, anders konnte es gar nicht sein.

Ein Punkt, den Lucas im Traum eine Weile mit sich selbst diskutierte. Aber dann waren zwei Männer in blauen Uniformen da. Sie fanden keine Drogen, und Bekker entwand sich dem Griff der beiden Polizisten, die ihn beruhigen wollten, und brach in den verzückten Schrei aus: *Jesus lebt in mir.*

Einer von jenen Träumen, die einen gefangen halten, obwohl man genau weiß, daß nichts daran wirklich ist. Als der Wecker klingelte, kurz nach ein Uhr mittags, empfand Lucas den schrillen Lärm wie eine Erlösung. Er schwang sich aus dem Bett, räumte kurz auf und war gerade dabei, sich eine Tasse Kaffee zu machen, als jemand gegen die Tür trommelte.

»He, bist du da?« rief Del von draußen.

»Komm rein. Was ist denn los?«

»Hab' telefonisch 'n paar Tips bekommen. Nur Kleinkram.« Del schüttelte, während sie in die Küche gingen, eine nikotin- und teerfreie Zigarette aus einer verknitterten Packung und steckte sie an. »Aber Sloan hat sich heute vormittag mit einer gewissen Beulah Miller unterhalten. Eine gute Freundin von Stephanie Bekker. Er hat sie über den Psychofritzen ausgefragt, und sie meint, da könne was dran sein.«

»Was der Seelenklempner allerdings abstreitet.«

Del nickte. »Seine Frau auch.« Er ließ sich am Küchentisch nieder, und als Lucas fragend einen Kaffeebecher hochhob, nickte er noch einmal. »Sloan hat sie sich mal allein vorgenommen. Ja, sagt sie, er hätte mal vor Jahren eine Affäre gehabt, aber das hätte sie damals im Nu spitz gekriegt, und seitdem sei nichts mehr gelaufen. Und gleich nachdem Sloan das erste Mal dagewesen sei, sagt sie, hätte sie ihren Mann ins Gebet genommen. Und der hätte gesagt, da sei nichts gewesen, und das würde er auch jetzt noch sagen, und sie glaubt's ihm.«

Lucas stellte Del den Becher Kaffee hin. »Ist sie selber berufstätig? Unabhängig?«

»Das hat Sloan sich auch gefragt. Ist sie. Sie arbeitet für den Verband der Steuerzahler und andere Interessengruppen, ist zuständig für Kontakte mit Abgeordneten. Sie hat Jura studiert, sagt Sloan, und er meint, daß sie ganz schön Kohle macht.«

»Mit anderen Worten: sie kann ihr Steak zum Abendessen selber bezahlen?«

»Sieht so aus. Jedenfalls, sie ist davon überzeugt, daß Stephanie kurz vor ihrem Tod eine Affäre hatte. Stephanie hat zwar nicht darüber geredet, aber das eine oder andere spricht dafür. Und sie meint, Stephanie hätte deshalb nichts gesagt, weil sie glaubte, daß sie, also die Miller, den Burschen kennen würde. Oder dessen Frau. Und vielleicht sauer wäre oder was ausquatschen würde oder so.«

»Also, mal zusammengefaßt: sie sagt, da war was, aber nicht mit ihrem Mann, sondern möglicherweise mit einem gemeinsamen Bekannten.«

»Richtig«, bestätigte Del.

»Hat Sloan Namen von Männern, die in Frage kommen?«

»Klar. Zweiundzwanzig. Aber hinter ein paar muß man ein dickes Fragezeichen setzen, sagt er. Einen Teil nimmt er sich heute vor, die anderen morgen. Aber... da war noch was anderes, was dich interessieren könnte.«

Lucas hob die Augenbrauen. »Was?«

»Bekker hatte offenbar selber auch eine Affäre, vor zwei oder drei Jahren. Mit einer Krankenschwester. Die ganze Klinik wußte Bescheid. Sloan hat sich den Namen und die Adresse besorgt und ist losgezogen, um mit ihr zu reden. Sie hat gesagt, daß er sich zum Teufel scheren soll. Er hat ihr seine Blechmarke gezeigt... Aber du kennst ja Sloans unwiderstehliche Liebenswürdigkeit.«

»O je. Willst du damit sagen...?«

»Ich will damit sagen, daß du genau der Richtige für das Gespräch mit ihr bist.«

»Und warum du nicht?«

»Ich würd's ja machen, aber...« Del schüttelte das lange schwarze Haar. »Ich bin nicht der Typ dafür. Ich seh' zu sehr aus wie Charlie Manson. Außer ein paar ausgemachten Arschlöchern läßt mich keiner rein. Aber du, wenn du dich in Schale wirfst, grauer Anzug und so, dich hält jeder glatt für das Gesetz persönlich.«

Cheryl Clark wollte sie beide nicht reinlassen.

Lucas hielt ihr seine Erkennungsmarke unter die Nase. »Hier geht's um einen Mordfall, Miss Clark«, sagte er kühl und amtlich.

»Sie können wählen. Entweder reden Sie mit uns, dann besteht eine neunzigprozentige Chance, daß wir hinterher einfach wieder verschwinden. Oder Sie weigern sich, mit uns zu reden. Dann nehmen wir Sie mit ins Präsidium, lassen Sie Ihren Anwalt anrufen und reden trotzdem mit Ihnen.«

»Sie können mich nicht zwingen, mit Ihnen zu reden.«

»Doch. Sie haben nicht das Recht, eine Anhörung abzulehnen. Schweigen dürfen Sie nur, soweit Sie sich selbst belasten würden. Wenn Sie meinen, daß das der Fall wäre, fahren wir lieber gleich ins Präsidium. Falls Sie sich dort auch in Gegenwart Ihres Anwalts weigern, Aussagen zu machen, müssen Sie mit Beugehaft rechnen.« Seine Stimme wurde eine Spur wärmer. »Sehen Sie, wir wollen Sie ja nicht in die Mangel nehmen. Ich garantiere Ihnen, wenn Sie nichts mit dem Verbrechen zu tun haben, kommen Sie mit einer kleinen Unterhaltung am besten weg.«

»Ich habe Ihnen wirklich nichts zu sagen«, wehrte sie sich. Ihr Blick huschte an Lucas vorbei zu Del, der am Fuß der Außentreppe stand und angelegentlich ein Motorrad betrachtete.

»Das werden wir dann schon sehen«, sagte Lucas.

»Ja – na gut. Kommen Sie rein. Aber ich verspreche nicht, daß ich Ihre Fragen beantworte.«

In ihrem Apartment sah es ordentlich, aber unpersönlich aus, fast wie in einem Motelzimmer. Das beherrschende Möbelstück war der Fernsehapparat an der Wand; gegenüber eine Couch, deren Schonbezug aus dickem grünen Flanell von einem Billardtisch zu stammen schien. Eine Schiebetür führte auf den winzigen Balkon, der einen weiten Blick über das Tal des Mississippis bot.

»Gehört die Maschine vor dem Haus Ihrem Freund?« erkundigte sich Del in freundlichem Ton.

»Nein, mir«, sagte Cheryl kurz angebunden.

»Sie fahren Motorrad? Toll.« Del – in schmutzigen schwarzen

Jeans mit Nietengürtel und verwaschenem T-Shirt unter der Jeansjacke – stand an der Balkontür, schaute auf den Fluß und stellte, noch immer im Plauderton, fest: »Und Sie kiffen reichlich.«

»Tu ich nicht.« Cheryl, die in ihrer weißen Schwesterntracht auf der Couch saß, richtete sich auf. Ihre tief eingesunkenen, dunkel geränderten Augen suchten Lucas. »Sie haben gesagt...«

»Verscheißern Sie uns nicht.« Dels Stimme blieb unverändert freundlich. »Bitte, ja? Es ist mir scheißegal, ob Sie Haschisch rauchen, aber versuchen Sie nicht, uns für dumm zu verkaufen. Es könnte nämlich sein, daß Sie plötzlich tiefer drinhängen, als Ihnen lieb ist.«

»Ich sage Ihnen doch, daß ich...« Dann brach sie ab und zuckte die Achseln. »Ganz selten, daß ich mal kiffe.«

»Vergessen wir's«, sagte Lucas. Er setzte sich neben sie auf die Couch. »Sie hatten ein Verhältnis mit Michael Bekker.«

»Das hab' ich Ihrem Officer schon gesagt. Es war harmlos, kaum der Rede wert.« Ihre Hände zitterten ein wenig.

»Wir ermitteln im Zusammenhang mit dem Mord an seiner Frau gegen ihn. Er selbst wird nicht beschuldigt, es geht nur um offene Fragen. Sie machen einen intelligenten Eindruck. Wir wollen von Ihnen wissen, wie Sie Michael Bekker einschätzen.«

»Wollen Sie mich etwa fragen, ob er...?«

»Ob er seine Frau umgebracht haben könnte.«

Sie starrte ihn einen Moment an, dann schaute sie weg. »Ja.«

»Hat er sich Ihnen gegenüber gewalttätig verhalten?«

Langes Schweigen. Dann nickte sie. »Ja.«

»Erzählen Sie mir das genauer.«

»Er... er hat mich manchmal geschlagen. Nur mit der flachen Hand, aber es hat weh getan. Und einmal hat er mich gewürgt. Damals habe ich gedacht, daß er mich umbringt. Aber es war wohl nur ein Wutanfall. Ich hab' gedacht, er läßt nie wieder los, aber dann war's plötzlich vorbei.«

»Wie steht's mit seinen Sexpraktiken? Hat er Sie gefesselt? Oder sonst irgendwas Abartiges?«

»Nein, nein. Ich würde eher sagen, es gab gar keinen Sex.« Mit einem raschen Blick schien sie ergründen zu wollen, ob Lucas ihr Glauben schenkte.

»Heißt das, daß er impotent ist?« fragte Lucas.

»Nein, das nicht.« Sie sah Del an, als ob sie Hilfe suchte. Der nickte ihr aufmunternd zu. »Ich meine, manchmal haben wir's gemacht und manchmal nicht. Bloß, ich glaube, ihm ging's gar nicht so um Sex.«

»Sondern?«

Cheryls anfängliche Angst war verflogen. Jetzt schien ihr selbst daran zu liegen, über alles zu reden. »Er wollte mich beherrschen. Er hat von mir verlangt... Sie wissen schon, oralen Sex und so. Nicht, weil es ihn angetörnt hätte, nein, das glaube ich nicht. Sondern, weil er's mir befehlen konnte. Ihm ging's darum, Macht über mich zu haben, nicht um Sex.«

»Hat er in Ihrer Gegenwart je Drogen genommen?«

»Nein. Na ja, kann sein, daß er mal 'n bißchen Mary gekifft hat. Aber was er, glaub' ich, regelmäßig genommen hat, waren Steroide. Weil... Er war ja sonst gut gebaut. Bloß...« Sie senkte die Augen. »Seine Hoden waren ziemlich klein.«

»Klein?«

Sie nickte. »Sogar sehr klein. Fast nur wie Glasmurmeln. Wissen Sie, er macht Gewichtheben, und viele Gewichtheber nehmen Steroide. Wenn man das Zeug über längere Zeit schluckt, schrumpeln die Testikel. Ich hab' ihn mal danach gefragt, da ist er wütend geworden. Das war, als er mich gewürgt hat.«

»Haben Sie ihn mal tanzen gesehen?« fragte Lucas.

Sie schrak zusammen. »Tanzen? Seine Tanzerei? Sie haben ihn heimlich beobachtet?«

»Sie wissen also, was ich meine«, stellte Lucas fest. Del sah ihn stirnrunzelnd an, kam nicht mehr mit.

»Einmal hat er mich verprügelt.« Cheryl drückte sich tiefer in die Couch, sie sprach wie gehetzt. »Nicht so schlimm, daß man was gesehen hätte, aber weh tat's schon, und ich hab' geheult. Auf einmal fängt er an, zu hüpfen und sich zu drehen... Ich konnt's erst gar nicht glauben, aber es war so was wie ein Tanz. Ja, es war ein Tanz. Ein Veitstanz.«

»Großer Gott«, platzte Del heraus, »ein Veitstanz?«

Lucas nickte. »Ich hab's auch gesehen. Es muß mit den Drogen zusammenhängen. Sag deinen Leuten, sie sollen die Augen offenhalten, ob er den Stoff irgendwo an einer Straßenecke kauft.«

Del sah Cheryl Clark an. »Warum haben Sie sich überhaupt mit ihm eingelassen?«

Sie hob den Kopf. »Weil er so schön ist«, sagte sie leise.

»Schön?«

»Ja, er ist schön. Ich war vorher nie mit einem so schönen Mann zusammen.« Ihr Blick pendelte zwischen Lucas und Del, wartete auf ein Zeichen, daß einer der Männer sie verstünde.

Nach ein paar Sekunden nickte Del ihr zu.

Zehn Minuten später, draußen auf der Straße, sagte Lucas: »Sie hat uns nicht alles gesagt. Irgendwas hat sie uns verschwiegen. Etwas, das sie für besonders wichtig hält.«

Del kratzte sich den Hinterkopf, warf einen Blick zurück aufs Haus. »Ja. Und wenn wir ihr Dampf machen, fängt sie entweder an zu flennen, oder sie schreit nach ihrem Anwalt.«

»Was wenig bringen würde«, sagte Lucas. Und als sie fast am Wagen waren, fragte er plötzlich: »Wo steckt eigentlich deine Frau? Ich hab' gehört, sie hat dich verlassen?«

»Ja. Schon vor über'm Jahr.«

»Und trifft's dich hart?«

Del lachte trocken. »Das einzige, was mich trifft, sind die ausgestreckten Zeigefinger. Die Frauen aus der Nachbarschaft, du weißt schon. Guckt ihn euch an: ein Wrack, der Kerl. Für die bin ich ein versoffener Typ, bei dem's einen nicht wundert, daß er mit 'ner Schrotflinte im Arm rumläuft. Außer 'n paar Nutten würde sich mit einem wie mir doch keine einlassen.«

Lucas sah ihn nachdenklich an. »Weißt du was? Cheryl mag dich irgendwie. Weil du nach dem Motorrad gefragt hast und so. Ich meine, sie steht auf heiße Öfen – und du auch.«

Del winkte ab. »Mann, da find' ich auch was Besseres.«

»Bis jetzt allerdings noch nicht«, sagte Lucas. »Und selbst wenn... Davon wissen wir noch lange nicht, was sie weiß.«

»Das meiste davon kann gleich in den Papierkorb, würde ich sagen.« Der Mann in der Telefonzentrale drückte Lucas die Notizen etlicher Anrufe in die Hand. »Das sind die, wo ich 'n Kreuz drauf gemacht habe. Sechs wollten nicht mal ihren Namen nennen. Sie können sich's ja selber ansehen, aber es ist nur Zeitverschwendung. Ein paar sind dabei, da lohnt sich's, noch mal nachzuhaken. Leute, die die Bekkers oder Miss Armistead gekannt haben und meinen, sie wüßten vielleicht was, was Ihnen weiterhelfen kann. Obwohl, was Wichtiges ist auch da nicht dabei. Ach ja, und der Zettel ganz unten... Sie hat gesagt, es wär' privat.«

Lucas zog den Zettel heraus. Cassie Lasch.

Sein erster Gedanke war, nicht zurückzurufen. Wenn man das lange genug durchhält, ist man fein raus. Er fuhr nach Hause und schob ein Fertiggericht in die Mikrowelle. Merkte, daß er mit einem Auge immer nach dem Telefon schielte. Ließ dann aber doch eine geschlagene Stunde vergehen, ehe er es in die Hand nahm.

»Warum rufen Sie jetzt erst an?« fragte Cassie.

»Mein Gott, ich hatte zu tun.«

»Na und, man kann doch mal kurz telefonieren. Wo wohnen Sie?«

»In St. Paul.«

»Wie wär's, wenn ich auf 'n Sprung rüberkäme?«

»Ja...« Lucas kam sich einen Augenblick lang vor wie zu Eis erstarrt. Sein erster Impuls war, sie abzuwimmeln. Sein Blick fiel auf den Küchentisch. Zeitungen, ungeöffnete Post, ein Stapel Bücher, in einigen hatte er schon geschmökert, in anderen noch nicht, Dosen und Schachteln vom letzten Einkauf und unabgewaschenes Geschirr von der letzten Woche.

Weil er sich eben um nichts mehr kümmerte. Weil das Leben einfach an ihm vorbeizog.

»Kennen Sie den Mississippi River Boulevard?«

13

Cassie, durchtrainiert und muskulös, machte ihm während der Rangelei kreuz und quer übers Bett ganz schön zu schaffen. Als sie fertig waren, schob sie sich ein Kissen unter die Hüften und drehte sich auf den Bauch. Er lag neben ihr auf dem Rücken und fröstelte ein bißchen. Was freilich nur daher kam, daß er ziemlich in Schweiß ausgebrochen war.

»Mein Gott«, murmelte er nach einer Weile, »das hat ja voll hingehauen. Und dabei hatte ich mir schon Sorgen gemacht.«

Ihr Kopf kam herum. »Weswegen?«

»Na ja, weil's schon eine Weile her war.«

Sie stützte sich auf. »Aha. Kleine Depression, wie?«

»Muß wohl so sein.« Er wunderte sich selber, daß er das so bereitwillig zugab. Mit Jennifer hatte er nie über seine Probleme gesprochen. »Die Symptome hatte ich jedenfalls alle.«

Sie kroch über ihn, langte zum Nachttisch, schaltete das Licht ein. Er blinzelte, drehte den Kopf zur Seite.

»Schau her«, forderte sie ihn auf und streckte ihm die Handgelenke hin. Auf beiden zeichneten sich, ein wenig heller als die Haut ringsum, zwei schmale, einander kreuzende Linien ab. Narben, genauso eindeutig wie Nadeleinstiche.

Er griff nach ihren Handgelenken, streichelte die hellen Spuren mit den Daumenkuppen. »Was ist das für 'n Scheiß?«

»Na, wofür hältst du's denn?«

»Sieht aus, als hätt'st du dir die Pulsadern aufgeschnitten.«

Sie nickte. »Der Kandidat hat hundert Punkte. Vorgetäuschten Selbstmordversuch nennen die Psychofuzzis so was. Die Folge einer Depression.«

»So vorgetäuscht sieht das gar nicht aus«, sagte er.

Sie zog die Arme weg. »Mir kommt's auch nicht so vor. Hast du zufällig irgendwo Zigaretten rumliegen?«

»Nein. Ich wußte nicht, daß du rauchst.«

»Tu ich auch sonst nicht. Nur im Bett, danach.«

Sie setzte sich, zog die Knie an, sah ihm in die Augen. »Ist jetzt fünf Jahre her. Richtig in Lebensgefahr war ich nicht. Hab' nur eine Menge Blut verloren. Und mußte ein paar Monate lang an einer Therapie teilnehmen.«

»Und was war nun daran vorgetäuscht?«

»Die Seelenklempner haben das so gesehen: Der Kerl, mit dem ich damals zusammen war, hatte ein Gewehr, und ich wußte, wo es stand. Und unser Apartment lag im siebten Stock, ich hätte also aus dem Fenster springen können. Außerdem wußte ich, daß mein Freund jeden Augenblick nach Hause kommen mußte. In Wirklichkeit, sagen sie, wollte ich also gar nicht sterben, sondern nur auf mich und meine seelische Verfassung aufmerksam machen.«

»Aber die Schnittnarben?«

»Tja... weißt du, die haben auch nicht mehr drauf und geben trotzdem ihren Senf dazu. Sie erklären dir, wie du am besten mit jemandem reden oder mit persönlichen Problemen fertig werden sollst, aber was tatsächlich in deinem Kopf vorgeht, davon haben sie keine Ahnung. Es sei denn, sie hätten selber mal was Ähnliches erlebt. Natürlich hätte ich aus dem Fenster springen oder mich erschießen können. Aber an die Möglichkeiten habe ich gar nicht gedacht. Ich war einfach innerlich…«

»Auf das Messer fixiert«, half er ihr.

»Richtig.« Sie lächelte ihm zu. »Siehst du, du weißt, wie das ist. Bei uns in der Theaterbibliothek stehen haufenweise Bücher über Techniken der Selbsttötung und wie man so was mit einem Messer macht und so. Ich hab's vermasselt, hab' alles falsch gemacht. In Längsrichtung hätte ich schneiden müssen. Oder am Ellbogen. Aber das wußte ich eben damals nicht. Ach ja – Glasscherben wären auch viel besser gewesen, damit kann man tiefer schneiden. Aber das hab' ich eben auch nicht gewußt.«

Lucas schüttelte sich. »Scherben? Das habe ich einmal bei einem gesehen. Sei froh, daß du's damit nicht probiert hast.«

»Ich merk's mir fürs nächste Mal.«

»Du hast dir also die Pulsadern aufgeschnitten?«

»Ja und nein. Ich hab' mir einfach ins Fleisch gehackt, und dann hab' ich dagesessen und geblutet und geheult und gewartet, bis mein Freund kam. Sie mußten im Krankenhaus nicht mal 'ne Transfusion machen. Mein Glück. Damals waren die Blutkonserven noch mit Aidsviren verseucht. Obwohl, eigentlich egal, wo ich doch schon mal mit anderen Schauspielern rumbumse und so.«

Lucas sah an sich herunter. »Großer Gott, da wird's mir ja richtig warm ums Herz.«

»Wär' vielleicht gut, wenn du ihn schnell in Lysol tauchst.«

»Lysol hab' ich nicht«, sagte er grinsend, »ich könnte höchstens Spiritus nehmen.«

Sie streichelte seine Schenkel, grinste zurück, und dann fragte sie: »Wie hättest du's denn gemacht? Mit einer Pistole?«

Er sah sie lange an, bevor er nickte. »Ja, unten hab' ich eine im

Safe liegen. Ordentlich hinter Schloß und Riegel. Sie hat mich die ganze Zeit angezogen wie ein Magnet. Wo ich auch war, dauernd dachte ich an das verdammte Ding. Sogar wenn ich unterwegs war. Ich hab' natürlich auch im Dienst eine Waffe bei mir, aber daß ich die benutzen könnte, ist mir nie in den Sinn gekommen. Nur die andere, die im Safe, hat mich so verrückt gemacht.«

»Bist du mal runtergegangen und hast den Safe aufgeschlossen? Um sie mal in die Hand zu nehmen? Hast du sie dir an die Schläfe gehalten?«

»Ach was. Da wär' ich mir dämlich vorgekommen«, sagte er.

Sie warf den Kopf zurück und lachte. Aber es war kein fröhliches Lachen, eher eine versteckte Bestätigung. »Ich glaube, viele machen nur deshalb nicht ernst, weil sie sich im letzten Augenblick dämlich vorkommen. Oder sich klarmachen, wie sie hinterher aussehen. Zum Beispiel, wenn sich einer erhängt...« Sie legte sich die Hand um die Gurgel, verdrehte gräßlich schielend die Augen und ließ schlaff die Zunge heraushängen.

»Gott im Himmel.« Er mußte lachen.

Sie wurde wieder ernst. »Warum hast du mit dem Gedanken gespielt? Hat es dir so weh getan, war's das?«

»Nein. Es rumorte dauernd in meinem Kopf. Und ich wurde einfach nicht fertig mit diesem... diesem Orkan. Ich konnte nicht mal mehr ruhig schlafen. Manchmal jagten mir Millionen Gedanken auf einmal durch den Kopf, ich konnte sie nicht loswerden. Es war beschissen. Namen aus meiner Schulzeit und aus der Eishockeymannschaft -- lauter verrücktes Zeug, ich hätte durchdrehen können.«

»Ja, ich glaube, so geht's den meisten.«

»Aber am schlimmsten war, daß ich dauernd an die Pistole denken mußte. Es schien völlig egal zu sein, ob ich weiter lebte oder starb. Das ist so ein bißchen wie Zahl oder Wappen, Zahl ist Leben und Wappen Tod. Und wenn du's lange genug spielst, kommt irgendwann Wappen.«

Cassie nickte. »Ich hab' mal einen in New York gekannt, der hat immer mit einem Revolver russisches Roulett gespielt. Jedes Jahr einmal hat er das Ding gedreht... Du weißt schon...«

»Die Trommel.«

»Ja. Und dann hat er sich die Mündung in den Mund geschoben und abgedrückt. Meistens so um Weihnachten rum. Weil er dann fürs nächste Jahr Ruhe hätte, hat er gesagt.«

»Und wie ist das ausgegangen?«

»Keine Ahnung. So gut kenne ich ihn nicht. Als ich das letzte Mal in New York war, hat er noch gelebt. Aber ob das Glück ihm immer noch treu ist, weiß ich nicht.«

»O je.«

Sie streckte sich, die Hände im Nacken verschränkt, neben ihm aus, und ein paar Atemzüge lang lagen sie da und genossen die Stille. Dann fragte sie: »War's bei dir auch diese Stimme im Hinterkopf, die dir keine Ruhe gelassen hat?«

»Genau. Mein Aufpasser, der alles kommentiert, alles besser weiß.«

Sie lachte kichernd. »So hab' ich das nie gesehen, aber es trifft den Nagel auf den Kopf. Als ob ein Teil von mir ununterbrochen mit dem Brotmesser auf den anderen eingehackt hätte.«

»Ach, komm... Brotmesser!«

»Ja, so eins mit gezahnter Klinge.«

»O Gott, hör auf.«

»Aber erstklassige Qualität Solingen.«

»Cassie, nu' mach aber 'n Punkt.«

»Jedenfalls, wenn dieser Teil mir die Flausen weggehackt hatte, fing er an, mir den ganzen Scheiß noch mal auseinanderzuklamüsern. Wie einer vom Fernsehen, der ewig auf der gleichen Sache rumkaut.«

Er beugte sich über sie, fing an, sie mit kreisenden Bewegungen zu streicheln. Vom Nabel zu den Brüsten, wieder abwärts, über die Leisten zur Innenseite der Knie.

»Komm, übertreib nicht, ja? Obwohl, bin ja froh, daß du drüber weg bist.«

»Ich weiß nicht, ob man das schon sagen kann.«

»Doch, kann man.« Sie klopfte mit der flachen Hand aufs Laken. »Da liegst du. Wenn du Depressionen hättest, wär' dein Sextrieb noch im Urlaub. Ich war doch in dieser Gruppe, und da hat jeder... Also, das gehörte zur Therapie, und alle Männer haben erzählt, genauso wär's gewesen. Nicht, daß sie nicht gekonnt hätten, aber sie kamen nicht damit klar, wie kompliziert alles werden könnte oder was sonst passiert. Sex macht sich als erstes davon. Und wenn er wieder da ist, kannst du sicher sein, daß du drüber weg bist.«

Als um elf das Telefon läutete, war Lucas mit einem Schlag wach. Erholt, kein Rest Müdigkeit in den Knochen. Er rollte sich schon zur Bettkante, als er ein Gegengewicht auf der Matratze spürte.

Cassie lag auf dem Bauch, nackt wie ein Neugeborenes, das Laken bedeckte kaum ihre Hüften. Das Haar war zur Seite gefallen, das Licht, das durch die Schlitze der Jalousetten brach, malte verspielte Reflexe auf ihren Rücken, vom Nacken abwärts bis zum letzten Wirbel, der gerade noch unter dem Bettuch hervorsah. Lucas ließ das Telefon klingeln, jetzt schon zum vierten oder fünften Mal, zupfte am Laken und schob es ganz sacht tiefer, auf ihre Oberschenkel.

Sie tastete, ohne den Kopf zu heben, mit einer Hand nach dem Tuch, zog es wieder hoch und brummte: »Geh schon ran.«

Er grinste, huschte in die Küche und nahm den Hörer ab. Der Mann von der Vermittlung. »Ich hab' hier Michael Bekker in der Leitung, soll ich das Gespräch durchstellen?«

»Ja.«

Es klickte, dauerte einen Moment, dann fragte Bekker: »Hallo?«

»Ja, hier ist Davenport.«

»Oh, Lucas. Hätten Sie heute abend Zeit? Spätabends?« Ruhig, wohlklingend, in fast freundschaftlichem Ton. »Ich habe erst noch Unterricht und bin anschließend zum Dinner verabredet. Aber ich habe da was in den Papieren meiner Frau gefunden, was Sie, denke ich, interessieren könnte. Ich würde es Ihnen gern zeigen.«

»Können Sie mir nicht am Telefon sagen, was es ist?«

»Tja – warum kommen Sie nicht lieber her? Irgend jemand muß sowieso kommen, und Sie wären mir lieber. Dieser andere Polizeibeamte... Er ist ein bißchen schwerfällig.«

Swanson. Überhaupt nicht schwerfällig. In dem Punkt hatten sich schon einige Jungs geirrt, die jetzt in Stillwater saßen. »Gut. Wann?«

»So um zehn rum?«

»Bin um zehn bei Ihnen.«

Lucas hängte auf und patschte auf nackten Füßen zurück ins Schlafzimmer. Das Bett war leer, im Bad hörte er Wasser rauschen. Cassie stand am Waschbecken. Benutzte seine Zahnbürste. Er konnte der Versuchung nicht widerstehen, ihr den Hintern zu tätscheln.

»Hi«, sagte sie in den Spiegel über dem Waschbecken. Schaumige Zahnpastablasen vor dem Mund. »Bin gleich fertig. Aber erst muß ich noch Pipi.«

»Okay, ich benutze das andere Bad.« Er ging zum Flurschrank, vergewisserte sich, daß sie nicht nachkam, und nahm eine neue Zahnbürste aus einem Fach.

Später, als er ins Schlafzimmer zurückkam, lagen die Laken und Steppdecken sauber gestapelt auf dem Teppichboden, und auf dem Bett, ziemlich in der Mitte, rekelte sich Cassie.

»Komm reingehüpft.« Sie klopfte einladend auf die Matratze. »Wir haben gerade noch Zeit für ein Mittagsnümmerchen. Großartige Idee, was?«

Als Cassie ins Taxi gestiegen war, wußte er nicht recht, was er mit dem Rest des Tages anfangen sollte. Es fiel ihm schwer, sich auf irgend etwas zu konzentrieren. Er erledigte ein paar Rückrufe, fuhr in die Innenstadt, hörte sich bei seinen Leuten um. Schließlich war er in der Nähe von Bekkers Haus angekommen und traf auf einen Nachbarn, der gerade das Winterlaub auf dem Rasen zusammenrechte. Von dem erfuhr er, daß Stephanie früher einen Cockerspaniel gehabt hatte, und wenn Bekker an kalten Wintertagen den Hund Gassi führte...

»Na ja«, erzählte der Nachbar, »kaum war er mit dem armen Tier um die Ecke, da hat er's auch schon fürchterlich verprügelt. Ich hab's ein paarmal vom Fenster aus beobachtet.«

Seine Frau ermahnte ihn: »Jetzt erzähl aber auch die Geschichte mit den Schuhen.« Was sie dann aber gleich selber übernahm. »Das Viecherl – ich denk' mir, hat's halt mit den Nieren gehabt. Und da hat sich's immer in Bekkers Schrank verkrochen und ihm in die Schuhe gepinkelt.« Sicher verstand sie nicht ganz, warum ihr Mann und Lucas schallend loslachten.

Abends, eine Stunde, bevor Cassie ins Lost River mußte, saßen sie und Lucas sich am Ecktisch in einer Kaffeebar gegenüber. »Um ehrlich zu sein«, sagte sie, »auf Dauer bist du mir nicht flippig genug. Aber es wär' doch ganz nett, wenn wir's ein paar Monate miteinander aushalten könnten, oder?«

»Ja«, gab er ihr recht, »wäre ganz nett.«

Fünf nach zehn stand er vor Bekkers Haustür. In mehreren Zimmern des Erdgeschosses brannte Licht, und Lucas mußte sich zusammenreißen, um sich nicht wieder wie ein Spanner an eins der Fenster heranzuschleichen. Statt dessen drückte er den Klingelknopf. Bekker, in einen burgunderroten Hausmantel gehüllt, öffnete ihm die Tür.

Sein Blick huschte an Lucas vorbei. »Ist das Ihr Porsche?« fragte er erstaunt.

»Ja. Ich verdiene ein bißchen was nebenbei.«

»Verstehe.« Bekkers Verblüffung war nicht gespielt. Offenbar wußte er, was ein Porsche kostete. »Bitte, kommen Sie herein.«

Lucas folgte ihm ins Arbeitszimmer. Bekker wirkte aufgedreht. Für Lucas ein sicheres Zeichen, daß er irgend etwas vorhatte.

»Scotch?«

»Immer.«

»Ich hab' einen besonders guten. Früher habe ich Chivas getrunken, aber vor ein paar Monaten hat mir Stephanie...« Er ließ den Namen in sich nachklingen, als erstehe ihr Bild vor seinem geistigen Auge wieder. »Also, sie hat mir eine Flasche Glenfiddich gekauft, Single Malt. Und bei dem bleibe ich jetzt.«

Für Lucas schmeckte einer wie der andere. Bekker warf ein paar Eiswürfel ins Glas, goß zwei Finger breit Whisky dazu und hielt Lucas den Drink hin. Er warf einen Blick auf die Armbanduhr. Was Lucas vor allem deshalb seltsam fand, weil er keinen rechten Sinn darin sah, zum Hausmantel überhaupt eine Uhr zu tragen.

»Also, was haben Sie in Stephanies Papieren gefunden?«

»Gleich mehrere Dinge«, antwortete Bekker. Er lehnte sich zurück und schlug die Beine übereinander. Eine betont weibliche Geste, der Mantelsaum schlug auseinander, das Fleisch hob sich hell gegen das Burgunderrot ab. Lucas hatte den Verdacht, daß Bekker das absichtlich machte. *Vielleicht, weil er mich für schwul hält und sehen will, wie ich reagiere.*

»Mehrere Dinge«, wiederholte Bekker. »Zum Beispiel das hier.« Er langte nach ein paar bunten Kartonstreifen, die von einem Gummiband zusammengehalten wurden, warf das Bündel auf den Tisch. Lucas nahm es. Eintrittskarten für das Lost River Theater. Er blätterte sie mit dem Daumen durch. Acht Stück. Für drei verschiedene Aufführungen.

»Fällt Ihnen was auf, Lucas?« Bekker hatte sich offensichtlich angewöhnt, ihn mit dem Vornamen anzureden.

»Tja, vom Lost River natürlich...« Lucas streifte das Gummiband ab und sah sich die Karten eine nach der anderen an. »Alle für Matinees. Acht Karten für drei verschiedene Shows.«

Bekkers Hände deuteten Applaus an. Dann reckte er sein Glas hoch, prostete Lucas stumm zu. »Ich wußte doch, daß Sie intelligent sind. Nun, die zweite Frau, die ermordet wurde, war im Lost River unter Vertrag, richtig? Ich bin ein paarmal mit Stephanie dort gewesen, immer zu Abendvorstellungen. Daß sie auch nachmittags hinging, wußte ich nicht. Und da frage ich mich doch: Könnte es nicht sein, daß ihr Liebhaber...?«

»Verstehe«, sagte Lucas. Eine Spur. Und zwar eine, die Bekker zu entlasten schien.

»Und dann hab' ich noch das hier gefunden«, fuhr Bekker fort. Er reichte Lucas ein paar Bogen Papier über den Tisch. Abrechnungen von American Express. Einige Zeilen waren mit blauem Kugelschreiber unterstrichen. »Das sind die Beträge für die Theaterkarten«, erklärte Bekker. »Sechs, sieben Abrechnungen während der letzten Monate, alle auf ihre Karte. Bei einigen stimmen Datum und Preis mit den Karten für die Matinees überein. Und vier Daten stimmen überein mit den Daten von Restaurantrechnungen. Kein Dinner unter dreißig Dollar. Da würde ich doch wetten, daß sie nicht allein gegessen hat. Ich selbst bin auch ein- oder zweimal mit ihr in diesem Restaurant gewesen, in der Tricolor Bar, aber nie nachmittags.«

Lucas überflog die Bogen, hob den Blick, sah Bekker an. »Sie hätten das Swanson zeigen sollen.«

Bekker wich dem Blick nicht aus. »Ich mag den Mann nicht. Sie, Sie mag ich.«

»Na gut.« Lucas trank sein Glas leer. »Was Intelligenz und Scharfsinnigkeit betrifft, scheinen Sie ja auch nicht zu kurz gekommen zu sein. Vielleicht rufe ich Sie mal an und hole mir Ihren Rat für meine Spiele.«

»Ihre Spiele?« Bekker schielte wieder auf seine Armbanduhr.

Was mochte er vorhaben?

»Ja, ich entwickle Computerspiele. Historische Ereignisse, Strategiespiele, Rollenspiele... Sie wissen schon.«

»Mhm«, machte Bekker. »Tja, also – ich bin immer gern bereit, Ihnen zu helfen. Wirklich.«

14

Bekker schloß die Tür hinter Lucas und rannte die Treppe hoch. Ohne das Licht einzuschalten, eilte er in ein Zimmer, das nach vorn lag, schob vorsichtig die Vorhänge auseinander und sah gerade noch, wie Davenport in den Porsche stieg. Die Scheinwerfer flammten auf, im nächsten Augenblick war der Wagen um die Ecke gebogen. Bekker machte kehrt, hastete in sein Schlafzimmer, zog sich an. Dunkelblaue Bundhose, graues Sweatshirt, Navy-Jacke, bequeme Schuhe. Schnell noch ein Methamphetamin, dann verließ er das Haus durch die Hintertür, ging durch den Windfang und holte den Wagen aus der Garage.

In einem Restaurant in der Nähe war, wie er wußte, gleich am Eingang ein Münztelefon installiert. Er wählte. Der Anrufbeantworter schaltete sich nach dem zweiten Läuten ein. Jetzt mußte er nur noch den Code eingeben, vier-drei-acht-vier. Er hörte das Band zurücklaufen. Und dann die Nachricht, die Druze für ihn hinterlassen hatte.

Hastig gestammelt. Nur eine einzige Silbe.

Druze beugte sich über den Reifen. Zentnerschwer lastete die Dunkelheit plötzlich auf ihm.

Ein Teufelskreis. Wie in der Geschichte von dem Mann, der

über ein frisch geteertes Stück Straße läuft. Kaum hat er den linken Schuh freigezerrt, steckt der rechte fest...

Für ihn war's der letzte, das stand fest. Heute abend würde er Bekker ausreden, so weiterzumachen. Es war nicht nötig, noch mehr Leute umzubringen. Sie hatten die Cops jetzt schon da, wo sie sie haben wollten. Er hatte es doch im Fernsehen gesehen: ein und derselbe Mörder, ein Geistesgestörter.

Er fuhr eine Runde um den roten Backsteinbau. Peik Hall, am Rande des Universitätsgeländes. Er hielt die Augen offen und sah sich aufmerksam um. Alles hell ausgeleuchtet. Große Natriumdampfleuchten, deren orangefarbener Schein bis in den letzten Winkel drang. Und runde Außenlampen links und rechts der Eingänge. Andererseits auch eine Menge Bäume und Gebüsch. Ideale Verstecke. Und weit und breit niemand zu sehen.

Die Nacht war kalt, schwere Wolken trieben am Himmel, zwischen den riesigen grauen Fetzen zog der Vollmond seine Bahn, es roch nach Regen. Ein Abend, wie geschaffen, um in einer der Tavernen in der Riverside Avenue bei einem Bier und einem Teller Gebrutzeltem zu sitzen, mitten zwischen dem ausgelassenen Völkchen der Theaterleute. Zu deren fröhlicher Runde er freilich nie so richtig gehörte. Klatsch und boshafte Sticheleien, mit denen die anderen sich unterhielten, rauschten an ihm vorbei. Er saß immer nur auf seinem Hocker am Ende der Bar, und wenn er Glück hatte, wehte ein Hauch der geselligen Wärme zu ihm herüber.

Trotzdem, angenehmer als das, was er hier trieb. Treiben mußte. Weil er verpaßt hatte, sich den Kerl gleich damals in Stephanies Haus vorzunehmen.

Er trug wieder den schwarzen Skianorak. Heute vor allem wegen des lausig kalten Wetters. Aber auch, weil der hochgeschlagene Kragen sein Gesicht verbarg. George sollte ihn ja um Himmels willen nicht gleich auf den ersten Blick wiedererkennen.

Georges Cherokee stand auf dem Parkplatz vor einem Nebengebäude von Peik Hall, ziemlich dicht am Pillsbury Drive, einer der Rundstraßen durch den Campus. Jetzt, nach zehn Uhr, war nur noch wenig Verkehr, aber hin und wieder kam doch ein Fahrzeug vorbei.

Außer dem Jeep stand nur noch ein anderer Wagen auf dem Parkplatz. Eine Runde riskierte Druze noch, dann stellte er seinen Dodge Kombi parallel zu Georges Fahrzeug ab, in der übernächsten Parkbucht. Er blieb einen Augenblick sitzen, suchte die Umgebung ab. Schließlich stieg er aus, blieb stehen, lauschte. Bis hierher fiel nur der schwache Lichtschein einer schüsselförmigen Außenlampe an der Rückfront des Gebäudes.

Niemand zu sehen. Es sei denn, er steckte – weiß der Himmel, warum – im Gebüsch. Druze nahm den Gehweg, der um das Gebäude herumführte, blieb nach wenigen Schritten vor einem Busch stehen, tat so, als bewundere er die gerade aufbrechenden Blütenknospen, und lauschte angestrengt. Zehn Sekunden, zwanzig. Nein, nichts. Er ging zurück zum Parkplatz, kauerte sich neben das linke Hinterrad des Jeeps, zog das Luftdruck-Meßgerät aus der Anoraktasche und drückte den Stutzen aufs Ventil. Der Reifen links hinten, auf der Seite, auf der George einstieg. Das mußte ihm sofort auffallen.

Das zischende Geräusch, mit dem die Luft entwich, kam Druze entsetzlich laut vor. Und schien überhaupt nicht mehr aufhören zu wollen. Obwohl es tatsächlich nicht einmal eine Minute dauerte, bis der Reifen völlig platt war. Druze kam hoch, sah sich nach allen Seiten um und machte, daß er wegkam.

Herrgott, die Parkuhr…

Er ging zurück, warf Münzen ein, drehte die Zeitscheibe. Wobei ihm einfiel, daß er auch sonst ein Auge auf das Wachpersonal der Universität haben mußte. Die checkten mit Sicherheit auch nachts ein-, zweimal die Parkuhren. Eine Verwarnung an der Windschutzscheibe wäre eine Katastrophe.

Gefühle – Erregung, Mitleid oder gar Anteilnahme – bewegten Druze gewöhnlich nicht, wenn er tötete. Er empfand auch kaum so etwas wie Angst. Aber heute abend spürte er eine innere Anspannung. Das Prickeln fing an, als er die Sache mit der Parkuhr hinter sich hatte. Mal angenommen, er hätte George umgebracht und den Zettel an der Windschutzscheibe erst hinterher bemerkt. Schon hätten sie ihn gehabt. Oder es wäre eben doch wieder auf die Geschichte von dem Mann auf der frisch geteerten Straße hinausgelaufen. Er hätte durch den Campus hetzen, den Parkplatzwächter suchen und umbringen müssen, um an das Buch mit den Verwarnungen zu kommen. Und der nächste Schritt wäre dann gewesen...

Bloß nicht daran denken. Ein Alptraum, der nie Wirklichkeit werden durfte. Ein Schauder durchlief ihn, wie bei einem Fieberanfall. Druze zog den Kopf zwischen die Schultern. Er hätte nie gedacht, daß ihn die bloße Vorstellung, irgendwas könne schieflaufen, so mitnehmen würde.

Eine Studentin mit einem Bücherpacken im Arm kam ihm auf der anderen Straßenseite entgegen. Guckte weg. Druze ging bis zur Straßenmitte, drehte sich um, schaute zu den hell erleuchteten Fenstern in Peik Hall hinüber. Er wußte, in welchem Hörsaal George sein Seminar abhielt. Bekker hatte es ihm genau beschrieben. Wieder eine Studentin, eine Schwarze mit einer roten Jacke, auch auf der anderen Straßenseite, offensichtlich in Eile. Und weiter hinten kam noch eine, eine Weiße.

Druze schlüpfte in die Rolle eines späten Spaziergängers und schlenderte, eine Hand in der Anoraktasche vergraben, betont gemächlich die Straße entlang. Die Hand umklammerte den Holzgriff des altmodischen Schleifeisens. Ein praktisches Instrument, bestimmt so schwer wie ein Schürhaken, aber wesentlich handlicher und erheblich kürzer. Allerdings immer noch zu lang für die Jackentasche, er hatte die Spitze durch den Taschenboden bohren müssen und spürte nun bei jedem Schritt das kalte

Metall an seinem Schenkel. Natürlich hatte er nichts dem Zufall überlassen, sondern sich vergewissert, daß er das Schleifeisen ziehen konnte wie ein Schwert. Keine Gefahr, daß es irgendwo festhakte. Und es lag gut in der Hand. Das ideale Werkzeug für sein Vorhaben.

Er bog von der Straße ab und ging quer über den Rasen auf Peik Hall zu. Allerhand, was er für Bekker auf sich nahm, ging ihm durch den Kopf. Das heißt, nicht ausschließlich für Bekker, mußte er zugeben. Mehr für sich selbst. Um ihn ging es, nur ihn konnte George möglicherweise identifizieren...

Fünf nach zehn kamen drei Studenten mit ihren Büchern aus dem Haupteingang von Peik Hall. Sie blieben kurz auf der Treppe stehen, einer der jungen Männer wandte sich nach links, der andere und das Mädchen nach rechts. Eine Weile tat sich nichts, dann schob sich – was die bloß alle zu schnattern hatten? – wieder ein Pulk Studenten die Treppe hinunter. Oben, hinter den Fenstern, verlosch das Licht. Druze schlenderte in Richtung Straße zurück, am Parkplatz entlang, und verschwand im Gebüsch, nicht weit von den abgestellten Autos.

Kurz danach kamen zwei Männer auf den Parkplatz zu. Anfangs konnte er von ihrer Unterhaltung nichts verstehen, dann formten sich aus dem Stimmengemurmel Worte und Sätze.

»...mir unverständlich, wie sie den Prozeß gewinnen konnten.« Der Jüngere, einen halben Kopf kleiner als der andere. »Die Firma wußte doch, daß die Gastanks undicht waren, und hat trotzdem die Kunden nicht gewarnt.«

»Tja, die Richter«, sagte der andere. »Merken Sie sich eins: wie die letztendlich entscheiden, kann man nie voraussagen, egal, wie gut Sie Ihren Fall vorbereiten. Und in diesem speziellen... Oh, Scheiße...« Die Unterhaltung brach ab. Und Druze fürchtete schon, die Sache wäre verloren. wenn sie zu zweit waren, konnte er das Ganze vergessen. »Jetzt gucken Sie sich mal den verdammten Reifen an. Erst drei Monate alt.«

»Wenn Sie wollen, kann ich gern…«

»Nein, nein, das kriege ich schon selber hin. Aber…« George starrte auf den platten Reifen. »Also, entschuldigen Sie den Ausdruck: das kotzt mich an. So gut wie neu, das darf doch nicht sein. Tja, Mr. Brekke, da hätten wir gleich einen Fall für Sie. Verklagen Sie in meinem Namen die gottverdammte Reifenfirma auf Schadenersatz.«

»Wär' mir ein Vergnügen.«

Noch ein paar Wortfetzen. Werkzeug klapperte, die Radkappe schepperte, der füllige Professor drehte die Schrauben los. Der Student beschränkte sich aufs Zusehen, blieb aber neben George stehen. Druze, in seinem Versteck, fühlte sich fast erleichtert. Aber nach zwei, drei Minuten sah der junge Mann auf die Uhr und murmelte: »Meine Frau wird sich schon Sorgen machen.«

»Gehen Sie ruhig«, brummelte George aus der Hocke, »ich hab's gleich.« Der junge Mann stieg in seinen Wagen, rollte rückwärts aus der Parkbucht, bog auf die Straße ein. Druze hörte das Motorengeräusch leiser werden.

George hatte die Jacke ausgezogen und die Ärmel hochgekrempelt. Er ächzte und fluchte leise vor sich hin, schien aber zügig voranzukommen. Die Felge mit dem schlaffen Reifen hatte er schon heruntergewuchtet.

Druze atmete tief durch, schloß die rechte Hand fester um den Holzgriff des Schleifeisens, ließ in der linken die Autoschlüssel klimpern und kam auf den Parkplatz geschlendert. George drückte gerade die Heckklappe hoch, den Schlüssel hatte er im Schloß stecken lassen. Er hob – nach vorn gebeugt und mit ausgestreckten Armen, um sich die Hose nicht schmutzig zu machen – die schwere Felge an und verstaute sie im Jeep.

Druze sah sich auf den letzten Metern wieder und wieder nach allen Seiten um. Alles leer. Auch der Pillsbury Drive lag wie ausgestorben da. George – groß, blond und füllig – hantierte im Jeep. Als er das leise Klappern der Autoschlüssel hörte, fuhr er herum.

»'n Platten?« Druze spielte weiter mit den Schlüsseln.

Der Professor nickte. Nicht das leiseste Anzeichen, daß er Druze, der nur noch einen Schritt entfernt stand, wiedererkannt hätte. »Ja. Auf einmal war das Ding platt wie ein Pfannkuchen.«

Druze blieb stehen. »Kommen Sie allein zurecht?« Noch einmal ein Blick nach allen Seiten. Nichts. Seine Hand umklammerte den Holzgriff des Schleifeisens.

»Ja, ja, kein Problem.« George zog die Jacke über. Seine Hände waren von den Radmuttern ölverschmiert.

»Na schön.« Druze tat, als wolle er zum Dodge weitergehen, zog blitzschnell das Schleifeisen aus der Tasche und wirbelte herum. Die Hand nach oben gereckt, das schwere Eisen wie eine Machete geschwungen.

Das scharfe Metall traf George zwei Fingerbreit über dem rechten Auge, drang ein Stück weit in den Schädel ein. Der Hieb riß ihn zurück und zwang ihn in die Knie. Unnötig, noch einmal zuzuschlagen, Druze tat es trotzdem.

Übler Geruch wehte ihn an. Georges Darm hatte sich im Tod entleert. Verdammt, das hatten weder Bekker noch er einkalkuliert. Nun stank ihm die Leiche den Dodge voll.

Die entscheidenden Sekunden. Wenn jetzt jemand kam, war alles verloren. Druze packte George unter den Armen und zerrte ihn zu seinem Kombi. Die Außenlampen, deren Licht ihm vorhin so weich und gedämpft vorgekommen war, schienen sich auf einmal in grelle Richtscheinwerfer verwandelt zu haben. Druze klappte die Hecktür hoch und warf den Toten auf die schwarzen Müllsäcke, mit denen er den Boden des Stauraumes ausgelegt hatte. Aber da lag auch ein kurzstieliger Spaten bereit, und ausgerechnet auf dem Spatenblatt schlug George auf. Der Stiel schnellte hoch, die Säcke verrutschten. Fluchend zerrte Druze am Spatenstiel, was prompt dazu führte, daß der Tote auf die offene Hecktür zurollte, die Beine ragten schon ein Stück heraus...

Druze wurde fast verrückt bei dem Versuch, Georges Beine anzuwinkeln und den massigen Körper in den Stauraum zurückzudrücken. Als er das nicht schaffte, packte er den Toten am Kragen, wollte ihn anheben. Schließlich schlang er ihm beide Arme um den fülligen Bauch, wuchtete ihn hoch und half nach, indem er George das Knie in den Rücken stemmte. Und die ganze Zeit über war ihm der verdammte Spaten, der wie ein Pumpenschwengel auf und nieder schwang, im Weg. Als er es endlich geschafft hatte, war Druze schweißgebadet.

Panik? Er hatte immer gedacht, das sei ein längst beherrschtes Gefühl. Aber nun regte es sich wieder. Nicht, daß er gleich die Nerven verloren hätte. Es war eher so, als wären halb verschüttete Erinnerungen wach geworden, mitsamt allen Empfindungen, die er damit verband. Panik... Damals, als Kind, wenn sie ihn, um die verbrannte Haut aufzuweichen, in heiße Bäder gelegt hatten, damals war er in Panik geraten. Oder wenn der Arzt kam, um das Ergebnis zu prüfen, das hatte ihn jedesmal in Panik versetzt. Ein Gefühl, das ihm seit jener Zeit fremd geworden war. Und das ihn auf einmal, wenn auch nicht so ausgeprägt, zum ersten Mal seit den Kindertagen wieder beschlich.

George lag nun da, wo Druze ihn haben wollte: auf der Ladefläche hinter den vorderen Sitzen. Er zerrte ein paar der schwarzen Plastiksäcke über den Toten und klappte, so gut es ging, die hinteren Sitze zurück. Sie rasteten nicht ganz ein, aber das fiel wohl, falls zufällig jemand einen Blick in den Wagen warf, nicht weiter auf.

Er drückte die Hecktür zu, ging zum Jeep, zog die Schlüssel ab und legte sie auf den linken Vorderreifen, halb unter dem Kotflügel versteckt. Ein Blick auf die Parkuhr: noch zehn Minuten Parkzeit. Er fütterte die Uhr mit Quarters, bis die Scheibe zwei Stunden Parkzeit anzeigte, dann ging er zum Kombi zurück. Alles ruhig, niemand in der Nähe. Jenseits des Mississippis schimmerte die Lichtglocke von Minneapolis, Autohupen blökten ungeduldig, wahrscheinlich wieder mal ein Stau auf der Hennepin Avenue.

Und wenn nun der Kombi nicht ansprang? Nur mal so angenommen?

Der Motor kam sofort. Druze rollte rückwärts aus der Parkbucht, schlug das Lenkrad scharf rechts ein. Alle Straßen leer, nicht ein einziger Wagen kam ihm entgegen, nicht mal auf der University Avenue. Trotzdem, er atmete erst wieder ruhig durch, als auch die Flachbauten mit den Versammlungsräumen der Studentenverbindungen hinter ihm lagen. Die Tankanzeige? Immer noch gut voll, er hatte schon wer weiß wie oft nachgesehen. Die Oak Street hinunter, dann bog er nach links ab, fädelte sich auf die I-94 ein, Richtung Osten, nach Wisconsin.

Eine gespenstige Fahrt. Die Stille zerrte an seinen Nerven. Wie Spuklichter kamen die Scheinwerfer des Gegenverkehrs auf ihn zu. Bei Snelling nahm er auf der Überführung aus den Augenwinkeln einen Streifenwagen wahr. Er starrte wie gebannt in den Rückspiegel. Aber die Cops wollten nichts von ihm, sie fuhren weiter auf den Ort zu.

Er ließ die Ausfahrt zur Fifth Street rechts liegen, auch die Abzweigung zum Highway 61, bog erst ab, als das Schild zur White Bear Avenue auftauchte. Fuhr bis zur nächsten Tankstelle. Wählte die Nummer, die Bekker ihm gegeben hatte. Wartete, bis der Anrufbeantworter sich einschaltete. Und haspelte nur eine einzige Silbe in die Sprechmuschel: »Ja.«

Wieder zurück auf die Interstate 94. Fünfundfünfzig Meilen pro Stunde, er hielt das Tempo stur ein. Auch wenn die Schilder zehn Meilen mehr erlaubten. Die Doppelbrücke über den St. Croix River. Jetzt war er in Wisconsin, Minnesota lag hinter ihm. Die Meilenschilder am Straßenrand zählten, wie überall auf den Interstates, ab der Staatsgrenze wieder ab Null, er brauchte gar nicht erst lange zu rechnen. Zwölf Meilen bis zu der Ausfahrt, die Bekker ihm genannt hatte, von dort aus nach Norden.

Bekkers Beschreibung stimmte genau. Exakt nach vier Komma zwei Meilen die Abzweigung, durch ein Schild mit drei roten Reflektoren markiert. Der Feldweg war eine üble Holperstrecke, aber nach rund dreihundert Metern war Druze am Ziel. Der Weg endete bei einer einfachen Holzhütte, in der Mitte die Tür, links und rechts ein quadratisches Fenster. Im Scheinwerferlicht sah er die Messingkette mit dem schweren Vorhängeschloß.

Hinter der Hütte lag, vom Mondlicht beschienen, der See. Nicht sehr groß, eher ein ausgedehnter Weiher, von Schilfrohr gesäumt. Druze schaltete das Licht aus, stieß die Wagentür auf, suchte sich tastend den schmalen Pfad, der zum Ufer hinunterführte. Links sah er etwas Dunkles aus dem Wasser aufragen. Er ging ein paar Schritte darauf zu. Planken auf einem Metallgerüst, ausgediente Autoreifen an den Seiten... Aha, der Bootsanleger.

Am jenseitigen Seeufer blinzelte ein Licht, wahrscheinlich ein hell erleuchtetes Fenster, die Umrisse des Hauses waren in der Dunkelheit nicht auszumachen. Stille lag über der Landschaft, nur der Wind rauschte in den Bäumen. Druze blieb stehen, lauschte, sah sich nach allen Seiten um. Dann ging er zum Wagen zurück.

Diesmal hatte er es einfacher mit George, er mußte sich weder beeilen noch besonders leise arbeiten. Nachdem er die Taschenlampe aus dem Handschuhfach geholt hatte, packte er den Toten einfach am Kragen und Hosenzwickel. Er hob ihn aus dem Stauraum, warf ihn sich wie einen Mehlsack über die Schulter, trug ihn den Pfad hinunter und hielt sich, genau nach Bekkers Beschreibung, hinter dem Bootsanleger links. Jetzt mußte er, um sich zurechtzufinden, von Zeit zu Zeit kurz die Taschenlampe einschalten, aber so tief unten am Seeufer konnte man den Lichtschimmer vom jenseitigen Ufer aus sicher nicht sehen.

Brombeergestrüpp, winterdürres, stacheliges Gewirr, das sich an den Hosenbeinen und am Skianorak verfing. Durchs Gestrüpp, hatte Bekker gesagt. Und ihm hoch und heilig versichert, hier draußen triebe sich nie jemand herum. Er wußte das alles, weil er und Stephanie sich vor drei Jahren auf der Suche nach einer Hütte am Wasser hier umgesehen hatten. Auf dem Rückweg von einem anderen See hatten sie das Schild ›Zu verkaufen‹ entdeckt, waren auf den Feldweg abgebogen und auf die Holzhütte gestoßen. Sie stand leer, aber sie war ihnen zu primitiv. Kein Wasseranschluß, und mit der Isolierung war's auch nicht weit her. Eine Bruchbude, allenfalls im Sommer zu gebrauchen. Stephanie hatte abgewinkt, sie waren gleich wieder weitergefahren. Und kein Mensch wußte, daß sie je hier gewesen waren.

Druze schlug sich durchs Gestrüpp, bis der Boden unter seinen Füßen zu schmatzen begann. Er warf seine Last ab, ließ den Lichtkegel der Taschenlampe kreisen. Der Rand eines Sumpfgebietes, ödes Morastland, hier und da ein paar kümmerliche Krüppellärchen. Bekker hatte recht. Es konnte Jahre dauern, bis sich jemand hierher verirrte, wenn überhaupt.

Druze holte den Spaten aus dem Wagen und machte sich an die Arbeit. Eine Stunde lang, ohne Pause. Er merkte, wie die Anstrengung in seinen Muskeln zog. Nur eine Grube. Ein Loch, mannsgroß und schön tief. Aber je tiefer er kam, desto schwerer und nasser wurde der Boden. Und er stieß auf Wurzeln, benutzte das Spatenblatt als Hacke und stach kräftig zu. Dreck spritzte hoch, versaute ihm Hose und Anorak.

Schließlich hatte er es geschafft. Ein hüfttiefes Loch, auf dessen Grund sich schlammiges Wasser sammelte. Erschöpft kletterte er heraus, packte den Toten und warf ihn kopfüber in die Grube. Es platschte, Wasser spritzte hoch.

Er gönnte sich eine Pause, stand eine Weile an der offenen Grube, leuchtete mit der Taschenlampe nach unten. Georges Kopf lag in der brackigen Lache, die Beine ragten nach oben. Eine Socke war verrutscht, das Fußgelenk schimmerte weiß. Und in der linken Schuhsohle, stellte Druze fest, hatte George ein Loch.

Am Himmel trieben Wolken wie dunkelgraue Schiffe in schwarzer See, eine schob sich sekundenlang vor den Mond, löschte das milde Licht aus. Eine Nacht wie Halloween, dachte Druze. Ungemütlich und lausig kalt. Ein Frösteln lief ihm über den Rücken. Er nahm den Spaten und fing an, das Loch zuzuschaufeln.

Niemand weit und breit, der ihn sehen oder hören konnte.

Als er fertig war, wendete er den Dodge und fuhr los. Die Scheinwerfer ließ er, solange er noch auf dem Feldweg war, ausgeschaltet. Und erst in St. Paul fiel ihm ein, daß er vergessen hatte, George die Augen auszustechen.

Scheißaugen. Scheißbekker.

Hauptsache, für Druze hatte die Geschichte mit der frisch geteerten Straße ein Ende.

Der Wagen glitt langsam an Georges Jeep vorbei. Eine der beiden Wächterinnen richtete den Lichtstrahl der Taschenlampe auf die Parkuhr. Alles in Ordnung, die Zeitscheibe lief erst in reichlich einer Stunde ab.

»Ja.«

Nur eine Silbe. Sie hatte sich in seinem Hirn festgehakt. Saß unverrückbar fest. George war tot.

Bekker hängte den Hörer ein. Und fing zu hüpfen an. Wiegte sich, sprang von einem Bein aufs andere, tanzte seinen Veitstanz und ließ sich von blubberndem Lachen schütteln. Dann nahm er sich zusammen und sah sich erschrocken um. Niemand da, hier draußen im Vorflur des Restaurants.

Sie hatten es geschafft. Sie waren sauber. Gewiß, ein paar Details mußten geregelt werden, aber da ging es um Kleinigkeiten. Sobald er jetzt noch den Jeep losgeworden war, gab es nichts mehr, was die Cops auf seine Spur bringen konnte. Das heißt, etwas doch. Aber das war auch nur eine Kleinigkeit.

Er schielte aufs Handgelenk. Kurz vor Mitternacht. Druze mußte jetzt in Wisconsin sein. Bekker verließ das Restaurant, stieg ins Auto, fuhr zur Universitätsklinik. Noch auf dem Parkplatz nahm er das Zigarettenetui heraus, ließ es aufklappen und entschied sich für eine Contac-Kapsel. Schluckte sie, atmete tief ein, legte den Kopf in den Nacken und schloß die Augen. Das Kokain machte ihn augenblicklich an, der Kick war sofort da.

Und nun wurde es Zeit.

Kein Verfolger. Und wenn einer dagewesen wäre, hätte Bekker sich eben etwas einfallen lassen. Er und seine Freunde aus dem Zigarettenetui wurden mit allem fertig. Er durchquerte die Eingangshalle, nahm die Treppe nach unten. Schloß die Stahltür zum Keller auf. Der unterirdische Verbindungsgang in den Unibereich. Jeder benutzte ihn, besonders in der kalten Jahreszeit. Alle wußten Bescheid, nur die Bullen hatten keine Ahnung.

Mach halblang, beschwichtigte er sich selbst, fang nicht an zu spinnen. Da sind keine Bullen.

Die Drogen jagten ihm durchs Blut. Und zwar... mal sehen, ob er's noch zusammenbrachte. Ganz genau konnte er sich nicht mehr erinnern. Ein paar Amphetamine, die nahm er ja immer, und ein bißchen PCP. Er hatte auch ein paar Aspirin geschluckt, eine Menge sogar, weil er merkte, daß unter den Schläfen Kopfschmerz lauerte. Dann natürlich die Steroide als Stärkungsmittel und die synthetischen Wachstumshormone, seine Geheimwaffe im Kampf gegen das Alter. Eine ausgewogene Mischung. Vielleicht hatte er auch ein wenig LSD genommen, um die Kreativität zu steigern? Er wußte es beim besten Willen nicht mehr.

Er kam aus der Universitätsklinik, schlug den Kragen hoch und zog den Hut in die Stirn. Peik Hall lag drei Minuten entfernt. Er ging den Pillbury Drive hinunter, zog unterwegs die Handschuhe an. Der Jeep stand genau da, wo er's erwartet hatte. Er bückte sich, tastete nach den Autoschlüsseln, schloß die Wagentür auf und stieg ein.

Die nächste Viertelstunde barg das eigentliche Risiko. Wenn er's schaffte, den Wagen am Flughafen abzustellen, hatte er gewonnen. Welchen anderen Schluß sollten die Bullen ziehen als den, daß George ihn vor seinem Abflug selbst dort geparkt hatte?

Zehn Minuten später kamen die Parkplatzwächterinnen vorbei. Der Jeep stand nicht mehr da. Eine sah im Scheinwerferlicht etwas blinken, ungefähr da, wo der Jeep geparkt hatte, rund und flach.

»Liegt da was?«

»Wo?« fragte ihre Kollegin zurück.

»Genau da drüben. Sieht wie ein Geldstück aus.« Sie stieg aus, bückte sich, hob es auf. Eine Schraube, stellte sie fest, als sie wieder im Wagen saß. Sah aus wie eine Radmutter. »War nichts«, murmelte sie und warf das Ding in den Fond des Streifenwagens.

Bekker fuhr anfangs dieselbe Strecke wie Druze, zur I-94 hinunter, nahm aber dort die Auffahrt, die nach Westen führte, auf die I-35 und weiter zur Stadttangente, Richtung Flughafen. Er stellte den Cherokee in einem Langzeit-Parkhaus ab, das Ticket legte er unter die Windschutzscheibe. Draußen winkte er, den Hut noch eine Spur tiefer in die Stirn gezogen, ein Taxi heran.

»Lost River Theater, Cedar Avenue«, sagte er zum Fahrer. Und damit hatte sich die Unterhaltung für den Rest der Fahrt schon erschöpft.

Vom Lost River brauchte er zu Fuß zwanzig Minuten bis zur Klinik. Er benutzte wieder den unterirdischen Verbindungsgang, kam durch die Eingangshalle, ging hoch in sein Büro. Zehn Minuten saß er da und brütete vor sich hin. Den Anrufbeantworter durfte er nicht vergessen, fiel ihm ein. Die Codeziffern eingeben, das Band zurücklaufen lassen und löschen. Trotz wachsender Ungeduld zwang er sich, noch ein paar Minuten sitzenzubleiben. Dann schaltete er das Licht aus, ging zum Parkplatz und stieg in seinen Wagen.

Zu Hause streifte er, noch während er die Treppe hochstieg, ein Kleidungsstück nach dem anderen ab, ließ es achtlos fallen und grinste in sich hinein bei dem Gedanken, wie sehr Stephanie sich darüber aufgeregt hätte. Nackt kroch er in den Kleiderschrank, schluckte zwei Phenobarbiturate, dazu zwei Metaqualon-Tabletten und genehmigte sich – nach zwei Methadon – eine Extraportion LSD, fünfhundert Mikros.

Unvorstellbare Wärme durchflutete ihn. Wie immer tauchten ihn die Drogen in ein Meer von Farben. Szenen aus seinem Leben huschten an seinem geistigen Auge vorüber. Tatsächliche Erlebnisse und solche, die nur seiner Phantasie entsprangen. Und schließlich, als er gerade das Antlitz Gottes zu sehen glaubte, fing das Farbmeer zu wogen an. Gelb und Rot verblaßten, wurden von grellem Pink übertönt, gingen taumelnd in tiefem Purpur unter.

Aber die unsichtbare Hand legte sich erst um Bekkers Kehle, als er die Schlange sah, die sich auf ihn zuwand. Unförmig, riesengroß. Wirklich eine Schlange? Oder ein Wurm? Blind und ohne Maul. Ein langer, glitschig kalter Wulst, der sich immer weiter aufwickelte und schlängelnd auf ihn zubewegte.

Nein, in ihn hineinkroch.

Und auf einmal war George da.

Stumm. Er wuchs ins Gigantische. Sah Bekker aus großen dunklen Augen an. Augen, die wie Diamanten glitzerten. Kam näher, öffnete den Mund. Und zeigte Bekker die gespaltene Zunge...

Drei Huren in Vietnam.

Er war mit großer Sorgfalt zu Werke gegangen, auf ihn konnte mit Sicherheit nichts zurückfallen. Zumal er jedesmal die Uniform eines Unteroffiziers der Green Berets getragen hatte, der bei einem Autounfall ums Leben gekommen war. Als sie ihn zur

Autopsie brachten, hatten sie ihm auch den Rucksack mit der Uniform hingestellt.

Bekker hatte alle drei erwürgt. Was nicht weiter schwierig gewesen war, weil die Mädchen sich an die absonderlichen Wünsche ihrer Kunden gewöhnt hatten. Warum hätte es sie verblüffen sollen, wenn er sich rittlings über ihre Brüste kniete? Höchstens, daß es ihnen nicht ganz geheuer vorkam, als er ihnen die Handgelenke an die Bettpfosten fesselte. Wirklich überrascht waren sie erst im letzten Augenblick. Zu spät. Denn da schlossen sich schon seine kräftigen Finger um ihre Kehlen, und seine Daumen suchten den Halsknorpel und drückten zu.

Die erste hatte ihm, als sie starb, direkt in die Augen gesehen. Und damals hatte Bekker es zum ersten Mal entdeckt. Dieses unerklärliche Flackern, ehe der Blick brach. Die Ahnung, daß doch etwas nach dem Tod kommen mußte.

Und sie, nur sie, war zurückgekommen.

Sie hatte ihn gehetzt, gequält, ihn mit ihren schwarzen Augen verfolgt. Sechs Wochen, in denen er nachts im Schlaf geschrien und tagsüber überall ihr Bild gesehen hatte. Es spiegelte sich in seinen blanken Instrumenten, glotzte ihn aus Fensterscheiben, aus jedem herumliegenden Glassplitter an.

Sechs Wochen lang, dann war das Bild verblaßt, die Drogen hatten gesiegt. Und Bekker hatte instinktiv geahnt, wie es zu diesem Alptraum gekommen war. Die Augen waren schuld, ihre Augen.

Beim nächsten Mädchen wußte er Bescheid. Er fesselte die Handgelenke, würgte es und stach dem jungen Ding, in dem Moment, in dem es starb, mit dem Skalpell die Augen aus. Und hatte tatsächlich seine Ruhe, schlief wie ein Murmeltier.

Die dritte war ihm unter den Händen weggestorben, zu schnell, um noch das Skalpell anzusetzen, solange sie lebte. Er hatte sich ihre Augen erst vornehmen können, als sie schon tot war. Und lange höllische Ängste gelitten, sie werde ihn, weil womöglich nur der Schnitt in die noch lebenden Augen den Spuk bannte, nun doch in seine Träume verfolgen.

Grundlose Ängste. Sie war ihm nie wieder begegnet.

Auch dem alten Mann, der an einem Blutgerinnsel im Herz starb, hatte er die Augen ausgestochen. Und der alten Frau, die der Schlag getroffen hatte. Denn die beiden hatten sie ihm früh genug in die Pathologie gebracht. Bei dem Jungen und dem Mädchen aus der Krebsstation war es nicht so gut gelaufen. Das Mädchen hatte er sich wenigstens noch vornehmen können, bevor der Wagen vom Beerdigungsinstitut kam, um den Leichnam abzuholen. Den Jungen hatten sie zu früh weggeschafft. Es hatte ihn viel Nerven gekostet, zwei Tage lang um die Leichenhalle herumzuschleichen und auf seine Chance zu warten.

Aber geschafft hatte er es schließlich immer. Keiner war davongekommen.

Nur George. George, der jetzt bei ihm im Schrank war und über ihn herfiel.

Bekker, nackt und schutzlos, kroch in den hintersten Schrankwinkel. Zog die Knie an, umschlang sie mit den Armen. Und fing, während vor seinen starren, weit aufgerissenen Augen die Vision des Jenseits auftauchte, jämmerlich an zu schreien.

15

Lucas sah Swanson zweifelnd an. »Das ist unser Loverboy? Da sind Sie ganz sicher?«

Swanson kratzte sich am Bauch und nickte. »Er muß es sein. Gleich nachdem ich davon gehört hatte, bin ich zu Bekker rüber. Hab' ihn aus dem Bett getrommelt, vor drei Stunden, frühmorgens um sechs. O Gott, der Mann war schrecklich zu. Hören Sie, hab' ich ihn gefragt, was den Liebhaber betrifft, wie wär's denn mit Philip George von der juristischen Fakultät? Und er...« Swanson ahmte Bekkers verblüffte Miene nach. »Wie 'n Auto hat er geguckt. Und sagte: ›Wenn mir jemand erzählen würde, daß er's war, ich glaube, das würde mich nicht allzusehr überraschen. Er gehört zu unserem Bekanntenkreis. Aber warum fragen Sie? Ist er's denn?‹ Wortwörtlich. Und dann hab' ich ihm erzählt, was los ist. Er ist fast ausgeflippt. Jedenfalls kam's mir so vor.«

»Wissen wir, seit wann George verschwunden ist?« hakte Lucas nach. »Ich meine, die genaue Uhrzeit?«

»Ja, auf fünf Minuten genau«, antwortete Swanson. Er war unrasiert, sah übermüdet aus, mit glasigen Augen. Nur vier Stunden Schlaf, zu mehr hatte es nicht gereicht. Und nach einem gierigen Schluck aus dem Kaffeebecher berichtete er: »Einer seiner Studenten hat dabeigestanden, als er den Reifen wechseln mußte. Der Junge hatte es eilig, seine Frau erwartet ein Baby, kann jeden Augenblick so weit sein. Darum hat er, als er wegfuhr, noch mal auf die Uhr am Armaturenbrett gesehen. Er sagt, er habe den Parkplatz genau zehn Uhr vierzehn verlassen.«

»Und was ist mit diesem Psychologen, um den Shearson sich gekümmert hat?«

Swanson zuckte die Achseln. »Hab' mir gleich gedacht, daß wir bei dem auf'm falschen Dampfer sind. Aber Daniel wollte ja unbedingt, daß wir ihn abchecken.«

Lucas schäumte vor Wut. »Der Dreckskerl.« Er stürmte aus seinem Büro, vorbei an Del, der im Türrahmen lehnte und ihm verdutzt nachsah, machte auf dem Flur kehrt, kam im Sturmschritt zurück und belferte los: »Der verdammte Wichser hat mich als Alibi benutzt.« Er schoß auf Swanson zu. »Wissen Sie was? Ich, ich selber bin sein gottverdammtes Alibi.«

»Falls George tot sein sollte«, sagte Swanson. »Was ich allerdings für sehr fraglich halte. Und falls Bekker, wenn es so sein sollte, etwas damit zu tun hat.«

Lucas bohrte ihm den Zeigefinger in den Bauch. »George ist tot. Und Bekker war's. Glauben Sie mir.« Er wandte sich an Del. »Weißt du noch, was du damals zu mir gesagt hast? Das mit dem Alibi in San Francisco, das käm' dir ein bißchen zu glatt vor, hast du gesagt.«

»Ja – und?«

»Na, wie sieht's denn diesmal aus? Er holt sich einen Bullen ins Haus, stellt ihm Kaffee hin, quatscht mit ihm über Gott und die Welt... Ach was, anmachen wollte die Tunte mich sogar... Und zwar genau zu der Zeit, zu der unser Hauptzeuge aus dem Verkehr gezogen wurde. Kommt dir das nicht noch glatter vor?«

Del hob die Schultern. *»Hab' ich doch gleich gesagt!«* lag ihm auf der Zunge, er konnte es getrost hinunterschlucken, seine Geste war deutlich genug.

Lucas hatte sich schon zu Swanson umgedreht. »Schrecklich sah er aus, sagen Sie? Wie meinen Sie das?« Denn abends, als Lucas bei ihm gewesen war, hatte Bekker keineswegs schrecklich ausgesehen. Sondern ganz normal, schön wie immer.

»Sah aus, als wär' er versackt«, sagte Swanson. »Nicht gerade frisch. Völlig übernächtigt.«

»Klar. Weil er sich die ganze Nacht mit dem verdammten Mord um die Ohren geschlagen hat, deshalb sah er so aus.« Lucas holte tief Luft. »Aber wir kriegen ihn.« Wieder schoß sein Zeigefinger vor, diesmal war Dels Bauch das Ziel. »So oder so, die Sache mit George bricht ihm das Genick.«

Sloan, eine kalte Zigarette im Mundwinkel, kam durch den Flur auf das Büro zu. War noch nicht ganz durch die Tür, als er schon herausplatzte: »War's Bekker?«

»So sicher wie das Amen in der Kirche«, sagte Lucas grimmig.

»Oh«, machte Sloan. »Und der Jeep? Hat er ihn umgebracht, bevor oder nachdem George zum Flughafen gefahren ist?«

Lucas starrte ihn an. »Was soll das heißen?«

»Der Wachdienst am Flughafen hat den Jeep in einem Parkhaus gefunden. In dem für Langzeit-Parker. Was ja wohl so aussieht, als hätte George nicht vorgehabt, gleich morgen oder übermorgen wiederzukommen.«

Lucas schüttelte den Kopf. »Quatsch. Wenn George unser Mann ist, wollte er nicht abhauen. Er ist tot.«

»So genau wissen wir das nun auch wieder nicht«, widersprach Sloan. »Kann sein, er ist ab nach Brasilien. Hatte die Schnauze voll. Oder Krach mit seiner Frau.«

»Ach ja«, fiel Lucas ein, »wer hört sich bei seiner Frau um?«

»Neilson«, sagte Sloan, »Und ich fahr' später auch noch mal hin.«

Lucas ließ sich in den Drehstuhl fallen. »Ich sag' dir, er ist tot. Wie kann einer 'ne Radmutter auf dem Parkplatz vergessen? Daß da noch 'ne Schraube aus der Felge guckt, merkt doch jeder. Und aus dem Reifen hat garantiert wer die Luft rausgelassen.«

Del fragte Sloan: »Wie alt ist der Jeep?«

Sloan zuckte die Achseln. »Neu.«

»Na also«, trumpfte Lucas auf. »Und dann schon 'n Platten? Da wett' ich doch meinen Arsch drauf, daß was faul ist.«

Sie diskutierten noch immer, als Harmon Anderson zur Tür hereinsah und mit einem Blatt Papier wedelte. »Kommst du nie drauf«, sagte er zu Lucas, »und wenn ich dich hundertmal raten lasse und dir für die richtige Antwort 'ne Million Dollar biete.«

Swanson grinste. »Woher willst du 'ne Million nehmen? Nun sag schon, was ist es denn?«

Anderson machte es spannend, faltete das Blatt langsam auf, hielt es hoch wie ein Auktionator und drehte sich einmal um die eigene Achse, damit alle einen Blick darauf werfen konnten.

»Was soll das sein?« fragte Del.

Die Kopie einer Zeichnung. Ein einäugiger Riese mit einem monströsen, halb zur Seite gedrehten Schädel spähte über eine Hügelkuppe. Im Vordergrund lag schlafend eine nackte Frau.

»Der neueste Hit«, verkündete Anderson. »Der Bekker-Mörder, so wie ihn unser Loverboy sieht. Ein Zyklop ist das, ihr Banausen.«

»Und was soll der Scheiß?« Sloan nahm das Blatt, sah es sich stirnrunzelnd an, reichte es Lucas weiter.

»Kam mit der Post«, sagte Anderson, »wirklich. Das ist 'ne Kopie, sie machen gerade noch mehr davon.«

»Ist das Original auch schwarz-weiß?« fragte Lucas.

»Ja. Ist auch 'ne Kopie. Und ein paar Zeilen von Loverboy waren dabei. Offenbar wirklich von ihm, weil er sich auf Dinge bezieht, die im ersten Brief standen. Bei ihm ist übrigens, genau wie damals, von einem Gnom die Rede, nicht von einem Riesen.«

»Großer Gott«, murmelte Lucas und rieb sich, während er auf die Zeichnung starrte, die Stirn, »irgendwie kommt mir der Kerl bekannt vor.«

»Wer? Dieses Monstrum?«

»Ja. Ich hab' ihn schon mal gesehen. Aber ich weiß nicht, wo.«

Die anderen sahen ihn skeptisch an, und Sloan meinte: »Vielleicht ist dir irgendwo 'n besonders häßlicher alter Ziegenbock über 'n Weg gelaufen?«

»Wann ist der Brief aufgegeben worden?« wollte Lucas wissen.

Anderson hob die Schultern. »Irgendwann gestern, Genaueres wissen wir nicht.«

»Hat jemand eine Ahnung, woher die Zeichnung stammen könnte?«

»Nicht, daß ich wüßte«, sagte Anderson. »Aber wir könnten versuchen, das rauszukriegen.«

»Vielleicht ist es eine Buchillustration. Hört euch mal bei den öffentlichen Bibliotheken um«, riet ihm Lucas.

Sloan und Swanson tauschten einen Blick, dann meinte Sloan: »Na, großartig. Der Mann rastet fast aus, seit er weiß, daß er der einzige Zeuge in einem Mordfall ist. Und das halbe Polizeidepartment ist hinter ihm her. Aber er spaziert seelenruhig in eine öffentliche Bibliothek, legt seine Kreditkarte auf den Tisch und sagt: Nehmen Sie mich bitte in die Stammkartei Ihres Computers auf, damit ein gewisser Lucas Davenport es leichter hat, mir endlich auf die Spur zu kommen.«

»Ja, ja, schon gut.« Lucas winkte unwirsch ab. »War schwach, geb' ich zu.« Er wedelte mit der Kopie und fragte Anderson: »Kann ich die behalten?«

Anderson nickte gleichmütig. »Von mir aus. Ich hol' mir 'ne andere, der Kopierer spuckt die Dinger gerade massenhaft aus.«

Bekker hatte sich, als er vors Haus trat, um aus der nächsten Telefonzelle Druze anzurufen, einigermaßen erholt. Die Morgensonne, hoffte er, würde ihm guttun, ihn vielleicht wieder ganz aufmöbeln.

»He«, raunzte er in die Sprechmuschel, »du hast dir die Augen nicht vorgenommen, stimmt's?«

Langes Schweigen. Dann gab Druze zu: »Stimmt. Ich hab's vergessen.«

Bekker stöhnte auf. »O Gott, Carlo! Ist dir eigentlich klar, daß du mich damit umbringst?«

Kalter Nieselregen, als Lucas mittags nach Hause fuhr, und von Westen her schoben sich neue dunkle Wolken heran.

Fünf Minuten verbrachte er in der Küche, um sich ein Sandwich mit kaltem Truthahnfleisch zu machen, dann ging er ins Gästezimmer, setzte sich aufs Bett und starrte auf die Zeichenkartons.

Seit Monaten hatte er den Raum nicht mehr betreten, der Staub hing in dicken Flocken unter der Bettkante. Genauso verstaubt waren die Blätter, die er damals, während er an dem Fall mit den Crows arbeitete, an die Wand gepinnt hatte. Nur wenige Worte, dick mit Filzschreiber auf Zeichenkarton gemalt. Tatsachen, Möglichkeiten, Spuren... Alles, was ihm seinerzeit durch den Kopf gegangen war und letzten Endes zur Lösung des Falles geführt hatte. Er schloß die Augen, hörte wieder die Schüsse peitschen. Und hörte die Schreie.

Er stand auf, nahm die Kartons ab, steckte die Nadeln in die Tapete. Noch ein kurzer Blick auf die Namen, dann zerriß er die Blätter, einmal, zweimal, dreimal, nahm die Fetzen mit ins Arbeitszimmer und warf sie in den Papierkorb.

Die Mappe mit den Zeichenblättern lag immer noch auf seinem Schreibtisch. Er setzte sich, suchte den passenden Filzstift aus der Federschale und fing, das Sandwich in der linken Hand, mit großen, sorgfältig gemalten Buchstaben zu schreiben an.

Zwei Zeichenkartons. Auf den einen schrieb er als Überschrift *Bekker* und darunter: *Drogen, Tatorte und -zeiten, Freunde?* Auf das zweite Blatt schrieb er *Mörder*. Und darunter:

Gnomhaftes Aussehen
Kennt Bekker
Möglicherweise Drogendealer?
Bezahlt? Bekkers Konten checken
Verbindung zur Theaterszene?
Bin ich ihm begegnet?

Dann ergänzte er das Bekker-Blatt:

Cheryl Clark
Vietnam-Morde
Krebskranke Kinder

Schließlich legte er eine dritte Liste mit der Überschrift *Loverboy* an und trug darin ein:

Duschabfluß gereinigt
Bettwäsche gewechselt
Mitteilungen als Kopien
Philip George?

Er nahm die neuen Blätter mit ins Gästezimmer, pinnte sie an die Wand, stand da und starrte auf die Eintragungen.

Warum war der Mörder über George hergefallen? Falls es so war. Wenn George den Mörder kannte, warum hatte er nicht – damals in der Mordnacht, als er den Polizeiruf gewählt hatte – dessen Namen preisgegeben? Und wenn er ihn nicht gekannt hatte, was hatte der Mörder dann von ihm zu befürchten? Möglicherweise gab es eine berufliche Verbindung. Oder sie verkehrten in denselben Kreisen. Das warf dann allerdings die Theorie, der Mörder könne aus der Drogenszene kommen, über den Haufen. Es sei denn, George kiffte oder fixte auch. Oder nicht der Mörder, sondern Bekker war sein Bekannter. Angenommen, Bekker verschaffte sich in der Klinik Stoff und dealte damit. Irgendein Junkie wußte das, drang nachts bei ihm ins Haus ein und... Nur, wie paßte dann die Sache mit Elizabeth Armistead ins Bild?

Er stand auf. Hoffte, irgend etwas werde ihm einfallen. Etwas Konkretes, an dem er arbeiten konnte, statt nur zu grübeln. Und fand auch schon das Richtige.

Er wählte die Nummer der Einsatzzentrale. Sah, während er die Tasten drückte, kurz zum Fenster. Es regnete immer noch. Kalter Frühjahrsregen. Besonders unangenehm, weil er vom steifen Nordwestwind gepeitscht wurde.

»Könnten Sie versuchen, Del für mich aufzutreiben?« bat er das Mädchen, das sich meldete. »Ich würde mich gern mit ihm im Büro treffen. Ist nicht eilig, irgendwann heute nachmittag.«

»Er hält sich zur Zeit in einer Bar auf, will ein paar Anrufe erledigen«, sagte das Mädchen. »Wollen Sie die Nummer?«

»Ja, bitte.« Lucas langte in die Jackentasche. Die zusammengefaltete Kopie mit dem einäugigen Riesen. Er kritzelte die Telefonnummer auf die Rückseite.

Der Barkeeper holte ihm Del an den Apparat. Ja, sagte der, um vier würde es ihm passen. Während sie miteinander sprachen, sah Lucas sich noch mal die Zeichnung an. Der Riese, der lauernd die schlafende Frau beobachtete. Runder Kopf, beinahe wie ein Basketball, schmale, zusammengekniffene Lippen. Wo hatte er...?

Als das Gespräch mit Del beendet war, blätterte er im Telefonbuch und rief in der Universitätsbibliothek an, Abteilung für bibliophile Raritäten. »Carrol? Hier ist Lucas Davenport.«

»Oh, Lucas... Wir haben dich bei den Proben vermißt. Zhukov hat jetzt genug von den Römerdramen. Er macht einen großen Sprung nach Norden. Ein Stück über Stalingrad.«

»Ja, hat mir Elle schon erzählt. Sie sagt, ihr braucht Nazis. Hör zu, warum ich anrufe... Vielleicht kannst du mir helfen. Ich hab' hier ein Bild mit einem einäugigen Riesen, der sich hinter eine Bergkuppe duckt und eine Frau belauert, die vorn auf dem Hang liegt und schläft. Plump und simpel gezeichnet, so ähnlich, wie Kinder malen. Aber ich glaube nicht, daß das Bild von einem Kind stammt. Denn irgendwie ist das Ganze... zu gekonnt.«

»Ein einäugiger Riese? Wie der Zyklop aus der Odyssee?«

»Ja, genau. Der Zeichnung nach muß es ein Zyklop sein. Aber der, der uns das Bild geschickt hat, redet von einem Gnom. Und ich versuche nun rauszukriegen, aus welchem Buch es stammen könnte. Ich meine, falls es eine Buchillustration ist.«

Carrol schien einen Augenblick nachzudenken, dann sagte sie: »Und wenn du mich vierteilst, ich hab' keine Ahnung. Ein Homer-Experte könnte dir vielleicht weiterhelfen, aber auch da müßtest du verdammt viel Glück haben. Zeichnungen mit Zyklopen gibt's wie Sand am Meer.«

»Mist. Und was mache ich jetzt?«

»Du sagst, simpel, aber gut? Meinst du: raffiniert-einfach, so wie die Illustrationen im Playboy?«

»Nein. Je länger ich mir die Zeichnung ansehe, desto mehr bin ich überzeugt, daß sie von irgendeinem bekannten Künstler stammt. Weißt du, das Bild hat einfach was.«

»Oh, Mann... Tja, du könntest damit in die Kunstabteilung gehen. Aber die reden gar nicht mit dir, wenn du nicht das Honorar für ihr Gutachten im voraus auf den Tisch blätterst.«

»Mhm. Na, trotzdem schönen Dank, Caroll...«

»Augenblick mal. Drüben in St. Paul gibt's einen Maler... Das heißt, er ist eigentlich so 'ne Art Computergenie. Kommt von Zeit zu Zeit her und sieht sich Buchillustrationen an. Er ist Experte für Zeichnungen mit historischem Hintergrund. Die Telefonnummer könnte ich dir geben.«

»Bitte«, sagte Lucas.

Es klapperte, als sie den Hörer weglegte, ein paar Sekunden verstrichen, dann war sie wieder dran. »Was ich dir noch sagen wollte: der Typ ist ein bißchen weltfremd, wie eben Künstler so sind. Beruf dich auf mich. Aber sei höflich zu ihm, ja? Und bevor ich dir die Nummer gebe: du könntest in unserem neuen Stück den Feldmarschall Paulus spielen.«

»Großer Gott, wie soll ich so viel Glück fassen?«

Er wählte die Nummer, die Caroll ihm genannt hatte. Es läutete fünf- oder sechsmal, er wollte schon auflegen, als jemand abnahm. Der Maler. Ziemlich barsch, vielleicht hatte Lucas ihn aus dem Schlaf geklingelt. Als Lucas sich als Cop zu erkennen gab, schien der andere erst recht auf Distanz zu gehen.

»Ich hab' Ihren Namen von Caroll aus der Unibibliothek. Sie meinte, Sie könnten mir vielleicht helfen. Es geht um...«

»Computer?« fragte der andere dazwischen. Komisch, warum klang das so argwöhnisch?

»Nein, um ein Bild. Eine Zeichnung mit einem Riesen. Sieht wie ein Scheusal aus, ziemlich unheimlich. Aber auch irgendwie stark. Ich versuche rauszukriegen, woher die Zeichnung stammt.«

Der andere fragte nicht, warum. »Ein Riese, der die Zähne in den Schädel eines Toten schlägt?«

»Nein«, sagte Lucas und wollte erklären: »Man sieht ihn halb verdeckt hinter...«

»Dann ist es kein Goya. Hat der Riese nur ein Auge?«

»Ja, ein Auge«, bestätigte Lucas. »Und er schaut über einen Hügel...«

»Und im Vordergrund liegt eine nackte Frau? Schläft unschuldig wie Mutter Maria auf einem katholischen Heiligenbildchen? Bloß, mit weniger an?«

»Das ist es.«

»Odilon Redon. Die Zeichnung stammt aus dem Zyklus ›Die Zyklopen‹. Redon war Franzose, hat hauptsächlich Pastellzeichnungen gemacht. Der Zyklopen-Zyklus ist um die Jahrhundertwende entstanden. Die Nackte liegt so, daß man sie voll sieht, mit dem Rücken zum Berg, stimmt's?«

»Ja, stimmt alles. Aus welchem Buch könnte das stammen? Ich nehme an, dieser Redon ist ziemlich unbekannt?«

»Nein, nein. Es gibt mehrere Bücher von ihm. Gut, nicht jeder hat schon mal von Odilon Redon gehört, aber in guten Bibliotheken finden Sie was von ihm. Wer sich ein bißchen auskennt, kann was mit dem Namen anfangen.«

»Mhm. Gut. Also vermutlich eine Buchillustration?«

»Oder ein Kunstkalender. Oder eine Postkarte. Hängt davon ab, wie groß die Zeichnung ist.«

»Okay, danke, das genügt mir schon. Aber ich muß mich an einen Experten wenden, sagen Sie?«

»So ist es. Ich drück' Ihnen die Daumen. Es ist mir immer ein Vergnügen, der Polizei behilflich zu sein.«

Lucas sah förmlich sein Grinsen.

Del grinste nicht, er sah eher so aus, als würde er gleich anfangen, sich die Haare zu raufen.

»Himmel noch mal, so schwer ist das doch nicht.« Lucas rutschte neben ihn auf die Armlehne des Besucherstuhls. »Sag einfach, du hättest die ganze Zeit an sie denken müssen. Und daß es dir leid tut, daß du anfangs so grob mit ihr umgesprungen bist. Und daß sie 'n hübsches Mädchen ist. Mit hübschen Augen. Dann fragt sie, welche Farbe ihre Augen haben, und du sagst: haselnußbraun.«

Del hatte den Hörer schon abgenommen. Jetzt drückte er rasch die Unterbrechertaste. »Woher weiß ich, daß sie wirklich haselnußbraun sind?«

»Weil ich's dir sage. Eigentlich sind sie dunkelbraun, aber haselnußbraun klingt hübscher. Da hört sie gleich raus, daß sie dir was bedeutet. Verdammt noch mal, Del, wann hast du zum letzten Mal ein Mädchen gefragt, ob es mit dir ausgehen will?«

»Ist so ungefähr zweiundzwanzig Jahre her«, sagte Del mit gesenktem Kopf. Schielte hoch. Platzte heraus und lachte mit Lucas um die Wette. »Ach, leck mich doch...« Er tastete die Nummer ein. »Muß es unbedingt gleich heute sein?«

Lucas wechselte zur anderen Seite des Schreibtisches. Er wollte Del gegenüber sitzen, damit er notfalls durch Gesten Hilfestellung geben konnte. »Je eher, desto besser.« Es dauerte eine Weile, bis Cheryl Clark sich meldete.

»Äh – ist dort – äh – Miss Clark?« fing Del zu stottern an. Lucas schüttelte den Kopf. Zweiundzwanzig Jahre? »Äh – hier ist der Cop, der neulich bei Ihnen war. Nein, der andere, der mit dem Stirnband. Ja, Del. Hören Sie, das hier, das – äh... hat nichts mit unseren Ermittlungen zu tun. Ich – äh – ich muß immer an Sie denken, und da hab' ich gedacht... Rufst einfach mal an, hab' ich gedacht...«

Er warf Lucas einen Blick zu. Ein stummer Hilferuf. Lucas nickte aufmunternd.

»Ich weiß auch nicht, Sie sind einfach 'n nettes Ding. Äh – ich meine, ein hübsches Mädchen. Ach, Scheiße... Weil Sie so hübsche Augen haben, meine ich. Wie? Oh – äh... Ja, so ähnlich, würde ich sagen. Wissen Sie, ich frag' mich nämlich, ob Sie mal Lust hätten auf 'ne Tasse Kaffee...? Oh, ja, gut.«

Wieder ein Blick auf Lucas. Dann drehte er sich zur Seite.

»Wie wär's mit Annies Bar drüben auf der West Bank? Oh, ja. Ich hol' Sie ab, wenn's recht ist. Wie? Ach so... Äh – einundvierzig. Ja. Was meinen Sie? Na ja, haselnußbraun, würd' ich sagen, wirklich sehr hübsch. Gut. Halb sieben? Dann hauen wir uns erst 'n paar Burgers rein, einverstanden? Okay, bis dann.«

Als er auflegte, lief ihm der Schweiß übers Gesicht.

»Einundvierzig?« fragte Lucas grinsend. »Was, zum Teufel hast du mit einundvierzig gemeint?«

Del sackte in seinem Stuhl zusammen. »Davenport, du kannst mich kreuzweise. Ich hab' angerufen, und nun laß mich in Ruhe.«

»Gut.« Lucas wurde ernst. »Worüber wirst du dich mit ihr unterhalten?«

»Oh, Mann, woher soll ich das wissen? Über Bekker natürlich.«

»Nein, bloß nicht über Bekker.«

»Ja, warum mach' ich denn dann den ganzen Scheiß?«

»Paß auf, das Mädchen ist immer nur ein Spielzeug für irgend jemanden gewesen. Sie hat's ertragen, weil sie dachte, anders findet sie gar keinen Freund. Weh tut's ihr trotzdem. Und insgeheim hofft sie immer noch, daß irgendwann mal der Richtige kommt. Sie traut sich bloß nicht mehr, daran zu glauben.«

Lucas beugte sich über den Schreibtisch, sprach leise und eindringlich, redete so schnell, daß Del gar nicht zum Nachdenken kam.

»Wenn du ihr mit Bekker kommst, weiß sie gleich, was los ist. Der Name kommt dir nicht über die Lippen, klar? Du tust, was alle tun, die eine Scheidung hinter sich haben: redest über deine Ex-Frau. Und wie schwer es ist, den richtigen Partner fürs Leben zu finden. Dann fängt sie irgendwann von ganz allein mit Bekker an – und wie's ihr mit ihm ergangen ist. Geh ein paarmal mit ihr aus, dann erzählt sie dir alles haarklein. Laß ihr einfach Zeit.«

»Zeit lassen?« wiederholte Del. Mit einem Blick wie aus Stein.

Lucas nickte. »Genau, Zeit lassen.«

Del lehnte sich zurück. Sah ihn an wie irgendeinen Schurken, der ihm Ärger machte. Und nachdem er ihn schweigend gemustert hatte, sagte er: »Großer Gott, weißt du eigentlich, was für ein mieses Schwein du bist?«

Lucas zuckte zusammen. Irgendwas in Dels Ton machte ihn stutzig. »Meinst du das ernst?«

»Und ob ich das ernst meine.«

Lucas zuckte die Achseln. »Ich tu', was ich tun muß«, sagte er. Und sah zur Seite.

Anderson kam hinter ihm her, als Lucas zum Parkplatz wollte. »Ich hab' Carpenter in die Bibliothek geschickt«, berichtete er. »Er hat ein Buch von diesem Redon gefunden. Und zwar mit unserem Bild drin. Nur, das im Buch war größer als unseres. Und das Buch ist seit zwei Monaten nicht mehr ausgeliehen worden.«

»Mhm«, machte Lucas, »immerhin was.«

»So?« fragte Anderson verdutzt. »Was denn?«

Während Lucas nach Hause fuhr, brach mit prasselndem Regen und grell zuckenden Blitzen der Gewittersturm los. Eine gute Nacht für Gnome, ging ihm durch den Kopf.

Oh, dieser gottverdammte Bekker.

16 Kalter, von Böen getriebener Regen ohne Unterlaß. Nasse Schleier von den Scheinwerfern, die Scheibenwischer schafften es kaum. Eine hundsmiserable Nacht. Für das seelische Stützkorsett, das er brauchte, sorgte ein halbes Dutzend schwarze Bambinos. Dazu ein paar Xanax, es gab nichts Besseres als die eiförmigen Dinger, um die Nerven zu beruhigen.

Aber vielleicht hätte er mehr schlucken sollen? Das eintönige Quietschen der Wischerblätter machte ihn verrückt. Er mußte sich auf die Lippen beißen, sonst hätte er vor Wut losgebrüllt. *Fwip-fwip-fwip*... Eine Tortur.

Rot. Er sah die Ampel erst im letzten Augenblick, stieg voll in die Bremse, wäre um ein Haar in die Kreuzung hineingerutscht. Der Fahrer auf der Spur neben ihm sah herüber. Und wieder mußte Bekker sich zusammennehmen, um den Kerl nicht anzubrüllen.

Er langte in die Tasche, nahm das Zigarettenetui heraus, angelte sich mit der Zunge ein gelbes längliches Tranxen und klappte das Etui zu. Ob jemand zusah oder nicht, war ihm in diesem Moment egal. Er handelte unter Zwang, sein Körper verlangte das Zeug.

Die Downers, die er den ganzen Tag über geschluckt hatte... Am Schluß hatte er sie schon gar nicht mehr gezählt. Die Dinger hielten ihn zusammen, hüllten ihn ein wie eine Ballonhaut, brachten die innere Anspannung unter Kontrolle. Aber die Wirkung ließ zu schnell nach. Und draußen im Dunkel lauerte die Schlange. Darum hatte er, ehe er losgefahren war, die schwarzen Bambinos hinterher geschluckt, sozusagen als Gegenmittel. Es wäre einfach zu gefährlich gewesen, sich mit den Downers im Blut ans Steuer zu setzen. Die Bambinos glichen das aus. Mit denen fuhr er wie ein junger Gott.

Die Ampel sprang um, Bekker gab Gas. Umklammerte das Lenkrad, als wär's ein schweres Schiffsruder.

Der Supermarkt in der University Avenue – gegen den Vorschlag hatte er nichts einzuwenden gehabt. Dort war die ganze Nacht viel Betrieb, rund um die Uhr, eine Menge Autos auf dem Parkplatz.

Heute allerdings nicht. Heute konnte man die Wagen vor dem Supermarkt an zwei Händen abzählen. Und einer davon war ein babyblauer Streifenwagen aus St. Paul. Bekker wurde von panischer Angst geschüttelt. Hatten sie Druze etwa schon? Wie waren sie ihm so schnell draufgekommen? Da mußte doch einer gequatscht haben? Oder hatte Druze sich am Ende selber der Polizei gestellt?

Nicht halten, nicht halten, bloß nicht halten...

Aber da war er ja. Druze saß im Dodge, hinter den beschlagenen Scheiben, wartete auf ihn. Und weit und breit keine Bullen. Die waren wohl drin im Laden.

Bekker parkte links neben Druze, stellte den Motor ab, drückte sich aus dem Wagen, behielt argwöhnisch den hell erleuchteten Supermarkteingang im Auge. Wo, verdammt noch mal, steckten die Scheißbullen?

Er öffnete die Heckklappe seines Wagens, nahm die Schaufel heraus, schlug die Tür zu. Er trug wetterfeste Kleidung und einen Südwester, aber obwohl er sich noch nicht länger als fünfzehn Sekunden im Freien aufhielt, tropfte ihm schon jetzt das Wasser von der Hutkrempe, als wäre da oben ein Abflußrohr eingebaut.

Druze öffnete von innen die Tür auf der Beifahrerseite. Bekker beugte sich in den Wagen. Sein Atem flog, er keuchte wie ein Asthmatiker. Warf die Schaufel und den Südwester nach hinten, wo der Spaten lag, stieg ein.

Druze erschrak, als er Bekkers Gesicht sah. Bekker? Bekker war schön. Aber was ihn da anstarrte, war eine hagere graue Fratze. Wie eine übertrieben geschminkte Leiche in einem schlechten Film. Er guckte weg, drehte den Zündschlüssel. Fragte, als er den Gang einlegte: »Geht's dir gut?«

»Nein, überhaupt nicht«, blaffte Bekker ihn an.

»Ist 'ne ziemlich beschissene Kiste«, sagte Druze. Er mußte an der Ausfahrt anhalten und auf eine Lücke im Straßenverkehr warten. Starrte nach vorn, verzog keine Miene, kniff die Lippen zusammen, bis sie nur noch ein Strich waren. »Einen Toten ausgraben, Mann, ganz schön beschissen.«

»Ach, Scheiße«, keuchte Bekker. Drüben im Westen, da, wo sie hinmußten, zuckte ein Blitz über den Nachthimmel. »Es geht nicht anders.«

»Du kennst doch die Geschichte von dem Mann auf der frisch geteerten Straße?« fing Druze an. Ganz ruhig, ein Wort ans andere geklebt. Seine tobenden Gefühle, Angst, Wut, ließ er sich nicht anmerken. »Die Sache mit George, die können wir nicht einfach abschütteln«, sagte er und hoffte inständig, Bekker, seinem Freund, werde eine beruhigende Antwort einfallen.

Und Bekker spürte es instinktiv. Er legte Druze den Arm um die Schulter. »Carlo, ich bin fix und fertig. So fertig, daß ich fast verrückt werde.« Er redete, als stünde jemand mit der Stoppuhr hinter ihm, schnappte zwischen den Silben nach Luft. »Ich kann dir das nicht erklären. Ich versuch' ja, mich dagegen zu wehren. Aber ich schaff's nicht. Und – bei Gott, ich schwör's dir, es bringt mich um.«

Druze verstand kein Wort. Aber er nahm es einfach hin. Fragte nur, als er in die Auffahrt zur Interstate 94 abbog: »Hast du's mal mit Valium oder so 'm Zeug probiert?«

»Du saublödes Arschloch...« Bekker konnte nicht anders, es brach einfach aus ihm heraus. Aber er nahm sich sofort wieder zusammen. Versuchte, es gutzumachen. »Entschuldige, war nicht so gemeint.« Sein Tonfall war jetzt beinahe kriecherisch. »Ich hab's mit allem probiert. Mit allem. Hilft nichts. Es bleibt wirklich nur die eine Möglichkeit.«

»Die aber gefährlich ist.«

Und wieder wurde Bekker laut. »Ach, scheiß drauf...« Er

atmete durch, versuchte sich zu beruhigen. Starrte, während Druze den Dodge in den Verkehrsstrom auf der Interstate einfädelte, angestrengt durch den Regenschleier nach vorn. Und hatte sich wieder so weit in der Gewalt, daß seine Stimme ganz normal klang. »Eine Schlange. Da ist eine Schlange in meinem Hirn.«

Druze schielte zu ihm hinüber. Bekkers Miene schien zu versteinern, als wäre er in Trance gefallen. Trotzdem, einen Versuch wollte Druze noch riskieren. »Es wär', glaub' ich, besser, wenn wir mal für 'ne Weile auf Abstand gingen. Muß uns ja nicht unbedingt jemand zusammen sehen.«

Bekker gab keine Antwort. Und erst sechs Meilen weiter sagte er unvermittelt, jäh aus Gott weiß welchen Grübeleien aufwachend: »Ich weiß. Und einer von denen ist gar nicht so blöde. Ich hatte ihn neulich zum Kaffee bei mir.«

Druze fuhr herum. »Was hattest du?« Offenbar drehte Bekker jetzt ganz durch. Obwohl, der Stimme nach schien er sich wieder gefangen zu haben.

»Er stand vor meinem Haus rum. Da hab' ich ihn mit reingenommen. Hab' ihn auf 'ne Tasse Kaffee eingeladen. Lucas Davenport. Nicht so 'n Blindgänger wie die anderen. Cleverer Bursche, wenn du mich fragst.«

»So 'n harter Typ? Eins-dreiundachtzig, -vierundachtzig? Mit 'ner Narbe quer durch die Augenbraue? Dunkles Haar?«

Bekker nickte. Reckte das Kinn vor. »Kennst du den etwa?«

»Er war nach der Armistead-Sache bei uns im Theater. Hat sich mit einer aus dem Ensemble unterhalten. Die beiden schienen sich ganz gut zu verstehen.«

»Mit einer aus eurer Truppe? Wer war das?«

»Cassie Lasch. Sie hat das Hausmädchen gespielt in... Nein, das Stück hast du nicht gesehen. Sie tritt immer in Nebenrollen auf. Sieht aber gut aus. Wenn der Typ, der Davenport, was mit ihr hat... Ich meine, ich könnte feststellen, ob er sie besuchen kommt. Sie wohnt im gleichen Haus wie ich.«

»Hast du oft mit ihr zu tun?«

»Nein, nicht persönlich. Wir spielen manchmal zusammen, aber sonst… nein.«

»Könntest du aus ihr rauskriegen, was dieser Lucas Davenport so denkt?«

»Keine Ahnung. Kann ja sein, daß sie was aufgeschnappt hat. Aber wenn der Kerl wirklich so clever ist, wie du sagst, will ich ihn lieber gar nicht erst auf mich aufmerksam machen.«

»Du hast recht«, sagte Bekker und musterte Druze kurz, als der Lichtschein eines entgegenkommenden Autos durch den Dodge huschte. »Wie heißt sie noch mal? Cassie?«

»Cassie Lasch. So eine Rothaarige.«

Auf der Brücke über den St. Croix River zuckten rings um sie grellweiße Blitze. Sie fuhren mitten ins Gewitter hinein. Und als sie die Ausfahrt Hudson erreichten, wurde es noch schlimmer. Regen fegte über die Fahrbahn, der Dodge schlingerte. Druze nahm den Fuß vom Gas, hier draußen auf der dunklen Landstraße konnte er das Tempo nicht halten. Zumal andere Fahrzeuge vor ihnen noch langsamer durch die Nacht krochen. Im Nu bildete sich eine lange Schlange. Vierzig zeigte der Tacho, bald mußte die Abzweigung zum See kommen.

»Eine beschissene Nacht«, murmelte Druze. Und der Himmel antwortete mit einem grell zuckenden Blitz.

Bekker hatte den Vorwurf aus Druzes Gemurmel herausgehört. »Aber ich hätt's nicht bis morgen ausgehalten. Liegt er sehr tief?«

Tief? Ach so, er meinte George. »Mindestens 'n halben Meter, eher mehr.«

»Dann kann's nicht lange dauern, das schaffen wir schnell«, meinte Bekker.

Druze sagte mürrisch: »Du warst eben gestern nicht dabei. Das ist schlammiger Morast, das geht nicht so schnell.«

Und dann verpaßten sie auch noch die Abfahrt, obwohl Druze

auf dreißig, später sogar auf fünfundzwanzig Meilen heruntergegangen war und angestrengt nach dem Schild mit den Reflektoren Ausschau gehalten hatte. Aber irgendwie waren sie doch daran vorbeigefahren, sie mußten wenden und gut eine Meile zurückfahren.

Diesmal schafften sie es, schaukelnd kroch der Dodge den Feldweg entlang. Der Regen hatte nachgelassen, das Gewitter tobte immer noch, schien aber nordwärts zu ziehen. Wie aus dem Nichts tauchte die Holzhütte vor ihnen auf. Druze fuhr darauf zu, brachte den Wagen zum Stehen und schaltete die Scheinwerfer aus. »Also los, bringen wir's hinter uns.«

Er langte nach hinten, nahm einen grauen Plastikmantel von den Rücksitzen, streifte ihn über. Neben Bekker in seiner modischen wetterfesten Kleidung kam er sich ein wenig mickerig vor.

Sie stiegen aus. Hier bei der Hütte war der Boden fest, eher sandig als sumpfig. Mit dem nachlassenden Regen war der Wind heftiger geworden, er heulte durchs dürre Geäst der Bäume. Am anderen Seeufer – vielleicht hundertfünfzig, zweihundert Meter entfernt – leuchtete bläulich kalt eine Laterne, etwas tiefer schimmerte warm und gelb ein Fenster.

»Hier runter«, murmelte Druze. Unten, wo der Regenmantel nicht hinreichte, fühlten sich die Hosenbeine schon feucht an. Genau wie die Socken. Die Turnschuhe hielten den Regen nicht ab. Er hielt den Spaten geschultert, ließ den Lichtkegel der Taschenlampe über den Boden huschen und suchte sich den Weg durchs Brombeergestrüpp. Der Grund wurde weicher, schließlich schmatzte er bei jedem Schritt.

»Wie weit...«, wollte Bekker gerade fragen, als Druze sagte: »Wir sind da.« Er ließ die Taschenlampe kreisen. Aber Bekker sah nur die groben Placken des Morastbodens. »Ich hab' die Spuren verwischt«, erklärte ihm Druze, »mit dem Spatenblatt was drübergezerrt, Blätter und so. In zwei Wochen findet die Stelle kein Aas mehr.«

Bekker nickte zerstreut. »Sollten wir am Schluß wieder genauso machen.« Regen lief ihm übers Gesicht, tropfte ihm von den Augenbrauen.

Kein Wetter für Schönlinge, dachte Druze, das Wasser wäscht ihm den letzten Glanz aus dem Gesicht. Er zwängte die Taschenlampe in eine Astgabel, stieß den Spaten in den Boden und forderte Bekker auf: »Na los, fang an zu schaufeln.«

Bekker legte los wie ein Berserker. Schaufelte hektisch. Hörte nicht auf, vor sich hin zu murmeln. Sprühte Speichel in die Regenschwaden. Und wühlte sich in den Boden wie ein Dachs. Druze hatte eigentlich vorgehabt, die Sache methodischer anzugehen, aber je besessener Bekker drauflosgrub, desto mehr hatte er damit zu tun, der wild schwingenden Schaufel auszuweichen. Weit oben im Norden grummelte immer noch der Donner, der Regen wurde wieder stärker, das Wasser sammelte sich rasch in der halb ausgehobenen Grube.

»Ich weiß nicht«, japste Bekker, »ich weiß nicht... Kommt das Wasser vom Regen, oder drückt's von unten rauf?«

»Wird wohl beides zusammenkommen«, meinte Druze. Im Licht der Taschenlampe entdeckte er einen Klumpen, stach tastend mit dem Spatenblatt zu und merkte, daß das dunkle Etwas federnd nachgab. »Ich glaub', ich hab' ihn.«

»Du hast ihn? Komm, laß mich ran.«

Bekker drängte Druze beiseite, kniete sich in die Grube, setzte die Schaufel flach an und begann hektisch zu schaben. Daß Druze oben stand, schien er völlig vergessen zu haben, er schaufelte den Dreck wahllos in alle Richtungen. Keuchte atemlos wie ein Erstickender. »Wir haben ihn...« Ein Stück Hüfte, ein Bein, eine Schulter, die Sportjacke. »Haben ihn, haben ihn...«

Druze wich ein paar Schritte zur Seite, nahm die Taschenlampe aus der Astgabel, leuchtete nach unten.

Bekker fuhr herum. Starrte, wachsbleich im Gesicht, zu Druze hoch. »Scheiße. Er liegt verkehrt rum.«

Und Druze sagte: »Ich hab' ihn eben einfach reinrutschen lassen.« Es klang wie eine Entschuldigung.

»Ja, ist ja gut. Aber ich muß ihn...«

Bekker zerrte an der Sportjacke, versuchte, den Toten hochzuziehen. Aber der zähe Schlammboden gab George nicht frei.

»Der liegt wie in Beton«, keuchte Bekker. Er war jetzt über und über mit Dreck bespritzt, auch im Gesicht, aber das schien er gar nicht zu merken. Er zerrte an Georges Bein. Versuchte es mit dem Arm. Grub beide Hände in den Schlamm, hielt den Hals des Toten umklammert, versuchte verzweifelt, wenigstens den Kopf aus dem Morast zu hieven. Bis er schließlich erschöpft aufgab. »Verdammte Scheiße, ich schaff's nicht.«

»Wir müssen ihn noch mehr freischaufeln«, sagte Druze.

»Ja, ja, müssen wir.« Und schon legte Bekker wieder los. Hielt das Schaufelblatt mit einem flachen Schieber, schabte den Boden rings um die Leiche los. Konzentrierte sich schließlich auf die Arme, die offenbar am tiefsten im Schlamm steckten. Den linken legte er zuerst frei. Eine Hand, kalkweiße Haut, die Finger erstarrt. Bekker sah gehetzt nach oben. »Kannst du nicht mal 'n bißchen helfen?«

Druze kniete sich auf den Rand der Grube, langte nach unten, packte George am Gürtel. »Nimm ihn am Kopf. Fertig? Zugleich.«

George kam ruckweise aus dem Morast. Wie ein archäologischer Fund, der pendelnd am Haken eines Krans schwebt. Der Kopf hing schlaff nach unten, die Beine steckten immer noch im Schlamm.

»Jetzt«, rief Druze, drehte sich in den Hüften, schwang die Schultern herum und zerrte mit aller Kraft am Gürtel des Toten. Mit einem saugenden Schmatzen löste sich Georges Oberkörper aus dem Boden und kippte halb nach hinten, auch die Oberschenkel kamen frei.

»O Gott«, murmelte Druze und wich entsetzt zurück.

Das Gesicht des Toten war schlammverschmiert, Nase und Mund kaum zu erkennen. Aber eine der Augenhöhlen mußte so gelegen haben, daß der Morast nicht daran festkleben konnte. Und den Rest erledigte der Regen. In Sekunden hatte er das Auge freigewaschen. Leblos, das Weiße nach oben gekehrt, starrte es zu Druze herauf.

»Hab' ich's nicht gesagt?« schrie Bekker und riß einen Schraubenzieher aus der Jackentasche. »Hab' ich doch gesagt!« Er packte den Toten an den Haaren, riß ihm den Kopf in den Nacken und stach zu. Erst in das eine Auge, dann in das andere. Wieder und wieder, zehn-, zwanzig-, dreißigmal, vor Wut wie von Sinnen. Und sooft er das Werkzeug dem Toten mit einem wuchtigen Hieb in die Augenhöhle trieb, schrie er sein *Hab' ich doch gesagt* in die Nacht. Bis Druze ihn schließlich am Kragen packte und zurückriß. »Genug, es reicht, hör auf!«

Er zerrte Bekker zu sich herauf. Sie standen nebeneinander am Rand der Grube und sahen sich an. Bekker rang keuchend nach Atem und taumelte, konnte sich kaum auf den Beinen halten. Druze fürchtete, er werde jeden Augenblick zusammenbrechen, aber dann sah er, wie Bekker sich straffte, und hörte ihn japsen: »Ja, das... das müßte reichen.«

Bekker nahm Druze die Taschenlampe ab, ging in die Hocke und beugte sich vor. Mit einer sanften, fast zärtlichen Handbewegung drehte er Georges Kopf zur Seite, die leeren Augenhöhlen füllten sich rasch mit zähflüssigem Schlamm.

Bekker schaute hoch, sah Druze an. Auf einmal war sein Gesicht wieder glatt und schön, das Gesicht eines Engels, wie eh und je, und als er lächelte, schimmerten seine Zähne in makellosem Weiß. »Ja, das müßte genügen«, wiederholte er und ließ Georges Kopf los. Der Körper des Toten ruhte schwer auf dem morastigen Grund, gurgelnd zog der Schlamm ihn wieder zu sich.

Bekker richtete sich auf, reckte das Gesicht dem Himmel entgegen, ließ es vom Regen waschen. Und fing an, sich zu wiegen. Großer Gott, stammelte Druze stumm in sich hinein, soll das etwa ein Tanz sein?

Und während Bekker tanzte, wurden die Regenfäden dünner, rissen schließlich ganz ab. Druze wankte, wie auf der Flucht vor einem unheimlichen Zauber, ein paar Schritte zurück, bis Bekkers Stimme den Bann brach. »Tja, dann also...« Bekker hechelte immer noch, mit einem verzerrten Lächeln um die Lippen, »ich denke, wir sollten das Loch jetzt wieder zuschütten, oder meinst du nicht?«

Die Grube füllte sich schnell. Das letzte, was sie von Philip George sahen, war sein rechter Fuß, der bleiche Knöchel, da, wo die Socke nach unten gerutscht war, und der von Feuchtigkeit getränkte Schuh. Druze klopfte mit dem Spatenblatt die Erde fest und scharrte Blätter und trockene Zweige über den frisch umgegrabenen Boden. »Machen wir, daß wir wegkommen«, murmelte er.

Sie hasteten zum Wagen zurück. Druze mußte mit dem Dodge ein paarmal vor- und zurückstoßen, um auf dem schmalen Wegstück vor der Holzhütte zu wenden.

Bekkers Stimme hörte sich wieder ruhig und ganz normal an, als er sagte: »Ruf drei-, viermal am Tag die Nummer an, die ich dir gegeben habe, und hör den Anrufbeantworter ab. Aber ruf aus einer Telefonzelle an. Wenn George als vermißt gemeldet wird, kann es sein, daß die Bullen mir noch mehr auf die Pelle rücken. Dann kann ich dir, falls es was Wichtiges gibt, die Nachricht nur auf Band sprechen. Und – hör zu, vergiß nicht, anschließend die Drei zu drücken, damit das Band wieder zurückspult.«

»Da wollte ich dich sowieso noch was fragen...« Druze schlug das Lenkrad ein, der Dodge kletterte schwankend vom Feldweg auf die feste Straße. »Wenn man das Band zurücklaufen läßt... Ist dann die Nachricht nicht trotzdem noch drauf?«

Wie ein gelbes Viereck schimmerte das Fenster im Dunkel der stürmischen Nacht. Von innen – da, wo die Frau im pinkfarbenen Hausmantel und mit Lockenwicklern im Haar unter der Leselampe saß und in einem alten Heft von *Country Living* blätterte – sah das Fenster urgemütlich aus, von hübschen Gardinen gerahmt, wie aus dem Möbelprospekt. Kein Wunder, daß sie so gern dort saß, an sonnigen Tagen war die Aussicht auf den See wunderschön. Jetzt, in dunkler Nacht, lohnte sich der Blick nach draußen nicht. Das heißt…

»Richard«, rief sie ihrem Mann zu, stand auf und preßte die Stirn an die Scheibe, »ich seh' schon wieder die Scheinwerfer da drüben am anderen Ufer. Ich glaub', ich ruf mal bei Ann an. Soweit ich weiß, hatten die doch gar nicht vor, rauszukommen?«

17

Lucas jagte den Porsche die Landstraße hinunter, die Reifen fraßen den nassen schwarzen Asphalt, links und rechts rauschten Waldgruppen vorbei, in denen winterkahle Bäume ihre Äste wiegten, und Felder mit tiefbraunen Spuren, die ein Pflug im Herbst hinterlassen hatte. Ein düsterer, trüber Tag, am Himmel hingen die Wolken wie ein Meer aus Schlacke. Irgendwo lag ein totes Reh im Straßengraben, seltsam verkrümmt. Das mußte wohl heute nacht passiert sein, im Dauerregen. Und ein paar hundert Meter weiter hatte es einen Dachs erwischt.

Orte, an denen man Tote findet, haben immer etwas Bedrükkendes, Lucas hatte das weiß Gott wie oft festgestellt. Anscheinend haben Mörder etwas gegen freundliche Plätze. Tatorte, die an Fröhlichkeit erinnern könnten, meiden sie wie die Pest.

Ein einziges Mal, als er in einen Vergnügungspark gerufen wurde, hatte Lucas geglaubt, die Ausnahme von der Regel zu erleben. Aber die Saison hatte noch nicht begonnen, der Park war noch geschlossen. Und ein Platz mit Karussells, die sich nicht drehen, Autoscootern, unter deren Zeltdächern niemand juchzt und lacht, Achterbahnen, die nur totes Gestänge in die Höhe rekken, und Irrgärten, vor denen sich keine lärmenden Kinder drängen, so ein Platz zeigt sich so bedrohlich wie eine verfallene Hütte im Moor.

Als er über die Anhöhe kam, sah er die Streifenwagen am Straßenrand stehen. In der Einmündung einer Seitenstraße parkte ein Krankentransporter. Die Straßenmitte gehörte einem dicken Deputy, der, den Daumen in den Gürtel gehakt, Lucas mit unmißverständlichen Gesten vorbeiwinken wollte. Lucas lenkte den Porsche rechts ran, stellte den Motor ab und stieg aus.

»He, Sie!« Der Dicke baute sich vor ihm auf, stemmte die Hände in die Hüften. »Denken Sie, ich mach' hier gymnastische Übungen?«

Lucas hielt ihm die Blechmarke hin. »Minneapolis Polizei. Ist das...?«

»Ja, da unten.« Der Deputy deutete den Feldweg hinunter. »Tut mir leid«, versuchte er zu erklären, »aber ich hab' nun mal Anweisung, alle vorbeizuwinken.«

Lucas nickte. »Gute Idee. Wenn einer spitzkriegt, was hier los ist, habt ihr im Nu die ganze Fernsehmeute auf dem Hals. Wieso sind alle Streifenwagen hier draußen abgestellt?«

Lucas' kollegialer Ton lockerte den Dicken sichtlich auf. »Unser Mann, der den Anruf angenommen hat, dachte, wir könnten da unten im weichen Boden vielleicht Reifenspuren finden. Er meinte, wir sollten die Jungens von der Spurensicherung herholen.«

»Schon wieder eine gute Idee.«

»Und das mit den Fernsehleuten... Da hat Old D. T. den Daumen drauf«, sagte der Deputy. »Das ist der, der die Show da unten leitet, unser Boß.«

Lucas, schon auf dem Feldweg, rief über die Schulter zurück: »Falls doch welche auftauchen, lassen Sie sich von den Burschen nicht einwickeln.«

Der Dicke faßte den Gürtel mit beiden Händen, zog ihn ruckartig über den Bauch. »Ich doch nicht.«

Unter dem schmalen Vordach der Hütte saßen eine grauhaarige Frau und ein Mann, beide in Freizeitkleidung, die Frau nervös, der Mann die Ruhe selbst, vielleicht, weil er Pfeifenraucher war. Im abfallenden Gebäude hinter der Hütte, zwischen Gestrüpp und Büschen, entdeckte Lucas einen Pulk diskutierender Männer, teils in Uniform, teils in Zivil, mittendrin Swanson.

Lucas ging auf die Gruppe zu, schlug einen Bogen um das gelbe Absperrband, hinter dem ein Trampelpfad zum Seeufer führte. Ein Deputy kauerte dort auf Händen und Knien und schmierte Fußspuren mit Zementgemisch aus. Er guckte nur kurz hoch, dann arbeitete er weiter. Ein gutes Dutzend Spuren hatte er schon gesichert.

»Ah, Davenport«, begrüßte ihn Swanson, als Lucas den Pulk erreichte. Zwei Männer in schlecht gebügelten schwarzen Anzügen, offenbar Angestellte eines Beerdigungsinstituts, warteten ein paar Schritte abseits auf ihren Einsatz; auf der Bahre neben ihnen lagen frische Laken bereit. Weiter hinten versuchten zwei Deputies, den Toten aus einer Grube zu bergen. Eine Szene, die Lucas – weil die beiden Uniformierten Plastikhandschuhe trugen – unwillkürlich an archäologische Ausgrabungen erinnerte. Die Leiche war weitgehend freigeschaufelt, lag aber immer noch mit dem Gesicht nach unten. Ein Fuß ragte bizarr aus dem Schlamm. Swanson winkte Lucas mit düsterer Miene ein Stück beiseite.

»Steht schon fest, daß es George ist?« fragte Lucas.

»Ja. Er hatte die Brieftasche in der Jacke stecken. Der Deputy erinnerte sich an den Namen, aus der Vermißtenanzeige. Er hat sofort bei uns angerufen. Stimmt alles, auch die Kleidung. Es ist George.«

Ein hagerer Typ mit wettergebräuntem Gesicht kam auf sie zu, eine Baseballkappe auf dem Kopf und einen Wettermantel um die Schultern geschlungen. »Sind Sie Davenport?« Und als Lucas nickte. »D. T. Helstrom.« Er streckte Lucas die knochige Hand hin. »Hab' Sie neulich im Fernsehen gesehen.« Das Lächeln zog ihm Furchen in die Wangen, die Hautpartie um die Mundwinkel zerknitterte wie Cellophan.

Lucas schüttelte ihm die Hand. »Sie waren als erster hier?«

»Ja. Die beiden alten Leute bei der Hütte…«

»Ich hab' sie im Vorbeigehen gesehen«, sagte Lucas.

»Tja, also, die haben letzte Nacht hier Autoscheinwerfer gesehen«, fuhr Helstrom fort, während sie ein paar Schritte von der Grube zurücktraten. »Wir haben in der Gegend 'ne Menge Ärger mit Einbrüchen in Wochenendhäusern an den Seen, darum bin ich gleich hergefahren, um mich mal umzusehen. Bei der Hütte war alles in Ordnung, aber unten im Gebüsch mußte einer rumgestrolcht sein, das hab' ich sofort gesehen. Na, denk' ich, guckst mal nach… Und da find' ich das Grab.«

»Haben die denn nicht versucht, die Spuren zu verwischen?«

Helstrom grinste dünn. »Ja, aber typisch Städter. Haben halb verfaultes Zeug drübergestreut. Viel Mühe haben sie sich nicht gemacht. Sind wohl davon ausgegangen, daß der Regen den Rest erledigt. Und, Teufel auch, in ein paar Wochen hätten wir wirklich nichts mehr gefunden, weder mit 'm Geigerzähler noch 'ner Wünschelrute.«

»Wir sagen beide ›sie‹. Haben Sie schon eine Ahnung, wie viele es waren?«

»Vermutlich zwei«, sagte Helstrom. »Sind genug Fußspuren da, aber es hat ja die ganze Nacht wie aus Kübeln gegossen, die meisten sind weg. Einer von beiden hat Turnschuhe getragen, das steht fest, das Profil der Gummisohlen ist noch deutlich zu sehen. Der andere müßte den Spuren nach Schuhe mit glatten Sohlen getragen haben, aber eindeutig läßt sich das nicht sagen. Sie wissen ja, der Regen.«

»Wie sieht's mit dem Wagen aus?« wollte Swanson wissen.

»Die Spuren sind noch zu erkennen, aber so schwach, daß wir die Reifenmarke nicht feststellen können. Und drüben auf der festen Straße ist sowieso alles weggewaschen.«

»Aber Sie glauben, daß es zwei waren?« fragte Lucas.

Helstrom nickte. »Höchstwahrscheinlich. Ich hab' mir die Spuren selber angesehen und die markiert, die gesichert werden sollen. Ich will mal so sagen: vor Gericht beschwören könnt' ich's natürlich nicht, aber in Vegas würd' ich drauf wetten.«

»Wenn man Sie so reden hört... Ganz neu kann das alles nicht für Sie sein«, meinte Lucas.

»Hab' zwanzig Jahre in Milwaukee abgerissen«, sagte Helstrom. »Dienst in der Großstadt kann mir gestohlen bleiben, das sag' ich Ihnen. Aber gelernt ist gelernt. Übrigens, wir lassen die Leiche rüber nach Minneapolis schaffen. Der Gerichtsmediziner steht Ihnen zur Verfügung, für die ganzen Einzelheiten.«

Swanson drehte sich zur Grube um, mehr als den Fuß, der sich bizarr nach oben reckte, und die gekrümmten Rücken der beiden Deputies, die sich immer noch dort unten abmühten, konnte er von hier aus nicht sehen. »Vielleicht bringt uns das jetzt endlich weiter«, murmelte er nachdenklich.

»Vielleicht«, sagte Lucas, »obwohl ich nicht sehe, wie.«

Swanson blieb dabei. »Irgendwas bringt's immer.«

Und Helstrom unterstützte ihn in seinem Optimismus. »Wissen Sie, was ich als erstes gedacht habe, als wir wußten, wer da unten liegt? So, hab' ich gedacht, jetzt kriegt die Sache Hand und Fuß.«

Lucas und Swanson sahen ihn an, dann flogen ihre Köpfe

herum, sie starrten auf die Grube, aus der der Fuß ragte, und brachen in schallendes Gelächter aus.

Im selben Augenblick gelang es einem der Deputies, den Oberkörper des Toten anzuheben. »Gott im Himmel«, schrie er auf, riß entsetzt die Hände weg und ließ den Leichnam fallen, als Georges Kopf zur Seite kippte und ihn die leeren Augenhöhlen anglotzten.

Den ganzen Heimweg dachte er darüber nach, versuchte abzuwägen, was dafür und was dagegen sprach. Als er sich zu einer Entscheidung durchgerungen hatte, hielt er an einem Laden in Hudson und rief bei TV 3 an.

»Carly? Hier ist Lucas Davenport.«

»Was ist los? Was Neues?«

»Ihr habt gestern abend in den Nachrichten gebracht, daß ein Universitätsprofessor vermißt wird, erinnerst du dich?«

»Ja. Sein Wagen wurde am Flugplatz gefunden. Und ich hab' so was läuten hören, daß er Stephanie Bekkers Liebhaber war.«

»Richtig. Das ist eine Theorie, die in Frage kommt.«

»Kann ich das in meiner Sendung...«

»Halt mal die Luft an. In diesem Augenblick graben sie ihn aus. Drüben in Wisconsin.«

»Was?«

Er beschrieb ihr, wo man den Toten gefunden hatte, mußte einen Moment unterbrechen, weil er sie auf den Redakteur einreden hörte, er solle ihr sofort ein Kamerateam zur Verfügung stellen, und erzählte ihr, als sie schließlich wieder Zeit für ihn hatte, noch ein paar Einzelheiten.

»Was kostet mich das?« fragte sie am Schluß leise.

»Irgendwann – ich weiß noch nicht, wie – werd' ich dich schon zur Kasse bitten«, sagte er. »So lange schreib' ich's an.«

Sloan, in der Einsatzzentrale der Mordkommission, sah von seinen Akten hoch, als Lucas hereinkam. »Ich höre, du warst drüben in Wisconsin?«

»Ja. Wieder die Nummer mit den Augen, genau wie bei den beiden Frauen. Hat dein Gespräch mit Georges Frau gestern was gebracht?«

»Wie man's nimmt. Daß ihr Mann es mit Stephanie Bekker getrieben hat, hält sie für ausgeschlossen. Aus Sex habe er sich nie viel gemacht, sagt sie. Er muß wohl so 'n richtiges Arbeitstier gewesen sein.«

»Puh«, machte Lucas. »Vielleicht einer von den Spätzündern, die erst Feuer fangen, wenn ihnen die richtige Frau über den Weg läuft?«

»Hab' ich auch gedacht. Aber sie schien sich sicher zu sein.«

»Fährst du heute noch mal zu ihr?«

Sloan nickte. »Kurz vorbeischauen will ich auf jeden Fall. Mal hören, ob ihr noch irgendwas eingefallen ist. Inzwischen hat der Sheriff aus Wisconsin bei ihr angerufen, sie weiß, was dort passiert ist. Ein paar Nachbarinnen kümmern sich um sie. Ihr Bruder ist raus zum See gefahren, um die Leiche zu identifizieren.«

»Was dagegen, wenn ich mitkomme?« fragte Lucas.

»Nein, wenn du unbedingt willst.« Sloan musterte ihn neugierig. »Gibt's denn was Besonderes?«

»Ich will mir nur mal den Bücherschrank ansehen.«

»Na ja...« Sloan schob die Akten beiseite. »Das hier kann warten. Nehmen wir den Porsche, ja?«

Philip George hatte in St. Paul gewohnt, im mittleren von drei supermodernen Reihenhäusern, bei deren Bau der Architekt offensichtlich seine Träume von Stahl und Glas ausgetobt hatte. Ein harter Kontrast zu den erkergeschmückten Backsteinhäusern ringsum, die den ein, zwei Jahrzehnte älteren Wohnstil der gehobenen Mittelklasse repräsentierten.

Sloan wollte Mrs. George unter vier Augen sprechen, der Blick, den er den drei Nachbarinnen zuwarf, sollte wohl um Verständnis werben. Bevor er und Annette George in die Küche gingen, konnte Lucas gerade noch seine Bitte loswerden, sich kurz in der Bibliothek umsehen zu dürfen.

»Ja, natürlich«, sagte sie und deutete den Flur hinunter, »im Arbeitszimmer, zweite Tür rechts. Hat das... Ich meine, ist irgendwas mit seinen Büchern?«

Lucas, schon unterwegs zum Flur, antwortete ausweichend: »Nur so eine Idee, die mir durch den Kopf geht.«

Sloan und Annette George gingen in die Küche, um ungestört reden zu können, Lucas suchte sich den Weg ins Arbeitszimmer.

Ein ausgesprochener Büchernarr war George offenbar nicht gewesen. Hauptsächlich juristische Fachbücher, rund hundert, schätzte er. Ein paar Geschichtswerke und historische Sachbücher, vermutlich aus Georges Studienzeit. Ein Dutzend Romane, nicht gerade Titel aus der aktuellen Bestsellerliste. Und ein paar Bände Heimwerkerliteratur, das war's.

Kunstbände konnte Lucas nicht entdecken. Und auch die Bilder an den Wänden sahen eher danach aus, als wären sie willkürlich zusammengekauft. Passend zur Farbe der Gardinen, sozusagen. An Odilon Redons Stil erinnerte keines.

Auf dem Rückweg blieb er in der Diele vor einer Gruppe gerahmter Fotos stehen. George bei einer Versammlung der Anwaltskammer, jemand überreichte ihm gerade den Hammer des Vorsitzenden. George in nagelneuer Jagdkleidung, eine Schrotflinte in der Hand, den Fuß auf einer gerade erlegten Schneegemse. Zwei Fotos, eins schwarz-weiß, das andere farbig, zeigten ihn in Bars. Er stand im Vordergrund, die Arme in der Pose eines Heldentenors, im Hintergrund, leicht verschwommen, bierselig-fröhliche Gesichter. Die Kupferplatte unter dem einen Foto erklärte, worum es ging: »St. Pat's Day – Sängerkrieg der irischen Tenöre in Wisconsin«.

Sloan und Annette George saßen immer noch in der Küche. Sie wirkte mitgenommen und erschöpft, sah Lucas aus roten verweinten Augen an. »Haben Sie was gefunden?«

Lucas schüttelte den Kopf. »Nein, leider. War Ihr Mann Kunstliebhaber? Zeichnungen, Gemälde – so was?«

»Na ja, wie soll ich sagen? Eigentlich nicht. Manchmal hat er davon gesprochen, daß er selbst gern ein bißchen malen würde, aber er hat nie die Zeit dazu gefunden. Und dann... es hätte auch gar nicht zu ihm gepaßt.«

»Hat er sich vielleicht speziell für einen Maler namens Odilon Redon interessiert?«

»Redon? Den Namen habe ich nie gehört. Oder – warten Sie mal, meinen Sie den Bildhauer? Den mit dem ›Denker‹?«

»Nein, der, den ich meine, war Maler. Skulpturen hat er, glaube ich, nicht geschaffen.«

Sie schüttelte den Kopf. »Nein.«

»Die Fotos in der Diele...«, wechselte Lucas das Thema, »Ihr Mann hat beim Wettbewerb der irischen Tenöre mitgesungen?«

»Ja, er hatte eine gute Stimme. Wir haben früher beide im Collegechor gesungen. Wenn er überhaupt was für Kunst übrig hatte, dann für Gesang, glaube ich. Er war erster Tenor. Im Collegechor, meine ich. Und ich stand bei den Altstimmen, direkt neben ihm. Warum interessiert Sie das mit dem Wisconsin-Wettbewerb?«

»Ich versuche nur, mir ein Bild von ihm zu machen. Manchmal hilft das, besser zu verstehen, was passiert ist – und warum.«

»Hach, wissen Sie...« Sie sah gedankenverloren zu Boden. »Was könnte ich Ihnen schon groß erzählen? Daß er und Stephanie... Nein, das glaube ich einfach nicht.«

»Falls es Ihnen hilft: ich glaub's auch nicht«, sagte Lucas. »Aber ich wäre Ihnen dankbar, wenn das vorerst unter uns bliebe.«

»Sie... Sie glauben es... auch nicht?«

Aber das bißchen Mut, das da zu keimen begann, war, als Lucas und Sloan sich verabschiedeten, schon wieder verkümmert. »Was soll denn jetzt aus mir werden?« fragte sie verzweifelt. »Ich bin fünfzig…«

Eine der Nachbarinnen legte ihr den Arm um die Schulter. »Komm, Annette, irgendwie geht's schon weiter.« Und dabei sah sie Lucas an, als wäre er an allem schuld.

Sloan wandte sich, als sie zum Wagen gingen, noch einmal um. Sie stand immer noch unter der Tür, sah ihnen nach. »Dieses ganze Gerede über Kunst – was sollte das?« fragte er Lucas. »Und das mit den irischen Tenören?«

»Hast du noch nie vom Sängerkrieg der irischen Tenöre gehört?« fragte Lucas zurück. Und als Sloan den Kopf schüttelte: »Solltest du nachholen, bei der St. Pat's Day Parade. Dann weißt du, was ein richtiger Tenor ist. Extrem hohe Stimmlage, besonders, wenn einer als erster Tenor singt. Du hast doch bestimmt schon mal 'ne Aufnahme von ›My Wild Irish Rose‹ gehört? Na also. Und der auf dem Mitschnitt von Loverboy, der hätte bei einem Tenor-Wettbewerb mit Sicherheit keine Chance. Es sei denn, er wäre, als er damals nachts angerufen hat, schrecklich erkältet gewesen.«

Sloan machte schmale Augen. »So hat sich's nicht angehört.«

»Eben. Ein tiefer Bariton. Oder ein Bass.«

»Und die andere Sache?« fragte Sloan. »Das mit der Malerei und dem Soundso?«

»Redon. Der Typ in St. Paul, mit dem ich gesprochen habe, hat mir gesagt, daß einer, wenn er ein so ausgefallenes Bild kennt, schon ein bißchen was von Kunst verstehen muß. Aber in Georges Bücherschrank habe ich keinen einzigen Kunstband entdeckt.«

Sloan warf noch einen Blick zurück. Annette George war im Haus verschwunden. »Tja, wenn du recht hast und George nicht

Stephanies Liebhaber war, dann ist unser Loverboy fein raus. Kein Aas sucht mehr nach ihm.«

»Genau das ist der Punkt«, sagte Lucas. »Wenn wir's mit einem x-beliebigen Serientäter zu tun hätten, warum sollte er sich dann bei George die Mühe machen, den Leichnam zu vergraben? Bei den beiden Frauen hat er's ja auch nicht getan. Zumal es ein ziemliches Risiko ist, einen Toten meilenweit durch die Landschaft zu kutschieren. Also muß es im Zusammenhang mit George irgend etwas geben, was auf keinen Fall bekannt werden soll. Aber was?«

»Und warum haben sie ihn nicht gleich in der Nacht verscharrt, in der er verschwunden ist?« nahm Sloan den Faden auf. »So wurde doch alles noch riskanter.«

»Die ganze Kiste ist verfahren. Ich frage mich, ob wir wirklich schon alle Hintergründe kennen.« Sie waren am Wagen angekommen, Lucas lehnte sich gegen den Kotflügel. »Daß wir uns immer noch auf Bekker konzentrieren, kann man höchstens mit Ahnungen begründen. Konkret spricht gar nichts gegen ihn.«

»Wem sagst du das«, schnaufte Sloan.

»Wenn Bekker dahintersteckt, warum wurde dann die Armistead ermordet? Er behauptet, daß er sie gar nicht kennt. Und wir haben nicht das geringste Indiz für das Gegenteil. An einen wie Bekker würden sich ihre Freunde und Bekannten doch erinnern – bei dem Gesicht. Und um auf George zurückzukommen: Wenn es keinen Zusammenhang mit den beiden Morden gibt... Ich meine, mal angenommen, der Mörder hätte ihn aus reiner Lust am Töten umgebracht, ohne erkennbares Motiv, warum hat er dann ausgerechnet sein drittes Opfer verscharrt?«

Sloan nickte düster. »Wie du schon sagst: eine total verfahrene Kiste.«

»Aber verdammt spannend«, murmelte Lucas.

Sloan streckte ihm die offene Hand hin. »Gib mir die Schlüssel. Ich wollt' den Scheißkarren immer schon mal fahren.«

Während der Fahrt zur City Hall erzählte Lucas, was sich draußen am See abgespielt hatte und wie der Sheriff ihn und Swanson mit einer Bemerkung, die gar nicht witzig gemeint war, zum Lachen gebracht hatte. »War auch zu komisch. Der Fuß ragt aus der offenen Grube, und er sagt...«

Sloan, der eine Schwäche für makabre Witze hatte, kriegte sich kaum mehr ein. »Das ist gut: jetzt kriegt die Sache Hand und Fuß.«

Und erst ein, zwei Meilen weiter schoß Lucas durch den Kopf. Hand *und Fuß*... »Himmel noch mal! Du, als die Jungens von der Spurensicherung in Bekkers Haus nach Fingerabdrücken gesucht haben... Hat sich da auch jemand den Teppichboden angesehen?«

»Woher soll ich das wissen?« fragte Sloan verblüfft. »Wie kommst du überhaupt darauf?«

»Fußspuren«, sagte Lucas. »Unser Loverboy hat anscheinend alles, was er angefaßt haben könnte, sorgfältig abgewischt. Aber um den Teppichboden hat der Scheißkerl sich bestimmt nicht gekümmert. Könnte sein, daß wir sogar jetzt noch was finden. Ich meine, damit die Sache wirklich Hand und Fuß kriegt...«

Cassie kochte italienisch und führte sich auch so auf. Sie tanzte, während sie Tomatensoße anrührte und abschmeckte, trällernd mit der Kasserole durch seine Küche. Der eng sitzende Sweater, den sie trug, heizte Lucas ein. Er schlich sich von hinten heran, umschlang sie mit den Armen und fing an, sie zu streicheln.

»O Mann, so was muß man fühlen, sonst glaubt man's nicht«, flüsterte er ihr ins Ohr, während seine Hände über ihre straffen Bauchmuskeln fuhren.

Sie lachte. »Zum Dank schließe ich Jane Fonda regelmäßig in mein Nachtgebet ein.«

Im Radio dudelte ›Mama's Got a Squeeze Box‹, und sie wollte die Gelegenheit nutzen, ihm rasch ein paar Tanzschritte beizubringen. Aber er stellte sich schrecklich ungeschickt an. »Wie alle Weißen über einsachtzig. Du traust dich nicht, deinen Hintern zu bewegen. Ohne Hüftschwung kann man nicht tanzen.«

»Ich komm' mir albern vor, wenn ich mit dem Hintern wackle.« Er machte es ihr vor.

»Stimmt«, gab sie ihm recht, »sieht albern aus. Aber wenn wir ein bißchen üben, kriegen wir das hin.«

Das Telefon bewahrte ihn davor. Mikkelson, Lucas' alter Bekannter aus der Gerichtsmedizin.

»Die Sache wird immer verwirrender«, sagte er.

»Wieso?« fragte Lucas. »Was haben Sie festgestellt?«

»Nichts als Ungereimtheiten. Als George in diese Grube gelegt wurde, muß er noch geblutet haben. Auch die Exkremente, die wir in seiner Kleidung gefunden haben, waren zu der Zeit noch relativ frisch. Sonst hätte sich das Zeug nicht vor dem Gerinnen beziehungsweise vor der Erstarrung mit Schlamm vermischen können.«

»Also wurde er erst vergangene Nacht ermordet?«

»Ein naheliegender Schluß, aber falsch«, sagte Mikkelson. »Die ausgestochenen Augen waren nämlich auch mit Schlamm gefüllt. Aber sie sind ihm erst ausgestochen worden, nachdem der Blutstau im Brustkorb und in den Armen längst eingesetzt hatte, also lange nach seinem Tod.«

Lucas war verwirrt. »Das macht doch keinen Sinn.«

Und Mikkelson spielte genüßlich seinen Trumpf aus. »Doch. Sie haben ihn verscharrt und eine Nacht später wieder ausgegraben, um sich die Augen vorzunehmen. Wir werden das noch durch weitere Laborergebnisse belegen, aber ich würde sagen, schon die ersten Gewebeuntersuchungen zeigen eindeutig, daß es so gewesen sein muß.«

»Warum, um Himmels willen, haben sie das getan?«

»Verdammt, Lucas, ich schau' den Leuten in den Bauch, nicht in den Kopf. Ich weiß nur, was passiert ist, nicht, warum. Ach ja –

und noch was... Eure Leute haben mir zum Vergleich Gipsabdrücke von Schuhsohlen hergeschickt, aus Bekkers Haus...«

»Ja?«

»Nicht identisch. Nicht mal annähernd ähnlich.«

18

»Aus kommunalpolitischen Gründen«, sagte Daniel. Sie saßen in seinem Büro, unter den vorwurfsvoll stummen Blicken der in Hochglanz und Schwarz-weiß an der Wand aufgereihten Politprominenz. »Es muß was geschehen, sonst reißt ein paar Leuten der Geduldsfaden. Sie wissen ja selber, wie das ist. Kommunalpolitiker halten ihre Wähler zwar grundsätzlich für blöde, aber nichts macht ihnen so angst wie der Gedanke, daß sie morgen keine Stimmen mehr kriegen, wenn der Kerl nicht heute noch gefaßt wird.«

»Mit Ihnen ist die Presse auch nicht gerade freundlich umgesprungen«, erinnerte ihn Lucas.

»Tja«, machte Daniel, »was hatten Sie denn erwartet?« Er zog das Zigarrenkistchen heran, rang einen Moment mit sich, klappte den Deckel zu. »Reporter haben sich den einzigen Beruf ausgesucht, in dem man Intelligenz durch Sarkasmus ersetzen darf. Verdammt, Davenport, ich brauche irgendwas, um die Meute zu beruhigen. Ganz egal, was.«

»Veranlassen Sie, daß Bekker rund um die Uhr beschattet wird«, schlug Lucas vor.

Daniel war für jeden Rat aufgeschlossen. »Gut. Aber warum?«

»Damit wir wissen, wie wir mit ihm dran sind, so oder so. Lassen Sie lückenlos feststellen, mit wem er verkehrt, wo er hinfährt, und so weiter. Wir wissen, daß der Mörder ein auffallend häßlicher Kerl ist. Aber wir tappen weiter im dunkeln bei der Frage, ob Bekker der Drahtzieher ist. Wir brauchen einen, der intelligent genug ist, das endlich zu klären. Die Schlüsselfigur in der Sache ist Bekker. Entweder stellt sich heraus, daß er nichts damit zu tun hat, oder wir hängen ihn.«

»Bekker«, murmelte Daniel. Seine Neugier schien nicht gespielt zu sein, als er fragte: »Was glauben Sie? Ist er unser Mann?«

Lucas zuckte die Achseln. »Ich weiß nicht. Vorläufig ist er der einzige, an den wir uns halten können. Andererseits spricht alles dafür, daß es ein anderer war.«

»Okay«, sagte Daniel, »ich werde die Beschattung anordnen. Und publik machen, daß wir einen bestimmten Verdächtigen im Visier haben. Das wird unsere Sesselfurzer fürs erste beruhigen. Aber zusätzlich wäre es gut, wenn wir was hätten, um die Reportermeute von dem Fall abzulenken.«

»Einer aus meinem Netz hat mir neulich was gesteckt – über einen gemeinsamen alten Bekannten. Terry Meller, sagt der Name Ihnen was? Nein? Schon lange im Geschäft, keiner von den ganz Großen, hat aber immer was laufen. Diesmal geht's um Fernsehgeräte. Dürften ein paar hundert sein, eine ganze Wagenladung aus St. Paul. Er hat das Zeug in einer gemieteten Lagerhalle hinter der Zweihundertachtzigsten liegen. Das – und vermutlich noch mehr Sore. Wir könnten uns eine Anordnung besorgen, die ERU auf den Schuppen ansetzen und Presse und Fernsehen einen Wink geben.«

Daniels Miene hellte sich auf. Aktionen der ERU – der Einsatztruppe der Polizei – kamen bei den Sendern immer gut an. »Ich könnte den Jungens von der ERU sagen, daß sie an ein paar Reporter kugelsichere Westen ausgeben sollen, damit die nahe genug rankommen. Das gibt rasante Bilder.«

»Und wir stehen gut da«, sagte Lucas. »Was allerdings nicht heißt, daß wir die Bekker-Story ein für allemal los sind.«

Den zweiten Satz überhörte Daniel in seiner Begeisterung

geflissentlich. »Ich besorge die richterliche Anordnung. Und fordere die ERU an. Die Jungens von der Verdeckten Fahndung sollen die Lagerhalle ab sofort überwachen. Gehen Sie doch, wenn wir hier fertig sind, gleich bei denen vorbei und beschreiben Sie ihnen genau, wo das ist.«

Lucas nickte. »Ich habe da übrigens jemanden bei TV 3.« Es gelang ihm, die Bemerkung ganz beiläufig klingen zu lassen. »Die Kleine ist mir noch eine Gefälligkeit schuldig.«

Daniel sah ihn mißtrauisch an. »Haben Sie ihr etwa die Sache mit dem Leichenfund am See zugespielt?«

Lucas zuckte die Achseln und verschanzte sich hinter einem Grinsen. »Könnte sein, daß mir was rausgerutscht ist. Aber worauf ich hinaus will, und zwar im Zusammenhang mit Bekker: Ich will ihr einen Tip geben, daß George meiner Ansicht nach nicht Stephanies Liebhaber war, und daß ich mich damit im Widerspruch zur vorherrschenden Meinung im Präsidium befinde.«

Daniel war skeptisch. »Glauben Sie tatsächlich, daß es sich immer noch lohnt, nach dem zu suchen?«

Lucas legte die Stirn in Falten. »Ja. Ich weiß, daß einiges dagegenspricht. Zum Beispiel die Frage, warum George umgebracht und verscharrt wurde, wenn er's nicht war. Darauf kann ich mir auch keinen Reim machen. Er und Stephanie haben sich gekannt, sie hätten auch dem Alter nach zueinander gepaßt. Aber irgendwie... Ach, hat Shearson eigentlich was über den Psychofritzen rausgebracht, den er observieren sollte?«

»Er meint, da könnte was gelaufen sein.«

»Na ja, der hellste Kopf war er ja noch nie.«

»He, he«, machte Daniel. »Er ist in Ordnung. Sie können ihn bloß nicht leiden, weil er sich besser anzieht als Sie.«

»Ja, zum Beispiel Polohemden zum Zweireiher.«

»Hören Sie«, sagte Daniel, »wir wissen, daß Bekker weder seine Frau noch George umgebracht hat, jedenfalls nicht persönlich...«

»Ja«, fiel ihm Lucas ins Wort. »Und ich bin jetzt nicht mal mehr sicher, ob er mich vorgestern abend wirklich nur deshalb ins Haus gelockt hat, weil er ein Alibi brauchte. Verdammt, mir kommt das Ganze immer rätselhafter vor. Nicht Bekker ist die Schlüsselfigur, sondern Loverboy. Und wenn's ihn noch gibt, dann will ich ihn haben. Vielleicht kann ich irgendwie an sein Gewissen appellieren. Oder das Gerücht ausstreuen, daß ich ihm dicht auf den Fersen bin und daß er besser daran täte, von sich aus Verbindung mit mir aufzunehmen. Daß wir ihn ja doch finden würden und daß er dann wegen Begünstigung in einem Mordfall schon mal den Koffer für Stillwater packen könnte.«

Daniel rieb sich die Augen, als wolle er die fünf-Uhr-Schatten wegwischen. »Ich weiß nicht, sehr viel Sympathie verspüre ich nicht für ein solches Vorgehen.«

»Sympathie, sagen Sie?«

»Ja, Sympathie. Aber Sie müssen ja nicht auf mich hören. Es ist Ihre Entscheidung, wie und wo Sie sich die Finger verbrennen.«

Lucas nickte. »Okay.« Daniel war eben mehr Politiker als Polizist. Falls Lucas auf den Bauch fiel, konnte er darauf hinweisen, daß er rechtzeitig Zweifel angemeldet hatte. »Einstweilen können Sie dem Bürgermeister sagen, daß wir einen Verdächtigen im Visier haben und die Suche nach Loverboy forcieren.«

»Der Bürgermeister läßt sich nicht für dumm verkaufen.«

»Ich weiß. Aber er braucht was, was er der Presse zum Fraß vorwerfen kann. Und das wär' ja schon mal was.«

»So gesehen haben Sie recht. Gut, ich werde also Anderson anweisen, ein Beschattungsteam zusammenzustellen, und dann lassen wir Bekker ab heute abend nicht mehr aus den Augen.«

Lucas sah kurz bei der Abteilung für Verdeckte Fahndung rein und gab dem Officer vom Dienst die nötigen Informationen über Terry Mellers Lagerschuppen. Dann verabredete er sich telefonisch mit Carly Bancroft. Anschließend bat er den Polizeizeichner, ihm mit ein paar Strichen eine kleine Skizze anzufertigen. Und traf sich pünktlich zur vereinbarten Zeit mit Carly vor einer Eisdiele im Skyway-Center.

»Ich hab' noch eine kleine Story für dich.« Er knabberte am Schokoladenhäubchen seiner Eiswaffel. »Dadurch wächst zwar einerseits dein Schuldenkonto bei mir, andererseits würde ich's dir als Abzahlung anrechnen, wenn du die Sache in einer Sendung unterbringst.«

»Laß mal hören.«

»Alle gehen davon aus, daß Philip George Mrs. Bekkers Liebhaber war und umgebracht wurde, damit er den Mörder nicht identifizieren kann.«

»Ja«, bestätigte sie, »das sagt jeder.«

»Ich glaube trotzdem nicht, daß es stimmt. Genauer gesagt, ich bin ziemlich sicher, daß es nicht stimmt. Ich behaupte, der richtige Loverboy läuft noch quicklebendig herum.«

Sie grub die Zungenspitze in ihr Vanille-Softeis, schleckte, nickte. »Falls das die Story ist – okay, ich bring's, wenn du deinen Namen dafür hergibst.«

»Du mußt das so darstellen: Du hast einen Tip bekommen, daß ich dem Mann dicht auf der Spur bin. Sogar schon mit einem Phantombild rumlaufe. Tatsächlich werde ich das Bild jemandem zeigen, den du anschließend interviewen kannst. Jemandem, der eingeweiht ist und sich nicht gegen das Interview sträuben wird. Er wird dir den Mann genau beschreiben. Aber ich leugne natürlich, daß ich dir das Bild je gezeigt habe.«

»Schön und gut, aber worin besteht meine Abzahlung?«

»Du bringst das so, als hättest du das Ganze aus einer anderen Quelle. Mein Name kann ruhig erwähnt werden, aber du darfst mich nicht direkt zitieren und nicht behaupten, daß du die Story von mir hast. Im Gegenteil, du mußt klarstellen, daß ich jeden Kommentar verweigert habe.«

»Was glatt gelogen wäre.«

»Stimmt«, sagte Lucas. »Deute an, daß dir das Ganze aus dem Polizeipräsidium zugespielt wurde, aber sag ausdrücklich: nicht von mir. Du kannst zum Beispiel die Vermutung äußern, daß innerpolizeiliche Meinungsverschiedenheiten dahinterstecken und daß mir von ganz oben ein Maulkorb umgehängt wurde. Und dann leuchtest du noch ein bißchen meinen persönlichen Background aus und läßt einfließen, daß dieser Davenport über Informationsquellen verfügt, von denen keiner der anderen auch nur die leiseste Ahnung hat.«

Winzige Fältchen kräuselten sich auf ihrem Nasenrücken. »Ich verstehe nicht, was das alles soll. Für den Fall, daß ich damit baden gehe, möchte ich wenigstens wissen, warum.«

Lucas hatte das Schokoladenhäubchen inzwischen weggeknabbert, den Rest warf er, nachdem er zweimal an der Vanillecreme geleckt hatte, hinter sich in einen Papierkorb. »Weil ich glaube, daß unser Mann noch unbehelligt herumläuft. Und weil ich will, daß er's mit der Angst zu tun kriegt. Aber er muß nicht merken, daß ich die Finger im Spiel habe. Im Gegenteil, ich möchte, daß er mich für seine letzte Zuflucht hält.«

Carly nickte. »Gut, das Spiel kann so laufen.«

»Und die Story, die du kriegst, ist nicht mal schlecht.«

»Da du's gerade erwähnst...« Sie warf rasch einen Blick auf die Uhr. »Ich muß los.«

»Was liegt denn an?«

»Genaueres weiß ich auch noch nicht. Irgendwo soll eine ganz große Sache laufen – mit der ERU und so. Und ich bin dabei.«

»Hört sich gut an«, sagte Lucas.

»Hört sich nach echter Scheiße an«, widersprach sie. »Aber ich komm' ins Bild. In den Zehnuhrnachrichten.«

Elle Kruger schlenderte langsam, in Andacht versunken, den Plattenweg vom Hügel hinter dem Ententeich herunter. Ihre Lippen bewegten sich lautlos, ihre Finger glitten über die dicken schwarzen Perlen des Rosenkranzes. Lucas folgte ihr in etwa zwanzig Schritt Abstand und vertrieb sich die Zeit damit, die Collegemädchen zu betrachten, besonders die großgewachsenen Blonden, von denen es hier reichlich gab.

Als Elle das letzte Gebet beendet hatte, ließ sie die Perlen aus den Fingern gleiten, straffte sich und schritt, inzwischen schon auf dem Rundweg um den Ententeich, rascher aus. Lucas beeilte sich, ihr nachzukommen.

Sie hörte ihn, drehte sich um. »Wie lange treibst du dich schon hinter meinem Rücken herum?« fragte sie lächelnd.

»Seit fünf Minuten. Deine Sekretärin hat mir gesagt, wo ich dich finde.«

»Ist irgend etwas passiert?«

»Nicht direkt. Ich komme nur im Fall Bekker nicht weiter. Ich stecke in 'ner Sackgasse.«

»Ja, ein rätselhafter Fall. Und wenn man den Zeitungen glauben darf, wird er immer rätselhafter.« Am Schluß ging ihr Tonfall eine Spur nach oben, so daß es mehr nach einer Frage klang.

»Könnte sein.« Er wollte nicht gleich alle Karten aufdecken. »Erklär mir doch bitte mal folgendes: Wir haben da einen Kerl, der zwei Frauen umbringt und ihnen die Augen verstümmelt. Dann ermordet er einen Mann, vergräbt die Leiche in Wisconsin und wird rein zufällig dabei beobachtet. Nachbarn sehen die Autoscheinwerfer und vermuten, daß sich ein Einbrecher bei einer Hütte am anderen Seeufer zu schaffen macht. Später stellt sich heraus, daß er die Leiche wahrscheinlich schon in der vorangegangenen Nacht vergraben hat und wiedergekommen ist, um sie auszugraben. Und das alles nur, um dem Toten die Augen auszustechen.«

Sie nickte. »Weil er nicht wollte, daß der Tote ihn mit seinem Blick verfolgt.«

»Ich hab' mich auch schon gefragt, ob so was dahintersteckt. Aber ich bin nicht sicher, daß das der wahre Grund ist. Er könnte es auch getan haben, um mehr Aufsehen zu erregen. Oder um einen Zusammenhang zwischen den drei Morden vorzutäuschen.«

Sie hob die Schultern. »Könnte er, natürlich. Aber warum sollte er noch einmal dorthin fahren und seinem Opfer die Augen ausstechen, nachdem er es vorher an einer abgelegenen Stelle vergraben hat? Was doch wohl heißt, daß die Leiche für immer verschwinden sollte.«

»Ja, da ist was dran.« Er vergrub die Hände in den Jackentaschen, zog ein Gesicht wie einer, dem der letzte Strohhalm davonschwimmt.

»Also war vermutlich doch seine Angst vor dem Blick des Toten der Grund«, sagte sie. »Und daraus läßt sich eine Schlußfolgerung ziehen.«

»So? Welche denn?«

»Er hat allen die Augen ausgestochen. Jedenfalls den drei Mordopfern, von denen wir wissen. Gleich beim ersten Mord hat er es getan. Aber wie konnte er da schon auf die Idee kommen, daß ihn der Blick einer Toten verfolgen würde?«

Lucas schlug sich mit der flachen Hand vor die Stirn. »Natürlich. Er muß früher schon gemordet haben, und das mit den Augen hat er an sich selbst erlebt. Verdammt, warum bin ich darauf nicht früher gekommen?«

Elle sah ihn eindringlich an. »Weißt du eigentlich, daß solche Leute in der psychologischen Fachliteratur als extrem gefährlich beschrieben werden?«

Eine Warnung, die ihn während der Fahrt zum Lost River Theater mit Unruhe erfüllte. Die Außentür war verschlossen, aber durch die Glasscheibe sah er in der Lobby eine Blondine, die an einer Staffelei saß und malte. Er klopfte und zeigte ihr, als sie hochsah, seine Polizeimarke.

»Cassie da?« fragte er, während sie ihn hereinließ.

»Die sind alle auf der Bühne. Da ist gerade Probe.«

Lucas ging durch zum Zuschauerraum. Die Scheinwerfer waren eingeschaltet, auf der Bühne und dem kleinen Podium davor wimmelte es von Akteuren. Einige der weißen Schauspieler waren schwarz geschminkt, mit dicken weiß-grauen Wülsten um die Lippen. Zwei Schwarze stellten Weiße dar. Cassie entdeckte ihn, winkte ihm zu, sprach kurz mit dem Regisseur, und beide kamen zu Lucas herunter.

»Wollte nur mal reinschauen, wenn's recht ist«, sagte Lucas. »Oder störe ich?«

Der Regisseur, ebenfalls als Schwarzer hergerichtet, verzog die Lippenwülste. »Gibt nicht viel zu sehen. Sie können gern bleiben, aber heute wird hauptsächlich geredet.«

»Und eine Stunde wird's mindestens dauern«, fügte Cassie hinzu. Ihre Augen leuchteten in der dunklen Schminke wie winzige grüne Lämpchen.

»Was hältst du davon, wenn wir hinterher französisch essen gehen?« schlug Lucas vor.

»Hört sich großartig an«, sagte sie. Und erinnerte ihn, schon im Weggehen: »Aber erst in einer Stunde, ja?«

Lucas stieg ein paar Stufen hoch, setzte sich in eine Bankreihe ungefähr in der Mitte des Theaters und sah sich das Treiben auf der Bühne an.

Whiteface war eine nur vordergründig fröhliche, im Kern aber bittere Satire auf die Rassentrennung vergangener Tage, eine Folge von Spielszenen und Showeinlagen, in denen zu bekannten Songs aus dem neunzehnten Jahrhundert getanzt, gesteppt und – mit neuen Texten unterlegt – gesungen wurde. Das Ganze wurde begleitet von Gauklerspielen, die sich im Hintergrund in wirbelndem Wechsel aneinanderreihten. So schien das Geschehen vor einer lebenden Kulisse abzulaufen, in der unablässig Banjospieler, Tänzer, Akrobaten, Zauberer und Jongleure vorbeihuschten. Immer wieder gab es Unterbrechungen, weil irgend jemand Textänderungen anregen oder Vorschläge zur Choreographie machen wollte.

In einer turbulenten Szene wurden, um die Sinnlosigkeit der Rassentrennung schonungslos aufzudecken, die Realitäten vollends auf den Kopf gestellt. Zwei schwarze Schauspieler, offensichtlich professionelle Golfspieler, versuchten sich in der weißen Maske auf den Platz eines Südstaatenclubs zu schleichen, dessen gepflegtes Grün natürlich ausschließlich der Upper Class vorbehalten war. Cassie, als Negermädchen geschminkt, spielte den Part eines weißen Collegegirls, das die Eindringlinge als Provokateure entlarven wollte, wobei ihre Argumentation in der Behauptung gipfelte, die beiden seien in Wirklichkeit radikale Schwarze, die sich hinter der Maske weißer Mitbürger tarnten.

Gleichzeitig raubte im Hintergrund, in dem eine Parklandschaft angedeutet war, ein farbiger Halunke weiße Spaziergänger aus. Die Maske war diesmal so angelegt, daß man in dem Schurken auf den ersten Blick einen Weißen erkannte, der sich nur hinter plump aufgetragener Schminke tarnen wollte. Dennoch taten bei der Befragung durch die Cops alle Opfer so, als hätten sie den Schwindel nicht durchschaut.

Danach entbrannte eine kurze, sehr heftige Diskussion über die Frage, ob diese ineinander verflochtenen Szenen auf das Publikum nicht allzu verwirrend wirkten und ob die Botschaft, die sie vermitteln sollten, nicht durch die Übertreibung unterginge. Zwei schwarze Schauspieler, die das aus der Sicht unbeteiligter Zuschauer entscheiden sollten, konnten sich nicht einig werden.

Schließlich wandte sich der Regisseur an Lucas und rief in den dunklen Rang: »Was meint die Polizei dazu?«

»Ganz schön stark«, rief Lucas zurück. »Einerseits paßt es nicht zu den übrigen Szenen, andererseits setzt es aber einen interessanten Akzent.«

Anscheinend genau das salomonische Urteil, auf das der

Regisseur gewartet hatte. »Also gut«, entschied er, »vorläufig bleibt die Szene drin.«

Als die Probe beendet war und die Akteure sich – der Einfachheit halber gleich auf offener Bühne – abschminkten, saß Lucas neben Cassie. Irgendwo im Gedränge entdeckte er auch den Schauspieler, der den Gauner im Park gespielt hatte. Später, als Cassie fertig war und sie auf den Bühnenausgang zugingen, kamen sie hinter der Bühne noch einmal an ihm vorbei. Er probte eine schnelle Folge skurriler Tanzschritte.

»Carlo…«, sagte Cassie im Vorbeigehen, »immer fleißig.«

Nach dem Essen fuhren sie zu Lucas. Cassie ließ sich auf die Couch im Wohnzimmer fallen.

»Weißt du, was am schlimmsten ist, wenn du kein Geld hast? Du mußt ständig arbeiten, kannst dir nie eine Pause gönnen. Du hast es gut, du kannst, wenn dir danach ist, sechs Wochen am Stück blau machen. Mann, das wär' genau das, was mir fehlt: mich mal sechs Wochen auf die Couch fläzen und den ganzen Tag nur Fernsehen gucken.«

»Hauptsache, du erwischst nicht nur Nachrichten.« Lucas hob Cassies Füße an, setzte sich und nahm ihre Beine auf den Schoß. »Bei den Serien weißt du wenigstens von vornherein, daß alles Quatsch ist.«

»Mhm…«, machte sie. Und nach einer nachdenklichen kleinen Pause: »Entweder vertiefen wir das Thema und führen ein philosophisches Gespräch über den Einfluß der Medien auf unser Leben, oder wir lassen uns einen anderen hübschen Zeitvertreib einfallen. Was wär' dir lieber?«

Lucas grinste. »Rate mal.«

Später rief Del an. »Tut mir leid wegen gestern…«

»Vergiß es«, sagte Lucas. »Wie läuft's denn?«

»Ich war jetzt zweimal mit Cheryl aus. Sie hat von sich aus mit

Bekker angefangen. Ich hab' ihr gesagt, daß ich nichts davon hören will, aber sie hat's mir unbedingt erzählen wollen.«

»Hab' ich dir doch vorausgesagt«, warf Lucas ein.

»Arschloch«, raunzte Del. »Irgendwie mag ich sie. Na ja, wie auch immer... Sie glaubt, daß Bekker Drogen nimmt, Speed oder Coke oder weiß der Henker was. Sie sagt, manchmal rastet er völlig aus. Bumst mit ihr und ist plötzlich mittendrin wie im Fieberwahn. Mit Schaum vor'm Mund und so.«

»Sexbesessen?«

»Nein, würd' ich nicht sagen. Mehr so, als verlöre er manchmal die Kontrolle über sich. Stürzt sich wie ein Wilder auf sie, und wenn's vorbei ist, behandelt er sie wie ein Stück Holz. Will sich nicht unterhalten. Schmusen erst recht nicht. Meistens hat er sich was zu lesen mitgebracht. Sitzt da, schmökert, und plötzlich hat er wieder Lust auf sie und führt sich auf wie ein Irrer.«

»Na ja«, meinte Lucas, »da hab' ich schon Schlimmeres gehört.«

»Ich treff' mich morgen wieder mit ihr.«

»Läßt es sich arrangieren, daß Bekker was davon erfährt?«

»Warum denn das?« fragte Del verblüfft.

»Mal sehen, wie er reagiert. Cheryl geht kein Risiko ein, Bekker wird rund um die Uhr überwacht.«

»Tja – na ja, mal sehen, was mir einfällt. Vielleicht bring' ich sie dazu, daß sie ihn anruft und was andeutet.«

»Versuch's mal«, sagte Lucas.

19

Das Telefon läutete um drei Uhr morgens. Cassie, kaum auszumachen im schwachen Lichtschimmer, den die Lamellen der Jalousetten ins Zimmer ließen, hielt die Bettdecke mit beiden Fäusten umklammert. Weiß der Himmel, was sie zusammenträumt, dachte Lucas, während er auf Zehenspitzen in die Küche zum Telefon huschte.

»Lucas? Hier ist Kathy, in der Vermittlung...« Lucas schwante nichts Gutes, sie hörte sich merkwürdig bedrückt an. »Tut mir ja leid, daß ich mitten in der Nacht störe, aber ich hab' hier einen Arzt in der Leitung. Er sagt, es geht um Ihre Tochter...«

Sein Herzschlag setzte aus. »O Gott... Stellen Sie's durch.«

Ein kurzes Summen, leises Knacken. Und dann hatte Lucas den Eindruck, jemanden atmen zu hören. »Ja, hier ist Davenport?« haspelte er in den Hörer.

Keine Antwort. Aber er war mit jemandem verbunden, hörte irgendwelche Hintergrundgeräusche, vielleicht entfernt rauschenden Autoverkehr. »Hallo? Verdammt noch mal, hier ist Davenport...«

Eine Männerstimme meldete sich. Tief, grießig, unnatürlich, wie verzerrt. Eine Stimme wie ein Roboter, der ohne jede Betonung ein Wort ans andere reiht.

»Mit Ihrer Tochter ist alles in Ordnung. Wissen Sie, mit wem Sie sprechen?«

Die Stimme vom neun-eins-einser-Band, fiel Lucas schlagartig ein. Loverboy. »Ich... ja, ich glaube schon.«

»Geben Sie mir Ihre Privatnummer.« Die Filmstimme aus *Krieg der Sterne*, Darth Vader. Seelenlos. Kein überflüssiges Wort. Ohne jede Regung. Ein nacktes Satzgerippe, einfach so heruntergelesen. »Ich rufe sofort zurück. Führen Sie in der Zwischenzeit kein anderes Telefongespräch. Sollte ich merken, daß Sie doch telefonieren, hören Sie nie wieder von mir. Ich bin jetzt schreibbereit.«

Lucas gab ihm seine Telefonnummer. »Sie rufen wieder an?«

»Innerhalb der nächsten fünf Sekunden.«

Ein Klicken in der Leitung. Lucas rief: »Kathy?« Und noch einmal: »Kathy? Sind Sie noch dran? Verdammter Mist.« Die Vermittlung des Polizeipräsidiums hatte sich ausgeschaltet. Lucas legte auf. Und im nächsten Augenblick schrillte das Telefon.

Er riß den Hörer hoch. »Ja?«

»Ich will Ihnen helfen. Aber persönlich geht das nicht.« Ein Kratzen in der Stimme. Immer noch wie abgelesen. »Was brauchen Sie? Aber ich werde mich nicht zu erkennen geben.«

»Haben Sie uns eine Zeichnung geschickt? Ich muß sicher sein, daß ich wirklich den richtigen Mann an der Strippe habe.«

»Ja. Aus dem Zyklopen-Zyklus. Der Mörder sieht nicht aus wie ein Zyklop, er fühlt sich nur so. Hat einen Kopf wie ein Kürbis. Irgendwas stimmt nicht mit seinem Gesicht.«

»Ich will nicht behaupten, daß Sie mir einen Bären aufbinden«, sagte Lucas, »aber irgendwie erinnert mich das Ganze an eine Fernsehserie, die vor einigen Jahren lief.« Der andere sollte ruhig den Eindruck haben, daß Lucas ihn nicht ernst nahm. Vielleicht lockte ihn das aus der Reserve.

Cassie kam in die Küche. Barfuß, verschlafen, rieb sich die Augen. Ahnte, daß es kein gewöhnliches Telefongespräch war.

»Sie meinen die Serie ›Der Ausbrecher‹? Daran mußte ich auch denken. Woher haben Sie eigentlich die Anhaltspunkte für das Phantombild von mir?«

Aha. Loverboy hatte Carly Bancroft in TV 3 gesehen.

»Lassen Sie mich zunächst mal meine Fragen stellen, ja? Falls Sie sich aus irgendeinem Grunde entschließen, plötzlich aufzulegen, sollen Sie wenigstens wissen, welche Punkte für mich wichtig sind. Ist Ihnen etwas über persönliche Kontakte zwischen den Bekkers und Philip George bekannt?«

»Nein.« Ein kurzes Zögern. Dann klang die Stimme auf einmal nicht mehr so unbewegt. Als hätte der Anrufer sich vom Textblatt gelöst. »Die Vermutung liegt nahe...« Er brach ab. Hatte sich's wohl anders überlegt. Wieder die Roboterstimme: »Nein.«

»Hören Sie«, redete Lucas auf ihn ein. »Sie haben doch ein Gewissen. Da treibt sich ein Monster herum, begeht einen Mord nach dem anderen, und wer weiß, ob der Kerl nicht so weitermacht. Wir sind, wenn wir den Fall lösen wollen, auf jeden Strohhalm angewiesen.«

»Schnappen Sie sich Michael Bekker.«

»Wir können ihm nichts beweisen.«

»Er ist das Monster.« Wieder unpersönlich. »Daß er Stephanie nicht selber umgebracht hat, weiß ich auch. Trotzdem.«

»Helfen Sie mir wenigstens mit einem Hinweis, ob es irgendwelche Gemeinsamkeiten zwischen Ihnen und George gibt. Wenn Sie dabei bleiben, daß Sie anonym... Sehen Sie, könnte doch sein, daß wir Ihre Identität irgendwann rauskriegen. Ich würde dann zu Ihren Gunsten aussagen, daß Sie uns wertvolle Informationen gegeben haben. Kann sein, daß das eines Tages wichtig für Sie wird.«

Langes Schweigen. Dann sagte der Anrufer: »Nein, ich kann Ihre Frage nicht beantworten. Sie haben noch dreißig Sekunden.«

»Bleiben Sie dran... Wieso nur dreißig...?«

»Weil Sie möglicherweise mit einer Fangschaltung arbeiten. Ich habe nur Münzen für zwei Minuten eingeworfen. Jetzt sind es noch fünfundzwanzig Sekunden.«

»Warten Sie doch... Wir müssen irgend etwas ausmachen, wie ich notfalls Verbindung mit Ihnen aufnehmen kann.«

»Geben Sie in der Tribune eine Anzeige auf. Unter Vermischtes. Daß Sie nicht mehr für die Schulden Ihrer Frau aufkommen. Unter dem Namen Lucas Smith. Ich werde Sie dann anrufen. Nachts, ungefähr um diese Zeit. Die zwei Minuten sind um. Behalten Sie Bekker im Auge, Stephanie hatte Angst vor ihm. Bekker, hören Sie?«

»Nur eine Frage noch...« Lucas' Stimme überschlug sich fast. »Wieso sagen Sie: Bekker ist das Monster? Was hat er Stephanie angetan?«

Klick.

»Himmelarschundzwirn«, brüllte Lucas den Telefonhörer an.

Cassie schmiegte sich an ihn. »Wer war's denn?« Ihre warmen Finger fuhren seinen Rücken hinunter, beruhigten ihn.

»Stephanie Bekkers Liebhaber«, sagte er. Wählte eine Siebener-Nummer. Am anderen Ende wurde sofort abgenommen. Die Vermittlung im Polizeipräsidium.

»Davenport. Geben Sie mir bitte Kathy.«

Ein paar Sekunden später war sie dran. »Wie geht's Ihrer Tochter?«

»Das war nur ein blöder Scherz«, sagte Lucas. »Aber gut, daß Sie den Anruf durchgestellt haben. Passen Sie auf, ich brauche das Band. Ich meine, den Anfang des Gesprächs. Als Sie ihn noch dranhatten.«

»Ja...«, entgegnete sie, »ich habe nichts auf Band. Er ist nicht über die Notrufnummer gekommen, sondern auf drei-null-acht.«

»Verdammt.« Lucas fuhr sich durchs Haar. »Hören Sie, Kathy, schreiben Sie genau auf, was er gesagt hat. Alles, was Ihnen noch einfällt. Den Wortlaut, wie seine Stimme geklungen hat und so weiter. Und geben Sie's Anderson, wenn er kommt.«

»War was Wichtiges, wie?«

»Wichtig ist gar kein Ausdruck.«

Als er aufgelegt hatte, meinte Cassie: »Ich vermute...« Aber er wedelte unwirsch mit der Hand. »Schhh... Ich muß nachdenken.«

Sie kam ihm ins Schlafzimmer nach. Er warf sich aufs Bett, lag ganz still da, mit geschlossenen Augen, und versuchte sich zu erinnern. Nicht an den Wortlaut. An das, was dahintersteckte. Um ein Gespür für Loverboy zu entwickeln. Tiefe Stimmlage. Gewandt im Ausdruck. Klar gegliederte Sätze. In dem kurzen

Augenblick, in dem er sich offensichtlich nicht an einen vorbereiteten Text gehalten hatte, war ihm eine Formulierung herausgerutscht, die fast wörtlich mit Carly Bancrofts Moderation in TV 3 übereinstimmte. *Die Vermutung liegt nahe*...

Und Lucas ahnte, was er sagen wollte. Loverboy und George waren einander ähnlich. Vom Typ her. Was Lucas vorher schon vermutet hatte. Darum hatte er das Phantombild so zeichnen lassen, daß es in Grundzügen George ähnelte. Jetzt fühlte er sich in seiner Ahnung bestätigt.

Es mußte so sein. Loverboy war nicht bei der Beerdigung gewesen, weil er befürchtete, George wäre auch dort. Und er hatte Erkundigungen eingezogen. Wußte zum Beispiel über Lucas' Tochter Bescheid. Nach dem Fall mit den Crows hatte ja genug darüber in den Zeitungen gestanden. Vielleicht erinnerte er sich noch daran. Oder er hatte es nachgeschlagen. In einem der Sammelbände mit den alten Jahrgängen der Tageszeitungen. Anderson sollte sich mal die Ausleihkarteien der öffentlichen Bibliotheken vornehmen...

Lucas öffnete die Augen. »'tschuldige, aber ich mußte das erst mal in die Reihe bringen.«

»Kein Problem«, sagte Cassie, »geht mir bei den Rollenbüchern genauso.«

»Ein verdammt gerissener Hund.« Lucas stand auf und angelte sich seine Unterhose vom Stuhl. »Ich muß mir ein paar Notizen machen.«

Cassie folgte ihm, als er nach unten ins Arbeitszimmer ging. Sie starrte verdutzt auf die Zeichenkartons an der Wand. »Wow. Deine private Denkfabrik, wie?«

»Nur Teile des Puzzles«, sagte er. Auf dem Bett lag ein zusammengefalteter Bogen Papier. Er schlug ihn auf. Die Kopie der Zeichnung mit dem Zyklopen. »Der Haken bei der ganzen Geschichte ist: Wir wissen zwar, daß wir's bei Bekker mit einem Irren zu tun haben, aber alle Spuren führen von ihm weg.«

Cassies Blick hing immer noch wie gebannt an den Zeichenkartons. Sie sah aus, als grübelte sie. »Machst du das immer so, wenn du an einem Fall arbeitest?«

»Nur, wenn's einer von den richtig verzwickten ist.«

»Ist es auch schon vorgekommen, daß du alles schön säuberlich aufgemalt hattest und trotzdem nicht dahintergekommen bist, wie eines zum anderen gehört? Jedenfalls nicht rechtzeitig?«

Er runzelte die Stirn. »Ich weiß nicht. Hinterher denke ich nicht mehr drüber nach. Du kommst fast nie an alle Informationen, die du brauchst, um einen Fall zu lösen. Es sei denn, die Lösung liegt von Anfang an auf der Hand: Der Mörder hat noch Blut an den Händen, oder fünf Nachbarn haben gesehen, wie er seine Frau umgebracht hat. Aber wenn's komplizierter ist... Ich hab' schon Leute ins Gefängnis geschickt, die hoch und heilig ihre Unschuld beteuert haben und auch jetzt noch schwören, sie wären's nicht gewesen. Für mich stand mit neunundneunzig Prozent fest, daß sie schuldig waren. Aber ganz genau weißt du's nie.«

»Und wenn da nun irgendwo in deinen Notizen...« Cassie deutete mit dem Kopf auf die weißen Blätter an der Wand. »Wenn da nun der Schlüssel für die Lösung versteckt ist, und du findest ihn einfach nicht. Und dann muß noch jemand dran glauben...?«

»Mein Gott«, sagte er, »ich kann doch die Schuld nicht bei mir suchen, wenn ein Wahnsinniger Menschen umbringt. Bin ich Albert Einstein?«

Cassie nickte. »Und was machst du als nächstes?«

Lucas faltete das Blatt mit der Kopie zusammen und ließ es aufs Bett fallen. »Was jeder vernünftige Cop morgens um drei tut. Ich geh' wieder ins Bett.«

Er hatte den Wecker auf sieben gestellt. Brachte das Ding, als es loslegte, rasch zur Ruhe, schlüpfte – möglichst leise, um Cassie nicht zu stören –, aus dem Bett, ging in die Küche und rief Daniel an. Er erwischte ihn beim Frühstück und berichtete ihm über den nächtlichen Anruf.

»Der Mistkerl«, regte sich Daniel auf. »Also hatten Sie doch recht. Aber warum haben die Kerle dann George umgebracht?«

»Wußte er nicht, behauptet er jedenfalls. Hätte sich aber fast verplappert. Er fing schon von einer naheliegenden Vermutung an, hat dann aber den Rest verschluckt. Ich weiß trotzdem, worauf's hinauslief. Er sieht George vom Typ her ähnlich. Wie Sie's auch betrachten, die Fäden laufen im Grunde doch alle bei Bekker zusammen.«

Daniel schien ihm stillschweigend recht zu geben. »Und jetzt? Wie kriegen wir den Kerl?«

»Wir könnten so tun, als säßen wir fest, und die Anzeige aufgeben, wie er's vorgeschlagen hat. Und wir installieren bei mir eine Fangschaltung. Wenn er anruft, verfolgen wir das Gespräch zurück. Vielleicht kriegen wir ihn so.«

»Mhm, vielleicht. Ich werd' mit den Jungens von der Technik darüber reden. Aber was ist, wenn er aus Minnetonka anruft?«

»Keine Ahnung«, sagte Lucas. »Er ist gerissen, keine Frage. Wenn er merkt, daß wir ihn reinlegen wollen, kann's sein, daß er einfach wieder untertaucht. Zu riskant. Er ist der einzige, der einen Verdächtigen identifizieren kann, wenn wir irgendwann einen haben. Wenn...«

»Okay«, sagte Daniel, »dann bleibt das vorläufig unter uns. Ich laß' Ihren Anschluß anzapfen und sorg' dafür, daß die Gespräche aufgezeichnet werden. Mal sehen, vielleicht fällt uns irgendwas ein, wie wir ihn locken können. Damit er noch einmal bei Ihnen anruft. Ich werd' Sloan, Anderson und Shearson fragen, ob die eine Idee haben.«

»Das kann ich doch machen. Ich rechne damit, daß...«

»Nein, verschwenden Sie Ihre Zeit nicht mit Loverboy. Sie konzentrieren sich auf die Jagd nach dem Mörder. Oder nach den Mördern. Und Bekker. Und denen, die sonst noch mit drinhängen.«

»Bloß, da haben wir nicht viel in der Hand...«

»Dann sehen Sie zu. Fahren Sie herum, hören Sie sich um. Für die Kleinarbeit habe ich andere Leute. Ich will, daß Sie den Mörder schnappen, bevor er noch jemanden umbringt.«

20

Beobachtungsposten in den Nachbarhäusern einzurichten, war dem Leiter des Beschattungsteams zu gefährlich. Man weiß nie, ob die Sympathie guter Nachbarn der Polizei gehört oder eher dem, den sie unter die Lupe nimmt. Also bezogen die Fahrzeuge Position an den Straßeneinmündungen vor und hinter Bekkers Haus, so daß die Beamten sowohl die Haustür als auch den Hintereingang im Auge behalten konnten.

Um jedes Aufsehen zu vermeiden und die Männer nicht zu überfordern, wurden Wagen und Besatzungen regelmäßig abgelöst. Dennoch fiel eins der Fahrzeuge kurz nach Beginn der Aktion einer Rechtsanwältin auf, als sie ihre Joggingrunde drehte. Sie wurde stutzig und rief bei der Polizei an. Man sagte ihr, daß es um eine verdeckte Drogenfahndung ginge, und bat um Verschwiegenheit. Als sie allerdings später den zweiten Wagen entdeckte, war ihr klar, daß es in Wahrheit um Bekker gehen mußte. Zum Glück folgte sie jedoch nicht dem ersten Impuls, den Observierten aus nachbarschaftlicher Verbundenheit zu warnen.

Die Beschattung begann abends. Am nächsten Morgen eskortierten vier übernächtigte Cops Bekker unbemerkt zur Klinik. Dort waren vier weitere Beamte postiert, was dennoch, wie sich schnell herausstellte, im Labyrinth aus Treppen, Fahrstühlen und über- und unterirdischen Querverbindungen keine lückenlose Überwachung garantierte. Als beste Lösung erschien es, sich auf den Gebäudekomplex zu konzentrieren, in dem Bekker tätig war, und von Zeit zu Zeit zu checken, daß er sich noch dort aufhielt. Einem Beamten gelang es, Bekker heimlich einen Minisender unter die hintere Stoßstange seines Wagens zu kleben.

Die Entdeckung der Leiche am Seeufer war die Sensation des Tages. Bekker war wie vom Donner gerührt, als er auf TV 3 die Deputies in ihren khakifarbenen Uniformen durchs Brombeergestrüpp stiefeln sah und die Kamera schließlich zwei Schwarzgekleidete zeigte, die mit einer zugedeckten Bahre von der Fundstelle kamen. Eine blonde Moderatorin, die ihm – in schickem Outfit und geschminkt wie für eine Opernpremiere – reichlich deplaziert erschien, brabbelte vor der dramatisch wirkenden Kulisse tiefhängender Regenwolken einen von Mitgefühl triefenden Text vor sich hin. Er schlug in der Fernsehzeitung nach, wann die anderen Sender Nachrichten brachten, und schaltete von Station zu Station. Die Story hatten die anderen auch, aber keinen Filmbericht.

Am nächsten Abend schaltete er den Fernseher mit einem mulmigen Gefühl ein. Wer weiß, was die Bullen inzwischen noch alles herausgefunden hatten? Aber die Topnachricht des Tages war die Entdeckung eines riesigen Hehlerlagers mit Fernsehgeräten irgendwo in einem Frachtschuppen.

Fernseher? Er lehnte sich entspannt zurück, arbeitete sich per Fingerdruck durch die anderen Sender und war endgültig beruhigt: überall derselbe Scheiß, Fernsehreporter in kugelsicheren Westen und so… Das hätten sie sicher nicht so groß aufgemacht, wenn sich in seiner Sache etwas Neues ergeben hätte.

Irgendwie war er fast enttäuscht. Er schaltete noch einmal um, stieß wieder auf die Blondine, und die hatte tatsächlich etwas Neues. Davenport, behauptete sie, schenke der Theorie, daß George Stephanies Liebhaber gewesen sei, keinen Glauben. Er gehe vielmehr davon aus, daß der Gesuchte noch unentdeckt geblieben sei, und versuche derzeit, mit Hilfe einer Phantomzeichnung Hinweise auf dessen Identität zu bekommen.

»Was?« fauchte Bekker seinen Fernseher an, hörte aber statt einer Antwort nur, wie das Blondchen Davenport in höchsten Lobestönen als detektivisches Genie feierte.

Konnte es sein, daß Davenport recht hatte? Hatten sie etwa mit George den Falschen erwischt? Langsam, langsam – darüber mußte er gründlich nachdenken. Und dazu brauchte er was, das sein Hirn in Schwung brachte. Er öffnete das Zigarettenetui. Überlegte. Ja. Seine Zunge schnellte vor. Schnappte nach der Kapsel wie ein Frosch nach einer Fliege. Scharfsinn war jetzt angesagt.

Kein guter Trip. Nicht, daß die Angst wieder aufgetaucht war wie bei der Sache mit der Schlange, das nicht. Trotzdem, irgendwas stimmte nicht. Schattengestalten tauchten taumelnd vor ihm auf, aber Davenport konnte er nicht unter ihnen ausmachen. Davenport, dieser Scheißkerl... Der Fall hätte längst abgeschlossen und er, Bekker, von jedem Verdacht entlastet sein müssen.

Er tastete sich zurück in die Realität. Schmeckte Blut auf den Lippen. Blut? Er sah an sich herunter. Blutflecke, auch auf der Brust. Er schüttelte sich. Was war eigentlich los? Worum ging es überhaupt? Ach so – ja, der Liebhaber... Und jetzt?

Erst mal beruhigen.

Er stützte sich hoch, ging steifbeinig auf die Treppe zu. Ins Bad. Wusch sich. Und dann der Rückweg. Die Hand aufs Treppengeländer gestützt. Halb blind vor Anstrengung. Das kannte er, die Netzhaut war ausgetrocknet. Da half nur heftiges Blinzeln.

Druze war ihm während der Fahrt nach Wisconsin so merkwürdig bedrückt vorgekommen. Das mit Georges Augen, das hatte dem gar nicht gepaßt. Weil er einfach nicht kapierte, daß es notwendig war. Ob er abspringen wollte? Nein, das nicht. Nein. Aber irgendwie war er verändert. Gefühle hatte er früher nie gezeigt.

Ich muß ihn bei der Stange halten. Bekkers Blick fiel aufs Telefon. Einfach mal anrufen? Nein. Nicht von hier aus. Das durfte er nicht riskieren.

Während er damit beschäftigt war, sich anzuziehen, merkte er, daß er wieder sekundenlang wegträumte. Ein ganz kurzer Trip, er war schon zurück. Und hatte keine Ahnung, was er unterwegs erlebt hatte. Falls er überhaupt was erlebt hatte.

Er sah zu, daß er fertig wurde, holte den Wagen aus der Garage und fuhr zur Klinik. Eilte, ohne auch nur einen Gedanken an jene Vorsicht zu verschwenden, auf die er sonst so bedacht war, die Treppe hinunter, in den Keller, auf die Stahltür zu.

Bekkers Tempo verwirrte das Beschattungsteam. Einer der Fahnder stürmte zwar zehn Sekunden nach ihm in die Eingangshalle der Klinik, aber da war Bekker schon verschwunden. Vielleicht in den Fahrstuhl gestiegen? Der Beamte eilte zurück vors Haus und machte dem Teamchef Meldung. Der wählte über Funktelefon die Nummer von Bekkers Büro.

»Verbinden Sie mich bitte mit Dr. Bekker.«

»Tut mir leid, er ist noch nicht hier.«

»Ich bin unten in der Eingangshalle, und mir war so, als hätte ich ihn eben vorbeigehen sehen.«

»Dann hätte er ja bei mir am Schreibtisch vorbeikommen müssen. Ich sag' Ihnen doch, er ist noch nicht da.«

»Wir haben ihn verloren«, informierte der Teamchef seine Leute. »Aber er muß hier im Gebäude sein. Los, sucht ihn.«

Bekker benutzte den unterirdischen Verbindungsgang, der in den Universitätsbereich führte. Machte am Süßwarenautomat halt, um sich einen Schokoriegel zu ziehen. Dann hastete er weiter. Zur Telefonnische im nächsten Hörsaalgebäude.

Zu Hause meldete Druze sich nicht. Bekker überlegte kurz, rief die Auskunft an, ließ sich die Nummer vom Lost River Theater geben. Dort meldete sich eine Frau. Bekker warf Münzen nach und verlangte, Druze zu sprechen. Keine Antwort. Ja, Himmeldonnerwetter, hatte sie einfach den Hörer weggelegt oder war sie losgegangen, um Druze zu holen. Er wartete, eine Minute, zwei, drei. Endlich sagte eine Stimme: »Hallo?« Druze.

»Bist du auf dem laufenden?« fragte Bekker.

Druze antwortete sehr leise, fast flüsternd. »Können wir unbesorgt reden?«

»Natürlich, sonst hätte ich nicht angerufen.« Trotzdem drehte Bekker sich vorsichtshalber um und überprüfte den Flur.

»Ich hab' gehört, daß sie die Leiche gefunden haben. Und der eine Cop, dieser Davenport, glaubt nicht, daß George ihr Liebhaber war, hat's geheißen. Du, die ziehen da nicht bloß 'ne Show ab. Davenport weiß schon, warum er's nicht glaubt.«

»Woher willst du das wissen?«

»Weil er sich mit einer von unseren Schauspielerinnen trifft, Cassie Lasch, hab' ich dir doch erzählt. Das war das Mädchen, das die Armistead gefunden hat. Und zwischen ihr und Davenport läuft was.«

»Die, die bei dir im Haus wohnt?«

»Ja, genau.« Druze war kaum zu verstehen, so hastig redete er. »Cassie hat hier bei uns heute morgen erzählt, daß der Liebhaber immer noch frei rumläuft. Ich glaube, Davenport steht irgendwie in Kontakt mit ihm. Obwohl er ihn, glaube ich, bis jetzt nicht persönlich kennt. Und noch was: die Cops haben so 'ne Art Bild von mir. Keine Phantomzeichnung. Es muß irgendwas anderes sein.«

Bekker rubbelte sich nervös die Stirn. »Gott im Himmel, wirklich?« Die Dinge wurden immer komplizierter.

»Einer aus unserer Truppe hat Cassie gefragt, wieso das Bild, wenn's eins gibt, nicht im Fernsehen gezeigt wurde«, berichtete Druze. »Und sie hat gesagt, gesehen hätte sie's auch nicht, aber gehört, daß es... Na ja, angeblich soll's irgendwie seltsam sein. Und das mit dem Liebhaber, sagt sie, das stimmt. Sie hat ziemlich geheimnisvoll getan, aber nach meinem Eindruck weiß sie was. Ich glaube, sie schläft mit Davenport, und da kriegt sie natürlich was mit.«

»Verdammt.« Bekker nagte am Fingernagel. »Ist dir klar, was wir jetzt tun müssen? Wir müssen uns noch jemand vornehmen, genau wie wir's schon vor der Sache mit George geplant hatten. Diesmal muß es eine sein, die nichts mit den anderen zu tun hat.«

»Tja – wer denn?«

»Weiß ich doch nicht. Auf den Parkflächen vor den gottverdammten Einkaufszentren gibt's genug Weiber. Such dir eine aus.«

Ein paar Sekunden Schweigen. »Mann, vor'm Einkaufszentrum... Das kann ganz schön happig werden.«

»Kapierst du denn nicht?« fauchte Bekker ins Telefon. »Wenn es wirklich dieses Bild von dir gibt... Wenn Stephanies Liebhaber denen was geschickt hat, und die Tussi bei euch kriegt das zu Gesicht, dann sitzen wir beide in der Scheiße.«

»Ja, da hast du recht. Sie sieht mich täglich. Jeden Abend.«

»Wie heißt sie noch mal?« wollte Bekker wissen.

»Cassie Lasch. Aber wenn wir uns an die ranmachen...«

»Das ist klar. Jetzt gleich geht das nicht. Aber später, nächste Woche oder so... Sobald wir die Bullen auf eine andere Spur gehetzt haben, könnte sie einen kleinen Unfall haben. In welchem Stockwerk wohnt sie denn? Weit oben?«

»Im sechsten, glaube ich. Und sie hat früher schon mal versucht, Selbstmord zu begehen.«

»Na also. Wenn sie zum Beispiel aus dem Fenster stürzt... Mal sehen, da fällt uns schon was ein, Carlo. Aber erst müssen wir die Bullen von uns ablenken. Und zwar mit was, das nichts mit dem Theater zu tun hat – oder mit der Uni oder mit Antiquitäten...«

»Ist das dein Ernst? Ein Einkaufszentrum?« Druze hörte sich unschlüssig und verwirrt an.

»Mein voller Ernst. Such dir eins am Stadtrand. Burnsville wäre gut. Oder Maplewood oder Roseville. Du bist clever genug, denk dir was aus. Schnapp dir eine, die 'n Haufen Einkaufstüten mit sich rumschleppt. Schnapp sie dir an ihrem Wagen, und dann laß die Karre mit allem, was drin ist, verschwinden. Aber vergiß ja die Augen nicht. Es darf nicht einfach nach irgendeinem Raubmord aussehen, verstehst du? Fahr vorher den Parkplatz ab, vielleicht findest du ein Nummernschild aus Iowa oder so.«

»Ich weiß nicht... Da brauch' ich Zeit, ich muß erst in Ruhe darüber nachdenken.«

»Himmel, solange Stephanies Liebhaber irgendwo da draußen rumläuft, haben wir keine Zeit«, drängte ihn Bekker. »Wir müssen die Bullen verwirren, bis wir den Kerl ausfindig gemacht haben.«

»Also wirklich, es wär' mir lieber...«

»Stell dich nicht so an!« fuhr ihm Bekker über den Mund. »Wir müssen die Cops vom Hals haben. Das hat jetzt absoluten Vorrang. Und darum ist es am wichtigsten, daß wir uns erst mal Luft verschaffen, okay?« Und als Druze keine Antwort gab, hakte Bekker nach, diesmal eine Spur schärfer: »Okay?«

»Ja, ich denke schon. Bleibt wohl nichts anderes übrig.«

Druze wurde allmählich halsstarrig. Er mußte ihm Dampf machen.

Auf dem Rückweg zum Büro kam Bekker an der Herrentoilette vorbei. Mal eben pinkeln. Danach stand er am Waschbecken. Ein Student kam herein, mit einer Collegetasche aus Segeltuch über der Schulter. Guckte kurz zu ihm herüber, ging zu den Pinkelbecken.

Komisch, fand Bekker, irgendwas war an dem Jungen eigenartig. Jeans, Wolljacke, Oxfordhemd – ja, gut... ganz normal. Bekker schielte unauffällig zu den Urinalen, als er die Toilette verließ. Die Schuhe waren's, stellte er fest, zufrieden mit seiner Beobachtungsgabe. Der Junge mußte in der Army gewesen sein. Blankgewienerte schwarze Schuhe sah man bei den jungen Kerlen heutzutage selten. Vietnam hatte auch in diesem Punkt die guten Sitten verdorben.

In der Toilette spitzte der Student die Ohren, wartete, bis sich Bekkers Schritte draußen auf dem Flur entfernten, und zog dann rasch das Funkgerät aus der Segeltuchtasche. »Ich hab' ihn«, sagte er ins Mikro. »Er war im Pissoir. Ist jetzt auf dem Flur im Erdgeschoß. Auf dem Weg zum Treppenhaus an der Westseite.«

Am Fahrstuhl wartete ein Student, der auch nach oben wollte. Er blätterte in einer Werbezeitung, eins von den Blättchen, die überall kostenlos verteilt werden. Schuhe wie der Junge in der Toilette, stellte Bekker fest. War das etwa der neueste Trend? Zurück zum guten alten Oxfordstil? Na ja, egal...

Zurück ins Büro oder hoch in die Chirurgie? Bekker warf einen Blick auf die Uhr. Er hatte Zeit, keine Termine. Ein kleiner Kitzel durchlief ihn bei dem Gedanken, daß eigentlich nichts dagegen sprach, ein bißchen Forschungsarbeit auf seinem Spezialgebiet zu leisten.

Er fuhr in die chirurgische Station, nickte im Vorbeigehen einer Schwester zu, huschte in den Umkleideraum, zog die Jacke aus und schlüpfte in einen lavendelfarbenen Chirurgenkittel. Den er eigentlich bei seinem Vorhaben nicht brauchte. Dessen Wirkung auf die Leute er aber schätzte. Wenn er den Kittel anhatte, redeten ihn alle mit ›Dr. Bekker‹ an. Nicht wie unten in der Pathologie, wo das keine Selbstverständlichkeit war.

Aber im Chirurgenkittel ... und mit seinem Gesicht ... Deshalb zog er sich gelegentlich so einen Kittel über und setzte sich in die Cafeteria. Nur so. Genoß es, wie die Leute ihn ansahen.

Heute jedoch nicht. Er streifte Schutzhüllen über seine Straßenschuhe, nahm das Klemmbrett aus dem Schrank und spürte, als er die Treppe hocheilte, daß sich sein Herzschlag ein wenig beschleunigte. Seit seiner letzten Begegnung mit Sybil waren schon einige Tage vergangen. Er mußte wirklich zusehen, daß er mehr Zeit für derlei Aktivitäten fand.

Oben stieß er die Feuerschutztür auf und ging bis zum Flurende, wo das Schwesternzimmer lag.

»Ah, Dr. Bekker?« Die Stationsschwester sah auf. »Heute schon so früh?«

»Ja, ich habe gerade Zeit.« Er schenkte ihr ein gewinnendes Lächeln. »Irgendwelche Veränderungen?«

»Nicht seit Ihrem letzten Besuch.« Die Schwester brachte kein Lächeln zustande. Das Wort ›Veränderungen‹ war, wie sie im Laufe der Zeit begriffen hatte, aus Bekkers Mund nur eine Umschreibung für ›Tod‹.

»Tja, ich denke, dann fang' ich mal an. Irgendwas Besonderes zu beachten?«

»Eine Strahlenbehandlung im Zimmer sieben-eins-zwo ...«

»Gut, da habe ich ohnehin nichts zu suchen.« Bekker nickte ihr zu, ließ sie mit ihrem Papierkram allein und schlenderte den Flur hinunter.

Zimmer 565, Sybil Hart ...

»Sybil? Bist du wach?« Er blieb an der Tür stehen. Sie hing am Tropf. Lag mit geschlossenen Augen da. »Sybil?«

Er warf einen Blick zurück, suchte den Flur ab. Dann schloß er die Tür, trat ans Bett und beugte sich über sie. Er setzte seine Fingerspitzen auf ihre Stirn, zog mit dem Daumen eins ihrer Lider hoch und beschwor sie murmelnd: »Komm schon, Sybil ...« Im Fernsehen lief TV 3, irgendeine alberne Spielshow, die Leute mußten bockspringen. »Na, komm. Wo immer du bist, komm zurück.«

Sie schlug die Augen auf. Bewegte die Pupillen in wilder Verzweiflung. Suchte.

Lautloses Lachen schüttelte ihn. »Nein, nein, Sybilchen, außer mir ist niemand da«, krächzte er. »Guck dich nur um, keiner da, der dir helfen könnte…«

Eine Stunde verbrachte er in der Klinik. Das Beschattungsteam hatte ihn erst wieder, als er die Lobby durchquerte, um das Gebäude zu verlassen.

»Er kommt direkt auf mich zu«, sagte die Beamtin von der Drogenfahndung ins Funkgerät. »Hat so 'n… so 'n komischen Ausdruck im Gesicht.« Sie schielte über die Zeitschrift mit dem Autotest, hinter der sie sich auf der Parkbank verschanzt hatte, um Bekker unauffällig beobachten zu können.

Der Teamchef fragte zurück: »Komischer Ausdruck? Was heißt das?«

»Ich weiß auch nicht. Ich würd' fast sagen… Na ja, er sieht aus, als hätt's ihm gerade jemand besorgt.«

Louis, vom uniformierten Streifendienst abgestellt, mischte sich ein. »Da kennst du dich aus, wie?«

»Schnauze!« fauchte der Leiter des Beschattungsteams. »Bleib dran, Susan. Aber so, daß er nichts merkt. Läuft alles bestens.«

Bekker hatte den halben Weg über den Campus hinter sich, als er plötzlich zu hüpfen anfing. Halb unbewußt, ohne darüber nachzudenken. Er merkte auf einmal, was er tat. Riß sich zusammen, sah sich mit scheuen Blicken um.

»O Mann«, flüsterte die Fahnderin ins Funkgerät, »was für 'ne verfickte Scheißnummer zieht er denn da ab?«

»Ich frag' mich, woher du solche Ausdrücke kennst«, warf Louis ein.

»Halt endlich die Klappe«, fuhr der Teamchef dazwischen.

»Das war wirklich seltsam. Wir brauchen ein Video von dem Kerl. Alle verstanden? Ich will ein Videoband haben, wenn so was wieder vorkommt.«

Das Beschattungsteam verfolgte Bekker nach Hause, dort wartete ein anderes Team auf ihn.

Louis hatte es eilig, zurück ins Präsidium zu kommen. Es gab nichts Schöneres, als solche kleinen Episoden brühwarm den anderen weiterzuerzählen. Aber er kam einstweilen nicht dazu, denn gleich unten in der Halle lief ihm ein Polizeireporter über den Weg, der für Kanal Acht arbeitete.

»Was gibt's Neues, Louis?« begrüßte ihn der. »Mal wieder hinter einem dicken Fisch her?«

Louis schob das Kaugummi von links nach rechts, plusterte sich auf und senkte die Stimme. »Ich bin da an einer Sache dran... Junge, ich sag' dir, wenn ich reden könnte, 'ne Superstory...«

Der Reporter musterte Louis. »Heute gar nicht verkleidet, wie? Siehst ja fast aus wie 'n richtiger Mensch. Hast wohl 'ne Beschattungsaktion laufen?«

Louis grinste. »Hab' ich was von Beschattung gesagt?«

Er mochte Reporter. Mochte es, wenn sie ihn zitierten, egal ob sein Name fiel oder nicht.

Der Reporter runzelte die Stirn. »He... Bist du etwa an der Bekker-Sache dran?«

Louis' Grinsen dörrte aus. »Von mir hast du's nicht. Ist das klar?«

»Komm, Louis, kannst dich auf mich verlassen. Hier im Präsidium quatscht doch jeder. Und die von TV 3 haben wohl 'ne Hotline.«

Wie gesagt, Louis mochte Reporter.

21

Anderson knallte Lucas zwei Aktenordner auf den Schreibtisch.

»Der Tagesbericht vom Beschattungsteam. Und eine Auswertung der Anhörungen in der Armistead-Sache. Kollegen vom Theater und Freunde und Bekannte.«

Lucas, in den Bürostuhl gelümmelt, die Füße auf der halb herausgezogenen Schreibtischschublade, brachte nicht mehr heraus als: »Was Wichtiges dabei?«

»Kaum.« Anderson fletschte die nikotingelben Zähne. »Bekker hat sich fast die ganze Zeit auf dem Unigelände herumgetrieben, in seinem Büro und in der Klinik...«

»Gut, ich seh's mir mal an.« Lucas gähnte. »Wenn wir nicht bald mit einem Knüller rauskommen...«

Anderson nickte. »Hat Daniel auch schon gesagt. Der gottverdammte Lagerschuppen hat uns noch mal den Hals gerettet. Aber heute tut sich rein gar nichts.«

»Wie viele Fernseher waren's denn?«

»Hundertvierundvierzig. Zwölf Dutzend. Ganz schöne Ladung. Dazu dreißig Videorecorder, sechs Badezimmerwaagen, dreißig Kartons mit Badehandtüchern und eine Schachtel mit Vibratoren, lebensecht und aus hautfreundlichem Gummi. Terry behauptet, die hätte er für private Zwecke beschafft. Ich frag' mich, ob die Dinger wirklich was taugen.«

»Welche Dinger?«

»Die Gummidinger.«

»Keine Ahnung. Ich nehme immer Goodyear-Allwetter.«

Anderson zog es vor zu gehen, und Lucas nahm sich den Ordner mit dem Tagesbericht vom Beschattungsteam vor.

Aha, Bekker hatte wieder mal seinen Veitstanz aufgeführt. Wie damals, als Lucas ihn spätabends durchs Fenster beobachtet hatte. Vorher war er in der Klinik gewesen. Vielleicht lohnte es sich, da mal nachzuhaken.

Sonst fand er nichts Interessantes. Er legte den Ordner weg und genoß, während er noch einmal herzhaft gähnte, die wohlige Müdigkeit, die ihm durch die Adern kroch. Cassie war im Bett ein bißchen anstrengend. Zu gut durchtrainiert. Aufregend.

Und anders. Wenn er sie mit Jennifer verglich, lag klar auf der Hand, was neu für ihn war. Jennifer hatte in langen Reporterjahren Hornhaut auf der Seele angesetzt. Genau wie Lucas. Wie alle, die sich tagtäglich mit diesem Gesocks herumschlagen mußten.

»Wenn man jeden Tag nur mit Scheiße zu tun hat, gewöhnt man sich an den Gestank«, hatte Jennifer mal zu ihm gesagt. »Reporter kriegen, genau wie Cops, irgendwann eine Elefantenhaut. Du weißt schon, was ich meine. Da läuft zum Beispiel ein irrer Sexualmörder rum, und ihr redet locker von ›V. m. T.‹, soll Vergewaltiger mit Todesfolge heißen. Und euch helfen, eure Wut zu verdrängen. Das Gefühl der Ohnmacht.«

»Ja«, hatte er ihr recht gegeben, »das trifft den Punkt.«

Cassie fehlte diese Hornhaut. Sie ließ ihren Gefühlen freien Lauf. Daß man sich einem Psychiater anvertraute, hielt sie für das Natürlichste auf der Welt. »Ist doch gut, wenn du einem erzählen kannst, was los ist. Sogar, wenn du ihn fürs Zuhören bezahlen mußt.«

Früher, bei Jennifer, hatte er mitunter das Gefühl gehabt, daß sie sich beide nichts sehnlicher wünschten, als über das zu reden, was sie bedrückte. Einfach mal alles rauslassen. Aber sie hatten es nie geschafft, aus Angst, ihre Schwächen bloßzustellen. Sie kannten sich zu gut, um sich einander auszuliefern.

Cassie hatte, als er ihr davon erzählte, nur ungläubig den Kopf geschüttelt. »Was soll das? Du lieferst dich immer aus. Wenn du 'ne gute Rolle haben willst, mußt du dem richtigen Kerl einen blasen. Gute Verträge kriegst du nur im Bett. So ist das nun mal, einer nutzt den anderen aus.«

Eine Antwort, deren Offenheit Lucas Mut gemacht hatte, ehrlicher über sich selbst zu reden. Und über das, was er für den tieferen Grund seiner Depressionen hielt. »Ich hab's mit vielen Mädchen getrieben. Hab' schon früh damit angefangen. Dann, als ich Jen kennenlernte, hab' ich mich ein bißchen zusammengerissen. Hin und wieder ein Ausrutscher, aber danach war ich wieder mit ihr zusammen. Nur, das Komische ist, als sie mich verlassen hatte, war schlagartig Schluß. Als wär' ich in einen Abgrund gestürzt. Am schlimmsten war's letzten Herbst, kurz nach Thanksgiving. Ich war gerade aus New York zurück, wo ich mich mit ihr getroffen hatte. Und sie hatte mir ziemlich deutlich gesagt, daß es zwischen uns aus ist. Ich dachte, ich werde verrückt. Nicht so, wie das im Kino läuft: daß einer auf einmal ausrastet und zu toben anfängt. Mehr auf die stille Tour. Du verkriechst dich tagelang im Bett. Hast keinen Mumm mehr. Bringst es nicht mal fertig, den monatlichen Scheck für die Hypothekenzinsen auszuschreiben.«

Und Cassie hatte gesagt. »Ja. Ging mir genauso. Mit der Steuer. Ich hatte das Geld. Aber ich wollte einfach mit dem Staat nichts mehr zu tun haben.«

»Drei, vier Monate war ich völlig auf dem Hund. Und als ich dann das Gefühl hatte, daß ich langsam wieder auf die Beine komme, hab' ich einfach keine Traute mehr gehabt, mich nach Mädchen umzudrehen. Weil ich Angst hatte, daß es wieder schiefgeht und daß ich nur noch tiefer reinrutsche. Bloß das nicht. Dann lieber wie ein Mönch leben. Bloß nicht wieder in diesen verdammten Abgrund stürzen.«

Da hatte Cassie gesagt: »Du hast es schwer gehabt. Das sind so die Situationen im Leben, da braucht ein Mann eine Frau mit schönen großen Möpsen, da legt er den Kopf dazwischen und lutscht am Daumen.«

Und Lucas, schon von Lachen geschüttelt, hatte natürlich auf der Stelle versucht, den Kopf zwischen Cassies Brüste zu betten. Und dann...

Na ja, dann war eins zum anderen gekommen.

Daniel kam in Lucas' Büro, drückte die Tür hinter sich zu. »Wir haben ein Problem am Hals.«

»Was für eins?«

Daniels Miene schwankte zwischen Zorn und Ratlosigkeit, er fuhr sich mit der Hand durchs schüttere Haar. »Sagen Sie mir die Wahrheit: Haben Sie einem von Kanal Acht was gesteckt?«

»Nein. Ich arbeite mit einer von TV 3 zusammen.«

»Ja, ja, das weiß ich. Und zu Acht ist absolut nichts durchgesickert?«

»Nein, auf Ehre und Gewissen«, sagte Lucas. »Was ist denn passiert?«

Daniel ließ sich in den Besuchersessel fallen. »Jon Ayres von Kanal Acht hat mich angerufen. Erzählt mir, er wüßte aus sicherer Quelle, daß wir einen Verdächtigen beschatten und kurz davor stehen, ihn hochgehen zu lassen. Ich habe das energisch bestritten, aber er blieb dabei, daß seine Informationen aus zuverlässiger Quelle stammen. Trotzdem habe ich weiter alles abgestritten und ihn darauf hingewiesen, daß so eine falsche Nachricht, wenn er damit rauskommt, unsere ganze Ermittlungsarbeit zum Platzen bringen kann. Er ist stinksauer geworden, eine Zeitlang haben wir uns gegenseitig madig gemacht, und schließlich hat er gesagt, er wolle sich's überlegen.«

»Was im Klartext heißt, daß sie's bringen werden«, meinte Lucas. »Sie sollten schleunigst den Obermacker bei Kanal Acht anrufen.«

»Zu spät.« Daniel deutete auf die Wanduhr. Zwölf Uhr fünfzehn. »Sie haben's als Aufmacher in den Mittagsnachrichten gebracht.«

»Diese Scheißkerle«, stöhnte Lucas.

Daniel zuckte die Achseln. »Wem sagen Sie das?«

Am späten Nachmittag kam Del vorbei. »Wir haben uns zu sehr ins Zeug gelegt. Jetzt hört sie nicht mehr auf, von Bekker zu erzählen. Sie will unbedingt, daß wir ihn kriegen. Das Problem ist nur, sie weiß nicht allzu viel.«

»Also gar nichts?«

»Sie ist davon überzeugt, daß er irgendwie unter Strom steht. Er hebt ab, spielt verrückt. Und da ist noch was: Er hat's mit den Augen.«

Lucas beugte sich mit einem Ruck vor. »Wirklich?« Das war tatsächlich mal was. »Genauer, was heißt das?«

»Erinnerst du dich, was sie über ihn sagte? Wie er ständig darauf aus war, sie zu demütigen? Von ihr verlangt hat, daß sie's ihm mit dem Mund macht und so? Und wenn sie's dann getan hat, hat er sie gezwungen, den Kopf zu heben, damit er ihr in die Augen sehen konnte. Hat dabei immer irgendwelchen Blödsinn geredet... Daß die Augen die Türen zur Seele sind und so 'n Zeug.«

»All diese trauten Lichter, Fenster unserer Seelen«, zitierte Lucas murmelnd.

»Von wem stammt das?«

»Hab' ich vergessen. Hab' mal ein Seminar über Dichtung belegt, ein bißchen was ist hängengeblieben.«

»Tja, also jedenfalls ist das irgendwie ein Tick von ihm. Sie hat immer noch Angst, wenn sie Bekker in der Klinik über den Weg läuft.«

»Weiß sie zufällig, was er jetzt treibt?«

»Da müßte ich sie fragen.«

»Tu das. Du triffst dich sowieso wieder mit ihr, oder?«

»Natürlich. Wenn du unbedingt darauf bestehst, daß ich weiter mit ihr ins Bett steige.«

»Das ist deine Sache«, sagte Lucas, »ich finde nur... Na ja, man sieht, daß es dir ausgezeichnet bekommt.«

Druze war es, von dem Bekker den ersten Tip wegen der Beschattung bekam. Und zwar durch eine Nachricht, die auf dem Anrufbeantworter gespeichert war.

»Auf Kanal Acht haben sie gebracht, daß die Cops einen Verdächtigen rund um die Uhr überwachen.« Er hatte seinen Namen nicht genannt, aber es war eindeutig Druzes Stimme. »Ich bin ziemlich sicher, daß es sich nicht um mich handelt.« Das war schon alles.

Was? Verdammt.

Bekker ließ das Band zurücklaufen, hörte es noch einmal ab.

»Auf Kanal Acht haben sie gebracht...«

Eine Überwachung rund um die Uhr? Bekkers Gedanken überschlugen sich. Falls die Bullen es doch auf Druze abgesehen hatten... Konnte dann dieser Nachrichtenaustausch über den Anrufbeantworter zum Stolperstein werden? Auch für ihn selbst? Nein, hoffte er. Aber sicher war er nicht. Außerdem war es unwahrscheinlich, daß sie Druze beschatteten. Woher sollten sie was über ihn wissen? Höchstens durch dieses ominöse Bild. Ja, vielleicht...

Eher anzunehmen, daß er, Bekker, es war, den sie überwachten. Das heißt, falls die Idioten vom Fernsehen sich das Ganze nicht aus den Fingern gesogen hatten. Der Student in der Toilette fiel ihm ein. Und der vor dem Fahrstuhl, unten im Erdgeschoß... Er sah sie wieder vor sich, ganz deutlich. Und dann war es ihm klar.

Nicht nur Soldaten liefen mit blankgewienerten Schuhen herum. Auch Cops.

22 Das Wetter spielte verrückt. Winterliche Kälte aus Kanada, Warmluft vom Golf. Drüben im Westen, über Minnesota, hing ein Gewitter. Und die Wetterfrösche im Fernsehen sagten voraus, daß es bis spätestens neun Uhr herüberziehe.

Druze dampfte aus allen Poren. Von der Interstate aus konnte er schon die Blitze zucken sehen. Den Donner hörte er nicht grollen, dafür war das Unwetter noch zu weit weg.

Maplewood Mall war das größte Einkaufszentrum in den nordöstlichen Außenbezirken von St. Paul. Gute Wohngegend, ein Wohlstandsviertel mit niedriger Kriminalitätsrate. Sogar die Teenager hielten dort auf ihr Outfit, die Jungens in adretten Blousons, die Mädchen in hautengen Leggings.

Druze fuhr langsam den Parkplatz ab, verfolgte unauffällig das Kommen und Gehen. Eine Frau sollte es sein. Eine, die ihre Einkäufe hinter sich hatte und mit Tüten beladen aus der verglasten Eingangshalle kam. Am besten eine in den Vierzigern. Wenn er's richtig abpaßte, konnte er sich die Mühe sparen, hinterher die Leiche wegzuschaffen. Lieber gleich alles auf dem Parkplatz erledigen und sie dalassen. Je schneller sie gefunden wurde, desto eher kamen die Bullen auf Touren.

An einer Kreuzung mußte er halten. Eine Frau spazierte vor dem Kühler vorbei. Schicke Strickjacke, lässige Freizeithose, Pumps. Die Handtasche fest mit beiden Händen umklammert. Eine, die aussah, als ließe sie sich so schnell nicht hereinlegen. Und ein bißchen zu alt, fand er. Ganz davon abgesehen, daß hier nicht der richtige Ort war für das, was er vorhatte.

Er parkte den Wagen, stieg aus, schlenderte auf die Eingangshalle zu. Ein bronzefarbener Streifenwagen vom zivilen Wachdienst kreuzte seinen Weg. Druze ging unbeirrt weiter. Er hatte Abdeckschminke aufgetragen und trug einen Hut mit breiter, weich nach vorn fallender Krempe. Allenfalls aus zwei, drei Metern Entfernung hätte ihn jemand erkennen können, sonst nicht. Da mußte ihm einer schon sehr nahe auf die Pelle rücken, damit er die Nase sah. Na gut, vorsichtshalber konnte er ja die Hutkrempe noch ein bißchen tiefer ziehen.

Ehrlich gesagt, es gefiel ihm nicht, wie sich die Dinge entwickelten. Anfangs hatte es so ausgesehen, als wäre alles ganz einfach. Bekker nahm sich die Armistead vor, Druze erledigte Stephanie. So bekamen beide, was sie wollten, Bekker seine persönliche Freiheit, Druze seine berufliche Sicherheit. Und beide hatten für die jeweilige Tatzeit sichere Alibis. Falls Bekker trotzdem unter Druck geriet, nahm Druze sich – so war es zwischen ihnen vereinbart – die Nummer drei vor. Alles klar geregelt. Aber dann war ihnen dieser Liebhaber dazwischengekommen...

George. Hatten sie wirklich den Richtigen erwischt? Dem Aussehen nach konnte er's gewesen sein. Aber der Mann damals in Stephanies Haus, am Fuße der Treppe... Er hatte nichts angehabt, nur ein um die Hüften geschlungenes Badetuch. Schütteres, naß verklebtes Haar. Das Gesicht von jähem Entsetzen verzerrt. Und Druze hatte ihn nur einen kurzen Augenblick lang gesehen. War er nicht ein bißchen fülliger als George gewesen? Nachträglich kamen ihm Zweifel. Er hatte sich zu viele von diesen verdammten Fotos angesehen, lauter Männer, von denen dem Typ nach jeder der Richtige sein konnte. Kein Wunder, daß er am Schluß völlig verwirrt gewesen war.

Und Bekker... Also, was mit dem los war, erschien ihm zunehmend rätselhafter.

Damals waren sie sich im Theatercafé begegnet, nach der Vorstellung. Bekker hatte Stephanie mitgebracht und ein paar Ärzte aus der Universitätsklinik. Das heißt, es hatte eher so ausgesehen, als hätten sie ihn mitgebracht. Als Anhängsel. Er saß ganz außen, als Druze hereingekommen war, am Rand der Gruppe. Nicht allein, aber er wirkte genauso einsam wie Druze. Der bloß mal kurz aufkreuzen und sich einen Drink genehmigen wollte.

Die entscheidende Begegnung. Ein ungewöhnlich schöner Mann, das war Druze auf den ersten Blick aufgefallen. Er hatte gar nicht mehr weggucken können.

Bekker, der offensichtlich genauso fasziniert war, hatte als erster Kontakt gesucht. So was in der Art wie: *Hallo, Sie da drüben, Sie haben doch vorhin auf der Bühne gespielt?*

Und später, viel später, nachdem sie… nachdem sie Freunde geworden waren? Konnte man das so nennen? Da hatte Bekker zu ihm gesagt: »Wir gehören unzertrennlich zusammen. Ein kurzer Blick in den Spiegel, und schon ist es klar: Vorder- und Rückseite derselben Münze.«

Nein, ihr gegensätzliches Aussehen war es nicht gewesen, was sie zusammengeschweißt hatte. Da war noch etwas anderes dazugekommen. Wie sollte man's ausdrücken? Die Neigung zur Gewalt?

Er stand auf der Galerie im ersten Stock, am Geländer, unter ihm lag das Erdgeschoß der Eingangshalle. Kauflustige wogten hin und her. Manche noch in den dunklen, schwermütig stimmenden Farben der Winterkleidung, die Handschuhe in den Manteltaschen. Andere, besonders die jüngeren, brachen, vom warmen Golfwind verführt, schon in den Sommer auf. Bei ihnen überwogen T-Shirts unter leichten Windbreakern, ein paar ganz Mutige zeigten sogar schon Bein: die Jungen unter knielangen Surfhosen, die Mädchen ein paar Zentimeter mehr unter kessen Tennisshorts.

Druze fing an, die Frauen zu sortieren. Die Vierzigerinnen. Unter denen etliche recht attraktiv waren. Die eine oder andere tat sogar gut daran, auf der Hut zu sein. Schließlich liefen ja genug abartige Lüstlinge herum.

Dutzendweise tummelten sie sich da unten, allein, zu zweit, zu dritt, große, kleine, üppig ausladende und schlanke Frauen, in Eile oder müßig an den Schaufenstern entlangschlendernd…

Die Wahl fiel schwer. Druze, immer noch unschlüssig, spielte abwesend mit dem Schlüsselbund. Warf ihn hoch und fing ihn auf.

Und dann entschied er sich, wie er's schon in Kindertagen getan hatte: Ene, mene, muh…

Unglaublich, was Jeans heutzutage kosteten, fand Nancy Dunen. Wobei sie allerdings zugeben mußte, daß sie die Preise schon seit Jahren schlichtweg für unverschämt hielt. Daß sie überhaupt noch herkam, lag an der vagen Hoffnung, sie sei vielleicht das letzte Mal Opfer einer falschen Auszeichnung geworden. Und was sollte sie auch machen? Aus den Jeans vom letzten September waren die Zwillinge bis zum nächsten Frühjahr rausgewachsen. Und kommenden Herbst waren wieder neue fällig, jede Wette. Vier Jeans pro Jahr, jede zweiunddreißig Dollar. Sie starrte ins Leere, bewegte, während sie zu rechnen anfing, lautlos die Lippen. Stolze hundertachtundzwanzig Dollar. Mein Gott, woher nehmen? Vielleicht hatte Visa ein Einsehen und vergaß die Abbuchung.

Sie hielt die Hose hoch, suchte nach versteckten Mängeln. War wieder einmal verblüfft, als sie feststellte, wie betont weiblich die Dinger schon geschnitten waren – für zwölfjährige Mädchen. Aber so war das eben, Kurven und Rundungen. Die Hormone in den Getreideflocken zum Frühstück, daran mußte es wohl liegen.

Hinter ihr, an der zur Halle hin offenen Tür des Jeansshops, lungerte ein Mann herum. Irgend etwas an seinem Gesicht stimmte nicht, sie hätte nicht sagen können. was. Zumal er den altmodischen, breitkrempigen Hut tief in die Stirn gezogen hatte. Sie war mit den Jeans beschäftigt, hatte ihn nur kurz aus den Augenwinkeln wahrgenommen, wurde aber das Gefühl nicht los, daß er zu ihr herüberschielte. Nein, doch nicht. Jetzt sah er weg. Sie auch. Und konzentrierte sich statt dessen auf den Knoten, den sie gerade im Baumwollgewebe entdeckt hatte. Sie tauschte die Jeans, stolz auf ihr wachsames Hausfrauenauge, gegen eine andere aus.

Manchmal fand Nancy Dunen sich recht hübsch, meistens war sie überzeugt, daß sie sich das nur einbildete. Sie trug das dunkle Haar kurz, ging sparsam mit Make-up um und joggte, um sich in Form zu halten, dreimal in der Woche eine kleine Runde um den Block. Und ob sie nun hübsch war oder nicht... du liebe Zeit, es war ja nicht so, daß sie das dauernd beschäftigte. Sie wäre allerdings so ziemlich jede Wette eingegangen, daß sie unter denen, die schon dreiundvierzig Jahre lang darauf herumsaßen, einen der knackigsten Hintern aufzuweisen hatte. Alles in allem war sie zufrieden mit ihrem Aussehen. Und mit ihrem Leben. Sie liebte ihren Mann, und er... doch, er liebte sie offenbar auch. Na ja – und die Kinder, an denen hingen sie beide.

Sie ging mit den Jeans zur Kasse, seufzte, als sie die Quittung sah, ließ sie gefaltet in der Handtasche verschwinden und sagte zur Kassiererin: »Mein Mann dreht mir den Hals um, wenn er sie findet.«

Die Blonde hinter der Kasse lächelte. »Na ja, aber...« Führte den Satz mit einer abschätzigen Geste zu Ende. *Ehemänner muß man nur zu nehmen wissen.* »Sehr hübsche Hosen haben Sie da gekauft.«

Nancy schwenkte die Einkaufstüte, verließ den Laden, schlenderte am Schaufenster eines Modegeschäfts entlang, hütete sich aber, stehenzubleiben und aus Träumen Wünsche werden zu lassen. Auf der Rolltreppe war wieder der Mann mit dem Hut hinter ihr. Sie bemerkte es, dachte sich aber nichts dabei. Welcher Ausgang? Da drüben, bei dem Stand mit Kuchen und Plätzchen war sie hereingekommen...

Ein stämmiger Bursche im Highschool-Alter – ordentlich angezogen, mit windzerzauster Mähne, einen Stecker im Ohr – hielt ihr die Tür auf und riskierte, wie ihr nicht verborgen blieb, einen ausgiebigen Blick auf ihren Po. Das Lächeln, das um ihre Lippen spielte, galt allerdings eher dem Ohrring. In ihrer Jugend, in den Fünfzigern, waren die jungen Burschen auch schon mit solchen Mähnen herumgelaufen. Aber sie hätten sich eher die Pulsadern aufgeschnitten, als sich ein Loch ins Ohr machen zu lassen.

Noch mal kurz um die Ecke, dann war sie am Wagen. Sie kramte in der Handtasche nach dem Wagenschlüssel. Der Mann mit dem Hut kam näher. Fast hätte sie ihm zugenickt. Aber das wäre dann doch übertrieben gewesen, sie hatten sich ja nur zufällig und ganz kurz in der Halle eines Shoppingcenters gesehen. Sie schloß auf, warf die Einkaufstüte nach hinten, stieg ein und drehte den Zündschlüssel. Um acht, dachte sie, bin ich zu Hause. Was kommt eigentlich heute abend im Fernsehen?

Druze war bereit gewesen, die Hand am Griff des Schleifeisens, das er schon bei George benutzt hatte. Natürlich hatte er es inzwischen sorgfältig von allen verräterischen Spuren gereinigt. Derlei Werkzeug muß man immer gut in Schuß halten, man weiß nie, wann man es wieder braucht.

Er folgte der Frau, als sie die verglaste Halle verließ und den Parkplatz überquerte. Behielt die Umgebung im Auge, die Leute zu Fuß und die in den Wagen. War innerlich auf dem Sprung. Jederzeit bereit zuzuschlagen.

Beim ersten Wagen in der vorderen Reihe blieb sie stehen. Ein weißer Chevy Spectrum. Klemmte die Einkaufstüte zwischen Hüfte und Autotür, kramte in ihrer Handtasche. Vom Eingang der Halle aus konnte jeder, der zufällig herüberblickte, genau sehen, was sich hier tat. Wenn er jetzt über sie herfiel, wurde er mit an Sicherheit grenzender Wahrscheinlichkeit beobachtet. Ein Blick zurück. Auch auf den Fußgängerstreifen zwischen den Parkreihen überall Leute. Ständiges Kommen und Gehen. Scheiße.

Er kam sich blöde vor. Wenn er sich da drin in der verglasten Halle eine aussuchte, mußte er mit der Möglichkeit rechnen, daß ihr Wagen an exponierter Stelle geparkt war. Es hätte sogar passieren können, daß ihr Mann oder ihr Sohn an der Ausfahrtschleife im Auto auf sie wartete. Daran hätte er vorher denken müssen. Hier draußen auf dem Parkplatz mußte er sich sein Opfer suchen, das war doch klar.

Er ging an ihr vorbei, spielte wieder mit dem Schlüsselbund. Sie guckte kurz auf, kramte weiter in der Handtasche.

Er drehte sich nicht um. Er sah nie zurück. Aber er hörte, wie die Wagentür zuschlug und der Motor ansprang.

Druze ging weiter. Dahin, wo sein Wagen stand. Rangierte ihn aus der Parklücke. Suchte sich eine andere. Die, bei der er's zuerst versuchte, taugte nichts. Von dort aus hatte er nicht genug Überblick. Zweiter Versuch. Ja, jetzt war er zufrieden. Er schaltete die Scheinwerfer aus und wartete. In einer abgelegenen Ecke, die mit Sicherheit niemand beachtete. Es sei denn, jemand hätte seinen Wagen auch hier geparkt.

Fünf Minuten verstrichen. Nichts. Dann kam ein Pärchen auf ihn zu. Die beiden hatten es genau auf den Parkblock abgesehen, in dem Druze wartete. Zehn Schritte dahinter eine Frau, allein. Das Pärchen war am Ziel, er schloß ihr die Beifahrertür auf, ging zum Kofferraum, verstaute die Einkäufe. Die Frau erreichte den Parkblock, als der Mann gerade den Kofferraum zugeschlagen hatte und einsteigen wollte. Aber da war die Frau schon bei ihrem Wagen angekommen. Beide Fahrzeuge stießen fast gleichzeitig zurück und bogen in die Ausfahrtschleife ein.

Verdammt. Die wäre richtig gewesen. Ein bißchen zu jung, aber das hätte ihn nicht gestört. Er rutschte tiefer in den Sitz, drückte sich den Hut in die Stirn.

Kommen und Gehen, der Strom riß nicht ab.

Ene, mene, muh...

Kelsey Romm trug Jeans, eine scharlachrote Bluse, passenden Lippenstift und weiße Turnschuhe. Vormittags arbeitete sie hier im Einkaufszentrum, nachmittags in einem Haushaltswarenladen in Roseville, an den Wochenenden half sie in einer Restaurantkette aus. Manchmal fühlte sie sich wie zerschlagen. Das erste Alarmzeichen war stets, daß ihr Magen zu rebellieren begann. Von den Beinen ganz zu schweigen. Mitunter schmerzten ihr die Knie so, daß sie sich kaum setzen konnte. Aber einen Ganztagsjob zu finden, war schwierig. Weil sich das für die Geschäftsleute nicht rechnete, behauptete ihr Chef in Maplewood. Die Beschäftigung von Teilzeitkräften, hatte er ihr erklärt, sei steuerlich günstiger und erspare dem Unternehmer Sozialabgaben. Auch die Schichteinteilung sei einfacher. An ihm läge es nicht, sagte er, er sei ja selbst nur Angestellter und richte sich lediglich nach den Anweisungen des Eigentümers.

Anderswo erzählten sie ihr dasselbe. Wenn ihr die Arbeit keinen Spaß mache, hieß es, bitte sehr, jeden Tag kämen dutzendweise junge Leute, die dringend einen Job suchten. Und eins stimmte ja: Was sie machte, konnte jeder andere auch. Sie brauchte nur mit dem Scanner den Code einzulesen, dann erschien der Rechnungsbetrag automatisch auf der Kassenanzeige. Ein Knopfdruck, und die Kasse zeigte sogar an, wieviel der Kunde herausbekam.

Im übrigen brauchte Kelsey Romm den Job. Zwei Kinder, vierzehn und zwölf, beide schlugen über die Stränge. Das Mädchen hatte zu trinken angefangen – und wer weiß, was sonst noch. Kelsey konnte nicht mal behaupten, daß sie die beiden überschwenglich liebte. Aber es waren nun mal ihre Kinder, sie mußte für sie sorgen, daran gab's nichts zu rütteln.

Sie hielt, während sie über den Parkplatz ging, den Kopf gesenkt. Das tat sie immer, manchmal ist es besser, nicht alles mitzukriegen. Heute hatte die Angewohnheit freilich zur Folge, daß sie auch Druze nicht sah. Sie ging auf ihren Wagen zu. Ein

83er Chevy Cavalier, eine Rostlaube, die Lüftung funktionierte nicht, das Radio schon lange nicht mehr, die Reifen hatten kaum noch Profil, und die Bremsen mußten dringend entlüftet werden. Am Fahrersitz war die Seitenarretierung gebrochen.

Sie steckte den Schlüssel ins Türschloß. Sah den Mann erst im letzten Augenblick. Das schwere Stück Stahl traf sie hinter dem Ohr. Sie sah noch den Jungen, der am Eingang von Maplewood Mall stand, gegen die Abfalltonne gelehnt. Das letzte, was Kelsey Romm in ihrem Leben sehen sollte.

Wenn ihr jemand prophezeit hätte, daß alles so enden würde, wäre sie nicht überrascht gewesen. »Ja«, hätte sie gesagt, »ja, das kann ich mir gut vorstellen.«

Schon als Druze sie aus dem Einkaufszentrum hasten sah, ahnte er instinktiv, daß sie zu ihm herüberkommen würde. Er öffnete die Wagentür, ließ sie angelehnt, so daß er sie, wenn er aussteigen wollte, nur noch aufstoßen mußte. Tatsächlich, sie kam, den Kopf nach vorn gebeugt, genau auf seinen Parkblock zu. Auf die Reihe hinter Druze. Das war gut. Großartig war das. Er stieg aus, schlenderte an den geparkten Autos entlang, spielte mit dem Schlüsselbund. Wie sah's auf den Fußgängerstreifen aus? Mhm, ein paar Leute waren da immer unterwegs, das mußte er in Kauf nehmen. Und am Eingang von Maplewood Mall stand ein Junge, aber er guckte nicht her. Ja, das konnte klappen.

Sie kam näher. Schien ihn gar nicht zu bemerken. Bog seitlich ab, auf einen alten Chevy zu. Er steckte den Schlüsselbund ein, legte einen Schritt zu, hielt schon in der Tasche den Griff des Schleifeisens umklammert. Sie fing an, in ihrem Handtäschchen zu wühlen, den Kopf tief gebeugt. Wühlte wie ein Maulwurf, blind für alles, was ringsum geschah.

Er war da. Warf rasch noch einen Blick nach allen Seiten. Niemand in der Nähe. Sein Arm zuckte hoch, schwang das Stück Stahl, ließ es kreisen.

Gerade noch, daß sie den Kopf ein wenig ducken konnte. Dann biß das Schleifeisen zu. Sie brach sofort zusammen, genau wie der Professor.

Aber nicht lautlos. Sie stieß, als die Luft aus ihren Lungen entwich, ein verzerrtes Röcheln aus, ähnlich dem Krächzen einer Krähe. Druze sah sich um. Alles in Ordnung, stellte er fest. Der Junge an der Abfalltonne hatte vielleicht zu ihnen herübergesehen. Aber er rührte sich nicht.

Druze bückte sich, kramte in ihrem Täschchen nach den Schlüsseln, schloß den Chevy auf, hob sie hoch und schob sie in den Wagen. Der Chevy hatte Einzelsitze zum Umklappen, in der Mitte eine Ablagekonsole. Er ließ sie einfach fallen, Kopf und Schultern auf den Beifahrersitz. Sie lag, unnatürlich verrenkt, wie eine zerbrochene Schaufensterpuppe da. Druze richtete sich auf, suchte rasch noch einmal den Parkblock ab. Dann rutschte er auf den Fahrersitz, legte ihr zwei Finger an den Hals. Kein Pulsschlag, keine Atmung. Sie war hinüber.

Das mit den Augen... Dafür hatte er sich extra einen Schraubenzieher eingesteckt.

Eine hübsche kleine Portion Amphetamine, ein winziges Quentchen LSD dazu: an diesem Abend war Bekker Super-Ego. Er fühlte sich beschwingt, heiteren Gemütes, prickelnden Geistes, alles in ihm war seidenweich wie ein Nerzfell. Sein Verstand arbeitete messerscharf, löste jedes Problem in Sekundenschnelle. Obwohl... Es konnte sein, daß der Denkprozeß länger gedauert hatte. Vorhin, beim Nachhausekommen, war es draußen noch hell gewesen, jetzt kroch schon Dämmerung in die Fenster. Wie lange hatte er...?

Da waren seine Gedanken schon weiter. Cheryl Clark. Sie hatte ihn im Büro angerufen.

Wollte wohl wieder was mit ihm anfangen. Weil sie wußte, daß seine Frau tot war. Versuchte, sich bei ihm einzuschmeicheln. Und hatte Neuigkeiten. Ein Bulle war bei ihr aufgetaucht. Die Scheißkerle fragten sie über ihn aus. Wollten alles mögliche über ihn wissen, wie er sich privat gab, was sich im Bett abspielte und so. Sie habe gedacht, er solle wenigstens Bescheid wissen, hatte Cheryl gesagt.

Vielleicht traf er sich mal wieder mit ihr. Sie war ihm mit der Zeit lästig geworden. Aber es hatte Nächte mit ihr gegeben, ein paar Nächte...

Er schmeckte das MDMA auf der Zunge. Spürte, wie Herz und Sinn von lodernden Flammen beflügelt waren. Was denn? Noch mehr? Ja, doch. Er konnte sich ruhig noch ein bißchen mehr in Stimmung bringen.

Als der Trip zu Ende war und er zurückkam, wurde ihm schlagartig klar, was er wegen dieser verdammten Beschattungsaktion unternehmen mußte. Ganz einfach. Irgendwo in seinem Hinterkopf hatte die Lösung schon die ganze Zeit gewartet.

Hatte er nicht einen Freund im Polizeipräsidium? Na also.

Das Beschattungsteam hängte sich dran, als Bekker losfuhr, Richtung Hennepin Avenue. Blieb ihm auf den Fersen, als er bei einer Bibliothek hielt. Und auf die Abteilung mit den Nachschlagewerken zusteuerte. Im Adreßbuch von St. Paul suchte. Irgendwas unter dem Buchstaben D. Mehr konnte der Mann vom Beschattungsteam zunächst nicht feststellen, er mußte weiter hinter Bekker her. Der zielstrebig drauflosfuhr. Die Interstate, über den Mississippi und dann nach Süden...

Hübsche Wohngegend, fand Bekker. Nur, die verdammt chaotische Art, wie sie in St. Paul die Hausnummern verteilten.

Schließlich fand er, was er suchte. Davenports Haus beeindruckte ihn wenig. Schön gelegen, aber sonst... Anderthalbstökkiger Steinbau, die Seitenwände mit weißem Holz verkleidet, großer Vorgarten. Ganz hübsch, aber nicht umwerfend. Stephanie hätte keinen zweiten Blick darauf verschwendet.

Aha, innen brannte Licht. Bekker klingelte, es dauerte nicht lange, bis Davenport öffnete.

»Hallo, Officer Davenport...« Bekker, die Hände in der Lederjacke vergraben, lächelte freundlich. »Hatten Sie mir nicht versprochen, dafür zu sorgen, daß ich nicht unter Druck gesetzt werde? Warum sind dann dauernd Ihre Leute hinter mir her?«

Davenport kam mit eisiger Miene unters Vordach. »Was ist los?«

Bekker mußte zwei kleine Schritte zurückweichen. »Warum ich verfolgt werde, frage ich. Die stecken doch jetzt auch da draußen.« Er machte eine Handbewegung ins Dunkel. »Das bilde ich mir nicht ein, ich weiß es. Ich hab' Ihre Leute gesehen. Junge Burschen in Collegekleidung und mit blankgeputzten Schuhen.«

Davenports Kiefer mahlten. Er straffte sich. Packte Bekker an den Jackenaufschlägen. Zog ihn hoch, bis Bekker auf den Zehenspitzen tänzeln mußte.

»Lassen Sie mich los«, stammelte Bekker. Er war kein Schwächling, aber Davenport hielt ihn so eng, daß er die Arme nicht hochbrachte, sich nicht wehren konnte. Auch nicht, als Davenport ihn zu schütteln begann. Der Mann war ja verrückt vor Wut.

»Laß dich hier nie wieder blicken«, fuhr Davenport ihn an. »Nie wieder, kapiert? Es gab schon mal einen, der versucht hat, mir auf die Bude zu rücken. Er ist tot. Und dasselbe passiert dir, wenn du deinen Arsch noch mal hierher bewegst.«

»Ich... Ich wußte ja nicht...«, stammelte Bekker verwirrt. Das war doch nicht der kühle, vernünftige Cop, dem er neulich Stephanies Schlafzimmer gezeigt hatte? Wie der schon guckte... Ihn anstarrte. Und mit eisernem Griff gepackt hielt.

Davenport ließ ihn los, stieß ihn zurück. »Verschwinden Sie. Verdammt noch mal, machen Sie, daß Sie wegkommen.«

Bekker stolperte die Treppenstufen hinunter. Erst als er unten im Vorgarten war, drei, vier Schritte entfernt, brachte er stotternd heraus: »Warum gehen Sie denn gleich auf mich los? Ich wollte Sie doch nur bitten, daß die Beschattung...«

»Wenden Sie sich an den Polizeipräsidenten«, kanzelte Davenport ihn ab. »Aber lassen Sie sich hier nie wieder blicken.« Er verschwand im Haus, die Tür fiel ins Schloß.

Bekker blieb einen Augenblick wie erstarrt stehen. Konnte es einfach nicht fassen. Sie hatten sich doch an jenem Abend ganz freundschaftlich unterhalten. Und hatte Davenport nicht sogar in dem einen oder anderen Punkt ein gewisses Verständnis gezeigt?

Erst als er im Wagen saß, packte ihn kalte Wut.

Was fiel dem Kerl denn ein? Behandelte ihn wie einen Bauernlümmel. Stieß ihn die Treppe hinunter. Verbot ihm das Haus und ließ ihn stehen.

Er schlug mit den Handballen aufs Lenkrad. Sah sich im Geiste zurückgehen, ausholen, Davenport die Faust ins Gesicht setzen. Sah, wie dem Affenarsch das Blut über die Lippen lief. Und sah wieder sich selbst in Aktion. Das Bein schwingen. Zutreten. In die Eier...

»Du Arsch, mich so zu behandeln. Wie... wie... Du Scheißbulle. Was bildest du dir eigentlich ein? Mit mir umzuspringen wie mit... mit...«

Der Junge drückte sich an den geparkten Autos entlang. Schlich auf Kelsey Romms Wagen zu. Riskierte einen Blick durch die Scheiben. Was trieben die da drin? Fickten die etwa?

Er hatte die ganze Zeit an der Abfalltonne vor dem Eingang herumgelungert. Einfach nur so, vielleicht kam zufällig einer von seinen Freunden vorbei. Oder es tat sich sonst was.

Und dann tat sich tatsächlich was. Zunächst bekam er es gar nicht richtig mit. Aber der Kerl da drüben auf dem Parkplatz... Zum Geburtstag hatte er eine Videokassette bekommen, *Darkman*, sein Lieblingsfilm. Und der Kerl sah genau aus wie Darkman. Na gut, nicht bandagiert, aber sonst stimmte alles. Und irgendwas tat sich da drüben…

Er sah, wie der Kerl geduckt in den Wagen kroch. Eine Zeitlang drin blieb, ein, zwei Minuten vielleicht. Dann wieder rausgekrochen kam, zu einem anderen Wagen ging und wegfuhr. Auf das Nummernschild achtete der Junge nicht, warum auch? Und mit Autotypen kannte er sich nicht so gut aus.

Der andere Wagen, der von der Frau, blieb stehen. Als Darkman weggefahren war, zögerte der Junge ein paar Sekunden, dann setzte er sich in Bewegung, schlenderte los, an den geparkten Wagen entlang. Was mochte das für eine sein? Eine Nutte, die fremden Kerlen schnell mal einen blies? O Mann, das wär' ja 'n Ding… Er schlich sich ran, riskierte einen Blick…

Und schrie gellend. Rannte auf Maplewood Mall zu. Ruderte wild mit den Armen. Und schrie: »Hilfe… Hilfe…«

Lucas, innerlich noch vor Wut aufgewühlt über Bekkers Auftauchen, versuchte gerade, sich wieder auf die Druidenjagd zu konzentrieren, als der Schichtführer der Einsatzzentrale anrief.

23

Das Gewitter hing über Minneapolis, Blitze brachen aus der Wolkendecke, Sturmböen tobten durch die kahlen Bäume. Lucas fuhr Richtung Norden, bog auf den Highway 280 ein. Links, halb von Regenschwaden verdeckt, wölbte sich eine leuchtende Lichtglocke über der Großstadt. Regen und Sturm wurden heftiger, dicke Tropfen zerplatzten auf der Windschutzscheibe, und dann öffneten sich die Wolken, Hagel prasselte aufs Autodach, Eiskörner tanzten im Scheinwerferlicht über die Fahrbahn. Er bog nach Osten ab, auf die I-694. Der Regen wurde schwächer, und als er aus der Gewitterfront herausfuhr, hörte er schlagartig auf.

Hohe Wohnblocks versperrten den Blick auf Maplewood Mall, aber Lucas konnte schon in den Scheiben den zuckenden Widerschein der roten und blauen Einsatzlichter sehen. Die Abfahrt White Bear Avenue war gesperrt. Er lenkte den Porsche auf den Randstreifen und arbeitete sich Meter für Meter vor. Ein Uniformierter von der Minnesota Highway Patrol rannte auf ihn zu. Lucas hielt das Ledermäppchen mit der Dienstmarke ans Seitenfenster.

»Ah, Lieutenant Davenport...« Der Uniformierte erkannte ihn. »Folgen Sie mir, ich schaffe Ihnen Platz.« Er trabte vor dem Porsche her bis zur nächsten Absperrung.

Ein unvorstellbares Durcheinander, sämtliche Zufahrten und Einmündungen waren hoffnungslos verstopft. Leute, die vom Einkaufen kamen, versuchten, einen Schleichweg nach Hause zu finden. Neugierige Gaffer, die einen Blick auf den Tatort werfen wollten, reihten sich Stoßstange an Stoßstange. Dazu der normale Verkehr zwischen den Vorstädten und der Interstate. Die Polizei hatte längst den Versuch aufgegeben, das Chaos zu entwirren, und beschränkte sich darauf, wenigstens den Kunden von Maplewood Mall die Weiterfahrt zu ermöglichen.

An der Absperrung wurde die Barriere für Lucas geöffnet, die Beamten hielten den Gegenverkehr auf, Lucas konnte zum Parkplatz fahren. »Danke«, rief er durchs offene Seitenfenster. »Übrigens treibt ein schlimmer Gewittersturm auf euch zu, mit Hagel. Hoffentlich habt ihr die Regenmäntel griffbereit...«

Der Uniformierte nickte, winkte ihn weiter.

In einigem Abstand um den schrottreifen braunen Chevy herum reihten sich Fernsehübertragungswagen und Autos mit Presseschildern aneinander. An Kelsey Romms Wagen standen alle vier Türen weit offen, Scheinwerfer und streuendes Polizeilicht verliehen dem alten Vehikel zum letzten Mal trügerischen Glanz. Lucas parkte den Porsche bei einem Pulk Einsatzwagen und ging zu Fuß auf den Chevy zu.

»Hallo, Davenport, hierher!« Ein Cop in kurzer blauer Polizeijacke unterbrach sein Gespräch mit einem anderen Beamten und winkte Lucas zu sich heran. »Ich bin John Barber, hier aus Maplewood.« Er hatte wasserblaue Augen und kam Lucas ein bißchen hohlwangig vor. »Und das ist Howie Berkson... Howie, sag denen vom Fernsehen Bescheid, daß es noch 'n Weilchen dauern wird.«

Als der zweite Beamte gegangen war, fragte Lucas: »Steht fest, daß es wieder derselbe Täter war?«

Barber zuckte die Achseln. »Ich würde sagen, ja. Einer von Ihren Leuten – Shearson, heißt er, glaub' ich –, hat sich alles angesehen. Genau wie bei den anderen, meint er. Sie brauchen sich nur ihr Gesicht anzusehen...«

Lucas wandte sich zum Wagen um und murmelte zornig: »Sieht ganz nach ihm aus.« Er drehte, von Barber begleitet, eine Runde um den Chevy. »Ich glaube kaum, daß ein Nachahmungstäter es fertigbrächte, mit solcher grausamen Perfektion vorzugehen.«

»Hat Shearson auch gesagt«, meinte Barber.

Lucas sah sich suchend um. »Wo steckt der übrigens?«

Barber grinste. »Er meinte, wir hätten offensichtlich alles unter Kontrolle. Zuletzt, hab' ich gehört, ist er drin im Einkaufszentrum gesehen worden. Bei einem Herrenausstatter. Vielleicht braucht er dringend ein frisches Hemd.«

»Arschloch«, knurrte Lucas.

»Den Eindruck hatten wir auch. Übrigens, wir haben da einen Jungen, der den Täter gesehen hat.«

Lucas blieb wie angewurzelt stehen. »Was? Gesehen?«

»Erhoffen Sie sich nicht zuviel davon. Er war ungefähr dreißig, vierzig Meter weit weg und hat zuerst gar nicht mitgekriegt, was los ist. Hat zwar auch den Wagen gesehen, mit dem der Kerl weggefahren ist, aber weder auf Modell und Baujahr noch auf die Farbe geachtet. Das einzige, was er uns sagen konnte: der Typ soll aussehen wie 'ne Figur aus irgendeinem Zeichentrickfilm.«

»Wieso sagen Sie dann, daß er den Täter gesehen hat?«

»Na ja, er sieht, wie die Frau zu ihrem Wagen geht. Guckt nur ganz kurz hin, ist ja alles ganz normal. Aber im nächsten Augenblick sieht er den Mann dazukommen. Aha, denkt er, der will der Frau die Tür aufhalten oder so. Dann, wieder 'n paar Minuten später, geht der Kerl weg. Bloß, die Frau fährt nicht los. Nanu, denkt der Junge... Also, das hat er erzählt, ehe seine Mutter dazukam: Er denkt, die Frau ist vielleicht 'ne Nutte oder dealt mit Dope. Tja, so was geht den halbwüchsigen Bengeln heutzutage durch den Kopf. Also, er schlängelt sich ran, tut ganz harmlos, wirft einen Blick nach innen...«

»Dann hat er den Täter also tatsächlich gesehen?«

»Muß wohl so sein«, bestätigte Barber.

»Ich möchte mich mit ihm unterhalten.«

Der Junge mochte etwa dreizehn, vierzehn sein. Ein blasses, drahtig schlankes, ein wenig verwildertes Bürschchen mit Skateboard-Knieschützern, fingerlosen Handschuhen und einer langschirmigen Baseballmütze, die verwegen über dem schulterlangen blonden, lange nicht mehr gründlich gewaschenen Haar saß. Seine Mutter hatte sich neben ihm aufgebaut, maß abwechselnd ihn und die umstehenden Polizisten mit finsteren Blicken und so grimmig-entschlossener Miene, als müsse sie ihn gegen eine Armee von Feinden beschützen.

»Hast du 'n Augenblick Zeit?« fragte Lucas.

»Klar«, sagte der Junge, »die Cops hier lassen mich sowieso nicht gehen.« Er strich sich das Haar aus dem Gesicht. Dieselbe trotzige Geste, die Lucas von Cassie kannte.

Seine Mutter – offenbar froh, endlich jemanden vor sich zu haben, von dem sie eine Entscheidung erwarten konnte – mischte sich ein. »Irgendwann würden wir ja gern mal nach Hause gehen. Es ist schließlich nicht so, daß wir...«

»Es geht hier um eine sehr wichtige Sache«, sagte Lucas betont höflich und wandte sich wieder an den Jungen. »Wie wär's, wenn wir nach drin gingen, unters Glasdach?«

»Kann ich mitkommen?« fragte die Mutter rasch.

Lucas zögerte. »Sicher«, sagte er dann, »aber lassen Sie Ihren Jungen erzählen, was er weiß. Wenn Sie versuchen würden, ihm zu helfen, wäre das keine Hilfe für uns.«

»Gut.« Sie demonstrierte Verständnis, nickte geflissentlich.

»Also«, fragte Lucas den Jungen, »was für ein Gefühl hattest du, als du den Mann gesehen hast?«

Sie waren in der Einkaufshalle angekommen und schlenderten an den Geschäften entlang. Der Junge runzelte die Stirn. »Gefühl? Wie meinen Sie das?«

»Na ja, was hast du so gedacht? Der Polizist aus Maplewood hat mir erzählt, daß du ihn nicht genau sehen konntest. Aber man hat doch irgendein Gefühl, auch wenn man nur flüchtig hinguckt. Du sollst gesagt haben, daß er aussieht wie einer aus einem Comic-Buch?«

»Nicht wie aus 'm Comic-Buch, wie aus 'm Comic-Film«, verbesserte ihn der Junge. »Haben Sie den Film ›Darkman‹ gesehen?«

»Nein, hab' ich nicht.«

»Sollten Sie sich unbedingt ansehen. Toller Film...«

»Sein Lieblingsfilm«, warf die Mutter ein. »Tja, Sie wissen ja, wie Kinder...«

Lucas legte den Finger auf die Lippen. Sie brach ab, Blut schoß ihr ins Gesicht.

»Also, da ist dieser Darkman«, erzählte der Junge, »der läuft rum mit 'ner Scheißfresse... Ich meine, dem haben die Gangster das Gesicht kaputt gemacht. Und er versucht die ganze Zeit, sich das Gesicht selber wieder zusammenzuflicken. Stellt künstliche Haut her und so was...«

»Wow«, machte Lucas, »willst du damit sagen, daß bei dem Kerl auf dem Parkplatz irgendwas mit dem Gesicht nicht in Ordnung war?«

»So genau konnt' ich das nicht sehen, er hatte so 'n komischen Hut auf. Aber er hat sich bewegt wie Darkman. Wirklich, Sie sollten sich mal den Film ansehen.« Der Junge redete mit weit aufgerissenen Augen aufgeregt auf ihn ein. »Darkman bewegt sich... Ich weiß nicht, wie ich's beschreiben soll. Sie müssen sich das ansehen. Der Kerl hat's genauso gemacht. Keine Ahnung, ob wirklich was mit seinem Gesicht war, aber er hat sich bewegt, als wär's so. Als ob er sich immer zur Seite wegdrehen wollte.«

»Hast du gesehen, wie er die Frau niedergeschlagen hat?«

»Nein. Ich hab' gesehen, daß sie zum Parkplatz geht, dann hab' ich woanders hingeguckt, und danach hab' ich ihn gesehen. Er ist in den Wagen gekrochen und 'ne Weile später wieder rausgekommen. Und dann ist er weggegangen wie Darkman. So... wie im Schleifschritt. Und den Hut hat er aufgehabt.«

»Im Schleifschritt?«

»Ja. Wissen Sie, die meisten Leute gehen ganz anders, einfach normal. Aber er hat die Schuhsohle über den Boden schleifen lassen. Wie Darkman. Ich sag' doch, Sie müssen sich mal den Film ansehen.«

»Gut, mach' ich. Sonst noch was? Hat er mit jemandem geredet? Oder hat er zu hüpfen angefangen oder sich sonst irgendwie komisch aufgeführt?«

»Nee, hab' ich jedenfalls nicht gesehen. Oder – doch... Er hat mit seinen Schlüsseln jongliert.«

»Jongliert? Mit den Schlüsseln?«

»Ja. Er hat sie hochgeworfen, und dann... Na ja, ungefähr so hat er's gemacht.« Er machte es vor, deutete an, wie die Schlüssel in die Luft geworfen wurden, machte einen schnellen Doppelschritt und fing den unsichtbaren Schlüsselbund mit der anderen Hand wieder auf.

»Großer Gott, das hast du genau gesehen?« fragte Lucas.

Der Junge nickte. »Sogar dreimal.«

Beim Hinausgehen kamen sie an einem Geschäft mit Stahlwaren vorbei. Lucas blieb stehen. Im Schaufenster war das Modell eines Schweizer Armeemessers ausgestellt, das ständig lautlos auf- und zuklappte. »Was willst du mal werden?« fragte Lucas. »Ich meine, wenn du mit der Schule fertig bist? Du kannst nämlich gut beobachten. Du könntest Polizist werden.«

Der Junge wandte trotzig den Kopf zur Seite. »Nee, das will ich nicht.« Und obwohl seine Mutter ihn schnell in die Rippen stupste, fuhr er fort: »Bullen machen doch nichts anderes, als dauernd Leute reinzulegen. So 'n Beruf will ich nicht haben.«

Lucas ließ den Jungen und seine besorgte Mutter unter der Obhut eines Polizisten aus Maplewood zurück und ging zum nächsten Münztelefon. Cassie hätte eigentlich zu Hause sein müssen, meldete sich aber nicht. Er versuchte es im Theater, aber dort nahm auch niemand ab.

»Verdammt...« Er hätte sie so dringend gebraucht.

Unter dem Vordach vor dem Einkaufszentrum stieß er auf Barber, neben ihm stand Shearson, der sich eine kleine Einkaufstasche unter den Arm geklemmt hatte, der Größe nach ein Halstuch oder so etwas. Regenschwaden fegten über den Parkplatz, die Scheinwerfer, die Kelsey Romms Wagen angestrahlt hatten, waren ausgeschaltet.

»Was Passendes gefunden?« Lucas schnippte mit dem Zeigefinger gegen Shearsons Einkaufstasche.

»Hören Sie mal«, ging Shearson sofort in die Defensive, »ich opfere hier meine Freizeit.« Er lief wieder herum wie aus dem Ei gepellt. Knielanger dunkler Kaschmirmantel, perlgrauer Anzug, weißes Hemd, blaue, mit winzigen Krönchen verzierte Krawatte, schwarze Slipper. Und widerlich süß roch er, stellte Lucas fest.

»Na, haben Sie mit dem Jungen gesprochen?« fragte Barber.

»Ja. Wir sollten morgen jemanden zu ihm nach Hause schikken, damit er ein schriftliches Protokoll aufnimmt. Er hat mir erzählt, daß der Kerl auffallend geschickt mit den Schlüsseln jongliert, ein, zwei kurze Tanzschritte gemacht und die Schlüssel wieder aufgefangen hat. Das will ich schriftlich haben.«

»Geben Sie uns doch einfach Ihre Fragen durch, wir schicken dann einen von unseren Leuten vorbei«, bot Barber an.

Shearson zog die Augenbrauen hoch. »Eine heiße Spur?«

»Keine Ahnung«, sagte Lucas kurz angebunden. Er traute Shearson nicht über den Weg. »Wie ist das übrigens mit dem Seelenklempner, den Sie unter die Lupe nehmen sollten?«

»Das ist der Mann, den wir suchen«, behauptete Shearson, »unser Loverboy. Er hat irgendwas zu verbergen, das ist klar. Und den Rest kann man sich an den Fingern abzählen. Noch 'n paar Tage, dann ist er reif. Braucht nur noch irgendein Indiz dazuzukommen. Daniel hat mir allerdings aufgetragen, daß ich ihn mit Samthandschuhen anfassen soll.«

»Okay...« Lucas wandte sich an Barber. »Ich will noch mal einen Blick auf den braunen Chevy werfen.«

Barber begleitete ihn. Sie liefen halb geduckt durch den Regen, im Zickzack wie die Hasen, als wäre das ein Mittel, wenigstens den dicksten Tropfen auszuweichen.

»Ihr Kumpel scheint ja 'n feiner Pinkel zu sein«, schnaufte Barber. »Läuft rum wie 'n Dressman.«

»Ja«, sagte Lucas, »unterhalb vom Hirn ist alles in Ordnung mit ihm.«

Die Leiche lag, in Tücher gehüllt, neben dem Wagen. Einer der Beamten aus Maplewood berichtete Lucas: »Irgendwas, was als Tatwaffe in Frage kommen könnte, haben wir nicht gefunden. Nur Papierabfälle von Eiswaffeln, Schokoriegeln und so weiter, liegt alles zerknüllt im Wagen. Die Karre sieht aus wie 'n fahrender Mülleimer.«

Lucas nickte. Und bat Barber: »Halten Sie mich auf dem laufenden, ja?«

»Klar«, versprach ihm Barber. »Wenn's was Neues gibt, kriegen Sie's sofort rübergefaxt. Wir sind nicht erpicht darauf, daß hier in unserer Gegend ein Irrer rumläuft und Leute umbringt.«

Lucas hatte sich von der Tatortbesichtigung von vornherein nicht viel versprochen. Wenn es keine offensichtliche Verbindung zwischen Mörder und Opfer gab, kein eindeutiges Motiv, kein erkennbar geplantes Vorgehen, dann blieb nur die Hoffnung auf Zeugenaussagen oder auf Spuren, die der Täter hinterlassen hatte. Bei Serientätern kam erschwerend dazu, daß sie Tatorte und Tatzeiten willkürlich wählen konnten, und so wuchs die Chance, einen Augenzeugen zu finden, gegen Null. Aber selbst wenn der Mörder Spuren hinterlassen hatte – zum Beispiel Samen bei Sexualdelikten oder Blut oder Hautpartikel... Bevor man diese Beweise gegen ihn verwenden konnte, mußte man ihn erst mal haben.

Dieser Überfall war nahezu perfekt inszeniert. Nahezu...

Der Sturm flaute ab, als Lucas westwärts fuhr. Weit unten im Süden schien sich ein neues Unwetter zusammenzubrauen, aber vorläufig hatten sie hier Ruhe. Die Landelichter eines Jets, der Minneapolis-St. Paul-International anflog, zeigten es.

Als er bei Cassies Apartment ankam, war aus dem böigen Regen ein sanftes Nieseln geworden. Er drückte den Klingelknopf. Nichts rührte sich. Er versuchte es im Theater. Aber dort war alles dunkel.

Verdammt. Er brauchte sie doch so dringend.

Und er fand sie. Auf den Stufen unter seinem Vordach saß sie, einen Gymnastikbeutel zwischen den Füßen.

Sie stand auf, kam ihm durch den Vorgarten entgegen. »Wie

lange bist du schon hier?« fragte er. »Und wie bist du überhaupt hergekommen?«

»Ungefähr zwanzig Minuten. Mit dem Bus. Ich wollte erst die Haustür aufbrechen, aber deine Nachbarin hat mich die ganze Zeit argwöhnisch durchs Fenster beobachtet.« Cassie deutete mit dem Kopf auf das Nachbarhaus. Hinter einem Fenster brannte Licht, eine grauhaarige Dame spitzelte heraus. Lucas winkte ihr zu, sie winkte zurück, der Kopf verschwand.

»Die paßt immer gut auf«, sagte er grinsend. »Und was meine Haustür betrifft: ohne Brecheisen wärst du da nicht reingekommen. Augenblick noch, ich will nur den Wagen in die Garage stellen.«

Cassie sah zu, wie er den Porsche neben dem verbeulten Geländewagen abstellte. Wartete auf ihn im Vorgarten. Hielt ihm, als er auf sie zukam, den Gymnastikbeutel hin. »Sweatshirt und Laufschuhe. Ich dachte, wir laufen ein Stück am Fluß lang.«

»Bei dem Regen?«

»Nach dem Wetterbericht müßte das Schlimmste vorbei sein«, sagte sie.

»Na schön.« Er faßte sie am Ellbogen, küßte sie auf den Mund. »Hast du's schon gehört?«

»Was?« fragte sie, von seinem ernsten Tonfall alarmiert.

»Wieder ein Mord. Draußen in Maplewood.«

Ihre Hand fuhr hoch, sie preßte sich die Fingerspitzen auf die Unterlippe. »Oh, nein. Wieder jemand aus dem Theater?«

Lucas schüttelte den Kopf. »Nein. Eine Frau, die in einem Einkaufszentrum als Verkäuferin gearbeitet hat. Mit der Theaterszene hatte sie allem Anschein nach nichts zu tun, vermutlich nicht mal als Zuschauerin. Schauspielerin war sie jedenfalls nicht, das steht so gut wie fest.«

»Mein Gott, dann war sie also... ein Zufallsopfer?«

Lucas nickte. »Ene, mene, muh... Ich muß dich übrigens noch was fragen. Später.«

»Klingt geheimnisvoll?«

»Ich kann dir jetzt noch nicht mehr sagen. Du mußt einen klaren Kopf haben. Laß uns erst ein Stück laufen.«

Cassie trabte als Schrittmacher voraus, und als sie zuviel Tempo vorlegte, versuchte Lucas, sie zu bremsen. »He, langsamer«, schnaufte er, »ich bin kein Jüngling mehr.«

»Sechs Jährchen älter als ich«, rief sie über die Schulter. »In deinem Alter müßtest du, wenn du in Form bist, einen Marathon unter vier laufen.«

»Blödsinn«, knurrte er, »wenn du den unter sechs schaffst, hast du – nach normalen Maßstäben – eine großartige Kondition.«

»Siehst du«, trumpfte sie auf, »so schlecht geht's dir gar nicht, du kannst noch ganz normal reden.« Aber sie trabte nun doch ein bißchen langsamer. Bei der Aussichtsplattform schwenkte sie vom Pfad ab und drehte, damit er einen Augenblick verschnaufen konnte, ein paar Kreise auf der Betonplatte. Als sie den Eindruck hatte, er sei wieder fit, bog sie vom Flußufer ab und wählte für den Heimweg eine ruhige Seitenstraße.

»Falls wir zufällig an einem Videoladen vorbeikommen...« Lucas hing wieder mit fliegendem Atem zwei Schritte zurück. »...Ich will mir eine Kassette besorgen. Da draußen beim Einkaufszentrum war ein Junge, der hat den Mörder gesehen. Er sagt, der sähe aus wie Darkman. Kennst du den Film?«

»Nein«, rief sie über die Schulter zurück, »soll aber, hab' ich gehört, ein ziemlicher Krampf sein.«

»Na ja, ein paar Minuten können wir trotzdem reinsehen.«

Als sie zu Hause ankamen, lehnte sich Lucas, den Plastikbeutel mit der Videokassette am Armgelenk, schwer atmend gegen das Garagentor. »Ich glaube, ich sollte so was öfter machen. Was meinst du, wie weit sind wir gelaufen?«

»Drei Meilen, vielleicht. Gerade genug, um ins Schwitzen zu kommen.«

»Ich geb's ungern zu, aber ich hab' schon nach den ersten hundert Metern geschwitzt wie in der Sauna.«

»Dann mußt du schleunigst unter die Dusche«, entschied sie, schob ihm die Hand unters Sweatshirt und zog ihm mit zärtlichen Fingernägeln eine prickelnde Spur über die Haut.

Er spürte ein wohliges Schaudern. Zog sie zu sich heran. Ließ den baumelnden Plastikbeutel gegen ihren Po tänzeln und murmelte: »Vergiß nicht, daß wir noch was zu arbeiten haben.«

»Na und? Ist doch egal, ob wir uns die Kassette gleich oder erst in einer Stunde ansehen.«

Er tat so, als müsse er sich das überlegen. Kraulte sich das Kinn. Und gab schließlich zu: »Das Argument hat eine gewisse Überzeugungskraft.«

»Also dann – ab unter die Dusche...«

Später, als er schon das zweite Duschbad hinter sich, Jeans angezogen und ein T-Shirt übergestreift hatte, schob er die Kassette in den Videorecorder und schaltete den Fernseher ein.

»Wonach suchen wir eigentlich?« fragte sie.

»Ich bin neugierig, ob uns dieser Darkman an irgend jemanden erinnert. Versuch nicht, krampfhaft irgendwas herauszufinden, laß den Film einfach auf dich wirken.«

Das Band lief, Cassie saß auf dem Boden vor dem Fernsehgerät, und nach einigen Minuten, als Darkman gerade von der Druckwelle einer Explosion in seinem Laboratorium durchs Fenster geschleudert wurde, schimpfte sie: »Jetzt ist mir klar, wieso der Junge von einem Comic-Film gesprochen hat. Das ist doch ausgemachter Blödsinn.«

»Und?« fragte er, »hat's bei dir schon geklickt?«

»Nein, bis jetzt nicht.« Sie stemmte sich hoch. »Ist noch Pfirsicheis im Kühlschrank?«

»Klar.«

Sie holte sich eine Portion, setzte sich wieder auf den Teppichboden, leckte den Löffel ab und starrte auf den Bildschirm. Bei einer Szene, in der Darkman sich einen Öltrichter auf den Kopf gestülpt hatte und unter bizarren Zuckungen zu tanzen anfing, runzelte sie nachdenklich die Stirn.

»Ist was?« fragte Lucas.

»Laß die Stelle mal zurücklaufen.«

Er stoppte das Band, drückte den Rücklauf, dann erneut die Wiedergabe. »Sag noch nichts«, bat er.

»Gut. Laß den Film weiterlaufen.«

Er beobachtete sie verstohlen, wie sie sich mehr und mehr von der Handlung fesseln ließ. Am Schluß stellte sie fest: »Schund. Aber ein paar starke Szenen waren dabei.«

»Also, ist dir irgendwas aufgefallen?«

Sie sah ihn lange an. »Du weißt genau, daß ich zu denen gehöre, die für einen wie dich aus der Gosse kommen.«

»Ja, ja...«, machte er ungeduldig.

»Ich – und die Leute, mit denen ich verkehre.«

»Mhm, mhm...«

»Und ich hab' was dagegen, daß die Polizei sich überall einmischt und den Leuten am liebsten in den Nachttopf gucken würde.«

»Nun komm schon...«

Sie starrte auf den dunklen Bildschirm, runzelte die Stirn und murmelte: »Darkman erinnert mich an jemanden aus dem Theater. Ich meine, er ist zwar völlig anders, aber... Er sieht anders aus, ist anders gebaut, aber der, an den ich denke, hat trotzdem eine Ausstrahlung... So ähnlich wie Darkman. Und manchmal bewegt er sich genauso.«

»Okay. Bleib ganz still sitzen.« Er ging ins Gästezimmer und holte die Kopie der Zyklopenzeichnung. »Mach die Augen zu«, sagte er, als er wieder bei ihr war. »Ich halte dir jetzt ein Blatt Papier vor die Nase. Aber erst draufgucken, wenn ich's sage, ja? Ich will, daß du nur kurz hinschaust und mir deinen ersten Eindruck schilderst, ganz spontan.« Er hielt ihr das Blatt vors Gesicht. »Jetzt – Augen auf.«

Sie öffnete die Augen. Und als er das Blatt wegzog, flüsterte sie: »Großer Gott, ich komm' mir vor wie Judas.«

»Wer ist das?«

»Es könnte Carlo Druze sein. Du hast ihn gesehen, als du das erste Mal bei uns im Theater warst. Er hat damals auf der Bühne geübt.«

»Ich wußte es.«. Ein Schauer rannte ihm über den Rücken. »Der verdammte Jongleur, nicht wahr? Der Bursche, der immer geschminkt herumläuft. Ich hab's doch gewußt.«

»Weißt du, wie ich mir vorkomme?«

»Scheiß drauf«, sagte er grob. »Hast du vergessen, wie deine Freundin Elizabeth ausgesehen hat? Willst du dir zur Erinnerung die Frau draußen in Maplewood ansehen? Wir nehmen an, bei ihr hat er einen Schraubenzieher benutzt.«

»Nein. Hör auf...«

»Gibt's bei euch im Theater Fotos von Druze? Künstlerpostkarten oder so was?«

Cassie nickte zögernd. »Ja. Allerdings... Sein Gesicht ist ziemlich zernarbt. Darum trägt er immer so viel Schminke auf. Auf der Bühne, unter der Maske, fühlt er sich am wohlsten. Die meisten Aufnahmen zeigen ihn geschminkt, so wie ihn das Publikum von der Bühne kennt. Ob's Fotos gibt, auf denen er ungeschminkt...? Ich glaube nicht.«

»Kommen wir bei euch rein?«

Sie sah ihn groß an. »Ich kann uns aufschließen. Aber das Büro ist noch mal extra verschlossen. Und... ich weiß nicht. Daß ich zusehe, wie du in den Akten und Unterlagen herumkramst...«

»Komm, Cassie...« Er verlegte sich aufs Zureden, streichelte ihr die Wange. »Deine revolutionären Ideen kannst du ein andermal ausleben. Ich brauche ein Foto von dem Kerl.«

»Gut«, sagte sie schließlich. Als er ins Schlafzimmer ging, kam sie hinter ihm her. »Mir ist noch was eingefallen. Ich komm' mir verdammt beschissen vor, wenn ich's dir erzähle, aber er und Elizabeth standen nicht besonders zueinander.«

Lucas zog sich ein Hemd an. »Hatte sie vor, ihn rauszuschmeißen?«

Cassie zuckte die Achseln. »Wer weiß? Auf der Bühne ist er ja wirklich gut. Ich könnte mir eher vorstellen, daß sie ihn wegen seines Gesichts nicht mochte.«

Lucas blieb vor ihr stehen. »Könnte er so was getan haben? Ich meine, hältst du ihn für fähig, jemanden zu ermorden?«

Sie schüttelte sich ein bißchen. »Von allen, die ich kenne... Ja, ich würde sagen, ihm traue ich's am ehesten zu. Nur, er würde es kalt berechnend tun, ohne Emotionen. Darum verstehe ich das mit den Augen nicht.«

»Aha«, machte Lucas, »interessant.« Er zog ein Sportjackett an. Dann kramte er ein Ledermäppchen aus der Kommode und steckte es ein. »Fertig. Schauen wir uns mal um.«

Unterwegs sagte er: »Als ich damals bei euch im Theater war, habe ich dich gefragt, wo er sich zu der Zeit, als Elizabeth Armistead ermordet wurde, aufgehalten hat. Und du hast gesagt, er müsse irgendwo im Bühnenbereich gewesen sein.«

»Ja...« Wieder ein paar nachdenkliche Falten auf ihrer Stirn. »Muß er auch. Aber da ist ein ständiges Kommen und Gehen, weißt du? Jemand holt sich mal von gegenüber Kuchen oder geht ein Stück weit die Cedar hinunter, auf einen Cheeseburger... So genau weiß keiner, wo dieser oder jener gerade steckt. Und vom Theater bis zu Elizabeth Armisteads Haus sind's nur zehn Minuten.«

»Aber ihr hattet alle den Eindruck, daß er im Theater ist?«

»Na ja, ich kann mich wirklich nicht so genau erinnern. War da nicht am nächsten Tag ein Cop da, der jeden einzelnen befragt hat? Vielleicht weiß der Näheres.«

Als dächte er laut nach, fragte Lucas: »Aber wenn Druze der Mörder war, was hatte dann dieser Anruf für einen Sinn? Wir sind bisher davon ausgegangen, daß der Mörder telefonisch feststellen wollte, ob Elizabeth im Theater oder zu Hause war.«

»Oder... Ich weiß, das klingt albern. Aber vielleicht war es tatsächlich jemand, der Freikarten wollte?«

Lucas seufzte. »Daran hapert's meistens, wenn man einen Fall aufzuklären hat: rauszufinden, warum jemand dies oder jenes getan hat. Jedenfalls, das mit dem Anruf ist komisch. Ich glaube immer noch... Das heißt, ich weiß auch nicht.«

Sie parkten vor einer Diskothek. Schräg gegenüber lag das Theater, dunkel, still, verlassen. Und Cassie sagte, während sie sich nervös umsah: »Das paßt mir gar nicht. Da kommen dauernd Leute vorbei. Wenn jemand was merkt, bin ich meinen Job los, darauf kannst du Gift nehmen.«

»Glaube ich nicht«, sagte Lucas. Und die Art, wie er dabei lächelte, gefiel Cassie überhaupt nicht. Ein verschlagenes Lächeln. »So was läßt sich hinbiegen.«

»So? Wie denn?«

»Ach, du würdest dich wundern, wer alles Dreck am Stecken hat. Da kommt alles mögliche zutage, wenn man ein bißchen nachgräbt. Auch in eurem Theater würden die Leute, die was zu sagen haben, ganz schnell weiche Knie kriegen.«

»Also Erpressung«, stellte sie fest.

»Einflußnahme im Interesse des Gesetzes«, behauptete er.

»Ja, natürlich.« Cassies verächtlicher Unterton war unüberhörbar. »Ich glaube kaum, daß ich da mitspielen würde.«

Sie stieg aus und überquerte die Straße. Lucas holte sie ein, ehe sie die Tür erreichte und anfing, mit dem Schlüssel zu hantieren. »Hallo? Ist da jemand?« rief sie ins Dunkel, als die Tür aufschwang. Keine Antwort.

»Hier lang.« Ihre Stimme war wie ein scheues Raunen. In die Lobby fiel Lichtschein von der Straße, bis etwa zur Mitte des angrenzenden Flures fand sie sich gut zurecht, dann tastete sie sich an der Wand entlang, suchte den Schalter. Eine Deckenlampe ging an. Cassie steuerte auf eine Tür aus rötlich schimmerndem Holz zu. Drehte den Knauf. Und stöhnte: »Verdammt. Ich hatte gehofft, es wär' vielleicht doch offen.«

»Laß mich mal sehen.« Lucas zog eine kleine Stablampe aus der Tasche, kauerte sich vor das Schloß, leuchtete in die schmale Ritze zwischen dem Türblatt und dem Rahmen und spielte dabei mit dem Knauf.

»Kriegst du das Ding auf?«

»Mhm«, machte er. Holte das Ledermäppchen aus der Jackentasche, schlug es auf und zog ein dünnes Metallblättchen heraus.

»Was soll denn das werden?«

»Kleiner Zaubertrick.« Er schob das Metall in den Türspalt und bewegte es auf und ab, bis der Riegel zurückschnappte. »Simsalabim...«

Das Büro wirkte eng und unordentlich, abgestandener Zigarettenrauch hing in der Luft. Limonengrüne Wände, ein metallener Schreibtisch mit Telefon, vier Stühle, eine große Wandtafel und ein paar Aktenschränke. Cassie zog eine Schublade auf. Hunderte von Fotos in Klarsichthüllen. Mit sicherem Griff wählte sie zwei Mappen aus und legte sie auf den Schreibtisch. »Da müssen sie dabei sein.« Sie wühlte sie durch, tapste auf jedes Foto von Druze, das sie fand, mit dem Zeigefinger. »Hier... hier... Und hier sind noch mehr.«

»Er hat den Bogen raus«, meinte Lucas, »läßt sich fotografieren und ist doch nicht zu erkennen.« Er hielt ein paar Fotos ins Licht. Druze war auf allen für irgendeine Bühnenrolle geschminkt. Mitunter warf die Kopfbedeckung einen tiefen Schatten auf sein Gesicht, auf anderen Fotos war es, weil Druze in einer geschickt theatralischen Geste die Hand hob, halb verdeckt.

»Das hier scheint das beste zu sein.« Cassie schob Lucas ein Foto hin.

Der Gnom, schoß es ihm durch den Kopf.

Ein runder, im Verhältnis zum Körper zu großer Kopf. Und trotz des Make-ups war das Flickwerk der Haut deutlich zu erkennen. Wie zusammengenähte Lederstücke. Seine Nase hatte es am schlimmsten erwischt, von ihr war nicht viel mehr als ein Stummel geblieben.

Cassie hatte alle Fotos durchgesehen. »Ja, das war das beste. Aber...« Ihr Blick fiel auf einen anderen Aktenschrank. »Wenn wir den aufkriegen könnten... Da sind die Personalakten drin. Mit so 'ner Art Paßbild, und die Dinger zeigen einen normalerweise deutlich von vorn. Bloß, der Schrank wird immer unter Verschluß gehalten.«

»Laß mal sehen.« Lucas untersuchte das Schloß, brachte aus seinem Ledermäppchen einen Stahlstift zum Vorschein und hatte den Schrank im Handumdrehen offen.

Cassie staunte nicht schlecht. »Das ging fix.«

»Dabei kann ich nicht mal besonders gut damit umgehen«, sagte Lucas. »Wenn's ein solider Stahlschrank wäre, hätte ich mit dem Stift nicht viel ausrichten können.«

»Woher hast du den?« wollte Cassie wissen.

»Von einem guten Bekannten«, sagte Lucas nur.

Er zog das oberste Schubfach auf. Blätterte es durch und stieß auf eine Aktenhülle mit der Kennzeichnung ›Druze‹. Darin steckte ein Blockbogen mit acht Fotos, direkt von vorn aufgenommen, ohne Make-up. Lucas schnaufte. »Irgendwie sieht er tatsächlich aus wie der Zyklop.« Er ging zum Schreibtisch, kramte in der Mittelschublade, fand eine Büroschere und schnitt ein Foto aus dem Block.

Er wollte es Cassie zeigen, aber die guckte nur kurz hoch, murmelte etwas und widmete sich wieder der Aktenhülle, die sie auf den Knien hielt.

»Was hast du denn da?« fragte er.

»Meine Personalakte«, sagte sie. Zog ein Blatt aus der Hülle, lächelte bitter. »Mit einem Vermerk von Elizabeth. Daß ich, falls die finanzielle Lage sich nicht bald bessert, zur Entlassung vorgesehen bin.«

»Soll das heißen...?«

»Ja. Daß ich rausgeschmissen werde.« Eine Träne lief ihr über die Wange. »O Mann, dieses beschissene Theatervolk.«

Lucas schloß den Aktenschrank mit Hilfe des Stahlstifts wieder zu. Die Bürotür mußten sie, als sie auf dem Flur waren, nur hinter sich ins Schloß drücken. Ein Griff nach dem Lichtschalter, das war's.

Den Vermerk von Elizabeth Armistead hatte Cassie mitgenommen. Im Wagen schaltete sie die Innenbeleuchtung ein, las ihn noch einmal durch. »Ich glaub's einfach nicht. Ich kann's nicht glauben, daß sie so etwas getan hat.«

»Ach, sie ist tot. Jetzt liegen die Dinge anders«, versuchte Lucas ihr gut zuzureden. »Ich hab' dich auf der Bühne gesehen, du bist gut.«

»Aber ich habe sie für meine Freundin gehalten.« Cassie zerknüllte das Blatt. »Weiß Gott, wie oft wir uns unterhalten und uns gegenseitig unsere Zukunftspläne erzählt haben.«

»Freunde... Meistens entpuppen sie sich ganz anders, als man gedacht hat. Dann stellt man fest, daß man sich jahrelang in ihnen getäuscht hat. Weil man sie unbedingt so sehen wollte, wie Freunde eigentlich sein sollten.«

»Stört's dich, wenn ich einfach hier sitze und ein Weilchen vor mich hin weine?«

»Ach, komm...« Er legte ihr den Arm um die Schultern, küßte sie auf die Stirn. »Das macht mich ganz fertig...«, murmelte er hilflos.

Sie wühlte den Kopf unter sein Jackett und barg das Gesicht an seiner Brust. Und er hörte sie schluchzen und streichelte ihr übers Haar.

24

Daniel stand die Verblüffung ins Gesicht geschrieben. Langsam löste sich sein Blick von dem Foto und wanderte hoch. »Wir haben ihn also, könnte man sagen?«

»Vielleicht. Alles, was wir über den Mörder wissen, paßt. Aussehen und Verhalten. Und wenn Cassie Lasch recht hat, kann man ihn als Soziopathen bezeichnen. Im übrigen hat er ein Motiv gehabt, die Armistead umzubringen. Nur die Eintrittskarten, die Bekker mir gezeigt hat, um mir vorzumachen, daß seine Frau das Theater als Treff benutzt hat, wenn sie...«

Daniel winkte ab. »Ich habe zwei Leute auf diese Spur angesetzt, sie haben das genau gecheckt. Niemand hat sie je im Lost River Theater gesehen. Jedenfalls erinnert sich keiner an sie.« Er betrachtete wieder das Foto. »Der Kerl sieht wirklich wie ein Zyklop aus.«

»Aber die Abrechnungen von American Express belegen...«

»Ja, ja«, machte Daniel. Kratzte sich den Hinterkopf und sah wie gebannt auf das Foto.

»Ich glaube, wir sollten ein Beschattungsteam...«

»Ja, natürlich«, fiel ihm Daniel ins Wort. »Die Leute, die bis jetzt Bekker überwacht haben, sollen sich ab sofort um ihn kümmern.«

»Das Problem ist nur, wenn Druze die Meldung auf Kanal Acht mitgekriegt hat, glaubt er vielleicht, daß die Beschattung bisher schon ihm gegolten hat.«

Ein Lächeln huschte über Daniels rotwangiges Gesicht. »Dann hat er zwei nervtötende Tage hinter sich. Hat sich mit dem Rükken an der Wand langgedrückt und überall Polizeispitzel gesehen.«

»Ich dachte eher daran...«

»Ja?«

»Man könnte denen vom Kanal Acht das Messer auf die Brust setzen, weil sie durch ihre Meldung die Untersuchung erschwert und den Verdächtigen gewarnt haben. So daß wir gezwungen waren, die Beschattungsaktion abzubrechen, nachdem sich jemand beschwert hat. Und zwar Bekker, bei mir.«

»Mhm«, machte Daniel, »ja, das wäre für die Fernsehleute ein Schuß vor den Bug.« Sein Grinsen verriet Vorfreude. »Lester wird das mit Vergnügen erledigen.«

Lucas grinste noch breiter. »Damit er das auf seine Kappe nehmen muß? Falls die vom Fernsehen ihre Beziehungen spielen lassen?«

»Wer wird denn an so was denken?« Daniel legte die Hand aufs Herz und guckte unschuldig wie ein Kind. »Aber was diesen Kerl betrifft, Druze... Vielleicht können wir eine Videoaufnahme von ihm machen und dem Jungen aus dem Einkaufszentrum vorführen?«

»Ja, gut«, sagte Lucas.

»Das muß heute noch über die Bühne gehen.« Daniel stand auf und kam um den Schreibtisch, den Blick auf Druzes Foto geheftet, als erwarte er sich davon weitere Inspirationen.

»Ich bin nach wie vor davon überzeugt, daß Bekker in die Sache verwickelt ist«, meinte Lucas. »Falls er und Druze Kontakt aufnehmen, wär's gut, wenn wir das mitschneiden könnten.«

Daniel nickte. »Einverstanden. Schreiben Sie Anderson alles auf, er soll das veranlassen. So, und nun was anderes: Haben Sie sich schon etwas ausgedacht, wie Sie Stephanies Liebhaber das Foto in die Hände spielen wollen?«

Lucas zuckte die Achseln. »Ehrlich gesagt, noch nicht.«

Daniel ließ sich in den Schreibtischsessel fallen. »Aber ich.« Er öffnete den Zigarrenbehälter, schaute mißmutig hinein, knallte den Deckel zu. »Kanal Zwei beendet seine Sendungen kurz nach Mitternacht. Wir werden die Jungens bitten, um – sagen wir, um drei noch mal kurz auf Sendung zu gehen. Nur für einen Augenblick, um das Foto zu zeigen. Von den normalen Zuschauern kriegt das niemand mit, es sei denn, einer würde zufällig mit der Fernbedienung spielen. Stephanies Liebhaber kann sich das Foto ungestört ansehen, er kann's sogar auf Video aufnehmen. Das Risiko ist dabei für ihn gleich null.«

»Großartig«, sagte Lucas. Kanal Zwei war der Kulturkanal, nach zwei Uhr nachts rechnete niemand damit, daß dort noch gesendet wurde. »Haben Sie einen guten Draht zu denen?«

»Ja, da dürfte es keine Schwierigkeiten geben.«

Lucas nickte. »Dann werde ich die Anzeige in der Star Tribune aufgeben. Wenn Loverboy mich anruft, werde ich ihm zunächst ein persönliches Treffen vorschlagen. Geht er darauf nicht ein, dann sage ich ihm, wann und wo er sich das Foto ansehen kann.«

»Bis dahin gehen wir davon aus, daß Druze der Gesuchte ist«, entschied Daniel. »Ich werde es dem Rest der Truppe mitteilen.« Er beugte sich vor, drückte den Knopf der Wechselsprechanlage. »Linda, schick mir Sloan rüber. Und Anderson und die anderen, die am Fall Bekker arbeiten. In einer halben Stunde bei mir.«

»Wir haben nichts Konkretes gegen Druze in der Hand«, erinnerte ihn Lucas. »Bis jetzt handelt es sich nur um Vermutungen.«

»Wir bleiben an ihm dran.« Daniel klang bestimmt. »Ich will über diesen Scheißkerl lückenlos Bescheid wissen, über jeden Schritt. Mein Gefühl sagt mir, daß er's war, Lucas. Ich spür's bis in die Fingerspitzen.«

Lucas sagte lauernd: »Ich hätte da eine Idee...«

Daniel hob die Hand. »Sagen Sie's nicht. Aber – äh – es wäre sehr schön, ein bißchen mehr über den Kerl herauszukriegen.«

Lucas nickte. Daniel hatte verstanden. Eine kleine inoffizielle Aktion. Ohne richterliche Anordnung. Konnte nicht so schwierig sein, in Druzes Apartment einzudringen.

Plötzlich beugte er sich vor, öffnete den Zigarrenbehälter, warf einen Blick hinein. Drei Zigarren. Er ließ den Deckel zufallen.

»Was soll das denn?« fragte Daniel irritiert.

»Ich hab' mich schon immer gefragt, was Sie eigentlich da drin aufbewahren.«

Die Akte Druze war äußerst dünn. Seitens der Bundesbehörden lag nichts gegen ihn vor, Anderson hatte das vor der Besprechung bei Daniel per Computer abgefragt. Eigentlich gab es nur das Befragungsprotokoll aus der Untersuchung nach dem Armistead-Mord. Detective Draper hatte das Ergebnis schriftlich zusammengefaßt. *Der Befragte gibt an, zur Tatzeit im Theater gewesen zu sein. Macht das durch Verweis auf verschiedene kleine Vorkommnisse während der fraglichen Zeit glaubhaft. Die von ihm genannten Vorkommnisse werden durch andere Zeugen bei deren Befragung bestätigt...*

Sie drängten sich zu elft in Daniels Büro, Anderson, Lester, Sloan, Del, Draper, Shearson, drei weitere Detectivs, Daniel selbst und Lucas, der einen Stuhl in der Ecke ergattert hatte und in der Akte blätterte. Shawn Draper, ein Hüne, der immer aussah, als würde er im nächsten Moment einschlafen, lümmelte auf einem Klappstuhl hinter Anderson.

Lucas stupste ihn, als irgendwann eine kurze Diskussionspause eintrat, von hinten an und fragte: »Shawn, Sie haben doch mit ihm gesprochen? Würden Sie nach Ihrem persönlichen Eindruck sagen, daß es irgendeine Ähnlichkeit mit der Zyklopenzeichnung gibt?«

Draper kratzte sich hinter dem Ohr. »Nö. Würd' ich eigentlich nicht sagen. Ich meine, er sieht ziemlich beschissen aus. Aber so wie der auf der Zeichnung... Nö.«

»Und sein Alibi, war das hieb- und stichfest?«

»Ich hab' eben noch mal schnell meine Unterlagen durchgesehen. Ein richtig wasserdichtes Alibi hat er für die Zeit ab sieben, halb acht. Für die Zeit vorher war's ein bißchen wackelig.«

»Elizabeth Armistead wurde, soweit wir wissen, etwa um sieben Uhr abends ermordet?« hakte Lucas nach.

»Kommt ungefähr hin«, warf Sloan ein.

»Dann kann er sie also umgebracht haben, anschließend wieder ins Theater gekommen sein und dafür gesorgt haben, daß möglichst viele Kollegen seine Anwesenheit bezeugen können...«

Anderson wandte sich um. »Schon möglich. Aber warum hat er sich nicht um ein Alibi für die eigentlich kritische Zeit bemüht? Ich an seiner Stelle hätte vorher irgendwas gemacht, woran die anderen sich mit Sicherheit erinnern. Dann wär' ich losgezogen, hätte sie umgebracht und gesehen, daß ich möglichst schnell wieder da bin. Mit 'ner Tüte Krapfen unterm Arm oder so. Und hätt' mich so aufgeführt, daß hinterher alle sagen: ja, er war da.«

»Hat er aber nicht gemacht«, sagte Draper trocken. »Für die Zeit nach sieben ist er aus dem Schneider, vorher nicht.«

Lucas murmelte etwas vor sich hin.

»Was ist?« fragte Daniel.

»Ach, ich überlege immer noch, wie dieser merkwürdige Anruf wegen der Freikarten ins Bild paßt.«

Der Leiter der Annoncenabteilung bei der Star Tribune versprach, sich persönlich um die Anzeige zu kümmern. *Ab sofort komme ich für finanzielle Verbindlichkeiten, die Lucille K. Smith eingeht, nicht mehr auf.* Gezeichnet: Lucas Smith. Ja, morgen früh werde die Anzeige erscheinen, Lucas könne sich darauf verlassen.

»Das ist extrem wichtig«, schärfte Lucas ihm ein. »Reden Sie nicht weiter drüber, aber es ist die wichtigste Anzeige, die dieses Jahr bei Ihnen erscheint.«

»Wie gesagt, gleich morgen...«

Lucas benutzte das Telefon in der Lobby des Apartmenthauses.

»Oh, mein Gott«, stöhnte Cassie, »wie kannst du, ohne vorher Bescheid zu sagen...? Mann, wenn du wüßtest, wie's bei mir aussieht...«

Aber dann sagte sie, er solle in Gottes Namen raufkommen.

Und erwartete ihn unter der Tür. Mit aufgeregten Apfelbäckchen.

»Sieht doch hübsch aus«, fand Lucas, während er sich umsah. Das Apartment war klein. Wohnzimmer mit integrierter Küchenecke, ein schmaler Flur, von dem drei Türen abgingen: Toilette, Bad, Schlafzimmer.

»Aber nur, weil ich schnell noch die Schmutzwäsche von vier Tagen im Schrank und den Abwasch von zwei Tagen im Geschirrspüler verstaut habe.« Sie lachte, stellte sich auf die Zehenspitzen, küßte ihn und nahm ihm den Aktenkoffer ab. »Seit wann läufst du denn mit so einem Ding rum, wie Mr. Big Business persönlich? Du, ich wollte übrigens gerade los, ins Theater.«

»Ich hatte in der Uni zu tun und dachte, guckst mal rein«, sagte er. »Mußt du gleich gehen?«

Sie nickte. Zog einen Schmollmund. »Seit ich Elizabeths Vermerk gelesen habe, will ich lieber superpünktlich sein.«

»Ah – gut.«

»Für die Dusche würde es gerade noch reichen«, bot sie an.

»Nein, nein«, wehrte er grinsend ab, »wenn wir erst unter der Dusche stehen... Ich muß sowieso wieder los, hab' noch zu tun. Sehen wir uns nach der Vorstellung?«

»Aber immer. Gegen elf sind wir fertig.«

»Dann führ' ich dich ganz groß aus.«

»Ach, du unverschämter Süßholzraspler.« Sie faßte ihn am Ohr, zog sein Gesicht zu sich herunter und küßte ihn.

»Bis gegen elf...«

Immerhin, er war drin.

Druzes Apartment lag drei Stockwerke tiefer. Der kleine Umweg, bei Cassie vorbei, war quasi seine Eintrittskarte gewesen. Daß sie im selben Haus wohnte, traf sich gut, war aber nicht nur Zufall. Auch andere Akteure des Lost River Theaters hatten hier Unterschlupf gefunden. Das Haus lag angenehm nah, und die Miete war niedrig.

Lucas nahm die Treppe runter in den dritten Stock. Niemand auf dem Flur, Druzes Apartment lag ein paar Türen weiter links. Lucas ging ins Treppenhaus zurück, nahm das Funktelefon aus dem Aktenkoffer und wählte den Leiter des Beschattungsteams an. Beim letzten Anruf hatte er erfahren, daß Druze schon im Theater war.

»Wo steckt er jetzt?«

»Immer noch hier.«

»Falls er das Theater verläßt...«

»Klar«, sagte der Teamchef. Wo Lucas sich aufhielt, wußte er nicht. »Wir rufen sofort an.«

Das Theater lag praktisch um die Ecke. Falls Druze irgendwas zu Hause vergessen hatte, mußte Lucas sich darauf verlassen können, daß er sofort unterrichtet wurde.

Er rief die Vermittlung im Polizeipräsidium an. Betty meldete sich. Er gab ihr Druzes Telefonnummer und bat: »Verbinden Sie mich mit ihm, ja? Lassen Sie's durchläuten, wenn er sich nicht gleich meldet. Kann ja sein, daß er im Garten ist.«

»Ja, mach' ich«, versprach Betty.

Großer Gott. Was er vorhatte, legte jeder Staatsanwalt als Einbruch aus. Und nun zog er auch noch das Mädchen in der Vermittlung mit hinein...

Er klemmte sich das Funktelefon unter den Arm und trat wieder auf den Flur. Sechzehn Apartmenttüren, acht links, acht rechts. Kunststoffverkleidung an den Wänden, der Teppichboden war schon in die Jahre gekommen.

Geräuschlos ging das Ganze nicht ab, der Bohrer würde gehörig losrattern, aber das ließ sich nun mal nicht ändern. Als er vor Druzes Apartment stand, hörte er drin das Telefon läuten. Mit Ausdauer. Niemand nahm ab. Lucas drehte den Türknauf, es hätte ja sein können... Nein, die Tür war abgeschlossen. Er nahm das Gerät aus dem Aktenkoffer. Eigentlich kein Drillbohrer, obwohl es auf den ersten Blick fast so aussah. Allerdings handlicher, und vorn war statt des Bohrers ein kleiner Haken aufgesetzt. Lucas schob ihn ins Türschloß und drückte die Starttaste.

Das Ding ratterte los. Hörte sich an wie ein Tischtennisball, der in einer leeren Blechdose hin und her hüpft. Nur viel schneller. Ein scheußliches Scheppern. Das gar nicht mehr aufzuhören schien. Obwohl tatsächlich nach zwei, drei Sekunden schon alles vorbei war. Lucas drehte den Knauf, die Tür schwang auf.

»Hallo? Jemand da?« Das Telefon läutete weiter. Er drückte die Tür hinter sich zu. »Hallo?«

Das Apartment sah aufgeräumt und ordentlich aus. Hauptsächlich wohl deshalb, weil es so spärlich möbliert war. Ein Wandregal mit einigen Zeitschriften, etlichen gestapelten Rollenbüchern, einem Kassettenrecorder und mehreren Kassetten. Die Couch stand mitten im Zimmer, gegenüber der Fernseher. Ein Bild, das Lucas aus seinen Jahren im Außendienst vertraut war, in Dutzenden billiger Single-Apartments hatte es genauso ausgesehen. Genauso peinlich ordentlich. Vielleicht, weil die einsamen Männer in solchen genormten Wohnschachteln nichts anderes zu tun haben, als Aschenbecher zu leeren, Kochplatten zu putzen und Milchtüten in den Kühlschrank zu stellen. Druzes Apartment wirkte unwohnlich. Der Mangel an individueller Ausgestaltung verleitete unwillkürlich dazu, Rückschlüsse auf seine Persönlichkeit zu ziehen.

Das Telefon läutete immer noch. Lucas wählte über Funk die Vermittlung an. »Betty? Die Nummer, die ich Ihnen vorhin gegeben habe... Das hat sich erledigt.«

»Okay, Lucas.« Und ein paar Sekunden später verstummte das Läuten.

Zuerst das Schlafzimmer, beschloß Lucas. Er hätte nicht sagen können, was er suchte. Aber wenn er irgendwas entdeckte... Mit den Schränken war er schnell durch, in den Taschen von Jacken und Mänteln war nichts. Die Kommode, der Krimskrams, der obenauf lag, die Schubladen, nichts. In der Küche ging es noch schneller. Druze hatte kaum Küchengerät und wenig Geschirr. Keine Blechdosen, keine Schälchen. Nichts, wo die Leute üblicherweise das aufbewahren, was keiner finden soll. Im Kühlschrank nur ein Salatkopf, eine Flasche Ketchup, ein eingewikkelter Hamburger, ein angebrochenes Backpulvertütchen und eine rot-weiße Dose Fleischextrakt. Typischer Single-Haushalt. Das Eisfach war leer. Genauso die Schublade unter dem Herd.

Aber dann fand er doch etwas. Druze besaß eine geradezu ideale Schlagwaffe, ein Schleifeisen. Lucas nahm es aus dem Schubfach, schwang es, untersuchte es genau. Keine Spuren, die mit bloßem Auge zu erkennen gewesen wären. Haar oder Blut. Im Gegenteil, das Stück Stahl sah so ungewöhnlich sauber aus, als wäre es vor kurzem gründlich gereinigt worden. Er nahm einen Brocken Modelliermasse aus dem Aktenkoffer, hielt ihn in der einen Hand und schlug mit der anderen das Schleifmesser hinein. Ein kurzer, scharfer Hieb, der Abdruck zeichnete sich deutlich in der Wachsmasse ab. Er verstaute sie, in Frischhaltepapier gewickelt, im Aktenkoffer, das Schleifmesser legte er wieder in die Schublade.

Dann das Wohnzimmer. Unter der Couch nichts als Staub. In den Büchern war auch nichts versteckt. Ein Fach mit Unterlagen: Rechnungen, Gehaltsnachweise, Versicherungsbelege, die Steuerunterlagen der letzten sechs Jahre.

Blieb eigentlich nur noch der Einbauschrank im Flur...

Verdammt. Ein schwarzer Skianorak mit warmem Innenfutter. Solche Anoraks gab's zu Tausenden. Aber genauso hatte Stephanies Liebhaber die Kleidung des Mörders beschrieben. Lucas nahm ihn aus dem Schrank und zog ihn an. Holte die Polaroidkamera aus dem Aktenkoffer, stellte sie ins Wandregal, schaltete den Selbstauslöser ein und schoß zwei Fotos von sich, eins von vorn, eins von hinten.

Nachdem er sich davon überzeugt hatte, daß der Anorak auf den Bildern deutlich zu erkennen war, hängte er ihn wieder in den Schrank. Eine Viertelstunde war er jetzt schon im Apartment, lange genug. Er ging zur Tür. Ein letzter Blick zurück. Die Treppe hinunter. Und hinaus ins Freie.

»Lucas?« Aha, Daniels Rückruf.

»Ja?« Er saß im Porsche, sah sich noch einmal die Polaroidfotos an. »Machen die von Kanal Zwei mit?«

»Das ist alles geregelt«, sagte Daniel. »Wenn er Sie morgen anruft, kann das Foto gesendet werden. Nachts um vier, habe ich vereinbart.«

»Können wir noch ein Foto zeigen?«

»Was für eins?«

»Von einem schwarzen Skianorak.«

Später, als Lucas, Del, Sloan und Anderson bei ihm im Büro waren, hatte Daniel sich immer noch nicht beruhigt. Er stapfte wütend auf und ab. »Ich hab' doch gleich so ein Gefühl gehabt.«

Lucas hatte seinen Kopf aus den Fotos herausgeschnitten. Und Daniel und Anderson fanden übereinstimmend, das könne der Anorak sein, den Stephanies Liebhaber beschrieben hatte. Anderson war sicher: »Druze muß es sein. So viele Zufälle auf einmal gibt's gar nicht. Wir sollten ihn schnappen und in die Mangel nehmen.«

»Nein, wir müssen ihn zusammen mit Bekker erwischen«, widersprach Lucas.

Daniel war nicht seiner Meinung. »Wenn die beiden unter einer Decke stecken, ist es viel besser, einen gegen den anderen auszuspielen. Druze hochnehmen und unter Druck setzen, dann fängt er an zu reden.«

Sloan schüttelte, lässig an die Wand gelehnt, den Kopf. »Wir haben kaum was gegen ihn in der Hand. Vier Morde, sämtliche

Kommunalpolitiker kribbelig wie 'n Sack Flöhe... Wenn der Versuch, über Druze an Bekker ranzukommen, schiefgeht, haben wir die ganze Fernseh- und Pressemeute auf dem Hals.«

»Die Politiker überlassen Sie mir«, sagte Daniel. Er nahm eins der beiden Fotos, starrte kurz darauf, dann hoch zu Sloan. »Wir könnten folgendes tun: Zunächst werfen wir ihm vorsätzlichen Mord vor, dann – vorausgesetzt, er liefert uns Bekker ans Messer – locken wir ihn mit Totschlag im Affekt und mildernden Umständen. Und wenn die Presse sich aufregt, erklären wir, daß den Tatumständen nach sowieso kein Gericht auf eine Affekthandlung oder mildernde Umstände erkennen wird.«

Sloan zuckte die Achseln. »Wenn Sie meinen, daß Sie denen das verkaufen können...«

»Wir stehen geradezu genial da«, behauptete Daniel.

»Mir wäre es trotzdem lieber, wenn wir handfeste Beweise hätten«, meinte Lucas. »Können wir ihn nicht noch ein paar Tage beobachten, bevor wir zuschlagen? Und mindestens sein Telefon überwachen? Vielleicht erwischen wir ihn bei einem Gespräch mit Bekker. Oder wenigstens, wenn die beiden eine Verabredung treffen.«

»Wir kriegen keine richterliche Anordnung für eine Telefonüberwachung«, sagte Daniel. »Dafür können wir noch keine ausreichende Begründung vorbringen. Es sei denn, Stephanie Bekkers Freund liefert uns was. Dann könnten wir ihm auch eine Wanze ins Apartment pflanzen.«

»Also hängt alles von Loverboy ab«, murmelte Lucas. »Hoffentlich ruft er morgen abend an.«

»Tut er bestimmt.« Daniel fuhr sich durchs schüttere Haar. »Und bis dahin schweben wir über Druze – unsichtbar, wie die Engel über dem Papst. Himmel noch mal, endlich der Durchbruch, auf den wir so lange gewartet haben!«

Schweigen. Bis Anderson trocken sagte: »Wenn er's denn ist.«

Bekker stand am Erkerfenster, den Blick starr durchs geschliffene Glas in den Nachthimmel gerichtet, und kam zu dem Schluß: Er mußte etwas unternehmen. Morgen.

Er ließ das Zigarettenetui aufspringen und traf seine Wahl. Nichts Starkes, nur ein bißchen Power. Schob sich eine Tablette PCP zwischen die Zähne, lutschte einen Augenblick daran, legte sie zurück ins Etui. Den ätzend scharfen Geschmack nahm er kaum noch wahr.

Die Droge half ihm, sich zu konzentrieren. Bewirkte, daß Geist und Körper sich voneinander lösten und verselbständigten. Machte es leichter, die notwendigen Schritte klar zu erkennen.

Erst die Frau, dann Druze. Den konnte er telefonisch aus seinem Bau locken. Am besten so um fünf, bevor er sich auf den Weg ins Theater machte. Um diese Zeit war das Weibsstück vermutlich auch zu Hause.

Und diesmal keine Extravaganzen, Doktor. Keine Studien. Tun, was getan werden muß, und verschwinden.

Er ging, während er die Einzelheiten ausheckte, auf und ab. Die Beine, die sich da weit unterhalb seines Hirns bewegten... Sie schienen gar nicht zu ihm zu gehören. Wenn alles glatt lief, war das Ganze lächerlich einfach. Allerdings, die Waffe mußte er vorher noch überprüfen. Indem er raus nach Wisconsin fuhr und ein paar Schüsse abfeuerte. Was er schon jahrelang nicht mehr getan hatte. Zuletzt, soweit er sich erinnern konnte, bei einem Ausflug nach New Mexico. Gekauft hatte er die Pistole vor vielen Jahren in Texas. Ein Gelegenheitskauf. Von einem Cowboy in El Paso, einem versoffenen Kerl, der völlig blank war. Keine besondere Waffe, eine 38er, erfüllte aber ihren Zweck.

Der Schuß im Apartmenthaus – das mußte er riskieren. Vielleicht gab's da ein Radio, das er laut aufdrehen konnte. Wobei ihm einfiel, daß vier Uhr möglicherweise günstiger war. Da mußte sie eigentlich zu Hause sein. Während ihre Nachbarn wahrscheinlich noch unterwegs waren.

Er ging weiter auf und ab. Arbeitete an seinem Plan. Und an sich selbst. Richtete sich innerlich auf. Stimmte sich ein. Die Dosis PCP war verschwindend klein gewesen, trotzdem spürte er, wie sie ihn schubweise packte und wieder losließ. Als jagten ihm Stromstöße durchs Hirn.

Um Mitternacht hielt er es nicht mehr aus. Er brauchte mehr. Alles in ihm verlangte nach Super-Ego. Er schluckte zwei MDMA. Das Zeug fing sofort in ihm zu rasen an, unterdrückte die Wirkung des PCP völlig. Er wiegte sich, begann, auf dem weichen Teppich zu tanzen. Und driftete davon.

Als er mit keuchendem Atem wieder auftauchte, stellte er fest, daß er fast nackt war. Was bedeutete das?

Halb verschüttete Gedanken fügten sich langsam zusammen. Und wurden wieder klar. Wenn morgen etwas schiefging... Womit er nicht rechnete. Was aber immerhin möglich war. Er war optimistisch, wollte sich aber nichts vormachen. Wenn also etwas schiefging, dann bedeutete das zugleich, daß etwas Wichtiges unerledigt blieb. Heute nacht, jetzt, war die letzte Gelegenheit dazu.

Er zog sich an, innerlich erregt, mit fliegenden Händen. Eilte in die Garage, holte den Wagen heraus. Bis zur Klinik brauchte er nicht mehr als zehn Minuten.

Aber dort stand er fünf Minuten lang wie angewurzelt im Treppenhaus. Dachte nach.

Ging zunächst in sein Büro. Nahm noch ein MDMA. Um sich innerlich zu beflügeln und die kreativen Kräfte zu wecken. Dazu ein Methamphetamin. Das schärfte die Sinne.

Dann ging er in den Umkleideraum. Zog den Chirurgenkittel an. Der Stoff fühlte sich kühl an, schmiegte sich glatt an die Haut, ohne ihn einzuengen. Wie eine streichelnde Berührung. Wie wenn man in frische Bettwäsche kriecht.

Weiter. Er hastete die Treppe hoch. Stockte, setzte zögernd einen Fuß vor den anderen. Gluckste in sich hinein. Hastete weiter. Barst fast vor freudiger Erwartung. Zwang sich aber zur Vorsicht. Wenn ihn jemand sah... Nun gut, eine Katastrophe war's nicht. Aber besser, er ließ es nicht darauf ankommen.

Als er oben ankam, öffnete er die Feuertür einen Spalt weit, so daß er das Schwesternzimmer im Blick hatte. Er ließ die Hand auf dem Türgriff liegen. Falls unerwartet jemand auftauchte, konnte er so tun, als hätte er die Tür gerade aufstoßen wollen.

Die Schwester telefonierte. Mein Gott, wie lange denn noch? Die fand überhaupt kein Ende. Stand da, quasselte und kicherte vor sich hin. Er verfluchte sie. Die Drogen rasten in seinem Blut. Ließen ihm keine Ruhe, drängten ihn zu Sybil. Noch konnte er sich beherrschen, aber er war nicht sicher, wie lange er dem inneren Druck standhielt.

Ah, endlich. Sie legte auf. Schmunzelte noch. Ließ sich in ihren Bürostuhl fallen und drehte ihm den Rücken zu. Er schob die Tür auf, huschte den Flur hinunter. Die Schutzhäubchen über den Straßenschuhen dämpften seine Schritte. Weiter, schnell weiter. Zimmer 565...

Der Fernseher lief, der Schirm flimmerte, das Wordprocessor-Programm war aufgerufen. Bekker runzelte die Stirn. Sie war doch gar nicht mehr in der Lage, das System zu bedienen? Er trat ans Bett, beugte sich vor. Das Keyboard lag auf dem Tischchen neben ihrem Bett. Er faßte sie am Kopf, zog ihr Gesicht zu sich herüber. Tatsächlich, der winzige Impulsgeber war an ihrer Augenbraue befestigt.

Er drehte sich um, starrte auf den Fernsehapparat, bewegte den Cursor mit den Tasten auf *Anzeige*, drückte *Enter*. Verschiedene Optionen erschienen auf dem Bildschirm. Darunter auch eine Liste mit zwölf Dateien. Neun trugen richtige Namen, drei waren nur mit Ziffern benannt. Er ließ den Cursor auf die Zeile mit der Ziffer 1 wandern, wollte den Text aufrufen. Da merkte er, daß sie aufgewacht war und aus dunklen, angsterfüllten Augen zu ihm hochschaute.

»Es ist so weit, Sybil«, flüsterte er. Die Drogen brodelten in ihm. Er beugte sich tief über sie, sah ihr in die Augen. Sie senkte rasch die Lider.

»Mach die Augen auf«, befahl er.

Sie rührte sich nicht.

»Du sollst die Augen aufmachen.«

Sie gehorchte nicht.

»Sybil, ich hab' dir gesagt... Hör zu, ich muß erkennen können, was du siehst, wenn es zu Ende geht. Ich muß wissen, ob es da irgend etwas gibt. Darum mußt du die Augen offenhalten, verstehst du das nicht?« Er drückte hektisch die Leertaste auf dem Keyboard. Lockte sie mit der Lüge: »Ich seh' auf dem Bildschirm, was du geschrieben hast, Sybil...«

Ihre Lider zuckten hoch.

»Aha«, sagte er, »anscheinend lohnt es sich, wenn ich wirklich mal nachsehe?«

Ihr Blick flackerte. Huschte zum Bildschirm.

Der Cursor stand in der Zeile mit der 1. Er drückte *Enter*. Zwei Buchstaben erschienen auf dem Bildschirm. *MB*.

»Schau an... Das steht wohl für Michael Bekker?« Er verließ die Datei, rief die nächste auf. *MRD*.

Er löschte die Buchstaben. »Eine verschlüsselte Botschaft, wie? Hast du dir eingebildet, daß jemand darin das Wort ›Mord‹ erkennt? Tja, wenn dir noch ein paar Tage Zeit geblieben wären, hättest du vielleicht noch das O einbauen können. Aber so...«

Die Datei mit der Ziffer 3. *MICH*.

»Oh, das ist dir ja gut gelungen...« Er ging zurück vor das M, löschte die Buchstaben. Drehte sich zu ihr um. »Nun, wirst du brav sein und die Augen freiwillig offenhalten?«

Sie drückte die Lider fest zu.

»Es wird Zeit, Sybil«, sagte er. »Und diesmal bringen wir's zu Ende. Ehrlich, altes Mädchen, diesmal machen wir Schluß.«

Er ging zur Tür, warf einen Blick auf den Flur. Niemand zu

sehen. Sybils dunkle, ertrunkene Augen waren ihm gefolgt. Bekker kam zurück. Preßte ihr eine Hand über den Mund, reckte den Daumen und den Zeigefinger hoch und drückte ihr die Nase zu. Sie schloß die Augen. Bekkers andere Hand zog ihre Lider hoch.

Sie starrte reglos ins Leere. Zehn Sekunden, fünfzehn... Dann fingen ihre Augäpfel zu rollen an. Ihr Blick flog verzweifelt umher. Ein Zittern lief durch ihre Brust. Und auf einmal hielt sie die Augen ganz still. Von seltsamem Glanz überzogen. Auf ihn gerichtet.

»Was ist?« flüsterte er heiser. »Siehst du was? Was denn? Was siehst du, Sybil? Sag's doch.«

Bis zum letzten Moment lag der Glanz auf ihren Augäpfeln. Bis zu dem Moment, in dem sie wegrollten und die Pupillen in den Augenhöhlen verschwanden.

»Hallo?« Eine Stimme draußen auf dem Flur.

Panik packte ihn. Er gab ihre Nasenflügel frei. Taumelte einen Schritt zurück. Spürte, wie sich sein Nackenhaar sträubte. Konnte das Zittern, das ihn plötzlich schüttelte, nicht unter Kontrolle bringen.

Mein Gott, sie war so nahe dran gewesen, so dicht davor...

»Hallo?« Schon wieder. Die Schwester.

Er stolperte zur Tür. Spürte, wie ihm der Atem stockte. Suchte den Flur ab. Das Schwesternzimmer... Gerade noch die vordere Ecke lag in seinem Blickfeld. Dort war niemand. Aber er hörte die Stimme. Irgendwo in der Nähe. Die Schwester fragte: »Haben Sie nach mir gerufen, Mr. Lamey?«

Blitzschnell schätzte er seine Chance ab. Huschte auf den Flur und war mit drei großen Schritten an der Feuertür. Ließ sie hinter sich zuschwingen. Hörte den leise pfeifenden Lufthauch, als die beiden Türflügel sich berührten. Und im selben Augenblick wieder die Stimme der Schwester. »Hallo, ist da jemand?«

Sie mußte etwas gesehen haben. Oder gehört. Oder wenigstens gespürt. Bekker flüchtete treppabwärts. Dank der Schutzhäubchen fast lautlos. Erreichte sein Stockwerk. Und hörte, als er die Tür zum Flur aufriß, noch einmal das »Hallo?«

Schon gedämpft. Weit weg. Ungefährlich.

Zehn Sekunden später saß er in seinem Büro. Hatte die Tür hinter sich verriegelt. Kein Licht gemacht. Sein Atem jagte, sein Herz schlug ein wildes Stakkato. Aber er war gerettet.

Ein Xanax würde jetzt helfen. Er schluckte gleich zwei. Saß im dunklen Zimmer und wartete. Nachher mußte er noch den Chirurgenkittel weghängen. Aber das hatte Zeit. Er spürte, wie sich die Droge in ihn hineinfraß. Wie der Kick einsetzte. Ihn schweben ließ und wegtrug...

Lucas wartete, bis Cassie sich abgeschminkt hatte. Sah sich um, suchte Druze. Aber der mußte heute irgendwo anders stecken.

»Wie ist es gelaufen?« fragte er.

»Ganz gut. Der Laden war fast ausverkauft, und darauf kommt's ja erstmal an. Interessante Botschaft, unterhaltsam verpackt. Scheint die richtige Mischung für Minneapolis zu sein.«

»Zuckerbrot«, sagte er.

»Ja, so was Ähnliches.«

Sie nahmen einen mitternächtlichen Imbiß in einem französischen Café in der Innenstadt, bummelten noch eine Weile, sahen sich die Schaufenster der Kunstgalerien an und betrachteten durch die getönten Scheiben das Publikum der Nobelrestaurants. In einem, das gerade angesagt war, standen die Tische auf einer halbhohen Empore. Was Cassie besonders lustig fand, weil der Blick von außen direkt auf die Beine der Schickeria fiel. Etliche Stampfer darunter, stellte sie amüsiert fest.

»Ich hab' den ganzen Abend Carlo im Auge behalten«, erzählte sie ihm. »Ich weiß, es ist vielleicht dumm, aber ich werde den Gedanken nicht los, daß er mir was antun könnte.«

»Nimm dich vor ihm in acht«, schärfte Lucas ihr ein. »Wenn er vor deiner Tür steht, sag einfach, daß du gerade unter der Dusche warst und dich noch nicht abgetrocknet hast. Oder daß du nicht allein bist. Laß ihn jedenfalls nicht rein, mach nicht auf. Und sieh auch sonst zu, daß du nie mit ihm allein bist.«

Sie schüttelte sich. »Auf keinen Fall. Obwohl – irgendwie ist das komisch. Früher, bevor ich die Fotos gesehen habe, hätte ich gedacht: Ja, das Zeug zum Mörder hat er. Aber jetzt … Wenn man jemanden so gut kennt, will man das einfach nicht wahrhaben. Besonders das mit den Augen. Dafür ist er nicht der Typ. Gut, er kann schon mal verrückt spielen, aber immer auf kalte, berechnende Art. Ich kann mir vorstellen, wie er jemand erwürgt, ohne eine Miene zu verziehen. Aber daß er so etwas Wahnsinniges tun würde wie das mit den Augen …«

»Vielleicht, um eine falsche Spur zu legen? Würde er es fertigbringen, so etwas aus kalter Berechnung zu tun?«

Sie dachte einen Augenblick nach, dann sagte sie: »Ich weiß nicht. Kann sein.« Und schüttelte sich wieder. »Aber ich kann es sowieso nicht glauben, daß ein Mensch dazu fähig ist. Und dann … Was hat er für einen Grund?«

»Keine Ahnung«, sagte Lucas. »Wir tappen noch im dunkeln.«

Zu Hause bei ihm, im Schlafzimmer, lag sie auf ihm. Ein kompaktes Muskelpaket. Ihre Hand tastete über Lucas' Bauch, kniff mit zwei Fingern eine Hautfalte. »Keine Schwimmringe«, befand sie. »Gar nicht schlecht für einen in deinem Alter.«

Er knurrte. »Ich bin überhaupt nicht in Form. Hab' den ganzen Winter auf meinem Hintern gesessen.«

»Brauchst du 'n bißchen Bewegung?«

»Hättest du was vorzuschlagen?« fragte er zurück.

»Kein Sex, bevor du nicht bewiesen hast, daß du mich auf die Schulterblätter drücken und auszählen kannst.«

»Ach, komm …«

»Komm du lieber, du Schlappschwanz.«

Sie fingen zärtlich an zu raufen. Und nach einiger Zeit – nicht mal allzu lange – hatte er sie auf die Schulterblätter gedrückt.

Etwa zur gleichen Zeit kam Super-Ego zu Hause an. Erschöpft und zugleich innerlich aufgewühlt. Gut, heute hatte er es nicht geschafft. Aber es war ja noch nicht aller Tage Abend. Er schluckte noch zwei MDMA und tanzte zu den Klängen der *Carmina Burana*. Hüpfte unter zuckenden Verrenkungen auf dem Orientteppich umher. Und merkte anfangs gar nicht, daß er zu bluten begann.

25

Lucas hörte die erste Zeitung gegen die Haustür klatschen. Das mußte die Pioneer Press sein, die Star Tribune kam gewöhnlich zehn Minuten später. Er döste vor sich hin, halb auf der Lauer, um das nächste Klatschen nicht zu verpassen. Im Schwebezustand zwischen Träumen und Wachen tauchte Jennifer aus dem Dunkel auf, das Baby, Cassie... Zeiten und Orte wirbelten durcheinander. Im Unterbewußtsein bekam er das *Patsch* der Tribune mit, mußte aber noch eine Weile mit sich ringen, weil seine Traumlogik das Geräusch zunächst nicht der Realität zuordnen wollte. Endlich wach, torkelte er gähnend zur Haustür. Halb sechs, es war noch dunkel. Am Nachthimmel hingen schwere graue Wolken, die Morgenluft roch nach Regen.

...Lucille K. Smith eingeht, nicht mehr auf... Lucas Smith...

Noch ein kurzer Blick auf die Comics, dann wankte er wieder zum Bett, ließ sich flach aufs Laken fallen und wühlte den Kopf ins Kissen. Cassies Parfüm hing noch darin. Obwohl sie gestern darauf bestanden hatte, den Rest der Nacht zu Hause zu verbringen.

»Wir sind kurz vor der Premiere. Ich darf's abends nicht so

spät werden lassen, sonst komme ich morgens nicht raus. Und ich hab' eine Menge zu tun«, hatte sie gesagt und sich angezogen.

Das Parfüm kroch angenehm in seine Nase. Gaukelte ihm vor, nicht allein zu sein. Er rutschte ein Stück weiter auf ihre Seite und fing gerade zu träumen an, als das Telefon läutete.

Er fuhr hoch. *Loverboy*, schoß ihm durch den Kopf. In der Hast hätte er fast die Lampe vom Nachttisch gerissen.

»Ja, Davenport.«

»Lucas, hier ist Del.«

»Ja, was ist los?« Er schwang die Beine aus dem Bett, setzte die Füße auf den Boden. Ekelhaft kalt.

»Ich bin – äh – bei Cheryl. Sie hat mir erzählt, daß Bekker sich dauernd auf ihrer Station rumtreibt. Sucht fast jeden Tag eine der Patientinnen auf. Bleibt auffallend lange bei ihr. Aber der Haken ist, sie kann sich mit niemandem unterhalten.«

»Überhaupt nicht?«

»Keinen Pieps. Ihr Verstand arbeitet tadellos, aber sie ist quasi gelähmt. Man nennt das, glaub' ich, Gehrigsche Krankheit. Cheryl sagt, sie hätte höchstens noch ein, zwei Wochen zu leben, länger nicht. Und sie versteht nicht, was Bekker dauernd bei ihr will. So 'n sozialer Typ ist er ja nicht. Tja, ich wollt's dir für alle Fälle erzählen, vielleicht ist es 'n Anhaltspunkt.«

»Mhm. Ich schick' jemanden vorbei«, sagte Lucas. »Hängst du dich heute an Druze?«

»Ja. Ich will gleich los.«

»Vielleicht sehen wir uns.«

Lucas legte auf, gähnte, sah auf die Uhr. Du meine Güte, schon nach zehn. Geschlagene vier Stunden hatte er nach dem ersten Blick in die Zeitung noch geschlafen.

Er rief bei Merriam an. Die Sekretärin sagte ihm, der Professor sei nicht im Büro, aber sie werde ihn bitten zurückzurufen. Lucas ging sich rasieren. Als er das Haus verlassen wollte, klingelte das Telefon.

Merriam war dran. »Wir haben hier eine Patientin... Sybil Hart heißt sie. Am besten, Sie kommen mal vorbei...«

Zuerst machte er bei Anderson halt. »Wo steckt Druze?«

»In seinem Apartment, gut bewacht.«

In seinem Büro sah Lucas auf dem Anrufbeantworter, daß zwei Anrufe gespeichert waren. Loverboy? Er zog das Jackett aus, hörte das Band ab.

Lucas, hier ist Sergeant Barlow. Bitte kommen Sie, sobald Sie da sind, bei mir vorbei. Gott verdammt, dafür hatte er wirklich keine Zeit. Mal sehen, vielleicht kam er weg; ohne dem Idioten in die Finger zu laufen. Das Gerät klickte, der nächste Anruf.

Lieutenant Davenport? Hier spricht Larry Merriam. Sie sollten möglichst bald hier vorbeikommen. Ich sage am Empfang Bescheid, daß man Sie gleich zu mir hochschickt. Wenden Sie sich an die Stationsschwester, die treibt mich dann irgendwo auf.

Das hörte sich ausgesprochen beunruhigt an, fand Lucas. Er zog die Jacke wieder an. Als er gerade die Bürotür abschloß, kam Barlow hinten am Flurende die Treppe herunter. Und entdeckte ihn natürlich.

»He, Lieutenant Davenport, ich muß Sie dringend sprechen.« Seine Stimme hallte durch den Flur.

»Reicht's, wenn ich später vorbeikomme? Ich bin ziemlich in Eile.«

Barlow kam im Sturmschritt auf ihn zu. »Hören Sie...« Er strich sich mit zwei Fingern über den Schnurrbart. »Wir müssen das endlich erledigen.«

Lucas winkte ab. »Ich muß weg. Komm' aber sobald wie möglich bei Ihnen vorbei.«

»Verdammt und zugenäht, Davenport, die Sache ist wichtig.« Barlow baute sich zwischen Lucas und der Tür auf.

Lucas zog die Augenbrauen hoch. »Ich sag' doch, ich laß' mich später bei Ihnen blicken.« Sie maßen sich mit stummen Blicken. Dann ging Lucas um ihn herum. »Jetzt geht's nicht. Fragen Sie Daniel, wenn Sie mir nicht glauben.«

Im Außendienst hatte Barlow es nicht weit gebracht. Ein Ordnungsfanatiker, der es nicht hinkriegte, auch mal fünfe gerade sein zu lassen. Und draußen auf der Straße kam man ohne das nicht klar. In seiner neuen Funktion bei der Inneren Revision war Barlow der richtige Mann am richtigen Platz.

Die IR veranstaltete keine Hexenjagden, sie wurde sowieso erst tätig, wenn die Medien schon lauthals Zeter und Mordio schrien. Und fast alle Cops, von ein paar Hitzköpfen abgesehen, hatten begriffen, daß das richtig und notwendig war. Besser, wenn jemand aus dem eigenen Stall sich um Unregelmäßigkeiten kümmerte, als wenn Gott weiß wer die Nase reinsteckte.

Eine Zeitlang hatte es so ausgesehen, als würden diejenigen sich durchsetzen, die zur Verfolgung von Kompetenzüberschreitungen im Polizeidienst so etwas wie eine permanente öffentliche Untersuchungskommission forderten. Stephanie Bekker hatte auch in diesem Forum mitgearbeitet. Aber die Wadenbeißer hatten den Bogen überspannt. Und als in der Öffentlichkeit der Eindruck entstanden war, der Polizei sollten Handschellen angelegt werden, war die Stimmung rasch umgeschlagen. So was gefiel dem – ohnehin durch wachsende Kriminalität verunsicherten – Wahlvolk da draußen nämlich gar nicht.

So wurden nun Unregelmäßigkeiten normalerweise intern untersucht. Wenn ein Cop sich zu tief in die Drogenszene verstrickte, zu dicke Bestechungsgelder annahm und so weiter. Aber daß die Interne Revision sich einmischte, bloß weil ein Zuhälter bei einer Schlägerei den kürzeren gezogen hatte, noch dazu einer, der mit dem Messer auf einen Polizisten losgegangen war, das war ungewöhnlich. Jeder zweite Cop hätte in so einem Fall geschossen und wäre vor jedem Gericht damit durchgekommen...

Wer, zum Teufel, steckte dahinter? Wer hatte ihm Barlow auf den Hals gehetzt? Lucas schüttelte den Kopf. Das Ganze machte einfach keinen Sinn.

Am Ausgang lief ihm Anderson über den Weg. Lucas faßte ihn am Arm, hielt ihn auf. »Sag mal, hältst du's für möglich, daß hier im Department einer darauf aus ist, mich fertigzumachen? Es darauf anlegt, daß mich die IR kaltstellt?«

»Bist du verrückt?« fragte Anderson verblüfft. »Was hast du mit der IR am Hut?«

»Sie sind wegen der Schlägerei mit dem Jungen hinter mir her. Der Zuhälter, du weißt schon. Ich kann mir keinen Reim darauf machen, wer das angezettelt hat.«

»Ich hör' mich um«, versprach Anderson. »Wenn wirklich einer ganz oben einem weiter unten eins überbraten will, spricht sich das rum, das weißt du selber. Und soweit's dich betrifft, hab' ich noch nichts läuten hören.«

»Aber irgend jemand muß doch dahinterstecken?«

Den ganzen Weg zur Universität ging ihm Barlow nicht aus dem Sinn. Er stellte den Porsche bei einem Parkverbotsschild ab, legte die Polizeimarke unter die Windschutzscheibe und ging ins Gebäude. Die Station für krebskranke Kinder lag im sechsten Stock. Eine Schwester führte ihn den Flur entlang, durch einen Aufenthaltsraum, in dem Kinder in Frotteeanzügen in Rollstühlen saßen und Fernsehen guckten, zu dem Krankenzimmer, in dem Merriam am Bett eines elf-, zwölfjährigen Mädchens saß.

»Ah, Lieutenant Davenport«, begrüßte ihn der Professor und sagte zu dem Mädchen: »Lisa, das ist ein richtiger Polizeioffizier. Er kommt aus dem Präsidium in Minneapolis.«

Lisa traf den Kern der Sache. »Und was macht er hier bei uns?«

Lucas kam es vor, als legte sich ihm eine eiskalte Hand ums Herz. Kein einziges Haar mehr auf dem Kopf, die Kleine. Und schrecklich blaß. Wenn er sich alles wegdachte, was die Chemotherapie angerichtet hatte, sah sie aus, wie seine eigene Tochter in zehn Jahren aussehen mochte.

»Ein Freund von mir«, schwindelte Merriam, »kommt nur mal vorbei, um mit mir zu plaudern. Da muß ich dich wohl eine Weile alleinlassen. Aber ich bin gleich zurück.«

Lisa nickte. »Ja, gut.«

Draußen im Flur sagte Lucas: »Ich könnte das nicht verkraften. Haben Sie selber Kinder?«

»Vier«, antwortete Merriam. »Ich versuche, möglichst nicht daran zu denken.«

»Also, was ist passiert?« kam Lucas zur Sache. »Es hat sich sehr dringend angehört?«

»Die Frau, von der ich sprach... Sybil Hart, sie leidet an Lateralsklerose...«

»Die Lou-Gehrigsche Krankheit«, warf Lucas ein.

»Richtig. Ihr ist nahezu jegliche Kommunikationsmöglichkeit genommen. Geistig ist sie rege, aber sie ist zu keiner Bewegung mehr fähig. Lediglich die Augen gehorchen ihr noch. Sie wird nicht mehr lange leben. Und Bekker versucht, sie umzubringen.«

»Was?« Lucas faßt Merriam am Arm.

»Das ist es ja, was mich so fertigmacht: ein Kollege, ein Mediziner.« Merriam zog den Arm weg. »Aber Sie sollten sich das selbst ansehen, kommen Sie.«

Lucas folgte ihm, sie nahmen die Treppe.

»Ich habe heute morgen, auf dem Weg zur Visite, kurz im Schwesternzimmer reingeschaut«, erzählte Merriam. Sie waren auf dem Stockwerk der Chirurgischen Abteilung angekommen, Merriam stieß die Tür auf. »Die Schwester vom Dienst hatte die ganze Nacht durchgearbeitet und, weil jemand ausgefallen war, noch eine halbe Schicht drangehängt. Darum muß man, was sie mir erzählt hat, natürlich cum grano salis nehmen. Sie hat wörtlich gesagt, gesehen habe sie ihn nicht, aber seine Anwesenheit deutlich gespürt. Ich bin deshalb so sicher, hat sie gesagt, weil mir – wie jedesmal, wenn sich Doktor Tod in meiner Nähe herumtreibt – eine Gänsehaut über den Rücken gelaufen ist. Das, behauptet sie, sei ein untrügliches Zeichen.«

Doktor Tod, erinnerte sich Lucas. Merriam hatte ihm schon bei seinem ersten Besuch erzählt, daß die Schwestern Bekker so nannten.

»Gut, ich bin also dann zu Sybil gegangen«, fuhr Merriam fort. »Eine meiner regelmäßigen Visiten. Sie bewegt sich, wenn ich das mal so ausdrücken darf, zentimeterweise auf den Tod zu. Und um im Bild zu bleiben: ein paar Zentimeter hat sie noch...«

Merriam führte Lucas zu einem Krankenzimmer, schaute kurz hinein, wandte sich um und winkte Lucas hinter sich her. Sybil lag reglos da, flach auf den Rücken gebettet. Nur in ihrem Blick war Leben. Und verzweifelte Angst, die dunklen, ertrunkenen Augen schienen stumm um Hilfe zu flehen.

»Sybil kann zwar nicht sprechen, aber sie kann sich durchaus verständlich machen«, sagte Merriam und wandte sich an sie: »Sybil, das ist Lieutenant Davenport vom Polizeidepartment Minneapolis. Wenn Sie mich verstehen, signalisieren Sie bitte ein Ja.«

Ihre Pupillen bewegten sich auf und nieder, sie sah Merriam erwartungsvoll an.

»Und jetzt ein Nein«, bat Professor Merriam.

Die Augäpfel rollten von links nach rechts.

»War Dr. Bekker heute nacht hier?« fragte Merriam.

Ja.

»Haben Sie Angst vor ihm?«

Ja.

»Angst um Ihr Leben?«

Ja.

»Haben Sie versucht, uns mit dem Wordprocessor eine Nachricht zu geben?«

Ja.

»Und hat Dr. Bekker versucht, Sie daran zu hindern?«

Ja.

»Versucht er, Sie umzubringen?« fragte Lucas.

Ihre Augen richteten sich auf ihn. Sagten deutlich: *Ja.* Verharrten zwei, drei Sekunden und wiederholten die Antwort mit geradezu verzweifelten Bewegungen der Pupillen: *Ja.*

»Mein Gott«, stöhnte Lucas auf. Er sah sie fast scheu an. »Hat er... Hat er sich besonders für Ihre Augen interessiert? Hat er etwas erwähnt von...«

Ihre Augen blitzten. Das rasche *Ja* unterbrach ihn.

»Mein Gott«, sagte Lucas noch einmal. Er beugte sich über sie. »Lassen Sie uns für heute Schluß machen. Ich schicke einen meiner Leute mit einer Videokamera vorbei, dann nehmen wir die Befragung auf Band. Und ich verspreche Ihnen, wir schicken das Arschloch so lange hinter Gitter, bis er vergessen hat, wie die Sonne aussieht. Einverstanden?«

Ja.

»Entschuldigen Sie den Ausdruck Arschloch«, murmelte Lucas. »So was rutscht mir leider manchmal raus.«

Ihre Augäpfel wanderten von links nach rechts. *Nein.*

»Nein?« fragte er verdutzt.

»Ich glaube, sie will sagen, daß Sie sich nicht entschuldigen müssen«, versuchte Merriam zu interpretieren. »Weil sie auch findet, daß er ein Arschloch ist. Stimmt's, Sybil?«

Sie lag still da, leblos wie eine kunstvoll geformte Wachsfigur. Nur ihre Augen lebten.

Ja, sagten die Augen. *Ja.*

»In einer halben Stunde kommt jemand vorbei«, versprach Lucas, als sie draußen auf dem Flur waren.

»Sie sollten vorher ihren Mann um Zustimmung bitten«, meinte Merriam. »Nur der Form halber, aus rechtlichen Gründen. Ich werde inzwischen mit dem Leiter der Klinik sprechen.«

»Ja, das mit Sybils Mann, das lasse ich durch jemanden aus unserer Rechtsabteilung erledigen. Falls noch irgendwelche Rückfragen sind, können wir uns an Sie wenden?«

»Natürlich«, sagte Merriam, »ich stehe gern zur Verfügung.«

Lucas wollte gehen. Dann blieb er stehen, drehte sich um.

»Diese Kinder, von denen Sie erzählt haben... Die Fälle, in denen Sie Bekker im Verdacht haben, daß er... War da irgend etwas mit den Augen?«

»Nein. Ich war bei den Autopsien selbst dabei. Die Augen sahen ganz normal aus.«

»Mhm.« Lucas ging zwei, drei Schritte, dann blieb er wieder stehen. »Sorgen Sie dafür, daß sie nicht behelligt wird.«

Merriam nickte. »Da können Sie beruhigt sein. In Sybils Zimmer kommt ohne meine ausdrückliche Erlaubnis keiner mehr rein.«

Lucas rief vom nächsten Münztelefon aus Daniel an und berichtete ihm von seinem Besuch in der Universitätsklinik.

»Dieser verdammte Mistkerl«, krächzte Daniel. »Jetzt haben wir ihn.«

»Ich weiß nicht«, sagte Lucas, »aber ein Stück weiter sind wir auf jeden Fall. Aber ob wir damit vor Gericht durchkommen? Ich bin gespannt, was die Jungens aus der Rechtsabteilung sagen. Soweit es um die anderen Fälle geht, können wir Bekker jedenfalls immer noch nichts nachweisen.«

Daniel war optimistisch. »Trotzdem, wir kommen voran. Ich schicke Sloan gleich mit einem Videoteam los.«

»Können wir ihr jemanden zur Bewachung vor die Tür setzen?«

»Selbstverständlich, rund um die Uhr. Was halten Sie davon, wenn wir Bekker wieder beschatten lassen?«

Lucas überlegte. »Ich fürchte, das bringt nichts«, meinte er schließlich. »Wahrscheinlich rechnet er damit und wird es sofort merken. Lassen Sie uns lieber abwarten, was bei der Beschattung von Druze herauskommt.«

»Gut. Und was machen Sie jetzt?«

»Oh, ich habe da noch ein paar Sachen im Kopf...«

Ein Erpel jagte eine Ente über den Collegeteich. Frühling, nur der scharfe, kalte Wind wollte es noch nicht wahrhaben. Drüben im Westen war der Himmel grau verhangen. Die Wolken sahen aus, als hätten sie schlierige Fransen, über der Stadt regnete es.

Elle Kruger und Lucas stiegen den Weg zum Hauptgebäude hinauf. »Diese Fixierung auf die Augen könnte die Folge eines traumatischen Erlebnisses sein«, sagte Elle. »Aber ich halte das für wenig wahrscheinlich. Ich vermute, daß er früher ständig das Gefühl hatte, von unsichtbaren Augen beobachtet zu werden, und sich nun davor schützen will.«

»Warum hat er dann den Kindern aus der Krebsstation die Augen nicht verstümmelt?«

»Lucas, du siehst den Wald vor lauter Bäumen nicht. Das darf einem Jäger nicht passieren.«

Er grinste. »Okay, ehrwürdige Schwester Mary Joseph, zeig mir den Wald.«

»Vielleicht hat er die Kinder nicht getötet.«

Lucas schüttelte den Kopf. »Darüber habe ich mir lange den Kopf zerbrochen. Aber Merriam ist sich ziemlich sicher. Und es paßt genau zu dem, was Bekker mit Sybil gemacht hat. Und das wiederum paßt dazu, daß bei allen Morden den Opfern die Augen ausgestochen wurden. Zugegeben, das Ganze kann eine Kette von Zufällen sein. Aber daran glaube ich nicht.«

»Wie ich schon beim letzten Mal gesagt habe: diese krankhafte Fixierung auf die Augen kann sich entwickelt haben, nachdem er bereits den ersten Mord begangen hatte.«

Das letzte Stück den Hügel hinauf gingen sie schweigend nebeneinander her. Dann fragte Lucas: »Würde es eine Rolle spielen, wann er das mit den Augen gemacht hat? Ich meine, könnte er es auch später getan haben?«

Elle blieb stehen, sah ihn nachdenklich an. »Tja, ich weiß nicht... Der Frau im Einkaufszentrum wurden doch die Augen erst ausgestochen, nachdem sie schon tot war?«

»Und bei George – du weißt schon, den sie drüben in Wisconsin ausgegraben haben – war's erst recht so. Da müssen fast vierundzwanzig Stunden vergangen sein.«

»Dann haben wir die Antwort«, sagte sie. »Er tut es, nachdem er seine Opfer umgebracht hat. Aber es muß nicht sofort sein.« Sie musterte ihn. »Ich seh's dir an, du brütest doch was aus?«

»Die Sache mit den Kindern«, antwortete er. »Er wußte genau, daß in der Klinik eine Autopsie stattfindet. Grund genug, ihnen die Augen nicht zu verstümmeln, bevor die vorbei war. Besonders dann, wenn er sich ausrechnen konnte, daß er auch später noch Gelegenheit dazu haben würde.«

»Zum Beispiel im Bestattungsinstitut?«

»Genau. Irgendwann nach der Untersuchung. Er ist Pathologe, er kann sich leicht unter irgendeinem Vorwand Zutritt verschaffen. Entweder noch in der Klinik oder später in der Leichenhalle. Wer denkt schon, daß man einen Toten bewachen muß?«

Elle schien Zweifel zu haben. »Aber werden im Bestattungsinstitut die Augen nicht irgendwie... präpariert oder kosmetisch behandelt oder so etwas?«

»Keine Ahnung«, sagte Lucas. »Aber ich kann das feststellen.«

Und plötzlich fragte sie erschrocken: »Wie spät ist es? Ich habe um vier Unterricht.«

Er sah auf die Uhr. »Noch eine Minute, und du bist zu spät.«

26

Beim Aussteigen vergewisserte er sich: Ja, er lag gut in der Zeit, genau nach Plan.

Nur ein paar Schritte bis zum Apartmenthaus. Bekker schob sich das Klemmbrett unter den Arm, in der Hand hielt er die Blumenschachtel mit dem Zellophandeckel. Die eine Manteltasche beulte ein wenig aus, das kam von der 38er, die war eben wesentlich schwerer als das Klebeband, das er in der anderen Tasche verstaut hatte. Er ging los, den Kopf gesenkt, wegen des Nieselregens.

Der Regen kam ihm wie gerufen. Ganz normal, daß jemand einen Regenmantel anhatte. Bekker hatte ihn allerdings mehr der Tarnung wegen angezogen. Mit hochgeschlagenem Kragen verdeckte er das Gesicht fast vollständig.

Er ging schweren Schrittes. Das PCP machte ihn jedesmal so steifbeinig. Aber auch stark. Gab ihm einen klaren Blick. War's nicht so? Na also. Er kramte nach dem Zigarettenetui und schluckte noch eine Tablette. Sicher ist sicher.

Verfolgt wurde er nicht, das wußte er genau. Er hatte sich eine Kette von ausgeklügelten Maßnahmen einfallen lassen, um sich in diesem Punkt Gewißheit zu verschaffen. Die Fahrt durch die gewundenen Hangstraßen, von denen der Blick bis hinunter zum Seeufer reichte. Immer wieder kurze Zwischenstops. Wenden, zurückstoßen, eine Abkürzung durch kleine Seitenstraßen nehmen... Nein, sie waren nicht hinter ihm her. Er grinste in sich hinein. Es sei denn via Satellit.

›Walts Fundgrube‹ hieß der kleine Laden, der dem Apartmenthaus genau gegenüber lag. Der Verkaufsraum war ein halbdunkles Rechteck, viermal so lang wie breit, mit knackenden Dielenbrettern, Waschmaschinen, Trockenschleudern, Kühlschränke, Gasherde. Lauter Markenware von bekannten Herstellern, hätte man auf den ersten Blick denken können. Das Halbdunkel sorgte dafür, daß der Kunde auch auf den zweiten Blick nicht schlauer wurde.

Ramsch und Imitate. Undefinierbar wie Walt selbst. Was ihm auch entschieden lieber war, wenn er als unbeschriebenes Blatt galt. Obwohl auch da der Schein trog. In den fünfziger Jahren war er ein Beatnik gewesen, für ihn war *Howl* das Kultbuch gewesen. Heute kämmte er sich die letzten Strähnen quer über den fast kahlen Schädel. Und zog, so oft er Zeit fand, das zerfledderte Exemplar von *Howl* aus der Schublade und las darin. Besessener als je zuvor, wenn auch mit leiser Wehmut.

Mit der Polizei zusammenzuarbeiten? Selbstverständlich, das war ihm geradezu ein Herzensbedürfnis. Zumal er den Dachboden sowieso nicht brauchte. Höchstens, um die Reste an Teppichböden und Stoffballen zu stapeln, die noch aus der Zeit stammten, in der er sich vorübergehend in Dekorationen und Innenausstattung versucht hatte. Er tat, was er konnte, um es den Männern da oben gemütlich zu machen, schleppte eine Luftmatratze hinauf, einen alten Bürostuhl, ein altersschwaches Portable und einen Stapel Playboys. Feldstecher, Teleskop, Videokamera mit Teleobjektiv und Funktelefon hatten die Beamten selber mitgebracht. Ihnen gefiel's da oben, schön warm und trokken, Walt versorgte sie auf Wunsch gern mit Pizza, und zur nächsten Bäckerei war's auch nicht weit.

Das andere Team, das vom Wagen aus den Hintereingang des Wohnblocks überwachte, hatte es längst nicht so gemütlich.

Einer aus dem Beschattungsteam in ›Walts Fundgrube‹ behielt die Straße im Auge. Bequem in den Drehstuhl gefläzt, vor sich das Teleskop auf dem Dreibein, neben sich den Fernseher, die Cola-Dose griffbereit. Sein Kollege lag auf der Luftmatratze, blätterte im Playboy.

Der am Teleskop sah Bekker die Straße herunterkommen. Stelzbeinig, nach vorn gebeugt. Richtete sogar das Objektiv auf ihn. Wußte ihn aber nicht einzuordnen. Vom Gesicht sah er ja nicht viel. Aber die Schachtel mit dem Zellophandeckel sagte ihm alles. Jemand schickte seiner Angebeteten per Boten rote Rosen. So was erkennt man auf den ersten Blick, auch wenn man's selber noch nie getan hat.

Bekker suchte die Briefkästen ab, stellte ihre Apartmentnummer fest, benutzte den Schlüssel, den er heimlich bei Druze aus der Küchenschublade gefischt hatte, und fuhr mit dem Fahrstuhl hoch in den sechsten Stock. Ihr Apartment lag am Ende des Flures. Umsichtig machte er eine Tür vorher halt und klopfte leise. Wegen der Pistole. Drinnen rührte sich nichts.

Vorsichtshalber noch ein Versuch. Nein, da war niemand zu Hause.

Gut. Er fuhr mit der Hand in die Brusttasche. Fand die PCP-Tablette, schob sie sich unter die Zunge. Schon der scharfe Geschmack brachte sein Blut in Wallung. Er war bereit. Hatte sich gestärkt. Sein Hirn löste sich. Schwebte wachsam neben dem Körper. Verfolgte aufmerksam, was der tat.

Bekkers Hand – die Hand, die nichts mehr gemein hatte mit Bekkers Gehirn – krümmte sich, der Knöchel klopfte an die Tür. Die andere Hand rückte derweil die Blumenschachtel so zurecht, daß sie bei einem Blick durch den Türspion sofort ins Auge fiel. Denn natürlich lagen tatsächlich Blumen darin. Wenn sie nicht allein war, ließ er das Gebinde einfach da und ging seiner Wege.

Das heißt, in diesem Fall blieb immer noch Druze. Aber das Präsent für ihn war längst nicht so hübsch wie das Blumengebinde.

Bekker stand vor Cassies Apartmenttür und wartete, daß ihm aufgemacht würde.

Vier Uhr. Lucas verließ das Collegegelände St. Anne und fuhr nach Westen, in den Regen hinein. Vielleicht mal bei Cassie vorbeischauen? dachte er. Noch schnell einen kleinen Catch, bevor sie ins Theater ging? Nicht aus der Übung kommen, gestern hätte sie *ihn* fast aufs Kreuz gelegt.

Obwohl, er hatte Wichtigeres zu tun. Na, sagen wir: Dringenderes. Die Sache mit den toten Kindern, die Fragen, auf die er keine Antwort wußte. Er war gut bekannt mit einem Beerdigungsunternehmer, unten im Südteil der Stadt. Den konnte er fragen. Was er ungern tat. Wer redete schon gern über derart unappetitliche Dinge? Aber es mußte sein.

Die alte katholische Erziehung, dachte er. Daß Menschen umgebracht wurden, na gut, das kam eben vor. Aber dann mußte Ruhe sein, beim Thema Leichenfledderei wurde es unbehaglich.

Er grinste in sich hinein. Hielt an der Ampel. Links konnte er über die Fordbrücke in die Südstadt abbiegen, zum Bestattungsinstitut. Rechts ging's zur I-94. Zehn Minuten bis zu Cassie.

Die Ampel für die Rechtsabbiegespur sprang auf Gelb. Lucas nahm den Fuß von der Bremse, ließ den rechten über dem Gaspedal schweben. War aber noch unschlüssig. Links oder rechts?

»Blumen?« Sie lächelte. Nahm ihm die Schachtel ab. Und dachte, wie ihr deutlich anzusehen war, an nichts Böses.

Bekkers Körper – nicht sein Gehirn, das hatte alle Entscheidungen längst getroffen – drehte sich zur Seite. Bekkers Augen suchten den Flur ab. Bekkers Hand zog die Pistole und drückte sie Cassie auf die Stirn.

»Geh rein«, herrschte er sie an, als sie erschrocken die Augen aufriß. »Und halt dein Maul, oder ich blas' dir dein verdammtes Hirn aus dem Schädel.« Bekkers Mund sagte das. Sein Gehirn, losgelöst vom Körper, applaudierte.

Mit der linken Hand schob er sie vor sich her, in der rechten hielt er die Pistole. Ihre Hände verkrampften sich um die Blumenschachtel, sie wich schrittweise zurück. Ihr Mund öffnete sich. Er fürchtete schon, gleich werde sie losschreien.

»Halt ja dein Maul«, fauchte er sie an. Speichel in den Mundwinkeln, Bläschen auf den Lippen. »Halt ja dein gottverdammtes Maul.«

Er drückte die Tür hinter sich zu. Fuchtelte mit der Waffe. »Zurück zur Couch. Setz dich.«

Sie ließ die Schachtel fallen. Er sah, wie muskulös ihre Arme waren. Auf einen Kampf mit ihr wollte er es nicht ankommen lassen. Sie stolperte rückwärts, bis ihre Waden an die Couch stießen. Sie knickte in den Knien ein und ließ sich aufs Polster fallen. Blaß wie blütenweißes Papier. Und fing zu stottern an: »Tun Sie mir nichts, bitte.«

»Nicht, wenn du dich genau an das hältst, was ich dir sage.« Sein Mund sprach den Satz aus, sein Gehirn formulierte inzwischen den nächsten. »Ich muß mich irgendwo verstecken, mehr will ich nicht. Eine Stunde oder so.«

Cassie kauerte sich tiefer in die Couchpolster. »Hat Carlo Sie geschickt?«

Die Frage haute ihn um. Hätte ihn umgehauen. Aber die Drogen retteten ihn. Sein Körper wartete auf weitere Befehle. Reagierte wie eine Marionette. Das Gehirn zog die Fäden.

»Wer?«

»Carlo.«

»Mich schickt keiner. Ich will nur irgendwo untertauchen, bis die Bullen verschwunden sind.«

Sein Gehirn arbeitete fieberhaft. *Sie weiß über Carlo und mich Bescheid.* Gott im Himmel, wurde er etwa immer noch überwacht? Es konnte gar nicht anders sein.

Seine Hand wedelte mit der Pistole. »Leg dich flach auf den Boden. Auf den Bauch. Und halt die Hände auf den Rücken.«

»Tun Sie mir nichts«, bettelte sie noch einmal. Gehorchte aber. Ließ sich von der Couch gleiten, kniete sich auf den Teppichboden. Starrte Bekker aus weit aufgerissenen Augen an.

Fängt schon an zu verblühen, dachte Bekkers Gehirn. Krähenfüße um die Augen und Fältchen auf der Stirn. Und das Gehirn hörte den Mund sagen: »Ich hab' nicht vor, dir was zu tun.« Was, wie das Gehirn erkannte, ein wenig dürftig klang. Er mußte sie überzeugen, damit sie keine Schwierigkeiten machte. »Ich werde dir jetzt die Hände auf den Rücken fesseln. Auf den Rükken, verstehst du? Das würde ich bestimmt nicht tun, wenn ich vorhätte, dich zu vergewaltigen.«

Sie klammerte sich an die Hoffnung, daß er die Wahrheit sagte. Drehte, als sie flach auf dem Bauch lag, den Kopf, sah über die Schulter zurück. »Bitte...«

»Die Pistole zielt genau auf deinen Kopf. Im Nachbarapartment ist niemand zu Hause, davon hab' ich mich schon überzeugt. Ich geh' also kein Risiko ein, falls du mich zwingst abzudrücken. Nicht, daß ich's darauf anlege, aber ich tu's, wenn du mich angreifst. Hast du das kapiert?«

»Ja.«

»Dann nimm den Kopf runter. Und die Hände über Kreuz auf den Rücken. Ich wickle dir Klebeband drum. Mit einer Hand. Die Pistole zielt also weiter auf deinen Kopf.«

Sie gehorchte. Die magische Macht einer Handfeuerwaffe. Unbeholfen fing er an, mit dem Klebeband zu hantieren. Breites Paketband, schwierig zu handhaben, wenn man nur eine Hand frei hatte. Er wickelte es einmal um die Handgelenke, klebte eine zweite Lage darüber, sicherheitshalber noch eine dritte.

»Wag ja nicht, dich zu rühren.« Es sollte böse klingen. Aber irgendwie war seine Zunge geschwollen, die Worte verkamen zu einem Lallen. Wer weiß, vielleicht erschreckte sie das mehr, als wenn er sie angebrüllt hätte? Er nahm sich die Fußgelenke vor. Jetzt, nachdem sie so gut wie hilflos war, konnte er schneller arbeiten. Auf der Hut blieb er trotzdem, sie konnte ja versuchen, nach ihm zu treten. Als er mit den Beinen fertig war, schob er die Pistole in die Jackentasche und widmete sich wieder ihren Handgelenken. Schlang noch ein paar Lagen Klebeband darum, ganz straff und fest.

»Sie tun mir weh«, jammerte sie.

Er grunzte nur vor sich hin. Kein langes Gerede mehr. Er hatte sie. Setzte ihr das linke Knie auf den Rücken, damit sie sich nicht hochstemmen konnte. Zog ihr den Kopf hoch und klebte ihr ein faustgroßes Stück Paketband über den Mund. Sie fing zu strampeln an, wehrte sich. Aber er hielt sie an den Haaren gepackt, wickelte das Klebeband rund um ihren Kopf. Schob ihr dabei absichtlich ein paar Haarsträhnen ins Gesicht, klebte die auch mit fest.

»So, das dürfte genügen.« Sein Mund sprach das mehr mit seinem Gehirn als mit ihr. Untenherum war ihr Gesicht völlig zugeklebt, nur Nase und Augen waren frei geblieben. Er verstaute die Rolle Klebeband in der Tasche, packte Cassie unter den Armen, schleifte sie ins Schlafzimmer. Als sie wieder zu strampeln anfing, schlug er ihr hart mit dem Handrücken auf die Nase. »Laß das.«

Er warf sie bäuchlings aufs Bett, klebte ihr die Füße an der unteren Bettkante fest. Wickelte ihr ein paar Lagen Paketband um den Hals, zwirbelte das lose Ende und band den klebrigen Plastikstrang um einen der oberen Bettpfosten.

»Ich geh' jetzt nach vorn und schalt' den Fernseher ein. Mal sehen, ob die Bullen mir auf der Spur sind«, sagte er. »Und du bleibst gefälligst mucksmäuschenstill liegen. Bis jetzt ist dir nichts passiert. Aber wenn du mich in Schwierigkeiten bringst, erlebst du dein blaues Wunder.«

Er zog die Schlafzimmertür hinter sich zu. Schaltete im Wohnzimmer den Fernseher ein.

Jetzt kam der kniffligere Teil der Aktion.

Cassie krümmte sich. Wenn sie sich blitzschnell ausstreckte, alle Kraft aufbot, konnte sie sich vielleicht befreien. Wenn sie wenigstens die Füße frei bekam... Hauptsache, sie kam bis zu dem kleinen Tischchen, notfalls hüpfend wie ein Hase. In der Schublade lag eine Schere. Irgendwie würde sie es schon schaffen, das Band aufzuschneiden. Und wenn sie erst die Hände frei hatte, konnte sie irgend etwas unter den Türgriff klemmen. Sich Bekker lange genug vom Leib halten. Eine Scheibe einschlagen, laut um Hilfe rufen...

Aber beim Versuch, sich zu krümmen und zu strecken, wikkelte sich das Klebeband fester um ihren Hals. Sie zerrte noch eine Weile, dann entspannte sie sich. Der verdammte Mundknebel machte ihr zu schaffen. Sie konnte nicht tief durchatmen. Als sie's durch die Nase versuchte, strengte sie das so an, daß rote Punkte vor ihren Augen zu tanzen begannen.

Nein, so ging das nicht.

Sie lag einen Augenblick still da. Rechnete sich ihre Chancen aus. Daß jemand vorbeikam... Da hätte der Zufall schon gewaltig nachhelfen müssen. Davenport konnte zum Beispiel hereinplatzen, wie gestern. Ja, glaub doch nicht an den Weihnachtsmann...

Nein, sie war auf sich selbst angewiesen. Sie versuchte, sich hin und her zu rollen, vor und zurück. Stemmte sich halb auf den Rücken, warf sich nach vorn. Gab das Klebeband nach? Sie bog die Ellbogen nach vorn, versuchte, die Handfesseln aufzusprengen, half mit wiegenden Körperbewegungen nach...

Ehe Bekker das Apartment verließ, stellte er den Riegel so, daß er die Tür von außen öffnen konnte. Er ging aufs Treppenhaus zu, wickelte sich unterwegs ein Taschentuch um die rechte Hand. Druzes Apartment lag im dritten Stock. Ein kurzer Weg. Trotzdem vielleicht nicht ungefährlich. Die Bullen wußten irgendwas. Die Frage war nur, wieviel. Bestimmt so viel, daß sie irgendwo auf der Lauer lagen. Ob womöglich eine Kamera im Flur installiert war? Kaum anzunehmen. Damit hätten die Bullen ihre Beschattungsaktion vorzeitig verraten können.

Bekkers Gehirn wägte das Für und Wider ab. Die Frau hatte ihn erkannt. Also mußte sie sterben. Bis jetzt hatten die Bullen ihn nicht im Visier, nicht direkt. Aber das konnte sich schnell ändern. Das Gehirn schätzte das Risiko ab. Und befahl dem Körper weiterzugehen. Falls die Bullen Druze schon auf die Pelle gerückt waren, war sowieso alles verloren.

Er stieß die Tür zum Flur auf. Sah sich vorsichtig um. Der Flur war leer. Er zog sich die Kapuze des Regenmantels über den Kopf. Eilte zu Druzes Apartmenttür. Machte schon den Finger krumm, um zu klopfen, als ihm durch den Kopf schoß: Und wenn sie nun drin alles mit Wanzen gespickt haben?

Er kratzte an der Tür. Hörte drin Schritte. Kratzte noch einmal. Einen Augenblick später wurde die Tür einen Spalt weit geöffnet, Druze streckte den Kopf heraus. Bekker legte rasch den Finger auf den Mund. Bedeutete Druze durch Handbewegungen, er solle herauskommen. Der runzelte die Stirn, setzte sich zögernd in Bewegung, blickte sich um. Bekker, immer noch einen Finger auf den Lippen, deutete zum Treppenhaus.

Erst auf dem Treppenabsatz fing er hastig zu flüstern an. »Ich kann's dir jetzt nicht in allen Einzelheiten erklären. Aber wir stecken ganz schön in der Klemme. Davenport ist mir über den Weg gelaufen. Hat was vor sich hin gebrabbelt, sie hätten einen Verdächtigen, könnten ihm aber noch nichts nachweisen. Na ja, frag' ich, wie wollen Sie ihm dann ans Leder? Und er grinst und sagt: Wir schnappen ihn uns auf offener Bühne. Sollte 'n Wortspiel sein, verstehst du?«

»Verdammte Scheiße«, murmelte Druze. »He, was ist mit deiner Hand passiert?«

»Das Weib hat mich gebissen. Ich hatte mir gedacht: Schnapp sie dir, bevor's zu spät ist. Du weißt schon, die Schauspielerin, über die wir gesprochen haben.«

»Ja – aber… Das war doch nur so eine Überlegung?«

»Irgendwas mußte ich doch unternehmen. Und ich konnte dich ja nicht gut anrufen. Vielleicht haben sie dir 'ne Wanze ans Telefon geklebt.«

Druze zögerte. »Es steht doch gar nicht fest, daß es wirklich um mich geht.«

»Natürlich geht's um dich. Ich war oben bei ihr. Hab' ihr die Pistole unter die Nase gehalten und sie gefesselt. Eigentlich hatte ich vor, zu warten, bis du im Theater bist. Wollte ihr die Waffe über den Schädel ziehen. Die Spuren hätte man hinterher sowieso nicht gesehen. Weil ich sie nämlich anschließend aus dem Fenster werfen wollte. Da hättest du ein sauberes Alibi gehabt. Und mich hat ja keiner gesehen.«

»Warum hast du's nicht gemacht?«

»Weil sie als erstes gefragt hat: Hat Carlo Sie geschickt?« Im Grunde die Wahrheit. Jedenfalls gewissermaßen. Darum hörte es sich so glaubhaft an.

»Himmelarschundzwirn...« Druze fuhr sich hektisch mit den Fingern durchs Haar. »Und du glaubst, die haben mir Wanzen ins Apartment gepflanzt?«

»Keine Ahnung. Aber wenn ich sie aus dem Fenster werfe, während du im Theater bist, bist du aus dem Schneider. Mindestens diesmal kannst du's nicht gewesen sein. Und das wirkt sich ja insgesamt entlastend für dich aus.«

Irgendwie haperte es mit Bekkers Logik. Aber Druze war zu verwirrt, um dahinterzukommen, wo der Haken war. Und Bekker redete schon weiter auf ihn ein: »Komm mit hoch. Sie hat Angst vor dir. Nimm sie in die Mangel, bis sie zu plaudern anfängt. Wir müssen rauskriegen, wieviel die Bullen wissen.«

»Mein Gott... Ich mag sie irgendwie.«

»Aber sie mag dich nicht«, fuhr Bekker ihn an. »Sie hält dich für den Mörder.«

Bekker hastete die Stufen hinauf. Spürte bei jedem Schritt die Pistole an seinem Bein. Alles klar.

Im Apartment deutete er auf die Schlafzimmertür. Druze ging zögernd los, stieß die Tür auf. Cassie lag immer noch auf dem

Bauch. Aber sie mußte tüchtig gestrampelt haben, das Klebeband zwischen ihren Füßen und dem Bettrahmen hatte sich verheddert.

Bekker schob sich rechts neben Druze. »Dreh sie um, damit sie dich sehen kann.« Druze beugte sich über das Bett, packte Cassie an Hüften und Schultern und rollte sie herum.

Bekkers Hirn arbeitete kalt wie Eis, und sein Körper funktionierte mit der Präzision eines Roboters. Er beobachtete, wie seine Hand – die mit dem Taschentuch umwickelte – die Waffe aus der Tasche zog. Verfolgte jede Phase der Bewegung, als liefe sie im Zeitlupentempo ab.

Bekkers Hand zuckte hoch. Drückte Druze die Pistole an die Schläfe.

Druze spürte die Bewegung. Versuchte, den Kopf zu wenden. Etwas zu sagen. Oder zu schreien.

Aber Bekkers Zeigefinger krümmte sich schon.

Die Hand ließ die Pistole fallen.

Bekker taumelte einen Schritt zurück. Der Rückschlag der Waffe war fürchterlich gewesen. Und es roch scharf nach Pulver, kein Wunder in so einem kleinen Raum. Erst als Cassie sich aufbäumte und verzweifelt an ihren Fesseln zu zerren begann, wachte Bekker aus seiner sekundenlangen Erstarrung auf.

Druze war einfach zusammengebrochen. Genau da, wo er gestanden hatte. Und die Pistole hatte er unter sich begraben.

Cassies Sweater war mit Blutspritzern, Knochensplittern und weißgrauen Hirnpartikeln besudelt.

Bekkers robotergesteuerte Hand tastete nach Druzes Halsschlagader. Tot, kein Zweifel. Die Drogen in ihm sangen, er driftete weg. Kam zurück und stöhnte laut auf. Großer Gott, er war auf einem Trip gewesen, ausgerechnet jetzt... Wie lange? Rasch ein Blick auf die Uhr: zwanzig nach vier.

Cassie lag auf dem Bett, verrenkte den Hals, starrte ihn an. Ihre Hände arbeiteten verzweifelt, versuchten, das Klebeband abzustreifen. Er war lange weggewesen. Minutenlang. Rührte sich draußen was? Er lauschte. Nein, alles still. Keine verstohlenen Schritte, niemand trommelte gegen die Tür.

Er starrte auf den Toten. Er mußte Druze so liegenlassen, der Teppichboden war sowieso voller Blut. Und unter diesen Umständen konnte er sich natürlich die Augen nicht vornehmen. Eine Erkenntnis, die ihm angst machte. Es ging nicht anders, leider. Obwohl ihm viel daran lag, das Ganze so aussehen zu lassen, als wäre Druze der gewesen, der...

Cassie. Sie zerrte nicht mehr an ihren Fesseln. Hielt nur weiter den Hals verrenkt, um zu sehen, was Bekker tat.

Er mußte sich beeilen. Mußte auch noch kurz in Druzes Apartment, die Fotos bei ihm deponieren. Als er auf dem Weg in die Küche war, knallte irgendwo auf dem Flur eine Tür. Er blieb wie angewurzelt stehen. Lauschte.

Hörte er draußen auf dem Flur Schritte? Schwer auszumachen. Der Teppichboden dämpfte alle Geräusche. Er horchte angestrengt. Eine Minute lang, mindestens. Und sicherheitshalber hängte er noch ein paar Sekunden dran.

Länger konnte er nicht warten. Er durfte um Himmels willen nicht vergessen, anschließend unten im dritten Stock... Er klopfte die Brusttasche ab. Ja, die Fotos waren da. Er hatte die Augen durchgestochen, auf jedem einzelnen.

Ob er es überhaupt riskieren sollte, Druzes Apartment zu betreten? Mal angenommen, die Bullen hatten es tatsächlich mit Wanzen gespickt und mitgekriegt, daß Druze zwar weggegangen war, das Gebäude aber nicht verlassen hatte... Dann waren sie womöglich schon unterwegs, um festzustellen, wo Druze geblieben war. Und wenn er, Bekker, die Treppe herunterkam... O Gott, nicht auszudenken.

Das PCP jagte in seinen Adern. Trieb ihn vorwärts. In die Küche. Er griff nach einem Brotmesser, dem schärfsten, das er finden konnte.

Halt mal… War da nicht doch was draußen auf dem Flur? Er erstarrte, horchte.

Nein, er durfte keine Zeit mehr verlieren.

Es gelang ihm, wie er zugeben mußte, nicht gut. Er hätte es schneller tun müssen, entschlossener. Immerhin, er hatte es getan. Mit einem tiefen Schnitt von einem Ohrläppchen zum anderen hatte er Cassie die Kehle durchgeschnitten. Und auf der Bettkante gesessen, ihr mit den Fingern die Lider hochgeschoben und in ihre grünen Augen gestarrt, während sie starb.

27

Ein freundlicher Typ, der Beerdigungsunternehmer. Wenn er nur endlich den Versuch aufgegeben hätte, Lucas partout in ein Gespräch über Golf zu verwickeln.

»Zum Teufel, Lucas, was wollen Sie? Ich bin doch schon zweimal draußen gewesen.« Er schwang den Schläger und trieb den kleinen orangefarbenen Ball über den plüschweichen Teppichboden, genau auf den umgekippten Kaffeebecher zu. »Der Boden ist noch ein bißchen feucht, aber in zwei Wochen…«

»Könnten wir jetzt nicht mal zur Sache kommen?«

»Aha.« Der rundliche Leichenbestatter sah betrübt aus. »Golf ist also kein Thema für Sie?« Er schlug den letzten Ball. Pech, der prallte vom Rand des Kaffeebechers ab. »Keiner will sich mit mir über Golf unterhalten. Können Sie sich denken, wie schwierig es für einen Beerdigungsunternehmer ist, jemanden aufzutreiben, der an einer Plauderei über Golf interessiert ist?«

»Ja, das kann ich mir vorstellen«, sagte Lucas trocken.

»Also gut.« Der Leichenbestatter lehnte den Schläger an einen Schaukelstuhl. »Was genau wollen Sie wissen?«

Sie waren in dem kleinen Apartment über der Leichenhalle. Der Pausbäckige hatte es eingerichtet, damit immer einer seiner Angestellten hier übernachten konnte. Weil eben, wie er sagte, eine Menge Leute nachts das Zeitliche segnete, und wenn niemand zu erreichen sei, riefen die Angehörigen woanders an. Was wiederum daran läge, daß die meisten in ihrer Unwissenheit dachten, ein Beerdigungsinstitut sei so gut wie das andere.

»Wie ist das mit den Augen?« fragte Lucas. »Nehmen Sie die raus oder lassen Sie sie drin?«

»Warum sollten wir sie rausnehmen?«

Der freundliche Leichenbestatter genoß die Unterhaltung sichtlich. Möglicherweise auch deshalb, weil er Lucas anmerkte, wie unbehaglich er sich bei dem Thema fühlte.

»Ich weiß auch nicht. Ich dachte nur... Also, Sie lassen sie drin?«

»Natürlich.«

»Nähen Sie sie zu? Oder werden sie mit Wachs festgegossen oder so etwas?«

»Nein. Nein, wir machen überhaupt nichts. Wenn die Augen erst mal zu sind, sind sie zu.«

»Und wenn die Angehörigen Abschied von dem Toten nehmen... Ist da immer jemand von Ihren Leuten dabei?«

»Nun, es ist immer jemand in der Nähe, aber nicht unbedingt direkt in der Leichenhalle. Wir halten uns an die Vorschriften. Wenn jemand in, sagen wir mal, lässiger Kleidung hier reinspaziert kommt und in die Leichenhalle will, geht einer von meinen Leuten mit. Wir wollen nicht, daß plötzlich ein Ring verschwunden ist oder so was. Aber wenn der Besucher ordentlich angezogen ist oder wenn wir wissen, daß er zur Familie gehört, dann lassen wir ihn allein. Von Zeit zu Zeit sieht jemand mal diskret nach dem Rechten, aber... Nun, die meisten Angehörigen haben es nicht so gern, wenn jemand vom Beerdigungsinstitut neben ihnen steht und sie anstarrt, während sie von einem lieben Verwandten Abschied nehmen. Das ist so, als stünde Ihnen in irgendeinem Laden dauernd der Verkäufer auf den Hacken. Da würden Sie sich auch bedrängt fühlen. Aber grundsätzlich ist es Vorschrift.«

Er lächelte, eine kleine Geschichte fiel ihm ein. »Wir hatten mal einen Fall, da hat uns die Familie ausdrücklich vor einem der Angehörigen gewarnt, und zwar vor dem Großvater. Der Verblichene hatte nämlich ein Goldgebiß, bestimmt ein paar Hunderter wert. Und der alte Knabe war dafür bekannt, daß er lange Finger machte. Also haben wir ihn nicht aus den Augen gelassen. Er hat sich hingekniet und gebetet, verstohlen nach hinten geschielt, ob noch einer da wäre, und unermüdlich weitergebetet. Wollte gar nicht mehr aufhören. Die Familie hat später gesagt, es sei bestimmt das längste Gebet seines Lebens gewesen, fast eine halbe Stunde.«

»Aber rein theoretisch«, hakte Lucas nach, »kann jemand hereinkommen und sich an dem Toten zu schaffen machen, ja? Ihm zum Beispiel… in die Augen sehen?«

Der Leichenbestatter zuckte die Achseln. »Nicht nur theoretisch, auch praktisch. Kein Problem. Aber was kann man einem Toten in zwei, drei Minuten schon anhaben?«

Del erwischte ihn auf dem Heimweg über Funk. »Du, Lucas, irgendwas stimmt nicht mit Druze. Er ist verschwunden. Die Jungens vom Beschattungsteam schwören, daß er das Gebäude nicht verlassen hat. Im Theater ist er nicht, und zu Hause geht er nicht ans Telefon.«

»Was schlägst du vor? In seinem Apartment nachsehen?«

»Ich weiß nicht recht, ich finde, wir sollten noch eine Weile warten. Wir haben alle zwei Minuten bei ihm angerufen. Also, nur mal eben auf dem Klo kann er nicht sein.«

»Bleibt dran. Ich komm' vorbei.«

An sie dachte er nicht, jedenfalls nicht gleich. Der Verkehr auf der Minnehaha Avenue floß zäh, Richtung Norden braute sich ein Stau zusammen. Lucas hing hinter einem Lastwagen fest, der Kerl wollte ihn nicht vorbeilassen. Als er schließlich fluchend ausscherte und vorbeizog, zeigte ihm der Fahrer, ein finster blikkender, langmähniger Typ, prompt den ausgestreckten Mittelfinger. Lucas fegte über drei rote Ampeln. Und dann fiel es ihm plötzlich ein. Sie wohnte im selben Block. Ein eiskalter Schauer lief ihm über den Rücken. Er rief über Funk Del.

»Hör mal, eine Freundin von mir wohnt im selben Gebäude. Sie ist Schauspielerin, arbeitet im gleichen Theater wie Druze. Rufst du sie bitte mal an?«

»Mach' ich.«

Von der Interstate 94 aus konnte er das Gebäude schon sehen. Sechs Häuserblocks vom Theater entfernt. Das Funkgerät knackte. Del war dran. »Sie meldet sich nicht.«

»Scheiße.« Lucas schielte auf die Uhr. Vielleicht war sie schon im Theater. »Ruf im Lost River an und frag nach ihr, ja?«

Er fuhr jetzt am Flußufer entlang. Gab rücksichtslos Gas, mogelte sich durch. Jagte bei Rot über die Kreuzung. Erschreckte einen Betrunkenen zu Tode. Jagte eine junge Frau in die Flucht. Sah das Apartmenthaus vor sich liegen.

»Lucas? Ich hab' im Theater nachgefragt, sie hat sich dort noch nicht blicken lassen.«

»Oh, mein Gott... Hör zu, da muß unbedingt jemand nachsehen. Ich hab' ihr eine Menge über den Fall erzählt.«

»Okay«, sagte Del, »ich kümmere mich darum. Wir treffen uns dann vor dem Gebäude.«

Del ging draußen auf und ab. Lucas fuhr den Porsche scharf an den Rinnstein, rannte auf Del zu.

»Na, was ist?«

»Ich hab' die Managerin angerufen. Sie müßte eigentlich jeden Augenblick... Ah, da ist sie ja.«

Die Managerin hielt ihnen die Tür zur Lobby auf, Del stellte Lucas kurz vor.

»Wir sind nicht dienstlich hier«, sagte Lucas. »Ich bin gut mit ihr befreundet. Sie hatte in letzter Zeit ziemliche Probleme. Und da sie nicht im Theater erschienen ist... Ich mache mir einfach Sorgen.«

Die Managerin nickte. »Gut. Sie sind ja von der Polizei.«

Sie standen schweigend im Fahrstuhl, fuhren hoch in den sechsten Stock, lauschten auf das Rumpeln im Fahrstuhlschacht, starrten auf die Leuchtziffern der Anzeige.

Auf dem Flur rührte sich nichts. Lucas klopfte an Cassies Tür. Nichts. Er klopfte noch einmal.

Trat einen Schritt zurück und bat die Managerin: »Schließen Sie auf.« Sie steckte den Schlüssel ins Schloß, drückte die Tür auf. Del schob Lucas beiseite. Ein seltsamer Geruch hing im schmalen Flur...

Del schrie Lucas an: »Verdammt, bleib hier stehen!« Packte ihn am Kragen, zerrte ihn beiseite, hielt mit der anderen Hand die Frau auf. »Ihr beide wartet hier, ist das klar?«

Del steuerte auf die Schlafzimmertür zu. Lucas drängte sich an der völlig verwirrten Managerin vorbei und folgte ihm.

Cassie.

Ihr Gesicht war zur anderen Seite gewandt. Er wußte sofort Bescheid. Und dachte trotzdem: *Vielleicht... Es könnte ja sein...* Aber das Bett war über und über mit Blut besudelt. Und als er näherwankte und ihre Augen sah... Die klaffende Wunde, die sich quer über ihren Hals zog... Druze neben dem Bett, auch in einer Blutlache...

Er hörte ein Stöhnen. Einen schrecklichen, langgezogenen, halb erstickten Laut. Er brauchte ein paar Sekunden, bis er begriff, daß das Stöhnen aus seiner Kehle kam. Er streckte die Hand aus, um Cassie wenigstens noch einmal zu berühren. Er wollte ihren Namen flüstern. Aber es wurde ein Schrei daraus, so gellend laut, daß Del herumfuhr, ihn am Arm packte und zurückriß.

Die Managerin wagte sich bis zur Tür, doch nach einem einzigen Blick ins Schlafzimmer schlug sie die Hände vors Gesicht und taumelte zurück. Sie rannte zur Apartmenttür, fing zu würgen an. Stieß einen röchelnden Schrei aus und erbrach sich. Der süßsaure Gestank zog bis hinter ins Schlafzimmer, vermischte sich mit dem dumpfen Blutgeruch.

Lucas stützte sich auf seinen Freund. Und Del sagte mit belegter Stimme: »Verdammt, Lucas, geh raus. Hau endlich ab, Mann. Ich muß die Mordkommission verständigen.« Er drückte Lucas auf einen Stuhl, langte nach dem Telefonhörer. »Sie ist tot, Lucas. Begreifst du denn nicht? Sie ist tot.«

Lucas hörte ihn sagen: »Wieder ein Mord. Wir brauchen jeden, den ihr loseisen könnt. Apartment vierundsechzig-null-zwo. Ein Doppelmord. Der andere ist Druze.«

Lucas stand auf. Ging wortlos hinaus. Blieb kurz vor der leeren Wand stehen. Stand da und starrte sie an. Ausdruckslos. Unbeweglich. Mit stieren Augen.

»Lucas?« rief Del erschrocken. Keine Antwort. »Davenport, um Himmels willen...«

»Soll ich dich ins Krankenhaus bringen?« fragte Sloan. Er saß am Steuer des Porsche, Lucas kauerte wie ein Häufchen Elend neben ihm.

»Warum denn das?« blaffte Lucas ihn an.

»Dann solltest du wenigstens was zum Aufputschen schlucken.«

»Nein.«

»Du bist fix und fertig, Mann. So stehst du das nicht durch«, redete Sloan ihm zu.

»Ach was«, sagte Lucas, »bring mich einfach nach Hause.«

Unter seiner Schädeldecke tobte wieder der Sturm, vor dem er sich die ganze Zeit gefürchtet hatte. Cassies Gesicht... All das, was er versäumt hatte zu tun... Oder was sie versäumt hatte. Hundert Möglichkeiten, tausend ausgeklügelte Schachzüge gingen ihm durch den Kopf, jetzt auf einmal, zu spät. Lauter Dinge, die über Leben und Tod entschieden hätten.

Und mitten im Wirbel seiner Gedanken tauchte ein anderes Gesicht auf: Sybil. »Die haben wir gerettet«, stöhnte er. »Eine todkranke Frau, die noch ein, zwei Wochen zu leben hat.«

»Aber dadurch kriegen wir vielleicht Bekker«, meinte Sloan. »Das Videoband ist schon in der Rechtsabteilung.«

»Scheiß drauf«, sagte Lucas. Er sackte zusammen. Wartete auf die Tränen. Aber sie wollten nicht kommen.

Und dann fiel ihm ein: »Ich Idiot bin zu diesem Beerdigungsunternehmer gefahren, statt hierher zu kommen...«

Und ein paar Sekunden später: »Ich hätte ihr Leben retten können...«

Sloan riß plötzlich das Lenkrad herum, hielt vor einem Laden. »Ich muß mal eben telefonieren. Bin gleich wieder da.«

Er wollte Elle Kruger anrufen. Behielt währenddessen den Porsche im Auge. Lucas, der so tief in den Sitz gerutscht war, daß Sloan nur noch seinen Kopf sah. Die Telefonistin des Colleges meldete sich. Schwester Mary Joseph sei beim Essen, sagte sie. Als Sloan ihr erklärte, dies sei ein Notfall, im Zusammenhang mit einer polizeilichen Ermittlung, versprach sie, Elle holen zu lassen. Sloan wartete ungeduldig.

Dann Elle Krugers Stimme. »Lucas?«

»Nein, ich bin's, Sloan, sein Freund. Lucas hat... ein Problem...«

Als Sloan zum Wagen zurückkam, saß Lucas mit geschlossenen Augen da, atmete flach, als ob er schliefe. »Geht's wieder? Bist du okay?« fragte Sloan.

»Der Scheißkerl Loverboy. Wenn er zu uns ins Präsidium gekommen wäre, hätte er Druze auf Anhieb als Stephanies Mörder identifizieren können. Wir hätten den Kerl längst hochgehen lassen können. Aber nein, wir mußten den ganzen Scheiß mit der Zeitungsanzeige durchspielen...«

»Hör auf damit«, sagte Sloan, »jetzt ist es zu spät.«

Elle wartete zusammen mit einer anderen Nonne in einem schwarzen Kleinwagen vor Lucas' Haus.

»Wie geht's dir?«

Er schüttelte nur den Kopf. Sah weg. Er konnte ihr jetzt nicht in die Augen blicken.

»Ich rufe den Arzt an, von dem ich dir erzählt habe, und besorge dir ein Beruhigungsmittel.«

»Es ist wieder wie im Winter. In meinem Kopf dreht sich ein Karussell.« Daß auch der Gedanke an die Pistole wieder da war, sagte er nicht. Die Pistole im Keller. Nicht so drängend, so zwingend wie im Winter, aber er war da.

»Ich rufe den Arzt an«, sagte Elle. Sie nahm ihn am Arm und führte ihn wie ein Kind zur Haustür. Sloan und die andere Nonne folgten ihnen.

Am nächsten Morgen wachte Lucas wie zerschlagen auf. Die Beruhigungsmittel hatten ihm zu tiefem, traumlosem Schlaf verholfen. Der Sturm in seinem Kopf hatte sich gelegt. Nicht verschwunden, er lauerte jenseits des Horizonts, an der Grenze des Bewußtseins. Widerstrebend ließ er sich aus dem Bett gleiten, stand auf, wankte zur Schlafzimmertür und wäre um ein Haar über die Couch gestolpert, die Sloan von der anderen Seite davorgeschoben hatte.

»Lucas...« Sloan, in Unterwäsche, müde und übernächtigt, versuchte, sich aus dem Bettlaken freizustrampeln.

»Was, zum Teufel, machst du hier?«

»Oh – äh – wir haben uns gedacht, es wäre gut... Ich meine, du hättest ja schlafwandeln können...«

»Oder losgehen und die Pistole holen?«

»Na ja, so was in der Art.« Sloan sah zu ihm hoch. »Du siehst beschissen aus. Wie fühlst du dich?«

»Beschissen«, sagte Lucas. »Ich lasse nämlich heute ein paar tote Kinder ausgraben.«

Der letzte Blutstropfen schien aus Sloans Gesicht zu weichen. Und unwillkürlich, obwohl ihm wahrhaftig nicht danach zumute war, mußte Lucas grinsen.

»Keine Sorge«, sagte er, »ich bin nicht über Nacht verrückt geworden. Aber ich kann dir was über Bekker erzählen, was du noch nicht weißt...«

28

Daniel wanderte, die Hände in den Taschen, unruhig im Büro auf und ab. Er hatte die Jalousetten heruntergelassen, aber kein Licht gemacht, der Raum war fast dunkel.

»Die Mordfälle sind geklärt. Ich sage das nicht, weil ich unbedingt einen Strich unter das Ganze ziehen will. Druze muß es gewesen sein, und Sie haben ihn erledigt. Bekker... Nun, die Sache steht auf einem anderen Blatt.«

Lucas lehnte am Fenstersims, die Arme vor der Brust verschränkt. »Und wenn Bekker noch einen Mord begeht? Und dem Opfer wieder die Augen aussticht? Wissen Sie, was dann passiert? Mit Mistgabeln und Fackeln rücken die Zeitungsschreiber hier an.«

Daniel hob gereizt die Hände. »Hören Sie, ich weiß, daß diese Schauspielerin und Sie...«

»Damit hat das nichts zu tun«, fiel ihm Lucas ins Wort. Sein

Kopf fühlte sich immer noch an wie ein ausgehöhlter Baumstumpf, in dem ein Schwarm Hornissen nistete. Natürlich hatte das Ganze etwas mit Cassie zu tun. Rache wäre nicht alles gewesen. Aber immerhin schon mal was. »Kann sein, daß Druze sie umgebracht hat. Aber Bekker hatte die Finger im Spiel.«

»Haben Sie sich mit den Jungens vom Labor unterhalten?«

»Nein.«

»Die haben Druzes Anorak unter die Lupe genommen. Blutspuren auf dem Rücken. Mit bloßem Auge auf dem schwarzen Stoff nicht zu erkennen. Die ersten Testergebnisse liegen schon vor. Dieselbe Blutgruppe wie Stephanie Bekker.«

Lucas nickte. »Davon, daß Druze in ihrem Fall der Mörder war, gehe ich auch aus. Trotzdem...«

»Und dann der Fall George«, unterbrach ihn Daniel. »Wir haben einen Taxifahrer aufgetrieben, der in der Mordnacht einen Burschen mit tief ins Gesicht gezogenem Hut vom Flughafen zum Lost River Theater gefahren hat.«

»Und bei Elizabeth Armistead, wie war's da? Ich habe überall herumgefragt. Allem Anschein nach hat sich Druze den ganzen Nachmittag im Theater aufgehalten, bis zum Abend.«

Daniels Zeigefinger schoß auf Lucas los. »Was nicht heißen muß, daß er ununterbrochen dort war. Eine halbe Stunde hätte ihm gereicht, und so lange kann er gut weggewesen sein. Die Frau, die den Mann vor Armisteads Haus gesehen hat, meint, er habe wie ein Handwerker ausgesehen. Das hört sich ganz nach jemandem an, der gewöhnt ist, in fremde Rollen zu schlüpfen. Die Jungens von der Mordkommission wühlen gerade den Theaterfundus durch, vielleicht finden sie da die passende Verkleidung.«

»Und der Telefonanruf?«

»Ach, hören Sie auf, Lucas... Wie Sie's auch drehen und wenden, der Anruf macht keinen Sinn. Und was den Fall Romm betrifft: Der Junge aus Maplewood ist ziemlich sicher, daß Druze der war, den er gesehen hat.« Daniel nahm einen Aktenordner vom Schreibtisch, drückte ihn Lucas in die Hand. »Das wurde in Druzes Apartment gefunden.«

Lucas schlug den Ordner auf. Fotos von Stephanie Bekker und Elizabeth Armistead. Mit durchstochenen Augen. »Wo genau?«

»Im Wandregal. In einem Fach, in dem er persönliche Unterlagen aufbewahrt hat.«

»Blödsinn.« Lucas schüttelte den Kopf. »Das Fach habe ich mir selber angesehen. Da waren die Fotos nicht drin.«

»Vielleicht hatte er sie bei sich.«

»Aha. Und bevor er in den sechsten Stock gestiefelt ist, um sich das Hirn rauszublasen, hat er sie fein säuberlich bei seinen Unterlagen abgelegt? Sehen Sie's doch so: Wenn wir an Bekker dranbleiben, klären wir zum einen die verbliebenen Unstimmigkeiten, andererseits können Sie Ihr politisches Ansehen wieder aufmöbeln. Von mir aus können wir gegenüber der Presse erklären, der Fall sei geklärt. Trotzdem bleibt Bekker unser Mann. Das nächste muß jetzt die Exhumierung der Kinder sein.«

»Und wie erklären wir das der Presse?« fragte Daniel.

»Gar nicht. Warum sollten wir denen das auf die Nase binden? Wenn wir die Eltern dazu bringen, daß sie nichts verlauten lassen...«

»Verdammt.« Daniel setzte seine rastlose Wanderung durchs Büro fort. Kratzte sich abwechselnd den linken und den rechten Handrücken. »Verdammt, ich dachte, wir hätten es hinter uns.«

»Nicht, solange wir Bekker nicht haben. Sie haben doch das Videoband von Sybil Hart gesehen.«

»Ja, aber Sie wissen selber, was die Jungens aus der Rechtsabteilung sagen. Eine Frau, die im Sterben liegt. Möglicherweise nicht mehr im Vollbesitz ihrer geistigen Kräfte. Unter starker Medikation. Ich glaube ihr, Merriam glaubt ihr, Sloan und Sie tun's, aber kein Richter findet sich bereit, so einen Fall vor die Geschworenen zu bringen.«

»Auch nicht als Sybils Vermächtnis?«

»Ach, Quatsch, Lucas, es waren nicht ihre letzten Worte.«

Lucas sah nachdenklich zu Boden. »Wissen Sie, was Cassie so irritierend fand? Die Sache mit den Augen. Sie meinte, Druze würde so etwas nie tun. Und wissen Sie, was meine Freundin Elle dazu sagt? Sie ist Psychologin. Sie sagt, daß Bekker unter Zwang handelt. Er muß das mit den Augen einfach tun. Wenn er also tatsächlich wahnsinnig ist und noch einen Mord begeht... Gott im Himmel, ist Ihnen klar, was dann passiert? Wenn noch mal einem Mordopfer die Augen ausgestochen werden, baumeln Ihre Eier draußen vor der City Hall am Fahnenmast.«

Daniel biß sich auf die Lippen. Schnaufte. Und nickte endlich. »Also gut, tun Sie's. Reden Sie mit den Eltern. Wenn die der Exhumierung zustimmen, soll's mir recht sein. Wenn nicht, müssen wir uns etwas anderes überlegen. Durch richterliche Anordnung erzwingen werde ich's nicht.«

Draußen lief ihm Anderson über den Weg. »Schon gehört?«

»Was gehört?« fragte Lucas.

»Die im Labor sagen, daß Druze kaum Schmauchspuren an den Händen hatte. Er könnte natürlich ein Taschentuch über die Pistole gelegt haben, trotzdem...«

»Und was vermutest du?«

»Daß es gar kein Selbstmord war. Der Gerichtsmediziner hält alles für ziemlich atypisch. Die ganze Art, wie er's getan hat. Und wie er in dem Augenblick, als er abdrückte, gestanden haben muß. Er kann sich keinen Reim darauf machen, wieso die Pistole unter Druze gelegen hat. Die Mündung war beim Abfeuern sieben bis zehn Zentimeter von seiner Schläfe entfernt. Wenn man die Wucht bedenkt, und andererseits den Rückschlag der Waffe, hätte ihm die Pistole aus der Hand fliegen müssen. Und zwar nicht dahin, wo er zusammengebrochen ist, sondern in die entgegengesetzte Richtung.«

»Ist die gerichtsmedizinische Untersuchung schon abgeschlossen?«

»Wo denkst du hin? Die haben noch jede Menge Proben da liegen. Ich kann mir nicht helfen, die Sache wird immer mysteriöser.«

Lucas saß in seinem Büro. Versuchte, alles noch einmal durchzugehen. Spürte, wie die Ratten unter seiner Schädeldecke schon unruhig scharrten. Und wußte, wenn er auch nur einen Augenblick aufhörte, sich zu konzentrieren, brach die Brut aus.

Er zwang sich, über die ungelösten Rätsel nachzudenken. Hatte Druze Cassie ermordet? Eine Frage, die sich, wie die Dinge lagen, eigentlich erübrigte. In Mordfällen ist meistens die naheliegendste Antwort die richtige. Und Ungereimtheiten gab es so gut wie immer. Gut, die Waffe hätte nicht unter ihm liegen dürfen. Aber sie hatte eben dort gelegen.

Eine der Ratten schlüpfte hinaus: Wenn Cassie den Kerl bloß einen Tag früher erkannt und Loverboy das bestätigt hätte...

Loverboy, der Scheißkerl.

Er runzelte die Stirn, griff zum Hörer und rief die Zentrale an. Sloan sei zu Hause, erfuhr er, versuche, ein paar Runden Schlaf nachzuholen. Lucas trommelte ihn aus dem Bett.

»Letzte Nacht, als ich mit den Beruhigungsmitteln vollgepumpt war... Hat da jemand angerufen?«

»Nein.«

»Mhm. Wann haben wir die Nachricht, daß Druze in die Serie von Mordfällen verwickelt war, an die Presse gegeben?«

»Heute morgen. Also, den Namen hatten sie schon heute nacht, so um Mitternacht, aber mehr nicht. Das mit der Mordserie haben wir erst heute morgen freigegeben.«

»Okay, danke.« Er ließ Sloan weiterschlafen, rief bei TV 3 an und verlangte Carly Bancroft. »Hier ist Lucas. Habt ihr während der Nacht in den Nachrichten Druzes Namen gebracht?«

»Nein, erst in den Morgennachrichten. Ich hätte durchaus ein paar Hinweise brauchen können...«

»Ich... Ich war außer Gefecht gesetzt«, sagte Lucas. »Und die anderen Kanäle, haben die vorher was gebracht?«

»Soweit ich weiß, nicht. Die haben uns das erst bei der Pressekonferenz heute morgen mitgeteilt. Vorher kann nichts durchgesickert sein, sonst hätte irgend jemand gemeckert, daß andere früher am Ball gewesen wären. Wann stehst du für ein Interview zur Verfügung? Du warst doch als erster am Tatort, oder? Was...«

»Ich hab' jetzt wirklich keine Zeit«, sagte Lucas. »Ich ruf' dich später wieder an.«

Er legte auf, ging runter, setzte sich in den Wagen. Saß da und rieb sich die Schläfen. Loverboy hatte nicht angerufen.

Jennifers Wagen stand in der Zufahrt, als er zu Hause ankam. Er ließ den Porsche langsam daran vorbeirollen, das Garagentor schwang auf. Als er aus der Garage kam, sah er sie aus ihrem Wagen steigen.

»Wie geht's dir?« Sie trug einen schwarzen Rollkragenpullover, darüber einen Strickblazer. Große goldfarbene Ohrringe wippten unter dem kurz gestuften blonden Haar.

»Was willst du?« Er fragte es so kalt, daß sie unwillkürlich einen Schritt zurückwich.

»Ich wollte sehen, wie's dir geht.«

»Hat Elle dich hergeschickt?« Sie stand mit dem Rücken fast am Wagen, er baute sich – die Hände in den Taschen zu Fäusten geballt – dicht vor ihr auf.

»Sie hat gesagt, du hättest Schwierigkeiten.«

»Ich kann auf deine Hilfe verzichten«, fuhr er sie an. »Das letzte Mal, als ich dich gebraucht habe, hast du mir, statt zu helfen, den Kopf vollends unter Wasser gedrückt.« Er drehte sich um, ging in die Garage zurück.

»Lucas...«

Es war ihm, als sähe er einen Güterzug an sich vorbeirollen. Randvoll beladen mit Dingen, die geschehen waren, und anderen, die er sich gewünscht hatte, mit Erinnerungen, Zukunftsplänen, mit allem, woran er irgendwann geglaubt hatte. Jennifer, grünäugig, mit vollen Lippen... Im Kreißsaal, Sarah neben sich... Sarah, die jetzt gerade zu krabbeln anfing... Ein winziges Bündel, das vergnügt quiekte, wenn er es mit beiden Händen hochstemmte...

Die Minute am Scheideweg, er spürte es. Alles schien möglich, zum Greifen nahe. Aber er hatte nicht die Kraft, die Hände auszustrecken und festzuhalten, was so nahe lag. Der eine Weg ging links ab, der andere rechts, und er stand da und wußte nicht, welche Richtung er einschlagen sollte.

»Geh«, sagte er leise. »Bitte, geh.«

Er gab sich Mühe, aber er konnte keinen Schlaf finden. Ein Wirbel von Möglichkeiten, Ahnungen und Vermutungen. Schließlich rief er, nach einem raschen Blick auf die Uhr, im Minneapolis Institute of Arts an und erkundigte sich, wie lange der Laden geöffnet hätte. Wenn er sich beeilte, konnte er es gerade noch schaffen.

Unterwegs versuchte er abzuschalten. Fahren und an nichts denken, hämmerte er sich ein. Auch nicht an die Pistole. Die unten im Keller lag und lockende Glut ausstrahlte. Scheiß drauf, laß sie da unten liegen und ausstrahlen, was sie will.

Gähnende Leere im Laden, bis auf eine junge Dame, die so auffallend gepflegt gekleidet war, daß Lucas sie nie für eine Verkäuferin gehalten hätte.

»Kann ich Ihnen behilflich sein?«

»Ja, ich interessiere mich für einen Künstler namens Odilon Redon. Haben Sie etwas von ihm? Zum Beispiel einen Kalender?«

Fünf Minuten später saß er wieder im Wagen und suchte nach

einem Stück Papier. Schließlich fand er im Handschuhfach eine alte Reifenrechnung. Er benutzte das Wartungsheft als Unterlage und fing an, sich Notizen zu machen. Eine neue Übersicht...

Später saß er dann, weil der Gedanke ans Bett ihm angst machte, mit einer Flasche Canadian Club im Gästezimmer und starrte auf die Zeichenkartons.

Die Killer-Eins-Liste war komplett. Druze. Ein Gnom, kräftig, vierschrötig, mit verunstaltetem Gesicht. Er hatte Stephanie ermordet, daran gab es keinen Zweifel mehr. Wenn er mit Bekker gemeinsame Sache machte, mußte er auch George umgebracht haben, weil Bekker für die Tatzeit ein Alibi hatte: ihn, Lucas. Möglicherweise hatte er auch Cassie getötet. Und Elizabeth Armistead. Und die Frau vor dem Einkaufszentrum. Warum eigentlich die? Bei ihr war alles anders. Sie war nicht zu Hause ermordet worden. Hatte nichts mit akademischen Kreisen zu tun. Oder mit der Kunstszene. Und woher kamen die Fotos mit den durchstochenen Augen?

Killer Zwei... Gab es den? Wenn ja, war es Bekker? Im Mordfall George wies einiges darauf hin, daß ein zweiter Mann im Spiel gewesen sein mußte. Wie hätte Druze überhaupt auf George kommen sollen, wenn nicht durch Bekker? Möglich, daß er ihn bei der Trauerfeier gesehen hatte. Warum hatte er Georges Jeep zum Flughafen gefahren? Der Mord an Elizabeth Armistead – hätte er dazu überhaupt Gelegenheit gehabt? Und welchen Grund gab es für den ominösen Anruf im Theater? Ein Zufall? Oder eine gezielte Finte, um jemanden zu entlasten?

Da vorn auf den Zeichenkartons waren die Antworten verborgen. Lucas spürte es deutlich, nur ablesen konnte er sie nicht.

Er nahm die Reifenrechnung zur Hand. Ganz oben, in die erste Zeile, hatte er ›Loverboy‹ geschrieben. Er schloß die Augen. Und versuchte sich in die Zusammenhänge hineinzudenken.

Um sechs Uhr morgens rief er Del an. »Ich komm' mal zu dir rüber. Hab' was mit dir zu besprechen.« Wenn jemand Speed im Haus hatte, dann Del.

Er jagte den Porsche durch die Stadt. Das erste Morgenlicht schob die Nacht vor sich her. Wieder ein kalter, grau verhangener Tag. Musik für Frühaufsteher im Radio, er hörte mit einem Ohr hin, während er über die Interstate 94 auf Minneapolis zufuhr.

Del erwartete ihn an der Haustür. In leicht verfärbten Unterhosen und einem ärmellosen T-Shirt mit einem Schnitt, der vielleicht zu Clark Gables Zeiten modern gewesen war. Als Lucas ihm sagte, weshalb er gekommen sei, schüttelte Del besorgt den Kopf. »Mann, du bist dabei, dich umzubringen.«

»Nein«, sagte Lucas, »ich weiß schon, was ich tue. Ich muß mich eine Weile wachhalten.«

Del sah ihn zögernd an, nickte, ging ins Schlafzimmer, kam mit einem orangefarbenen Plastikfläschchen zurück. »Zehn Hits. Verdammt starkes Zeug. Aber übertreib's nicht.«

»Danke«, sagte Lucas.

Weiter hinten, im Halbdunkel, steckte eine Frau den Kopf durch die Tür. »Del...?«

»Komme gleich«, rief Del. Und grinste Lucas an. »Cheryl. Aber hast du dir sicher schon gedacht.«

Das Speed putschte ihn auf. Er fuhr Richtung Süden. Fast sieben. Sloan war sicher schon wach.

»Wie fühlen Sie sich?« fragte Sloans Frau, als sie ihn hereinließ. Sie war klein, ein bißchen pummelig. Eine von den Frauen, die es fertigbringen, mütterlich und sexy zugleich zu wirken. Lucas mochte sie.

Er grinste. »Scheint jeder ganz erpicht drauf zu sein, das zu erfahren. Ist Sloan schon auf den Beinen?«

Sie drehte sich um. »Sloan? Lucas ist da.«

»Auf der Veranda vorm Haus«, rief Sloan zurück.

Nach zwei Schritten blieb Lucas stehen. »Hat er eigentlich auch einen Vornamen?«

»Keine Ahnung«, sagte sie, »hab' ihn nie danach gefragt.«

Sloan frühstückte auf der Veranda: eine Zigarette im Mundwinkel, ein Stück Kirschkuchen vor sich auf dem Teller, daneben ein Glas Cola.

»Typisches Holzfällerfrühstück«, unkte Lucas.

»Mein Gott, schrei doch nicht so, ich schlafe noch.«

»Du mußt zwei, drei Hausbesuche für mich machen. Ein paar Leuten Honig ums Maul schmieren.« Wenn Sloan etwas konnte, dann mit Menschen umgehen. Er brachte sie zum Quatschen. »Die Namen und Adressen habe ich mitgebracht.«

Sloan nahm den Zettel. »Was für Leute?«

»Eltern, deren Kinder gestorben sind. Wir wollen sie ausgraben. Und zwar heute noch.«

29

Super-Ego tanzte und blutete, blutete und tanzte, bis er umfiel. Rücklings lag er auf dem großen Orientteppich im Eßzimmer, die Arme nach oben gereckt, die Beine gespreizt, wie gekreuzigt. Keine Augen, die ihn in seine Träume verfolgten. Nicht einmal Träume. Gar nichts mehr.

Frierend wachte er auf. Zitternd vor Kälte. Steif, mit verspannten Muskeln. Tageslicht fiel durch die Lamellen der Jalousetten. Er setzte sich. Sah an sich herunter. Oh, hatte er sich schmutzig gemacht? Ach so, die dunklen Flecke auf der Brust waren getrocknetes Blut. Als er versuchte, auf die Beine zu kommen, bröckelten Teile ab und rieselten auf den Teppich.

Irgend etwas hatte sich verändert. Sein Gefühl sagte ihm das. Irgend etwas war nicht mehr wie vorher. Aber er wußte nicht, was. Konnte sich nicht erinnern. Er gab sich Mühe, wollte dahinterkommen. Aber sein Verstand verweigerte den Gehorsam. Er ging ins Badezimmer. Drehte den Einlauf an der Wanne auf. Sah zu, wie es rauschte und wirbelte, und fing zu singen an. Das schöne kleine Lied, das Mrs. Wilson ihnen beigebracht hatte, damals in der Volksschule.

Frère Jacques, Frère Jacques, dormez-vous, dormez-vous?...

In der Badewanne löste sich die Blutkruste, pinkfarbene Schwaden trieben durchs Wasser. Und Super-Ego badete darin, tupfte sich gefärbtes Badewasser in sein bemerkenswertes Gesicht und sang all die schönen kleinen Lieder, die er in der Schule gelernt hatte.

Als er aus der Wanne stieg, war der Spiegel beschlagen. Was ihn jedesmal ärgerte, weil er sich dann nicht ins Gesicht sehen konnte. Er mußte die Badezimmertür öffnen und warten, bis der Wasserdampf sich verzogen hatte. Wie immer versuchte er nachzuhelfen, indem er das Handtuch in weiten Kreisen über das Glas rieb. Und wie immer half es nichts.

Er öffnete die Tür. Kühle Luft kroch herein. Angenehm anregend. Fast hätte der frische Hauch eine halb verschüttete Erinnerung mit hereingeweht, fast...

Erste Kondenswassertröpfchen rannen den Spiegel hinab. Nun lohnte es sich, mit dem Handtuch nachzuhelfen. Oh – ja, da war es, sein schönes Gesicht...

Nur, dachte er verwundert, warum so weit weg? Er stand doch direkt davor? Er streckte die Hand aus. Legte sie flach auf den Spiegel. Das Gesicht kam näher...

Und der Alptraum begann.

Das war nicht er. Nicht Super-Ego. Das war...

Er schrie. Taumelte zurück. Konnte den Blick nicht abwenden.

Ein Gnom starrte ihn aus dem Spiegel an. Mit einem Gesicht wie eine ausgebleichte Patchwork-Decke. Die Augen weit aufgerissen. Den Blick auf ihn geheftet. Und auf einmal war sie wieder da, die halb verschüttete Erinnerung. Alles war da. Das Apartment. Die Pistole. Und Druze, der zusammenbrach, wie von einer unsichtbaren Riesenfaust getroffen.

»Nein«, schrie Bekker den Spiegel an. Er griff mit den Händen ins Haar, begann zu ziehen. Zerrte mit aller Kraft. Es sollte ruhig weh tun. Vielleicht vertrieb der Schmerz den Gnom.

Aber die Augen verschwanden nicht. Starrten ihn kalt und erbarmungslos an. Ließen ihn nicht los. Er rannte in den Flur. Wieder ein Spiegel, einer von den vielen, die sie überall aufgestellt und hingehängt hatte. Und wieder die Augen. Er wankte, stürzte, kroch wie gehetzt, flink wie ein Wiesel, splitternackt auf Händen und Knien die Treppe hinunter. Krabbelte in sein Schlafzimmer. Grapschte in panischer Hast nach dem Zigarettenetui.

Die Augen waren überall. Auf dem glänzenden Messing am Kopfteil des Bettes. Glotzten aus den Fensterscheiben. Grinsten aus der Wasserkaraffe. Belauerten ihn. Bedrängten ihn so, daß Super-Ego sich nicht entfalten konnte.

Er schluckte drei blutrote Kapseln Nembutal, 100 mg Pentobarbiturat, und grüne, eiförmige Luminal, 30 mg Phenobarbiturat, wieder drei. Vier. Sechs. Und die purpurfarbenen Xanax, 1 mg Alprazolam. Zuviel? Er wußte es nicht. Hatte alles vergessen. Vielleicht nicht genug? Sicherheitshalber steckte er sich ein paar von jeder Sorte griffbereit ein. Und kroch in den Schrank, die Augen halb geschlossen, bemüht, den Blick ja nicht auf irgendeine reflektierende Fläche zu richten. Verbarg sich hinter Hemden und Hosen. In der Wärme. In der Geborgenheit des Ledergeruchs. In der Dunkelheit.

Die drei Nembutal packten ihn zuerst, ein sanfter Sturm, eine Woge, auf der Super-Ego reiten konnte. Was Bekker jetzt gar nicht wollte. Er wünschte sich Ruhe, und ehe er noch den Gedanken zu Ende gebracht hatte, legte sich der Sturm, und Stille breitete sich aus. Bald mußte das Luminal wirken, in einer Stunde etwa. Ihn besänftigen. Alles in ihm glätten. Bis er wieder in der Lage war, Pläne zu schmieden. Pläne, wie er an Druze herankommen konnte.

Eine Stimme. Unwirklich fern. Und trotzdem, dessen war er sich sicher, in seinem Gehirn: *Druze mußt du suchen. Druze.*

Er öffnete die Faust. Starrte im Halbdunkel des Schrankes auf die Pillen, die er umklammert hielt. Ja, wenn er genug von ihnen schluckte, würde er Druze finden.

Lucas wartete, Sloan war ins Haus gegangen.

Das zweite Haus, das sie aufsuchten. Leicht erhöht über der Straße, alles hübsch gepflegt, der Rasen erholte sich schon vom Winter, die Blumenbeete sahen noch ein wenig karg aus. In der Zufahrt parkte ein Ford Taurus Kombi, noch nicht lange, der Hausherr war gerade gekommen.

Lucas spürte die Spannung in sich, fühlte sich kantig und spröde wie eine Glasscheibe, die man aus dem Rahmen genommen hat. Das Speed hatte ihn voll im Griff. Chris Rea sang im Kassettenrecorder, irgendwas über Daytona, Lucas klopfte mit der Hand den Rhythmus dazu.

Sloan kam aus dem Haus, quer über den Rasen, wedelte mit einem Blatt Papier.

»Alles klar. Mit ihr gab's keine Schwierigkeiten«, erzählte er, »aber als er dazukam... Ich dachte, der flippt aus.«

»Hauptsache, wir haben's«, sagte Lucas.

Das Räderwerk der Exhumierung arbeitete effizient, wenn auch keineswegs lautlos. Die ersten anderthalb Meter Erde wurden mit einem kleinen Bagger ausgehoben und auf einer Plane gelagert, den Rest erledigten zwei Totengräber mit Schaufeln.

Schließlich hakten sie Seile am Sarg fest und zogen ihn hoch. Ein unansehnlicher Kasten, die Bronzebeschläge fingen schon zu korrodieren an.

Lucas und Sloan folgten dem geschlossenen Wagen auf dem Weg in die Innenstadt und gingen, als der Sarg ausgeladen wurde, mit in das Gebäude der Gerichtsmedizin.

Louis Nett zog sich gerade den Kittel über. Lucas fragte ihn: »Haben Sie schon was über das Ergebnis in Coon Rapids gehört?« Dort wurde das andere Kind exhumiert.

»Sie haben gerade jemanden mit dem Bericht losgeschickt«, antwortete Nett. »Wenn ihr Zeit habt und hierbleibt, kann ich euch in ein paar Minuten mehr sagen. Vorausgesetzt, der Leichnam befindet sich in normalem Zustand.«

»Was heißt normal?« fragte Sloan.

»Nun, das Mädchen wurde bei Saloman Brothers eingesargt. Die arbeiten dort sehr sorgfältig. Und allzu lange hat sie ja noch nicht unter der Erde gelegen. Wenn der Sarg dicht ist, dürfte es keine Probleme geben. Wenn er allerdings ein Leck hat...« Er zuckte die Achseln. »Alle Wetten offen.«

»Wir warten«, sagte Lucas.

»Sie können auch mitkommen und zugucken«, bot Nett an.

Lucas schüttelte den Kopf. »Nein, nein, danke.«

»Also, wenn's Ihnen nichts ausmacht...«, sagte Sloan. »Ich würde gern mitkommen, ich hab' so was noch nie gesehen.«

Der Büroraum hätte genausogut zum städtischen Rechnungsamt oder zu irgendeiner Bezirksbehörde gehören können. Nichts, aber auch gar nichts wies darauf hin, daß hier, nur ein paar Türen weiter, im Namen der Wissenschaft an toten Menschen herumgeschnitten wurde. Wie zum Beispiel jetzt an dem Mädchen, das ausgegraben worden war.

Sekretärinnen arbeiteten an Computern, deren Bildschirme, wie überall, von Zigarettenrauch und Bürostaub verschmiert waren. Auf den genormten Schreibtischen versuchten kitschige

Porzellanfrösche, pinkärschige Keramikbabies und betende Plastikengelchen ein bißchen persönliche Atmosphäre zu zaubern. Kopien wurden verteilt, ernstgemeinte Weisungen aus der Teppichetage und witzige Cartoons aus den Büros der Sachbearbeiter. Lucas ging ungeduldig eine Weile auf und ab, dann ließ er sich auf ein Sofa fallen, lehnte sich zurück und schloß die Augen.

Aber die wollten nicht zubleiben, klappten von selber wieder auf und starrten die Wand an. Schließlich schnappte Lucas sich eine Zeitschrift, ein Fachmagazin für Bogenschützen, eine Ausgabe vom vergangenen Sommer. Er blätterte, las ein paar Zeilen, legte das Heft weg.

Viertel nach vier zeigte die Wanduhr. Und Nett hatte versprochen, es werde nur wenige Minuten dauern. Um halb fünf drückte Lucas sich aus dem Sofa hoch und nahm, die Hände in den Taschen, seine Wanderung durchs Büro wieder auf.

Sloan kam zurück. Lucas blieb stehen, sah ihn erwartungsvoll an.

»Du hattest Recht«, sagte Sloan.

Der Krampf in Lucas' Magenwänden löste sich. Sie hatten ihn.

»Die Augen?«

»Ausgestochen. Mit einem scharfen Messer, meint Nett. Ich vermute, es war ein Skalpell. Das liegt zumindest nahe.«

»Kann man Fotos davon machen?«

»Ja, weißt du... Sie nehmen die ganze Augenpartie heraus«, sagte Sloan mit einem Unterton, als hätte Lucas das eigentlich wissen müssen. »Sie legen sie in Formaldehyd, damit sie...«

»Gott im Himmel, hör auf...«

30

Der Tag fing mit einem Streit an.

»Ich bin nicht Psychologin geworden, um dir Ratschläge zu geben, wie du jemanden in den Wahnsinn treiben kannst«, fuhr Elle ihn an.

Und Lucas schnauzte zurück: »Spar dir doch deine ethischen Skrupel. Ich brauche eine klare Antwort, was deiner Meinung nach passieren wird. Sag einfach, wenn du glaubst, daß es so nicht funktioniert. Wenn aber doch... Du weißt, was er getan hat. Willst du etwa wirklich, daß dieses Monster weiter durch Krankenhausflure schleicht und Kinder umbringt? Kommt das raus bei deinem katholischen Seelenkrampf?«

»So was brauch' ich mir von dir nicht anzuhören«, sagte die Nonne verärgert.

»Dann gib mir die Antwort, auf die ich warte.«

Eine Viertelstunde stritten sie weiter, dann ließ Elle sich erweichen.

»Wenn er so ist, wie du's dir vorstellst, könnte es funktionieren. Andererseits, wenn er so intelligent ist, wie du ihn schilderst, und mit kühlem Kopf reagiert, wird er den Schwindel durchschauen. Und dann hast du nichts mehr in der Hand.«

»Wir können nicht einfach abwarten«, drängte Lucas. »Wir müssen ihn unter Druck setzen.«

»Ich habe dir meine Meinung gesagt: es könnte klappen. Es darf natürlich nur eine blitzschnelle Wahrnehmung sein, Bruchteile von Sekunden, damit er hinterher im Zweifel ist, ob er wirklich etwas gesehen oder sich das Ganze nur eingebildet hat. Es darf auf keinen Fall reale Gestalt annehmen. Ihm ein Foto zu schicken oder so etwas... das kann nicht funktionieren. Wenn er etwas Konkretes vor Augen hat und in Ruhe darüber nachdenken kann, wird ihm klar, daß etwas aus seiner Phantasie nicht plötzlich Realität werden kann. Je flüchtiger der Eindruck, desto besser. Er muß es glauben, weil er es glauben will.«

»Glauben, weil er es glauben will...«, wiederholte er nachdenklich. »Und dann, sagst du, klappt es?«

»Niemand kann psychische Reaktionen sicher voraussagen, Lucas. Seit letztem Winter weißt du das selbst am besten.«

Sie saßen sich am Schreibtisch gegenüber. Ein paar Sekunden lang schienen ihre Blicke stumm miteinander zu ringen. Dann stand Lucas auf und wandte sich um.

»Was hast du nun vor?« fragte sie.

»Ich bringe ihn dahin, wo ich ihn haben will.«

»Himmel noch mal, ich lass' mir das nicht gefallen«, schimpfte Carly Bancroft, »ich brauche Videoaufnahmen.« Sie saß – auf dem Schoß einen kompletten Schminkkasten, um den jeder Profi sie beneidet hätte – auf dem Beifahrersitz in Druzes Dodge.

»Du schilderst einfach, was du erlebt hast«, versuchte Lucas sie zu beruhigen. »Wart's ab, das wird eine großartige Story.«

»Ach, Mann, ich arbeite nicht für 'ne Scheißzeitung. Mit Worten allein kann ich nichts anfangen, ich brauch' Bilder.«

Lucas hatte ihr nicht erlaubt, einen Kameramann mitzubringen. Sie hatte eine Kleinbild-Nikon dabei, behauptete aber, damit käme sie sich pudelnackt vor.

»Es ist noch nicht mal raus, ob du die Story verwenden...«

»Halt den Mund, sonst verrutscht der Pinsel.«

Er kam sich reichlich albern vor, während Carly an seinem Gesicht arbeitete, klappte den Rückspiegel herunter und begutachtete die Hälfte, mit der sie schon fertig war. »Sieht ziemlich plump aus«, maulte er und gab sich dabei Mühe, die Lippen möglichst nicht zu bewegen.

»Da ist gar nichts plump«, widersprach sie. »Ich mach' hier keine kosmetischen Übungen, ich trage dir eine Bühnenmaske auf. Sei froh, daß ich davon was verstehe. Und halt, verdammt noch mal, endlich still. Ich muß deine Nase kürzen.«

Angefangen hatte sie damit, ihm Unmengen Reinigungscreme

ins Gesicht zu schmieren, und obwohl sie die anschließend mit Papiertaschentüchern sorgfältig weggewischt hatte, kam er sich immer noch vor wie eine Ölsardine.

»Das mit der Story«, sagte sie, »das ist raus. Das war die Bedingung.«

Sein Haar hatte inzwischen dieselbe dunkle Farbe wie Druzes Haar, um die Wangen und unter der Nase hatte Carly, um kräftigere Schatten zu erzielen, einen Hauch Blaugrau aufgetragen. Jetzt sprühte sie eine Art Transparentlack auf, damit die Tönung sich hielt. Die meiste Zeit hatte sie dafür gebraucht, die zusammengeflickte Haut nachzuahmen. Ganz zu schweigen von der Mühe, die es kostete, bis das Gesicht wenigstens annähernd so rund wirkte wie Druzes Kürbiskopf.

Nach zwanzig Minuten war sie fertig. Sie konnten nichts mehr tun, als dazusitzen und zu warten.

»Er ist unterwegs«, meldete Sloan mit unbewegter Stimme über Funk.

»Gib mir den Hut«, sagte Lucas. Carly langte nach dem breitkrempigen Filzhut. Er drückte ihn tief in die Stirn und griff nach dem Sprechfunkgerät. »Wo ist er?«

»Kommt auf euch zu. Zwei Minuten noch. Bist du fertig?«

»Fertig«, bestätigte Lucas. Und sagte zu Carly: »Du kletterst nach hinten und duckst dich. Man weiß nie, was passiert. Wenn du auch nur einmal mit dem Kopf hochkommst, kriegst du eins übergebraten. Und fang ja nicht mit deiner gottverdammten Kamera rumzufummeln an.«

»Dann erzähl mir wenigstens, was passiert«, verlangte sie, während sie über den Sitz kletterte. Ihm dabei für Sekundenbruchteile ihre langen Beine zeigte. Doch gleich darauf ihre kühlen blauen Augen. »Ein bißchen darf ich doch gucken, oder?«

»Zwei Häuserblocks«, meldete Sloan. »Ampel steht auf Rot.«

»Wechselt auf Gelb«, kam eine andere Stimme dazwischen.

»Paß auf, gleich ist Grün«, sagte Lucas nach hinten, »geh endlich mit dem Kopf runter, Himmeldonnerwetter.«

Wieder Sloan über Funk: »Letzte Straßenecke, Lucas. Fahr los.«

Lucas ließ den Dodge losrollen, hielt auf die Ampel zu. Links sah er auf der Seitenstraße Bekkers Wagen kommen, auf der Linksabbiegerspur. Vom Kontrollwagen aus wurde die Verkehrsregelung gesteuert, die Ampel sprang auf Gelb, dann auf Rot.

Lucas fuhr bis zum Haltestreifen, trat auf die Bremse, starrte durch die getönte Windschutzscheibe zu Bekker hinüber. Jetzt mußte sich herausstellen, ob man überhaupt aus einigen Metern Entfernung und trotz der Tönung der Scheibe das Gesicht des Fahrers erkennen konnte. Lucas sah Bekker jedenfalls ganz deutlich. In seiner Fahrtrichtung zeigte die Ampel Gelb.

»Los geht's«, rief Lucas nach hinten, »bleib unten.«

Bekker blinkte links und rollte langsam in die Kreuzung. Lucas überquerte die Kreuzung betont langsam und drehte, als sie an Bekkers Wagen vorbeikamen, den Kopf nach links. Er hatte den Kragen hochgeschlagen, der Hut saß ihm tief in der Stirn, sein Gesicht lag im Halbschatten.

Er suchte Bekkers Blick. Bekkers Schädel zuckte herum wie der Holzkopf einer Marionette. Lucas beschleunigte, zog den Dodge aus der Kreuzung und gab, als die Straße anstieg, noch mehr Gas.

»Er hat die Scheißkarre abgewürgt«, rief Sloan über Funk, »und kriegt sie nicht wieder an.«

Und Lucas rief zurück. »Er hat mich gesehen.« Er warf einen Blick nach hinten. »He, Carly, du kannst wieder hochkommen.«

»O Mann«, stöhnte sie, »und ich hab' nicht ein beschissenes Bild. Davenport, du bist mein Untergang.«

Bekker saß zitternd hinter dem Steuer. Wimmerte. Drehte verzweifelt den Zündschlüssel. Rührte mit dem Schaltknüppel. Erwischte schließlich den ersten... Der Wagen bockte, der Motor war aus, sprang wieder an.

Hinterherjagen? Daran dachte er nicht einen Augenblick. Er mußte sich nicht vergewissern, er wußte, wen er gesehen hatte.

Einen Tag und eine Nacht lang hatte er im Schrank gekauert, taumelnd zwischen Schlaf und Wachen. Weiß Gott, was er alles geschluckt hatte – und wieviel davon. Aber dann war es endlich wieder Tag geworden. Das Zigarettenetui war leer, der Magen knurrte. Und so war er aus dem Schrank gekrochen.

Und sofort hatten ihn aus dem Fenster die Augen angestarrt. Er war, mühsam genug, auf die Beine gekommen, und ins Bad gewankt, verkrampft vom langen gebückten Sitzen. Hatte die Dusche aufgedreht, brühend heiß, und so lange darunter gestanden, bis ihm der Schmerz die Bilder aus dem Hirn wusch.

Dann hatte er sich angezogen, eine schwarze Kapsel Amphetamin geschluckt und war in den Wagen gestiegen. Ein Blick in den Rückspiegel: Die Augen waren wieder da. Er hatte den Spiegel weggeklappt, war losgefahren. Zu einem Dealer, den er kannte, ein Stück weit Richtung Innenstadt. Die Ampel, rot, er mußte halten... Und genau auf der Kreuzung war plötzlich der Dodge Kombi aufgetaucht.

»Fährt er weiter?« erkundigte sich Lucas.

»Ja«, gab Sloan durch, »er fährt weiter, allerdings auffallend langsam. Irgendwas stimmt da nicht, würde ich sagen.«

»Er ist mit den Nerven runter. Ich hab' dir ja gleich gesagt, daß er mich für Druze hält.«

»Da stimmt wirklich was nicht. Jetzt wendet er. Fährt zurück. Biegt auf die Zwölf ab...«

Das Beschattungsteam folgte Bekker. Und kurz darauf meinte Sloan: »Könnte sein, daß er zur Uniklinik will.«

Lucas heftete das Polizeilicht aufs Dach des Kombis, gab Gas und raste zum Campus. Carly Bancroft, die wieder nach vorn gekrochen war, legte den Sicherheitsgurt an. »Du fährst genauso beschissen wie mein Kameramann.«

»Wir haben's eilig«, sagte Lucas. »Du weißt, wo du den Wagen abgeben mußt?«

»Ja.«

Er mußte grinsen, weil ihre Stimme so verzerrt klang. »Danach hast du deine Schulden abbezahlt.«

»Mann, die hab' ich anderthalbmal abbezahlt. Wenn die im Sender wüßten, was ich hier treibe... Das wage ich mir gar nicht vorzustellen. Ja, wenn ich wenigstens ein Videoband hätte...«

Auf der Washington Avenue, bei einer Fußgängerbrücke, sprang Lucas aus dem Wagen. Wenn Bekker seinen üblichen Weg zur Universitätsklinik nahm, mußte er unter der Brücke vorbeikommen. Und da unten auf der Straße war er ziemlich hilflos. Selbst wenn er sofort anhielt und versuchte, auf schnellstem Wege nach oben zu steigen, blieb Lucas immer noch genug Zeit, rechtzeitig zu verschwinden.

Während er den Bürgersteig entlanghastete, auf die Brücke zu, erkundigte er sich über Sprechfunkgerät: »Wo ist er?«

»Er nähert sich der Ausfahrt«, antwortete Sloan, »du hast noch genug Zeit. So, jetzt biegt er ab.«

Lucas rannte die Treppe hoch. Und als er oben war, hörte er ihre Stimme. »He, Davenport...« Carly Bancroft, er drehte sich um. Sie stand unten, halb auf dem Seitenwall, und hatte die Nikon auf ihn gerichtet. Er winkte sie weg, lief weiter, auf das andere Ende der Fußgängerbrücke zu.

»Auf der Washington«, informierte ihn Sloan über Funk.

Ein Schüler kam angeschlendert, ein schmächtiges, langhaariges Bürschchen in einem wadenlangen Mantel und mit einem baumelnden Henkelkreuz um den Hals. Der Junge starrte Lucas verdutzt an und meinte: »Cyrano können Sie nicht sein, mit der Nase...«

»Verpiß dich«, fauchte Lucas. Legte die Hand über die Augen und suchte die Washington Avenue ab.

»Auf der Brücke«, quäkte Sloan durchs Funkgerät.

»Okay«, bestätigte Lucas.

»'n Bulle?« fragte der Junge.

»Hau ab«, fuhr Lucas ihn an. »Du ahnst gar nicht, wie leicht du uns die Tour vermasseln kannst und wie schnell du dann deinen Arsch hinter Gittern wiederfindest.«

»Ja, wenn Sie mich so freundlich bitten...«, sagte der Junge und machte, daß er wegkam.

Bekker hielt am Straßenrand. Den Kopf aufs Lenkrad gelegt. Wartete darauf, daß der Alptraum endete und er aufwachte.

Druze. Wieder Druze. Hier auch.

Er gab sich einen Ruck. Wendete. Fuhr zurück. Über die Mississippibrücke, bis zum Parkplatz vor einer Bibliothek. Die Männer, die ihm unauffällig folgten, bemerkte er nicht.

Er blätterte das Stichwort-Register der Star Tribune durch. Fand etwas Passendes und notierte sich die Details. Die Meldung über einen Landstreicher, den man tot aufgefunden hatte.

Aus einer Telefonnische rief er beim gerichtsmedizinischen Institut an.

»Ich versuche, meinen Vater ausfindig zu machen. Er... er hat unter geistigen Störungen gelitten. Wir – äh – haben uns nicht sehr nahe gestanden. Ich bin schon früh von einer anderen Familie adoptiert worden. Aber nun habe ich von einem alten Freund erfahren, daß mein Vater letztes Jahr gestorben ist und hier im Hennepin County beerdigt wurde. Wäre es Ihnen wohl möglich, mir zu sagen, mit welchen Beerdigungsinstituten Sie zusammenarbeiten, damit ich sein Grab finden kann?«

Das gerichtsmedizinische Institut arbeitete aufgrund einer

öffentlichen Ausschreibung mit vier Bestattungsunternehmen zusammen. Walker & Sohn, Halliburton, Hall Brothers und Martin. Bekker rief sie der Reihe nach an. Bei Martin mußte er seinen letzten Quarter einwerfen.

»Martin…«

»Ich rufe wegen der Trauerzeremonie für Carlo Druze an…«

»Die findet am Freitag statt.«

»Ist vorher ein letztes Gedenken mit den Angehörigen vorgesehen?«

»Nun, das ist eigentlich üblich, aber ich muß erst nachsehen. Bleiben Sie bitte dran.«

»Ja, gern.«

Drei, vier Minuten vergingen, bis sich die Mitarbeiterin des Beerdigungsinstituts wieder meldete. »Gehören Sie zur Familie?«

»Nein. Ich – äh – bin am Theater tätig.«

»Ja, es ist so: Eigentlich hat die Mutter von Mr. Druze die Arrangements mit uns abgesprochen. Danach war ein letztes Gedenken nicht vorgesehen. Aber nachdem wir erfahren haben, daß mehrere Kollegen vom Theater kommen wollen, haben wir von uns aus etwas vorbereitet. Ein Gedenken in der Rosenkapelle, morgen abend von sieben bis neun. Wir müssen natürlich noch bei der Mutter des Verstorbenen zurückfragen, ob sie einverstanden ist.«

»Morgen abend von sieben bis neun…« Bekker schloß die Augen. Morgen schon. Früher, als er gedacht hatte. Als er zu hoffen gewagt hatte. Eine Woche könnte es dauern, hatte er befürchtet, womöglich noch länger, bis die Leiche freigegeben wurde. Eine Woche, hatte er sich gesagt, stand er vielleicht gerade durch, wenn er genug schluckte.

Aber nun sah alles anders aus. Er mußte nicht fürchten, daß ihm Druze eine Woche lang Angstträume bescherte.

Nein, morgen, schon morgen abend war alles ausgestanden.

31

Bekker sah Druze noch zweimal – oder glaubte, er habe ihn gesehen. Denn er konnte sich nicht schlüssig werden, ob es wirklich Druze gewesen war oder nur eine Fata Morgana, die seine Angst ihm vorspiegelte.

Das erste Mal sah er ihn nicht weit von seinem Haus: ein dunkler, undeutlicher Schatten huschte um die Ecke. Bekker stand mit offenem Mund da und starrte auf die Stelle, an der der Spuk ebenso plötzlich aufgetaucht wie er verschwunden war. Nachmittags sah er Druze, nur ein Dutzend Schritte entfernt, in den Wagen steigen. Zunächst fiel ihm nur der Dodge auf, die halb verschwommene Gestalt hinter dem getönten Seitenfenster nahm er erst wahr, als er auf einmal spürte, daß Druzes Augen ihn suchten.

Er schluckte Equanil wie Popcorn, lutschte von Zeit zu Zeit ein Eckchen Amphetamin dazu. Er hatte Angst vor dem Schlaf. Zog sich ganz ins Arbeitszimmer zurück, aus dem er alles weggeräumt hatte, was aus Glas oder anderem widerspiegelndem Material war. Am liebsten hätte er den ganzen Tag dagesessen und auf den Teppich gestarrt.

Das Denken machte ihm Mühe. Aber sobald er mit Druze fertig war, würde sich das wieder geben. Eine Weile mußte er sich dann eine Drogendiät auferlegen, bis das Gift aus ihm herausgeschwemmt war. Gift? Was für Gift? Die Konzentration ließ immer mehr nach. Die Gedanken – kleine, fertig geschnürte Pakete und andere, die sich noch lose aneinanderreihten – schienen sich irgendwo tief in ihm verheddert zu haben, und er schaffte es nicht, bis zu den verschlungenen Fäden vorzudringen und sie zu entwirren.

Er mühte sich ab, und darüber verging die Zeit.

Der Bau wirkte sogar für eine Leichenhalle zu düster. Rotbraune Backsteinwände, die Sockel aus Basaltquadern, rankender Efeu, der sich freilich, solange die Blätter noch nicht trieben, nur als dürres Gewirr an den Mauern hochschlängelte.

Bekker fuhr zweimal um das Gebäude herum. Angst schüttelte ihn, aber die Hoffnung und die Hilfe eines kleinen Vorrats der schwarzen Bambinos trieb ihn voran.

Auf der Straße herrschte wenig Verkehr, doch vor der Leichenhalle parkten mehrere Wagen. Als er die zweite Runde drehte, wurde das Eingangsportal geöffnet, ein paar Trauergäste kamen heraus, bildeten kleine Grüppchen, standen auf dem Treppenpodest... Nach einer Beerdigung gibt es immer viel zu erzählen.

Bekker nahm das Gas weg, fuhr an den Bordstein, beobachtete die Leute. Die meisten waren im fortgeschrittenen Alter, dunkle lange Wintermäntel, schwarze Hüte. Aus der russischen Kolonie, vermutete er, Leute, die es zu was gebracht hatten. Sie unterhielten sich ziemlich lebhaft, hier und da sah es fast nach einem Streitgespräch aus.

Nach einigen Minuten lösten die Grüppchen sich auf, die Trauergäste gingen zu den geparkten Autos, die Wagen setzten sich in Bewegung.

Bekker wußte, daß es besser gewesen wäre, noch zu warten. Er versuchte es auch, aber alles in ihm drängte danach, endlich zu handeln. Und es war ja weit und breit niemand zu sehen. Was ihm die Angestellte des Beerdigungsunternehmens am Telefon erzählt hatte: daß etliche Kollegen vom Theater kommen wollten... Also, daß daraus etwas wurde, glaubte er nicht. Andererseits, bei diesem Künstlervölkchen weiß man nie...

Er stieg aus, ging auf die Treppe unter dem Eingangsportal zu. Hörte hinter sich einen Wagen vorbeifahren. Drehte sich um. Irrte er sich, oder sah der Fahrer tatsächlich zu ihm herüber? Etwa wieder Druze? Er war nicht sicher. Und es interessierte ihn auch nicht mehr sonderlich. In fünf Minuten war sowieso alles vorbei.

Das Netz zog sich zusammen:

»Er ist ausgestiegen. Will anscheinend hineingehen.« Der Informant fuhr vorbei, ohne den Kopf zu wenden. Aus den Augenwinkeln nahm er dennoch wahr, daß Bekker auf das Gebäude zuging.

In der Rosenkapelle suchte Lucas vergeblich nach einem geeigneten Versteck, in den anderen Räumen sah es noch schlechter aus. Als einzige Möglichkeit fiel ihm schließlich ein, mit einem kräftigen Nagel ein Guckloch in die Füllung einer Schwingtür zu treiben. Von der Idee mit dem Nagel wollte der Manager nichts wissen, er holte eine Bohrmaschine. Als das Loch gebohrt war, konnte Lucas tatsächlich – hinter der Schwingtür postiert, ein Auge auf die kreisrunde Öffnung gepreßt – den kleinen Bereich rings um den Sarg überblicken.

»Geh mal hin, beug dich über ihn«, rief er Sloan zu. Sloan stellte sich neben den Sarg und sah zur Tür. Das Loch war aus der Entfernung nicht zu erkennen. Del, an die Wand gelehnt, verfolgte das Ganze mit gelangweiltem Grinsen.

Die nächste Anweisung aus dem Versteck hinter der Tür: »Leg ihm die Hand auf den Kopf. Oder halt sie drüber, wenn dir das lieber ist.« Sloans Hand schwebte über Druzes Kopf. Die Türhälften wurden aufgestoßen.

»Die Hand hab' ich nicht sehen können.« Lucas schaute sich suchend um und kam zu dem Ergebnis: »Aber eine bessere Möglichkeit werden wir kaum finden.«

Dels Grinsen floß in die Breite. »Wir könnten Druze, nur mal als Vorschlag, eine kleine Sprungfeder unter die Lider klemmen, ihr wißt schon, mit so 'nem bunten Clownspüppchen dran, und wenn Bekker dann das Lid hochzieht, springt ihm das Ding entgegen.«

Sloan grinste mit. »Gefällt mir. Da trifft den Nacktarsch glatt der Schlag.«

»Ach du lieber Himmel«, murmelte Lucas. Er schielte betreten auf den Sarg. »Ich glaube, wir lassen's lieber bei dem Loch in der Tür.«

»Er kommt«, meldete die Stimme aus dem Sprechfunkgerät.

Sloan musterte Lucas. »Du nimmst dich zusammen, ja?«

Lucas nickte. »Klar.«

»Okay, ich auch«, behauptete Del, schob aber die rechte Hand nach hinten, wo er die kleinkalibrige Pistole im Gürtel stecken hatte.

Der Empfangschef gehörte zur Verdeckten Fahndung, normalerweise arbeitete er nachts, irgendwo in verrufenen Straßen und finsteren Kaschemmen. »Kein Problem«, meinte er, »ich leg' euch jede Rolle hin. Eigentlich hätte ich schon lange 'n Oscar verdient.«

Zwei Streifenwagen waren eigens für die Aktion abgestellt, die Männer warteten auf den Einsatzbefehl. Und die Fahnder vom Beschattungsteam standen auch zur Verfügung.

Es blubberte im Funkgerät. »Er ist da. Dreht 'ne Runde.«

Und zehn Minuten später die Information: »Er ist ausgestiegen. Will anscheinend hineingehen.«

Vorfreude wärmte ihm das Herz. In wenigen Minuten...

Bekker hatte sich einen Trenchcoat angezogen, dazu trug er lederne Autohandschuhe und einen leichten Sporthut. Das Skalpell, in einer Plastikhülle geschützt, steckte in der Hemdtasche.

Das Eingangsportal gefiel ihm gar nicht. Wie in einem billigen Skihotel, fand er. Und innen war die Heizung zu stark aufgedreht. Mit dem antiken Spiegel gleich hinter der Tür, einem Ungetüm wie aus Stephanies Sammlung, hatte er nicht gerechnet. Er zuckte zurück und drehte schnell den Kopf weg. Riskierte dann aber, wie von einer Ahnung gelockt, doch einen Blick...

Druze war verschwunden. Super-Ego sah ihn aus dem Spiegel an. Ein bißchen müde, aber unverkennbar schön, stellte er fest. Ein paar ungewohnte Fältchen über den silbergrauen Augenbrauen, aber das war nach allem, was er durchgemacht hatte, kein Wunder. Gab ihm eine neue Note, fand er. Nicht unattraktiv, irgendwie distinguiert. Wie dieser französische Schauspieler, der sich immer die Zigaretten selbst drehte – wie hieß er doch gleich? Es fiel ihm immer noch schwer, sich zu konzentrieren. Sogar das eigene Spiegelbild kam ihm wie eine Traumgestalt vor. Und auf einmal braute sich hinter dem Spiegelbild etwas zusammen, etwas Dunkles...

Er blickte schnell weg. Also doch Druze. Er war immer noch da, lauerte ihm auf.

»Buchanan?«

Bekker fuhr herum. »Wie?« Er war so in das Spiegelbild vertieft gewesen, daß er den Empfangschef gar nicht bemerkt hatte. Ein Hagerer, gedecktes Jackett, graue Flanellhosen. Im Grunde war alles so, wie man es in einer Leichenhalle erwartete, und trotzdem schien der Mann irgendwie... irgendwie fehl am Platze zu sein. Nichts an seinem Gehabe erinnerte an den Tod. Und der war doch sein Geschäft, oder?

»Wollen Sie zu Mr. Buchanan?«

Buchanan? »Nein«, stotterte Bekker, »zu – äh – Mr. Druze.«

»Ah... Das ist in der Rosenkapelle. Da hinunter und dann rechts.« Im Ton eines Maklers, der einem Kaufinteressenten den Weg zum Gästezimmer zeigt und nicht ausdrücklich erwähnen will, daß der Raum leider ein wenig klein geschnitten ist.

»Ich danke Ihnen«, sagte Bekker.

Es war still in der Leichenhalle, schwere Wandbehänge und dicke Teppiche dämpften alle Geräusche. Damit man die Angehörigen nicht weinen hört, dachte Bekker. Als er an der Rosenkapelle angekommen war, warf er einen Blick zurück. Aha, der Empfangschef hatte sich umgewandt. Schien irgend etwas in einem der Nebenräume erledigen zu wollen. Blieb aber dann, als das Telefon zu läuten begann, doch in der Empfangshalle. Wo er bald so in sein Gespräch vertieft war, daß Bekker nichts von ihm zu befürchten hatte. Er betrat die Kapelle.

Lucas hörte aus seinem Versteck, wie der Beamte von der Verdeckten Fahndung sich mit Bekker unterhielt. Und dann läutete, wie ihr Plan es vorsah, das Telefon. Sloan rief an, aus einem der hinteren Räume. Sie hatten sich das einfallen lassen, damit Bekker nicht womöglich im letzten Moment kalte Füße bekam und wieder verschwand. Solange er den Empfangschef telefonieren hörte, würde er sich vor unliebsamen Überraschungen sicher fühlen.

Die Rosenkapelle war klein, gerade fünfzehn Holzstühle, im Halbkreis um den Sarg gruppiert, paßten hinein. Die stuckverkleideten Wände waren in verblichenem Altrosa gehalten, die Stühle in Antikweiß. An der Stirnwand eine Schwingtür, gerade so breit, daß ein Rollwagen durchpaßte, auf dem der Sarg nach der Trauerfeier weggefahren werden konnte.

Der Sarg stand auf einem Podest rechts von Bekker, in einer Nische, deren Stuckverkleidung mit handbemalten Rosen verziert war. Der Stoff, mit dem das Podest verhängt war, setzte das Altrosa der Wände fort, vielleicht eine Spur dunkler. Bekker reckte sich auf die Zehenspitzen, bis er Druzes runden Kopf und die breiten Schultern sehen konnte.

Super-Ego wurde unruhig, drängte Bekker, nicht länger zu warten. Draußen, weit weg, war der Empfangschef zu hören, ein langes Telefonat. Super-Ego setzte sich durch. Bekker ging nach vorn, ließ die Hand in die Hemdtasche gleiten, zog das Skalpell heraus und streifte die Plastikhülle ab.

Ein riesiger Kopf, dachte er. Wie ein großer Kürbis. Sie hatten ihm reichlich Make-up aufgetragen, die Narben der Haut waren kaum noch zu sehen. Nur die Nase... natürlich, da war nicht viel zu machen.

Er legte die Stirn in Falten. Schlimm, daß es so kommen mußte. Druze war ihm in gewissem Sinn ein Freund gewesen. Ein Mann, mit dem man reden konnte. Aber Bekker hatte vom ersten Augenblick an gewußt, daß es nicht anders ging. Druze mußte sterben. Mord ist ein Geheimnis, das man mit keinem teilt. Außer mit dem Tod.

Lucas preßte das Auge gegen das Loch in der Türfüllung. Bis jetzt hatte er Bekker, der seitlich hinter den Stühlen stand, nicht im Blickfeld gehabt. Aber nun kam der nach vorn, er sah ihn am offenen Sarg stehen und auf den Toten starren. Draußen am Telefon, entfernt und gedämpft, die Stimme des Fahnders in der Rolle des Empfangschefs. Und auf einmal beugte Bekker sich vor. Lucas konnte nicht sehen, was Bekkers Hände anstellten, aber irgendwie machten sie sich an Druze zu schaffen...

Bekker sah sich scheu um, dann schob er die linke Hand nach vorn, zog Druze das Lid hoch. Der Augapfel war unversehrt. Aber ohne Glanz, ausgetrocknet, wie sprödes Leder. Die Pupillen starrten mit leerem Blick an die Decke.

Bekkers Herzschlag raste. Sein Blut schien zu sieden. Das beruhigende Gemurmel des Empfangschefs, der immer noch am Telefon hing, wiegte ihn in Sicherheit. Er wagte es. Bohrte das Skalpell in Druzes Augapfel, drehte es wie einen Korkenzieher. Und spürte, wie seine Schultern sich entspannten. Eine Zentnerlast fiel von ihm ab.

Schnell mußte es gehen, blitzschnell. Leise keuchend, mit offenem Mund, nahm er sich das andere Auge vor. Warf rasch wieder einen Blick über die Schulter. Drehte das Skalpell...

Und war befreit. Alles schien auf einmal leichter zu werden, es kam ihm vor, als finge er zu schweben an. Ein kurzer tänzelnder

Schritt. Super-Ego erwachte. Starrte auf Druze. Auf die offenen, verschrumpelten Augenlider. Wie abgestorbene Blätter. Was seinen Herzschlag jetzt rasen ließ, war pure Freude.

Super-Ego, das Skalpell immer noch in der rechten Hand, drückte Druze die Lider herunter. Strich sie mit behutsamen, beinahe schmeichelnden Fingern glatt. Und trat einen Schritt zurück.

»Wieder mal einem die Augen ausgestochen, Mike?«

Ein Kübel Eiswasser wurde über ihm ausgekippt. Er knickte in den Knien ein. Sein Atem stockte. Jedes Wort gellte ihm in den Ohren wider, ein Echo, das nicht enden wollte: *Wieder mal einem die Augen ausgestochen, Mike?*

Bekker wirbelte herum. Das Skalpell zuckte hoch.

Davenport stand an der Schwingtür. In einer dunklen Lederjacke. Eine Pistole in der Hand. Nicht auf Bekker gerichtet, leicht zur Seite geschwenkt. Er sah müde aus, unrasiert, ungekämmt. Und die Augen hatten einen seltsam stieren Blick. Ein Schlägertyp. Und er war nicht allein. Von links kam einer näher. Und dann noch einer, Stephanies drogensüchtiger Cousin, der Bulle Del. Und hinter den beiden tauchte der Empfangschef auf.

»Wenn du ihm die Augen ausgestochen hast, Mike, dann haben wir dich. Und dann bist du auch wegen der Kinder dran. Heute morgen haben wir sie ausgegraben. Der Gerichtsmediziner sagt, daß es jemand mit einem scharfen Messer war. Mit einem wie dem da, einem Skalpell. Das ist doch ein Skalpell, Mike?«

Bekker brachte kein Wort heraus. Wieder war es das gellende Echo in seinem Hirn, das ihn lähmte. *Und dann bist du auch wegen der Kinder dran.*

Davenport kam auf ihn zu. Bekker hörte, wie einer der Bullen rief: »Reiß dich zusammen!« Aber er konnte sich nicht vorstellen, was das bedeuten sollte.

Lucas stand mit der Pistole in der Hand, dicht vor ihm. Im milden, vom Widerschein der Stuckverkleidung rosarot getönten Licht sah Bekker unwirklich schön aus. Ein harter Kontrast zum ledernen Flickwerk auf dem Gesicht des Mannes, der hinter ihm im offenen Sarg lag.

Lucas spürte die Eiseskälte in seinem Kopf. Und wußte, daß er in diesem Zustand zu allem fähig war. Teilweise mochte das Speed daran schuld sein, machte er sich klar, aber nur teilweise. Drei Tage und drei Nächte ohne Schlaf. Trotzdem fühlte er sich hellwach. Hatte sich unter Kontrolle. Er ging, ohne auch nur einen Blick auf das Skalpell in Bekkers Hand zu werfen, zum Sarg, beugte sich über Druze und zog ihm, genau wie Bekker es getan hatte, mit der linken Hand das Augenlid hoch. Bekker wandte sich ab.

Lucas sah hoch. Wandte sich um und sagte zu Sloan: »Tief reingebohrt. Sieh's dir selber an.«

Diesmal blieb er nicht vor Bekker stehen. Er schien fast in ihn hineinzulaufen. Bekker stolperte rückwärts, das Skalpell glitt ihm aus den Fingern, fiel auf den weichen Teppichboden und blieb so liegen, daß die Spitze – wie ein anklagender Stahlfinger – auf ihn selbst gerichtet war.

Sloan hatte sich über den Toten gebeugt. »Ja«, bestätigte er, »alle beide. Ganze Arbeit.«

Lucas wandte sich an Bekker. In unverfänglichem Ton, ohne die Stimme zu heben. »Was ich mich frage... Warum mußte Cassie Lasch sterben? Hätte Druze allein nicht gereicht? Ihm die Mündung ins Ohr schieben und abdrücken, wäre das nicht genug gewesen? Die Fotos, die wir unbedingt finden sollten, hättest du ja trotzdem in seinem Apartment verstecken können.«

Bekkers Mund klappte auf. Blieb aber stumm.

»Ich will eine Antwort«, drängte Lucas.

»Ganz ruhig«, mischte Sloan sich ein und packte Lucas am Arm, »ganz ruhig.«

»Ach, scheiß drauf«, sagte Del, schob sich rechts neben Bekker, reckte den Kopf. »Ich habe Stephanie viel länger gekannt als du. Und ich hab' das Mädchen lieb gehabt. Soll ich dir sagen, was ich mit dir machen werde?«

Bekker, zwischen Lucas und Del eingeklemmt, zog die Schultern ein und wich, immer noch stumm, zur Wand zurück.

Del schrie ihn an: »Weißt du, was dir blüht?«

»He, he...« Der Beamte von der Verdeckten Fahndung legte Del beruhigend die Hand auf die Schulter.

Bekker rang nach Atem. Brachte nur ein halb verschlucktes »Was ist denn los?« heraus.

»Ich schlag' dir den Rotz raus, du Arsch«, schrie Del. Blitzschnell fuhr sein Arm hoch, seine Faust landete auf Bekkers Nase. Bekker wurde gegen die Wand geschleudert. Das Nasenbein war gebrochen, Blut lief Bekker in breiten Bahnen über Mund und Kinn. Er riß die Arme hoch, kreuzte sie schützend vor dem Gesicht.

»Hör auf«, brüllte Sloan. Er versuchte, sich an Lucas vorbeizudrücken, aber der schubste ihn beiseite. Und bevor Sloan wieder Tritt gefaßt hatte, schlug Del noch dreimal zu, traf ihn, obwohl Bekker die Schläge abzuwehren versuchte, einmal voll mit der Linken, das zweite Mal mit der Rechten. Bei jedem Hieb prallte Bekker zurück, sein Hinterkopf schlug gegen die Wand. Beim dritten Schlag platzte die Haut über dem Auge auf.

Dann waren der Beamte von der Verdeckten Fahndung und Sloan da, der eine versperrte Del den Weg, der andere riß ihn zurück. Bekker, eine Hand über der lädierten Nase gekrümmt, stieß ein Wimmern aus. Zuerst schrill, fast in Kopfstimme, dann immer leiser, schließlich vom Schmerz erstickt.

Sloan und der Fahnder hielten Del zurück. Bekker ließ die Arme sinken. »Das reicht«, rief Sloan scharf, »das reicht jetzt.«

Lucas, kaum einen halben Meter von Bekker entfernt, sagte ganz ruhig: »Nein, noch lange nicht.«

Sloan und der Fahnder – immer noch damit beschäftigt, Del zurückzuhalten – warfen die Köpfe herum. Und sahen, daß Lucas die Pistole am Lauf hielt und ausholte wie zu einem Peitschenhieb.

»Das ist für Cassie, du Saukerl.« Er hatte Bekker mit der linken Hand an der Kehle gepackt, und der Schrei, den er ausstieß, klang wie das Fauchen einer gereizten Raubkatze. Speichel sprühte Bekker ins Gesicht, er konnte sich gerade noch zur Seite ducken, dann traf ihn der schwere Schaft auf der Nase, das Visier riß ihm eine tiefe Wunde in die Wange. Bekker stöhnte wie ein verwundetes Tier, flammender Schmerz durchzuckte ihn.

Lucas arbeitete wie an einem Punchingball, schnell, mit kurzen, genau gezielten Hieben, konzentriert. Wenigstens ein Dutzend Schläge teilte er aus, alle mit der Pistole. Zwei-, dreimal riß das Visier Bekkers Stirn auf, öffnete auch die andere Augenbraue, grub blutige Furchen in Bekkers Nase, in beide Wangen, zerschnitt Bekker die Lippen...

Sloan stieß Lucas die Faust in den Rücken, schlang ihm den linken Arm um den Hals. Lucas drosch mit der Pistole auf Bekker ein, schlug sie ihm kreuz und quer übers Kinn, zerfetzte die Haut wie mit einer Säge.

Besinnungslos vor Wut, spürte er kaum Sloans Arm, der ihn umklammert hielt, und den Tritt gegen die Knie, mit dem ihn der Fahnder von den Beinen holte. Uniformierte Polizisten stürmten in den Raum. Kräftige Fäuste packten ihn, hielten ihn am Boden fest.

Es war, als ginge ihn das alles gar nichts an. Er registrierte, daß Sloan ihm die Pistole aus der Hand wand. Spürte den Druck auf seiner Brust, wußte, daß es Sloan war, der dort kniete. Aber das alles hatte nichts mit ihm zu tun, sein Blick hing wie gebannt an Bekker.

Er sah ihn an der Wand herunterrutschen. Sah die blutigen

Spuren auf dem Altrosa der Stuckverkleidung. Hörte Sloan keuchen: »Oh, mein Gott, oh, Gott im Himmel...«

Bekkers Gesicht war eine blutige Fratze. Von klaffenden Wunden entstellt. Selbst Druze hätte sich vor so viel Häßlichkeit entsetzt abgewandt.

Zehn Minuten später begann sich die Erde wieder zu drehen.

Lucas saß auf einer harten Holzbank am Eingang zur Leichenhalle, neben ihm Sloan.

Del stand ein paar Schritte abseits, die Hände in den Taschen vergraben. Der Beamte von der Verdeckten Fahndung, zwei Uniformierte und die Männer vom Rettungsdienst kümmerten sich um Bekker. Als sie ihn schließlich auf einer Liege hinaustrugen, hielt einer der Rettungssanitäter den Tropf. Bekker war bei Bewußtsein. Sein eines Auge war fast geschlossen, mit dem anderen starrte er Lucas an. Seine zerfetzten Lippen bewegten sich, aber mehr als ein unverständliches Lallen brachten sie nicht zustande.

»Was?« fragte Lucas, »halt mal, was hat er gesagt?«

Die Männer vom Rettungsdienst blieben stehen. Bekker, zitternd vor Anstrengung, versuchte sich aufzurichten. Blut lief ihm über die Braue ins Auge. Er brauchte alle Kraft, um die Worte aneinanderzureihen.

»Du hättest mich...« Er verlor den Faden. Versuchte es noch einmal. Bläschen rot gefärbten Speichels im Mundwinkel.

»Was?« fragte Lucas, drohend über die Liege gebeugt.

»Du hättest mich lieber...«

»Sag's schon«, schrie Lucas ihn an, »los, du Stück Dreck.«

»...lieber umbringen sollen.« Bekker versuchte zu lächeln. Aber die entstellten Lippen gehorchten ihm nicht. »Du Idiot.«

32

Lucas saß in Daniels Vorzimmer. Nach einigen vergeblichen Versuchen hatte die Sekretärin ihre Bemühungen, ihn in ein Gespräch zu verwickeln, endgültig aufgegeben. Als die Wechselsprechanlage summte, deutete sie nur stumm mit dem Kopf auf die Tür.

»Kommen Sie«, sagte Daniel. Betont förmlich. Während es auf seinem Schreibtisch eher wie in einem Kramladen aussah. Ein Wust von Papieren, in heillosem Durcheinander kreuz und quer über die Tischplatte verstreut. Auf dem Computerschirm eine lange Zahlenreihe, der gelbbraune Cursor blinkte ungefähr in der Mitte. Es roch nach Zigarre. Daniel deutete auf den Besuchersessel. »Was für eine beschissene Woche... Wie fühlen Sie sich?«

»Saumäßig«, sagte Lucas. »Ich hatte Cassie noch nicht lange gekannt. Und es wäre, glaube ich, auch nichts Festes daraus geworden, aber... Ach, verdammt, sie hat mich irgendwie wieder auf die Beine gebracht. Ich kam mir schon fast wieder wie ein normaler Mensch vor.«

Daniel sah ihn besorgt an. »Und jetzt? Geht's wieder von vorn los?«

»Um Gottes willen, ich hoffe nicht.« Lucas rieb sich die Augen. Er war erschöpft. Erst die vorläufige Festnahme... Und als sie ihn wieder nach Hause geschickt hatten, war der große Zusammenbruch gekommen. Vierundzwanzig Stunden hatte er geschlafen und wäre, wenn Daniels Anruf ihn nicht aus den Federn gescheucht hätte, auch dann noch nicht aufgestanden. »Nein, wirklich... Alles, bloß das nicht.«

»Mhm.« Daniel griff nach einer ausgegangenen Zigarre, rollte sie zwischen den Fingern. »Das mit dem Anrufbeantworter haben Sie gehört, ja?«

»Nein, ich bin überhaupt nicht auf dem laufenden.«

»Einer von Sloans Leuten... Andre, kennen Sie ihn? Er hat Bekkers Büro durchsucht und bei der Gelegenheit von einer

Sekretärin erfahren, daß Bekker sich in letzter Zeit gelegentlich im Nachbarbüro zu schaffen gemacht hat. Gehört einem Kollegen, der sich in Europa aufhält. Sie hat gedacht, er sähe eben hin und wieder nach dem Rechten. Nun, Andre hat den Betreffenden in Europa angerufen und telefonisch um die Genehmigung gebeten, sich mal in seinem Büro umsehen zu dürfen. Tja, und da hat er den Anrufbeantworter gefunden, im Schreibtisch, eingeschaltet. Andre drückt den Abfrageknopf, aber da tut sich nichts, das Band ist zurückgespult. Er drückt noch mal, diesmal klappt es. Eine Nachricht von Druze an Bekker: daß alles erledigt sei. Wir haben das durch die Telefongesellschaft prüfen lassen. Der Anruf kam eine halbe Stunde, nachdem die Frau in Maplewood ermordet wurde. Es sind noch Reste von einer anderen Mitteilung auf dem Band, halb verstümmelt. Aber es handelt sich eindeutig um Bekkers Stimme.«

»Die Schlinge zieht sich zusammen«, sagte Lucas.

»Ja. Zumal noch andere Dinge dazukommen. Nach und nach.«

»Irgendwas über Loverboy dabei?«

»Nun, Shearson ist zwar immer noch überzeugt, daß dieser Psychologe der sei, den wir suchen, aber... Ich hab' ihn jedenfalls abgezogen. In dem Punkt werden wir wohl nie endgültig Klarheit haben. Es sei denn, er entschließt sich eines Tages, hier aufzutauchen und alles zu erzählen.« Daniel rollte die Zigarre zwischen den Handflächen hin und her. Er sah seltsam bedrückt aus.

»Stimmt was nicht?« fragte Lucas.

»Ach, Scheiße.« Daniel schleuderte den Zigarrenstummel weg. Mit etwas zuviel Schwung, er flog bis zur Wand, prallte an Robert Kennedys schwarzweißem Hochglanzkonterfei ab und fiel zu Boden.

»Sagen Sie's schon«, forderte Lucas ihn auf.

Daniel schwang seinen Schreibtischsessel herum. Starrte aus dem Fenster. Frühling, das war nun deutlich zu spüren, jeder

Tag hatte schon ein wenig mehr vom Glanz des nahen Sommers. Sonnenlicht hing in den Straßen, nur die Temperaturen wollten noch nicht so recht.

»Lucas...« Daniel stockte, brauchte einen neuen Anlauf. »Himmeldonnerwetter, Sie haben Bekker zusammengeschlagen. Ihm die Fresse... Ach Gott. Wie damals bei diesem Bürschchen. Whitcomb hieß er, glaub' ich. Ja, ein Zuhälter, ich weiß. Aber sein gottverdammter Anwalt macht bei der Inneren Revision Dampf. Whitcombs Familie streitet ab, daß er Mädchen gezwungen hätte, für ihn anzuschaffen. Für sie ist er der liebe kleine Junge, der einem großen bösen Bullen in die Hände gefallen ist. Sie reden davon, daß sie die Sache vor Gericht bringen wollen.«

»Wir haben doch Erfahrung darin, so was abzubiegen...«

»In dem Fall nicht«, sagte Daniel. »Sie waren schon wiederholt in Schlägereien verwickelt. Diese Leute... Verdammt, die haben nun mal gute Karten.«

»Whitcomb ist ein Schläger, unberechenbar.« Lucas beugte sich vor. »Weiß sein Anwalt, wie er das Mädchen zugerichtet hat?«

»Ja doch, ja. Er ist ein Verbrecher. Aber das ist kein Freibrief für Sie. Und neuerdings kursieren Gerüchte, Sie seien in Druzes Apartment eingedrungen. Zu viele wissen davon. Wenn es zu einer Anhörung kommt, und Sie streiten es ab, machen Sie sich des Meineids schuldig. Und das ist noch nicht alles...«

»So? Was denn noch?«

»Einer von Kanal Acht hat verlauten lassen, daß sie förmliche Beschwerde einlegen wollen. Weil Sie eine Reporterin von TV 3 begünstigt haben. Das wäre normalerweise keine große Affäre, aber wenn Barlow das aufgreift und so darstellt, daß Sie vertrauliche Einzelheiten aus einer laufenden Untersuchung an sie weitergegeben haben...«

»Sie könnten das Verfahren niederschlagen.«

»Ja, könnte ich. In diesem Fall. Oder in irgendeinem anderen. Aber alles zusammen...«

»Bringen wir's auf den Punkt«, sagte Lucas. »Was haben Sie mir mitzuteilen?«

Daniel seufzte, drehte den Sessel zurück, beugte sich über den Schreibtisch. »Verdammt noch mal, ich weiß nicht, wie ich Ihren Kopf retten soll.«

»Meinen Kopf retten?« fragte Lucas leise, fast nachdenklich.

»Es wimmelt von Kerlen, die Ihnen an den Kragen wollen. Sie kennen die Typen. Die wollen immer auf der richtigen Seite sein. Dagegen bin ich machtlos. Ich habe angedeutet, daß Sie möglicherweise gewisse psychische Probleme hätten, und das haben sie natürlich sofort ausgewalzt. Sie wissen ja, was da immer gleich für ein Scheiß verzapft wird: Tja, wenn er durchdreht, müssen wir ihn erst recht aus dem Verkehr ziehen... Es ist nun mal so, daß Sie eine ganze Reihe Kerle umgelegt haben. Ich seh' schon den Leitartikel in der Pioneer Press vor mir: Killer in der Polizei...«

»Großer Gott...« Lucas drückte sich aus dem Besuchersessel hoch und ging ein paar Schritte auf und ab. Sein Blick streifte die Fotogalerie: lauter aufgereihte Haie, schwarzweiß, gerahmt und mit dem professionellen Lächeln des Berufspolitikers. Daneben der Hmong-Teppich und der Wetterkalender von Minnesota. »Ich bin also entlassen?«

Daniel sagte: »Sie können Beschwerde einlegen, aber dadurch würde alles nur noch schlimmer. Dann fingen nämlich die Fragen an. Fragen nach dem Einbruch bei Druze, nach der Schlägerei mit Whitcomb, nach Bekkers Gesicht... Ich meine, Gott noch mal, man muß ja nur einen Blick auf ein Foto werfen, wie Bekker früher ausgesehen hat, und jetzt... Himmel, wie Frankenstein persönlich. Alles in allem haben Sie nicht gerade den ersten Preis im Popularitätswettbewerb gewonnen.«

»In einigen Zeitungsredaktionen sitzen Leute...«

»Die werden wie die Ratten über Sie herfallen«, unterbrach ihn Daniel. »Nichts wärmt einem Leitartikelschreiber mehr das Herz, als wenn er zusehen kann, wie einer ausgebootet wird.«

»Ich habe Freunde...«

»Sicher. Mich zum Beispiel. Ich würde zu Ihren Gunsten aussagen. Aber ich bin lange genug in einer politischen Stellung, ich weiß, wie so was läuft: Ihren Arsch könnte ich damit nicht retten. Als Freund sage ich Ihnen: Wenn Sie von sich aus um Ihren Abschied bitten, kann ich alles weitere abbiegen. Wenn Sie kämpfen wollen, stehe ich hinter Ihnen. Aber, wie gesagt...«

»Es würde nichts nützen.«

»So ist es.«

Lucas starrte düster auf den Wetterkalender. Dann nickte er, wandte sich um, sah Daniel an. »Ich war nahe dran, die letzten Fäden zusammenzuknüpfen. Aber dann sind zu viele Dreckkübel ausgeschüttet worden. Wenn mir irgendwas leid tut, dann...«

»Was?« fragte Daniel.

»Daß ich Bekker nur halb totgeschlagen habe.«

»Lassen Sie so was keinen hören«, sagte Daniel. »Das kann Ihnen eine Menge Ärger einbringen.«

»Wann scheide ich aus?«

Daniel senkte den Kopf. »Bald. Zum Beispiel gleich.«

»Haben Sie einen Bogen Papier für mich?« fragte Lucas.

Er beugte sich über Daniels Schreibtisch. Es waren nur zwei Sätze, die er zu schreiben hatte. *Hiermit ersuche ich um meinen Abschied aus dem Minneapolis Police Department. Ich habe gern im Polizeidienst gearbeitet, möchte mich jetzt aber anderen Aufgaben widmen.* »Zwanzig verdammte Jahre«, murmelte er, während er ein paar vergessene I-Punkte setzte.

Daniel hatte sich wieder umgewandt, starrte aus dem Fenster. »Mir tut das alles sehr leid. Wegen der Pensionszahlung können Sie unbesorgt sein...«

»Scheißpension.« Lucas brachte die Hand aus der Tasche. Hielt ein Stück hellrotes Papier in den Fingern. Die Reifenrechnung, auf deren Rückseite er seine Stichworte notiert hatte. Alles unter der Überschrift ›Loverboy‹. Er zerknüllte den Bogen, wollte ihn in den Papierkorb hinter Daniels Schreibtisch werfen, traf aber nicht richtig. Das hellrote Knäuel prallte vom Rand des Papierkorbs ab, kugelte ein Stück weit über den Teppich, rollte aus. Lucas deutete auf sein Abschiedsgesuch. »Ich hab's auf morgen datiert. Ich hab' noch ein paar dienstliche Dinge zu erledigen und möchte ein paar von meinen Akten Del übergeben.«

Daniel nickte. »Del... Ich weiß, daß er auch auf Bekker eingeschlagen hat. Aber bei ihm war's das erste Mal.«

»Ja. Wenn die Innere Revision ihm Schwierigkeiten macht... Sagen Sie ihnen, sie sollen sich an mich halten. Ich übernehme die Verantwortung für alles.«

»So weit kommt's nicht. Wie gesagt, sobald Sie aus dem Spiel sind, kann ich den Deckel draufhalten. Und ich glaube, ich kann noch mehr tun. Ich denke an die Möglichkeit, Sie zur Polizeireserve einzuberufen.«

»Polizeireserve? Was soll der Quatsch?«

Daniel machte eine hilflose Geste. »Zunächst ist es natürlich bedeutungslos. Aber – ich meine, wenn irgendwann nichts mehr gegen Sie vorliegt und Gras über die ganze Sache gewachsen ist... Wir könnten Sie möglicherweise zurückholen. Nicht in den normalen Polizeidienst, mehr in eine Beraterfunktion, bei Bedarf.«

»Hört sich an wie gequirlte Scheiße«, sagte Lucas. Er sah Daniel lange an. »Sie könnten mehr tun, als nur den Deckel draufzuhalten. Aber das können Sie sich nicht leisten, nicht wahr?«

Daniel fragte unsicher: »Wie meinen Sie das?«

»Sie können sich nicht leisten, mich länger in Ihrem Department zu haben. Ich hätte...« Noch ein langer Blick, stumm. Dann schüttelte er den Kopf. »Was soll's? Ich bin ja sowieso weg vom Fenster.«

Daniel, immer noch sichtlich verwirrt, begann hastig auf ihn einzureden. »Fangen Sie irgendwas Neues an, Lucas. Leute wie Sie laufen einem nicht oft über den Weg. Schreiben Sie sich in der juristischen Fakultät ein. Sie würden einen großartigen Anwalt abgeben. Einen Haufen Geld verdienen, viel auf Reisen sein, die Welt sehen. Ich wette, Sie waren noch nie im verdammten alten Europa...«

Unter der Tür drehte Lucas sich um, sah Daniel an, der aufgestanden war und die Hände in den Taschen vergraben hatte. Drei Sekunden, die sich wie eine Ewigkeit dehnten. Einen Augenblick schien es, als wolle Lucas noch etwas sagen. Aber dann wandte er sich ab und zog die Tür hinter sich zu.

Er ging in die Asservatenkammer, trug sich für den Stahlbehälter mit der Beschriftung ›Bekker‹ ein und fing an, den Inhalt durchzukramen. Gipsabdrücke der Fußspuren, die sie am Seeufer in Wisconsin gefunden hatten. Bruchstücke der Flasche, mit der Stephanie Bekker erschlagen worden war. Die anonymen Mitteilungen von Loverboy...

Für die Fußspuren, die sie nachträglich in Stephanie Bekkers Schlafzimmer sichergestellt hatten, die Fußspuren von Loverboy, war spezielles Adhäsionspapier verwendet worden. Durchsichtige Streifen in beschrifteten Plastikbeuteln. Sie waren verschwunden.

Lucas trug sich im Kontrollbuch aus, holte sein Jackett aus dem Büro, schloß hinter sich ab und ging auf den Ausgang zu. Vorbei an der bizarren, trotzdem irgendwie eindrucksvollen Statue des *Vaters aller Gewässer*, hinaus auf die Straße.

Wohin? Er wartete darauf, daß das Locken einsetzte. Von unten, aus dem Keller seines Hauses. Warum fing die Pistole heute nicht an, ihre Glutstrahlen auszusenden?

»Nicht mal das ist mir geblieben«, sagte er laut vor sich hin, als er losging.

»He, Davenport...« rief ein uniformierter Cop am Haupteingang der City Hall hinter ihm her. »Hier ist jemand, der Sie sucht.«

»Ich arbeite nicht mehr hier«, rief Lucas zurück.

»Ihr Besuch auch nicht«, sagte der Uniformierte, hielt die Tür auf und sah nach unten.

Sarah, in einem pinkfarbenen Kleidchen und weißen Schuhen, kam durch die Tür gewatschelt. Suchte ihn und verzog das Gesicht zu einem breiten Lachen, als sie ihn entdeckte. In der einen Hand hielt sie ihren Schnuller, mit dem fing sie zu winken an. Und Lucas hörte sie bis zu sich herüber juchzen. Jennifer kam hinter ihr her. Einen verschämten Hauch Rot im Gesicht. Das Ganze war so durchsichtig eingefädelt, daß Lucas laut lachen mußte.

»Komm her, Kleines«, rief er, ging in die Hocke und klatschte einladend in die Hände. Sarah ließ sich das nicht zweimal sagen, sie kam angepurzelt, so schnell die kleinen Beine sie trugen, und ihr einziges Ziel waren Lucas' ausgebreitete Arme.

»Dann sollten wir, wenn es nicht zu spät ist, jetzt über alles reden«, sagte Jennifer, während Lucas das Kind in die Luft warf.

»Es ist nicht zu spät.«

»Nun, neulich abends...«

»Da hatte ich alles mögliche in mich reingepumpt«, sagte er. Und fragte: »Du weißt schon Bescheid?«

»Sloan hat gerüchteweise was gehört und mich angerufen.« Sie piekste Sarah mit dem Zeigefinger in den Bauch, und Sarah schlang Lucas die Arme um den Hals und lächelte Jennifer glücklich an. »Ich glaube«, sagte Jennifer, »aus unserer Tochter wird mal ein Fernsehstar. Wie sie da drüben – genau aufs Stichwort – zur Tür rausspaziert ist... Ein Naturtalent...«

»Ein Wunderkind«, gab ihr Lucas recht.

»Und wann fangen wir an zu reden?«

Lucas sah die Straße hinunter. Hakte den Blick am Halbrund des Stadions fest. »Heute habe ich keine Lust, irgendwas aufzuarbeiten. Heute will ich nur irgendwo sitzen und mich wohl fühlen. Da findet ein Lokalderby statt, Minneapolis gegen St. Paul…«

»Sarah war noch nie dort.«

»Willst du's dir ansehen, Kleines? Es sind nicht gerade die Cubs, aber was soll's, zum Teufel?« Lucas hob Sarah ein Stück höher, damit sie ihm bequemer den Arm um den Hals legen konnte. Aber sie entschied sich für sein Ohr. Und zwar mit der Hand, in der sie den Schnuller hielt. Er merkte, wie sein Ohr feucht wurde. Und wußte auf einmal, was er alles vermißt hatte. »Paß auf, du wirst ein richtiger Baseballfan. Vielleicht finden wir sogar eine Fankappe in deiner Größe.«

Als Lucas gegangen war, sammelte Daniel die ausgebreiteten Bogen ein, stapelte sie übereinander, warf sie in den Papierkorb und schaltete den Computer aus. Startete zu einem Rundgang durchs Büro. Blieb vor der Fotowand stehen, sah seinen Politikern ins Gesicht und wußte sich mit ihnen einig. Harte Entscheidungen erforderten harte Männer.

»Mein Gott«, sagte er. Gefaßt, mit klarer Stimme. Hörte seinen Herzschlag. Spürte den Adrenalinstoß. Empfand noch einmal, nur einen Augenblick lang, die langgehegte Furcht. Aber das war nun vorbei, endgültig.

Er ging zum Schreibtisch zurück. Sah das Papierknäuel auf dem Teppichboden liegen. Hob es auf und wollte es in den Papierkorb werfen, als ihm die Kugelschreiberschrift auf der Rückseite auffiel. Er glättete den Bogen, breitete ihn vor sich auf dem Tisch aus.

Und las, was da stand. In Davenports Handschrift. Unter der Überschrift ›Loverboy‹:

Massig gebaut, blond, schütteres Haar. Sieht Philip George ähnlich.

Kann sich nicht stellen. Auch nicht persönlich Verbindung aufnehmen: Cop.

Hat mich über die Vermittlung angerufen. Unter einer Nummer, bei der sich nicht automatisch das Band einschaltet: Cop.

Extrem verstellte Stimme: kennt mich.

Hat bei den Verhandlungen mit dem Bürgerforum Stephanie Bekker kennengelernt.

Wußte, daß Druze der Mörder war.

Hat auf die Zeitungsanzeige und das Bild im Fernsehen nicht reagiert. Weil er bereits wußte, daß Bekker Druze ermordet hatte.

Hatte einen Kunstkalender an der Wand hängen. Denselben, den ich im Institute of Arts gesehen habe. Das Novemberbild ist Redons Zyklop. Hat ihn gegen einen Wetterkalender ausgetauscht.

Macht völlig untaugliche Vorschläge, wie wir Loverboy beim nächsten Telefonanruf erwischen können.

Ein paar Zeilen waren freigeblieben. Ganz unten, klein hingekritzelt, folgte noch eine Notiz:

Muß sehen, daß er mich los wird. Deshalb hat er mir die IR auf den Hals gehetzt.

»Mein Gott«, murmelte Daniel vor sich hin.

Er sah hoch, sein Blick fiel auf den Wetterkalender, mitten zwischen den Gesichtern der Politiker, die alle auf ihn und den zerknitterten Bogen Papier starrten. Er fühlte sich wie betäubt. Drehte den Kopf zum Fenster. Und sah, wie Davenport draußen das Kind in die Luft warf.

Davenport wußte es.

Daniel spürte das Verlangen, hinter ihm herzurennen. Ihn einzuholen. Und ihm zu sagen, wie leid es ihm täte.

Er konnte es nicht tun. Er konnte nur, den Kopf in die Hände gestützt, dasitzen und nachdenken. Richtig geweint hatte er zum letzten Mal als Kind, nun konnte er es nicht mehr.

Aber manchmal wünschte sich Loverboy, er hätte es nicht verlernt.

INTERNATIONALE THRILLER

Peter O'Donnell
Modesty Blaise – Die silberne Lady 9189

Robert Merle
Nachtjäger
9242

Stuart Woods
Still ruht der See
9250

Sidney Sheldon
Im Schatten der Götter
9263

William Bayer
Tödlicher Tausch
9265

Andrew Kaplan
Die Tarantel
9257

GOLDMANN

INTERNATIONALE THRILLER

Brian McAllister
Legionär des Teufels
9091

John Trenhaile
Roter Schnee in der Taiga
9107

William Heffernan
Im Sog der Macht
9118

Tom Clancy
Jagd auf »Roter Oktober«
9122

Philippe van Rjndt
Letzter Aufruf
9152

Robert Littell
Der Töpfer
9143

GOLDMANN